TODESSTOSS

© Ben Lawson of Studio 16

Karen Rose studierte an der Universität von Maryland, Washington, D. C. Ihre hochspannenden Thriller sind preisgekrönte internationale Topseller, die in viele verschiedene Sprachen übersetzt worden sind. Auch in Deutschland standen *Todesschrei* und *Todesbräute* monatelang unter den Top 20 auf der Spiegel-Bestsellerliste. Wenn Karen Rose nicht gerade Thriller schreibt oder auf Weltreise ist, lebt sie mit ihrem Mann und ihren zwei Töchtern in Florida. Mehr Infos über die Autorin unter: *www.karenrosebooks.com*

KAREN ROSE

TODESSTOSS

ROMAN

Aus dem Amerikanischen von
Kerstin Winter

Weltbild

Die amerikanische Originalausgabe erschien 2009 unter dem Titel
I Can See You bei Grand Central Publishing,
a division of Hachette Book Group USA, Inc., New York.

Besuchen Sie uns im Internet:
www.weltbild.de

Genehmigte Lizenzausgabe für Verlagsgruppe Weltbild GmbH,
Steinerne Furt, 86167 Augsburg

Übersetzung: Kerstin Winter
Umschlaggestaltung: Atelier Seidel - Verlagsgrafik, Teising
Umschlagmotiv: istockphoto (© Thinkstock)
Gesamtherstellung: CPI – Clausen & Bosse, Leck
Printed in the EU
ISBN 978-3-86800-703-9

2014 2013 2012 2011
Die letzte Jahreszahl gibt die aktuelle Lizenzausgabe an.

Für Lieutenant Danny Agan, Atlanta PD, inzwischen pensioniert, und die echte Hat Squad. Ich danke Ihnen allen für Ihren Dienst und die Entschlossenheit, den Opfern von Verbrechen Gerechtigkeit widerfahren zu lassen. Einen besonderen Dank an Danny für seine Freundschaft und seine Hilfe bei diesem Buch.

Für Sonie Lasker, meine Sempai und Freundin. Deine Disziplin und Hingabe inspirieren mich. Dein Training macht mich stärker, deine Freundschaft tut mir gut, und dein Verständnis für meine Figuren bereichert meine Arbeit.

Und wie immer für Martin. Du bist mein Lebenszweck.

Liebe Leserin, lieber Leser,

mit *Todesstoß* möchte ich Ihnen eine neue Truppe von Gesetzeshütern vorstellen: die Ermittler der Mordkommission in Minneapolis und ihre »Hat Squad«.
In Wirklichkeit ist die Hat Squad – das »Hutkommando« – eine Abteilung der Mordkommission in Atlanta, Georgia. Als ich von der Tradition hörte, die ursprünglich von dem inzwischen pensionierten Lieutenant Danny Agan, Atlanta PD, ins Leben gerufen wurde, war ich sofort fasziniert. Die Detectives der Mordkommission Atlanta bekommen von ihren erfahreneren Kollegen einen klassischen Filzhut geschenkt, sobald sie ihren ersten Mordfall aufgeklärt haben. Die Hüte tragen sie bei ihrer Arbeit, wobei Material und Design je nach Jahreszeit wechseln. Danny Agan sagt dazu: »Wer sich kleidet, wie ein Detective gekleidet sein sollte, erzielt bessere Ergebnisse. Er fordert Respekt ein, denn von Anfang an ist klar, wer da am Schauplatz erscheint, um die Sache in die Hand zu nehmen.«
Mit diesem Buch will ich der Hat Squad ein Denkmal setzen. Die Minneapolis Hat Squad ist ein Produkt meiner Fantasie, basiert aber auf echten Detectives, die jeden Tag ihr Bestes geben, um Verbrechen aufzuklären, damit den Opfern Gerechtigkeit widerfährt.
Ich wünsche Ihnen viel Lesevergnügen mit dieser neuen Truppe!

Herzliche Grüße,
Karen Rose

Prolog

Minneapolis,
Samstag, 13. Februar, 21.10 Uhr

Sie war gehemmt. Nervös. Eine graue Maus. Mitte vierzig und bieder in ihrem hässlichen, braunen Kostüm, obwohl sie sich offensichtlich für diese Gelegenheit extra schick gemacht hatte. Die Mühe hätte sie sich sparen können.

Martha Brisbane war genau so, wie er es erwartet hatte. Er beobachtete sie nun schon fast eine geschlagene Stunde. Sobald sich die Tür des überfüllten Cafés öffnete, setzte sie sich erwartungsvoll auf, und wenn ein Mann eintrat, begannen ihre Augen zu leuchten. Aber die Männer gingen jedes Mal an ihr vorüber, ohne sie zu beachten. Und jedes Mal wurde das Leuchten in ihren Augen ein bisschen weniger. Dennoch harrte sie aus und behielt die Tür im Blick. Aber nach einer Stunde war aus der Erwartung in ihrer Miene Verzweiflung geworden. Er fragte sich, wie wenig Selbstwertgefühl ein Mensch haben musste, um so lange vergeblich zu warten. Zu hoffen.

Es gefiel ihm, die Träume solcher Menschen wie Seifenblasen zum Platzen zu bringen.

Schließlich sah sie mit einem Seufzen auf ihre Armbanduhr und griff nach Tasche und Mantel. Eine Stunde, sechs Minuten und zweiundvierzig Sekunden. Nicht schlecht. Wirklich nicht schlecht.

Hinter der Theke warf ihr der Kellner durch seine Hornbrille einen mitfühlenden Blick zu. »Es schneit. Vielleicht ist er aufgehalten worden.«

Martha senkte resigniert den Kopf. »Ja, wahrscheinlich.«

Der Kellner schenkte ihr ein aufrichtiges Lächeln. »Und Sie fahren bitte vorsichtig nach Hause.«

»Mach ich.«
Das war sein Stichwort. Er schlüpfte aus der Seitentür und beobachtete, wie Martha Brisbane, den Mantelkragen gegen den kalten Wind hochgeschlagen, auf ihren alten Ford Escort zustöckelte, die aufgequollenen Füße in Pumps mit fünf Zentimeter hohen Absätzen gezwängt. Sie schaffte es in den Wagen, bevor sich die Schleusen öffneten, und als die Tränen erst einmal strömten, hörte Martha nicht mehr auf. Sie weinte, als sie den Parkplatz verließ, und sie weinte noch, als sie auf den Highway einbog. Es war ein Wunder, dass sie nicht von der Straße abkam und tödlich verunglückte.
Fahr vorsichtig, Martha. Ich möchte, dass du unversehrt zu Hause ankommst.
Als sie vor ihrer Wohnung hielt, waren die Tränen versiegt, und sie schniefte. Ihr Gesicht war verquollen und rot. Sie hievte die schweren Tüten Katzenstreu und Futter, die sie vor ihrer geplatzten Verabredung gekauft hatte, aus dem Kofferraum und stolperte die Treppe zur Haustür hinauf.
Im Foyer des Mietshauses gab es eine Überwachungskamera, aber sie war kaputt. Dafür hatte er schon vor einigen Tagen gesorgt. Er lief voller Vorfreude die Treppen hinauf und öffnete ihr schwungvoll die Tür.
»Sie haben die Hände voll. Darf ich Ihnen helfen?«
Sie schüttelte den Kopf und brachte ein zittriges Lächeln zustande. »Nein, es geht schon. Aber vielen Dank.«
Er erwiderte das Lächeln. »War mir ein Vergnügen.« Und es würde bald ein noch viel größeres sein.
Niedergeschlagen schleppte sie sich die drei Stockwerke zu ihrer Wohnung hoch und schwankte auf ihren hohen Absätzen unter dem Gewicht der Einkaufstaschen. Sie achtete nicht auf ihre Umgebung, und daher entging ihr, dass er hinter ihr lauerte.
Martha stellte die Tüten ab und kramte nach ihrem Schlüssel. *Herrgott, ich habe nicht den ganzen Abend Zeit. Nun mach*

schon. Endlich hatte sie aufgeschlossen, hievte die Tüten wieder hoch und drückte die Tür mit der Schulter auf.
Jetzt. Er sprang vor, presste ihr die Hand auf den Mund und zog sie mit einer geschmeidigen Bewegung in die Wohnung. Sie wehrte sich, versuchte, mit den schweren Taschen auszuholen, doch er drückte die Tür zu, lehnte sich dagegen und zog sie mit einem Ruck an sich. Wie durch Zauberhand beendete der Pistolenlauf an ihrer Schläfe ihre Gegenwehr.
»Halt still, Martha«, flüsterte er, »vielleicht lasse ich dich leben.« Nicht, dass das in Frage gekommen wäre. *Ganz sicher nicht.* »Stell die Taschen ab.«
Sie ließ sie zu Boden fallen.
»Besser«, murmelte er. Sie zitterte nun vor Angst, und genau so mochte er es.
Die Worte, die durch seine Hand gedämpft wurden, klangen wie »Bitte, bitte«. Das sagten seine Opfer immer. Und er mochte höfliche Opfer.
Verächtlich sah er sich um. Ihre Wohnung war ein einziges Chaos, überall lagen Zeitungen, Bücher und Magazine herum. Ihr Schreibtisch mit dem Computer war mit Papieren, benutzten Kaffeebechern und Haftnotizen zugemüllt.
Ihre Kleidung stammte noch aus den Neunzigern, aber der Rechner war brandneu und supermodern. Er hätte es sich denken können. Für ihre Ausflüge ins Land der Fantasie war das Beste gerade gut genug.
Er drückte den Lauf der Waffe fester an ihren Kopf und spürte, wie sie zusammenzuckte. »Ich nehme jetzt die Hand weg. Wenn du schreist, bringe ich dich um.«
Manchmal schrien sie. Immer brachte er sie um.
Er ließ seine Hand von ihrem Mund zu ihrem Hals gleiten.
»Tun Sie mir nichts«, wimmerte sie. »Bitte. Ich gebe Ihnen auch alle Wertsachen. Nehmen Sie, was Sie wollen.«
»Oh, das werde ich«, sagte er. »Desiree.«
Sie erstarrte. »Woher wissen Sie das?«

»Weil ich alles über dich weiß, Martha. Womit du wirklich dein Geld verdienst. Was du magst. Und wovor du dich am meisten fürchtest.« Ohne die Pistole von ihrer Schläfe zu nehmen, holte er die Spritze aus seiner Manteltasche. »Ich sehe alles. Ich weiß alles. Bis zum Zeitpunkt deines Todes. Und der wird heute Nacht kommen.«

1. Kapitel

Minneapolis,
Sonntag, 21. Februar, 18.35 Uhr

Noah Webster, Detective der Mordkommission, blickte in die weit aufgerissenen, leeren Augen von Martha Brisbane und stieß ein Seufzen aus. Das weiße Atemwölkchen hing einen Moment lang so reglos in der frostigen Luft wie die Frau vor ihm. Tiefe Trauer, kalte Wut und eine klamme Furcht legten sich wie Blei auf seine Brust.

Es hätte ein unspektakulärer Tatort sein sollen. Martha Brisbane hatte sich auf konventionelle Art erhängt. Sie hatte einen Strick über einen Haken an ihrer Schlafzimmerdecke geworfen und eine Schlinge geknüpft. Dann war sie auf einen gepolsterten Schemel gestiegen und hatte ihn umgetreten. Nicht ganz dem üblichen Bild entsprach allerdings, dass sie das Fenster aufgemacht und die Heizung abgedreht hatte. Der Winter Minnesotas hatte die Leiche gut gekühlt. Den Todeszeitpunkt zu bestimmen, würde höllisch schwer werden.

Wie viele Selbstmörder hatte sie sich zu diesem Anlass besonders zurechtgemacht und mit schwerer Hand Make-up aufgetragen. Der Rock ihres roten Kleids mit dem gewagten Ausschnitt war um ihre Beine festgefroren. Die Schuhe, sexy Stilettos mit mindestens zwölf Zentimeter hohen Absätzen, waren ihr von den Füßen gefallen. Einer war umgekippt, der andere steckte aufrecht im Teppich.

Es hätte ein unspektakulärer Tatort sein müssen.

Aber so war es nicht. Und während Noah in die leeren Augen des Opfers blickte, rann ihm ein Schauder über den Rücken, der nicht auf die eisige Kälte in Martha Brisbanes Schlafzimmer zurückzuführen war. Er und seine Kollegen sollten glauben,

dass sie sich umgebracht hatte. Sie sollten sie als eine weitere von diesen typisch deprimierten Singlefrauen mittleren Alters abhaken, den Fall als erledigt betrachten und sich ohne einen weiteren Gedanken anderen Dingen zuwenden.
Das zumindest hatte die Person, die sie hier aufgehängt hatte, beabsichtigt. Und warum auch nicht? Beim letzten Mal hatte es ja auch funktioniert.
»Die Nachbarin hat sie gefunden«, sagte der Officer, der zuerst am Tatort gewesen war. »Die Spurensicherung ist unterwegs, die Gerichtsmedizin auch. Brauchen Sie sonst noch etwas?«
Oder können wir die Akte schließen?, lautete die unausgesprochene Frage. Noah riss sich von dem Anblick der Toten los und wandte sich an den Officer. »Das Fenster, Officer Pratt. Stand es offen, als Sie eintrafen?«
Pratt zog die Stirn leicht in Falten. »Ja. Niemand hat etwas angefasst oder verändert.«
»Vielleicht die Nachbarin, die Sie gerufen hat?«, hakte Noah nach. »Kann sie das Fenster geöffnet haben?«
»Sie ist gar nicht in der Wohnung gewesen. Sie hat an die Tür geklopft, aber als niemand antwortete, ist sie außen über die Feuerleiter geklettert, um es am Fenster zu versuchen. Sie hat geglaubt, die Frau würde schlafen, weil sie nachts arbeitet. Aber dann hat sie das hier gesehen und uns gerufen. Wieso?«
Weil ich diese Szene schon einmal gesehen habe. Und dieses grausige Déjà-vu drohte ihm die Luft abzuschnüren. Die Leiche, der Hocker, das offene Fenster. Ihr Kleid und die Schuhe, einer gekippt, der andere aufrecht stehend. *Und die Augen.* Noah hatte sie nicht vergessen können. Die Lider des Opfers waren festgeklebt gewesen, selbst im Tod war es noch dazu verdammt, mit weit aufgerissenen Augen ins Leere zu starren. Das hier würde übel werden. Sehr, sehr übel.
»Tun Sie mir den Gefallen und suchen Sie den Hausmeister«, sagte er. »Ich warte auf die Spurensicherung und die Gerichtsmedizin.«

Officer Pratt warf ihm einen scharfen Blick zu. »Und auf Detective Coverboy?«

Noah zog innerlich eine Grimasse. Dass Jack Phelps sich noch nicht hatte blicken lassen, war leider nicht ungewöhnlich. Sein Partner war momentan nicht ganz bei der Sache. Höflich ausgedrückt. Tatsächlich war er seit einiger Zeit ausgesprochen unzuverlässig.

»Detective Phelps ist unterwegs«, sagte er zuversichtlicher, als er sich fühlte.

Pratt grunzte, zog aber schließlich auf der Suche nach dem Hausmeister ab, und Noah hatte Mitleid mit Jack. Selbst diejenigen Officer, die ihn nie kennengelernt hatten, maßten sich ein Urteil über ihn an. *Und das nur wegen dieses Zeitschriftenartikels.* In einem Bericht über die Mordkommission waren sie als Supermänner porträtiert worden. Aber Jacks Konterfei hatte das Cover geziert, so dass sich der Groll und der Neid der anderen auf ihn konzentrierten.

Andererseits hatte Jack seinen Ruf als oberflächlicher Partylöwe und Frauenheld nicht erst, seit die Zeitschrift vor drei Wochen erschienen war, und das war traurig, denn wenn Jack sich auf das Wesentliche konzentrierte, war er ein verdammt guter Cop. Noahs Partner hatte eine sehr rasche Auffassungsgabe und erkannte häufig Zusammenhänge, die anderen entgingen.

Wieder blickte Noah in die leeren Augen von Martha Brisbane. Sie würden jeden scharfen Verstand brauchen, den sie kriegen konnten.

Sein Handy summte. *Jack.* Aber es war sein Cousin Brock, von dessen Esstisch Noah fortgerufen worden war. Brock und seine Frau Trina waren ebenfalls Cops und nahmen es ihm nicht übel. In einer Polizistenfamilie waren Sonntage, an denen alle bis zum Schluss beim Essen sitzen bleiben konnten, eine Seltenheit.

Noah sparte sich die Begrüßung. »Bin beschäftigt.«

»Dein Partner auch«, gab Brock zurück. Brock war nach dem Essen noch in Sal's Bar gegangen, um sich das Spiel anzusehen. Was bedeutete, dass auch Jack im Sal's war. *Verdammt.*

»Ich habe ihn *zweimal* angerufen«, brachte Noah wütend hervor. Beide Anrufe waren auf der Mailbox gelandet.

»Er ist mit seiner neuesten Eroberung hier. Soll ich mit ihm reden?«

Noah sah ein letztes Mal in die leblosen Augen von Martha Brisbane und spürte Zorn in sich aufkochen. Es war nicht das erste Mal, dass Jack trotz Bereitschaftsdienst anderweitig beschäftigt war, aber, bei Gott, es würde das letzte Mal sein. »Nein. Ich hole Officer Pratt her, dann komme ich selbst.«

Sonntag, 21. Februar, 18.55 Uhr

»Komm schon, Eve, es ist doch nur ein kleiner Psychotest aus einer Zeitschrift.«

Eve Wilson warf ihrer Freundin über die Theke hinweg einen genervten Blick zu und schüttelte den Kopf, bevor sie sich wieder dem Zapfhahn zuwandte. »An der Uni muss ich mich ständig mit irgendwelchen Testfragen beschäftigen.«

»Aber diese hier sollen Spaß machen«, sagte Callie. »Das kannst du doch nicht mit dem Forschungsprojekt vergleichen, das dich ja fast auffrisst. Mach dir keine Sorgen. Du schaffst doch sowieso immer alles mit Bestnote. Komm – nur eine Frage.«

Wenn es nur die Sorge um eine gute Note wäre. Noch vor wenigen Monaten hatte sich für Eve tatsächlich noch alles darum gedreht. Vor wenigen Monaten waren die Teilnehmer an ihrem Forschungsprojekt namen- und gesichtslose Zahlen auf dem Papier gewesen. Sie stellte den vollen Bierkrug ab und hielt den nächsten unter den Hahn. Es war ziemlich viel los heute. Sie hoffte, sich durch die Arbeit ablenken zu können, aber die Sorgen hingen unterschwellig in ihrem Bewusstsein fest.

Noch vor wenigen Monaten wäre Eve niemals auf den Gedanken gekommen, die Regeln der Universität zu brechen oder gegen ihre eigenen Prinzipien zu verstoßen. Beides hatte sie nun aber getan. Und seitdem waren die Teilnehmer nicht mehr die anonymen Testpersonen, die sie hätten sein sollen. Nun waren Desiree, Gwenivere und die anderen echte Menschen, die in echten Schwierigkeiten steckten.

Desiree war seit über einer Woche verschwunden. *Ich muss etwas unternehmen. Aber was?* Sie hätte gar nicht wissen dürfen, dass Desiree existierte, noch weniger, dass sie im echten Leben Martha Brisbane hieß. Den Testpersonen war absolute Anonymität zugesichert worden.

Aber Eve wusste es, weil sie die Regeln gebrochen hatte. *Und das wird mich teuer zu stehen kommen.*

Auf der anderen Seite der Theke räusperte Callie sich theatralisch. Offenbar hatte sie Eves Schweigen als Zustimmung aufgefasst. »Frage eins. Sind Sie je mit einem Mann bei einem romantischen Candle-Light-…«

»Ich habe zu tun«, unterbrach Eve. In den nächsten Stunden konnte sie nichts wegen Martha oder den anderen Probanden unternehmen, aber Callies Test war überhaupt keine willkommene Ablenkung. *›Glauben Sie an Liebe auf den ersten Blick?‹ Ich hasse solche Tests.* Was natürlich der Grund war, warum Callie immer wieder davon anfing. »Hör zu, Cal, ich habe deine Schicht übernommen, damit du heute ausgehen kannst.«

Callie zuckte mit den bloßen Schultern. Sie trug ein sexy Cocktailkleid. »Netter Versuch. Aber du vergisst, dass ich schon jemanden hatte, der für mich einspringen wollte. Du solltest eigentlich lernen, aber du bist hier und schiebst es vor dir her.«

Sie hatte recht. Eve nahm je drei Krüge gleichzeitig hoch und biss die Zähne gegen den Schmerz in ihrer rechten Hand zu-

sammen. Aber da sie bis vergangenes Jahr mit dieser Hand nicht einmal eine einzige Tasse hatte halten können, war der Schmerz ein geringer Preis für das Plus an Beweglichkeit. Und Unabhängigkeit.
Sie reichte die Krüge einem Stammgast hinüber und verzog den funktionierenden Teil ihres Mundes zu dem Drei-Punkte-Lächeln, das nach jahrelanger Übung nun normal wirkte. »Normal« stand auf ihrer Liste der erstrebenswerten Eigenschaften ganz oben neben Beweglichkeit und Unabhängigkeit.
»Sie geben heute Abend eine Runde nach der anderen aus, Jeff«, sagte sie und streckte heimlich die Finger, »trinken aber selbst keinen Tropfen.« Das war eher unüblich. »Haben Sie eine Wette verloren?«
Officer Jeff Betz war ein großer Kerl mit einem sympathischen Grinsen. »Sagen Sie bloß meiner Frau nichts. Sie bringt mich sonst um.«
Eve nickte wissend. »Niemals. Barfrauen schweigen wie ein Grab. Das gehört zur Berufsehre.«
Er begegnete dankbar ihrem Blick. »Ich weiß«, sagte er, dann wandte er sich an Callie. »Verabredet?«
»Und ob.« Callie nickte. Sie hatte keine Probleme mit den Blicken, die sie unverhohlen musterten, seit sie in dem knappen Kleid und halsbrecherisch hohen Pumps ins Sal's hineingeschwebt war. Falls sie ihre nächste Schicht in diesem Aufzug antrat, würde sie deutlich mehr Trinkgeld einstreichen. Nicht, dass Callie so etwas nötig gehabt hätte.
Callie finanzierte ihr Jurastudium hauptsächlich mit einem Job im Büro des Bezirksstaatsanwalts. Seit kurzem verdiente sie sich allerdings am Wochenende ein paar Extradollar im Sal's hinzu, und ihr Trinkgeldglas war stets bis zum Rand gefüllt. Würde sie sich in einem solchen Kleid und mit diesem Ausschnitt hinter die Theke stellen, brächte sie das Fass zum Überlaufen. Sozusagen.
Blieb zu hoffen, dass Callies Kleid ihren Chef nicht auf dum-

me Ideen brachte, dachte Eve finster. *So etwas würde ich nie und nimmer anziehen, Trinkgeld hin oder her.*
Eve unterdrückte den Neid. Callie war weder affektiert noch arrogant, sondern einfach nur eine schöne Frau, die sich in ihrer Haut wohl fühlte. Was Eve schon lange nicht mehr von sich behaupten konnte.
Sie zwang sich zu einem lockeren Tonfall. »Da will sie jemand ins *Chez León* ausführen.«
Jeff stieß einen Pfiff aus. »Wow, großzügig.« Dann runzelte er die Stirn. »Kennen wir den Burschen?«
»Wir« bezog sich auf jeden einzelnen Cop, der regelmäßig im Sal's einkehrte – und sowohl Callie als auch Eve wussten das. Achtzig Prozent von Sals Stammkunden waren Polizisten, weshalb die Bar einer der sichersten Orte in dieser Stadt war. Sal, der ebenfalls viele Jahre im Dienst gewesen war, gehörte zu ihnen und damit auch alle, die auf seiner Gehaltsliste standen. Es war, als hätte man gut hundert große Brüder. Ziemlich nett, wie Eve fand.
»Ich glaube nicht«, meinte Callie. Ihre Verabredung war ein Verteidiger, und dieser Berufsstand war bei Polizisten nicht gerade beliebt. Auch Callie hatte Vorbehalte, was genau der Grund dafür war, warum sie sich mit ihm verabredet hatte. Callie stellte ihre eigene Weltsicht stets in Frage, und dafür bewunderte Eve sie. »Aber er lässt sich Zeit, daher versuche ich gerade, mit Eve einen kleinen Test zu machen.«
»Ist das nicht diese *MSP*-Postille mit Jack Phelps auf dem Cover?«, fragte Jeff und verzog die Lippen.
MSP war *das* Frauenmagazin, das Klatsch, Kultur und kommunale Belange für den Großraumbereich Minneapolis–St. Paul, die »Twin Citys«, abdeckte. Ein kürzlich erschienener Artikel über die Abteilung Mordaufklärung hatte aus vielen von Sals Stammgästen über Nacht Berühmtheiten gemacht. Der Artikel war gut geschrieben, hatte jedoch die Detectives als edle Ritter dargestellt, was den Cops unendlich peinlich war.

Jeff warf Eve einen mitfühlenden Blick zu. »Meine Frau hat mich auch gezwungen, den Test zu machen.«
Eves Lippen zuckten. »Und? Haben Sie bestanden?«
»Na klar. Man kann nicht jahrelang glücklich verheiratet sein, ohne sich erfolgreich durch solche Situationen zu schwindeln.« Mit einem Augenzwinkern nahm er das Bier und brachte es seinen wartenden Freunden, allesamt Polizisten, die im Augenblick nicht im Dienst waren und Sal's Bar zu ihrem zweiten Wohnzimmer erklärt hatten.
Callie verdrehte die Augen, sobald Jeff außer Sicht war. »Wenn er nur die Hälfte der Zeit, die er hier ist, mit seiner Frau verbringen würde, dann müsste er sich nicht durch den Test schwindeln«, murmelte sie.
»Urteile nicht vorschnell«, sagte Eve, während sie Gin in zwei Gläser mit Eis goss. »Jeffs Frau arbeitet abends im Krankenhaus. Wenn er freihat, bleibt er hier, bis sie Feierabend macht, und geht dann mit ihr nach Hause.«
Callie zog die Brauen zusammen. »Und wer passt auf die Kinder auf?«
»Sie haben keine.« Aber nicht, weil sie nicht wollten, wie Jeff ihr einmal anvertraut hatte, als die Bar fast leer gewesen war und er ein wenig zu viel getrunken hatte. Der Druck hätte beinahe die Ehe zerstört. Eve verstand seinen Schmerz weit besser, als Jeff ahnen konnte. Weit besser, als ihr jemals jemand anmerken würde. Nicht einmal Callie. »Wahrscheinlich ist es ihm zu still in seinem Haus.«
Callie seufzte. »Sollte ich vielleicht noch etwas wissen, um nicht in irgendein Fettnäpfchen zu treten?«
Eve überlegte, was sie ihrer Freundin verraten konnte, ohne das Vertrauen zu brechen, das in sie gesetzt worden war. Sie konnte ja nicht einfach ausplaudern, dass einer der Cops an Jeffs Tisch fürchtete, von seiner Frau verlassen zu werden, oder dass die Polizistin am anderen Ende des Raumes gerade die Diagnose Brustkrebs erhalten hatte.

So viele Geheimnisse, dachte Eve. Zuhören und schweigen waren ihre Möglichkeiten, den Leuten hier zu helfen, während sie selbst ihr Studium der Psychotherapie abschloss. Wenn sie die verdammte Diplomarbeit jemals zu Ende bringen würde, konnte sie also die eine Karriere als professionelle Zuhörerin gegen die nächste eintauschen.

Aber ich werde die Bar vermissen. Und Sal und seine Frau Josie, die es ihr mit diesem Job ermöglicht hatten, ihr Leben in Minneapolis neu zu beginnen und zu finanzieren. Und auch Jeff und die anderen Stammgäste würden ihr fehlen, denn sie waren längst zu Freunden geworden.

Natürlich würden ihr manche mehr fehlen als andere. Der eine, den sie am meisten vermissen würde, kam sonntags nie, aber das hinderte sie nicht daran, jedes Mal unwillkürlich zur Tür zu blicken, wenn das Glöckchen klingelte. Noah Webster eintreten zu sehen, raubte ihr noch immer regelmäßig den Atem. Er war so groß, so dunkel, so stark. *Nur gucken, nicht anfassen.* Nicht mehr. Wahrscheinlich nie wieder.

Sie sah auf und stellte fest, dass Callie sie beobachtete. Eve deutete auf ein Paar, das ihr nichts anvertraut hatte, dessen Körpersprache aber eindeutig war. »Die beiden haben eine Affäre.«

Callie sah über die Schulter. »Woher weißt du das?«

»Nur so eine Ahnung. Sie mischen sich nicht unters Volk und gucken dauernd auf ihre Handys, aber gehen nie dran. Sie dreht an ihrem Ehering, und wenn der Kerl an die Theke kommt, um den Wein zu holen, ist er nervös. Sie haben also entweder eine Affäre oder planen einen größeren Banküberfall.« Callie lachte, und Eves Lippen verzogen sich. »Ich gehe von Ersterem aus. Sie glauben, dass es niemand bemerkt.«

Callie schüttelte den Kopf. »Das ist aber ziemlich blauäugig.«

»Sie haben eben nur Augen füreinander.«

Callie deutete auf einen jungen Burschen, der mit grimmiger Miene allein an einem Tisch saß. »Und der?«

»Tony Falcone.« Tony hatte offen in der Bar von sich erzählt, daher hatte Eve keine Gewissensbisse. »Er hat letzte Woche zum ersten Mal ein Selbstmordopfer gefunden. War völlig fertig.«

»Sieht aus, als sei er das immer noch«, sagte Callie mitfühlend. »Armer Bursche.«

»Er sagt, er kann die Augen der Frau nicht vergessen. Sie hatte sich die Lider festgeklebt, damit sie offen blieben, und sich dann aufgehängt.«

Callie verzog das Gesicht. »Lieber Himmel. Wie können die Jungs bloß nachts noch schlafen?«

»Sie lernen, damit umzugehen.« Sie begegnete Callies Blick. »Genau wie du.«

»Wie *wir*«, verbesserte Callie sie leise. »Und du noch sehr viel mehr als ich.«

Ja, ich habe gelernt, damit umzugehen. Aber wie gut? Operationen konnten Hände wieder beweglicher machen und Narben mildern, aber existieren musste man immer noch selbst. Hier, umgeben von Menschen, die die dunklen Seiten der Welt kannten, war es leichter. Aber wenn der Lärm verschwand, kehrten die Erinnerungen zurück …

Voller Unbehagen mixte Eve einen weiteren Drink. »Wir tun eben alle, was wir müssen. Manche werden süchtig, andere stürzen sich in ihre Hobbys. Manche kommen her.« Sie zuckte mit den Schultern. »Ich zum Beispiel.«

»Um eine Weile das eigene Leben zu vergessen«, murmelte Callie. Dann schüttelte sie die düstere Stimmung ab. »Komm, ich serviere die Drinks. Das ist das mindeste, was ich tun kann, wenn ich dich schon an der Bar allein lasse.«

Eve zog die rechte Braue hoch, einer der wenigen Gesichtsmuskeln, den sie noch kontrollieren konnte. »Die gehen an Detective Jack Phelps und seine Tussi des Tages.« Die an der Fernsehwand miteinander turtelten, wo jeder sie sehen konnte. Eve musste sich nicht fragen, ob Jack Phelps den Tisch mit

Absicht gewählt hatte. Er ließ gern alle Leute wissen, dass er eine neue Eroberung gemacht hatte.
Phelps hätte sich mehr von seinem viel zu ernsthaften Partner abschauen sollen, dachte Eve und unterdrückte ein Seufzen. Oder vielleicht hätte Noah Webster ein bisschen mehr von Jacks Nonchalance gut gestanden. Jack flirtete mit ihr, sobald er die Bar betrat, aber obwohl Webster seit einem Jahr regelmäßig ins Sal's kam, hatte er noch nie mehr als »Bitte« und »Danke« zu ihr gesagt.
Normalerweise kam er immer montags mit Phelps her. Dieser bestellte Gin und Tonic: Gin für sich, Tonic für Webster. Anschließend begann Phelps mit ihr zu flirten, während Webster sein Tonic bewachte und mit undurchdringlichen grünen Augen vor sich hin starrte.
Eine Weile hatte sie geglaubt, er käme, um sie zu sehen, aber nachdem Woche um Woche verstrichen war, ohne dass etwas geschah, war ihr klargeworden, dass sie sich geirrt haben musste. Er wollte nichts von ihr. Nicht, dass sie auf ihn eingegangen wäre, wenn er sie angesprochen hätte, daher war die Überlegung ohnehin müßig. Ihre Fantasie malte sich jedoch trotzdem hartnäckig aus, wie es wohl wäre, wenn Noah doch einmal etwas von dem sagen würde, das Jack so leicht über die Lippen ging.
Natürlich waren Fantasie und Realität zwei ganz verschiedene Dinge. Das war Eve nur allzu bewusst.
»Komm, Eve, lass uns fair bleiben«, riss Callie sie nun aus den Gedanken. »Katie ist mehr als nur die Tussi des Tages. Sie ist seit drei Wochen mit Phelps zusammen. Das ist ein Rekord für ihn.«
Katie, eine der vielen Groupies, die nach dem *MSP*-Artikel plötzlich in der Bar aufgetaucht waren, war Phelps prompt ins Netz gegangen. Oder vielleicht war es auch umgekehrt gewesen. So oder so war es wahrscheinlich, dass Katies Zeit bald vorbei war und Jack zur nächsten Eroberung weiterzie-

hen würde. »Meinetwegen. Dann eben die Tussi des Monats. Bringst du den beiden jetzt die Drinks oder doch nicht?«

»Nein danke. Katie kann mich nicht ausstehen. Sorry, meine Liebe, ich lass dich hängen.«

»Dachte ich mir schon. Ich muss sowieso mit Phelps reden. Die Zeitschrift, die du da hast, gehört Sal. Er will, dass Phelps das Cover signiert, so dass er es an die Wand pinnen kann.«

An einer Wand in Sals Bar hingen Fernsehbildschirme, die anderen schmückten Fotos von Polizisten, und die meisten davon hatte Sal selbst gemacht. Eine Wandseite aber war seinen Favoriten gewidmet – den Mordermittlern, die wegen der klassischen Filzhüte, die sie trugen, auch als »Hat Squad« bekannt waren. Diese Fotogalerie war auch der Grund, weshalb es zu dem Artikel in der *MSP* gekommen war. Eines Tages war eine der Redakteurinnen der Zeitschrift zufällig in der Bar gelandet, hatte die Fotos von den Männern mit Hut gesehen und war hingerissen gewesen. Offiziell gehörten die Hüte zur Uniform, aber für die Detectives bedeuteten sie eine Auszeichnung, die sie mit Stolz trugen.

Denn wenn ein frisch beförderter Detective seinen ersten Fall gelöst hatte, bekam er von seinen Kollegen seinen ersten Fedora geschenkt. So wollte es die Tradition. Im Lauf der Jahre kaufte ein Detective dann selbst weitere Hüte, die seinem persönlichen Geschmack entsprachen und auf die Jahreszeit abgestimmt waren – Filz im Winter und manchmal Stroh, wenn es heiß wurde.

Eve hatte Noah Webster noch nie anders als mit einem schwarzen Filzhut gesehen. Und der stand ihm.

»Ich hatte mich schon gefragt, warum Sal die Bilderrahmen umgehängt hat«, sagte Callie und zeigte auf die große freie Stelle an der Wand. »Aber nicht einmal Phelps ist so aufgeblasen.«

Eve grinste. »Sal will eine Collage machen. Er will alle Detectives, die im Artikel vorkommen, unterschreiben lassen.

Phelps' Cover soll in der Mitte hängen.« Eve wurde wieder ernst. »Aber Phelps will nicht unterschreiben.«
Callie sah sie staunend an. »Wieso denn das nicht? Seit wann ist Jack so bescheiden?«
Eve sah zu dem Detective hinüber, der zum dritten Mal in einer halben Stunde verstohlen auf sein Handydisplay sah, das Telefon dann aber wieder in die Tasche schob. Stattdessen küsste er Katies Schmollmund. »Wer weiß schon, was in Menschen wie Phelps vor sich geht?«
Callie verzog verbittert das Gesicht. »Nicht viel. Er tut es wahrscheinlich nur, weil es ihm gerade so passt. Armer Sal.«
»Ich habe ihm jedenfalls versprochen, dass ich noch einmal nachhake.«
Callie schlug die Zeitschrift zu und betrachtete das Cover. Jack Phelps hatte starke Ähnlichkeit mit dem jungen Paul Newman, hellblaue Augen inklusive, und er wusste, wie umwerfend er aussah. Callie schnaubte verächtlich. »Willst du ihm wirklich noch Honig um den Bart schmieren? Du kannst ihn doch genauso wenig ausstehen wie ich.«
Eve lächelte. »Aber Sal bedeutet es viel, und mir bedeutet Sal viel. Er hat ein paar alte Fotos von sich mit Hut gefunden. Fotos, die vor dem Unfall gemacht wurden.« Bevor er den Beruf hatte aufgeben müssen, der sein Lebensinhalt gewesen war. »Er möchte sich ebenfalls auf die Fotowand einbringen. Und für Sal schmiere ich Phelps noch ein bisschen mehr Honig um den Bart.«
Callies Stirn glättete sich. »Du bist ein guter Mensch, Eve.«
Verlegen stellte Eve die Gläser auf ein Tablett. »Pass bitte kurz auf die Bar auf.« Aber sie war noch keinen Schritt gegangen, als die Klingel an der Tür ertönte und kalte Luft hereinströmte. Aus Gewohnheit huschte ihr Blick zur Tür, bevor ihr wieder einfiel, dass heute Sonntag war, und verärgert wollte sie sich wieder abwenden, als sie wie angewurzelt stehen blieb. Sonntag oder nicht – da war er. Noah Webster. Er füllte die

Tür aus wie ein Foto den Rahmen, und wie immer schien es im Raum plötzlich nicht mehr genug Sauerstoff zu geben.

Er war an der Tür stehen geblieben und sah sich um, und Eve konnte den Blick nicht abwenden. Von seinem Filzhut bis zu den Schuhen wie üblich ganz in Schwarz gekleidet, sah er aus, als sei er direkt einem alten *Film Noir* entstiegen. Ihn umgab eine Aura der Gefahr, gegen die sich Eve am liebsten gesperrt hätte, doch sie fand sie ungemein attraktiv.

Er war groß – so groß, dass der Hut gegen den Türbalken stieß, unter dem die meisten Männer ohne Schwierigkeiten hindurchkamen, und seine Schultern waren fast so breit wie die Tür selbst. Bartstoppeln bedeckten seine Wangen, und es juckte sie in den Fingern, ihn zu berühren. Doch bevor sie den Gedanken noch zu Ende denken konnte, ertönte in ihrem Kopf die mahnende Stimme. *Nur gucken, nicht anfassen.*

Er schloss die Tür, und Eve holte bebend Luft. Normalerweise war sie darauf vorbereitet, wenn er die Bar betrat, und hatte alle Schutzmechanismen aktiviert. Jetzt hatte er sie jedoch aus der Bahn geworfen.

»Ich schätze, das ist ein klares Ja«, murmelte Callie sanft.

»Ja zu was?«, fragte Eve, während ihr Blick Noah folgte, der sich nun zielstrebig auf Jacks Tisch zubewegte. Er war wütend. Das konnte sie quer durch den Raum spüren.

Jack offenbar auch. Eve sah, wie sein Blick einen winzigen Moment lang alarmiert wirkte, dann riss er überrascht seine Augen auf und tastete nach seinem Handy. *Mistkerl,* dachte Eve. Hatte er nicht dreimal auf sein Handy geblickt? Sein Partner hatte ihn offenbar gebraucht, und er saß hier in der Bar und stellte öffentlich seinen Erfolg als Aufreißer zur Schau.

»Ja zu Nummer sechs«, murmelte Callie. »Die Frage lautet: Glauben Sie an Liebe auf den ersten Blick?«

Eve fuhr zu Callie herum. Ihre Freundin hatte das Magazin wieder aufgeschlagen. »Herrgott, hörst du jetzt endlich auf damit?«

»Na, dann eben Begierde. Ich kann's dir nicht verübeln. In Wirklichkeit wirkt er noch viel männlicher. Und so düster.« Sie blätterte zurück zum Artikel und betrachtete Websters Foto. »Das Bild wird ihm wirklich nicht gerecht.«

Eve weigerte sich hinzusehen. Es war auch gar nicht nötig, denn sie kannte dieses Foto in- und auswendig. Dass Callie ihre Reaktion auf Websters Eintreffen gesehen hatte, war schlimm genug. Aber hatte noch jemand etwas mitbekommen? Und bemitleidete sie jetzt womöglich wegen ihrer albernen Schwärmerei für einen Mann, der noch nie mehr als »Bitte« oder »Danke« zu ihr gesagt hatte?

Sie spürte, wie ihr das Blut in die Wangen stieg. *Nicht das auch noch.* Sie wusste, dass die Narbe, die unter ihrem Make-up kaum zu erkennen war, nun grellweiß aus ihrem puterroten Gesicht hervorstach. Sie wandte sich ab und griff aus reiner Gewohnheit nach einer Tonic-Flasche. Dann stellte sie sie wieder zurück. Wie es aussah, war Webster gekommen, um Phelps zu holen. Sie würden nicht bleiben.

Hastig gab sie Kaffee in zwei Thermobecher und rührte Zucker hinein.

»Kannst du die Zeitung endlich weglegen?«

»Eve, es ist mir nur aufgefallen, weil ich deine Freundin bin. Niemand sonst hat etwas bemerkt.«

Eve lachte bitter. »Das sagst du nur, damit ich mich besser fühle.«

Callie grinste schief. »Und? Hat's geklappt?«

»Nein.« Eve sah, wie Jack Phelps seinen Mantel anzog. »Aber sehen wir es positiv: Jack Phelps geht, und ich muss ihn nun doch nicht fragen, ob er das blöde Cover signiert.«

»Dummerweise wird er wiederkommen.«

Wie sein Partner. *Aber das nächste Mal bin ich darauf gefasst. Und das nächste Mal schaue ich nicht einmal hin.* Eve drückte die Deckel auf die Becher. »Tu mir einen Gefallen und bring den beiden einen Kaffee. Es ist kalt draußen.«

»Danke.« Noah nahm Sals neuer Wochenendkraft den Becher aus der Hand. Die Stammkunden hatten schon über sie geredet. Sie war blond, kurvig und sehr nett anzusehen.

Aber sie war nicht der Grund, warum er seit Monaten immer wieder herkam. Sie war nicht diejenige, an die er schon Stunden, bevor er montags im Sal's eintraf, dachte und die sich auch danach nicht aus seinen Gedanken verbannen ließ. Diese eine war die große, gertenschlanke Dunkelhaarige mit den dunklen Augen, die hinter der Bar stand. *Und mich beobachtet.*

Die alle Gäste beobachtete. Sie erinnerte ihn an ein Reh, das stets wachsam war, stets den Kopf hoch hielt. Er hätte gern gewusst, warum sie so geworden war. Sie hatte etwas Zerbrechliches, Verletzliches an sich, das ihre Augen nicht immer verbergen konnten. Was immer ihr zugestoßen war, es musste grausam gewesen sein.

Um das herauszufinden, musste man kein Detective sein. Bis vor einem halben Jahr hatte sie das sichtbare Mal dieser Grausamkeit – eine auffällige Narbe – auf der Wange getragen. Gerüchten zufolge war ihr plastischer Chirurg ein Meister seines Fachs, und tatsächlich war die Narbe nun kaum noch zu sehen. Und Gerüchten zufolge verbarg sich unter dem schwarzen Lederband um ihren Hals eine noch schlimmere Narbe.

Noah hatte es aufgegeben, die Male zu zählen, die er nur einen Mausklick davon entfernt gewesen war, im Internet nachzuforschen, warum hinter Eves äußerer Ruhe eine solche Wachsamkeit steckte. Aber er hatte nicht recherchiert. Am liebsten hätte er behauptet, dass er zu anständig war, um in ihrem Privatleben herumzuschnüffeln, aber in Wirklichkeit wollte er es gar nicht wissen. Denn sobald er es wusste, würde sich … alles ändern. Und diese Erkenntnis erschütterte ihn.

Eve Wilson dagegen schien praktisch nichts zu erschüttern, nicht einmal die ungeschickten Annäherungsversuche betrunkener Gäste. Mehr als einmal im vergangenen Jahr war Noah versucht gewesen, ihr zu Hilfe zu kommen, aber sie hatte es immer geschafft – entweder allein oder mit Unterstützung eines anderen Cops.

Die Männer passten auf sie auf. Sie mochten sie. Sie waren scharf auf Callie und mochten Eve, worüber Noah verdammt froh war. Wäre es umgekehrt gewesen, hätte er an den Montagen, an denen er sich an sein Tonic klammerte, wohl wenig Freude gehabt, denn er begehrte sie mehr als jede andere Frau, die ihm in den vergangenen Jahren begegnet war. Aber er musste sich nur umsehen und die Bierkrüge und Schnapsgläser wahrnehmen, die auf jedem Tisch und auf der Theke standen, um zu begreifen, dass er nicht alles haben konnte. Manche Dinge – oder Menschen wie Eve – blieben lieber in Ruhe. Doch obwohl Eve so schwer zu erschüttern war, hatte er sie heute aus irgendeinem Grund aus der Bahn geworfen. Einen kurzen Moment lang hatte sie ihre dunklen Rehaugen weit aufgerissen und gezeigt, was sie empfand. Und einen kurzen Moment lang hatte sein Herz ausgesetzt, denn die Begierde in ihrem Blick hatte seinem Ego, das er unbedingt zu ignorieren versuchte, einen gewaltigen Schub versetzt. Aber er war gekommen, um Jack zu holen. Im Übrigen zählte es ohnehin nicht. Dass sie Interesse an ihm hatte, änderte nichts daran, warum er sich geschworen hatte, auf Distanz zu bleiben. Wenn überhaupt, bestärkte es ihn nur darin.

Er konzentrierte sich wieder auf Callie, die noch immer vor ihm stand und ihn neugierig musterte. »Eve meint, Sie brauchen vielleicht etwas Warmes zu trinken, wenn Sie wieder losziehen«, sagte sie und schauderte unwillkürlich in dem knappen schwarzen Kleidchen, das der Fantasie nur wenig Spielraum ließ.

»Sagen Sie ihr bitte herzlichen Dank. Und gehen Sie von der Tür weg, Sie holen sich noch eine Erkältung.«

Callie lächelte selbstironisch. »Was tun wir Frauen nicht alles der Mode zuliebe.«

Callie wandte sich Jack zu und stellte den zweiten Becher vor ihm ab, machte sich jedoch nicht die Mühe, ein Gespräch anzufangen. Jack hätte ihr ohnehin nicht zugehört, da er gerade versuchte, Katie zu besänftigen, die offenbar schmollte, weil er gehen musste. Gern hätte Noah eine beißende Bemerkung gemacht, aber er verkniff sie sich. Genau wie er sich eben eine Bemerkung zu Jacks alberner Ausrede verkniffen hatte, er habe hier in der Bar einen schlechten Handyempfang.

Das Display von Noahs Telefon zeigte hervorragenden Empfang an. Er war sich nicht sicher, ob Jack seine Ausreden selbst glaubte oder Noah für dumm genug hielt, sie ihm zu glauben. Vielleicht war es ihm auch vollkommen egal. Fakt war, dass Noah ihn über kurz oder lang würde melden müssen, weil sein Partner seine Arbeit nicht mehr richtig machte.

Aber der Gedanke, Jack anzuschwärzen, verursachte ihm Übelkeit. Wenn Jack sich konzentrierte, war er ein verdammt guter Polizist.

»Noah. Hier drüben.« Sein Cousin Brock winkte ihm von seinem Tisch. »Wie ich sehe, hast du ihn gefunden«, sagte er, als Noah bei ihm war.

Noah nickte. »Ja. Ich brauche ihn am Tatort.« Er dachte an Martha Brisbane, die noch immer von der Decke baumelte. »Dieser Fall wird übel.«

»Ruf mich an, wenn du mich brauchst.« Brock warf einen Blick zur Bar, hinter der Eve einen Martini mixte, während ihr Blick permanent durch die Bar streifte. »Egal, worum es geht«, fügte er anklagend hinzu.

»Mach ich«, sagte Noah, aber Brock schüttelte den Kopf.

»Sicher, das sagst du immer. Aber, Mann, tu endlich etwas oder lass es ganz bleiben. So kann es nicht weitergehen. Du spielst jedes Mal mit dem Feuer, wenn du diese Bar betrittst.«

Er hatte recht. »Ich weiß.« Dennoch konnte er nicht anders. »Wenn der Fall abgeschlossen ist.«

Brocks Miene wurde grimmig. »Auch das sagst du immer.«

Und wieder hatte er recht. Noah hatte schon allzu oft versprochen, dass er das Sal's nicht wieder betreten würde, aber er kam trotzdem immer wieder. Zehn Jahre lang hatte er eine Sucht bekämpft, nur um eine neue zu finden. Eve Wilson war seine Schwäche, und sie war in mehr als einer Hinsicht gefährlich für ihn.

»Ich weiß«, wiederholte Noah und griff nach vier Päckchen Zucker für seinen Kaffee.

Brock schob den Behälter weg. »Ich an deiner Stelle würde erst probieren.«

Noah tat es und blickte erstaunt auf. Sie hatte den Kaffee bereits gesüßt. Er hatte im vergangenen Jahr vielleicht zweimal Kaffee bestellt und immer selbst den Zucker hinzugefügt. Sie beobachtete ihn also nicht nur, sie merkte sich anscheinend auch viel. Und Brocks Miene besagte, dass er Bescheid wusste.

»Sie ist einfach eine gute Kellnerin«, sagte Noah. »Sie erinnert sich bestimmt auch daran, was du bestellst.«

Brock verdrehte die Augen. »Du bist ein echter Vollidiot, Noah.«

Noah seufzte. »Weiß ich. Sag Trina danke fürs Essen.«

Jack war bereits gegangen. Er hatte versprochen, dass er sich zu Hause umziehen und dann zum Tatort kommen würde. Gemeinsam würden sie herauszufinden versuchen, was genau Martha Brisbane zugestoßen war. Sie würden ihre Arbeit erledigen. Für Noah war die Arbeit alles. Als er ganz am Boden gewesen war, hatte sein Job ihm wieder auf die Beine geholfen. Und das durfte er niemals vergessen.

Aber Noah spürte Eves Blick, als er auf die Tür zuging, und blieb stehen. Er würde nicht wiederkommen. Durfte sie nicht wiedersehen. Er hatte sich in den vergangenen sechs Monaten der Theke nicht einmal auf zwei Meter genähert, da Jack, oberflächlicher Hund, der er war, die Bestellung der Drinks gern übernommen hatte, seit Eves auffällige Narbe verschwunden war. *Und du? Bist du etwa besser als Jack?* Er hatte dagesessen und zugesehen.

Ich bin ein Dummkopf. Bewusst drehte er sich zur Theke um. Ihr Blick war ruhig, als er sich näherte, aber er sah ihren Puls in der Kuhle unter dem Lederhalsband pochen und wusste, dass er sich nicht getäuscht hatte, als er bei seinem Eintreffen Begierde in ihrem Blick zu sehen geglaubt hatte. Er hob den Kaffeebecher leicht an. Eine Million Sätze, die er gern gesagt hätte, rauschten durch seinen Kopf. Am Ende sagte er das Einzige, das einen Sinn ergab.

»Danke.«

Sie nickte und schluckte hart. »Es ist ja nur ein Kaffee, Detective.«

Aber es war mehr als das. Sie war ein guter Mensch, und er hatte in den vergangenen Monaten viele Beweise dafür sammeln können, hauptsächlich dann, wenn sie geglaubt hatte, dass niemand sie sah. Aber er hatte sie gesehen.

Mach kehrt und verschwinde. Aber weder sagte er etwas noch wandte er sich ab. Sein Blick glitt zu ihren Händen. Ihre Linke umfasste die Rechte. Eine gezackte Narbe lief um ihren Daumen und verschwand im Ärmel des schwarzen Pullovers, dessen Ausschnitt nicht besonders tief, aber doch tief genug war, um Blicke anzuziehen. Und Wünsche zu wecken.

Langsam legte sie beide Hände auf die Theke, wie um ihm klarzumachen, dass es hier nichts zu sehen gab. Aber wieder sah er in ihren Augen ein kurzes Aufflackern, und er glaubte Sehnsucht zu erkennen, so stark, dass es ihm einen Augenblick lang den Atem raubte. Doch schon hatte sie sich wieder unter Kontrolle. »Passen Sie auf sich auf, Detective«, sagte sie leise.

Er tippte sich an die Krempe seines Hutes. »Und Sie auf sich.« *Und leben Sie wohl.*

Noah nahm einen Schluck von dem brühend heißen Kaffee, während er auf seinen Wagen zuging. Trotz des Zuckers hatte er einen bitteren Geschmack auf der Zunge. *Tu endlich etwas oder lass es ganz bleiben.* Letzteres. Lange hatte er sich an den Glauben klammern können, dass er nur sich selbst weh tat,

wenn er ins Sal's ging, um sie zu sehen. Aber heute hatte sie ihm gezeigt, dass sie sich für ihn interessierte.
Er musste sich abwenden, bevor er ihr weh tat. Was immer sie in ihrem Leben schon durchgemacht hatte, es war schlimm gewesen. *Ich werde es nicht noch schlimmer machen, indem ich sie mit mir in den Abgrund ziehe.*

Sonntag, 21. Februar, 19.15 Uhr

Lindsay Barkley wachte schreiend auf. Hunde. Knurrende, zähnefletschende Hunde. *Lauf.* Aber sie konnte nicht laufen. Sie war gefesselt und konnte nicht laufen. Sie hatten sie erreicht, fielen über sie her, ihre Fänge schlugen in ihr Fleisch …
Sie schrie, und die schrecklichen Zähne verschwanden. Das Knurren verstummte.
Ein Traum. Keuchend schnappte sie nach Luft. *Es war nur ein böser Traum.* Ein Alptraum, dachte sie, als sie langsam wieder zu sich kam. Sie versuchte, sich zu bewegen, und das Entsetzen kehrte mit betäubender Macht zurück. *Das ist kein Alptraum.* Das Bett, an das sie festgebunden war, war echt, genau wie der dunkle Raum. Stricke schnitten ihr in Hand- und Fußgelenke. Die Luft war trocken. Ihr Mund fühlte sich so ausgedörrt an, als hätte sie Kreide geschluckt, und das Kissen unter ihr roch nach Schweiß und Erbrochenem. Ihre Augen brannten höllisch.
Sie versuchte zu blinzeln, aber ihre Augen starrten einfach nur in die Finsternis. Die Lider waren festgeklebt. Sie war nackt. Und sie fror. *Nein. Das kann nicht wirklich geschehen.*
»Hilfe.« Was in ihrem Geist wie ein schriller Schrei klang, drang als heiseres Wispern aus ihrer Kehle. Trocken. Ihr Hals war zu trocken zum Schreien. *Er wird mich umbringen.*
Nein. Ich kann entkommen. Denk nach. Denk schon nach. Sie erinnerte sich noch, dass sie in den Fußraum der Rückbank

seines SUV gestoßen worden war, dann an das Pieksen einer Nadel an ihrem Hals.
Dabei hatte er so ... so aufrichtig gewirkt. So nett. Und vertrauenswürdig. Normalerweise setzte sie sich nicht zu ihren Freiern ins Auto, aber es war so kalt draußen gewesen. *Mir ist so kalt. Bitte hilf mir doch jemand.*
Er hatte gesagt, dass er sie irgendwo hinbringen wollte, wo es warm war. Und angenehm. Aber er hatte gelogen. Er war an den Straßenrand gefahren, hatte ihr eine Waffe an die Schläfe gehalten und sie nach hinten gezerrt. Dann hatte er ihr eine Spritze gegeben, gelacht und ihr prophezeit, dass sie von wilden Bestien zerfetzt werden würde, wenn sie erwachte. Dass sie in dieser Nacht sterben würde.
Mit den Hunden hatte er recht behalten. *Ich will nicht sterben. Es tut mir so leid,* betete sie stumm, denn vielleicht hörte Gott ihr doch zu. *Ich darf nicht sterben. Wer soll sich um Liza kümmern?*
Oben öffnete sich eine Tür, schloss sich wieder, und sie hörte das Klacken eines Riegels. *Er kommt.* Dann ging das Licht an, und sie konnte sich umsehen.
Schuhe. An den Wänden befanden sich Regale mit mehr Schuhen, als sie je in einem Laden gesehen hatte. Sie standen säuberlich paarweise aufgereiht, die Absätze nach vorn. Dutzende von Schuhen.
Am Ende der obersten Reihe stand ein Paar ausgetretener Pumps mit kleinem Absatz neben den zwölf Zentimeter hohen Stilettos im Leoparden-Design, die sie selbst vor wenigen Stunden aus ihrem Schrank geholt hatte.
Meine Schuhe. Lieber Gott, bitte hilf mir. Ich schwöre, ich mache auch nie wieder Dummheiten. Ich gehe Burger braten, putzen – egal. Aber lass mich nicht hier sterben.
Verzweifelt zerrte Lindsay an ihren Fesseln, während er langsam die Treppe herunterkam. Wieder wollte sie schreien, und wieder kam nur ein heiseres Krächzen heraus.

Seine Miene verzerrte sich wütend, als er in ihr Sichtfeld trat. »Du bist wach. Seit wann bist du wach? Verdammt noch mal. Ich war doch nur fünf Minuten weg.«
»Bitte«, flehte sie. »Bitte töten Sie mich nicht, ich sag auch niemandem etwas. Ich verspreche, ich verrate nichts.«
Ein jäher Schmerz durchfuhr sie, als sein Handrücken sie über den Mund schlug. Sie schmeckte Blut.
»Ich habe dir nicht zu sprechen erlaubt«, knurrte er. »Du bist nichts, weniger als nichts.«
Das Entsetzen wurde übermächtig. »Bitte.« Der Schmerz war beim zweiten Mal noch schlimmer, als sein Ring sie traf.
»Ruhe!« Er war nackt, sein Penis erigiert. Sie zwang sich zur Ruhe. Das hier war bloß Sex. Vielleicht lebte er nur eine Fesselungsfantasie aus. Sie senkte den Blick aus den brennenden Augen zu seiner Leiste und versuchte, anzüglich zu klingen. »Ich mache es schön für dich. Ich kann dir geben, was du brauchst.«
Sie schrie auf, als seine Faust ihre Wange traf.
»Als würde ich etwas von mir in dich stecken«, fauchte er verächtlich. Er schwang sich rittlings auf sie. »Du gibst mir nichts. Ich *nehme* mir, was ich brauche.«
Seine Hände schlossen sich um ihre Kehle und drückten zu. *Kann nicht atmen. Gott, bitte.* Lichter tanzten vor ihren Augen, und sie schlug wild um sich in dem Versuch, Luft zu holen – nur einmal Luft zu holen.
Sein Lachen war weit weg und klang blechern, als befände sie sich in einem Tunnel. Das Letzte, was sie hörte, war sein Stöhnen, als er kam, und sie spürte seinen heißen Samen auf ihrer eiskalten Haut. Und dann … nichts mehr.

Schwer atmend starrte er in ihr Gesicht, das im Tod erschlafft war. Er löste seine Hände von ihrem Hals und ballte sie zu Fäusten. Es hätte *besser* sein müssen. Er *brauchte* es besser. *Verdammt.* Sie war früher erwacht, als er geplant hatte, so dass er ihre Postsedierungshalluzinationen verpasst hatte. Dabei war der optimale Moment immer *während* einer Halluzination.

Was immer er ihnen einflüsterte, bevor er sie betäubte, blieb ihnen im Bewusstsein, wenn sie wieder erwachten … Er hatte schon vor langer Zeit festgestellt, dass ihre Angst besser war als jede Droge und seinen Orgasmus gewaltig machte.

Doch das war ihm heute verwehrt geblieben. Sein Atem verlangsamte sich wieder, und seine rasenden Gedanken kamen zur Ruhe. Was das vordringliche Ziel war. Der Orgasmus war nur eine … eine Extrabeigabe.

Er stieg von ihr herunter und achtete peinlich genau darauf, nicht mit dem Blut, das aus ihrer Lippe quoll, in Berührung zu kommen. Er war immer sehr vorsichtig mit dem menschlichen Müll, den er aufsammelte. Huren und Junkies, total verseucht. *Ekelerregend.*

Es war spät. Er würde sich ihren Gestank abwaschen, sich anziehen und tun, was nötig war. Er hoffte, dass man inzwischen Martha Brisbane gefunden hatte. Er wartete schon seit Tagen, und sein Bedürfnis, zum nächsten Opfer überzugehen, wuchs stündlich. Aber er konnte das nächste erst in Angriff nehmen, wenn die Polizei das letzte gefunden hatte. Das hatte er sich zur Regel gemacht.

Regeln sorgten für Ordnung, und Ordnung kontrollierte das Chaos. Je größer das Chaos, umso größer das Risiko, entdeckt zu werden. Daher hielt er sich an seine Regeln. Penibel.

Er betrachtete die Tote auf dem schmalen Bett. Sie hatte ihren Zweck erfüllt. Eine Zerstreuung, ein Mittel, um einen klaren Kopf zu behalten, während er darauf wartete, dass man Martha fand. Sobald er seinen Verstand auf neue Beute ausgerichtet hatte, musste er in Bewegung geraten. Tat er es nicht, stürmten seine Gedanken zu schnell davon.

Optionen, Szenarien, Resultate. All das lenkte ab, und Ablenkungen konnte er sich nicht leisten. In seiner Branche musste er immer bei klarem Verstand sein, immer und überall. Und jetzt mehr denn je.

Er packte den Metallgriff im Betonboden. Die gut geölte Platte bewegte sich lautlos und öffnete die Grube, in die er im Lauf der Jahre schon Dutzende Leichen deponiert hatte. Huren, Junkies. Abschaum, den niemand vermisste. *Die Welt ist ohne sie ein besserer Ort.* Dutzende Opfer, und die Bullen hatten nicht einmal den Hauch eines Verdachts.

Er schnaubte verdächtig. »Moderne Helden«, murmelte er und zitierte die platte Überschrift des Artikels, der angeblich allen Detectives peinlich war. Er wusste es besser. Natürlich fanden sie sich alle großartig und genossen insgeheim das Tamtam, das um sie gemacht wurde.

Dabei waren sie nur Schlägertypen mit großen Ballermännern und kleinen Hirnkästen. Und so leicht zu manipulieren. Das wusste er nur allzu gut, denn er manipulierte sie schon seit vielen Jahren. Sie merkten es nur nicht.

Aber das würde sich ändern. Es war an der Zeit. Er würde sie auf ihren Platz verweisen. Sein Plan war erschreckend einfach. Er würde direkt vor ihrer Nase Frauen töten, wie er es seit Jahren tat. Er sah hinab in die Grube. *Aber nicht mehr still und heimlich. Keine Loser der Gesellschaft, die ohnehin niemand vermisst.*

Er dachte an die sechs Frauen, die er ausgewählt hatte. Frauen, die allein lebten, aber Familie und Freunde hatten, die ihren Tod betrauern würden. Und diese würden nicht leise trauern, sondern sich an eine mitfühlende Presse wenden, die rasch die Geduld mit der heroischen Hat Squad verlieren würde.

Und darauf kam es an. Die sechs, die er ausgewählt hatte, würden die Öffentlichkeit aufrütteln und einen Zorn wecken, den seine schmierigen Huren niemals erzeugen konnten.

Ob man je die Ironie seiner Wahl erkennen würde? Seine sechs waren zwar noch nie auf den Strich gegangen oder hatten sich Heroin gespritzt, aber sie waren trotz allem Huren und

Junkies. Sie gingen ihren Geschäften einfach nur in weniger traditionellen Bahnen nach. *Es sind immerhin Frauen.*
Er hatte seine Vorgehensweise allerdings verändern müssen. Dass er sie herbrachte, war natürlich nicht mehr möglich. Stattdessen hatte er sie in ihren eigenen Wohnungen hinterlassen und gezielt Hinweise gestreut. Angefasst hatte er sie nicht, er konnte es sich nicht erlauben, die Hände um ihren Hals zu legen. Und er hatte richtig vermutet, dass der Verzicht auf die Berührung das Erlebnis schmälern würde.
Zudem musste er sich zurückhalten, er durfte nicht auf ihnen kommen. Ein Täter, der seine DNS zurückließ, war ein Dummkopf. Die Belastung zu töten, ohne körperliche Erlösung zu finden, war schwieriger gewesen, als er erwartet hatte, aber die Hure von eben hatte ihm wieder ein wenig Erleichterung verschafft.
Die Sache war es wert. Die Presse würde sich begeistert auf den Serienkiller stürzen und die Polizei als unfähig darstellen. Und wie recht sie damit haben würde. Ein Serienmörder in unserer Mitte, würden die Leute jammern. *Oje.* Wenn sie nur wüssten, dass er schon seit Jahren in ihrer Mitte tötete. *Oje. Wie viele Opfer waren nötig, bevor sie begriffen?* Martha war die dritte von sechs. Aber sie hatten Martha noch nicht entdeckt, und seine Ungeduld wuchs. Zum Glück war er diszipliniert genug, um sich an seinen Plan zu halten. Er zerrte die Leiche zur Grube und rollte sie hinein. Dann warf er ihre Kleider hinterher. Die Schuhe natürlich nicht. Die würde er behalten, wie er es Dutzende Male zuvor getan hatte.
Er zog sich den Arbeitsoverall des Mannes an, der ihm einst die Grube ausgehoben hatte und mit einer Kugel im Kopf als Erster darin gelandet war. Dann schaufelte er Kalk aus der Tonne auf die Leiche, bis sie ganz damit bedeckt war. Ungelöschter Kalk beschleunigte die Zersetzung biologischer Materialien, ohne dass es zu den unappetitlichen Nebenwirkungen wie Gestank und Ungeziefer kam, aber man musste auf-

passen. Mit Wasser reagierte diese Substanz heftig, daher hielt er seinen Keller mit einem Luftentfeuchter trocken, was, ganz nebenbei, auch dafür sorgte, dass die Schuhe sich besser hielten. Die Pumps, die er seinem ersten Opfer vor fast dreißig Jahren abgenommen hatte, waren in einem genauso guten Zustand wie die, die er seiner Sammlung erst in den vergangenen Wochen hinzugefügt hatte.

Schließlich gab er Erde auf den Kalk, dann hievte er den Deckel wieder über die Grube, wie er es schon zahllose Male zuvor getan hatte.

Obwohl das Töten seinen Zweck erfüllt hatte, war es nichts im Vergleich zu dem Triumph, den er empfinden würde, wenn die Polizei begriff, dass sie es mit einem echten Serienmörder zu tun hatte.

2. *Kapitel*

Sonntag, 21. Februar, 19.55 Uhr

Sorry, ich muss mir unbedingt ein neues Telefon besorgen«, sagte Jack, während er durch Marthas Schlafzimmer ging. Noah hatte eine halbe Stunde auf ihn gewartet, und in dieser Zeit hatte sich sein Zorn noch gesteigert. Angeblich hatte sich sein Partner nur umziehen wollen, aber die satte Zufriedenheit in seinen Augen war unmissverständlich. Er hatte mit Katie noch schnell einen Quickie eingeschoben. Während das Opfer hier von der Decke hing, hatte er mit seiner Freundin geschlafen. Es reichte. *Ich muss ihn melden.*

»Tu das«, sagte er kühl, aber falls Jack seinen Zorn spürte, ließ er sich nichts anmerken.

»Also stell mich bitte der Lady mit den Bette-Davis-Augen vor, damit wir endlich loslegen können.«

Die Gerichtsmediziner warteten bereits ungeduldig darauf, die Leiche abzunehmen, doch Noah wollte, dass sich Jack die Frau erst noch ansah. *Die Mühe hätte ich mir nicht machen müssen. Vielleicht habe ich bald sowieso einen neuen Partner.*

»Martha Brisbane«, sagte Noah knapp. »Zweiundvierzig, Single. Von der Nachbarin gefunden.«

»Es ist eiskalt hier drinnen. Hat die Nachbarin das Fenster aufgemacht oder Mrs. Brisbane?«

»Die Nachbarin sagt, das Fenster habe offen gestanden.«

»Tja, es hätte schlimmer kommen können. Stell dir vor, wir hätten August. Mist. Sind ihre Lider festgeklebt?«

»Ja«, presste Noah hervor. »Sind sie.« *Wie bei der anderen.*

»So etwas sieht man wirklich nicht alle Tage.« Jack zuckte mit den Schultern. »Wenigstens sind wir hier schnell durch. Vielleicht bin ich sogar noch rechtzeitig zum Nachtisch wieder bei Katie. *Falls* du weißt, was ich meine.«

Noah biss sich auf die Zunge, aber Isaac Londo, Techniker der Gerichtsmedizin, rettete ihn. »Da Detective Coverboy endlich eingetroffen ist – können wir das Opfer jetzt abnehmen?«

»Nein«, gab Noah barsch zurück.

»Ich habe einen Zwanziger auf das Spiel heute Abend gesetzt«, brummelte Londo. »Ich muss los.«

Micki Ridgewell von der CSU verstaute ihre Kamera und schaute auf. »Was ist, Web? Das Opfer hat sich an der Decke aufgehängt, den Hocker umgetreten und ist gestorben.«

Jack runzelte die Stirn, als ihm anscheinend endlich aufging, dass irgendetwas nicht stimmte. Er wandte sich an Noah. »Was ist es?«

Soll ich dir alles einzeln aufzählen? »Das Szenario«, sagte Noah. »Ich habe es schon einmal gesehen.«

»Sicher«, meinte Micki. »Nach fünfzehn Jahren im Job hast du wahrscheinlich schon alles gesehen. Und ich auch.«

»Nein. Ich habe genau diese Szene schon einmal gesehen. Sogar die Position der Schuhe.«

»Ich nicht«, sagte Jack, nun todernst. »Wann war das und wo war ich?«

»Freitagmorgen, vor einer Woche. Du warst zu Hause … krank.«

Jack erstarrte bei Noahs absichtlichem Zögern. Zornesröte erschien auf seinen Wangen. »Das war ich auch.«

Noah hielt sich zurück. Dies war nicht der geeignete Moment, um sich zu streiten. »Es war Gus Dixons Fall. Ich hatte mir seinen Minirekorder geliehen, weil mein Aufnahmegerät kaputt war und ich einen Zeugen interviewen musste.« Für einen Fall, den er allein abgeschlossen hatte, weil Jack *krank* gewesen war. »Als ich von dem Zeugen zurückkam, rief Dix an. Er brauchte seinen Rekorder am Tatort, also fuhr ich hin.«

»Und da hast du diese Szenerie gesehen?« Jacks Augen verengten sich. »Selbstmord durch Erhängen?«
»Ganz genau. Der Hocker war umgestürzt und lag in derselben Entfernung und im selben Winkel zur Toten. Das Opfer trug ein solches Kleid und solche Schuhe. Ein Schuh lag auf der Seite, der andere stak im Teppich. Gleicher Typ Haken, gleiche Schlinge, das offene Fenster – alles gleich.«
Micki schnaubte. »Déjà-vu.«
»Aber dieses Opfer hat sich erhängt«, sagte Londo. »Petechien in den Augen, Ligaturen an der Kehle … alle Verletzungen sind typisch für Tod durch den Strang mit einem kurzen Sturz.«
»Bei Dix' Fall war es dasselbe«, sagte Noah. »Und ihre Augenlider waren festgeklebt, genau wie hier.«
Jack verzog das Gesicht. »Das mit den Bette-Davis-Augen war als Scherz gemeint.« Er sah sich nachdenklich um und deutete dann auf den Hocker. »Bist du damit fertig, Micki?« Er hob den Hocker auf und stellte ihn direkt unter das Opfer. Dann trat er zurück, und Noahs Verdacht bestätigte sich.
Der Hocker befand sich gute fünf Zentimeter unter Martha Brisbanes Zehenspitzen.
»So ein Mist«, murmelte Londo. »War das bei dem anderen Fall auch so?«
»Das weiß ich nicht. Als ich ankam, hatte die Spurensicherung sie schon abgenommen.«
»Also gut. Dieses Opfer kann unmöglich den Kopf durch die Schlinge gesteckt und den Hocker weggetreten haben«, stellte Micki fest. »Jemand hat der Frau geholfen.«
Noah sah in Marthas weit aufgerissene Augen. »Jemand hat die Frau getötet.«
»Und hat sich große Mühe gemacht, es wie einen Selbstmord aussehen zu lassen«, fügte Jack hinzu. »Abschiedsbrief?«
»Bisher haben wir nichts gefunden.«
Micki machte weitere Nahaufnahmen von den roten Stilettos.

»Keine Abnutzung.« Sie hielt einen Schuh an den Fuß des Opfers. »Und zu klein. Wieso sich solche Mühe machen und dann die falschen Schuhe hinstellen?«

»Bleibt die Frage, wie viele andere er schon so hergerichtet hat«, murmelte Jack.

»Und wie viele uns entgangen sind.« Noah nickte Londo zu. »Jetzt kannst du sie abnehmen.«

»Durchsuchen wir ihre Wohnung noch einmal gründlich«, sagte Jack. »Und dann sprechen wir mit der Nachbarin, die sie gefunden hat.«

»Sarah Dwyer. Martha hatte versprochen, Dwyers Pflanzen zu gießen, während sie weg war.«

»Wie lange ist das her?«, wollte Jack wissen.

»Zwei Wochen«, sagte Noah. »Officer Pratt sagt, Dwyer ist heute zurückgekehrt und war ziemlich wütend, weil sämtliche Pflanzen vertrocknet waren. Sie wollte Martha zur Rede stellen, aber Martha hat nicht auf ihr Klopfen reagiert. Also hat sie die Feuerleiter genommen, um ans Schlafzimmerfenster zu hämmern, und dabei hat sie das Opfer hängen sehen.«

Micki riss staunend die Augen auf. »Sie war so wütend, dass sie über die klapprige Feuerleiter gestiegen ist?«

Jacks Lippen zuckten. »Raten wir mal, um was für Pflanzen es sich gehandelt hat.«

»Ich wette, sie hat erst jeden einzelnen Topf entsorgt, bevor sie die 911 angerufen hat. Okay, bringen wir das hier zu Ende. Bad und Schlafzimmer habe ich schon durchsucht. Geh du in die Küche, ich übernehme das Wohnzimmer«, sagte Noah.

Er sah gerade in die leeren Schreibtischschubladen, als Jack mit einer Dose Katzenfutter aus der Küche kam. »Das Opfer hatte eine Katze.«

»Ich habe keine gesehen«, sagte Noah, woraufhin Jack die Stirn runzelte.

»Ein Mehrfachmörder und eine fehlende Katze. Nicht gut. Hast du was gefunden?«

»Nichts – und ich habe noch nie einen derart leeren und sauberen Schreibtisch gesehen. Vielleicht weiß die Nachbarin etwas über die nächsten Angehörigen.«
»Sprich du mit der Frau«, sagte Jack. »Ich klopfe an die Türen und frage nach, wer sie vielleicht noch in den vergangenen zwei Wochen gesehen hat.«

Sonntag, 21. Februar, 20.20 Uhr

Dell streckte die Hand aus. »Gib mir den Zoom.«
Harvey schüttelte den Kopf. »Du hättest deine eigene Ausrüstung mitbringen sollen.«
Dell rutschte auf dem Beifahrersitz hin und her. »Sie sind schon lange drin.«
»Was bedeutet, dass es ein großer Fall ist«, sagte Harvey. »Je größer der Fall, desto härter der Absturz.«
»Diese Schweine«, murmelte Dell. »Und dieser Zeitungsartikel stellt sie als große Heilsbringer dar!«
In der Stimme seines Sohnes schwang derselbe Hass mit, den auch Harvey empfand. »Deswegen zeigen wir der Welt die Wahrheit. Und deswegen wirst du die Waffe auch in der Tasche lassen.«
Dells Kiefermuskeln traten hervor. »Woher wusstest du das?«
»Wusste ich nicht – bis eben jedenfalls nicht. Aber so etwas Schwachsinniges würde zu dir passen. Du schießt, und sie sind nicht nur Helden, sondern auch noch Märtyrer, während du in den Knast wanderst.« Er warf Dell einen Blick zu. »Ich habe schon einen Sohn verloren. Das passiert mir kein zweites Mal. Wir müssen Geduld haben. Wir beobachten sie, machen Fotos und beweisen, was sie wirklich sind.«
»Sie haben den Tod verdient«, sagte Dell.
»Ja, sicher. Aber wenn wir der Öffentlichkeit beweisen können, mit welchen krummen Touren sie arbeiten, dann wan-

dern auch sie in den Knast.« Harvey zog eine Braue hoch. »Und weißt du, was mit Cops im Knast passiert?«
Dells Grinsen war eher ein Zähnefletschen. »Sie wünschen sich bald, dass sie tot sind.«

Sonntag, 21. Februar, 20.25 Uhr

Noah stellte das Aufnahmegerät auf Sarah Dwyers Couchtisch. »Dann muss ich mir keine Notizen machen«, erklärte er, als sie den Apparat beäugte. »Wie gut kannten Sie Martha?«
»Ich habe sie ab und zu im Waschkeller gesehen. Wir waren aber nicht miteinander befreundet.«
»Aber Sie haben ihr den Schlüssel zu Ihrer Wohnung gegeben. Das heißt, Sie haben ihr immerhin vertraut.«
»Sie wohnte halt im gleichen Haus«, sagte Dwyer ungeduldig. »Da redet man manchmal miteinander.«
Noah sah, wie sie die Hände rang. »Alles in Ordnung mit Ihnen, Ma'am?«
Sie verengte die Augen. »Ich bin gerade aus Hongkong gekommen und habe seit vierundzwanzig Stunden nicht geschlafen.« Sie zeigte auf ein kleines Gewächshaus auf ihrem Esstisch. »Ich komme nach Hause und entdecke, dass meine Orchidee tot und meine Nachbarin noch toter ist. Und Sie haben die Unverfrorenheit, meine Aussage in Zweifel zu ziehen?«
»Niemand zieht Ihre Aussage in Zweifel.« Der Jetlag und der Schock konnten für ihre Nervosität verantwortlich sein, und Orchideen waren teuer, so dass der Anblick der vertrockneten Blumen in ihr durchaus genügend Wut entfacht haben mochte, um über die Feuerleiter zu steigen. »Was war Martha von Beruf?«
»Sie war IT-Beraterin. Ich bin mir ziemlich sicher, dass sie von zu Hause aus gearbeitet hat.«
Noah dachte an den leeren Schreibtisch. Keine Unterlagen,

keine CDs. Nur der Rechner. Seltsam, dass eine Beraterin, die von zu Hause aus arbeitete, nichts dergleichen auf dem Tisch liegen hatte.

»Und hatten Sie bei Ihren Gesprächen den Eindruck, dass sie deprimiert war oder vielleicht vor etwas Angst hatte?«

»Nein. Normalerweise haben wir uns darüber unterhalten, wie schrecklich wir Mrs. Kobrecki finden. Sie ist die Hausmeisterin. Kobrecki und Martha konnten sich nicht ausstehen.«

Er hatte Mrs. Kobrecki schon mehrmals zu erreichen versucht, aber bisher hatte die Frau sich nicht gemeldet. »Warum nicht?«

»Kobrecki hat behauptet, Martha sei eine Schlampe, was Martha natürlich nicht lustig fand. Mehr weiß ich nicht. Wenn Sie mehr wissen wollen, müssen sie mit ihr selbst sprechen.« Sie zog eine Grimasse. »Oder mit ihrem Enkel.«

»Was haben Sie gegen den Enkel?«

»Er ist gruselig. Einmal habe ich ihn dabei ertappt, wie er meine Wäsche aus dem Trockner holte und daran roch. Seitdem achte ich darauf, nicht mehr abends zu waschen. Tagsüber habe ich ihn noch nie hier gesehen.«

»Wie heißt er?«

»Taylor Kobrecki. Wieso?«

»Ich sammle nur Fakten, Ma'am. Wissen Sie, wer Marthas nächster Angehöriger ist?«

»Ihre Mutter. Sie lebt in einem Pflegeheim. In St. Paul.«

Noah stand auf und reichte ihr seine Karte. »Danke. Wenn Ihnen noch etwas einfällt, melden Sie sich bitte bei mir.«

»Aber wieso?«, fragte sie misstrauisch. »Hat Martha sich denn nicht selbst umgebracht?«

Noah lächelte unverbindlich. »Wir müssen uns an die übliche Vorgehensweise halten, Miss Dwyer.«

»Aha«, sagte sie. »Also habe ich besser heute Nacht meine Pistole geladen neben dem Bett liegen.«

»Und?«, fragte Jack, als er mit Noah vor Dwyers Wohnung zusammentraf. »Was rausgefunden?«

»Vielleicht. Und du?«

»Null. Verwandte?«

»Die Mutter. Im Pflegeheim in St. Paul. Hat dich die Hausmeisterin zurückgerufen?«

»Nein. Ich habe keinen Mieter gefunden, der diese Mrs. Kobrecki besonders gut leiden konnte.«

»Sie hat einen Enkel.« Noah zog die Brauen hoch. »Er ist ein Höschen-Fetischist.«

»Interessant. Ob Mr. Höschen-Fetischist Vorstrafen hat?«

»Ich jage die Daten durchs System, du machst die Mutter ausfindig. Ruf mich an, und wir treffen uns im Pflegeheim.«

»Und was ist mit Gus Dixons Fallbericht?«

»Das Archiv hat versprochen, dass uns alles vorliegt, wenn wir ins Büro zurückkommen.«

Jack blickte mit einem Seufzen auf die Uhr. »Heute also keinen Nachtisch mehr.«

Noah presste die Kiefer zusammen. »Du nimmst dir ohnehin zu viel davon in letzter Zeit, *Partner.*«

Jack schnaubte. »Und das von einem Mann, der – wie lange schon gänzlich aufs Dessert verzichtet?«

Noah schüttelte den Kopf. Jeder konnte sehen, dass Jack es übertrieb. Jeder außer Jack. »Finde einfach Brisbanes Mutter. Wir sehen uns dort.«

»Ich rufe Abbott an«, sagte Jack, »und bringe ihn auf den neuesten Stand.«

Abbott war ihr Boss. »Habe ich schon. Während du dir deinen Schnellimbiss zugeführt hast.« Jacks Augen blitzten auf und bestätigten, dass er vorhin gelogen hatte. »Und, nein, ich habe ihm nicht gesagt, dass du nicht da warst.«

Jack stieß den Atem aus. »Ich bin dir was schuldig.«

Noah sah Jack in die Augen und hielt seinen Blick fest. »Lass es mich nicht bereuen, Jack. Bitte.«

Jack wandte sich ab. »Ich melde mich, wenn ich die Mutter aufgetrieben habe.«

Sonntag, 21. Februar, 20.45 Uhr

Die Menge jubelte vor dem größten der Flachbildschirme in Sal's Bar. Es lief ein College-Basketballspiel, und der Star des Heimteams, Tom Hunter, hatte den Ball. Mehr brauchte man wohl nicht zu sagen.

Eve sah zu, wie ihr langjähriger Kumpel über das Spielfeld raste und den Ball elegant durch den Ring beförderte. Jubel brandete auf, und Eve wippte auf die Fersen zurück.

»Ja!«, flüsterte sie und fuhr zusammen, als ihr kaltes Bier über den Arm lief. Hastig riss sie den überfließenden Krug unter dem Zapfhahn hervor und schüttelte den Ärmel aus. *Pass doch auf.* Zum Umziehen war keine Zeit, sie musste den Ärmel trocknen lassen.

Der Ersatz-Barkeeper, der ursprünglich für Callie hätte einspringen sollen, war nicht aufgetaucht. Die Schlange an der Theke war endlos, aber bisher hatte sich wenigstens noch niemand beschwert. Solange ihr Team gewann, würde sich das wohl auch nicht ändern, und solange das Team die Bälle Tom Hunter zuspielte, stand der Sieg außer Frage.

»Dein Kumpel hat echtes Talent«, sagte Sal hinter ihr.

Eve fuhr zusammen. Für einen Mann mit einem behinderten Bein konnte Sal sich erstaunlich gut anschleichen. Allerdings war es in der Bar derart laut, dass sie sich nicht einmal selbst denken hören konnte. Und heute Abend gefiel ihr das so.

»Ich weiß«, sagte sie. Dass Tom Talent hatte, war ihr schon aufgefallen, als sie ihn in dem schäbigen Chicagoer Viertel das erste Mal hatte spielen sehen. Sie war vierzehn gewesen, Tom zehn, aber beide hatten notgedrungen schnell erwachsen werden müssen. Beide waren Ausreißer gewesen, aber jeder mit einem anderen Hintergrund.

Sie waren Freunde geworden und hatten Unterschlupf in einem Schutzhaus gefunden, wo sie unter der Fittiche von drei großartigen Frauen aufgewachsen waren. Diese Frauen waren bis heute Eves Familie, aber was sie mit Tom verband, ging tiefer.

Tom war einer der wenigen Menschen, der wusste, was Eve in ihren Alpträumen plagte, denn dasselbe Ungeheuer ging auch in seinem Kopf um. Sie beide trugen die Narben der Wunden, die sein biologischer Vater, Rob Winters, ihnen zugefügt hatte. Doch sie hatten es überstanden. Und sich neu erfunden.

Tom war der Grund, warum sie hier in Minneapolis war. Als er das Basketballstipendium für eine der Topschulen des Landes bekommen hatte, hatte er sie überredet, mit ihm zu gehen und neu zu beginnen.

Und das hatte sie. Nun war Tom auf dem besten Weg, eine lebende Basketballlegende zu werden wie sein Adoptivvater Max Hunter. *Und ich bin endlich aus dem Schatten ins Licht hinausgetreten.* »Bei Tom sieht es immer so leicht aus«, sagte sie. »Dabei dürften sich Füße von dieser Größe eigentlich gar nicht so schnell bewegen können.«

»Ich rede nicht von dem Spiel«, sagte Sal. »Ich meine den kleinen Vortrag, den er Josies Kindern gehalten hat.«

Eve sah verwirrt zu ihm auf. Sals Frau Josie arbeitete an einer Highschool in einem sozialen Brennpunkt von Minneapolis als Beratungslehrerin. »Wann denn?«

»Letzte Woche. Er hat wohl vor, an alle Highschools zu gehen, um den Kids ans Herz zu legen, unbedingt beim Lernen zu bleiben und die Schule nicht frühzeitig abzubrechen. Er hat der Klasse von Josies Kids ein Spiel versprochen, wenn sie durchhalten. Die Kids schwärmen noch immer von ihm.«

Eve lächelte. »Typisch Tom, so etwas zu tun, ohne damit anzugeben. Er stammt eben aus gutem Haus.«

Sal schubste sie sanft mit der Schulter an. »Und du stammst aus demselben.«

»Nicht ganz.« Toms Mutter, Caroline, war eine der drei großartigen Frauen gewesen, die sich um sie gekümmert hatten. Eve hatte keine Ahnung, wo ihre leibliche Mutter war oder ob

sie überhaupt noch lebte. »Aber ich hatte das Glück, immer bei guten Leuten unterzukommen.«
Sie füllte einen zweiten Krug und reichte beide an den wartenden Gast weiter. Der Schmerz in ihrer Hand war nun ein konstant dumpfes Pochen geworden, aber sie wusste, dass man ihr nichts anmerkte. Bis Sal sie von der Seite anstieß.
»Geh deine Hand kühlen«, sagte er und erstickte ihren Protest mit einem warnenden Blick. »Mach schon.«
»Ja, Sir«, sagte sie resigniert, füllte Eis in einen Beutel und zuckte zusammen, als sie ihn auf ihre Hand legte. »Warum bist du überhaupt hier?«, fragte sie. »Rich sollte doch heute kommen.«
»Er hat angerufen und sich krankgemeldet.« Mit raschen Bewegungen füllte Sal die Gläser. »Und warum bist *du* hier? Callie war doch heute dran.«
»Sie hat ein Date.« Der Typ war irgendwann mit einem Strauß Rosen aufgetaucht und hatte sich entschuldigt. Ein Mandant sei angeblich am Nachmittag verhaftet worden, weil er an einer Schlägerei unter Eishockey-Fans teilgenommen hatte.
Sal blickte sie finster an. »Aber du hast schon letzte Woche jeden Abend gearbeitet.«
»Ich brauche das Geld. Das Leck im Dach wird immer schlimmer«, sagte sie, aber er schüttelte den Kopf.
»Nein, auch du musst mal ausgehen. Du bist zu hübsch, um dich in dieser Bar zu verstecken.«
Dass man sie hübsch nannte, verwunderte sie noch immer. Den Vorwurf würde sie aber nicht gelten lassen. »Ich verstecke mich nicht«, sagte sie schärfer, als sie beabsichtigt hatte. »Nicht mehr.«
Obwohl sie sich abgewandt hatte, spürte sie, dass Sal sie genau musterte. Jahrelang hatten die Leute sie angestarrt, wenn sie glaubten, dass sie es nicht merkte, aber sie war sich der entsetzten Blicke stets bewusst gewesen. Gefolgt von aufgeregtem Getuschel … dass es damit vorbei war, verdankte sie

ihrem plastischen Chirurgen, und in ihren Augen hätte man ihn allein dafür heiligsprechen müssen.

»Tut mir leid«, sagte Sal. »Aber du arbeitest hier, lernst, gehst zur Uni und kommst wieder her, um zu arbeiten. Und wenn du mal freihast, hängst du vor deinem Computer und spielst in Fantasy Island irgendwelche obskuren Spielchen mit Aviatoren und Orgien. Das ist doch nicht normal.«

Sals Fantasy Island hieß in Wirklichkeit Shadowland und war ein virtueller Spielplatz, ein künstliches 3-D-Universum. Es gab zwar keinen mysteriösen Mr. Roarke in einem gestärkten weißen Anzug wie in der Fernsehserie aus den Achtzigern, aber auch hier konnten Menschen vorgeben, jemand anderes zu sein, während sie mit Millionen Gamern rund um den Globus interagierten und virtuelle Fantasien auslebten.

Eve war der Verlockung von Shadowland erlegen, nachdem der Überfall ihr gewohntes Leben zerstört hatte. Die virtuelle Welt war mehr als nur ein Spiel für sie gewesen. Sie wurde zu einer notwendigen Verbindung zur Außenwelt, vor der sich Eve, die eingeschüchterte und schrecklich entstellte Eve, jahrelang verborgen hatte.

Doch zum Glück waren diese Jahre vorbei. Wie Tom Hunter hatte sie sich selbst neu erfunden. Shadowland war nicht länger eine Flucht, sondern ein Werkzeug für ihr Forschungsprojekt.

Zumindest hatte es so angefangen. Aber ihr Forschungsprojekt schien sich in ein furchtbares schwarzes Loch zu verwandeln, das ihre Testpersonen schneller in sich einsog, als sie sie zurückhalten konnte. Was mit großem therapeutischen Potenzial gestartet war, hatte sich zu einer Falle entwickelt, die ausgerechnet den Leuten zum Verhängnis wurde, denen sie doch helfen wollte.

»Das heißt nicht Aviator, sondern Avatar«, sagte sie gereizt. »Die Figuren, mit denen man spielt, heißen Avatare. Und woher hast du das mit den Orgien?«

Sals Augen funkelten, und sie begriff, dass er sie nur aufziehen wollte. »Ich könnte mir vorstellen, dass das viele männliche Fantasien befriedigen würde. Nicht meine«, fügte er hastig hinzu. »Damit wäre Josie gar nicht einverstanden.«
»Das kann ich mir denken«, gab Eve trocken zurück. Dann zuckte sie mit den Schultern. »Im Übrigen vergeude ich keine Zeit mit Computerspielen, und das weißt du auch. Das Projekt ist für meine Diplomarbeit.«
Sals Augen hörten auf zu funkeln. »Eben – sag ich doch. Selbst wenn du spielst, arbeitest du noch. Wann bist du zum letzten Mal verabredet gewesen?«
Vor fünf Jahren, elf Monaten und sieben Tagen. Dass ihr diese Zeitspanne nach all den Jahren noch so präsent war, war … beängstigend.
»Aha«, bemerkte Sal ruhig, als sie keine Antwort gab. »Du hast in letzter Zeit zu viel um die Ohren. Dein Forschungsprojekt verschafft dir momentan vor allem dunkle Ringe unter den Augen. Ich will, dass du dir mal freinimmst. Fahr in Urlaub. Tank Sonne in Florida.«
Eve warf den Eisbeutel in die Spüle und begann, einen Martini zu mixen, den Lieblingsdrink des nächsten Kunden in der Schlange. »Urlaub kostet Geld, Sal, und ich habe keins.«
»Ich leihe dir was«, sagte er. »Wie viel brauchst du?«
Abrupt stellte sie den Shaker ab. »Verdammt, ich hasse es, wenn du so nett bist. Warum kannst du nicht einfach ein blöder Chef sein?« Sie spürte einen Kloß in der Kehle und schluckte hart. »Behalte dein Geld. Alles ist gut.«
Er schüttelte den Kopf. »Ist es nicht. Irgendetwas macht dir Sorgen. Das sehe ich an deinen Augen.«
Sie machte den Martini fertig und widmete sich der nächsten Bestellung. »Warum müssen mir auch alle in die Augen sehen?«, murrte sie, Callies Beobachtungen zu Noah Webster noch lebhaft in Erinnerung. Entnervt überlegte sie, wie sie das Thema wechseln konnte, und entdeckte die Ausgabe der *MSP*

hinter der Theke. »Jack Phelps war vorhin da, aber er ging wieder, bevor ich ihn wegen des Covers fragen konnte.«

»Wurde er nicht vielmehr weggerufen?«, bemerkte Sal gelassen. »Durch Webster.«

Sie wandte sich um und betrachtete sein Profil. »Woher weißt du das?«

Sein Seitenblick wirkte fast amüsiert. »Ich weiß immer, was in meiner Bar abläuft, Eve. Ich wundere mich nur, warum Webster so lange gewartet hat. Weißt du, es gab sogar Wetten ... wie lange Web stillhalten würde, bevor er entweder um einen neuen Partner bitten oder Phelps auseinandernehmen würde.«

Entsetzt stellte Eve fest, dass die Vorstellung einer solchen Auseinandersetzung sie erregte. »Und wer hat gewonnen?«

»Niemand. Webster hat alle Vorhersagen überdauert. Entweder ist der Mann ein Heiliger oder ein Schwachkopf.« Er warf ihr wieder einen Seitenblick zu. »Vielleicht beides.«

Eve dachte daran, mit welchen Worten sich Noah Webster vorhin von ihr verabschiedet hatte. Er hatte sich seltsam resigniert angehört, und es war ihr eher wie ein Lebewohl als ein Dank vorgekommen. »Egal. Ich glaube nicht, dass er noch mal wiederkommt.«

Und so war es am besten. Sie hatte kaum genug Zeit für Uni, Arbeit und Forschung. *Das stimmt nicht.* Es ging nicht um die Zeit, es ging um ihr Herz. Und verschiedene andere innere Organe.

Sal seufzte. »Tut mir leid, Liebes.«

Sie zwang sich zu einem Lächeln. »Ach was.« Sie gab den Martini ins Glas, griff zu den Oliven und stellte erleichtert fest, dass sie leer waren. Sie brauchte einen Moment für sich. »Die Oliven sind alle. Ich gehe welche holen.«

Sonntag, 21. Februar, 21.10 Uhr

Endlich. Die Hat Squad wusste also, dass es sich um Mord handelte. Lange genug hatte sie dazu ja gebraucht. Drei Morde, sorgsam inszeniert. Bei Martha Brisbane hatten sie es nun tatsächlich erkannt.

Er hätte nicht gedacht, wie sehr ihn die Warterei zermürben würde. Aber so frustrierend es auch gewesen war, so nutzte die Unfähigkeit der Hat Squad doch vor allem seinem Ziel – nämlich sie zu demütigen, zu degradieren und ihren Stand in dieser Gesellschaft ein für alle Mal zu unterminieren.

Ihre Selbstherrlichkeit, die sie wie ihre Dienstmarken, Waffen – und diese Hüte! – ständig präsentierten, sollte wie ein Kartenhaus in sich zusammenfallen. Er wollte erleben, wie jeder einzelne von diesen selbstgerechten Neandertalern am Boden lag und erkennen musste, was er wirklich war: ein wertloser Versager.

Nur deshalb hatte er die drei Morde als Selbstmorde inszeniert.

Ihm war klargewesen, dass sie das erste Opfer nicht als solches erkennen würden, vielleicht nicht einmal das zweite. Sie waren so eifrig darauf bedacht gewesen, den Fall abzuhaken und die Akte schließen zu können, dass sie seine Hinweise übersehen hatten. Er wusste nicht, was sie ausgerechnet jetzt hatte aufmerken lassen – die Indizien oder die Erkenntnis, dass Marthas Fall zu zwei anderen passte. Bald *würden* sie wissen, dass es andere gegeben hatte, und dass ihnen durch ihre eigene Sorglosigkeit zwei Morde entgangen waren.

Jetzt waren sie also schon bei Opfer Nummer drei von sechs, das Spiel war zu Hälfte vorbei.

Sie würden sich selbst die Schuld geben. Wenn sie nur klüger, schneller, kompetenter gewesen wären, hätten sie das erste Opfer als Mordopfer erkannt. Hätten vielleicht die anderen beiden Morde verhindern können.

Sie würden anfangen, sich gegenseitig anzuzweifeln, und während die Zahl der Toten anstieg, würde sich die Illusion der Stärke, mit der sie sich umgaben, in nichts auflösen. Dabei hatte es sie nie gegeben.

Und er würde – gestärkt durch ihre Schwäche – weiterziehen. Er allein würde die Wahrheit kennen, denn sie würden niemals herausfinden, wer die Fassade ihrer Beliebtheit zum Einsturz gebracht hatte.

Aber genug davon. Für den Augenblick wenigstens. Sie hatten also endlich Martha Brisbane gefunden, alias Opfer Nummer drei von sechs, alias Desiree. Nun zu Opfer Nummer vier. Er klappte den Laptop auf und loggte sich in sein neues Jagdgebiet ein. Es gab eine Menge über die sogenannte Anonymität von Shadowlands virtueller Welt zu sagen. Seine Opfer kamen zum Spielen und sagten und taten Dinge, von denen sie in der realen Welt niemals zu träumen wagten. Es war so leicht, ihr Vertrauen zu gewinnen, denn sie glaubten ja, niemand wüsste, wer sie in Wirklichkeit waren.

Aber er wusste es. Daher hatte er auch genau diese sechs aus den Millionen, die Shadowland bevölkerten, gewählt.

Er kannte ihre Namen, Adressen, Berufe, ihren Familienstand und – von allergrößtem Interesse – ihre schlimmsten Ängste. Er hatte jede Erfahrung auf das Opfer zugeschnitten, und obwohl er ihnen weder die Hände um den Hals gelegt noch sich selbst einen Höhepunkt verschafft hatte, war es ihm bei den ersten drei gelungen, ein intensiveres Entsetzen auszulösen, als seine Huren es je erlebt hatten.

In der Vergangenheit hatten die Angstphobien immer nur im Kopf seiner Opfer stattgefunden, eine Nebenwirkung des Ketamins, das er benutzte, um sie zu betäuben. Doch nicht mit diesen sechs. In der virtuellen Welt spielten sie bloß eine Rolle, aber er sorgte dafür, dass sie in der realen starben. Zu Tode verängstigt.

Die erste der sechs hatte sich vor engen Räumen gefürchtet.

Nach nur wenigen Minuten in einer Kiste war Amy völlig hysterisch geworden. Ihr die Schnur um den Hals zu legen, während ihr Herz vor Panik gehämmert hatte, sie aber nicht fliehen konnte ... Es hatte ihn enorme Disziplin gekostet, nicht die Kontrolle zu verlieren.

Wenigstens war es ihm später, als er allein zu Hause war, gelungen, die Erinnerung an ihr Entsetzen noch einmal heraufzubeschwören. Dennoch war sein Orgasmus nur ein schwacher Abklatsch dessen gewesen, was er hätte sein können, wenn Amys letzter Atemzug ihn live untermalt hätte. *Aber für das höhere Ziel muss man manchmal Opfer bringen.*

Samantha, die zweite der sechs, hatte Angst davor gehabt, bei lebendigem Leib begraben zu werden. Einen Moment lang hatte er befürchtet, dass sie unter der zentimeterdicken Erdschicht, durch die er einen Schnorchel gesteckt hatte, ohnmächtig geworden war, denn sie zu töten hatte nur den gewünschten Effekt, wenn sie bei vollem Bewusstsein war. Aber zu seiner Erleichterung hatte sie gekämpft wie ein Tier, als er sie wieder ausgegraben hatte. Es war wunderbar gewesen.

Martha ... na ja. Sie hatte gar nicht so große Angst vor dem Wasser gehabt. Dafür hatte sie auf andere Art büßen müssen. Man hatte sich ja nur in ihrer Wohnung umsehen müssen, um festzustellen, dass sie zwanghaft Zeug ansammelte. Bis auf ihren Computer war nichts von Wert, aber der Verlust warf sie aus der Bahn und schürte in ihr nackte Panik. Also hatte er sie gezwungen, alles wegzuwerfen.

Und sie hatte ihre Katze geliebt. Seine Drohungen hatten für weiteres Entsetzen gesorgt.

Als er Martha endlich wieder ins Wasser gesteckt hatte, war ihre Furcht endlich so groß gewesen, wie er es sich gewünscht hatte. Am Ende hatte sie ihn angefleht, sterben zu dürfen.

Christy Lewis würde die Nummer vier von sechs sein. Er versprach sich sehr viel von Christy. *Oh ja.* Er lachte auf. Christys Phobie war besonders fein.

»Gwenivere, bist du online?« Na klar war sie das. Sie war immer online. Shadowlands Motto sagte alles: *Manchmal möchtest du an einem Ort sein, wo niemand deinen Namen kennt.*

»Außer mir.«

Gwenivere tauchte jeden Abend im Ninth Circle auf, dem virtuellen Club. Hier war sie eine ehemalige Miss Universum, Pianistin, begeisterte Tänzerin und kluge Gesprächspartnerin. Shadowland – das Land deiner Fantasie. *Gwenivere,* tippte er. *Ich habe dich schon vermisst.*

Christys Gwenivere lächelte ihn an. Ihr Avatar hatte eins von Pandoras hübscheren Gesichtern. Auch er hatte seinem Avatar ein ansprechendes Gesicht und eine Bodybuilder-Figur gegönnt. *Pandora's Façades Face Emporium* war recht gut ausgestattet und weitaus billiger als andere Avatar-Designer. Schließlich musste man so gut wie möglich aussehen, wenn man narzisstische Fantasy-Süchtige jagte. Aber man musste auch ein wenig Kleingeld bereithalten. Zum Beispiel für die Rechnung im Ninth Circle. Oder den Pokertisch im Casino Royale.

Lange nicht gesehen, tippte Christy. *Wo warst du?*

In der Warteschleife. Bis jemand Martha Brisbane gefunden hat, dachte er.

Sein Avatar setzte sich auf den Barhocker neben Christy, und seine langen Beine berührten problemlos den Boden.

Musste auf Geschäftsreise, schrieb er. *Du weißt schon – Insel kaufen, Hotelkomplex draufsetzen, ein paar Millionen verdienen. Darf ich dir einen ausgeben?*

Christys Avatar lächelte wieder. *Oh, gern. Aber nur einen kleinen.*

Er chattete ein wenig mit ihr und ließ sie reden. Es dauerte selten länger als ein paar Minuten, bis Christy ihre Online-Persönlichkeit vergaß und sie selbst wurde. Einmal hatte er sich »verplappert« und gestanden, dass er in der Nähe von Minneapolis wohnte. Sie hatte ganz überrascht gesagt, dass sie dort auch zu Hause war.

Natürlich war sie das. Deswegen hatte er sie ja ausgewählt. Sie hatte ihm schon mehrmals vorgeschlagen, sich zu treffen, aber er hatte sie immer vertröstet. Schließlich hatte er immer noch darauf gewartet, dass Martha gefunden wurde. Doch heute würde er ihr den Vorschlag machen.

Nur zum Plaudern. Darauf fielen sie immer herein. Jedes Mal. Warum etwas ändern, das so gut funktionierte?

Sonntag, 21. Februar, 21.55 Uhr

»Normalerweise ist Besuch um diese Uhrzeit nicht mehr erlaubt«, sagte die Schwester.

»Tut uns leid. Wir haben länger gebraucht, als wir dachten, um Mrs. Brisbane ausfindig zu machen.«

»Aber wenn sie schläft, müssen Sie morgen wiederkommen. Das sind hier die Regeln.«

»Selbstverständlich«, sagte Noah. Martha Brisbane hatte ihrer Mutter einen hübschen Seniorensitz ausgesucht. Das musste sie eine Menge Geld gekostet haben.

Noah dachte an seine eigene Mutter, die den Winter wegen ihrer Gesundheit in Arizona verbrachte. Mit der Pension seines verstorbenen Vaters und einem guten Teil seines eigenen Lohns hatte er sie ebenfalls recht behaglich untergebracht. Es war natürlich ein finanzielles Opfer, aber sie war seine Mom, und er wollte es nicht anders. Und Martha war es anscheinend ähnlich gegangen.

»Wird die Nachricht vom Tod ihrer Tochter ihr Herz angreifen?«, fragte Noah.

»Vielleicht, wenn sie eines hätte.« Die Schwester seufzte. »Verzeihen Sie, das war unangebracht.« Sie öffnete die Tür, und sie sahen eine Frau, die zwischen der weißen Bettwäsche fast verschwand. »Mrs. Brisbane, diese beiden Männer sind Detectives. Sie möchten mit Ihnen reden.«

Die Augen der alten Frau verengten sich. »Worüber?«, fragte sie scharf.
Noah hatte beim Münzenwerfen verloren und musste die traurige Nachricht überbringen. »Mein Name ist Detective Webster, und das ist mein Partner Detective Phelps«, sagte er so ruhig wie möglich. »Es geht um Ihre Tochter Martha. Sie ist tot, Ma'am. Es tut uns sehr leid für Sie.«
Mrs. Brisbane verzog den Mund, als hätte sie in etwas Saures gebissen. »Wie ist es passiert?«
Sie waren übereingekommen, den Todesfall so lange als Selbstmord zu deklarieren, bis der Gerichtsmediziner seinen Bericht eingereicht hatte. Dennoch befragten sie bereits Zeugen in der Annahme, dass Dr. Gilles den Mord bestätigen würde.
»Wie es aussieht, hat sie sich selbst umgebracht«, sagte Noah.
»Dann hat sie bekommen, was sie verdient hat. Der Lohn der Sünde ist der Tod, Detective. So einfach ist das.« Und damit schloss Mrs. Brisbane die Augen. Sie waren entlassen.
»Wow«, sagte Jack mit stummen Lippenbewegungen. Dann räusperte er sich. »Ma'am, wir haben ein paar Fragen, wenn es Ihnen nichts ausmacht.«
»Es macht mir aber etwas aus«, fauchte die Frau, ohne die Augen zu öffnen. »Verschwinden Sie.«
»Sie müssen gehen«, sagte die Schwester. Draußen im Flur hob sie hilflos die Schultern. »Und sie war heute sogar noch ziemlich milde gestimmt. Mrs. Brisbane war ihrer Tochter nicht besonders zugetan«, erklärte sie. »Aber ich weiß nicht, warum es so war.«
»War diese Abneigung denn etwas Neues?«, fragte Noah.
»Nein. Jedenfalls nicht, dass ich wüsste. Als Mrs. Brisbane vor einem halben Jahr zu uns kam, war das Verhältnis der beiden schon so.«
»Wann war Martha zum letzten Mal hier?«, wollte Jack wissen.
»Das muss mindestens einen Monat her sein. Wenn Martha

ging, wirkte sie meist wie ein geprügeltes Kind. Einmal wollte ich vermitteln, aber Mrs. Brisbane hat sich beschwert, und man hat mich offiziell verwarnt. Ich wünschte, ich wüsste mehr.«

Jack und Noah kehrten zum Parkplatz zurück. »Der Lohn der Sünde ist der Tod«, wiederholte Jack nachdenklich.

»Aus der Bibel, Römerbrief«, sagte Noah. »Mein Onkel war Pfarrer.«

Jack sah ihn verdutzt an. »Dein Onkel ist ein ehemaliger Polizist.«

»Das ist Brocks Vater, mein Onkel väterlicherseits. Der ältere Bruder meiner Mutter ist Pfarrer gewesen.« Er war nun seit fünf Jahren tot, und Noah vermisste seinen Rat. Vermisste ihn.

»Aha. Also, Brisbanes Mutter weiß etwas. Wir müssen ihr Morgen noch einmal auf den Zahn fühlen. Wenn wir davon ausgehen, dass Marthas Mörder schon einmal getötet hat, dann wird er vermutlich noch einmal zuschlagen.«

»Dann lass uns herausfinden, was Martha und Dix' Opfer miteinander verbindet, bevor er eine weitere Chance bekommt.«

Sonntag, 21. Februar, 22.55 Uhr

»Lindsay?« Liza Barkley schob den Riegel vor die Eingangstür. Keine Antwort. Sie hatte so sehr gehofft, dass Lin heute Abend kommen würde. Es war nur ein Highschool-Stück gewesen, aber sie hatte hart an ihrer Rolle gearbeitet.

Aber Liza wusste auch, dass ihre Schwester schuftete, um die Miete bezahlen zu können. Und das Gas und die Lebensmittel und alles andere, damit Liza sich ganz auf die Schule konzentrieren konnte. *Schreib gute Noten. Dann bekommst du ein Stipendium.* Sie hatten keine Ersparnisse, um das College zu bezahlen, denn jeder Cent war für die Ärzte draufgegangen, die ihre Mutter dann doch nicht hatten retten können. Auch nach einem Jahr tat der Verlust noch weh. *Ich vermisse dich, Mom.*

Und nun putzte Lindsay nachts Büros, damit sie überleben konnten. *Aber eines Tages bezahle* ich *die Rechnungen.*

Sie schauderte. Es war so kalt in der Wohnung, dass ihr Atem Wölkchen bildete. Aber Wärme kostete Geld, daher zog sie noch zwei Pullover über, kuschelte sich unter die Decke und stellte den Wecker auf halb sechs. Sie musste noch ein paar Hausaufgaben erledigen, und um diese Zeit würde Lindsay hungrig heimkommen. *Schließlich kann ich gleichzeitig Trigonometrie pauken und Eier braten,* dachte sie, als sie auch schon einschlief.

3. Kapitel

Sonntag, 21. Februar, 23.30 Uhr

Eve schmiegte sich in ihren Lieblingssessel. Sie war froh, dass Sal sie heute früher nach Hause geschickt hatte. Sie hatte sich in Shadowland eingeloggt und ihren Avatar direkt ins Ninth Circle geschickt, das Gemeinschaftszentrum dieser Online-Welt. Wie immer war es dunkel, verqualmt und voll.
Desiree, bitte sei doch da. Sei da, wo du immer bist, und tu, was du immer tust. Oder getan hast. Es war eine Woche her, seit Martha Brisbanes Avatar zuletzt im Ninth Circle gesehen worden war. Vielleicht machte Martha im echten Leben Urlaub, aber irgendwie glaubte Eve nicht daran.
Falls Martha nicht bald auftauchte … *dann muss ich etwas unternehmen.* Aber was?
Eve sah sich zur Polizei gehen und eine Vermisstenanzeige für eine imaginäre Person aufgeben, die in einem Computerspiel lebte. Die Cops würden sie für vollkommen bescheuert halten.
Eve zuckte zusammen, als ihr aus dem Ninth Circle der Lärm der computeranimierten Band auf der Bühne entgegenschlug. Diese »Band« war wahrscheinlich im echten Leben ein mittelalter Kerl mit einem Synthesizer, aber schließlich tat er niemandem damit weh. Einige Gamer beschwerten sich über die schamlose AC/DC-Nachahmung, aber sollten diese snobistischen Rockpuristen doch einfach ihre PC-Lautsprecher leiser stellen.
Eve stellte ihre Lautstärke auf stumm. Sie gehörte zu den snobistischen Rockpuristen. *Wann genau bin ich eigentlich … alt geworden?*
Vor fünf Jahren, elf Monaten und sieben Tagen. Dass sie sich

zweimal an einem Abend daran erinnerte, machte sie wütend. *Na und? Du hast das alles hinter dir gelassen.* Zum Teil jedenfalls. Meistens.

Nein, hast du nicht, Evie, flüsterte eine Stimme im hintersten Winkel ihres Bewusstseins. *Besserwisserisches Miststück.* Außerdem war sie nicht mehr Evie. Evie war in Chicago geblieben.

»Ich bin jetzt Eve«, sagte sie laut, um die eigene Stimme zu hören. Es war zu still in ihrer Wohnung. Da sie den Lärm aus dem Ninth Circle abgestellt hatte, war nichts zu hören außer dem permanenten Tröpfeln in die Töpfe, die sie unter die Löcher im Dach gestellt hatte.

Ich muss etwas dagegen tun, bevor ich noch durchdrehe. Aber ihr Geizkragen von Vermieter ignorierte jede Aufforderung, das Dach endlich reparieren zu lassen. Myron Daulton hatte das Haus von seiner Mutter geerbt, nicht aber die Verantwortung für die darin befindlichen Mieter, die schließlich einer nach dem anderen weggezogen waren. Nur Eve war noch geblieben. Falls es Myron gelang, sie hinauszuekeln, konnte er das Haus endlich loswerden. Immobiliengesellschaften kauften gern solche alten Kästen auf, renovierten sie und verscherbelten sie wieder für ein Vielfaches des ursprünglichen Preises. Myron hatte keinen Cent davon verdient. Er hatte seine Mutter nie besucht. Nie zum Geburtstag angerufen. Sie dafür aber manchmal zum Weinen gebracht.

Eve hatte die alte Mrs. Daulton von ganzem Herzen geliebt, und sie wollte verdammt sein, wenn sie ihrem Widerling von Sohn erlaubte, sich an seiner Mutter zu bereichern. Eve hatte bereits mehrere Rohre ausgebessert, die Mäuseplage beseitigt und sogar die Mülltonnen erneuert.

Und trotzdem werde ich nicht ausziehen. Also würde sie wohl auch etwas wegen des Dachs unternehmen müssen. Sie stellte die Lautstärke etwas höher, damit das Tropfen nicht mehr zu hören war. *Mach dich an die Arbeit, Eve. Finde Desiree und*

Gwenivere, damit du dich auf deine anderen Jobs konzentrieren kannst.
Die Arbeit im Sal's füllte ihre Abende aus, aber ihr wichtigstes Ziel war ihr Diplom an der Uni. Sie musste in ein paar Stunden in ihrem Seminar »Abnormes Verhalten« eine zehnseitige Arbeit abliefern. *Also sollte ich nicht durch Shadowland streifen und meinen Testpersonen nachspionieren.* Aber sie konnte nicht anders, sie fühlte sich für Desiree, Gwenivere und die anderen verantwortlich.
Bevor sie als Testpersonen an diesem Versuch hatten teilnehmen können, hatten alle einen Haftungsausschluss unterschreiben müssen. Aber Eve betrachtete es dennoch als ihre Pflicht, für ihre Sicherheit zu sorgen. Wahrscheinlich handelte es sich um eine Art Automatismus, dachte sie zynisch. Man wuchs nicht in einer Horde Sozialarbeiterinnen auf, ohne dass ihr Helfersyndrom auf einen abfärbte.
Eve steuerte ihren Avatar durch die Menge der virtuellen Tänzer. Ihre Hoffnung sank, als sie sich Desirees üblichem Ecktisch näherte. *Leer.* Sie war noch immer nicht wieder da.
Also steuerte sie ihren nächsten kritischen Fall an: die verführerische, sexy Gwenivere, alias Christy Lewis, am Tag Sekretärin, im zweiten Leben Nachtclubtänzerin. Christy war jede Nacht hier, in letzter Zeit kam sie aber auch tagsüber vorbei und loggte sich von der Arbeit in das Spiel ein. Das hatte sie Eves Avatar Pandora in der vergangenen Woche bei einem ihrer häufigen Besuche gestanden. Und wenn ihr Chef es herausfand, dann war Christy Lewis ihren Job los.
Das konnte Eve nicht verantworten. Sie machte sich schon genug Sorgen wegen Martha Brisbane. Marthas Desiree war Stammgast sowohl im Ninth Circle als auch in *Pandora's Façades Face Emporium,* Eves virtuellem Avatar-Geschäft. Desiree war bisher jede Woche vorbeigekommen, um sich Eves Angebot an gebrauchsfertigen Avataren anzusehen oder sich zu informieren, was es Neues an Körperteilen gab. Martha

hatte ihrem Avatar-Gesicht in den vergangenen drei Monaten sechs Upgrades verpasst.
Bis vor ungefähr einer Woche war Martha Brisbane durchschnittlich achtzehn Stunden am Tag in Shadowland gewesen. *Achtzehn Stunden!* Wenn man bedachte, dass die Frau auch schlafen musste, blieb nicht viel Zeit für anderes. Martha war ein »Ultra-User«, eine der vielen, die die negative Kontrollgruppe für Eves Studie bildeten.
Sie hatten so viele Bewerber gehabt, dass sie Probanden ablehnen mussten. Zu viele Menschen lebten ihr Leben in Shadowland. *Wie ich damals,* dachte Eve. Und sie wünschte sich verzweifelt, diese Menschen wieder zurück in die reale Welt zu bringen. *So wie ich es geschafft habe.*
Hey, Süße, kann ich dir einen ausgeben?
Eve wandte den Blick von der Menge ab und betrachtete einen Moment lang konsterniert den Text unten auf dem Bildschirm. Sie fuhr mit der Kamera herum, bis sie in ein sympathisches Gesicht blickte. Ein Qualitätsprodukt, schließlich hatte sie es selbst designt.
Aber das wusste der Spieler nicht. Heute war sie nicht Pandora, sondern Greer, die Privatermittlerin. Und heute suchte Greer nach Christy und hatte keine Zeit für Geplänkel.
Sorry, kein Interesse, gab sie ein.
Warum bist du dann hier?, fragte er zu Recht. Schließlich war die Bar vor allem ein Ort, um Kontakte zu knüpfen.
Wirklich, kein Interesse. Schönen Abend noch. Sie drehte sich um und suchte wieder die Menge ab. Unhöflichkeit war hoffentlich eine Sprache, die er verstand.
Ah! Da war sie, Gwenivere, alias Christy Lewis. Christy war im wahren Leben knappe eins sechzig groß und hatte ein nettes Gesicht, war jedoch keine umwerfende Schönheit. Gwenivere dagegen war stattliche eins achtzig, blond und besaß ein sehr teures Gesicht. Einer von Eves – oder Pandoras – edelsten Entwürfen.

Gwenivere tanzte mit einem attraktiven Avatar, einer von Claudios Modellen. Claudio war der beste, das gab Eve neidlos zu. Sie hatte *Pandora's Façades* nur ins Leben gerufen, um ihre Testpersonen beobachten zu können, ohne dass sie davon erfuhren.

Ohne dass *überhaupt* jemand davon erfuhr. Am wenigsten Dr. Donner, ihr Betreuer an der Uni.

Unwillkürlich verzog sie das Gesicht. Falls Donner es herausfand … Aber es war müßig, darüber nachzudenken, denn falls das jemals geschah, war nicht nur ihre Studie null und nichtig. Man würde sie wahrscheinlich rauswerfen und ihre akademische Laufbahn an der Marshall-Universität wäre vorbei. Das konnte sie nicht zulassen. Sie hatte sich so bemüht, wieder ins Licht hinauszutreten und sich ein gutes Leben aufzubauen.

Aber zu welchem Preis? Sie hatte an dieses Forschungsprojekt geglaubt, hatte es engagiert vorangetrieben.

Jetzt war sie sich nicht mehr so sicher. Aber das war kein Problem, das sie heute Abend lösen konnte. Christy schien es gut zu gehen, sie flirtete wie üblich. Eve hatte fünf weitere kritische Fälle, drei befanden sich hier in der Bar. Die anderen beiden stöberte sie im Casino Royale auf, wo sie tanzten oder pokerten. Sie konnte sich also beruhigt ihrer Arbeit zu dem Thema »Pathologie der Serienmörder« widmen.

Eve zog eine Grimasse, als ihr bewusst wurde, dass sie mit den Fingern die Narbe in ihrem Gesicht nachzeichnete, die kaum noch zu sehen, aber noch immer vollkommen taub war. Sie musste zu dem Thema überhaupt nichts nachlesen oder recherchieren. Sie wusste mehr darüber, als ein Professor sich wünschen konnte. Und dieses Wissen lauerte in Gestalt jener Stimme, die sie verspottete, stets in ihrem Bewusstsein. Das, was vor fünf Jahren, elf Monaten und sieben Tagen geschehen war, stand ihr noch immer ins Gesicht geschrieben.

Sonntag, 21. Februar, 23.55 Uhr

Noah schloss müde die Tür auf. Er und Jack hatten eine Stunde damit zugebracht, die Akte des anderen vermeintlichen Selbstmords durchzusehen, ohne eine Verbindung zu Martha entdecken zu können. Nun – eigentlich war es offensichtlich: Beide waren auf genau dieselbe Art umgebracht worden. Aber warum? Und von wem? Und warum diese beiden?

Anschließend hatten sie alle Akten zu Selbstmordfällen der vergangenen Monate überprüft und gebetet, dass sie auf kein ähnliches Szenario stoßen würden. Zum Glück war das nicht der Fall gewesen, aber nach der Durchsicht aller Berichte war Noahs Erleichterung von Trauer und einer Hoffnungslosigkeit durchzogen, die er kaum abschütteln konnte. *Wie leicht hättest du auch zu so einer Akte werden können.*

Niedergeschlagen setzte er sich auf sein Bett. Jack hatte kein Verständnis und kein Mitgefühl für Menschen, die sich das Leben nahmen. *Aber ich. Ich verstehe nur allzu gut.*

Eines Nachts, vor zehn Jahren, war er nahe dran gewesen. Er hatte genau hier auf der Bettkante gesessen, den Revolver in der einen Hand, ihr Foto in der anderen.

Sein Blick glitt zum Nachttisch zu eben diesem Foto, dessen Rahmen vom vielen Anfassen matt geworden war. Der Junge darauf war erst zwei und hatte starke Ähnlichkeit mit der Frau, die seine Hand hielt. Diese Frau, bei deren Anblick er sich auch zwölf Jahre danach wünschte, er könne nur noch einen einzigen Tag mit ihr haben. Nur einen.

Aber der Tag, an dem er beschlossen hatte, dem Ganzen ein Ende zu bereiten, lag nicht zwölf Jahre zurück. Erst zwei Jahre nach der Nacht, in der sein Wagen außer Kontrolle geraten war und seine ganze Welt mit sich gerissen hatte, war es so weit gewesen. Zwei Jahre, in denen er immer tiefer gesunken, immer öfter Zuflucht in der Flasche gesucht hatte.

Und auch an jenem Abend, an dem er die Waffe in die Hand

genommen hatte, war er betrunken gewesen. Fast betrunken genug, um abzudrücken … aber eben nur fast. Es war Brock gewesen, den er angerufen hatte. Brock, der kam, Brock, der ihn zu den Anonymen Alkoholikern geschleift hatte. Brock, der ihm das verdammte Leben gerettet hatte.

Zehn Jahre, dachte Noah. *Zehn Jahre trocken.* Aber es gab Augenblicke, in denen der Schmerz noch immer übermächtig war. Dies war ein solcher Augenblick.

Dabei war es weniger Kummer als die Einsamkeit. Das Haus war so still. Zu still. Brock hatte Trina und die Kinder. *Was habe ich? Oder wen?*

Er nahm das Buch, das neben seinem Bett lag, falls er nachts nicht schlafen konnte, und zog die Grußkarte zwischen den Seiten hervor, die Sal zu Weihnachten verschickt hatte. Darauf waren Sal und Josie umgeben von ihren Angestellten zu sehen. Sals Arm lag fest um Eves Schultern, als müsste er sie für dieses Bild festhalten. Ihre Lippen waren zu dem kleinen, schiefen Lächeln verzogen, aber ihre Augen blickten ernst. Zu ernst.

Eve zog ihn an, seit er sie zum ersten Mal gesehen hatte, und er hatte sich schon Millionen Male vorgenommen, sie anzusprechen. Aber dann hörte er sich reden: *Hi, ich bin Noah, ich bin Alkoholiker.* Das war eine Last, die man niemandem zumuten durfte.

Jeder mit ein bisschen Feingefühl konnte sehen, dass Eve genug eigene Probleme hatte. Nie und nimmer würde er ihr noch mehr aufhalsen wollen. Schweren Herzens legte er die Karte in seine Nachttischschublade.

Nach den vielen Berichten über Menschen, die Selbstmord begangen hatten, wünschte er sich verdammt dringend einen Drink, und hätte er Schnaps im Haus gehabt, dann wäre er wahrscheinlich längst halb betrunken. Falls die Gier zu stark wurde, würde er Brock anrufen. Ein paar Runden im Boxring nahmen solchen Momenten meistens die Spitze.

Eve war nicht der Boxer-Typ, das war ihm klar. Er dachte an ihre schmalen Hände und den gequälten Blick, wann immer sie die schweren Bierkrüge anhob. Mehr als einmal wäre er fast aufgesprungen, um ihr zu Hilfe zu eilen, aber er tat es nie, denn er sah nicht nur, dass sie Schmerzen hatte, sondern auch ihre Entschlossenheit und dann die Befriedigung, wenn sie es wieder einmal geschafft hatte. Entschlossenheit und Befriedigung. Er kannte das.

Brock hatte ihm erzählt, dass Eves eine Hand fast nicht mehr zu gebrauchen gewesen war, als Sal Eve eingestellt hatte. Trotzdem hatte sie ihre Arbeit geschafft und mit der gesunden Hand fast doppelt so schnell gearbeitet. Eve war selbst durch die Hölle gegangen, das war zu spüren. Und sie war gestärkt daraus hervorgekommen.

Daher verdiente sie viel, viel mehr als … *mich.* Brock hatte recht. Er, Noah, spielte jedes Mal mit dem Feuer, wenn er diese verdammte Bar betrat. Er durfte nicht mehr wiederkommen. Niemals mehr. Was bedeutete, dass er Eve nicht wiedersehen würde. Und das war letztendlich das Beste für alle Beteiligten.

Er musste sich ohnehin auf seine Arbeit konzentrieren. Zwei Frauen waren ermordet worden. Er würde herausfinden, warum und von wem.

Und dann? Und dann würde er Tag für Tag weiterleben, wie er es seit zehn Jahren tat.

Montag, 22. Februar, 2.20 Uhr

Christy Lewis machte einen Kussmund und überprüfte erst ihr Make-up, dann ihre gesamte Erscheinung im Spiegel. Der Lippenstift war genauso neu wie das Outfit, das sie sich extra für eine solche Gelegenheit aufgespart hatte.

Ihre Augen leuchteten in gespannter Erwartung. So etwas hatte sie noch nie zuvor getan – so etwas Gewagtes und aufregend Unvernünftiges. Sie hatte ihn in Shadowland getroffen und mit ihm im Ninth Circle geflirtet. Er hatte sich als John vorgestellt. Sie war sich ziemlich sicher, dass er nicht John hieß und auch nicht geschieden war. Sie wäre nicht überrascht gewesen, wenn er das typische amerikanische Familienleben mit zwei Komma fünf Kindern, Haus und Hund führte. Aber sie würde ihn nicht danach fragen. Sie wollte es gar nicht wissen.

Er war Handelsvertreter und reiste viel. Sie hatte öfter schon beiläufig erwähnt, dass man sich ja treffen könnte, falls er mal in die Twin Citys kam ... Und heute war es so weit. Allerdings nur heute Nacht. Und diese Aussage weckte den prickelnden Gedanken an einen One-Night-Stand in ihr. So etwas hatte sie noch nie getan, nicht einmal im College. Vielleicht würde auch heute Nacht nichts passieren. Es hing von ihm ab. Von seinem Aussehen.

Natürlich erwartete sie nicht, dass er wie sein Avatar aussah. Wer tat das schon? *Wenn wir aussähen wie unsere Avatare, dann hätten wir ein echtes Leben.*

Aber wenn er lieb war und gepflegt – warum nicht? Es war schon eine Weile her, dass sie einen Kerl im Bett gehabt hatte. Außerdem gingen Männer ständig fremd. Ihr elender Ex-Mann zum Beispiel. Dauernd.

Und jetzt bin ich dran.

Und wenn »John« wirklich eine Frau hatte, zwei Komma fünf Kinder und einen Hund? Christy ließ die Schultern hängen. Dann würde sie es nicht tun, denn sie wusste, was es hieß, die »gegnerische Partei« zu sein.

Aber vielleicht, vielleicht war er ja wirklich geschieden und Single. Sie ließ den Lippenstift in ihre Handtasche fallen. Vielleicht sagte er ja wirklich die Wahrheit. *Und falls nicht?* Dann war sie wenigstens mal wieder ausgegangen und hatte mit einem Menschen aus Fleisch und Blut einen Kaffee getrunken. Anschließend würde sie allein nach Hause gehen. Wie immer.

Endlich. Er hatte schon geglaubt, dass sie nie gehen würde. Er sah zu, wie Christy Lewis davonfuhr, dann bog er auf ihre Auffahrt ein. Sie wohnte ziemlich weit draußen auf dem Land, und das nächste Haus befand sich gut vierhundert Meter weit entfernt. Logistisch gesehen lag ihr Haus nicht besonders günstig, aber wenn sie nachher gemeinsam zurückkamen, musste er ihr nicht wie den anderen den Mund zukleben. Sie konnte so lange und so laut schreien, wie sie wollte.

Und schreien würde sie. Vielleicht fürchtete sie sich auch so sehr, dass sie vollkommen verstummte. Man konnte nie vorhersagen, wie die Menschen reagierten, wenn man sie mit ihren ärgsten Ängsten konfrontierte. In jedem Fall machte er sich berechtigte Hoffnungen auf ein sehr intensives Erlebnis.

Mit einem Lächeln sah er sich um. Christy Lewis' größte Angst befand sich auf seinem Rücksitz, sicher in einem Metallbehälter mit Luftlöchern im Deckel untergebracht. Man konnte schließlich nicht vorsichtig genug sein. Er selbst hatte zwar keine Angst, aber er war auch kein Narr. Er würde die Kiste ins Haus stellen, wo sie und ihr Bewohner sich ein wenig aufwärmen konnten, denn dieses Geschöpf mochte die Kälte nicht und hielt zu dieser Jahreszeit Winterschlaf. Doch bis er und Christy zurückkehrten, sollte es sich wohl fühlen und … mobiler geworden sein.

Er packte die Kiste am Griff und spürte, wie sich etwas darin regte. Wundervoll. Christys größte Angst erwachte. Und sie würde Hunger haben, diese Angst. Natürlich hatte er auch für diesen Fall vorgesorgt. Er nahm den kleinen Käfig vom Boden, in dem es aufgeregt piepste.

Er schauderte vor Wonne. An das Erlebnis würde er sich sicher noch lange erinnern.

Montag, 22. Februar, 2.40 Uhr

Brock fuhr sich mit dem Unterarm über die Stirn. »Besser?«
Noah lehnte sich keuchend gegen die Seile. Er war vollkommen ausgepumpt. Vor Jahren hatten sie in Brocks Keller eine Art Mini-Sportstudio mit Boxring, Hanteln und Sandsack eingerichtet. Es gab zwar im Präsidium einen polizeieigenen Fitnessraum, aber der Keller hatte Noah die Möglichkeit geboten, sich ohne die störenden Blicke der anderen Cops aus dem Sumpf der Alkoholsucht freizuboxen.
Und er hatte sich hier schon öfter ausgetobt, als er zählen konnte. Die körperliche Anstrengung half ihm, die nagende Gier nach einem Drink zu bekämpfen, bevor sie unbezähmbar wurde. Manchmal reichte ein Punching-Ball oder ein Sandsack, aber manchmal, wenn es richtig schlimm war, dann brauchte er jemanden, der zurückschlug.
Und Brock hatte schon mehr Hiebe von Noah abgefangen, als *er* zählen konnte.
Noah atmete langsam aus und horchte in sich hinein. Das Bedürfnis war noch zu spüren, aber das Schlimmste war vorbei. »Ich glaube schon.«
»Na, Gott sei Dank«, murrte Brock. Er spuckte den Mundschutz aus, streckte sich stöhnend und wackelte mit dem Unterkiefer. »Der letzte hat echt gesessen.«
Normalerweise waren Brock und er ungefähr gleich stark, aber in dieser Nacht war die Sehnsucht besonders heftig gewesen. Der Traum hatte ihn aus dem Schlaf gerissen, und er hatte eine Weile lang zitternd wie ein verängstigtes Kind im Bett gelegen. Dann war das Verlangen wie ein gewaltiger Güterzug aus der Dunkelheit hervorgedonnert. Noah hatte schon lange nicht mehr so kurz davor gestanden, der Sucht nachzugeben.
Noah zog mit den Zähnen an den Handschuhen und zuckte zusammen, als er sich seinen Cousin genauer ansah. »Dein Auge habe ich auch erwischt. Oje, Brock, es tut mir wirklich leid.«

»Schon okay.« Brock versuchte ebenfalls, sich seine Handschuhe mit Hilfe der Zähne auszuziehen, verzog aber das Gesicht, als ihm der Schmerz in den Kiefer fuhr. »Ich hab schon Schlimmeres abgekriegt. Zwar schon lange nicht mehr, aber dennoch.«
»Du musst eben an deiner Deckung arbeiten.« Trina, Brocks Frau, erhob sich. Sie hatte auf der Kellertreppe gesessen. Nun griff sie über die Seile, um ihrem Mann mit den Handschuhen zu helfen. »Eines Tages knockt er dich aus.«
Brock sah sie finster an. »Wie wär's mit etwas Mitgefühl?«
Ungerührt begegnete sie seinem Blick. »Ich habe dir einen Eisbeutel vorbereitet.«
Noah hätte fast gegrinst. Trina war ihm einer der liebsten Menschen auf dieser Welt. Sie waren zusammen auf die Polizeiakademie gegangen, und er hatte sie Brock vorgestellt und die Rede auf ihrer Hochzeit gehalten. Inzwischen war er Pate von zweien ihrer Söhne. Trina war für ihn wie eine Schwester: Sie kannte seine Schwächen und liebte ihn trotzdem.
Nun drehte sie sich zu ihm um und musterte ihn abschätzend. »Nicht, dass ich es schlimm fände, zwei durchtrainierten Kerlen mit freiem Oberkörper zuzusehen, aber worum ging's heute?«
Noah rieb sich mit dem Handtuch über das Gesicht. »Schlecht geträumt«, sagte er knapp.
»Hm.« Sie holte zwei Wasserflaschen aus den Taschen ihres Bademantels und warf Noah eine zu. Die andere hielt sie an Brocks Auge, das bereits lila zu werden begann. »Der Eisbeutel ist oben. Außerdem habe ich eine Kanne Kaffee gekocht. Kommt.«
Sie folgten ihr hinauf an den Küchentisch, wo Trina beiden Kaffee einschenkte und Brock die kalte Kompresse gab, die er sich an den Kiefer presste. »Das muss ein verdammt mieser Traum gewesen sein«, sagte sie ruhig.
»Jep.« Noah fuhr sich mit beiden Händen über das Gesicht.

»Ich habe heute Abend ein Selbstmordopfer hereinbekommen – dachte ich. Aber der Suizid war inszeniert.« Er wusste, dass er den beiden alles sagen konnte. Nichts davon würde den Raum verlassen. Denn sie waren nicht nur seine Familie. Sie waren auch Cops. »Und das war schon der zweite von diesen Fällen.«

»Oha, klingt gar nicht gut«, murmelte Trina. »Denkst du an einen Serienkiller?«

»Möglich. Jack und ich sind zurück ins Präsidium und haben die Berichte vergangener Selbstmordfälle durchgesehen, um herauszufinden, ob es noch mehr Opfer gab. Zum Glück haben wir nichts gefunden.«

Trina nahm einen Schluck Kaffee. »Und was hast du geträumt?«

Noah sog die Luft ein. Es war noch so real. So verstörend. »Dass ich am Haken baumelte.«

»Beängstigend«, meinte sie nüchtern. »Aber du hast schon öfter Selbstmordträume gehabt und Brock trotzdem nicht so dermaßen verunstaltet.«

»So schlimm ist es gar nicht«, murrte Brock.

Trina tätschelte seine Hand. »Guck dich mal genau im Spiegel an, Herzchen. Also?«, fügte sie, an Noah gewandt, hinzu.

»Man hatte dem Opfer die Lider festgeklebt, so dass die Augen offen blieben. Gruselig.« Er zuckte mit den Schultern. »Im Traum habe ich auch Augen gesehen, die aus der Dunkelheit zu mir aufblickten.« Große, braune Rehaugen voller Schmerz.

»Die Augen des Opfers?«, fragte Trina.

Noah schüttelte den Kopf. »Nein. Von jemandem, den ich kenne.«

Brock sah ihn scharf an. »Also Eves.«

Noah blickte auf seine Tasse herab. »Ja.«

Trina seufzte schwer. »Also warst du heute im Sal's. Jetzt verstehe ich, was mich so verwirrt hat. Gewöhnlich drischst du immer nur an Montagabenden auf Brock ein.«

Noah zwang sich, nicht auf dem Stuhl herumzurutschen. »Ich gehe nicht wieder hin.«
»Schön zu hören«, sagte sie zurückhaltend. »Was ist mit Eve?«
»Nicht für mich gemacht«, gab er zurück und schob das Gefühl der Enttäuschung rigoros beiseite. »Ich schlage sie mir aus dem Kopf.«
»Wirklich?« Ihre Stimme war täuschend sanft. »Dann hätte ich eine Freundin, die dir gefallen müsste, Joeys Kindergärtnerin. Sie ist hübsch und mag diese düsteren Philosophen, die du so gern liest.«
Brock wandte sich hastig ab, aber Noah hatte sein Grinsen schon gesehen.
Trina beugte sich vor, ganz Lächeln und einschmeichelnde Stimme. »Ich denke, ich lade sie einmal mit dir zusammen zum Essen ein. Du kannst ja einen Kuchen backen. Also, was meinst du – wie wär's mit morgen?«
Noah hasste es, wenn Trina in ihm las wie in einem offenen Buch. »Keine Zeit.«
»Dienstag? Mittwoch? Keine Zeit?« Sie stieß ein Schnauben aus. »Du bist ein lausiger Lügner.«
Er sah sie düster an. »Ich gehe nicht mehr ins Sal's. Darauf hast du mein Wort.«
»Schön. Aber du solltest mich nicht wegen Eve anschwindeln. Du hast sie dir nicht aus dem Kopf geschlagen, stattdessen denkst du an sie und badest in Selbstmitleid.«
»Mach ich nicht«, sagte er empört. »Brock?«
Sein Cousin schüttelte den Kopf. »Vergiss es. Ich habe heute schon eine Tracht Prügel eingesteckt.«
Trina bedachte Brock mit einem mitfühlenden Blick, bevor sie Noah ernst in die Augen sah. »Man muss nicht in eine Bar gehen, um den Barkeeper zu treffen. Sie führt auch noch außerhalb des Sal's ein Leben.« Sie riss mit Unschuldsmiene die Augen auf. »Ja, wer weiß, vielleicht isst sie sogar manchmal. Wie wär's denn, wenn ich *sie* zum Essen einlade?«

Noah presste die Kiefer zusammen. »Sie ist nicht für mich bestimmt, Tree. Lass es gut sein. Versprich es mir.«
Verärgert stieß sie sich vom Tisch ab. »Schön. Ich versprech's. Zufrieden?«
Eigentlich nicht. Am liebsten wäre es ihm gewesen, wenn sie nicht so leicht aufgegeben hätte. Aber er stand auf, küsste sie auf die Wange und sagte, was er sagen musste. »Ja. Geh wieder ins Bett. Ich fahre nach Hause.«
»Ich bring dich zur Tür.«
Noah schluckte ein Seufzen hinunter. Das bedeutete, dass sie ihm noch mehr zu sagen hatte. Doch er ging ihr brav bis zur Tür nach und ließ sich von ihr den Mantel zuknöpfen, als sei er einer ihrer Söhne. Plötzlich sah sie besorgt zu ihm auf. »Du weißt, dass ich dich sehr liebhabe, stimmt's?«
»Ja«, sagte er ohne zu zögern, und sie lächelte, allerdings traurig.
»Heute hast du mir Angst eingejagt, Noah. Wenn ihr zwei nicht von allein aufgehört hättet, wäre ich dazwischengegangen. Du warst so wütend.«
Vor Scham schloss er die Augen. »Ich weiß.«
»Du bist hier stets willkommen, zu welcher Tages- oder Nachtzeit auch immer. Aber Brock ist nicht dein Punching-Ball, das muss dir klar sein. Er sagt natürlich nichts, weil er zu stolz ist, aber du hättest ihn heute ernsthaft verletzen können. Du sagst, der Traum hätte dich aus der Bahn geworfen, aber ich denke, es steckt mehr dahinter.« Sie zupfte an seinem Mantel. »Verdammt. Sieh mich an.«
Er schluckte und schlug die Augen auf. In ihrem Blick lag keine Anklage, nur innige Zuneigung. »Du kannst sie dir gar nicht aus dem Kopf schlagen, Noah, jedenfalls noch nicht. Eve hat etwas in dir berührt, das du nicht aufgeben willst. Und ich glaube, dass es genau das war, was dich heute Nacht so aus der Bahn geworfen hat. Nicht der Traum und auch nicht der Fall.«

»Du hast recht.« Er fühlte sich elend. »Aber ich weiß nicht, was ich tun soll.«

Trina drückte ihn fest an sich. »Vertrau dir selbst. Du bist ein guter Kerl, Noah Webster. Du hast es nicht verdient, bis in alle Ewigkeit allein zu sein.« Sie musterte ihn einen Moment lang schweigend. »Du bist nicht der Einzige, weißt du. Auch Brock und ich sehen tagtäglich viel Elend.«

»Und was machst du, wenn du schlechte Träume hast, Tree?«

»Manchmal plündere ich den Kühlschrank und futtere alles auf, das irgendwie nach Schokolade aussieht. Manchmal schlage ich ebenfalls auf Sandsäcke ein. Und manchmal vögele ich Brock, bis er nicht mehr weiß, wo oben und unten ist.« Er lachte überrascht auf, und sie zog eine Braue hoch. »Therapeutischer Sex. Hat was. Solltest du auch mal probieren.«

Sofort tauchte Eve vor seinem geistigen Auge auf, die große, geschmeidige Eve, die sich auf ihn herabsenkte, und er dachte an die Sehnsucht, die er am Abend in ihren Augen gesehen hatte. Er schauderte und ballte die Fäuste in den Taschen. »Ich werde sie nicht auch noch mit mir belasten.«

»Manchmal, lieber Noah, hat man es gar nicht in der Hand.«

»Du hast mir etwas versprochen«, warnte er sie, aber müde und ohne Schärfe.

»Ja, habe ich. Aber es kommt vor, dass sich das Schicksal einmischt und dir in den Hintern tritt. Du glaubst, du wüsstest, was gut für sie ist? Ha!« Sie schnaubte. »Du weißt ja nicht mal, was gut für dich ist!«

»Im Moment brauche ich vor allem Schlaf.« Er küsste sie auf die Nasenspitze. »Und du auch. Geh, bevor du dich erkältest.«

Montag, 22. Februar, 4.00 Uhr

Christy saß seit über einer Stunde auf der Bank am Fenster. Sie hatte fünf Tassen Kaffee getrunken und auch die Waffeln gegessen, die sie bestellt hatte, als die Kellnerin allmählich zickig wurde.

Er wagte nicht, hineinzugehen. Anders als in dem Café, in dem er Martha beobachtet hatte, würde er in diesem Diner auffallen wie ein bunter Hund. Der Laden hatte die ganze Nacht geöffnet, aber die meisten Gäste waren Lkw-Fahrer. Und der eine oder andere hungrige Reisende. Und Christy Lewis.

»Die es endlich satt hat, auf John zu warten«, murmelte er, als er sah, wie sie in ihrer Tasche nach dem Portemonnaie wühlte. Sie zahlte, bevor sie im hinteren Teil des Diners verschwand und ein paar Minuten später zurückkehrte. Von der Damentoilette, wie er annahm. Mit leicht verquollenem Gesicht, was dafür sprach, dass sie einen Heulkrampf auf dem Klo bekommen hatte, marschierte sie auf ihren Wagen zu.

Eine Stunde, zwanzig Minuten und fünfundvierzig Sekunden. Bisher hatte Christy Lewis länger durchgehalten als alle anderen. Über diese Tatsache hätte er sich eigentlich freuen müssen, doch leider war der Wagen, in dem er die ganze Zeit gesessen hatte, zu klein, sogar für ihn. Dennoch gehörte das Auto zu seinem Plan, genau wie dieses besondere Diner. Alles »Hinweise« für die Hat Squad, an denen sie sich die Zähne ausbeißen konnten. Dass Christy während ihrer Wartezeit etwas gegessen hatte, würde die Autopsie ergiebiger machen, als er gewollt hatte, aber das ließ sich nun nicht mehr ändern.

Christy stieg ein, warf die Tür zu und klappte mit einem trotzigen Ruck ihres Kinns die Sonnenblende herunter. Im Schminkspiegel trug sie frischen Lippenstift auf, bevor sie dem Stift die Kappe aufsetzte und ihn gegen die Windschutzscheibe feuerte. Hoffentlich brachte der Zorn sie dazu, schneller zu fahren. Er schauderte vor Erwartung und setzte zurück, um hinter ihr den Parkplatz zu verlassen.

Montag, 22. Februar, 4.35 Uhr

Christy warf die Autotür mit voller Wucht. Das Geräusch hallte durch die Nacht. *Ich bin so dumm!* Wie oft hatte sie schon davon gehört, dass online viele Lügen erzählt wurden? *Du musst es doch wissen. Du lügst doch selbst, was das Zeug hält.* Aber das hier war nicht Shadowland. Das hier war das echte Leben, und er hatte gelogen.

Vielleicht ist er ja da gewesen. Vielleicht hat er dich gesehen und lieber die Beine in die Hand genommen.

»Verdammt noch mal!« Sie stolperte über den Bürgersteig und knickte beinahe um in den hohen Schuhen, für die ein großer Teil ihres Monatsgehalts draufgegangen war. *Du bist eine dumme Kuh, genau wie Jerry gesagt hat.* Ihre zitternden Hände kämpften mit dem Schlüssel, während die Stimme ihres Ex-Mannes in ihrem Kopf widerhallte. *Tollpatschig. Hässlich. Du findest nie jemanden, der dir jeden Morgen ins Gesicht sehen mag.*

Er hat recht. Für eine wie mich gibt es niemanden. Heute war sie versetzt worden, hatte wie eine Vollidiotin auf einen Dreckskerl aus dem Internet gewartet, der wahrscheinlich nie die Absicht gehabt hatte, mit ihr einen Kaffee zu trinken. »John«, wer immer es wirklich war, lachte sich wahrscheinlich gerade kaputt.

Genau wie Jerry, als sie ihn mit dieser Schlampe erwischt hatte. *In meinem Bett.*

Sie schob den Schlüssel energisch ins Schloss, als ihr ein neuer Gedanke kam.

Jerry. Das ergab Sinn. Ihr Ex kannte sich mit Computern aus, aber er hätte sich nicht einmal reinhacken müssen. Sie hatte sich seit einer Ewigkeit nicht aus Shadowland ausgeloggt. Sicher, sie hatte die Schlösser ausgewechselt, aber das würde ihn nicht daran hindern, ins Haus zu kommen. Zur Not würde er einbrechen. Ihre Wangen wurden plötzlich heiß. *Er hat meine*

Gespräche im Ninth Circle mitgelesen. Wieso hatte sie sie bloß abgespeichert? Nun ja … damit sie sie immer wieder lesen und sich das Gefühl geben konnte, dass sie ein aufregendes Leben führte. *Wie jämmerlich.*

»Er hat mich reingelegt«, zischte sie. »Dieser elende Mistkerl hat mich reingelegt.«

Sie verpasste der Tür einen heftigen Stoß. Ihn würde sie sich schnappen, und wenn es das Letzte war, das sie …

Eine Hand presste sich über ihren Mund. *Jerry.* Der Zorn überwand ihren Schrecken. Jetzt ging er zu weit. *Dafür bring ich dich um.*

Dann löste sich der Zorn in nichts auf, als sie zurückgerissen wurde und ihr Kopf gegen eine harte Schulter prallte. *Nicht Jerry,* begriff sie. *Das ist nicht Jerry.*

»Hallo, Gwenivere«, gurrte eine Stimme an ihrem Ohr. Sie riss die Arme hoch und schlug um sich. *Weg. Hau ab.* Dann spürte sie ein scharfes Pieksen in ihrem Hals. Eine Nadel. »Willkommen in Camelot.«

Sie hörte, wie er ruhig von zehn an rückwärts zählte, während ihr Körper taub wurde. Als er sie losließ, schwankte sie einen kurzen Moment, bevor sie zu Boden sackte.

»Schlangen«, hörte sie ihn aus der Ferne sagen. Sie schwebte jetzt. *Weg. Du musst weg.* Aber sie konnte sich nicht bewegen. Er kniete sich neben sie, und sie fühlte seinen Atem an ihrem Ohr. »Vipern, ein ganzes Nest voll, die über deine Haut gleiten, Christy. Du kannst nicht entkommen. Nicht entkommen.«

Nein. Nein. Sie sind überall. Eine tiefe Grube, ein Schlangennest. Sie wanden sich, überall. Zischten. Ihr Herz hämmerte, und kalter Schweiß überzog ihre Haut. *Nicht bewegen. Nicht atmen. O Gott.* Eine glitt über ihren Fuß, und sie kniff die Augen zu. Eine andere fiel von oben auf ihre Schulter herab, und sie schrie. *Lauf weg. Nur weg.*

Hilf mir. Christy Lewis hörte das Kreischen und merkte plötzlich, dass es von ihr kam. Sie öffnete die Augen und rang nach Atem. Nur ein Traum. Sie befand sich in ihrem Wohnzimmer. Aber nein. Ihr Blick schoss hin und her. Jemand hatte ihre Möbel an die Wand gerückt. Sie wollte aufspringen. *Ich kann mich nicht bewegen.* Sie versuchte verzweifelt, den Dunst der Benommenheit abzuschütteln. Es war nur ein Traum. *Aber bewegen kann ich mich trotzdem nicht.* Sie hatte die Arme um den Körper geschlungen, ihre Knöchel brannten wie Feuer und ihr Kopf ... Gott, ihr tat der Kopf so weh. *Stopp. Denk nach.*

Sie blinzelte, aber das Wohnzimmer blieb verändert. Ihre Arme ... Sie saß auf einem Stuhl und konnte sich von den Schultern bis zur Taille nicht bewegen. War gefangen. Ihre Füße waren an die Stuhlbeine gefesselt. Entsetzen durchströmte sie, als der Nebel sich hob. Etwas drückte gegen ihre Schläfen, etwas, das ihr Kopfschmerzen verursachte, und es kam ihr vor wie ... »Ein Schraubstock?«, flüsterte sie ungläubig.

»Genau, meine Liebe. Und eine Zwangsjacke«, sagte er, und ihr fiel alles wieder ein.

Sie hatte John treffen wollen. Sie hatte gewartet, aber er war nicht gekommen. *Jetzt ist er da.* Sie fuhr herum, um ihn anzusehen, und schrie auf, als ein heißer Schmerz durch ihren Schädel fuhr.

»Ich würde vorschlagen, dass du dich möglichst nicht bewegst«, sagte er trocken. Er stand noch immer hinter ihr.

»Warum?«, fragte sie gequält. Tränen traten ihr in die Augen, doch sie blinzelte sie zurück.

»Weil dein Hohlkopf in einem Schraubstock steckt?« Seine Stimme troff vor Verachtung.

»Nein.« Sie wollte wütend klingen, brachte aber nur ein Wimmern hervor. »Warum ich?«

»Weil ich dich brauchte«, sagte er, als reichte das als Erklärung vollkommen aus. »Und weil du hier wohnst. Und weil ich Lust dazu habe. Such dir aus, was du willst, mir ist es egal. Mochtest du die Schlangen, Christy?«

Sie schauderte. Sie verabscheute Schlangen. Woher wusste er davon? »Fahr zur Hölle!«

Er lachte, und wieder schauderte sie vor Furcht. »Ladysss firssst«, zischte er leise in ihr Ohr. Es drehte sich ihr der Magen um, als der Traum zurückkam, als die entsetzliche, lähmende Furcht sie erneut packte.

Nein. Konzentriere dich. Du musst fliehen. Sei achtsam. Du musst der Polizei später alles erzählen können. Wenn du erst entkommen bist. »Sie waren nicht echt«, murmelte sie.

»Jene nicht«, stimmte er zu. »Die da schon.« Eine behandschuhte Hand erschien am Rand ihres Gesichtsfelds und deutete auf einen Punkt vor ihr. Durch das Latex sah sie einen Goldring an seinem Finger.

Der Ring. Das musst du der Polizei sagen.

Die da schon. Plötzlich drangen seine Worte in ihr Bewusstsein, während sie gleichzeitig die Metallbox auf dem Boden entdeckte. Sie war von der Größe einer Werkzeugkiste, hatte aber Löcher im Deckel. An der Verriegelung war ein Band befestigt, das über den Boden lief und irgendwo hinter ihr endete. Sie hörte ihn hantieren, bis seine Hände wieder in ihrem Gesichtsfeld erschienen. Er hielt die Leine fest und zog. Und dann hörte sie es.

Ein Rasseln. Unheilvoll. Leise. Ihr Atem stockte. »Das kann nicht sein. Das ist nicht echt.«

»O doch, sie ist echt. Sie ist übrigens ein Er«, flüsterte er. »Und er hat Hunger. Wenn er Hunger hat, mag er gar nicht gestört werden. Sollen wir ihn stören?«

»Nein«, wimmerte sie. Sie kniff die Augen zusammen, aber er zwang ein Lid wieder auf, indem er sie fest kniff. Dann schmierte er ihr etwas Kühles unter die Braue und drückte das Lid dagegen. Kleber. Sie wollte blinzeln, aber es ging nicht.

»Du siehst zu«, sagte er, nun wütend. »Weil ich es will.« Er klebte ihr auch das andere Lid fest. Dann hielt er ihr etwas vors Gesicht, einen Käfig. Darin lag reglos etwas Weißes, eine Maus. »Nicht tot«, sagte er leise. »Das Blut ist noch schön warm. Ich habe sie mit derselben Droge betäubt, die ich auch dir gegeben habe. Ob sie genauso entsetzt sein wird wie du?« Er nahm die Maus aus dem Käfig und legte sie neben ihren Fuß. Sie konnte das weiche Fell an ihrer Haut spüren. Sie wollte abrücken, den Fuß wegziehen, aber er war festgebunden. Nun zog er wieder an der Leine. Wieder hörte sie das Rasseln. Sie keuchte auf und schnappte verzweifelt nach Luft.

Atme. Sie kommt. Lauf! Sie wehrte sich gegen die Fesseln, wollte Luft zum Schreien holen, doch alles, was sie zustande brachte, war ein entsetztes Winseln. *Eine Falle. Ich sitze in der Falle.*

Er zog wieder an der Leine, dann fiel die Vorderklappe der Box nach unten.

Er hob den Kopf und sah sich um. *Er sieht mich.* Wie gelähmt konnte sie nur zurückstarren.

»Er kommt«, flüsterte er. Sein Atem war heiß an ihrem Ohr. »Er kommt und holt dich.«

Montag, 22. Februar, 6.15 Uhr

Harvey Farmer war müde. Er war Noah Webster stundenlang gefolgt, nur um in ein leeres Haus zurückzukehren. Dell war unterwegs, ohne dass er Bescheid gegeben hätte. Da Harvey nicht schlafen konnte, saß er auf der Couch und starrte mit versteinerter Miene auf die Tür. Und endlich öffnete sie sich. Dell schloss sie wieder und sah ihn überrascht an.

»Wo warst du?«, fragte Harvey. Barsch.

»Weg.«

Abrupt sprang Harvey auf die Füße. »So redest du nicht mit mir, Junge!«
Dell trat einen Schritt zurück. »Ich bin kein Junge mehr. Ich kann machen, was ich will.«
Harveys Augen wurden schmal, als er einen Hauch Parfum an ihm wahrnahm. Er packte den Arm seines Sohnes und war verblüfft, als dieser ihn wegriss. »Wer ist sie?«, knurrte Harvey.
Dells Lächeln war verkniffen. »Keine, der du je begegnen wirst. Wenn du mich jetzt entschuldigen würdest ...«
Harvey sah seinem Sohn nach, und sein Zorn wuchs. »Wenn du wegen irgendeiner Schlampe unsere Sache verbockst ...«
Dell blieb nicht stehen. »Werde ich nicht. Hör zu, ich hatte eine lange Nacht. Ich muss schlafen.«

4. Kapitel

Montag, 22. Februar, 7.25 Uhr

Captain Bruce Abbott blieb an ihren Schreibtischen stehen. »Sie zwei sind früh hier. Gibt es etwas Neues im Fall Brisbane? Und haben Sie Dix' Bericht bekommen? Zu dem anderen Selbstmord?«

»Samantha Altman«, sagte Noah. »Sie war fünfunddreißig, frisch geschieden, lebte allein und war vor kurzem arbeitslos geworden. Ihre Eltern haben sie gefunden. Sie sagten, sie sei nicht depressiv gewesen.«

»Das sagen Eltern immer«, bemerkte Abbott. »So kommen sie besser damit zurecht.«

Jack fuhr sich mit den Händen über das Gesicht und versuchte, wach zu werden. »Dix ist völlig fertig, Captain. Er zermartert sich den Kopf, was er übersehen haben mag. Wieso ihm nichts aufgefallen ist.«

»Dix hat getan, was die meisten von uns tun würden«, sagte Abbott. »Wenn etwas wie eine Ente quakt, dann nennt man es eben Ente. Ist ihm noch etwas eingefallen, das vielleicht nicht im Bericht erschienen ist?«

»Nur, dass die Eltern schworen, die Kleider hätten nicht ihr gehört«, sagte Jack. »Dix hat ihnen Kleid und Schuhe übergeben. Jetzt hoffen wir, dass die Altmans sie nicht weggeworfen haben.«

»Irgendwelche Verbindungen zwischen den Frauen?«

»Bisher haben wir keine entdeckt«, sagte Noah. »Martha war etwas älter und selbständig. Samantha hatte eine Arbeit in einer Fabrik, die wegrationalisiert wurde. Sie ist nach zwei Tagen von ihren Eltern gefunden worden. Martha war mindestens eine Woche tot, aber niemand hat sie als vermisst gemeldet. Wir haben auch kein Adressbuch gefunden, aber derjenige, der sie aufgeknüpft hat, hat es wahrscheinlich eingesteckt. Ihr Schreibtisch war viel zu leer.«

»Das Labor überprüft ihren Computer und die E-Mails«, fügte Jack hinzu. »Sie war IT-Beraterin, also sollten wir wenigstens eine Kundenkartei auf ihrem Rechner finden.«

»Motive? Verdächtige?«

»Marthas Mutter weiß irgendetwas«, sagte Noah. »Wir besuchen sie heute noch einmal.«

»Und wir haben immer noch nichts von Mrs. Kobrecki, der Hausmeisterin, gehört«, sagte Jack.

»Der Großmutter des Höschen-Freundes«, sagte Abbott.

»Er ist aktenkundig«, sagte Noah. »Drei Beschwerden von ehemaligen Mieterinnen des Hauses, alle wegen sexueller Belästigung. Aber es stand immer Aussage gegen Aussage.«

»Dann holen Sie mir die Aussagen der Frauen, die sich beschwert haben. Vielleicht taucht dabei etwas Interessantes auf. Und ich will wissen, ob der Enkel Kontakt mit dem ersten Opfer gehabt hat oder gehabt haben könnte.« Abbott zögerte. »Und nun die Millionen-Dollar-Frage: Glauben wir, es könnte weitere Opfer geben?«

»Nein«, sagte Noah. »Wir haben uns sämtliche Selbstmordfälle angesehen, die in den vergangenen zwei Jahren gemeldet wurden. Kein Szenario ähnelt dem, das wir hier haben.«

Abbott wirkte erleichtert. »Na, wenigstens etwas. Haben Sie schon etwas von der Gerichtsmedizin gehört?«

»Noch nicht«, sagte Jack, »aber wir rechnen bald damit. Ian fängt mit den Autopsien meistens nach der morgendlichen Besprechung an. Er weiß, dass diese Priorität hat.«

»Dann machen Sie ihm noch einmal Feuer unterm Hintern. Ich will nicht, dass die Presse Wind von irgendetwas bekommt, bevor wir nicht wenigstens wissen, was hier eigentlich läuft.«

»Ich habe gestern Abend schon Reporter gesehen«, sagte Jack. »Seit drei Wochen beschatten die uns regelrecht.«

»Die beschatten jeden aus der Abteilung.« Abbott stieß sich von Jacks Schreibtisch ab. »Verhalten Sie sich einfach unauffällig. Dann gehen sie vielleicht von allein weg.«
Das Telefon klingelte, und Jack nahm ab.
»Ian hat etwas gefunden. Gehen wir.«

Montag, 22. Februar, 7.30 Uhr

Liza Barkley sah stirnrunzelnd auf ihr Handy. Lindsay war nicht nach Hause gekommen, sie hatte nicht angerufen, und sie nahm auch nicht ab. Wenn ihre Schwester später kam, sagte sie immer Bescheid.
Liza biss sich auf die Lippe. Was sollte sie tun? Sie kannte keine von Lindsays Freundinnen und hatte auch noch nie die Reinigungsfirma angerufen, bei der ihre Schwester arbeitete. Aber wenn sie jetzt nicht loslief, würde sie den Bus verpassen. *Vielleicht ist Lin mit einer Freundin frühstücken gegangen.* Sie konnte es nur hoffen. Lindsay arbeitete so viel, dass ihr Gesellschaftsleben stärker vom Aussterben bedroht war als der Blauwal, der Thema von Lizas Bioarbeit im zweiten Halbjahr gewesen war. Sie ließ das Telefon in ihre Tasche gleiten. *Ruf mich an, Lin. Sag Bescheid, dass alles okay ist.*

Montag, 22. Februar, 8.15 Uhr

Er faltete die Zeitung zusammen. Marthas Selbstmord stand weit hinten, im Lokalteil, aber wenigstens war ein Artikel da. Und bald würde der Fall nach vorn rücken, vielleicht sogar morgen schon, doch das hing davon ab, wie gut ihr Gerichtsmediziner war. Mit Christys Entdeckung würden sich die Schlagzeilen förmlich übertrumpfen. *Serienmörder knüpft Opfer auf.*

Er würde die Artikel ausschneiden. Er lächelte. *Einrahmen und in den Keller hängen.*
Dass Batman und Robin den Fall Brisbane bekommen hatten, könnte sogar hilfreich sein. Immerhin waren sie Medienlieblinge. Die Presse würde jedes Wort von ihnen drucken, doch dann würden sich die Headlines verändern. *Polizei ratlos.*
Wie lange würde es wohl dauern, bis jemand auf Christy Lewis stieß? Man würde sie schneller vermissen als Martha. Obwohl sie geschieden war und ihre Eltern nicht mehr lebten, hatte sie einen Job und tägliche Kontakte mit Menschen in der realen Welt. Nicht wie Martha, die ausschließlich in Shadowland gelebt hatte.
Christy würde vermutlich schon morgen entdeckt werden, wenn sie den zweiten Tag in Folge nicht zur Arbeit erschien. Er hatte keine Zeit, sich auszuruhen. Er musste sich auf seine Nummer fünf von sechs vorbereiten.

Montag, 22. Februar, 8.32 Uhr

»Du hast verflixt schnell gearbeitet, Ian«, bemerkte Noah. »So bald hätte ich noch gar nicht mit Ergebnissen gerechnet.«
»Ich gebe euch auch noch nichts Offizielles«, sagte Ian Gilles. »Wo ist Jack?«
»Hier.« Jack kam durch die Tür. »Ich bin draußen von einem Reporter aufgehalten worden. Er wollte doch tatsächlich wissen, warum bei dem Selbstmordfall gestern Nacht zwei Wagen von der Spurensicherung draußen standen.«
»Was hast du ihnen gesagt?«, fragte Noah.
»Kein Kommentar.« Jack hob die Schultern. »Was denn sonst? Also, Ian, was hast du?«
Ian drehte Martha Brisbanes Kopf so, dass die Kehle entblößt war. »Ich habe mit der Autopsie noch nicht angefangen, aber ich dachte, ihr würdet euch das hier vielleicht gern ansehen.

Direkt in der Mitte der Strangulationsmale befindet sich ein Einstich. Der Strick ist exakt so plaziert worden, dass er den Stich verdeckt hat.«

»Und was hat man ihr injiziert?«, fragte Noah.

»Weiß ich noch nicht. Im Urin habe ich nichts finden können. Ich werde die Ergebnisse des Bluttests wohl heute Nachmittag bekommen. Bisher habe ich keine weiteren Verletzungen gefunden, die Röntgenbilder zeigen keine gebrochenen Knochen, und es gibt auch keine Anzeichen für sexuelle Aktivitäten.«

»Hast du den Selbstmord, den Dix letzte Woche reingebracht hat, auch untersucht?«, fragte Noah.

»Janice hat es gemacht. Sie ist gerade auf einer Tagung der Leichenbeschauer, aber ich habe mir ihren Bericht angesehen.«

»Was machen Leichenbeschauer denn auf einer Tagung?«, fragte Jack. »Vergiss es. Ich will's gar nicht wissen.«

»Vermutlich nicht«, gab Ian ohne einen Hauch von Humor zurück. »Janice sagt, dass es schwer war, den Todeszeitpunkt zu bestimmen, da das Fenster offen gestanden hat.«

»Wie bei Martha«, sagte Jack und deutete mit einer Kopfbewegung auf die Leiche auf dem Tisch.

»Ja. Samanthas Augenlider waren mit Sekundenkleber festgeklebt, genau wie bei diesem Opfer.«

»Hat das bei niemandem Verdacht erregt?«, wollte Jack wissen, und Ian zuckte mit den Schultern.

»Menschen tun merkwürdige Dinge. Alles andere passte perfekt zu einem Selbstmord.«

»Und der Einstich?«, fragte Noah. »Gab es bei Samantha auch einen?«

»Ich denke schon. Janice hat ein Foto von den Würgemalen gemacht. Ich habe es stark vergrößert. Natürlich ist die Auflösung nicht mehr besonders, aber ich bin mir ziemlich sicher, dass ich den Einstich gesehen habe. Ich werde die Leiche noch einmal untersuchen müssen. Dummerweise haben wir den Leichnam vergangene Woche freigegeben.«

Jack schnitt eine Grimasse. »Exhumierung?«

Noah nickte resigniert. »Wie lange wird es dauern, bis wir mehr über Samantha Altman wissen?«

»Ich fange an, sobald die Leiche hier ist. Ich habe heute früh schon die Blutproben aus dem Fall angefordert und sie zu den gleichen Tests ins Labor geschickt, die ich auch bei Martha Brisbane habe machen lassen.«

Noah setzte seinen Hut auf. »Wir werden heute die Altmans befragen. Rufst du uns an, wenn du hier fertig bist?«

»Selbstverständlich.« Ian schob die Bahre in den Untersuchungssaal.

»Nächster Halt Familie Altman?«, fragte Jack.

Noah nickte. »Ich fahre.« Sie waren gerade bei Noahs Wagen angelangt, als sein Handy klingelte. »Webster.«

»Abbott hier.« Und er klang nicht gerade entzückt. »Brisbanes Selbstmord hat es in die Zeitungen geschafft, und mich hat soeben ein Reporter angerufen. Er behauptet, er hätte die Sache als Mord auf den Titel gebracht, wenn sein Chefredakteur es ihm nicht untersagt hätte, bevor er triftige Beweise heranschaffen kann. Die hat er offenbar, denn er meint, seine nächste Schlagzeile wird ›*Mehr als nur ein Selbstmord*‹ lauten. Wer von Ihnen hat geschwätzt?«

»Keiner, das wissen Sie. Jack ist angesprochen worden, hat aber keinen Kommentar abgegeben. Wer ist der Reporter?«

»Ein gewisser Kurt Buckland. Wie dicht sind wir an einem offiziellen Mord dran?«

»Ian ist gerade mit der Autopsie beschäftigt, aber er hat einen Hinweis darauf gefunden, dass Brisbane unter Drogen gesetzt wurde. Wir werden jetzt mit den Altmans sprechen, während Ian den Antrag auf Exhumierung stellt.«

»Gut. Ich gebe eine Erklärung raus, sobald Ian den Mord bestätigt. Das sollte der Presse ein wenig Wind aus den Segeln nehmen. Seien Sie um vier zurück. Und sagen Sie Micki, dass ich sie hier sehen will.«

»Okay. Wie wär's mit einem Psychologen? Wir müssen ein Täterprofil erstellen.«

»Carleton Pierce wird ebenfalls um vier hier sein. Außerdem habe ich Sutherland und Kane mit ins Boot geholt.«

Noah schob sein Telefon in die Manteltasche. »Auf geht's. Wir haben eine Deadline.«

Montag, 22. Februar, 9.35 Uhr

Eve legte den Hörer behutsam auf die Gabel. Sie saß im Arbeitsraum der Uni. »Du mich auch, du blöder Mistkerl.«

Ein Kichern ließ sie in ihrem Stuhl herumfahren. Callie saß lachend hinter ihr. »Ich wusste doch, dass du dich nicht beherrschen kannst. Was war denn?«

»Ein neues Loch im Dach, und zwar direkt über meinem Bett. Ich habe es beiseitegerückt, aber dann hat es den Rest der Nacht so laut in den Eimer getropft, dass ich kein Auge zugemacht habe.«

»Du musst dir eine neue Wohnung suchen.« Callies Gesicht erhellte sich. »In meinem Haus ist etwas frei.«

»Dort ist die Miete doppelt so hoch, als ich mir leisten kann.«

»Es gibt ein tolles Konzept namens Wohngemeinschaft.« Callie sprach das letzte Wort überdeutlich aus. »Man teilt sich Miete und Nebenkosten und alles läuft perfekt. *Ich* habe eine Mitbewohnerin. Du solltest dir auch eine suchen.«

»Nein.« Sie hatte so viele Jahre mit anderen zusammengewohnt, dass sie die Privatsphäre nun sehr genoss. »Meine Miete ist niedrig.«

»Deine Miete ist ein Witz. Du hast Glück gehabt, dass die alte Frau dich mochte.«

Eve lächelte traurig. »Mrs. Daulton mochte jeden.«

»Ich weiß. Und ich weiß auch, dass sie dir fehlt. Wie lange läuft dein Mietvertrag noch?«

»Noch ein halbes Jahr. Und ich will verdammt sein, wenn Myron Daulton auch nur einen Tag früher seine gierigen Grabscher auf mein Haus legt.«

»Ähm, Eve … es ist nicht dein Haus. Jedenfalls nicht vom Gesetz her.«

»Dieser geldgeile Dreckskerl glaubt, er könne alle Mieter vertreiben. Es würde mich überhaupt nicht wundern, wenn er regelmäßig mit einem Eispickel aufs Dach steigt und die Löcher selbst reinhämmert.«

»Und jetzt klingst du paranoid. Also war das gerade der geldgeile Dreckskerl am Telefon?«

»Nein. Das war der Dachdecker, der keine Dächer flickt. Er redet nur mit Leuten, die ein neues Dach wollen. Wer, Herrgott noch mal, braucht denn ein nagelneues Dach?«

»Du zum Beispiel. Du solltest sowieso keine Reparaturen für ein Haus bezahlen, das dir nicht gehört. Das liegt einfach nicht in deiner Verantwortung. Wenn du Pech hast, verstößt du mit eigenmächtigem Handeln sogar gegen das Gesetz.«

»Tja, die Frage ist ohnehin müßig, da niemand das verdammte Ding ausbessert. Ich komme langsam zu dem Schluss, dass man Dachdecken lernen kann. In letzter Zeit habe ich mich schließlich bereits recht erfolgreich als Klempnerin und Elektrikerin betätigt …«

Callie riss die Augen auf. »Du hast doch wohl nicht vor, das Dach selbst zu reparieren? Du magst doch keine Höhen.«

»Aber Myron mag ich noch weniger. Ich habe übrigens heute Morgen schon einen alten Freund angerufen, um ihn zu fragen, wie man so etwas macht.«

»Und was hat er gesagt?«

»Nichts. Ich habe ihm nur auf die Mailbox gesprochen. Er wird mich anrufen, wenn seine Schicht zu Ende ist.«

»Kennst du ihn aus der Bar?«

»Nein, von zu Hause noch. Er ist Feuerwehrmann.«
»Du fasst dir immer an die Narbe, wenn du von Chicago sprichst«, bemerkte Callie plötzlich leise.
Eve zog abrupt die Hand von ihrer Wange weg. »Was der Grund dafür ist, dass ich so selten darüber rede.«
»Fehlen sie dir denn nicht?«, fragte ihre Freundin. »Deine Leute in Chicago, meine ich?«
Dana, Caroline und Mia. Der Gedanke an sie und ihre wachsenden Familien weckte schmerzhafte Sehnsucht in Eve. Kein Tag verstrich, ohne dass sie ihr fehlten. »Doch. Aber ich konnte nicht bleiben.« Denn zu bleiben hätte bedeutet, sich ewig erinnern zu müssen. Und sich im Dunkeln zu verstecken.
»Na ja, wenigstens ist Tom hier«, sagte Callie. »Und ich. Ich helfe dir allerdings nicht bei deinem Dach.«
»Tom hat es mir schon angeboten. Er hat gesagt, er bringt ein paar Kumpel mit, sobald die Saison vorbei ist.«
Callies Lächeln wurde spitzbübisch. »Tom Hunter und eine Handvoll College-Basketballspieler. Auf deinem Dach. Im tiefsten Winter. Warte doch bis zum Sommer, dann arbeiten sie mit nacktem Oberkörper.«
»Wenn ich bis zum Sommer warte, steht mein ganzes Mobiliar unter Wasser, und Myron Daulton hat gewonnen. Ich muss jetzt los. Ich habe in fünfzehn Minuten ›Abnormes‹.« Sie wollte ihren Laptop zuklappen, hielt aber inne. Abrupt. »O mein Gott«, murmelte sie, den Blick auf ihren Posteingang fixiert.
»Eve? Wer ist Martha Brisbane und warum hast du ihren Namen bei Google Alert eingegeben?«
Eve hatte Martha bereits vor einer Woche als Anfrage bei dem Alert-Dienst angemeldet – da war sie zwei Tage lang nicht in Shadowland erschienen. Sobald der Name im Internet erwähnt wurde, bekam Eve eine Mail.
Und Martha Brisbanes Name war in der Tat aufgetaucht. Eve spürte das Pochen ihres Herzens, als sie den kurzen Artikel las, der heute im *Mirror* erschienen war. *Martha Brisbane, 42,*

wurde vergangene Nacht tot in ihrer Wohnung gefunden. Die Polizei geht von einem Selbstmord aus, da Brisbane sich erhängt hat. Der Artikel fuhr mit der Selbstmordstatistik der Twin Citys fort, aber Eve konnte nur die eine Zeile lesen.

Selbstmord. Das hätte ich kommen sehen müssen. Ich hätte es verhindern müssen.

Aber Martha hatte schon Monate vor Beginn der Studie achtzehn Stunden täglich in Shadowland verbracht. Wer konnte wissen, was sie ausgerechnet jetzt dazu getrieben hatte, Selbstmord zu begehen? Dennoch ... sie war tot.

Und Eve durfte nicht einmal wissen, dass sie existierte.

»Eve?« Callie tippte ihr leicht auf die Schulter. »Wer ist diese Frau?«

»Jemand, den ich kenne.« *Jemand, den ich nicht kennen dürfte.* Eve klappte den Laptop resolut zu. »Ich muss jetzt los.«

Callie blieb, wo sie war, und musterte ihre Freundin eingehend. »Willst du auf die Beerdigung gehen?«

Sie schob den Laptop in die Tasche. »Wenn ich herausfinden kann, wann und wo sie stattfindet, ja.«

»Soll ich dich dann begleiten?«

Eve sog bebend die Luft ein. »Ja. Danke.«

»Okay. Und du versprichst mir dafür, dass du nicht aufs Dach kletterst.«

Eve brachte ein kleines Lächeln zustande. Das Dach war im Augenblick ihre geringste Sorge. »Versprochen.«

Montag, 22. Februar, 9.40 Uhr

»Danke, dass Sie sich die Zeit für uns nehmen.« Jack legte seinen Hut neben Noahs auf den Couchtisch.

Mrs. Altman hatte die Hände fest im Schoß verschränkt. »Worum geht es?«

»Um Ihre Tochter, Ma'am«, sagte Noah. Wieder hatte er beim

Münzenwerfen verloren. »Wir wissen, dass Samanthas Tod als Selbstmord in die Akten eingegangen ist, aber Ihr Mann und Sie waren anderer Meinung, richtig?«
»Selbstmord ist eine Todsünde. Samantha war eine gute Katholikin. Sie ist regelmäßig zur Messe gegangen.«
»Wir glauben inzwischen auch, dass Ihre Tochter sich nicht selbst umgebracht hat. Es gibt Hinweise, dass es Mord war.«
Mrs. Altman schloss die Augen. »Lieber Gott.«
Jack gab ihr einen Moment Zeit. »Haben Sie noch die Kleidung, die Ihre Tochter trug?«
»Wir haben alles in einen Karton gepackt«, murmelte sie. »Wir haben es nicht geschafft, uns die Sachen anzusehen.«
»Was ist mit dem Hocker aus ihrem Schlafzimmer?«, fragte Jack.
»Den haben wir dem Shop einer Wohltätigkeitsorganisation gespendet. Wir mochten ihn nicht mehr sehen.«
Noah hätte am liebsten geseufzt. »Wissen Sie noch, welcher Shop das war?«
»Auf der Grand Avenue. Warum?«
»Es könnte wichtig sein«, sagte Noah und verfluchte im Stillen seine ärgerliche Angewohnheit, mit Jack vor solchen Gesprächen Kopf oder Zahl zu spielen. Er hatte Jack in Verdacht, eine gezinkte Münze in der Tasche zu haben, denn meistens verlor Noah. »Um den Tod Ihrer Tochter als Mordfall anerkennen zu können, müssen wir den Leichnam noch einmal untersuchen.«
Mrs. Altmans Augen füllten sich mit Tränen. »Nein, das lasse ich nicht zu. Sie werden meine Tochter nicht entweihen.«
»Ich will nicht behaupten, dass ich wüsste, wie Sie sich jetzt fühlen«, sagte Noah sanft, »denn niemand kann nachvollziehen, was Sie durchmachen. Aber bitte glauben Sie uns, dass wir diese Maßnahme nicht in Betracht ziehen würden, wenn es nicht absolut notwendig wäre. Wenn jemand Ihre Tochter umgebracht hat, dann müssen wir ihn festnehmen und bestrafen.«

Unwillkürlich hatte sie begonnen, sich vor und zurück zu wiegen. Tränen strömten ihr über das Gesicht. »Das dürfen Sie ihr nicht antun.«

»Mrs. Altman«, sagte Noah, noch immer sanft. »Derjenige, der Ihre Samantha getötet hat, kann auch andere Töchter töten. Ich weiß, dass Sie das nicht wollen. Sie wollen nicht, dass andere Familien durchmachen müssen, was Sie erleiden.«

»Nein«, flüsterte sie. »Nein, das wollen wir nicht.« Sie blickte zur Seite und schloss die Augen. »Also gut.«

»Danke«, sagte Noah. »Wenn Sie uns noch sagen, wo Sie ihre Sachen hingetan haben, dann sind wir jetzt auch wieder weg.«

Sie stand auf. »Im Schrank im Gästezimmer.«

»Ich hole sie schon«, sagte Jack, als Mrs. Altman die Hände vors Gesicht schlug und wieder zu schluchzen begann.

Für die meisten Menschen war eine Exhumierung, als würde man eine fast verheilte Wunde wieder aufreißen. »Setzen Sie sich bitte, Ma'am«, sagte Noah und tätschelte ihr den Rücken.

Jack kehrte zurück, und Mrs. Altman erhob sich langsam, während Jack und Noah ihre Hüte aufsetzten.

»Detective Phelps und ich werden Sie über die Fortschritte der Ermittlung auf dem Laufenden halten. Und bitte machen Sie sich keine Sorgen. Sie wird anschließend wieder genauso im Grab liegen wie zuvor.«

Mrs. Altman schüttelte den Kopf. »Sie liegt noch nicht im Grab.«

Noah sah sie erstaunt an. »Wie bitte?«

»Unsere Familie wird seit Generationen auf demselben Friedhof bestattet. Dort besitzt man keinen Bagger, daher konnte man noch nicht graben. Der Boden ist gefroren. Wir hatten vor, sie im Frühling zu beerdigen.« Ihr Kinn hob sich, und der Blick war scharf, als sie Noahs begegnete. »Das macht die Sache einfacher und schneller, nicht wahr, Detective? Auf diese

Art werden Sie das Ungeheuer, das mein Kind auf dem Gewissen hat, schneller finden, oder?«

»Ja, Ma'am. Das wird die Dinge beträchtlich beschleunigen. Danke.«

Weder Jack noch Noah sprachen, während sie zum Auto gingen. Dort angekommen, räusperte Jack sich. »Ich bin froh, dass du beim Münzenwerfen verloren hast. Ich weiß nie, was ich sagen soll.«

»Sie erinnert mich an meine Mom.« Die sich permanent Sorgen um ihn gemacht hatte. Aber sie war eine Polizistenwitwe gewesen. Vermutlich hatte man als solche jedes Recht der Welt, sich ständig um den Sohn zu sorgen.

»Alle alten Damen erinnern dich an deine Mama.«

»Ich hoffe eben immer, dass man rücksichtsvoll mit ihr umgeht, falls mir etwas zustoßen sollte.«

Jack warf ihm einen düsteren Blick zu. »Rede nicht so.«

»Wir müssen alle irgendwann gehen«, sagte Noah.

»Aber ich bin nicht scharf drauf, das heute schon zu tun«, erwiderte Jack. »Los, lass uns den Hocker auftreiben.«

»Anschließend fahren wir zu Brisbanes Adresse. Vielleicht ist Mrs. Kobrecki ja endlich aufgetaucht.«

»Und mit ihr der Enkel mit der Vorliebe für Höschen.«

»Genau.«

Montag, 22. Februar, 11.15 Uhr

Eve stand vor dem Büro ihres Studienbetreuers und versuchte, ihren rasenden Herzschlag zu beruhigen. Sie hatte eine Stunde lang in ihrem Seminar gesessen, ohne sich auf ein einziges Wort konzentrieren zu können. *Martha ist tot.*

Du musst etwas tun. Nur *was?* Vielleicht hatte Marthas Selbstmord überhaupt nichts mit der Teilnahme an Eves Studie zu tun. *Aber das kann ich nicht mit Sicherheit sagen.*

Sie hatte fünf weitere kritische Fälle – Testpersonen, deren Spielzeit in den vergangenen Wochen drastisch in die Höhe gegangen war. Keiner dieser Probanden war vorher Ultra-User gewesen, keiner hatte Erfahrung mit virtuellen Welten oder Rollenspielen gehabt. Doch nun waren sie Shadowland verfallen.
Sie hob die Hand und klopfte verhalten an die Tür. »Dr. Donner?«
Dr. Donner schaute auf. »Miss Wilson. Hatten wir unsere letzte Besprechung nichts erst am Donnerstag?«
»Ja, aber ich muss mit Ihnen reden.«
»Dann treten Sie ein«, sagte er mit einem Blick auf das Fachblatt, das er gerade gelesen hatte.
Eve hatte ihn von Anfang an nicht gemocht, und daran hatten die zwei Jahre, die sie an der Marshall an ihrem Diplom arbeitete, nichts geändert. Er hatte sich anerboten, als ihr Studienbetreuer zu fungieren, weil ihn angeblich das Thema ihrer Diplomarbeit interessierte. Vor allem aber war es zur Veröffentlichung geeignet, was in der akademischen Welt, die nach dem Motto »Publizieren oder krepieren« funktionierte, ein schlagkräftiges Argument war. Man munkelte, dass Donner es nötig hatte. Sein Name war seit langem schon in keinem wichtigen Fachblatt mehr erschienen.
Und daher würde er über das, was sie ihm sagen musste, nicht erfreut sein.
»Nun?« Er warf die Zeitschrift auf einen Stapel anderer Fachblätter. »Was kann ich für Sie tun, Miss Wilson?«
»Ich mache mir Sorgen wegen einiger Testpersonen, Dr. Donner.« Sie schlug ihr Notizbuch auf, in dem sie die Identifikationsnummern der Probanden aufgeschrieben hatte, als wüsste sie sie nicht in- und auswendig. Als kannte sie nicht sogar die dazugehörigen Namen.
»Und?«, fragte er ungeduldig. »Wieso?«
»Ich stelle ein Anwachsen der Spielzeit um mehr als dreihun-

dert Prozent fest und befürchte, dass dieses veränderte Verhalten ihre Lebensqualität einschränkt. Und in manchen Fällen sogar das Aufkommen für den Lebensunterhalt.«

Donner studierte schweigend Eves Gesicht, und am liebsten wäre sie zurückgewichen, aber natürlich tat sie es nicht. Sie hatte in ihrem Leben schon weitaus schlimmeren Schreckgespenstern gegenübergestanden als Donald Donner.

»Miss Wilson, woher wissen Sie, wie viel Zeit die Personen mit dem Spiel verbringen?«

Auf diese Frage war sie vorbereitet. »Ich kann zu jedem beliebigen Zeitpunkt eine Suche starten und weiß, wer sich gerade in Shadowland aufhält. Ich habe meinen Computer so programmiert, dass er mehrmals am Tag sucht, und diese Zahlen sind ein Durchschnittswert.« Was keine Lüge war.

»Clever«, murmelte er. »Aber können Sie auch beweisen, dass diese Probanden wirklich aktiv spielen und nicht, sagen wir, einfach nur vergessen haben, sich auszuloggen?«

Ja. Weil ich ebenfalls drin bin. Weil sie mit ihnen redete, interagierte. *Sie beobachtete.*

Seine Augen verengten sich, als sie keine Antwort gab. »Miss Wilson? Kann Ihr Suchprogramm zwischen aktiver Spielzeit und passiver Verweildauer differenzieren?« »Nein, kann es nicht«, murmelte sie.

»Füllen die Probanden regelmäßig ihre Selbstbewertungsbögen aus?«

»Ja, und die Resultate sind vielversprechend. Zwanzig Prozent der Probanden sagen, sie seien nach den Übungen zur Selbstverwirklichung in der virtuellen Welt auch in der Realität selbstbewusster. Aber ich mache mir Sorgen, dass für einige Probanden die Grenze zwischen Wirklichkeit und Fantasie verschwimmt.«

Er runzelte die Stirn. »Weisen sie quantifizierbare Depressionen oder Persönlichkeitsveränderungen auf?«

»Nein. Aber im vergangenen Monat mussten sie sich auch

keinen Tests unterziehen. Diejenigen, um die es mir geht, sind erst wieder in ein, zwei Wochen an der Reihe.«

Er entspannte sich. »Dann finden wir in ein, zwei Wochen ja heraus, ob sie ein ernsthaftes Problem haben.«

Für Martha Brisbane ist es zu spät. Sie ist bereits tot. Und in ein paar Wochen würde Christy Lewis vielleicht arbeitslos sein. »Wir sollten die Tests unbedingt öfter durchführen«, sagte sie bestimmt.

»Das haben Sie bereits mehrfach gefordert«, erwiderte er herablassend. »Und wie ich Ihnen bereits mehrfach erklärt habe, brauchen wir unabhängige Gutachter, um unseren Doppelblindstatus zu gewährleisten. Das kostet die Universität Geld und die Probanden Zeit.«

»Wir haben einen kleinen Überschuss in unserem Budget. Ich habe die Ausgaben genau überprüft.«

»Die Probanden werden Ihnen in Scharen davonlaufen, wenn sie öfter bei uns antanzen müssen.«

»Aber, Sir«, begann sie, doch Donner hob die Hand.

»Miss Wilson«, sagte er scharf, dann lächelte er, doch wie immer schien das Lächeln nicht zu seinem Gesicht zu passen. »Eve. Ihre Diplomstudie wird einer Menge Menschen helfen. Reale Rollenspiele werden schon lange eingesetzt, um das Selbstwertgefühl der Patienten zu stärken. Es ist zeitgemäß und sachdienlich, dies in virtuellen Welten zu tun.«

Zeitgemäß, sachdienlich und publizierbar. Sie hob das Kinn. »Ich kann aber nicht zulassen, dass die Probanden wegen unserer Studie ihre realen Existenzen vernachlässigen. Wir tragen eine Verantwortung für sie.«

Sein Lächeln verblasste. »Ihre Probanden haben eine Klausel zum Haftungsausschluss unterschrieben. Wir sind *nicht* verantwortlich. Und Sie werden in Zukunft weder schriftlich noch mündlich andeuten, dass wir es sind. Im Übrigen habe ich für so etwas keine Zeit. Ich muss um zwölf Uhr ein Seminar geben, wenn Sie mich also entschuldigen wollen …«

Eve regte sich nicht. »Dr. Donner, bitte. Was, wenn unsere Probanden starke Anzeichen von Depressionen aufweisen, die vielleicht sogar zu … Selbstmordabsichten führen könnten?«
»Dann sorgen wir dafür, dass der Proband von einem unabhängigen Therapeuten betreut wird.«
Eve blickte auf ihre Hände herab, die in ihrem Schoß lagen. *Zu spät für Martha.* »Und wenn ich – rein hypothetisch betrachtet – wüsste, dass ein Proband suizidgefährdet *ist?*«
»Die Frage ist müßig«, antwortete er kalt. »Diese Information können Sie nicht besitzen.«
Sie schaute auf. Sein Blick aus verengten Augen war herausfordernd. »Und wenn doch?«
»Dann müssten Sie sich vor dem Komitee rechtfertigen. Und Disziplinarstrafen oder Schlimmeres in Kauf nehmen.«
Eve hätte am liebsten die Augen geschlossen, um sich in die Dunkelheit zurückzuziehen, aber das hier war real. Martha war wirklich tot. Vielleicht hätten sie etwas bemerkt, wenn sie die Tests öfter durchgeführt hätten. *Warum habe ich nicht darauf bestanden?* Vor einem Jahr war sie froh und glücklich gewesen, dass sie ihre Studie durchführen konnte und man ihr die nötigen Mittel dazu bewilligt hatte. Zu viel einzufordern war ihr nicht ratsam erschienen. Doch nun hatte sich die Situation geändert.
Sie nahm den Ausdruck, den sie von dem Artikel über Marthas Tod gemacht hatte, aus ihrem Hefter. »Das war Testobjekt 92.« Mit ruhiger Hand reichte sie ihm das Blatt.
Er starrte die Seite einen Moment an, dann griff er danach. Seine Gesichtsfarbe verdunkelte sich, und Eve schnürte es die Kehle zu. *Gut, das war's dann wohl.* Er würde sie aus dem Programm werfen. Und ihr Forschungsprojekt einstellen.
»Ich glaube, dass wir ihr hätten helfen können, wenn wir sie öfter getestet hätten«, sagte sie. »Ich bin nicht unschuldig an ihrem Tod, Dr. Donner. Und ich will keine weiteren Selbstmorde.«
Bedächtig ließ er das Blatt in den Schredder fallen und drück-

te den Schalter. Der Ausdruck verschwand und mit ihm jeder Funke Respekt, den sie je für Donald Donner empfunden haben mochte.

»Das habe ich nie gesehen«, sagte er. »*Sie* haben das nie gesehen. Haben wir uns verstanden, Miss Wilson?«

Eves Knie waren butterweich, aber sie wollte verdammt sein, wenn sie sich etwas anmerken ließ. »Absolut.«

Sie kehrte zurück an ihren Schreibtisch und saß eine lange Zeit nur da, starrte ins Nichts und versuchte, sich darüber klarzuwerden, was sie tun sollte.

Was würde Dana tun? Dana Dupinsky Buchanan, ehemalige Leiterin eines Frauenhauses in Chicago, die sie damals aufgenommen hatte. Dana, die ihr Leben und ihre Freiheit aufs Spiel gesetzt hatte, um Frauen, die häusliche Gewalt erfahren hatten, Unterschlupf und Sicherheit zu bieten. *Die Ausreißerinnen wie mir Unterschlupf gewährt hat.*

Dana würde tun, was immer notwendig war, um diese Menschen zu beschützen. *Und das sollte ich auch tun.*

Vielleicht würde ja nichts mehr geschehen. Aber falls doch … Dann muss ich *handeln.* Sie wusste, wo ihre Versuchspersonen in Shadowland zu finden waren. Nun würde sie sie in der wahren Welt aufstöbern, genau hier in Minneapolis. Und mit Christy Lewis würde sie beginnen.

Falls Donner es herausfand, war sie erledigt. *Aber ich gebe lieber das Projekt auf, als mich nachher nicht mehr im Spiegel ansehen zu können.* Sie würde tun, was immer nötig war, aber sie würde es schlau angehen. *Und wenn ich Glück habe, wird es kein Mensch je herausfinden.* Sie würde sich vergewissern, dass es ihren Testpersonen gutging, und Donner konnte seine kostbare Studie veröffentlichen.

Dann würde sie sich einen neuen Berater suchen. Aber zuerst – Christy. Sie hatte Christys Gwenivere seit Wochen in der virtuellen Welt beobachtet. Nun würde sie ihr in der Wirklichkeit den Kopf zurechtrücken.

Montag, 22. Februar, 14.10 Uhr

Irgendwie hatte Noah mehr von einem Drachen erwartet. Als nun eine nette, alte Lady auf sein Klopfen öffnete, musste er seine Überraschung vertuschen. »Mrs. Kobrecki?«

»Sie müssen die Detectives sein.« Sie öffnete die Tür weit. »Bitte treten Sie ein und setzen Sie sich.«

»Danke«, sagte Jack mit einem gewinnenden Lächeln. »Sie sind ziemlich schwer zu erreichen.«

»Der Akku meines Handys war leer. Ich war das Wochenende über unterwegs und bin erst heute Morgen zurückgekommen. Ich habe bei Ihnen angerufen, sobald ich das Absperrband gesehen habe. Arme Martha.«

»Wie lange kannten Sie Mrs. Brisbane schon, Ma'am?«, fragte Noah.

»Seit acht Jahren. Wir hatten unsere Differenzen, aber ich hätte nie gedacht, dass sie so etwas tun könnte.«

»Was für Differenzen denn?«, hakte Noah mit einem freundlichen Lächeln nach.

»Wegen ihrer Wohnung.« Sie sah ihn fast empört an. »Man soll ja nicht schlecht von den Toten sprechen, aber diese Frau lebte im Dreck.«

Noah dachte an die makellose Wohnung. »Wann haben Sie sie zum letzten Mal gesehen?«

»Vor einer Woche. An einem Samstag. Sie wollte ausgehen, was mir auffiel. Sie ging nämlich nicht oft aus.«

»Hat sie gesagt, wohin sie wollte?«, fragte Jack.

»Nein.« Mrs. Kobrecki presste die Lippen zusammen.

»Hatten Sie an diesem Tag Streit, Mrs. Kobrecki?«, wollte Noah wissen.

»Ja. Ich habe ihr gesagt, dass ich ihre Wohnung räumen ließe, wenn sie nicht bald anfinge, sauberzumachen. Sie hat mich einfach ignoriert.« Sie stieß einen Seufzer aus. »Die Frau hat mich rasend gemacht, aber so etwas habe ich ihr nicht gewünscht.«

»Selbstverständlich nicht«, sagte Noah beruhigend. »Haben Sie sie gesehen, als sie wieder nach Hause kam?«

»Nein. Und ich wäre auch noch zu wütend gewesen, um mit ihr zu reden.« Ihre Augen verengten sich zu Schlitzen. »Warum?«

»Reine Routine, Ma'am. Wir stellen diese Fragen, um einen Todeszeitpunkt festmachen zu können. Für die Familie.«

»Ihrer Mutter ist es wahrscheinlich sogar egal, dass sie tot ist.«

Noah tat überrascht. »Martha und ihre Mutter haben sich nicht gut verstanden?«

»Nein, aber ich weiß nicht, wieso. Einmal ging ich hoch, um Martha wegen des Zustands der Wohnung zur Rechenschaft zu ziehen. Durch die Tür konnte ich hören, wie sie ihre Mutter am Telefon anschrie. Sie weinte, als sie zur Tür kam.«

»Haben Sie zufällig mitbekommen, worum es bei dem Gespräch ging?«

»Nein. Ich hörte allerdings, wie Martha ihrer Mutter sagte, sie würde es für sie tun. Ich habe angenommen, sie meinte, sie könne ihre Mutter nicht oft besuchen, weil sie so viel arbeitete.«

»War es normal, dass eine Woche verstreichen konnte, ohne dass sie sie sahen?«, fragte Noah.

»Manchmal verging sogar ein Monat, ohne dass ich sie sah. Ich hatte auch nicht vor, ihr an diesem einen Abend zu begegnen. Ich habe sie zufällig getroffen. Ich hatte bereits vor dem letzten Streit beschlossen, ihr den Räumungsbefehl zuzustellen, aber mein Anwalt meinte, ich müsste noch ein letztes Mal warnen und anschließend Fotos von der Wohnung machen, falls sie nicht reagierte. Dass sie ausging, gab mir die Gelegenheit dazu.«

»Das heißt, Sie haben die Fotos gemacht?«, fragte Jack.

»Ja. Sobald sie weg war. Ich verletze die Privatsphäre meiner Mieter normalerweise nicht, aber ich wusste, dass es im Haus bald vor Kakerlaken wimmeln würde.«

Noah durchfuhr ein Gefühl des Triumphes. »Können wir Abzüge dieser Fotos haben? Für unsere Akten?«

Mrs. Kobrecki holte besagte Fotos von ihrem Schreibtisch. »Oh, und ich denke, ich überlasse Ihnen am besten auch die Post. Der Briefträger gab sie mir am Freitag, als ich gerade auf meinen Wochenendausflug wollte. Marthas Briefkasten war voll. Er konnte nichts mehr hineinstopfen, also leerte ich ihn.«
»Fanden Sie das nicht merkwürdig, dass jemand seinen Briefkasten so lange nicht selbst leert?«
»Manchmal vergingen Wochen, bevor Martha nach der Post sah. Es kam mir vor, als lebte sie in ihrer eigenen kleinen Welt.«
»Hat sie denn ihre Miete pünktlich bezahlt?«, fragte Noah.
»Ja. Es gab nur ein einziges Mal Schwierigkeiten, ungefähr vor einem Jahr. Damals sagte sie, dass sie so in ein Projekt versunken gewesen war, dass sie die Zeit vergessen hatte. Danach hat sie bei der Bank einen Dauerauftrag eingerichtet.«
Jack begann, die Post durchzusehen, Noah betrachtete die Fotos. *Wow.* Die Spüle in der Küche war mit schmutzigem Geschirr vollgestellt, der Mülleimer quoll vor Papptellern über. Auf ihrem Schreibtisch herrschte ein Chaos aus benutzten Kaffeebechern, Müll und Papieren aller Art, und im Wohnzimmer stapelten sich die Zeitungen so hoch, dass die Wand dahinter kaum noch zu sehen war. Hier hatte jemand kürzlich sehr, sehr gründlich aufgeräumt.
Jack räusperte sich. »Mrs. Kobrecki, wir würden gern einen letzten Blick in Martha Brisbanes Wohnung werfen, bevor wir die Akte schließen. Könnten Sie uns hineinlassen?«
»Natürlich. Ich hole die Schlüssel. Sie sind hinten.«
Die Spurensicherung hatte den Tatort versiegelt. Jack brauchte Kobreckis Schlüssel nicht. »Was hast du gefunden?«
»Etwas, das wie ein Gehaltsscheck aussieht«, murmelte Jack. »Und Kontoauszüge. Wie wär's, wenn du noch eine Weile mit Mrs. Kobrecki plauderst und ich zum Auto gehe und das überprüfe?«
Sie standen auf, als Mrs. Kobrecki zurückkehrte. »Gehen wir?«, fragte sie.

»Ich kümmere mich schon mal um die letzten Formalitäten«, sagte Jack. »Vielen Dank, Mrs. Kobrecki.«
Noah folgte der Frau nach oben. »Mein Partner und ich haben ganz vergessen, dass die Spurensicherung den Tatort mit einem Schloss versiegelt hat. Wir setzen Ihres wieder ein, sobald der Fall abgeschlossen ist. Entschuldigen Sie bitte.«
Mrs. Kobrecki blieb stehen und sah ihn misstrauisch an. »Mir war nicht klar, dass Selbstmord als Fall betrachtet wird.«
»Nur der ganz normale Verfahrensablauf, Ma'am. Wer wohnt neben Miss Brisbanes Apartment?«
»Niemand. Früher die Smiths, aber die sind vor über drei Monaten ausgezogen.«
Noah stellten sich die Nackenhaare auf. »Sie meinen, die Nachbarwohnung ist leer?«
»Ja. Und jetzt werde ich sie auch in den nächsten Monaten nicht vermieten können.«
»Könnten Sie sie mir aufmachen? Die leere Wohnung?«
Mrs. Kobrecki versteifte sich. »Ich habe an diesem Bund hier keinen Schlüssel dafür.«
Sicher doch. »Ich dachte, Sie hätten einen Generalschlüssel.«
»Habe ich auch, aber der ist nur für den Türknauf, und die vorherigen Mieter haben ein Sicherheitsschloss angebracht. Könnten Sie sich bitte beeilen? Ich habe wirklich auch noch anderes zu tun.«
»Natürlich.« Noah öffnete die Tür und wartete auf ihre Reaktion. Und sie enttäuschte ihn nicht.
»Ach, du lieber Himmel. Hat man sie ausgeraubt?«
»Wir haben ihren Computer mitgenommen, sonst aber nichts. Sie meinen also, dass die Wohnung anders aussieht als sonst?«
»Ein Unterschied wie Tag und Nacht. Ich habe gehört, dass manche Leute Freunde und Familie anrufen und Sachen verschenken, bevor sie sich umbringen. Gibt es auch Leute, die vorher putzen?«

»Miss Brisbane hat es anscheinend getan. Herrschte in ihrer Wohnung denn immer ein heilloses Chaos?«

»Erst am Schluss. Die Wohnung war immer unaufgeräumt und sie hat selten abgespült, aber richtig unappetitlich wurde es eigentlich erst vor ... vor ungefähr einem Jahr.«

Was war vor einem Jahr geschehen, das Martha Brisbanes Leben so stark verändert hatte? »Wer kümmert sich um Reparaturen und Instandhaltung, Ma'am?«

Mrs. Kobrecki, die sich noch nicht ganz von dem Schock erholt hatte, antwortete, ohne nachzudenken. »Mein Enkel.«

»Ich würde seine Aussage gern in den Bericht aufnehmen, wenn das für Sie in Ordnung ist.«

Ihr Blick wurde wieder misstrauisch. »Wieso? Sie haben die Fotos. Warum müssen Sie noch mit Taylor reden?«

Kluge alte Dame. »Wie gesagt – reine Routine.« Ihre defensive Reaktion war vielsagend.

»Taylor ist im Moment nicht in der Stadt. Er wird einige Wochen weg sein.«

»Können Sie mir bitte seine Telefonnummer geben?«

Sie schürzte die Lippen. »Die ist in meinem Handy gespeichert, das, wie ich bereits sagte, momentan nicht aufgeladen ist. Leider weiß ich sie nicht auswendig. Ich werde Sie also später anrufen müssen.«

Sehr kluge alte Dame. »Ich bitte darum, Mrs. Kobrecki. Und vielen Dank, dass Sie sich die Zeit für uns genommen haben.«

»Kann ich die Fotos zurückhaben?«

»Sobald ich Kopien gemacht habe. Ich brauche sie für die Akten.«

Ihre Wangen färbten sich dunkler. »Danke. Sonst noch etwas?«

»Nein, Ma'am. Sie waren uns eine große Hilfe.«

Obwohl sie den Eindruck machte, als hätte sie am liebsten unflätig geflucht, ging sie ohne ein weiteres Wort davon. Noah verschloss die Tür und befestigte das Absperrband wieder. Sie mussten Taylor Kobrecki finden.

5. Kapitel

Montag, 22. Februar, 14.45 Uhr

Eve stand auf der Fußmatte vor der Souterrainwohnung der Hausmeisterin und hatte die Faust bereits zum Anklopfen erhoben. Schon zweimal hatte sie es sich anders überlegt.

Eves Versuch, mit Christy Lewis zu reden, war gescheitert. Christy war nicht zur Arbeit erschienen und hatte sich auch nicht krankgemeldet. Das hieß, sie hatte entweder verschlafen, weil sie sich die ganze Nacht in der virtuellen Welt herumgetrieben hatte, oder war noch immer online. Frustriert und von dem Drang getrieben, *irgendetwas* zu unternehmen, war Eve zu Martha Brisbanes Adresse gefahren, um vielleicht herausfinden zu können, wann die Beerdigung stattfinden würde.

Und was ist, wenn die Hausmeisterin fragt, woher ich Martha kenne? Dann sage ich eben, ich kenne sie von der Arbeit. Das ist nicht einmal gelogen. Eve holte tief Luft und setzte erneut zum Klopfen an, als eine kleine, alte Dame die Treppe heruntergestürmt kam.

»Danke, nein, ich kaufe nichts«, fuhr sie sie an. Dann knallte sie die Tür so fest zu, dass die Wände zitterten.

»Dann warte ich eben auf die Todesanzeige«, murmelte Eve. Sie wandte sich ab und wollte gerade die Treppe hinaufgehen, als sie Schritte herunterkommen hörte. Augenblicklich richteten sich die Härchen in ihrem Nacken auf, und sie blieb stehen. Sie hatte schon vor langer Zeit gelernt, ihrem Instinkt zu vertrauen, und so wartete sie die Person ab, die sich näherte. Ein Mann, ganz in Schwarz gekleidet. Bis zu dem Filzhut auf seinem Kopf.

»Oh.«

Es war eher ein Hauch gewesen als ein Wort, aber er hörte es. Er blieb an der Tür stehen und drehte sich langsam um, und in ihrem Magen kribbelte es wie immer, wenn sie ihn sah.

Mr. Tonic Water persönlich. Nun trat er an den Absatz der Treppe nach unten. Seine Augen waren von der Hutkrempe beschattet, und er klang so überrascht, wie sie es war. *»Eve?«*

»Detective«, brachte sie hervor. Etwas Besseres schien ihr nicht einfallen zu wollen. *Was machte er hier?* Warum fing ihr Herz so wild an zu klopfen, wenn er sich näherte?

»Was machen Sie denn hier?«, fragte er, was zugegebenermaßen eine verdammt gute Frage war.

Sie ging an ihm vorbei zur Tür. »Ich wollte herausfinden, wann Martha beerdigt wird.«

»Das weiß ich auch nicht«, sagte er. »Woher kannten Sie Martha Brisbane?«

Sie blickte zu ihm auf, ohne mit der Wimper zu zucken, doch ihre Kehle war staubtrocken. »Von der Arbeit.«

Seine dunklen Brauen hoben sich leicht. »Aus dem Sal's? Da habe ich sie nie gesehen.«

Du kommst auch nur einmal die Woche. »Nein. Nicht aus dem Sal's. Ich werde dann sehen, wann in den Zeitungen die Todesanzeige erscheint.«

»Eve, bitte warten Sie. Sie kannten Sie also von der Arbeit, aber nicht aus dem Sal's?«

»Ich wollte ihr nur meinen Respekt erweisen. Bitte entschuldigen Sie mich.« Hastig ging sie auf die Tür zu, spürte aber seinen Blick, der sie unter der Krempe seines Huts hervor traf. *Hut?* Was hatte die Hat Squad hier zu tun? Abrupt wandte sie sich um. »Ich habe gelesen, dass Martha Selbstmord begangen hat.«

»So stand es in den Zeitungen, ja«, sagte er. Sein Blick war durchdringend und bereitete ihr Unbehagen.

»Aber Sie sind von der Mordkommission.«

»Wir untersuchen auch Selbstmorde.«

»Deswegen sind Sie aber nicht hier. Wenn Martha sich selbst getötet hätte, dann wäre der Fall gestern schon abgeschlossen gewesen.« Als er gekommen war, um Jack zu holen, war er so wütend gewesen, dass sie es quer durch die Bar hatte spüren können. Sie kam näher, bis sie seine Augen erkennen konnte. »Hat Martha sich selbst getötet?«

Seine Kiefer verspannten sich, fast unmerklich. »Wieso?«

Weil ich, falls sie es nicht getan hat, weder schuldig noch verantwortlich bin. Dann war es jemand anderes. *Oh, mein Gott. Martha ist umgebracht worden.* Von wem? Und wieso? *Sie war achtzehn verdammte Stunden am Tag in Shadowland.* Sie hatte doch kaum die Gelegenheit gehabt, jemandem zu begegnen, der sie umbringen *könnte.*

Sie sog angstvoll die Luft ein. »Weil es mich interessiert. Martha ist mir nicht gleichgültig.«

Plötzlich war seine Miene nicht mehr undurchschaubar. Sie sah Schmerz in seinem Blick, Kummer und Zorn. Und sie begriff, dass auch ihm Martha nicht gleichgültig war.

In diesem Augenblick wollte Eve ihm alles erzählen. Unbedingt. Und das machte ihr Angst.

»Sie hat sich nicht umgebracht«, sagte er. »Woher kannten Sie sie? Ich muss es wissen. Bitte.«

Ich war's nicht. Ich bin nicht für ihren Tod verantwortlich. Die Erleichterung ließ sie schaudern. »Von der Arbeit. Ich kannte sie von der Arbeit. Ich muss jetzt gehen.« Und als sie sich abwandte, hielt er sie nicht auf.

»War das Eve aus dem Sal's?«, fragte Jack, als Noah beim Wagen eintraf.

»Ja. Sie sagt, sie kannte Martha ›von der Arbeit‹.«

»Ernsthaft? Im Sal's habe ich Martha nie gesehen.«

»Nein. Eve meinte, von Marthas Arbeit.«

Jack blinzelte und fuhr beinahe zurück. »Im Ernst? Na, da schau her. Stille Wasser und so.«

»Sag mal, wovon redest du?«, fragte Noah gereizt.

Jack hielt ihm einen Gehaltsscheck entgegen. »Zahlbar an Martha Brisbane von Siren Song Inc.«

»Siren Song. Nie davon gehört«, murmelte Noah.

»Ich auch nicht, deswegen habe ich Faye gebeten, den Laden für mich zu überprüfen.«

»Und?« Faye war ihre Bürokraft. »Was hat sie herausgefunden?«

»Siren Song ist ein Telefonsexanbieter.«

Noah fiel die Kinnlade herab. »Wie bitte?«

»Jep. Ich habe die Nummer der Firmenadresse angerufen, aber da meldet sich nur ein Anrufbeantworter. Komm, statten wir ihnen einen Besuch ab.«

»Moment mal.« Noahs Gedanken gerieten ins Stolpern. *»Eve verkauft Telefonsex?«*

Jack sah ihn belustigt an. »Ähm, und Martha auch. Martha – unser Opfer? Du erinnerst dich an sie?«

Noah öffnete den Mund. Schloss ihn wieder. »Verdammt«, knurrte er.

Er startete den Wagen, und Jack hob die Schultern. »Ich habe mir Marthas Kontoauszüge angesehen, während du noch drin warst. Das Pflegeheim für ihre Mutter ist wirklich teuer. Martha hat das Geld dringend gebraucht, Web. Vielleicht geht es Eve genauso. Damit verstößt sie ja nicht gegen das Gesetz.«

»Nein.« *Ich bin bloß enttäuscht.* Er hätte das nicht von ihr gedacht. Eben, als er sie zum ersten Mal außerhalb der Bar gesehen hatte, hatte er einen Moment lang geglaubt, das Schicksal hätte ihm einen Tritt verpasst, wie Trina es prophezeit hatte. Aber nun … Telefonsex? »In einer Bar kann man auch gut verdienen.«

»Sie ist Studentin und steuert aufs Diplom zu«, sagte Jack. »Das College kostet.«

Noahs Miene wurde noch finsterer. »Woher weißt du, dass sie gerade ihr Diplom macht?«

»Glaubst du denn, ich hole uns immer die Getränke an der Theke, weil ich so nett bin? Seit einem halben Jahr versuche ich, Eve dazu zu bringen, sich mit mir zu verabreden. Seit … na ja, du weißt schon.«

Ja, dachte Noah verbittert. Noch vor einem halben Jahr hätte Jack Eve keines zweiten Blicks gewürdigt. Die Narbe hatte ihn davon abgehalten. Abgeschreckt.

Jack stieß ein Grunzen aus. »Guck mich nicht so an, Web. Du hast doch noch nie einen Schritt gewagt, weder bevor noch nachdem sie sich ihr Gesicht hat richten lassen.«

Irgendwann, ich schwöre bei Gott … Noah umklammerte das Lenkrad so fest er konnte. Dennoch konnte er sich die Frage nicht verkneifen. »Was hat sie gesagt?«

»Sie windet sich heraus. Jedes Mal. Und zwar geschickt.«

Noah dachte daran, wie sie eben regelrecht die Flucht ergriffen hatte. Nicht besonders geschickt. Ihm war sofort klargewesen, dass sie ihm etwas verschwieg. *Allerdings.* Sein Verstand wollte es noch immer nicht wahrhaben.

»Ich wette, sie macht das gut«, fügte Jack hinzu, als Noah vom Parkplatz fuhr.

»Was?«

»Telefonsex. Sie hat eine tiefe, rauchige Stimme. Damit verdient man bestimmt ganz gutes Geld.«

Noah wusste, dass Jack ihn triezte, aber sein Ärger wuchs dennoch. »Halt. Die. Klappe. Jack.«

Jack lachte leise. »Gott, bist du durchschaubar. Bitte sie um ein Date. Sie wird dir einen Korb geben, und du kannst sie abhaken.«

»Nein«, fauchte Noah und bereute es sofort. Schon wieder hatte er sich von Jack ködern lassen.

»Wie auch immer.« Jack schwieg einen Moment nachdenklich. »Vielleicht hat ein Kunde Martha ermordet.«

Noah zwang sich zur Konzentration. »Könnte gut sein. Hatte Faye schon Marthas Einzelgesprächsnachweis vorliegen?«

»Ja. Und da gibt es eine gebührenfreie Nummer, die sie mindestens zehnmal am Tag angerufen hat.«
»Vermutlich die Vermittlung von Siren Song.«
»Denke ich, ja«, sagte Jack. »Wenn wir Samanthas Anrufliste haben, können wir nachsehen, ob sie dieselbe Nummer gewählt hat. Vielleicht ist Siren die Verbindung zwischen den beiden.«
»Verdammt. Wenn dieser Perverse auf Frauen steht, die Telefonsex anbieten, und Eve für die Firma arbeitet ...«
»Finden wir also heraus, ob die anderen Anbieterinnen noch gesund und munter stöhnen.«
»Das ist nicht witzig, Jack.«
Jacks Seufzen war fast aufrichtig. »Sollte es auch gar nicht sein. Manchmal kann ich einfach nichts dafür. Hey, mein Dad ist Bühnenkomiker. Das liegt in den Genen.«
»Dein Vater ist pensionierter Fußpfleger.«
»Ja, aber er tritt tatsächlich hin und wieder in einem Comedy-Club auf. Nachdem er sich vierzig Jahre lang nur Füße angeschaut hat, ist das kein schlechter Ausgleich, schätze ich. Und er ist ziemlich gut.«
Noah lächelte verkniffen. Gerade hätte er Jack am liebsten den Hals umgedreht, und nun benahm sich sein Partner menschlich und ... fast sympathisch.
Jacks Lippen verzogen sich zu einem Grinsen. »Komm, sieh es von der guten Seite. Vielleicht kann einer von uns ja Eve überreden, bei Siren auszusteigen und Privatvorstellungen zu geben. *Falls* du verstehst, was ich meine.«
Noah konnte selbst nicht glauben, dass er rot wurde. »Sag mal, ist deine Pubertät eigentlich je zu Ende?«
Jack tat, als denke er ernsthaft über die Frage nach. »Nö. Wie wär's, wenn wir uns was zu essen besorgen, bei Siren vorbeifahren und anschließend einen Ausflug ins Pflegeheim machen, um noch einmal mit Marthas Mutter zu reden?«
»Klingt nach einem Plan.«

Montag, 22. Februar, 15.02 Uhr

Liza Barkley klappte das Telefon auf, sobald sie das Schulgebäude verlassen hatte. Den ganzen Tag über hatte sie immer wieder nachgesehen, aber Lindsay hatte nicht zurückgerufen. Krank vor Sorge rief sie die Telefonauskunft an und ließ sich mit der Gebäudereinigung Shotz verbinden.

»Hi, mein Name ist Liza Barkley, und ich versuche, meine Schwester Lindsay zu erreichen. Sie hatte gestern Nachtschicht, ist aber nicht nach Hause gekommen. Haben Sie sie gesehen?«

Am anderen Ende der Leitung entstand eine lange Pause, und Lizas Magen schien sich mit Säure zu füllen. Sie hatte inzwischen die Bushaltestelle erreicht und blieb stehen. »Ist mit meiner Schwester alles in Ordnung?«

»Wir, ähm ... wir mussten Lindsay im vergangenen Juni entlassen. Das Geschäft lief sehr schlecht.«

Wie vom Donner gerührt starrte Liza zu Boden. Im *Juni?* »Sie geht aber doch jeden Abend zur Arbeit. Sie hat mir gesagt, dass die Geschäfte schlecht liefen und dass sie die Nachtschicht übernehmen musste, um den Job zu halten.«

»Es tut mir leid, aber wir haben gar keine Nachtschicht. Viel Glück.«

Einen Moment lang stand Liza wie betäubt da. *Lindsay hat mich angelogen.* Was hatte sie all die Monate getan? Aber das zählte jetzt nicht. Lindsay war verschwunden.

»Liza?« Der Busfahrer beugte sich vor. »Wir müssen fahren. Kommst du jetzt oder nicht?«

Tu etwas. »Ich fahre noch nicht nach Hause. Welcher Bus fährt an einer Polizeidienststelle vorbei?«

Montag, 22. Februar, 15.35 Uhr

Eve ließ sich in ihren Wohnzimmersessel sinken. Jemand hatte Martha umgebracht, Martha, die achtzehn Stunden pro Tag online gewesen war. War das ein Zufall oder gab es eine Verbindung zu Shadowland?

»Das ist doch verrückt«, sagte sie laut. »Niemand wusste, wer Desiree in Wirklichkeit war.«

Doch. Du. Sie erstarrte. *Und Christy Lewis ist heute nicht zur Arbeit gekommen.*

O mein Gott. Was, wenn auch Christy etwas zugestoßen war?

Eve loggte sich in Shadowland ein, wurde zu ihrem Greer-Avatar und ging zum Ninth Circle. Aber Greer konnte Gwenivere nicht finden. Eve steuerte Gweniveres virtuelles Haus an und stöhnte entsetzt auf. Ein schwarzer Kranz hing an der Tür. Der Tod eines Avatars. Mit hämmerndem Herzen ließ Eve Greer die Tür öffnen.

Alles um sie herum schien im Nichts zu versinken. Eve starrte auf den Monitor, bis sie ein Wimmern hörte und begriff, dass es aus ihrer Kehle kam.

Gwenivere hing an einer Schlinge um den Hals von der Decke, ihr Gesicht grell geschminkt wie das eines Clowns. Ihre roten Schuhe waren ihr von den Füßen gerutscht. Einer lag auf der Seite, der andere stand aufrecht.

»O Gott«, flüsterte Eve. Ihr Puls jagte, sie stellte den Laptop beiseite und begann, hin und her zu gehen. Martha war erhängt worden. Nun war dasselbe mit Christys Gwenivere passiert. Es mochte nur ein Zufall sein. *Aber du weißt verdammt gut, dass es keiner ist. Ruf die Polizei an.*

Und was willst du ihnen sagen? Dass jemand eine Figur in einem Computerspiel gekillt hatte? Man würde sie auslachen.

Dann erzählst du ihnen eben nichts über Shadowland. Sie sollen einfach nur nach ihr sehen.

Dann wollen sie wissen, warum. Du sagst ihnen, dass Christy nicht zur Arbeit erschienen ist. Trotzdem würde man sie auslachen.

»Ich kann nicht die Polizei anrufen«, murmelte sie. »Aber ich muss es jemandem sagen.« Jemandem, dem sie vertraute.

Wäre sie in Chicago gewesen, hätte sie Mia Mitchell angerufen, die dritte der drei Frauen ihrer Jugendzeit im Hanover House. Aber sie lebte nicht mehr in Chicago, und Mia war nicht hier.

Sie zwang sich zur Ruhe, bis sie nur noch das Tropfen des Wassers im Wohnzimmer hörte, dann wusste sie plötzlich, was sie zu tun hatte. Olivia Sutherland. Olivia Sutherland war Mias Schwester und gehörte auch zur Hat Squad. Olivia war ein lieber Mensch, sie hatte Eve geholfen, den Job im Sal's zu bekommen. Wenn Christy in Schwierigkeiten steckte, konnte Olivia Noah Webster Bescheid geben und Eve dennoch aus dem Spiel halten. Falls es Christy gutging, musste Olivia nichts sagen.

»Endlich denkst du wieder geradeaus«, murmelte Eve. Sie wählte die Polizeidienststelle an und ließ sich mit Olivia verbinden. Doch es meldete sich nur ein Anrufbeantworter. »Olivia, hier spricht Eve Wilson. Könntest du mich bitte zurückrufen? Es ist dringend.«

Sie legte auf und starrte den toten Avatar auf dem Bildschirm an. *Was jetzt? Du musst nach Christy sehen.* Mit zitternden Händen checkte sie online das Telefonbuch. Martha war eingetragen gewesen, aber es gab sechs Christine Lewis' in den Twin Citys.

Die Adressen sämtlicher Versuchspersonen befanden sich auf dem Universitätsserver in einer Datei, die über Dr. Donners Account zugänglich war. Als sie das eine Mal eingebrochen war, hatte sie den Rechner von Donners Assistenten benutzt. Jeremy Lyons hatte zu Beginn der Studie alle Namen eingegeben.

Jeremy Lyons war außerdem ziemlich unachtsam und ließ

seinen Rechner ungeschützt, wann immer er eine Pinkelpause einlegte, was ziemlich oft am Tag vorkam. Es hatte Eve kaum Zeit gekostet, die Datei zu finden und sich die Namen der Leute zu notieren, die sie für gefährdet hielt. Sie hatte aber keine Zeit gehabt, auch deren Adressen aufzuschreiben, und sie hatte sie gar nicht wissen wollen.

Damals hatte das für ihre Begriffe zu sehr nach einem Eingriff in die Privatsphäre ausgesehen. Nun wünschte sie, sie hätte weniger Hemmungen gehabt.

»Du könntest einfach Noah Webster anrufen«, sagte sie laut. Und was sollte sie ihm sagen? *Wie wär's mit der Wahrheit?* Sie hatte sie ihm schon sagen wollen, als sie ihn in Marthas Mietshaus getroffen hatte. Er hatte etwas an sich, das ihr das Gefühl gab, ihm ... vertrauen zu können. Vertrauen war ein kostbares Gut.

Das ist mein Studienplatz auch. Eve musste sich Zugang zum Server verschaffen, ohne dass man ihre Spuren zurückverfolgen konnte. Sie wusste, wer sich damit gut auskannte. Danas Mann Ethan war Sicherheitsexperte für Computernetzwerke. In Chicago hatte Eve einige Zeit für Ethan gearbeitet und verdammt viel über Netzwerke gelernt. Sie musste zu Hause anrufen.

Falls das nicht klappt, rufe ich wirklich Webster an und mache reinen Tisch. Sie drückte sich die Daumen, wählte und hätte fast aufgeschluchzt, als sie Danas vertraute Stimme hörte. »Evie. Wie geht's dir?«

»Mir geht's gut.« Dana war wieder schwanger, und in einem Monat war es so weit. Eve würde ihr keinesfalls sagen, dass etwas nicht stimmte. »Könnte ich mit Ethan sprechen? Meine Festplatte spinnt mal wieder.«

»Du wirst mir sowieso früher oder später sagen, was wirklich los ist«, sagte Dana. »Bleib dran, ich hole Ethan.«

Eine Minute später nahm er den Hörer auf. »Eve. Ist alles okay bei dir?«

»Es ging mir schon besser. Ethan, ich muss an den Server meiner Uni, aber niemand darf wissen, dass ich mich dort umsehe.«
»Warum?« Das einzelne Wort umfasste auch alle nicht ausgesprochenen Bedenken von Ethan.
Und es war eine verdammt gute Frage. »Ich habe euch doch von der Studie erzählt.«
»Aufbau von Selbstwertgefühl in virtuellen Welten. Deine Probanden spielen den ganzen Tag lang Shadowland. Ich wünschte, ich dürfte teilnehmen.«
»Nein, das wünschtest du dir nicht. Ich mache mir Sorgen um eine Testperson und muss unbedingt ihre Adresse herausfinden. Kannst du mir vertrauen und nicht weiter nachfragen?«
»Das kann ich. Aber du sagst mir, wenn du Probleme kriegst? Ich kann in wenigen Stunden bei dir sein.«
Eves Herz zog sich zusammen. »Dank dir.« Sie gab ihm Jeremy Lyons' User-Name und Passwort. »Er hat beides auf eine Haftnotiz geschrieben, die unter seiner Schreibtischunterlage klebt.«
»Vollidiot«, murmelte Ethan. »Wie kann man nur?«
Eves Job bei Ethan war es unter anderem gewesen, sich in die Netzwerke der Klienten einzuhacken, um die Schwächen aufzuzeigen. Es hatte immer viel zu leicht geklappt.
»Andererseits geht mir so niemals die Arbeit aus«, meinte Ethan. Eine Minute verstrich, dann eine weitere, während Eve beobachtete, wie Christys Avatar träge in der virtuellen Schlinge hin und her schwang. »Ich bin drin. Was willst du wissen?«
»Im Augenblick nur die Privatadresse von Lewis, Christy. Könntest du mir eine Kopie der Datei schicken?«
»Schon erledigt. Christy Lewis wohnt in der Red Barn Lane 5492 in Woodfield.«
Das war ein gutes Stück zu fahren. »Danke.«
»Eve, Moment. In was für Schwierigkeiten steckst du?«

»Ich darf weder Namen noch Adresse dieser Person wissen – das verstößt gegen das Doppelblindverfahren. Wenn es jemand herausfindet, kann ich meine Sachen packen.«
»O Mist.« Sie sah ihn vor ihrem geistigen Auge eine Grimasse schneiden. »Das ist gar nicht gut.«
»Ich weiß. Aber es war richtig so.«
»Du bist wie Dana«, sagte er ruhig. »Und ich habe nichts anderes erwartet. Ruf mich an, falls du mich brauchst. Ich kann es noch ein Weilchen vor Dana verheimlichen. Sie und das Baby sind stark, also mach dir keine Sorgen.«
Eve legte auf und musterte die aufgeknüpfte Gwenivere. »Leichter gesagt als getan.«

Montag, 22. Februar, 16.05 Uhr

»Nun ist es offiziell Mord«, sagte Ian Gilles, als er zu dem Team stieß, das sich in Abbotts kleinem Büro versammelt hatte. »Martha Brisbane wurde stranguliert. Unter anderem.«
»Was heißt unter anderem?«, fragte Noah, hielt jedoch sofort eine Hand hoch. »Moment. Bevor du es uns sagst – du kennst die anderen? Micki Ridgewell und Carleton Pierce?«
»Natürlich kenne ich Micki.« Ian lächelte, was sehr selten vorkam. »Und Dr. Pierce und ich haben schon vergangenes Jahr gemeinsam an einem Mordfall gearbeitet. Schön, Sie zu sehen.«
»Gleichfalls.« Carleton hatte Fotos der beiden Opfer vor sich liegen und deutete nun auf Samantha. »Haben Sie sie schon erneut untersucht?«
»Noch nicht«, sagte Ian. »Ich habe es mir für morgen vorgenommen. Heute kann ich nur etwas über Martha Brisbane sagen. Ihr Bluttest weist Ketaminspuren auf.«
»Der Einstich im Hals«, sagte Jack. »Ketamin ist ein Betäubungsmittel.«

»Genau. Es wird in der Lazarettmedizin eingesetzt, weil es nicht nur betäubt, sondern auch bewegungsunfähig macht. Hier, das ist interessant.« Ian nahm ein Foto aus dem Stapel. »Das sind ihre Lungen.«

Micki sah verständnislos auf das Bild. »Sie sind blau. Warum haben Sie sie eingefärbt?«

»Habe ich nicht, sie waren so.«

»Man hält zwar sprichwörtlich die Luft an, bis man blau anläuft«, sagte Jack, »aber ich hätte nie gedacht, dass es tatsächlich funktioniert. Was ist das?«

»Kupfersulfat. Ich habe Spuren davon in der Luftröhrenwand und im Magen gefunden. Kupfersulfat wird für Rohrreiniger benutzt, um Wurzeln aufzulösen, die die Leitung verstopfen. Man spült ihn durch die Toilette.«

Micki verzog das Gesicht. »Das Zeug frisst sich durch Baumwurzeln?«

»Und durch Haut. Ich habe auch Reste in ihrem Gesicht gefunden, unter dem Make-up.«

»Hat er ihr Gesicht in die Toilette gedrückt?«, fragte Noah, und Ian nickte.

»Ja. Lange und oft genug, dass sie die Flüssigkeit inhaliert und geschluckt hat. Wenn er sie nicht erwürgt hätte, dann hätte das Kupfersulfat sie letztendlich wohl getötet. Außerdem hat sie kurz vor dem Tod geputzt. Ich habe Schwammreste unter ihren Nägeln gefunden. Und ihre Hände sind mit Chlorbleiche in Kontakt gekommen.«

»Ihre Vermieterin meinte, ihre Wohnung sei dreckig gewesen«, sagte Noah. »Aber als wir eintraten, war alles blitzsauber und aufgeräumt. Also hat der Kerl Martha zum Putzen gezwungen, bevor er sie umbrachte?«

»Na, das ist ja mal was ganz Neues.« Jack wandte sich an Ian. »Keine Anzeichen von sexuellem Missbrauch?«

Ian schüttelte den Kopf. »Martha Brisbane war schon eine Weile nicht mehr sexuell aktiv.«

»Zumindest nicht auf konventionelle Art«, murmelte Noah. »War's das, Ian?«
»Fast. Ich habe eine Schwiele über ihrem linken Ohr entdeckt. Ich kenne so was von Opfern, die in Callcentern arbeiten. Das ist die Stelle, wo das Headset an der Haut aufliegt.«
»Ja, Martha hat viel Zeit am Telefon verbracht«, bemerkte Jack süffisant. »Dass wir das Headset nicht gefunden haben, heißt wohl, dass er ihr Arbeitsgerät eingesteckt hat. Er nimmt es, schminkt sie, zwingt sie zum Putzen … das passt alles.«
»Martha hat für Siren Song gearbeitet«, erklärte Noah. »Ein Telefonsexanbieter.«
Micki blinzelte. »Sie hat für eine Hotline gearbeitet?«
»Kein Wunder, dass sich ihre Mutter aufgeregt hat«, sagte Abbott.
Noah seufzte. »Martha hat es vielleicht nicht als Prostitution betrachtet, ihre Mutter aber offensichtlich schon. Wir denken, dass Martha vielleicht wegen dieses Jobs ermordet worden ist.«
»Von einem Kunden oder von jemandem, der ihre Arbeit nicht guthieß«, fügte Jack hinzu. »Wir wissen noch nicht, wie Samantha Altman ins Bild passt, obwohl sie vor einiger Zeit arbeitslos geworden war. Vielleicht hat sie auch zeitweise für Siren gearbeitet, bis sie etwas Besseres fand.«
»Wir werden uns eine Liste der Mitarbeiterinnen geben lassen. Vielleicht finden wir die Verbindung zu Samantha und können darauf schließen, wer sonst noch ein potenzielles Opfer ist.« Eve zum Beispiel, dachte Noah.
»Ich rufe die Staatsanwaltschaft an«, meinte Abbott. »Sie sollen alles in die Wege leiten. Micki, was haben Sie für uns?«
»Alle Fingerabdrücke gehörten zum Opfer, bis auf einen Satz, den wir auf Rohren, Kabeln und so weiter gefunden haben. Wahrscheinlich gehören sie zu der Person, die die Wartungsarbeiten durchführt.«
»Taylor Kobrecki«, sagte Noah. »Der erledigt alle Reparaturen. Und ist noch immer nicht auffindbar.«

»Außerdem haben wir Martha Brisbanes Computer durchsucht«, sagte Micki. »Es sieht so aus, als sei die Festplatte gelöscht worden.«
»Könnt ihr euer übliches Wunder vollbringen und etwas retten?«, fragte Jack.
»Sugar sitzt dran«, sagte sie. »Falls es etwas zu finden gibt, dann findet er es auch. Dieser Hocker, den ihr heute Morgen aus dem Secondhand-Laden gerettet habt, passt zu dem von Marthas Tatort. Über die Herkunft habe ich noch nichts herausgefunden, und brauchbare Fingerabdrücke habe ich auch nicht. Die Kleider und die Schuhe beider Opfer dagegen stammen von *The Fashion Club*, ein Online-Shopping-Netzwerk. Dummerweise haben sie dieses Jahr Hunderte von diesen Kleidern verkauft, aber nichts an Martha oder Samantha. Wenn wir einen Verdächtigen haben, dann können wir mit der Liste vielleicht etwas anfangen, aber als heiße Spur sehe ich diese Information nicht.«
»Wenn der Killer die Kleider gekauft hat, musste er zumindest die Größe der Opfer kennen«, sagte Carleton nachdenklich. »Er hat einiges an Planung auf sich genommen.«
»Dem stimme ich zu«, sagte Micki. »Aufwendige Planung, keine Fehler. Keine Fasern, kein Haar, außer einem Katzenhaar in Marthas Teppich. Sie hatte Futter und Streu im Haus, aber wir haben keine Katzentoilette gefunden.«
»Und niemand hat die Katze gesehen«, sagte Jack.
»Gar nicht gut«, bemerkte Carleton. »Serienmörder fangen oft mit dem Töten von Tieren an.«
»Wundervoll.« Abbott schüttelte den Kopf. »Die Schlinge?«
»Ein ganz normaler Strick«, sagte Micki. »Kann in jedem Baumarkt erstanden werden. Genauso wie der Haken in der Decke. Martha hatte sehr hohe Decken in ihrer Wohnung. Ich glaube kaum, dass sie den Haken selbst angebracht hat. Sie hätte dazu in jedem Fall eine Leiter gebraucht.«

»Oder einen Handwerker«, sagte Noah. »Was uns wieder zu Taylor Kobrecki zurückführt.«
»Also rangiert der Höschenfetischist auf Platz eins unserer Hitliste der Verdächtigen«, bemerkte Abbott.
»Mrs. Kobrecki behauptet, Taylor sei nicht in der Stadt«, sagte Noah. »Ich denke, dass sie ihn angerufen hat, sobald wir vorhin gegangen sind, also sollten wir uns auch ihren Einzelgesprächsnachweis besorgen. Für Mobil *und* Festnetz.«
»Es könnte sein, dass er sich in der leeren Wohnung neben Marthas Apartment versteckt«, sagte Jack.
»Wir haben schon versucht, einen Durchsuchungsbeschluss anzufordern«, sagte Noah, »hatten bisher aber keine ausreichenden Beweise. Das könnte sich jetzt ändern.«
»Ich mache Druck bei der Staatsanwaltschaft«, sagte Abbott. »Carleton, können Sie schon etwas zum Täterprofil sagen?«
»Weiß, männlich, zwischen zwanzig und vierzig Jahre. Hoher IQ. Neigt zur Dramatik. Detailversessen.« Er suchte in den Fotos, bis er die Abzüge von Martha und Samantha fand, die in identischer Pose am Seil hingen. »Die Augen sind aus irgendeinem Grund wichtig für ihn. Er klebt die Lider fest, so dass sie offen bleiben.«
»Was ich ziemlich gruselig finde«, sagte Micki leise.
»Das ist es«, sagte Carleton. »Der Täter hat es bei Samantha getan, und es ist uns nicht verdächtig erschienen. Also hat er es bei Martha wiederholt. Ich finde es übrigens interessant, dass er Ketamin benutzt und es in den Hals injiziert hat. Das verweist auf ein recht hohes Maß an … Zuversicht. Außer Ian vielleicht – wer von Ihnen würde einer Frau einfach so eine Spritze in den Hals jagen?«
»Sie meinen, er hat eine medizinische Ausbildung?«, fragte Noah, und Carleton zuckte mit den Schultern.
»Oder einfach Übung.«
Abbott nickte. »Finden wir heraus, ob der Höschenfetischist auf Doktorspiele steht. Ian, sehen Sie sich alle Fälle des ver-

gangenen Jahres an, in denen Tod durch Erhängen festgestellt wurde. Ich will wissen, ob es auch bei anderen Personen Einstiche gab.«

»Wir statten Siren Song einen Besuch ab und holen uns die Listen der Angestellten und Kunden«, sagte Jack. »Allerdings werden sie uns die wohl kaum freiwillig geben, also brauchen wir eine Anordnung.«

»Und wir reden mit den Mietern, vor allem mit den drei Frauen, die sich über Taylor beschwert haben«, fügte Noah hinzu. »Irgendjemand muss doch wissen, wo der Kerl rumhängt.« Er zuckte kurz zusammen. »So war das nicht gemeint.«

Faye steckte den Kopf durch die Tür. »Noah, Anruf auf der eins. Eine Frau. Sie sagt, es sei dringend.«

Noah holte sich Abbotts Telefon heran. »Webster.«

»Eve Wilson hier. Sie müssen nach Woodfield kommen. 5492 Red Barn Lane.«

Eve? Ihre Stimme war fest, aber er konnte Furcht heraushören. »Was ist los?«

»Hier ist eine Frau. Tot. Sie hängt von der Schlafzimmerdecke.«

Ihm rutschte das Herz in die Hose, nicht nur, weil sie ein neues Opfer hatten, sondern auch, weil Eves Verbindung nun offenkundig war. »Sind Sie im Haus?«

»Nein. Ich kann durchs hintere Fenster sehen. Sie heißt Christy Lewis.«

»Und Sie kennen auch sie von der Arbeit?«

»Ja«, sagte sie resigniert. »Bitte beeilen Sie sich.« Dann hatte sie aufgelegt.

Noah erhob sich. »Opfer Nummer drei.«

»Ich trommele das Team zusammen«, sagte Micki.

»Ich komme mit«, meinte Ian. »Ich will den Tatort selbst sehen.«

Carleton war schon aufgestanden und knöpfte sich den Mantel zu. »Ich auch. Ich fahre Ihnen hinterher, Ian.«

Jack setzte sich seinen Hut auf. »Dann los, Leute.«
Abbott winkte alle hinaus, hielt jedoch Noah zurück. »Sie bleiben. Und machen Sie die Tür zu.«
Noah gehorchte. Er wusste, was kam, und fürchtete es. »Wer, wie und warum?«, fragte Abbott.
»Eve Wilson«, gab Noah gedämpft zurück.
Abbott sah ihn verblüfft an. »Aus dem Sal's?«
»Ja. Sie war heute in dem Haus von Martha Brisbanes Wohnung. Sie sagte, sie kenne Martha von der Arbeit. Dasselbe behauptete sie eben von dem neuen Opfer.«
Abbott wirkte noch immer perplex. »Von ihr hätte ich im Leben nicht gedacht, dass sie für eine Sex-Hotline arbeitet. Sie weiß also etwas. Finden Sie heraus, was es ist. Ich schicke einen Streifenwagen zu der Adresse, falls sich dieser Kerl noch irgendwo in der Nähe herumtreibt. Und um dafür zu sorgen, dass Miss Wilson nicht einfach abtaucht.«

Montag, 22. Februar, 16.55 Uhr

Eve saß auf der Rückbank des Polizeiautos, blickte auf die Handschellen an ihren Gelenken und versuchte, ruhig zu bleiben und nicht an die Frau zu denken, die im Haus an einem Strick baumelte.
Sie konnte nur hoffen, dass ein Missverständnis sie in ihre momentane Lage gebracht hatte. Es hatte sie viele Jahre gekostet, bis sie sich wieder daran gewöhnt hatte, dass man von einem Bekannten, Freund oder auch versehentlich von einem Passanten berührt werden konnte. Aber die Polizisten hatten sie festgehalten. Mich in den Wagen geschubst. Einen Augenblick lang war sie wieder achtzehn gewesen, voller Angst und kaum in der Lage, genügend Luft zu holen.
Zum Glück war es ihr gelungen, die aufkommende Panikattacke zu unterdrücken. Sie hatte sich zwar noch nicht wieder

vollkommen beruhigt, aber sie konnte auf ihre Notatemtechnik verzichten.

Bevor die Polizei eingetroffen war, hatte sie es noch geschafft, Callie eine SMS zu schicken, damit jemand wusste, wo sie war. Kurz darauf war sie von Streifenwagen, Ambulanzen und Blaulicht umgeben gewesen. Sie alle waren wegen Christy hier, dachte sie. Die Erinnerung an die toten Augen war noch allzu frisch. Und allzu schrecklich.

»Was soll denn das, Herrgott noch mal? Wer hat ihr die Handschellen angelegt? Sie sollten sie doch nicht *verhaften!*«

Noah Webster. Sie sah durchs Fenster und begegnete seinem Blick unter der Krempe des Hutes. Sie sagte nichts, als er die Tür öffnete und ihr die Handschellen abnahm.

»Es tut mir leid, Eve. Ein Fehler in der Kommunikation.«

Eve rieb sich die Handgelenke. »Haben Sie sie schon gesehen?«

»Ihre Freundin? Noch nicht. Kommen Sie.« Er nahm ihren Arm und wollte sie auf die Füße ziehen.

Eve riss sich los. Die Panik lauerte noch zu dicht unter der Oberfläche. »Wohin?«

»Zu meinem Wagen. Er hat getönte Scheiben. Ich will nicht, dass die Presse Fotos von Ihnen macht.«

Sie folgte ihm, aber als er die Beifahrertür öffnete, kochte die Panik über, und ihre Kehle verschloss sich. *Haben deine Eltern dir nicht beigebracht, dass man niemals zu fremden Männern ins Auto steigen darf?*

Seine Stimme. Winters, der Mann, der sie verstümmelt und fast getötet hatte, vor fünf Jahren, elf Monaten und acht Tagen. Seine Stimme verhöhnte sie immer dann, wenn sie eine Panikattacke bekam. Oder wenn sie neben dem Wagen eines Mannes stand. Selbst wenn sie diesem Mann vertraute.

»Alles in Ordnung mit Ihnen?«, fragte Webster.

»Ja, sicher. Sicher«, antwortete sie und konzentrierte sich auf Noahs Stimme. Er war echt, im Hier und Jetzt. Sie zwang sich, in seinen Wagen zu steigen, und zuckte zusammen, als er die Tür zuwarf.

»Sie müssen mir zuhören«, sagte er, als er sich hinter das Steuer setzte. Er blickte stur geradeaus, die Kiefer zusammengepresst. »Wir wissen über Ihre Arbeit Bescheid.«

Sie blieb so gefasst, wie es ihr möglich war. Wie hatte er das herausgefunden? »Ist das so«, sagte sie.

»So ist das«, erwiderte er barsch. »Vielleicht sind auch Sie in Gefahr. Sie bleiben hier, während ich mir die Tote ansehe.«

»Bitte legen Sie mir nicht wieder Handschellen an.«

»Das hatte ich auch nicht vor.«

»Wie haben Sie von meiner Arbeit erfahren?«

Endlich sah er sie an. »Im Moment stelle ich hier die Fragen. Wann sind Sie hier eingetroffen?«

In seinen Augen las sie Missbilligung. Wäre er Donner gewesen, hätte sie es verstanden. Aber Webster hatte keinen Grund, sie für etwas zu verurteilen, das sie getan oder nicht getan hatte. Sie hatte zwar Regeln gebrochen, aber nicht das Gesetz.

»Etwa drei Minuten, bevor ich Sie angerufen habe.«

»Wieso sind Sie überhaupt hergekommen?«

»Christy ist nicht zur Arbeit erschienen. Ich hatte mir Sorgen gemacht.«

»Sie kannten sie also gut?«

»Gut genug.« Das stimmt. Martha war nur zum Shoppen zu Eves Laden in Shadowland gekommen. Sie hatte Upgrades für das Gesicht ihres Avatars kaufen wollen. Christy hatte jemanden gesucht, mit dem sie plaudern konnte – auf Eve hatte sie einsam gewirkt. Nach nur wenigen Besuchen war sie durch Christys Avatar ziemlich gut über das reale Pendant informiert gewesen, und sie hatte auch bald gewusst, wo Christy arbeitete. *Und nun ist sie tot.* »Ihre Augen.« Sie schluckte hart. »Sie sahen so unnatürlich aus.«

»Ich weiß. Wissen Sie, ob Martha oder Christy Probleme mit jemandem von der Arbeit hatten?«

»Abgesehen von der Person, die sie umgebracht hat?«, fragte sie beißend, blickte dann aber auf ihre Hände herab. »Nein. Ich wüsste niemanden, der so etwas getan haben könnte. Ich wünschte, ich könnte Ihnen mehr sagen.«

»Ja, ich auch. Bisher sind Sie die einzige Verbindung zwischen drei toten Frauen.«

Eves Kopf schoss hoch. »Drei?«

»Ja. Wir haben noch eine Samantha Altman.«

Eve versuchte, die Teilnehmerliste vor ihrem geistigen Auge heraufzubeschwören. Samantha Altman war kein Name, an den sie sich erinnerte. »Sie kenne ich nicht.«

»Sie war keine Kollegin?« Noch immer das Missfallen in seiner Stimme. Und … Enttäuschung?

»Ich glaube nicht. Wenn ich es wüsste, würde ich es sagen.« Sie begegnete seinem verärgerten Blick. »Das schwöre ich.«

»Bleiben Sie hier. Ich sage den Kollegen, dass sie Ihnen die Presse vom Leib halten sollen. Sie sind die einzige Verbindung zwischen den Opfern. Ich will nicht, dass etwas davon durchsickert.«

»Machen Sie sich keine Gedanken. Ich hab's nicht eilig damit, alles auszuplaudern.«

Er nickte und tippte sich an die Hutkrempe. »Bis gleich.«

Stirnrunzelnd sah sie ihm nach. *Was wusste er? Wie hatte er es herausgefunden?* Und wer war Samantha Altman? Rasch zog sie ihr Handy aus der Tasche und wählte Ethans Nummer.

»Ich mach's kurz. Es soll mich keiner beim Telefonieren sehen.«

»Wer ist keiner, Eve?«

»Die Polizei. Die Sache ist schlimm. Christy Lewis ist tot. Und sie ist nicht die Erste gewesen.«

Am anderen Ende der Leitung herrschte schockierte Stille. »Mein Gott. Ist mit dir alles in Ordnung?«

»Ja, abgesehen von der Tatsache, dass man mir gerade Handschellen angelegt und mich verhört hat.«

»Sie haben dir *Handschellen* angelegt?« Sein Flüstern war eindringlich und beherrscht, und sie begriff, dass Dana in der Nähe war.
»Detective Webster hat sie mir wieder abgenommen. Es war ein Irrtum. Die Polizisten, die zuerst hier eingetroffen sind, hätten das gar nicht tun sollen. Hast du noch eine Kopie der Datei, die du mir geschickt hast?«
»Eve«, fragte er warnend. »Worum geht es hier eigentlich?«
»Das weiß ich selbst nicht genau. Falls mich jemand telefonieren sieht, frage ich dich, ob du mir einen Anwalt besorgst. Ich denke zwar nicht, dass ich einen brauche, aber die Story ist glaubhaft. Hast du die Datei?«
»Ja.«
»Dann sieh bitte nach, ob auf der Teilnehmerliste eine Samantha Altman steht.«
Ein kurzes Schweigen entstand, als er die Namen durchsah. »Keine Altman darunter.«
»Das dachte ich mir schon. Drei Frauen sind tot, zwei waren Testpersonen von mir, Altman nicht. Die Polizei meint, ich sei die einzige Verbindung zu den drei Frauen, aber das kann nicht sein.«
»Du sagst jedenfalls nichts, bis wir einen Anwalt für dich haben«, meinte Ethan bestimmt.
»Ich bin nicht verdächtig, Ethan. Sie befürchten, dass ich auch gefährdet sein könnte.«
»Ach, und dieses Wissen soll mich beruhigen?«, knurrte er.
Zwei CSU-Vans hielten an der Straße. Ihnen folgte ein Geländewagen von dem Büro der Gerichtsmedizin, dahinter ein Mercedes. »Wohl nicht. Falls ich verhaftet werde, bist du der eine Anruf, den ich tätigen darf, okay?«
»Und bis dahin?«, fragte Ethan.
»Bis dahin müssen wir wohl abwarten. Mach dir keine Gedanken. Hier bin ich garantiert sicher.«

Montag, 22. Februar, 17.10 Uhr

Noah starrte auf die Szenerie. Alles wie gehabt. Christy Lewis hing von der Schlafzimmerdecke herab. Das Kleid war wie das von Samantha oder Martha, die Schuhe ebenfalls. Einer lag auf der Seite, der andere stand aufrecht. Das Make-up, der Hocker, das offene Fenster – alles gleich.

»Mein Gott«, murmelte Ian. Er umrundete das Opfer. »Das ist … surreal.«

Carleton war ihm gefolgt. »In der Tat … wenn es nur nicht so real wäre.«

»Kannst du etwas zum Todeszeitpunkt sagen, Ian?«

»Im Moment nicht. Dieselben punktuellen Blutungen in den Augen, der Strick liegt wie bei den anderen. Der Täter scheint eine Wissenschaft daraus zu machen.« Er schüttelte den Kopf.

»Hast du sie gesehen?«, fragte Jack, und Noah wusste, dass sich die Frage auf Eve bezog.

»Ja. Die verdammten Dorfbullen hatten ihr Handschellen angelegt.«

Micki, die Fotos machte, blickte verärgert auf. »Du hast sie ihr doch wieder abgenommen, oder?« Sie war verblüfft gewesen, als sie gehört hatte, dass Eve den Mord gemeldet hatte. Und regelrecht empört, als Noah ihr erzählt hatte, Eve hätte mit Martha Brisbane bei Siren Song gearbeitet. »Du musst dich irren!«, hatte sie so überzeugt gesagt, dass Noah sich die ganze Fahrt über gefragt hatte, was zum Teufel Micki Ridgewell eigentlich über Eve Wilson wusste.

»Natürlich habe ich sie ihr wieder abgenommen.« Noah betrachtete Mickis Miene. »Wieso?«

Micki schüttelte den Kopf. »Sie hat einfach schon viel durchmachen müssen, das ist alles.«

Noah kannte Micki gut genug, um zu wissen, dass sie nicht mehr sagen würde. Er würde sie später noch einmal darauf ansprechen.

»Und täglich grüßt das Murmeltier«, sagte Jack seufzend.
Noah blickte in Christy Lewis' Augen. Die Lider waren wie bei den anderen Opfern festgeklebt.
»O Gott.« Ian richtete sich plötzlich auf und sah sich alarmiert im Raum um.
»Was ist?« Noah sah sich ebenfalls um, konnte aber nichts Ungewöhnliches entdecken. Nichts, das er nicht schon zweimal gesehen hatte.
»Seht mal.« Ian zog den Rock an Christys Beinen hoch.
Um ihre Knöchel waren Abschürfungen zu sehen. »Er hat sie gefesselt«, sagte Noah, erkannte dann jedoch, worauf Ian hinaus wollte. Zwei winzige Löcher an der Fußseite. »O Gott.«
Jack fuhr entsetzt zurück und wurde blass. »Verdammt. Eine Schlange. Ich hasse Schlangen.«
»Die aber mehr Angst vor uns hat als umgekehrt.« Mickis Lippen zuckten. »Na ja, vor Jack vielleicht nicht.«
»Aus der Nekrose an der Wunde geht hervor, dass sie giftig war«, sagte Ian.
Jack wurde noch eine Spur blasser. »Verd …« Er konnte nicht einmal mehr fluchen.
»Jack?« Carleton wandte sich um und musterte Jacks Miene genauer. »Alles in Ordnung?«
»Ja«, murmelte Jack, aber sein hastiger, flacher Atem sagte das Gegenteil.
Carleton warf Micki einen strafenden Blick zu. »Damit macht man keine Scherze«, sagte er ernst.
Micki hatte schließlich doch Mitleid mit Jack. »Alle raus. Wir durchsuchen das Haus.«
Das musste man Jack nicht zweimal sagen. »Wir sehen uns.«
Carleton blickte auf seine Uhr. »Zum Glück habe ich einen Patiententermin um halb sieben, ich wünsche eine erfolgreiche Schlangenjagd.« Er warf einen letzten Blick auf die Tote.
»Der Mörder scheint eine faszinierende Persönlichkeit zu haben. Ich kann mich nicht erinnern, in der Fachliteratur etwas

Vergleichbares gelesen zu haben. Ich werde mich heute Abend eingehend damit beschäftigen und Kollegen zu Rate ziehen.«
»Könnten Sie noch nach Jack sehen?«, fragte Micki. »Es tut mir leid, dass ich mich gerade über ihn lustig gemacht habe.«
Carletons Blick war immer noch vorwurfsvoll. »Das sollte Ihnen auch leid tun.« Aber er nickte.
»Ich warte draußen bei Jack«, sagte Noah, als nur noch er und Micki im Raum waren. Und das Opfer natürlich. Er dachte an Eve Wilson, die draußen im Wagen saß. »Ich muss herausfinden, welche Verbindung Eve zu diesen Fällen hat. Was weißt du über sie, Micki?«
»Was ihr damals in Chicago zugestoßen ist, war … schlimm. Wenn du mehr wissen willst, musst du sie selbst fragen.«
»Hast du einen Vorschlag, wie ich das angehen soll?«
Mickis Augen wurden dunkel. »Falls du gegen eine Wand läufst, kannst du Olivia Sutherland anrufen.«
»Olivia?« Sie gehörte ebenfalls zur Mordkommission. »Was hat sie damit zu tun?«
»Sie ist eine Freundin von Eves Familie. Sei einfach … nur nett. Und verpass Jack einen Maulkorb.«

6. *Kapitel*

Montag, 22. Februar, 17.15 Uhr

Detective Olivia Sutherlands Blick wanderte über das Abendessen ihres Partners. »Jennie bringt mich um, wenn ich ihr sage, was du gegessen hast.« Sie wedelte mit der Hand durch die Luft. »Nicht, dass ich es ihr sagen *müsste.* Der Zwiebelduft verrät es ihr ohnehin.«

»Sie ist gar nicht in der Stadt«, erwiderte Kane. »Kommt erst am Donnerstag wieder.« Er wackelte mit den Brauen, um sie zum Lachen zu bringen. »Stell dich nicht so an. Es hätte schlimmer kommen können. Es hätten auch Sardinen sein können.«

»Gott, bin ich froh, dass du dir die abgewöhnt hast.« Sie schauderte. »Das hatte ich schon ganz vergessen.«

»Und du willst gar nichts essen?«

»Nach der Sache eben ist mir der Appetit vergangen. Im Übrigen muss ich ohnehin ein paar Pfund loswerden.«

»Quatsch. Du bist so genau richtig.« Das sagte er immer, aber Olivia wusste es besser. Nach einer Operation vor ein paar Jahren hatte sie ein wenig zugelegt und war noch immer nicht wieder in Topform. Sie hatte durchaus erwartet, dass der Stoffwechsel sich verlangsamen würde, aber nicht, dass dies schon mit einunddreißig Jahren geschah. Kane hingegen konnte futtern, was er wollte, ohne ein Gramm zuzunehmen. Das war einfach nicht fair. Und es brachte ihr im Job Nachteile.

»Bin ich nicht. Sonst hätte ich diesen Kerl heute Nachmittag nicht verloren«, knurrte sie. Von einem Teenager abgehängt zu werden, war eine Sache. Aber einen Dealer mittleren Alters davonkommen zu lassen, dessen einzige sportliche Betätigung im Kokswettschniefen bestand, war ... peinlich. Sie hätte sich am liebsten getreten.

»Liv. Der ist irgendwo in einen Wagen gesprungen. Nie im Leben hätte er dir zu Fuß davonkommen können.« Kane sprach von einem Kronzeugen. »Wir liegen einfach auf der Lauer, bis er wieder aus seinem Loch kriecht. Der Staatsanwalt braucht ihn erst nächste Woche.«

»Ja, du hast ja recht«, murmelte sie, dann griff sie nach ihrem Handy. Sobald sie die ersten Töne von »Bad to the Bone« hörte, wusste sie, dass es sich um Abbott, ihren Chef, handelte.

»Ja, Sutherland?«

»Ich brauche Sie beide bei diesen Selbstmordfällen. Wir suchen eine Cassandra Lee. Sie ist die Geschäftsführerin einer Firma namens Siren Song, ein Telefonsexanbieter.«

»Aber wir suchen gerade nach Dustin Hanks«, sagte sie. »Der Staatsanwalt wartet auf ihn.«

»Das hier ist wichtiger. Faye hat die Adresse dieser Lee. Sie gibt Sie Ihnen jetzt durch.«

Olivia reichte den Hörer an Kane weiter. »Faye ist dran. Wir sollen bei Websters Fall helfen. Sieh zu, dass mein Telefon zwiebelfrei bleibt.«

Montag, 22. Februar, 18.45 Uhr

Wenigstens hatte man ihr nicht wieder Handschellen angelegt. Eve saß allein im Verhörraum auf dem Präsidium. Es war nun fast eine Stunde her. Ein Becher Kaffee stand vor ihr auf dem Tisch, und der Duft verhöhnte ihren brennenden Magen. Alles, was sie vor ihrem inneren Auge sah, war Christy Lewis, die von einem Haken an ihrer Schlafzimmerdecke baumelte.

Drei Frauen waren tot. Jemand hatte sie umgebracht. *Und die Polizei denkt, ich wüsste, wer es gewesen ist.*

Du musst es ihnen sagen, Eve. Du musst ihnen alles sagen.

Langsam wandte Eve den Kopf und blickte zum Spiegel, durch den man sie beobachten konnte, was sie sehr gut wusste. Sie sah ihr Gesicht, finster und verärgert. »Also gut«, murmelte sie. »Ich werde es tun.«

»Wie?« Die Tür ging auf, und Webster trat ein. Jack Phelps folgte ihm auf dem Fuß. »Wir haben Sie nicht verstanden.«

»Haben Sie mich etwa beobachtet? Die ganze Zeit?«

»Nein. Wir sind gerade erst gekommen.« Er stellte eine Tüte auf den Tisch. »Ein Sandwich.«

Sie schob es von sich. »Ich kann nichts essen. Aber danke.«

Webster setzte sich ihr gegenüber an den Tisch. »Wir haben versucht, Kontakt mit Ihrer Vorgesetzten aufzunehmen.«

Eve gab sich Mühe, ihrer Miene nichts anmerken zu lassen, aber wieder begann es in ihrem Magen zu brennen. Donner würde ausrasten. Als es noch wie Selbstmord ausgesehen hatte, hätte das Komitee in einem Disziplinarverfahren vielleicht noch ihre Partei ergriffen. Aber hier ging es nicht mehr um Selbstmord oder Marthas seelisches Wohlbefinden. Sie war bloß eine einfache Diplomstudentin, die eine Doppelblindstudie verhauen hatte. *Ich bin auf mich allein gestellt.*

Dass sie der Polizei half, war ihr ganz persönliches Risiko. »Meinem Boss.«

Webster betrachtete sie eingehend. Ruhig. Etwas hatte sich verändert, seit er sie vorhin in seinen Wagen gesetzt hatte. Nun war sein Blick sanft und freundlich. Besorgt. Und voller … Mitgefühl.

Verdammt. Sie konnte immer ganz genau sagen, ab wann die Leute Bescheid wussten. In der Bar stellte niemand Fragen, es sei denn, er war betrunken, und Sal warf jeden sofort hinaus, der aufdringlich wurde. Doch sobald jemand etwas über sie herausgefunden hatte, gab es diese typischen Blicke. Und es wurde getuschelt.

»Ja«, sagte er. »Wir brauchen eine Liste der Mitarbeiter.«

Eve runzelte die Stirn. »Wieso denn das?«

»Weil wir wissen müssen, wer sonst noch in Gefahr schwebt.«

Eine Mitarbeiterliste? Das ergab keinen Sinn. Sie wollte ihm gerade genau das sagen, als sich die Tür öffnete und ein gut gekleideter Mann Mitte dreißig eintrat.

»Sag kein Wort«, warnte er. Und jetzt erkannte Eve ihn. Es war Callies Date, der Verteidiger. »Mein Name ist Matthew Nillson. Ich bin in meiner Eigenschaft als Eves Anwalt hier. Darf ich bitte mit meiner Mandantin reden?«

Webster sah sie an. »Wann haben Sie einen Anwalt angerufen?«

Eve schüttelte den Kopf. »Habe ich gar nicht.«

Matt warf ihr einen warnenden Blick zu. »Detectives, sorgen Sie dafür, dass die Lautsprecher ausgeschaltet sind.« Sobald sie draußen waren, wandte Matt sich an sie. »Gibt es etwas, das an der Aufforderung ›Sag kein Wort‹ unmissverständlich ist?«

Sie ignorierte ihn und sprach das Erste aus, das ihr durch den Sinn ging. »Ich kann mir keinen Anwalt leisten.«

»Schon okay. Ich mache so etwas hin und wieder unentgeltlich. Callie rief mich an. Sie ist zum Tatort gefahren, aber die Polizei hat ihr gesagt, dass man dich mitgenommen hat. Sie hat sich ziemlich große Sorgen gemacht.«

»Das war nicht meine Absicht, und es tut mir leid. Hör mal, Matt, ich weiß wirklich zu schätzen, dass du sofort gekommen bist, aber ich glaube nicht, dass ich einen Anwalt brauche. Ich werde mir vermutlich bald eine neue Karriere aufbauen müssen, aber einen Anwalt brauche ich nicht.«

»Ja, Callie hat mir schon gesagt, du wärest der Meinung, keinen Rechtsbeistand zu brauchen. Durftest du dein Handy behalten?«

Eve seufzte. »Nein.«

Er nickte, als sei das Beweis genug. »Erzähl mir, was passiert ist. Lass mich entscheiden, ob du mich brauchst oder nicht.«

Eve überlegte. »Du bist mein Anwalt, stimmt's? Das heißt, alles, was wir miteinander besprechen, ist vertraulich?«

Er zog die Brauen hoch. »Bis auf ein paar Ausnahmen.«
»Ich habe niemanden umgebracht. Aber wenn du mir für meine Aussage eine gewisse Anonymität garantieren könntest, wäre mir das eine große Hilfe. Also, vor zwei Jahren habe ich mit dem Diplomstudium begonnen …«

Montag, 22. Februar, 19.00 Uhr

Abbott, Jack und Noah standen am Spiegel und beobachteten Eve und Matthew Nillson, die sich unterhielten. Die Lautsprecher waren ordnungsgemäß ausgeschaltet. »Ich will wissen, was sie weiß«, knurrte Abbott. »Verdammte Anwälte.«
»Sie sorgt sich wahrscheinlich, ob sie sich mit dem Telefonsex strafbar macht«, sagte Jack. »Wir hätten sie schon im Auto verhören sollen.«
»Und warum haben Sie nicht?«, fragte Abbott verärgert.
»Ich wollte ja«, sagte Jack. »Aber unser weißer Ritter hier hat mir den Mund verboten.«
Noah warf ihm einen wütenden Blick zu, bevor er sich wieder dem Spiegel zuwandte. »Ich wollte erst wissen, womit ich es zu tun habe.« Nun wusste er es, und es war schlimmer, als er befürchtet hatte.
Abbott stieß die Luft aus. »Aber jetzt hat sie einen Anwalt!«
»Ich denke nicht, dass sie eine der Frauen umgebracht hat, Bruce«, sagte Noah. »Sie etwa?«
»Das will ich nicht glauben. Aber bis sie uns nicht gesagt hat, was sie weiß, ist sie verdächtig, kapiert?«
Noah wollte etwas erwidern, überlegte es sich aber. »Kapiert.«
»Schön. Womit *haben* wir es also zu tun?«, fragte Abbott.
Noah konnte den Blick nicht von ihrem Gesicht abwenden. Am liebsten hätte er sich nicht so genau an all das erinnert, was er eben über Evelyn Jayne Wilson gelesen hatte. Aber er

würde es ohnehin nie wieder vergessen. »Vor fast sechs Jahren wurde sie von einem perversen Schwein so zugerichtet, dass sie fast gestorben wäre. Tatsächlich wäre sie das auf dem Weg ins Krankenhaus beinahe zweimal, aber man konnte sie zurückholen.« Bittere Galle brannte in seiner Speiseröhre bei dem Gedanken, was sie hatte durchmachen müssen. Der Kerl hatte sie zusammengeschlagen, auf sie eingestochen, sie gewürgt. »Sie erholte sich, zumindest in gewisser Hinsicht. Und zwei Jahre später wurde sie entführt.«

Abbott riss die Augen auf. »Ach, du Schande. Derselbe Täter?«

»Nein. Ein anderer. Sie arbeitete in einem Frauenhaus in Chicago. Ziemlich gefährlich. Erinnern Sie sich noch an diesen Fall in Chicago vor ein paar Jahren? Die Frau, die den tauben Jungen entführt und bei ihrer Flucht ungefähr ein Dutzend Menschen umgebracht hat?«

»Ja«, sagte Abbott nachdenklich. »Wollen Sie damit sagen, dass sie …«

»Sie war in diesen Fall verwickelt. Auch sie wurde von dieser Frau entführt. Die Kollegen in Chicago sagen, dass die Rettung des tauben Jungen nur ihr zu verdanken ist. Bruce, sie hat diese Frauen nicht aufgehängt.«

Abbott seufzte schwer. »Aber sie weiß, wer es war.«

»Sie weiß *etwas*. Aber wenn sie wüsste, wer es war, dann hätte sie es uns schon gesagt, davon bin ich überzeugt.«

»Sorgen Sie dafür, dass Sie uns etwas zu Siren Song sagt. Ich will wenigstens diese Cassandra Lee finden. Ich habe Sutherland und Kane schon auf sie angesetzt.«

»Und Sutherland und Kane haben sie auch gefunden.« Olivia Sutherland betrat das Beobachtungszimmer durch den Flur. »Nur leider auch wieder verloren. Faye hat mir gesagt, dass Sie hier sind. Cassandra Lee wohnt etwas weiter draußen. Bis Kane und ich da waren, war sie bereits verschwunden. Der Concierge in ihrem Haus meint, sie habe sich ein Taxi genom-

men. Aber er hat nicht mitbekommen, wohin die Fahrt gegangen ist.«
»Und war das glaubhaft?«, fragte Noah.
Olivia hob die Schultern. Sie war Anfang dreißig, blond, grazil und eine verdammt gute Polizistin. Micki hatte gesagt, Olivia sei mit Eves Familie befreundet. Noah hatte Fragen, aber die würde er sich aufsparen.
»Nein«, sagte sie. »Aber ich konnte ihm nicht beweisen, dass er log. Kane versucht, sie über die Kreditkarten ausfindig zu machen. Wir haben Flughäfen, Busbahnhöfe und Mietwagenfirmen informiert.« Plötzlich erstarrte sie, als sie durch den Spiegel blickte. »Was macht denn Eve Wilson hier?«
»Sie hat das letzte Opfer gefunden«, sagte Noah. »Sie hat mich angerufen.«
Olivia presste die Lippen zusammen.
»Was?«, fragte Abbott gereizt.
»Sie hat auch mich angerufen«, sagte sie. »Am Nachmittag. Sie hat eine Nachricht auf dem Anrufbeantworter hinterlassen. Ich wollte gleich zurückrufen. Woher kennt sie das Opfer?«
»Die Opfer«, verbesserte Abbott. »Sie kannte sowohl Martha als auch Christy. Von Siren Song.«
»Nie und nimmer. Es kann überhaupt nicht sein, dass Eve was mit Telefonsex zu tun hat. Lassen Sie mich mit ihr reden.«
»Der da ist ihr Anwalt«, sagte Jack. »Viel Glück.«
Olivia klopfte ans Fenster der Tür, und Matthew Nillson betrat den Beobachtungsraum. »Ich bin eine Freundin der Familie. Ich will mit ihr reden.«
Olivia wollte sich an ihm vorbeischieben, aber Nillson hielt sie auf. »Meine Mandantin will auch mit Ihnen reden, aber sie fürchtet sich vor den möglichen Konsequenzen für ihre Arbeit.«
»Was für Konsequenzen?«, fragte Jack. »Die Kerle rufen an, holen sich einen runter, sie wird bezahlt. Was gibt's da für Konsequenzen?«

Nillson starrte ihn verständnislos an. »Wovon reden Sie?«
»Von Ihrer Mandantin«, sagte Abbott. »Sie arbeitet für eine Firma namens Siren Song. Ein Telefonsexanbieter.«
Nillson sah ihn noch ungläubiger an. »Sie glauben, Miss Wilson arbeitet für diese Firma?«
»Sie kannte Martha Brisbane von der Arbeit«, meldete sich Noah zu Wort. »Martha arbeitete für Siren Song.«
»Ich glaube, hier handelt es sich um ein gewaltiges Missverständnis«, erwiderte Nillson. »Eve ist Studentin, die auf ihr Diplom in Psychologie hinarbeitet. Sie hat Martha und Christy durch ein Forschungsprojekt kennengelernt. Sie hat sich eben gewundert, warum Sie nach einer Personalliste gefragt haben. Jetzt verstehe ich.«
»Eve arbeitet also nicht für Siren Song?«, fragte Abbott noch einmal vorsichtig nach.
Gott sei Dank. Als Noah sie bei Martha getroffen hatte, hatte er einen Moment lang geglaubt, dass es Schicksal gewesen sei. *Und vielleicht ist es das ja doch gewesen.*
Nillson schüttelte den Kopf. »Ähm, nein. Sie arbeitet nicht für Siren Song.«
»Sag ich doch.« Olivia grinste zufrieden. »Warum also wollte sie einen Anwalt?«
»Weil sie sich in die Ecke gedrängt fühlt. Sie verfügt über Informationen, die sie eigentlich nicht haben dürfte. Informationen, die sie letztendlich zu den Opfern geführt haben. Miss Wilson befürchtet, dass man sie von dem Projekt ausschließt und sie vielleicht sogar der Universität verweist, wenn herauskommt, dass sie Ihnen geholfen hat. Sie hätte gern die Zusicherung der Vertraulichkeit.«
»Informantenschutz?« Im Verhörraum starrte Eve auf den Spiegel. Jetzt, da Noah ihre Vorgeschichte kannte, begriff er umso mehr, warum sich Eve in der Bar stets vorsichtig umsah. Er hatte sie dort beobachtet und sich gewünscht, sie beschützen zu können. Und jetzt musste er es tatsächlich tun.

Noah räusperte sich. »Dem können wir doch entsprechen, nicht wahr, Bruce?«
Abbott betrachtete Eve ebenfalls nachdenklich. »Also gut. Zumindest für den Anfang.«
»Gut«, sagte Matthew. »Sie hat eine Höllenstory für Sie.«

Montag, 22. Februar, 19.20 Uhr

Eve war erleichtert, als Olivia eintrat. Ihr folgten Webster und Phelps und schließlich Abbott, ihr Captain.
»Sie haben eingewilligt, deine Informationen vertraulich zu behandeln«, begann Matthew und setzte sich.
Eve nickte, wenn auch immer noch wachsam. »Danke.«
Webster setzte sich ihr gegenüber. Wieder hatte sich etwas verändert. Wo sie zuvor erst Verärgerung, dann Mitgefühl gesehen hatte, herrschte nun Erleichterung. Matt dagegen wirkte beinahe belustigt.
Abbott streckte die Hand aus, und sie schüttelte sie. »Ich bin Captain Abbott.«
»Ich weiß. Wodka pur.«
»Wir sind gespannt auf das, was Sie zu sagen haben«, sagte Abbott.
Jack Phelps hatte noch kein einziges Wort gesagt, was sehr untypisch für ihn war. Er war stehen geblieben und hatte sich an die Wand gelehnt. Eve fand, dass er merkwürdigerweise … enttäuscht aussah.
Eve warf Olivia einen Blick zu. »Was ist los?«
Olivias Lippen zuckten. »Das erzähle ich dir später. Glaub mir, du wirst deinen Spaß haben.«
Webster sah peinlich berührt auf seine Hände. »Wir könnten dann anfangen.«
Eve begegnete seinem Blick, und wieder hatte sie das starke Gefühl, ihm trauen zu können. In den vergangenen Jahren

hatte sie auf die harte Tour gelernt, wer ihres Vertrauens würdig war. »Ich wollte schon früher mit Ihnen reden, aber ich war mir überhaupt nicht sicher, ob mir jemand glauben würde. Ich bin mir nicht einmal sicher, ob ich mir selbst glaube. Ich arbeite an meiner Diplomarbeit. Ich möchte schon seit langem Therapeutin werden und Opfern von Gewaltverbrechen helfen.«

Webster nickte. »Ich verstehe.«

Sie war sich inzwischen sicher, dass er das wirklich tat. »Ich werde Ihnen sagen, was ich weiß. Aber können Sie mir bitte vorher sagen, wann Christy gestorben ist?« *Bitte sag, dass es passiert ist, bevor ich dir auf Marthas Türschwelle begegnet bin.* Sie hatte diesen Moment immer wieder durchgespielt und hoffte inständig, dass nicht ihre egoistische Zurückhaltung Christy das Leben gekostet hatte.

»Die Rechtsmedizin geht von heute früh aus«, antwortete Webster freundlich.

Vor Erleichterung ließ sie die Schultern sinken. »Danke. Also gut, bei meiner Arbeit geht es darum, inwiefern virtuelle Welten helfen können, das Selbstwertgefühl eines Menschen zu stärken oder wieder aufzubauen.«

»Virtuelle Welten?« Abbott runzelte die Stirn.

»MMORPG. Multiplayer-Online-Rollenspiele«, fügte Eve als Erklärung hinzu, als er sie weiterhin verständnislos ansah. »Wie zum Beispiel Shadowland.«

»Das ist ein Computerspiel«, half Olivia aus.

»Es ist eigentlich mehr als ein Computerspiel«, sagte Eve. »Es ist eine Community. Man kann dort Leute treffen, arbeiten, Geld ausgeben. Alles garantiert anonym. So sollte es zumindest sein.«

»Das Motto heißt ›Manchmal möchtest du an einem Ort sein, wo niemand deinen Namen kennt‹, nicht wahr?«, sagte Jack. »Ich habe es auch mal gespielt. Ein bisschen allerdings nur.«

»Tja. Viele Leute kommen aber nicht mit ein bisschen spielen aus. Martha zum Beispiel nicht. Deswegen haben wir sie für mein Projekt ausgesucht. Ich wollte das Potenzial der künstlichen Welt als Lernhilfe ermitteln. Wie eine Art riesiger Flugsimulator, nur dass es in meiner Studie um Fähigkeiten geht, die das soziale Leben, den Alltag betreffen. Mein Ziel war es, Personen, die Schwierigkeiten in der normalen Welt haben, dabei zu helfen, zunächst in einer virtuellen Welt zurechtzukommen.«

»Damit sie im Spiel lernen, wie sie mit anderen umgehen?«, fragte Webster nach.

»Genau. Irgendwann sollen diese Personen dann in der Lage sein, die virtuelle Welt zu verlassen und sich wieder ins wahre Leben einzugliedern. Das ist mir sehr wichtig. Ich habe lange dafür gearbeitet, den Studienplatz und dieses Projekt zu bekommen. Ich wollte es nicht aufs Spiel setzen. Deshalb habe ich bisher nicht gewagt, etwas zu sagen.

»Verstanden«, sagte Webster. »Und wie passen Martha und Christy ins Bild?«

»Für meine Studie brauchten wir natürlich Testpersonen. Personen, die nie zuvor gespielt hatten – wie Christy Lewis –, und solche, die bisher nur ein wenig herumgeklickt hatten, wie Detective Phelps. Aber wir brauchten zum Vergleich auch Probanden, die wir ›Ultra-User‹ nennen, wie Martha Brisbane. Martha war im Durchschnitt achtzehn Stunden in Shadowland.«

»Achtzehn Stunden?« Abbott schüttelte den Kopf. »Wo bleibt denn da das Leben?«

»Ich hatte mich ebenfalls gefragt, womit Martha wohl ihr Geld verdienen mochte, da sie doch die ganze Zeit spielte.«

Bei ihren Worten wurde Webster tatsächlich rot. Eve sah sich um und stellte fest, dass alle Anwesenden im Raum ihren Blick mieden. »Habe ich etwas verpasst?«

Olivia seufzte. »Martha hat für eine Sex-Hotline gearbeitet, Eve. Als du Detective Webster sagtest, du würdest sie von der Arbeit kennen …«

Eve blieb der Mund offen stehen. »Jetzt verstehe ich einiges.« Sie spürte, wie nun auch sie rot wurde, und wusste, dass ihre Narbe nun wieder grellweiß hervortrat. »Lassen Sie mich eines klarstellen. Ich tue so etwas nicht.«

Webster räusperte sich. »Entschuldigen Sie bitte, dass wir das von Ihnen dachten.«

Plötzlich stieg ein hysterisches Kichern in ihr auf, aber sie beherrschte sich. »Okay. Wo war ich stehengeblieben?«

»Deine Studie«, half Olivia aus.

»Unsere Probanden sollten durch unterschiedliche Übungen ihre Selbstwahrnehmung schulen. Sie sollten zum Beispiel anfangs drei Personen suchen, die aussahen wie sie. Wie ihre Avatare, meine ich. Später ging es um Hobbys und Interessen und so weiter.«

»Avatare?«, fragte Abbott. »Tut mir leid, ich bin alt.«

Eve lächelte ihn an. »Nein, sind Sie nicht. Ein Avatar ist eine Spielfigur. Wenn Sie Monopoly spielen, wählen Sie beispielsweise immer ...?«

»Den Schuh«, antwortete er.

»Ich bin das Bügeleisen«, verriet sie, und Abbott erwiderte ihr Lächeln. »Der Avatar ist Ihre Spielfigur, Ihr Äquivalent in der virtuellen Welt. Sie können so aussehen, wie Sie möchten. Martha war eine Sexgöttin namens Desiree. Christy eine ehemalige Miss Universum und Profitänzerin. Sie hat sich Gwenivere genannt.«

»Und wer sind Sie?«, fragte Webster sanft, und sie stutzte. Diese Frage hatte sie nicht erwartet.

»Ich? Oh, verschiedene Leute«, erwiderte sie ausweichend. »Aber für diese Studie habe ich als Pandora begonnen. Mir gehört ein Laden, der *Façades Face Emporium* heißt. Ich verkaufe Avatare.«

»Verkaufen?« Abbott beugte sich interessiert vor. »Sie verkaufen in dieser Welt etwas?«

»Man kann alles Mögliche verkaufen. Wenn man die Welt betritt, kann man einen Avatar entwerfen, aber nur nach Vorlagen, also mit bestimmten Elementen. Wenn man etwas Individuelleres möchte, bezahlt man dafür. Ich verlange nicht viel für meine Avatare, weswegen ich ziemlich viele Aufträge bekomme, vor allem von Spielern, die neu sind.«

»Von vielen Ihrer Probanden«, sagte Webster.

»Ganz genau.«

»Sie haben sie beobachtet«, sagte Jack. »Als Pandora.«

Eve nickte. »Ja. Und damit hat der Ärger angefangen.«

»Warum haben Sie sie beobachtet?«, fragte Webster.

»Ich hatte Angst, dass es zum Missbrauch kommen würde. Die Ultra-User sind bereits süchtig nach Shadowland – sie waren es schon vorher, daher bilden sie ja unsere Kontrollgruppe. Aber ich habe befürchtet, dass Leute, die sich eigentlich ganz normal in der realen Welt bewegten, dem Reiz von Shadowland erliegen könnten, also habe ich die Nutzung überwacht. Außerdem haben wir alle auf Persönlichkeitsveränderungen überprüft. Stimmungsschwankungen zum Beispiel. Schlafstörungen, Fehlzeiten bei der Arbeit. Und Selbstmordtendenzen.«

»Oh.« Webster lehnte sich zurück. In seinen Augen las sie Begreifen. »Sie hatten von Marthas Selbstmord gelesen und glaubten nun, Ihre Studie hätte damit zu tun.«

»Ja, die Angst hatte ich. Ich wollte die Probanden eigentlich monatlich auf diese Veränderungen testen lassen, aber mein Betreuer lehnte eine solche Frequenz ab. Stattdessen machen wir es alle drei Monate. Aber ich war und bin noch immer nicht überzeugt, dass das ausreicht.«

»Daher überwachen Sie sie sozusagen von innen«, schloss Abbott. »Clever.«

»Und verstoße leider gegen die Regeln, Captain. Ich darf die Leute eigentlich nur als Nummern kennen. Doch meine Sorge wuchs, als einige immer mehr Zeit im Netz verbrachten. Es ist, als würde man eine Studie zur Glücksspielsucht machen wollen und zusehen, wie die Probanden über Nacht abhängig werden. Shadowland schien ihr echtes Leben zu übernehmen.«

»Also bist du undercover gegangen«, sagte Olivia.

»Richtig.« Eve nickte. »Ich eröffnete meinen Laden und wartete darauf, dass sie zu mir kamen. Das war in meinen Augen die unauffälligste Methode. Jetzt konnte ich mit den Leuten plaudern und ihre Stimmungen einschätzen, ohne dass sie wussten, wer ich war. Marthas Desiree war eine meiner besten Kundinnen. Sie war besessen davon, ihr Gesicht zu verschönern. Dann verschwand sie vor ungefähr einer Woche.«

»Und was haben Sie gemacht?«, fragte Webster.

»Mich zu Tode gesorgt. Gehofft, dass Martha einfach nur im Urlaub war, aber eigentlich habe ich gewusst, dass ich mir etwas vormachte. Sie war wirklich eine Hardcore-Anwenderin. Aber das war sie schon, bevor die Studie anfing.«

Webster zog die Brauen zusammen. »Wie lange ist sie schon dabei?«

»Ich müsste mir meine Notizen ansehen, aber vielleicht ein Jahr?«

Webster warf Phelps einen Blick zu. »Derselbe Zeitpunkt. Damals hat sich alles geändert.«

Phelps nickte. »Sie ließ die Wohnung verkommen, vergaß, Rechnungen zu bezahlen. Stritt sich mit ihrer Mutter. Es passt alles. Martha verschwand also. Und dann?«

»Ich fing an, sie zu suchen. Ich fand aber nicht sie, sondern Christy. Sie war jeden Abend im Club. The Ninth Circle.«

»Der Neunte Kreis? Der Hölle?« Webster verzog das Gesicht. »Ist ja wundervoll.«

»Es ist ein Tanzclub, ein Treffpunkt. Christys Gwenivere war ein echtes Partygirl. Ich bin als Greer, ein anderer Avatar von mir, hingegangen, um nach ihr und meinen anderen kritischen Probanden zu sehen – die, um die ich mir am meisten Sorgen mache.«

»Und wie viele haben Sie davon?«, wollte Webster wissen.

»Im Augenblick noch fünf andere, aber ungefähr ein Dutzend, die die Neigung dazu zeigen. Gestern Abend, als ich aus dem Sal's kam, habe ich Christy gesucht. Ich fand sie im Club, wo sie wie immer tanzte und flirtete.«

»Woher wussten Sie, wer diese Leute im wahren Leben sind?«, fragte Jack.

»Tja, da habe ich mich dann wirklich in Schwierigkeiten hineinmanövriert. Ich habe gegen Doppelblind verstoßen.«

Die Detectives sahen einander verständnislos an.

»Doppelblind bedeutet, dass ich nicht weiß, wer wer ist, und die Teilnehmer nicht wissen, in welcher Studiengruppe sie sich befinden. Und das ist eigentlich sakrosankt.«

»Aber du hast heimlich nachgesehen«, sagte Olivia.

»Kann man wohl sagen.« Eve rieb sich den verspannten Nacken. »Ich habe mich in die Datei gehackt und die Namen der Testpersonen herausgesucht, um die ich mir am meisten Sorgen mache.«

»Und die Adressen?«, fragte Webster scharf.

Eve schloss die Augen. Sie musste sich rasch etwas einfallen lassen, um Ethan nicht mit hineinzuziehen. »Zuerst nicht. Aber heute wusste ich mir nicht mehr anders zu helfen. Ich war gerade von Martha gekommen. Sie hatten gesagt, dass sie ermordet worden war. Und jetzt wird es verdammt unglaublich.«

Eve sah Noah in die Augen. »Ich hatte für Marthas Namen bei Google einen Alert-Dienst angemeldet. Heute Morgen bekam ich dann den Zeitungsartikel geschickt. Ich wusste nicht, was ich machen sollte, also ging ich zuerst zu meinem Studienbetreuer und erzählte ihm von Martha.«

»Sie haben zugegeben, dass Sie gegen die Regeln der Doppelblindstudie verstoßen haben?«, fragte Webster. »Das war mutig von Ihnen.«

»Ich musste es tun«, sagte sie. »Ich konnte schließlich nicht zulassen, dass andere Menschen wegen meines Projekts zu Schaden kommen. Aber mein Studienbetreuer wurde wütend. Ich zeigte ihm den Artikel über Martha, und er ... er hat ihn in den Schredder gesteckt. Ich solle gefälligst meinen Mund halten, hat er mir gesagt.«

»Mistkerl«, murmelte Abbott.

»Na ja, vom Standpunkt der Studie aus ist er im Recht. Moralisch allerdings nicht. Ich wusste, wo Christy arbeitete. Sie hatte mir mal von ihrem Job erzählt, als sie in meinem Laden war. Christy war ein ziemlich einsamer Mensch. Sie wollte nur reden. Sie machte sich Sorgen, dass man sie feuern würde, weil sie so oft online war, aber nicht aufhören konnte.«

»Sie war süchtig«, schloss Webster, und Eve nickte traurig.

»Ich wollte im echten Leben nach ihr sehen, aber sie war nicht zur Arbeit erschienen. Also ging ich davon aus, dass sie zu Hause war und spielte. Aber da ich schon unterwegs war, wollte ich wenigstens Martha meinen Respekt erweisen. Tja, dann bin ich Ihnen begegnet, Detective.«

»Und hast mich angerufen?«, fragte Olivia.

»Nein, noch nicht. Anschließend fuhr ich wieder nach Hause und ging online.« Eve spürte, wie ihr Herz erneut zu rasen begann. »Weil ich mir noch immer Sorgen um Christy machte, suchte ich ihr Haus in Shadowland auf. An der Tür hing ein schwarzer Kranz und ...«, sie schluckte, »drinnen hing Christy am Seil. Ihre Schuhe waren heruntergefallen.«

»Wie?«, fragte Webster atemlos.

»Genauso wie in der realen Welt. Ich hätte fast den Notruf gewählt, aber man hätte mich doch für vollkommen verrückt erklärt. Deswegen habe ich Olivia auf dem Revier angerufen. Ich hatte deine Handynummer nicht.«

»Das wird sich ändern«, sagte Olivia. »Meine Schwester reißt mir den Kopf ab, wenn dir etwas passiert.«

Eves Lächeln war schwach. »Nicht auszudenken. Jedenfalls dachte ich, dass du vielleicht ihre Adresse ausfindig machen

und nachsehen könntest, ob es ihr gutgeht. Ich dachte, du würdest mich vielleicht nicht für bescheuert halten.«
»Und wie haben Sie sich Christys Adresse letztendlich verschafft?«, fragte Webster. Diesmal etwas ruhiger.
»Nicht antworten«, sagte Matt und bedachte Webster, der ihn finster ansah, mit einem stoischen Blick. »Im Moment jedenfalls nicht.«
»Okay. Ich fuhr also zu Christy«, fuhr Eve fort, »und hoffte, dass es sich nur um einen widerlichen Scherz handelte. Aber dem war leider nicht so.«
»Und was war mit Marthas Tür?«, fragte Webster. »Hing dort auch ein schwarzer Kranz?«
»Ich habe nicht nachgesehen. Heute war ich zu durcheinander. Aber gestern hing dort nichts.«
»Sehen wir nach, sobald wir hier fertig sind«, sagte Webster. »Und nun zu Samantha Altman.«
»Mag sein, dass auch sie in Shadowland lebt, aber sie ist keine meiner Testpersonen. Tut mir leid.«
»Woher wollen Sie das wissen?«, hakte Webster nach, aber Matt Nillson hob sofort die Hand.
»Miss Wilson hat die Liste überprüft und Samantha Altman nicht gefunden.«
Webster schüttelte den Kopf. »Zwei meiner Opfer hatten mit Ihrer Studie zu tun. Das kann kein Zufall sein.«
»Doch, das kann es absolut«, sagte Eve. »Bitte hören Sie mir zu. Zwei Opfer haben extrem viel Zeit in der virtuellen Welt verbracht. Ihr drittes möglicherweise auch, aber eben nicht als eine Probandin meines Projekts. Wer immer sie getötet hat, wusste, dass Christy gespielt hat, denn er hat den Tatort nachgestellt. Ja, vielleicht kannte er alle drei aus Shadowland. Vielleicht hat er ihnen dort aufgelauert.« Dass Christy nur durch ihre Studie dort hineingeraten war, darüber durfte sie jetzt nicht nachdenken. Das Schuldgefühl würde noch früh genug einsetzen.

Webster schüttelte schon wieder den Kopf. »Wie groß ist die Wahrscheinlichkeit, dass er sich ausgerechnet zwei Opfer aus Ihrer Studie herausgepickt hat, Eve?«

»Ziemlich hoch, sofern er aus der Stadt kommt. Unsere Probanden müssen für die Evaluation zu uns kommen. Bei unserer Auswahl war entscheidend, dass sie in der Gegend wohnen. Wir haben, zumindest geographisch, vorsortiert. Falls der Täter Opfer aus den Twin Citys sucht, dann hat er durch unsere Studie einen Pool gehabt, der größer als der Durchschnitt ist.«

»Okay, das sehe ich ein«, gab Webster zu.

»Aber wir wissen nicht einmal, ob Samantha Altman gespielt hat«, sagte Abbott.

»Die andere Verbindung könnte Siren Song sein«, meinte Jack.

»Oder etwas ganz anderes, von dem wir noch nichts wissen«, gab Abbott zu bedenken.

»Wenigstens wissen wir, dass er Christy in Shadowland begegnet ist«, sagte Webster. »Wir müssen das nutzen, um ihn ausfindig zu machen. Würden Sie uns dabei helfen?«

»Selbstverständlich. Sagen Sie mir, was ich tun soll.«

Montag, 22. Februar, 19.45 Uhr

Liza hatte ihre Tränen zurückhalten können, bis sie wieder zu Hause war. Nun saß sie am Küchentisch und blickte auf den Zettel, den der Officer ihr in die Hand gedrückt hatte. Sie war hingegangen, um eine Vermisstenanzeige aufzugeben, und der Polizist hatte die Daten in den Computer eingetippt.

Einen Moment später hatte er sie fragend angesehen. »Sie haben gesagt, dass Ihre Schwester bei einer Reinigungsfirma gearbeitet hat.«

»Ja«, hatte Liza geantwortet, aber er hatte den Kopf geschüttelt.

»Ich fürchte, nicht.«

Dann hatte er den Bildschirm so gedreht, dass sie es selbst sehen konnte.

Sie war noch immer wie vom Donner gerührt. Ein offizielles Polizeifoto. »Wir haben Lindsay vor zwei Monaten beim Anschaffen aufgegriffen. Sie wussten nichts davon?«

Lindsay hatte sich also … verkauft. Und nun war sie verschwunden. *Ich muss sie finden.*

Sie hatte nicht einmal den Hauch einer Ahnung, wo sie mit der Suche beginnen sollte. Aber irgendetwas würde ihr schon einfallen. Sie würde nachts losziehen und ein paar Prostituierte fragen. *Irgendjemand muss sie doch gesehen haben.*

Vielleicht war Lindsay verletzt. *Vielleicht braucht sie meine Hilfe. Ich muss es versuchen.*

7. Kapitel

Montag, 22. Februar, 20.15 Uhr

Faszinierend.« Abbott starrte gebannt auf den Bildschirm. Eve saß an seinem Schreibtisch und zeigte ihnen Shadowland.

Noah hatte rechts von Eve Platz genommen und fand ihr Profil weitaus faszinierender.

Ihr Anwalt saß am runden Konferenztisch genau wie Olivia – zwei Personen, die Eve Wilson beschützen wollten. *Also bin ich nicht der Einzige.*

Nun warf sie ihm aus dem Augenwinkel einen Blick zu. »Können Sie den Bildschirm sehen, Detective?«

Sie mochte es nicht, beobachtet zu werden. »Ja. Könnten Sie uns Ihren Pandora-Laden zeigen?«

»Ich dachte, wir warten auf Detective Phelps.«

»Er ist zurück zum Tatort gefahren. Er stößt zu uns, wenn es ihm möglich ist.«

»Also gut.« Sie gab ein paar Befehle ein. »Willkommen bei Façades Face Emporium.«

Abbott stieß einen Pfiff aus. »So viele Gesichter! Das ist … irgendwie unheimlich.«

Ihr einer Mundwinkel hob sich. Noah hatte immer gedacht, dass sie ein echtes Mona-Lisa-Lächeln hatte. Inzwischen wusste er, dass das Ungeheuer ihr Gesicht zerschnitten und damit die Nerven für immer beschädigt hatte.

»Wie in einem alten Vincent-Price-Film«, sagte sie. Sie klickte mit der Maus und ließ einen weiblichen Avatar mit blonden Haaren und einem freundlichen Gesicht erscheinen. »Darf ich vorstellen? Pandora. Ihr gehört der Laden.«

Pandora. Die mythische Gestalt.

»Die Kunden kommen hierher und probieren Gesichter an«, sagte sie. »Wir plaudern oft. Es ist beinahe ... na ja, echt.«

»Das scheint mir auch so«, murmelte Abbott. »Zeigen Sie mir, welches Gesicht Martha Brisbane sich ausgesucht hatte.«

»Hier sind Desirees letzte sechs Gesichter. Topqualität. Martha hat dafür ziemlich viele Shadow-Dollar ausgegeben.«

»Woher hatte sie sie?«, fragte Noah. Die Gesichter waren von ätherischer Schönheit.

»Keine Ahnung. Die meisten ernsthaften Gamer führen Buch. Das würde sich dann auf ihrem Rechner finden.«

Micki hatte auf Marthas Computer nichts dergleichen gefunden. Noah hoffte nur, dass die Festplatte von Christys PC nicht ebenfalls gelöscht worden war.

»Was machst du mit dem Geld, das du verdienst, Eve?«, fragte Olivia.

»Das meiste geht für Miete drauf. Mein Geschäft befindet sich an der Haupteinkaufsstraße, und der Standort zählt auch hier. Den Rest spendet Pandora einer virtuellen Wohlfahrtsorganisation.« Wieder das halbe Lächeln. »Sie setzt sich für ihre Gemeinde ein.«

Wie Eve. »Und Sie haben diese Gesichter alle entworfen?«, fragte Noah, und sie nickte.

»Früher wollte ich einmal Künstlerin werden. Durch eine Handverletzung musste ich diesen Traum aufgeben, also versuchte ich es mit Grafikdesign. Das Zeichnen von Gesichtern gelingt mir besser mit der Maus als mit der Hand.«

Dass sie wunderschöne Gesichter entwarf, während ihr eigenes durch das schreckliche Erlebnis verunstaltet war, war wohl eine Erkenntnis, die er im Augenblick besser nicht kommentierte. »Sie sind sehr gut«, sagte er stattdessen, und ihre Wangen färbten sich rosig.

»Danke. Ich habe mich viel mit Gesichtern beschäftigt. Die Menschen entscheiden instinktiv und augenblicklich, wem sie trauen und wem nicht, und die Gesichtszüge sind dabei ausschlaggebend. Ich vergleiche die Gesichter meiner Kunden gern mit der Rolle, die sie entwickeln ... es ist eine Art psychologisches Hobby von mir. Was nun?«

»Gehen wir zuerst zu Marthas virtueller Adresse.«

»Dann nehmen wir Greer.« Ein Rotschopf erschien, sehr drall, sehr spärlich bekleidet.

Abbott verschluckte sich fast vor Lachen. »Tja nun, niemand wird je in der Lage sein, ihr Gesicht zu beschreiben.«

»Das ist die Absicht dahinter«, sagte sie verlegen.

Auch Noah konnte sich ein Grinsen nicht verkneifen. »Warum Pandora so heißt, habe ich verstanden. Was hat es mit Greer auf sich?«

Sie zuckte, noch immer verlegen, mit den Schultern. »Es bedeutet ›Hüterin‹ oder ›Beschützerin‹.«

»Ah. Ich verstehe.« Und es gefiel ihm. Sehr. *Schicksal,* dachte er. *Vielleicht.*

Ein Handy klingelte. »Meins«, sagte Olivia. Und kurz darauf: »Miss Lee von der Firma Siren Song hat gerade für ihren Flug nach Vancouver eingecheckt. Ich treffe mich mit Kane am Flughafen. Ihr haltet mich auf dem Laufenden?«

»Ja, sicher. Ruf uns an, wenn ihr Miss Lee habt«, sagte Noah.

»Danke, Olivia«, rief Eve ihr hinterher. »Wir befinden uns jetzt im schickeren Teil der Stadt«, fuhr sie fort, während Greer mit selbstbewussten Schritten eine Straße entlangging. »Martha wohnte ziemlich gut.«

»Ist es immer so dunkel?«, fragte Abbott.

»Nein. Das Spiel läuft in Echtzeit. Wenn man im wahren Leben tagsüber arbeiten muss, spielt man in der virtuellen Nacht.«

»Und andere verbringen achtzehn Stunden täglich online wie Martha«, bemerkte Noah.

»Zu viele übrigens.« Eve wanderte mit Greer durch einen Korridor. »Da sind wir. Und hier hängt der schwarze Kranz.«

Ein Kranz, der die ganze Breite der Tür einnahm. »Und der war gestern noch nicht da?«, fragte Noah.
»Nein. Soll ich reingehen?«
»Kommt drauf an«, gab Noah trocken zurück. »Brauchen Sie einen Durchsuchungsbeschluss?«
Eve grinste. »Ich habe Verbindungen. Falls ich später einen brauche, kann ich ihn mir noch besorgen.«
»Dann – bitte.« Doch die heitere Stimmung war wie weggeblasen, als Greer öffnete. Verblüfft starrte er auf die Szene vor ihm. »Verdammt. Genau wie der echte Tatort. Bis zu den Schuhen.«
Eve zoomte das Gesicht des Avatars heran. »Der Täter hatte Zugang zu Marthas Online-Datei. Er hat Desirees Gesicht geschminkt, hat also ihren Avatar verändert.«
»Aber ich dachte, Sie hätten den Avatar entworfen«, sagte Abbott.
»Manche Designer sperren ihren Code, so dass die Kunden nichts daran verändern können. Ich lasse meinen offen.«
»Gestalten Ihre Kunden dann nicht einfach alles selbst?«, fragte Noah.
»Manchmal. Aber hauptsächlich ändern sie nur die Farbe ihrer Kleidung. Der Täter hier war in Marthas Datei und hat vielleicht eine Spur hinterlassen. Haben Sie ihren Computer gefunden?«
»Ja, aber die Festplatte ist gelöscht worden«, sagte Noah. »Wir versuchen, noch Daten zu retten.«
»Das ist sicher eine Möglichkeit«, murmelte sie mit der Betonung auf *eine.*
Noah beugte sich ein wenig vor. »Es gibt andere Möglichkeiten?«
Sie lehnte sich zurück. »Aber sicher. Sie können bei Shadow-Co freundlich anfragen, ob man Sie in die Dateien hineinlässt oder … Ihre IT-Abteilung könnte sich von einem anderen PC aus reinhacken.«

»Sie wissen wahrscheinlich nicht, wie das geht, nicht wahr, Eve?«, fragte Abbott.

»Eve«, warnte Matt.

Noah hatte ganz vergessen, dass der Anwalt auch noch da war. Er fragte sich, wie man ihn loswerden könnte.

Eve lächelte ein wenig schuldbewusst. »Das ist wirklich nicht schwer. Eigentlich kann das jeder Schüler.«

Sie hatte nicht geleugnet, es selbst hin und wieder zu tun, stellte Noah fest. »Bringen Sie uns bitte zum Club. Diesem Ninth Circle.«

Der Club war wie ein neonfarbenes Schloss gestaltet, mit flackernden Fackeln auf den Türmen. Greer drängte sich selbstbewusst durch die Menschenmenge. Auch Eve bewegte sich so, und in Anbetracht ihrer Vergangenheit war das erstaunlich.

»Die Band klingt grausig«, sagte er und verzog das Gesicht wegen der kreischenden Gitarren.

»Stimmt. Aber es kommt ohnehin niemand wegen der Musik her. Was möchten Sie sehen?«

»Wissen Sie, mit wem Christy gestern Abend getanzt hat?«, fragte Noah.

Sie durchsuchte den Saal, in dem es vor Tanzenden wimmelte. »Nein. Er war einer von Claudios Avataren. Claudio hat den teuersten und edelsten Avatar-Laden in Shadowland. Aber ich kann den Kerl im Augenblick nicht sehen. Und ich habe nicht mit ihm geredet, daher weiß ich auch nicht, wie er heißt.«

»Beschreiben Sie ihn uns bitte. Schriftlich«, sagte Abbott. »Dann können wir ihn über seine Registrierung finden.«

»Vielleicht«, sagte sie, aber es war herauszuhören, dass sie nicht daran glaubte. »Falls er seinen echten Namen benutzt hat. Aber das tut kaum einer. Informationen über real existierende Personen findet man nur da, wo es um real existierendes Geld geht.«

»Folge der Spur des Geldes«, murmelte Noah. »Die Welt ist doch überall gleich.«

Sie loggte sich aus. »Ich mache nachher von zu Hause aus weiter. Wenn ich ihn entdecke, rufe ich Sie sofort an.«

»Aber kommen Sie ihm nicht zu nah«, sagte Noah. »Wir übernehmen dann.«

Sie nickte, ihr Blick war ernst. »Natürlich.«

Er wusste, dass sie log, aber das machte nichts. Sollte sie sich ruhig reinhacken. Das würde ihnen viel Zeit ersparen.

Matthew Nillson hatte sich erhoben. »Ich fahre dich nach Hause, Eve.«

Ich denke nicht. Unwillkürlich dachte Noah wieder an den hungrigen Blick, den er am vergangenen Abend in ihren Augen gesehen hatte. Dass ihre Wege sich heute gekreuzt hatten, konnte kein Zufall sein.

»Mir wäre es lieber, wenn mich jemand zu meinem Wagen bringen könnte«, sagte sie. »Er steht noch bei Christy.«

»Dann fahre ich Sie«, sagte Noah, und als Matt zum Protest ansetzte, fügte er hinzu: »Es ist immer noch ein Tatort.«

»Schon gut«, beruhigte Eve ihren Anwalt. »Ich passe auf, was ich sage.«

»Um den Formalitäten zu genügen, möchte ich dich hier und jetzt darauf hinweisen, dass es nicht klug ist«, murrte er, und sie lächelte und zwinkerte ihm zu.

»Vielen Dank für deine Hilfe. Ich werde Callie nur Gutes berichten. Also, Detective, von mir aus können wir losfahren.«

Montag, 22. Februar, 21.00 Uhr

Websters Insiderin war in Christy Lewis' Haus gewesen und hatte in der Aufregung ihre Schlüssel fallen lassen. Wie unvorsichtig von ihr, dachte er, als er die drei Stockwerke zu ihrer Wohnung hinaufschlich. Sie war nicht zu Hause, aber sie würde irgendwann kommen. Bis dahin konnte er warten.

Sie würde sich fahren lassen müssen, da sie keinen Autoschlüssel hatte. Er bezweifelte, dass Eve genauso dumm war wie Christy, die nicht nur einen Ersatzschlüssel unter der Fußmatte liegen gehabt, sondern auch einen am Unterboden ihres Wagens befestigt hatte. Er hoffte, dass Eve sich an der Haustür absetzen lassen und allein hinaufkommen würde. Um ihrer Begleitung willen und um seinetwillen. Ja, er wusste aus Erfahrung, dass er auch zwei Menschen gleichzeitig töten konnte, aber logistisch gesehen war es schwierig.

Wenn alles klappte, würde es so aussehen, als hätte sie für ein paar Tage die Stadt verlassen. Schließlich war es sehr belastend, eine Leiche zu entdecken. Eve musste zum Schweigen gebracht werden, denn er wollte nicht, dass eine Verbindung zwischen ihrer Studie und den sechs Opfern hergestellt wurde. Sie hätte überhaupt keine Verbindung sehen dürfen und nicht einmal ahnen sollen, dass Christy Teilnehmerin ihrer Studie war. Und vielleicht hatte sie es wirklich nicht gewusst, aber darauf wollte er sich lieber nicht verlassen.

Er öffnete die Tür und schlüpfte hinein. Die Wohnung war sauber, aber das Dach hatte Löcher. Hätte er dauernd das Tröpfeln hören müssen, wäre er schon längst wahnsinnig geworden.

Lange würde Eve das Tropfen nun nicht mehr ertragen müssen. Die Pistole in seiner Tasche würde dafür sorgen, dass sie mit ihm in seinen Geländewagen stieg, die Spritze in der anderen Tasche, dass sie während der Fahrt ruhig blieb. In seiner Grube würde sie dann auf ewig verschwinden, und was immer vorher geschehen mochte ... das war das Sahnehäubchen.

Dass ihr Laptop auf der Lehne des Sessels stand, überraschte ihn. Er hätte nicht gedacht, dass sie ihn zu Hause ließ, aber umso besser für ihn. Er würde ihn jedenfalls mitnehmen. Aber es musste mehr geben. Unterlagen. Notizen. Er brauchte alles, was mit ihrer Diplomarbeit zu tun hatte. Er durchsuchte gerade ihren Schreibtisch, als er unten im Haus eine Tür zufallen hörte. Verdammt. Er hätte sie doch schon an der Haustür schnappen sollen.

»Evie?« Eine Männerstimme. Laute Schritte, als der Mann die Treppe hinauflief. »Evie?«
Die Tür stand einen Spalt auf, und es blieb keine Zeit, sie zuzudrücken. Er rannte zum Garderobenschrank. Sein Herz hämmerte wild, und er lauschte angestrengt. *Warum habe ich nur nicht den Laptop genommen und bin abgehauen?*
»Evie?« Der Mann schob die Tür auf. Durch einen Spalt beobachtete er, wie der Mann eintrat und vor der Tür, hinter der er sich verbarg, stehen blieb. Er hörte nur das Hämmern seines eigenen Herzens, als er den Blick hob und den Fremden taxierte. Er war groß, viel zu groß – er würde ihn nicht lange genug festhalten können, um ihm eine Spritze in den Hals zu jagen. *Erschieß ihn. Sofort.* Aber damit verursachte er wahrscheinlich eine ziemliche Schweinerei, und diesen Gorillakörper drei Etagen hinunterzuschleifen, würde, um es milde auszudrücken, schwierig werden.
Schweißperlen traten auf seine Stirn, während er reglos in dem Schrank kauerte, den Finger am Abzug, und kaum zu atmen wagte.
»Evie. Du hast mal wieder vergessen, die Tür abzuschließen!« Als keine Antwort kam, verwandelte sich der Ärger in der Stimme des Mannes in Furcht. »Evie?« Er verschwand in Richtung Schlafzimmer.
Schnapp dir den Laptop. Er verließ den Schrank und trat einen Schritt auf den Sessel zu, als er hörte, wie die Schritte zurückkamen. *Verdammt.* Er machte kehrt, schoss durch die Tür und hinaus in den Hausflur, als Eves Gast wieder ins Wohnzimmer gestürmt kam.
Er lief so leise wie möglich die Treppen hinab und stieg rasch in seinen SUV. Adrenalin pumpte durch seine Adern. Ein roter Pick-up parkte an der Straße, der noch nicht dort gestanden hatte, als er eben gekommen war.
Mit dem BlackBerry rief er eine Webseite auf, auf der man Kfz-Halter ermitteln konnte, und tippte das Kennzeichen aus

Illinois ein. Der Mann hieß David Hunter. *Sagt mir nichts. Vielleicht verschwindet er ja gleich wieder.*
Er konnte es nur hoffen, denn wenn nicht, dann musste er ihn ebenfalls eliminieren. Doch Eves Verschwinden hatte oberste Priorität. Sie wusste einfach zu viel.

Montag, 22. Februar, 21.15 Uhr

»Ich kann Sie morgen abholen und wieder herfahren, dann können Sie bei Tageslicht nach Ihren Schlüsseln suchen«, sagte Webster, als sie Christy Lewis' Haus hinter sich ließen.
»Ich muss ihn fallen gelassen haben, als man mir die Handschellen angelegt hat.«
Er zögerte. »Man hat Ihnen aber doch nicht weh getan, oder?«
Sobald die Leute erfuhren, was ihr zugestoßen war, gingen sie besonders behutsam mit ihr um. Normalerweise empfand sie das nur als ärgerlich, aber an diesem Abend und aus seinem Mund ... war es verletzend.
»Nein«, sagte sie barsch, dann seufzte sie. »Ich weiß immer genau, ob jemand herausgefunden hat, was mir damals passiert ist. Dass Sie es wissen, ist vollkommen in Ordnung, aber es ist nicht Ordnung, wenn Sie mich behandeln wie etwas, das beschädigt und nur notdürftig geflickt worden ist, denn so ist es einfach nicht.« Sie lächelte, um ihre Worte etwas abzumildern. »Jeder will wissen, wie das mit der Narbe passiert ist, wie entsetzlich es für mich war, und ob ich bei meiner Nahtoderfahrung Gott und ein helles Licht gesehen habe. Ich weiß, dass Sie Fragen haben. Reden Sie nicht um den heißen Brei herum und stellen Sie sie einfach.«
Er warf ihr einen Blick zu, den sie nicht deuten konnte, bevor er sich wieder auf die Straße konzentrierte. Die Minuten verstrichen, während sie wartete, dass er sie etwas fragte, aber er

tat es nicht, und das Schweigen zwischen ihnen wurde schwerer und schwerer. Drückend. Fast sogar gefährlich.
Was ihr nahezu paradox vorkam, da sie sich hier und jetzt in seiner Gegenwart sicherer fühlte als seit einer halben Ewigkeit. Die Gefahr war dieselbe, die sie stets spürte, sobald er Sal's Bar betrat. Es war das Gefühl, an einem Abgrund zu stehen.
Als strecke sie den Fuß aus und spüre nur Luft.
Heiße, schwüle Luft. Es war berauschend. Ihre Haut prickelte, ihr Körper begann zu pulsieren, obwohl sie sich augenblicklich schalt, dass es nicht geschehen würde. Dennoch brachte sie das Gefühl dazu, ihn zu fragen, was sie schon seit einem Jahr wissen wollte. »Warum kommen Sie in eine Bar und trinken immer nur Tonic?«
Er fuhr förmlich zusammen. »Wie bitte?«
»Seit einem Jahr führe ich Ihre Getränkebestellung aus. Sie trinken immer nur Tonic Water. Warum?«
»Weil ich ein trockener Alkoholiker bin«, sagte er, dann sah er sie an, als sei er selbst überrascht, dass er es ausgesprochen hatte. »Ich mag es allerdings nicht an die große Glocke hängen.«
»Barkeeper halten immer den Mund. Aber eigentlich war das gar nicht meine Frage. Warum kommen Sie überhaupt ins Sal's?«
Sie wusste es, empfand aber das perverse Bedürfnis, es von ihm zu hören. *Du bist gemein, Eve. Wenn er zugibt, dass er dich begehrt, dann fühlst du dich besser, stärker, aber er gerät in die Defensive. Du kannst keinem Mann geben, was er braucht. Also lass es gut sein.*
Seine Kiefer spannten sich an. »Ich beobachte gern.«
»Das tue ich auch. Ihr Partner dagegen … gibt sich damit eindeutig nicht zufrieden.«
»Er steht ständig unter Strom«, murmelte Webster. »Für ihn ist das Leben eine einzige Party.«

»Das will er andere glauben machen. Aber ich denke, dass er ziemlich einsam ist.«
»Lassen Sie ihn das lieber nicht hören.« Aber er war ihrer Meinung, das spürte sie.
»Nein, wohl nicht. Aber ich sehe es in seinen Augen, wenn er Ihren Tonic an der Theke abholt und mal wieder zu flirten versucht.«
Seine Hände umfassten das Lenkrad fester. »Soll ich ihm sagen, dass er Sie nicht mehr belästigen soll?«
Mach dem ein Ende, Eve. Tu ihm nicht weh. »Es spielt eigentlich keine Rolle, denn es ändert nichts an dem Resultat. Ich bin nicht … zu haben. Für niemanden.« Freundlicher konnte sie es nicht ausdrücken.
Er stieß bedächtig die Luft aus. »Ich verstehe.«
Ja. Das tat er, das konnte sie sehen. »Es tut mir leid, Noah«, sagte sie leise. Und so war es. O ja, so war es.
»Ich hätte niemals etwas gesagt.«
»Ich weiß. Und ich fühle mich geschmeichelt, aber ich will nicht, dass Sie sich ständig fragen müssen, ob oder ob nicht. Dazu sind Sie zu nett.«
Sein Lächeln war grimmig. »Manchmal«, sagte er, und sie wusste nicht, was er damit meinte. »Ich würde jetzt gern meine Fragen stellen.«
Sie betrachtete sein Profil – ganz objektiv und emotionslos, wie sie sich einredete. Aber das stimmte nicht. Gewöhnlich umklammerte sie ihre Hände, um nicht ihre Narbe zu berühren. Nun tat sie es, um nicht sein Gesicht zu berühren. Er war ihr so nah. Bartstoppeln sprossen aus seinem Kinn, und sie hätte gern gewusst, wie sie sich anfühlten. An ihren Fingerspitzen. An ihren Wangen.
Dass sie es niemals herausfinden würde, war bitter. »Dann los.«
Er wandte den Kopf und sah sie an. Sein Blick war eindringlich. »Warum sind Sie für niemanden zu haben?«

Ihre Brust schmerzte, aber sie zwang sich, sich nichts anmerken zu lassen. »Und wenn ich Ihnen sagte, dass das zu persönlich ist?«

»Dann müsste ich es akzeptieren. Ich weiß, wie es ist, wenn man Dinge für sich behalten möchte.«

Aber er hatte ihr ein Geheimnis verraten, und sie fühlte sich verpflichtet, dieses Vertrauen zu erwidern. »Ich habe gelogen«, sagte sie schlicht. »Ich bin sehr wohl gebrochen. Und daher nicht zu haben.«

Ein Muskel in seinem angespannten Kiefer zuckte. »Das glaube ich nicht.«

Ihre Kehle verengte sich. »Sie kennen mich doch gar nicht.«

Er schwieg einen Moment lang. »Das stimmt natürlich. Aber das kann man ändern. Erlauben Sie mir doch einfach, Sie kennenzulernen.«

»Sie können sich nicht vorstellen, wie sehr ich mir wünschte, dass es möglich wäre«, sagte sie. Ihre Stimme bebte, aber sie schaffte es, sich zusammenzureißen. »Aber es geht nicht, und ich wäre wirklich froh, wenn Sie das akzeptieren würden. Ich helfe Ihnen gern bei dem Fall, und ich tue auch alles, was ich kann, aber mehr eben nicht. Es tut mir leid.«

Sie sah, dass er schluckte. »Also gut«, brachte er schließlich gepresst hervor. »Dann erzählen Sie mir von den Frauen in Ihrer Studie, die nach der virtuellen Welt süchtig werden.«

»Warum?«

»Weil Ihre Studie die Verbindung ist, Eve. Wer immer mindestens zwei der Frauen getötet hat, hat ihnen im Spiel aufgelauert. Er versteht sie oder wenigstens diese Facette ihrer Persönlichkeit. Um ihn zu schnappen, muss ich denken wie er. Also helfen Sie mir bitte, die Opfer so zu sehen, wie er es tut.«

Sie hätte fast gelächelt. Wenn sie ihm dabei half, die Opfer zu verstehen, würde sie viel von sich preisgeben müssen. Und sie war sich sehr sicher, dass er das wusste. »Also gut. Das kann ich tun.«

Montag, 22. Februar, 22.00 Uhr

Miststück. Er wandte sich um und ließ den billig behängten, platinblonden Zicken-Avatar stehen. Einen Moment lang war er versucht, seinen ursprünglichen Plan aufzugeben und das blöde Weib, das sich hinter der sexy Hülle versteckte, als Nächstes abzumurksen, wo immer sie wohnte.

Verpiss dich, hatte sie gesagt. Frauen konnten unglaublich unhöflich sein, wenn sie es in der Anonymität tun durften. Dabei hatte er ihr gar keinen ausgeben wollen. Es war einfach nur seine Methode, seinen Avatar in Bewegung zu halten. Im Ninth Circle erregte jemand, der stehen blieb, Aufmerksamkeit. Er wollte keine Aufmerksamkeit.

Er war wütend, weil er Eve nicht erwischt hatte, noch wütender, weil er gezwungen gewesen war, aus ihrer Wohnung zu fliehen. Nun saß er noch immer im Auto und wartete. Er hatte sich schon in Shadowland eingeloggt, noch bevor er sich wieder ganz beruhigt hatte. Doch auf diese Art machte man Fehler. Und er konnte sich keine Fehler leisten.

Die blonde Schlampe stand nicht auf seiner Liste. Er bahnte sich einen Weg durch die Menge und suchte diejenige, deretwegen er eigentlich hergekommen war. Rachel Ward. Auf sie freute er sich schon lange.

Rachel hatte früh geheiratet, die Ehe hatte jedoch keine fünf Jahre gehalten. Während ihr Mann, ein Lkw-Fahrer, auf Tour war, vertrieb sie sich die Langeweile mit Affären. Als ihr Mann das herausfand, setzte er das Motel, in dem Rachel ihren Liebhaber empfing, in Brand.

Der Liebhaber überlebte das Feuer nicht, und Rachel erlitt eine Rauchvergiftung, der sie fast erlag. Nun, fünf Jahre später, war ihr Mann immer noch in Haft, und Rachel fürchtete sich verständlicherweise vor Feuer.

Sie arbeitete viel am Tag, aber am Abend und nachts spielte sie in der virtuellen Welt. Sie war Delilah, eine Nachtclubtänzerin, die vier Mal die Woche im Casino Royale auftrat. Heute hatte sie frei, was bedeutete, dass er sie hier, im Ninth Circle, antreffen würde. Sie würde mit demjenigen, der ihr als Erster einen Drink ausgab, nach »Hause« gehen. Er war schon öfter der Erste gewesen.

Und sie war voll auf sein gefühlsduseliges Geschwätz danach hereingefallen. Er sei so schüchtern, hatte er ihr gestanden, und zwar bei Frauen allgemein. Deswegen hatte er auch noch nie ein echtes Date gehabt, deswegen arbeitete er so viel. Er sei die ganze Woche unterwegs und verbrachte seine einsamen Nächte in billigen Motels damit, in die virtuelle Welt einzutauchen und dort zu tanzen und Sex zu haben. Virtuellen Sex natürlich.

Sie hatte ihn bemitleidet und gestanden, dass auch sie einsam war. Und bedürftig und hungrig nach Liebe.

Das konnte er sich vorstellen. Nachdem sie eine lange Zeit so aktiv gewesen war, musste das enthaltsame Leben ihr wirklich schwerfallen. Und virtueller Sex war selbstverständlich nichts im Vergleich zum echten.

Wenn du jemals in der Nähe von Minneapolis bist, sag mir einfach Bescheid, hatte sie gesagt. *Wir gehen was trinken und vielleicht mal zusammen tanzen.* Und heute würde er ihr Bescheid sagen. Er würde ihr sagen, dass er geschäftlich in den Zwillingsstädten zu tun hatte, allerdings nur eine Übernachtung einplanen könnte. Und zwar morgen.

Damit hatte er Zeit, alles vorzubereiten.

Morgen würde Rachel Ward brennen.

Erschreckt schaute er auf. Scheinwerfer. Er klappte den Bildschirm des Laptops herunter, damit der Autofahrer den bläulichen Schimmer nicht sah. Es war Noah Webster, der Eve nach Hause brachte.

Er blickte auf seine Uhr und war erstaunt, wie viel Zeit vergangen war. Er hatte geglaubt, er sei nur ein paar Minuten im Spiel gewesen, aber die Software lief langsamer, wenn er drahtlos online ging. *Ich hätte nicht nach Rachel suchen sollen. Ich hätte nach Eve Ausschau halten müssen.*

Da der Mann immer noch oben in ihrer Wohnung war, hätte er sie nur erwischen können, während sie das Haus betrat. Nun war sie aber bereits hier, und wie erwartet war sie nicht allein gekommen. Er hatte arge Zweifel, dass Webster sich damit zufriedengab, sie einfach vor der Haustür abzusetzen. Dazu war der Kerl einfach zu ritterlich, dachte er verbittert.

Heute Abend würde er also keine Gelegenheit mehr bekommen, es sei denn, er feuerte ein paar Schüsse aus dem Auto ab. Aber dann würde er zuerst Webster erschießen müssen, und das war ihm zuwider. Nicht, dass es ihn störte, einen Polizisten umzubringen. *Aber wenn Webster jetzt stirbt, dann überschattet sein Tod meinen Fall.* Die Presse würde den Cop, der in Ausübung seiner Pflicht gestorben war, in den Himmel loben, und all die wunderbare Empörung, die er durch seine Morde zu wecken hoffte, wäre im Keim erstickt.

Er hatte also kaum eine Wahl. Wenn er heute Nacht an Eve herankommen wollte, musste er zuerst Webster loswerden.

Er konnte zum Beispiel einfach warten. Schließlich hatte er ihre Schlüssel. Er konnte hierher zurückkommen, sobald der Kerl mit dem roten Pick-up verschwunden war. Er zog die Brauen zusammen. *Wenn* er denn verschwand. Vielleicht blieb dieser Hunter über Nacht. Vielleicht war er Eves Freund. Nun, dann war es eben so. Wenn der Mann nicht ging, dann würde er sie beide töten. Er würde warten, bis der Kerl schlief und ihn dann ausschalten. Eve anschließend zu seiner Grube zu schaffen, würde nicht weiter schwierig sein.

Die Idee gefiel ihm. Es war besser, die Cops erst am Schluss zu töten, wenn die Öffentlichkeit schon davon überzeugt war, dass sie nur bekamen, was sie verdienten. Er schob seinen Laptop in die Tasche, legte den Gang ein und fuhr los. Er würde später wiederkommen.

Montag, 22. Februar, 22.00 Uhr

Harvey Farmer hielt seinen Wagen einen Block hinter Webster an. Die Detectives waren in verschiedene Richtungen aufgebrochen, also waren Harvey und Dell ebenso verfahren. Dell war Phelps auf den Fersen geblieben, obwohl Harvey nicht ganz wohl dabei war. Der Junge hatte ein extrem hitziges Temperament, und Harvey konnte nur hoffen, dass der Bursche genügend Verstand besaß, Phelps nicht umzulegen, bevor sie die Informationen hatten, die sie brauchten, um die Hat Squad zu ruinieren.

Denn das musste zuerst kommen. *Ich habe keine Lust, auch noch Märtyrer aus ihnen zu machen.*

Er war Webster vom Präsidium zum Tatort gefolgt und nun hierher, wo die Frau wohnte, die am Tatort nach ihrem Schlüssel gesucht hatte. Er hätte gern gewusst, wie sie ins Bild passte. Es war schon das zweite Mal heute, dass er sie in Websters Gegenwart gesehen hatte.

Er hatte Webster noch nie mit irgendeiner Frau zusammen gesehen, und er beobachtete ihn schon eine ganze Weile. Webster trainierte am Samstag eine Kinderbasketballmannschaft, am Sonntag ging er zum Essen zu seinem Cousin, der auch ein Bulle war. Montagabends war er im Sal's, und dienstags ging er brav zu seinen Treffen der Anonymen Alkoholiker.

Dass Webster eine Frau haben könnte, machte Harvey wütend. Sein älterer Sohn hatte vorgehabt, eine Familie zu gründen, doch diese Chance würde VJ nun nicht mehr haben. Webster und Phelps hatten das Leben seines Sohns gestohlen. Dadurch war Dell depressiv und fast verrückt geworden.

Und ich auch. Er hatte seit fast einem Jahr nicht mehr richtig geschlafen. Aber all das war es wert. Webster hatte zwar noch keinen falschen Schritt getan, aber das würde er noch tun.

Er wandte das Gesicht ab, als ein schwarzer SUV an ihm vorbeifuhr. Er wollte nicht bemerkt werden, bevor er bereit war.

Montag, 22. Februar, 22.00 Uhr

Noah hatte Eve genau zugehört, als sie über die Frauen gesprochen hatte, die sie als Gwenivere und Desiree gekannt hatte, und nun verstand er sowohl die Opfer als auch Eve besser. So sehr unterschieden sie sich gar nicht voneinander, er und Eve. Aber sie war noch nicht bereit dazu, das zu hören, das war ihm klar.

»Vielen Dank. Die Affinität der Opfer zur virtuellen Welt mit Suchtverhalten zu vergleichen, erleichtert mir das Verständnis«, sagte er, und sie seufzte, wenn auch nur ganz leicht.

»Wenn wir unsere Bedürfnisse nicht mit dem befriedigen können, was wir bereits besitzen, flüchten wir manchmal lieber, anstatt etwas an dem zu ändern, was uns davon abhält. Veränderung ist oft hart zu ertragen.«

»Und die Sucht ist ein Mittel und manchmal auch eine Konsequenz der Flucht.«

»Ja. Die Leute lassen sich von Shadowland vereinnahmen, weil sie dort finden, was sie suchen: Aufregung. Aufmerksamkeit. Liebe. Flucht vor einer Welt, mit der sie nicht umgehen können.« Sie zuckte mit den Schultern. »Im Grunde genommen dieselben Gründe, warum andere zu trinken beginnen oder Drogen nehmen.«

Es gab so vieles, was er von ihr hören wollte. Aber es war schon spät, und sie zog ihre Handschuhe an. »Wie kommen Sie hinein, wenn Sie keinen Schlüssel haben?«

»Meine Freundin Callie hat einen Ersatzschlüssel. Ich habe ihr eine SMS geschickt und sie gebeten, ihn vorbeizubringen. Sie wird nicht lange brauchen, Sie können also ruhig fahren.«

Noah versuchte, seine Ungeduld zu zügeln. »Eve, selbst wenn Samantha Altman nicht an Ihrer Studie teilgenommen hat, gibt es eine Verbindung zwischen Ihnen und zwei toten Frauen. Woher wollen Sie wissen, dass Sie nicht auch ein Zielobjekt sind?«

»Kann ich nicht, klar«, sagte sie, aber es war eindeutig, dass sie nicht daran glaubte.

»Das scheint Sie nicht so sehr zu beunruhigen, wie es sollte.« Sie trommelte mit den Fingern auf ihrem Knie herum. »Na ja, ich habe über die ganze Sache nachgedacht.«

»Warum überrascht mich das nicht«, fragte er, woraufhin sie grinste.

»Hören Sie einfach zu. Nehmen wir also an, der Mörder hat alle Opfer in Shadowland kennengelernt. Er spricht sie an. Manchmal vergessen die Leute, dass sie nur eine Rolle spielen und werden wieder ganz sie selbst. Christy war so eine Kandidatin, wie ich festgestellt habe, als sie in mein Geschäft kam. Bestimmt hat sie sich auch ihm gegenüber ganz natürlich gegeben. Er findet heraus, wo seine Opfer wohnen. Man hört öfter, dass Kids online so unvorsichtig sind, dass man sie im wirklichen Leben aufspüren kann, aber Erwachsene vergessen gern, dass es sie genauso treffen kann.«

»Okay. Er findet heraus, wo sie wohnen, oder lockt sie an einen Treffpunkt.«

»Genau. Du magst Sonnenuntergänge, ich mag Sonnenuntergänge. Du magst lange Spaziergänge an einem kalten Wintertag, ich auch. Wir haben so viel gemeinsam, also lass uns IRL treffen.«

»IRL?«

»In real life – im wahren Leben also. Okay, sie treffen sich, und die Frau nimmt ihn entweder mit nach Hause oder er folgt ihr heimlich. Vielleicht wohnt er hier in der Gegend oder er sucht sich Opfer landesweit aus.«

»Da fühle ich mich doch gleich schon sehr viel besser«, sagte er sarkastisch, und ihre dunklen Augen blitzten auf und warfen ihm einen warnenden Blick zu.

»Ich will gar nicht bewirken, dass Sie sich besser fühlen, ich versuche bloß, mir auszureden, dass ich schuld am Tod einer weiteren Frau sein werde.«

»Also glauben Sie sehr wohl, dass Ihre Studie damit zu tun hat.«

»Aber nur, weil Christy in Shadowland war. Martha war schon drin, bevor ich mit meinem Projekt begonnen habe, und Samantha war gar nicht dabei. Der Punkt ist doch, dass er offenbar Kontakt mit ihnen aufnimmt. Ich habe nicht vor, jemanden zu treffen, den ich online kennengelernt habe, daher bin ich in Sicherheit. Machen Sie sich keine Sorgen. Sie machen sich zu viele Sorgen.«

»Das sagt die Richtige, Eve alias Greer, die Hüterin«, sagte er sanft, und ihre Wangen färbten sich hübsch rosig.

Er hätte sie gern berührt, aber er wusste, dass sie ihm ausweichen würde. Gestern Abend hatte er sich ein für alle Mal abwenden wollen. Doch dass sie heute einander begegnet waren, war ein Zeichen – eines, das er nicht ignorieren konnte.

Sie befanden sich an einem Scheideweg, er und Eve. Sie wollte allein weitergehen. Er nicht mehr. Aber er würde sie jetzt nicht bedrängen. Immerhin hatte sie nein gesagt.

»Touché.« Sie stieg aus. »Danke, dass Sie mich hergebracht haben. Fahren Sie ruhig schon los. Ich komme klar.«

»Seien Sie nicht so d …« Er biss sich auf die Zunge. »Dickköpfig«, sagte er dann und zog die Stirn in Falten, als er einen Schatten im Licht eines Fensters im dritten Stock sah. »Haben Sie einen Mitbewohner?«

Sie blickte besorgt zum Fenster hoch. »Nein. Falls ja, hätte ich doch einfach nur anklopfen müssen.«

Er war schon aus dem Auto gesprungen. »Kommen Sie, aber bleiben Sie weit hinter mir.« Er rannte hinauf, griff nach dem Türknauf und wich zurück, die Hand an der Waffe, als sich die Tür von innen öffnete. Vor ihm stand ein Mann, der nichts als Jeans und ein Handtuch um den Hals trug. Ein Blick aus stahlgrauen Augen glitt zu Noahs Waffe, dann zu seinem Gesicht.

»Kann ich Ihnen helfen?«, fragte er ruhig, aber seine Fäuste hielten die Enden des Handtuchs umklammert.

Ich bin nicht zu haben, hatte sie gesagt, und Noah wusste jetzt auch, warum. Jack galt allgemein als attraktiv, aber mit diesem Kerl konnte nicht einmal er sich messen, dachte er verbittert.
»Wer sind Sie? Und wie sind Sie in diese Wohnung gekommen?«
Der Mann presste die makellosen Kiefer aufeinander. »Ich bin ein Freund der Frau, die hier wohnt.«
Jede Wette. »Tun Sie uns beiden einen Gefallen und bewegen Sie sich nicht.« Noah trat einen Schritt zurück, ohne den anderen aus den Augen zu lassen. »Eve«, rief er laut. »Kommen Sie bitte hoch.«
Sie trabte die Treppen hinauf, blieb jedoch am Treppenabsatz stehen. »O Gott. David?« Sie rannte an Noah vorbei und warf sich Mr. Perfekt in die Arme, der sie herumwirbelte. Schließlich stellte er sie wieder auf die Füße, und Noah kam sich plötzlich sehr überflüssig vor.
»Zeig dich mal«, sagte David und tippte ihr unters Kinn. »Wow. Du siehst toll aus. Wirklich toll. Man sieht kaum noch ...« Seine Stimme verebbte, als ihr Lächeln verblasste. »Verzeih.«
»Schon gut. Mein plastischer Chirurg ist wirklich eine Kanone.« Ihr Lächeln kehrte zurück. »Was machst du hier?«
»Und wie sind Sie hineingekommen?«, wiederholte Noah, diesmal etwas zurückhaltender.
Eve sah stirnrunzelnd zu David auf. »Ja. Wie *bist* du hineingekommen?«
David erwiderte den finsteren Blick. »Du hast mal wieder die Tür aufgelassen. Verdammt, Eve.«
Sie schüttelte den Kopf. Sie war blass geworden. »Nein, wirklich nicht. So etwas passiert mir nicht mehr. Glaub mir.«
»Aber sie stand offen, als ich kam. Du musst unbedingt vorsichtiger sein, Evie.«
»Sie sagten, Sie seien in Eile gewesen ...«
»Aber ich schließe die Tür immer ab. O Gott. Mein Computer!«

»Noch da«, sagte David ruhig, und Eve atmete erleichtert auf.
»Was also machen Sie hier?«, fragte Noah.
David zog die Brauen hoch. »Das Dach reparieren. Wer sind Sie noch gleich?«
»Das ist Detective Webster«, sagte Eve, noch immer verunsichert. »Detective, ein alter Freund aus Chicago. David Hunter.«
Noah schüttelte die Hand des anderen, obwohl er keine Lust dazu hatte. »Sie kommen extra aus Chicago, um ihr Dach zu reparieren?«, fragte er, verärgert, dass er sich so … verärgert anhörte.
»Sie hat mir eine Nachricht auf dem Anrufbeantworter hinterlassen und mich gefragt, wie sie es anstellen soll. Ich hatte ein paar Tage frei und wollte einfach nicht, dass sie auf dem Dach herumklettert. Hört mal, mir wird eiskalt. Wollt ihr nicht reinkommen?«
»Schon gut. Ich muss wieder zurück. Könnte ich bitte eine Minute mit Eve unter vier Augen sprechen?« Er wartete, bis die Tür geschlossen war. »Kommt er oft, um Ihnen beim Heimwerken zu helfen?«
»Er war noch nie hier.« Eve warf einen nachdenklichen Blick zu ihrer Wohnungstür. »Ich denke, es steckt mehr dahinter, aber im Augenblick akzeptiere ich die Sache mit dem Dach gern. Es war ein langer Tag, Detective. Bitte fahren Sie jetzt nach Hause. Ich komme hier bestens zurecht.«
Das konnte er – leider – sehen. »Sie haben meine Handynummer. Und falls Sie sich wieder in Shadowland einloggen …«
»Greer wird sich dem Avatar, der gestern mit Gwenivere gesprochen hat, nicht nähern, und wenn ich ihn sehe, rufe ich Sie sofort an. Außerdem werde ich mich unter keinen Umständen mit einem Avatar verabreden. Ich hab's kapiert.«
»Okay.« Er war schon auf halbem Weg nach unten, als sie seinen Namen rief. Er schaute auf, und sie sah von oben durch

das Geländer herab. Ihre Augen wirkten besorgt. »Ich bin nicht mit David zusammen. Es ändert nichts, aber ich möchte nicht, dass Sie denken, ich hätte gelogen.«
Er nickte knapp. »Ich melde mich. Verriegeln Sie die Tür.«

Montag, 22. Februar, 22.20 Uhr

David war an ihrem Festnetztelefon, als sie zurückkehrte. »Ein Polizist hat sie nach Hause gebracht.« Er warf ihr einen finsteren Blick zu. »Ethan ist dran.«
Sie zog eine Grimasse. »O nein. Ich habe vergessen, ihn zurückzurufen.«
»Allerdings.« Er reichte ihr den Hörer. »Er will dich sprechen.«
»Sag mal, kannst du dir eigentlich vorstellen, was ich mir für Sorgen gemacht habe?« Ethan wisperte, was bedeutete, dass er Dana noch immer nichts gesagt hatte. Wenigstens das.
»Tut mir leid, Ethan. Ich bin gerade bei der Polizei fertig geworden und habe den ganzen Tag noch nichts gegessen. Kann ich dich gleich zurückrufen? Ich muss dich ohnehin noch fragen, wie ich ein bestimmtes System hacken kann.«
Ethan seufzte resigniert. »Dann ruf mich auf dem Handy an, nicht auf dem Festnetz. Die Kinder sind schon im Bett.«
David knöpfte gerade sein Hemd zu, als sie auflegte. Er sah sie prüfend an. »Ich mache dir etwas zu essen, während du mir erklärst, was zum Teufel hier überhaupt los ist.«
Davids Anblick in der Küche brachte Erinnerungen zurück. »Früher hast du auch für mich gekocht.«
Er verharrte, ohne sich umzusehen, dann setzte er seine Suche im Kühlschrank fort. »Während wir auf Dana warteten, die sich am Busbahnhof herumtrieb.«
Dana, Eves Vormund, hatte oft mitten in der Nacht zu Tode verängstigte Frauen vom Busbahnhof abgeholt und damit den

Zorn gewalttätiger Ehemänner herausgefordert, vor denen die Frauen geflohen waren. David hatte sich permanent Sorgen um Dana gemacht, doch das hatte ihn nicht davon abgehalten, sie zu unterstützen. Was immer im Frauenhaus zu tun gewesen war, David hatte sich darum gekümmert.

Er hatte Dana geliebt. Liebte sie wohl immer noch. Aber soweit Eve wusste, hatte er niemals ein Wort gesagt. Und dann war Ethan auf der Bildfläche erschienen, und Dana hatte sich Hals über Kopf in ihn verliebt. Es konnte David nicht leichtfallen, Danas stetig wachsendem Familienglück zuzusehen.

Er legte Paprika und Zwiebeln auf ein Brett. »Wo sind deine Messer?«

»Da oben auf dem Regal in der abschließbaren Kiste. Der Schlüssel klebt am Boden.«

Er warf ihr einen Blick über die Schulter zu. »Hast du noch diese Träume?«

Sie zuckte mit den Schultern. Jetzt wollte sie nicht darüber sprechen. »Ab und an. Woher wusstest du, dass du Ethan anrufen musstest?«

»Ich war außer mir vor Sorge um dich. Irgendwann kam mir die Idee, die Wahlwiederholung zu drücken, und wer anderes sollte schon drangehen als Ethan, der ebenfalls in Panik war. Du saßt in einem Polizeiwagen, und eine Frau war gestorben.«

»Ich hätte ihn anrufen müssen.«

»Ja, hättest du unbedingt. Aber vermutlich warst du beschäftigt.«

Eve sah David ein Weilchen zu. Er schnibbelte das Gemüse schneller als ein Küchenchef. »Warum bist du wirklich hier?«

»Dana ist früher auch immer auf dem Dach herumspaziert, und das hat mich wahnsinnig gemacht. Ich wollte nicht, dass du dasselbe tust und dir dabei noch den Hals brichst. Übrigens habe ich die Eimer ausgeleert. Sie waren bereits am Überlaufen.«

»Danke. Dass du alles hast stehen und liegen lassen, um mir zu Hilfe zu kommen. Aber ein Anruf hätte genügt. Wahrscheinlich wäre ich nicht aufs Dach gestiegen.«
»Ich hatte ein paar Tage Zeit. Wollte mal wieder raus. Ich fange morgen an zu flicken.«
Ihr Blick fiel auf den Kalender an ihrem Kühlschrank. Der Donnerstag war rot eingekringelt. »Danas Babyparty ist am Donnerstagabend«, sagte sie ruhig. »Im Haus deiner Mutter.«
Seine breiten Schultern schienen nach vorn zu fallen, und sie erkannte, dass sie recht gehabt hatte. Davids und Danas Familien standen sich sehr nahe. Große Feste und besondere Anlässe wurden immer zusammen gefeiert. Soweit Eve es beurteilen konnte, hatte Dana nie etwas von Davids Gefühlen für sie geahnt. Es musste die Hölle für ihn gewesen sein.
»Also«, wechselte sie das Thema. »Was weißt du über ein Spiel namens Shadowland?«
Er gab die Gemüsestückchen in einen Topf. »Manchmal möchtest du an einem Ort sein, wo niemand deinen Namen kennt.« Er wandte sich um und schenkte ihr ein Grinsen, das es nicht bis zu seinen Augen schaffte.
Sie war ernsthaft schockiert. »Du *spielst?*«
»Ab und zu, wenn ich Bereitschaft habe. Es vertreibt einem die Zeit.«
»Na dann, lieber David, habe ich dir eine spannende Geschichte zu erzählen.«

8. Kapitel

Montag, 22. Februar, 22.45 Uhr

Micki und Jack waren in Abbotts Büro, als Noah zurückkehrte. Sie gingen die Notizen zu dem Fall durch, während Abbott fasziniert auf seinen Computerbildschirm starrte. »Was ist mit dem Chef los?«

»Er spielt«, sagte Jack. »Er ist Shadowland erlegen.«

»Keinesfalls«, gab Abbott zurück. »Ich ermittle im Ninth Circle.«

Auf Abbotts Bildschirm sah man einen männlichen Avatar, der sich unters Volk mischte. »Das sind Sie?«, fragte Noah.

»Ja, das bin ich. Damit werde ich zwar nie so eine Sahneschnitte wie Greer angraben können, aber wahrscheinlich ist das letztlich auch besser so. Meine Frau fände das wohl nicht ganz so witzig.«

»Wo haben Sie denn den Avatar her?«

»Von Pandora gekauft.«

Noah blinzelte. »Sie? Ich dachte, Sie hätten keine Ahnung.«

»Ich wollte vor allem bewirken, dass Eve das denkt. Aber sie hat uns nichts Falsches gesagt. Unser Killer muss nicht viel technisches Know-how besitzen. Jedenfalls ist Shadowland durchaus faszinierend.«

Kopfschüttelnd kehrte Noah an seinen Tisch zurück. »Ich glaub's einfach nicht«, murmelte er.

»Ich weiß«, flüsterte Micki. »Er hat sich jahrelang dumm gestellt, und ich habe ihm sonst was erklären müssen. Aber jetzt haben wir ihn durchschaut.«

»Übrigens höre ich auch sehr gut«, rief Abbott, und Micki verdrehte die Augen.

»Gibt es etwas Neues?«, fragte Noah.

»Wir haben die Schlange gefunden«, sagte Jack und verzog angewidert das Gesicht. »Oder das, was davon übrig war.«
»Eine Waldklapperschlange«, sagte Micki. »Draußen im Schnee. Man hat ihr den Kopf weggeschossen.«
»Ich dachte, diese Schlange gehört zu den gefährdeten Arten«, erwiderte Noah.
»Zu den bedrohten«, stimmte Micki zu. »Man findet sie in dieser Jahreszeit eigentlich nicht, denn sie hält Winterschlaf. Wir sind dabei, Zoos und Universitäten anzurufen. Bisher wird nirgendwo eine vermisst, aber mit etwas Glück können wir den Halter aufspüren.«
»Aber wieso?«, hakte Noah nach. »Wieso der Schlangenbiss, wo doch sonst alles genau wie bei den anderen war?«
»Weil der Kerl nicht alle Tassen im Schrank hat, wie wär's damit?«, sagte Jack.
»Aber Ahnung von Spurensicherung«, sagte Micki. »Bisher keine Abdrücke, Haare, nichts.«
Das Telefon klingelte, und alle drei verstummten, als Abbott ranging.
»Olivia«, sagte er, dann lauschte er und seufzte. »Sie hat nun die Angestelltenliste von Siren Song vorliegen. Miss Lee war sehr kooperativ, als sie hörte, worum es ging.«
Auch Noah seufzte. »Lassen Sie mich raten: Christy und Samantha standen nicht darauf.«
»Genau. Web, besorgen Sie uns die Teilnehmerliste von Eves Studie und finden Sie heraus, wie Samantha Altman ins Bild passt. Micki, haben wir etwas auf Marthas Festplatte gefunden?«
»Nichts«, gab sie zu. »Wer immer sie gelöscht hat, ist sehr gründlich vorgegangen.«
Noah verharrte plötzlich. »Moment mal. Mick, hast du noch die Fotos von Marthas chaotischer Wohnung?«
»Im Ordner.« Sie holte sie heraus und breitete sie auf dem Tisch aus.

»Verdammt. Da waren zwei Monitore auf dem Tisch.« Noah tippte auf ein Bild. »Und der Computer hier auf dem Foto ist ein Hochleistungsgerät. Wir haben aber einen billigen mitgenommen. Ich hatte mich schon gewundert, wieso eine IT-Beraterin so ein schlichtes Ding hat.«

Mickis Gesicht wurde finster. »Das heißt, ich habe meine Zeit damit verschwendet, eine olle Kiste zu durchsuchen, auf der nie etwas Wichtiges gewesen ist?«

»Der Typ ist gut«, murmelte Jack. »Clever auf jeden Fall.«

»Er hat Marthas Computer mitgenommen, weil er wusste, dass wir auf ihrer Festplatte und im Internet-Cache Hinweise auf Shadowland finden würden«, sagte Micki. »Wir hätten ihre Bewegungen nachverfolgen und vielleicht sogar sehen können, mit wem sie gesprochen hat.«

Abbott nickte grimmig. »Dann ist es wichtig. Wir müssen uns Zugang zu Marthas und Christys Dateien verschaffen. Jemand hat ihre Avatare verändert. Wenn wir wissen, wer das war, dann haben wir unseren Mann.«

»Sollen wir uns reinhacken oder darum bitten, durch den Haupteingang eingelassen zu werden?«

»Haupteingang«, sagte Abbott. »Jack, treiben Sie die Suche nach unserem Höschen-Fetischisten Taylor Kobrecki an. Im Augenblick ist er derjenige, der einem Verdächtigen am nächsten kommt. Noah, Sie besorgen mir die Liste von Eves Probanden. Morgen früh um acht Uhr treffen wir uns alle wieder hier.«

Montag, 22. Februar, 23.15 Uhr

»Du kannst ruhig nach Hause gehen, das weißt du, nicht wahr?«, sagte Eve zu Callie, die die Schlüssel gebracht hatte, kurz nachdem Noah Webster gegangen war. »Schließlich ist David längst vom Kiosk an der Ecke zurück.«

»Ja, schon klar.« Callie sah zu, wie David Sahne in die Sauce rührte. »Aber ich hoffe, dass er nach dem Kochen noch etwas tut, das ihn ordentlich zum Schwitzen bringt.«
Eve seufzte. Überall reagierten die Frauen gleich auf David Hunter. Wahrscheinlich hätte sie das auch getan, wenn sie ihm unter anderen Umständen begegnet wäre. Doch für sie war David vor allem immer ein Freund gewesen, dem sie in einer Welt, die ihr Angst machte, vertrauen konnte.
»Lass ihn. Ich habe Hunger.«
»Okay. Und warum hat er zwei Prepaid-Handys besorgt?«
»Er wollte sowieso noch mal los, weil ihm Sahne fehlte. Meine war geronnen.«
»Mach dich nicht über mich lustig. Ich habe dir einen Anwalt besorgt. Du kannst mir wenigstens einen Hinweis geben, was hier vor sich geht.«
»Es war sehr lieb von dir, dass du mir Matt geschickt hast, und er hat es großartig gemacht, aber ich will dich gar nicht erst in Schwierigkeiten bringen. Je weniger du weißt, umso besser, bitte glaub mir. Geh nach Haus, ja? *Bitte.*«
»Was du sagst, beruhigt mich überhaupt nicht, und nein, ich gehe nicht nach Hause. Ich will wenigstens helfen können.«
»Du bist doch nicht schuld daran, Cal. Du solltest gar nicht in diese Sache hineingezogen werden.«
»Du bist aber auch nicht schuld daran. Du hast diese Frauen nicht dazu gezwungen, dieses Spiel zu spielen.«
Eve dachte an Christy Lewis, die noch nie von Rollenspielen gehört hatte, bis sie auf die Anzeige gestoßen war, in der nach Probanden für eine Studie gesucht wurde. »Doch, Cal, gewissermaßen schon.«
»Wer hat dir eigentlich beigebracht, das Leid der ganzen Welt auf deine Schultern zu laden?«
»Ich weiß es«, sagte David aus der Küche. »Und sie kann nicht anders, Callie. Sie ist von einer der Besten dieses Fachs konditioniert worden.«

»Danke«, sagte Eve gerührt, und er lächelte, doch sein Blick war traurig.
»Callie hat aber recht, Evie. Du bist nicht schuld an dieser Geschichte. Überlass sie der Polizei.«
»Ja, tue ich ja. Grundsätzlich.« Sie schaltete den Bildschirm auf den Ninth Circle um. »Aber er könnte jetzt gut und gerne dort sein und bereits sein nächstes Opfer anvisieren. Ich kann doch nicht einfach dastehen und zusehen. Ich muss etwas unternehmen.«
David schüttelte hilflos den Kopf. »Herrgott, du klingst wie Dana.«
»Danke«, sagte sie wieder, und er seufzte schwer.
»*Das* war nicht als Kompliment gemeint«, sagte er. »Also – was tust du, obwohl du es garantiert nicht tun solltest?«
»Ich lese die Blogs der Leute bei ShadowCo. Man erfährt eine Menge von meckernden Angestellten.«
»Und was willst du von meckernden Angestellten erfahren?«, fragte Callie.
»Ich will einen Kontakt in der Firma. Damit ich mich reinhacken kann.«
Callie nickte. »Genau das habe ich von dir erwartet. Kann ich zugucken?«
Eve lachte. »Klar. Wenn ich Glück habe, ist der Marketing-Typ, der sich beschwert, dass sein Chef ihn wie einen Sklaven behandelt, noch online.«
»Um diese Zeit?«, fragte David.
»Es ist auch nicht anders als bei Juristen, schätze ich«, sagte Callie. »Überall gibt es Leute, die bis Mitternacht im Büro sind.«
»Außerdem sitzt die Firma in Seattle«, fügte Eve hinzu. »Schau an. Der Kerl, von dem ich gesprochen habe, hat am Ende seiner Tirade über den Millionenbonus für ShadowCos Geschäftsführer seine Telefonnummer und den Namen hinterlassen.«

»Weiß der denn nicht, dass jeder mitlesen kann, sobald der Kommentar gepostet ist? Vollidiot.«
»Tja, der Vollidiot heißt Clayton Johnson.« Eve nahm das neue Handy und wählte.
Das Telefon klingelte sechsmal. Dann: »Johnson.« Die Stimme klang genervt, barsch. Perfekt.
»Mr. Johnson«, sagte Eve. »Mein Name ist Gillian Townsend von Attenborough IT Services. Wir sind Vertragspartner Ihrer Firma.«
»Und?«, blaffte Johnson. »Ich habe leider keine Zeit zu …«
Eve unterbrach, bevor er auflegen konnte. »Wir sind für die Wartung des Servers zuständig, und ich sehe, dass Sie noch eingeloggt sind. In wenigen Minuten müssen wir den Server abschalten.«
»Nein«, sagte er wütend. »Ich muss noch einen Bericht zu Ende schreiben und brauche …«
»Schon gut, Sir. Wir schalten den Server ab und starten augenblicklich das Backup. Ich kann Ihren Account über meinen Server umleiten, so dass Sie keinen Zeitverlust haben.«
»Oh.« Er klang ein wenig besänftigt. »Na gut.«
»Geben Sie mir kurz User-Name und Passwort durch?« Sie schaute auf und stellte fest, dass Callie sie anstarrte, als sei ihr gerade ein zweiter Kopf gewachsen. David sah einfach nur resigniert aus.
»JohnsonCL und *sonicsrule,* jeweils ein Wort«, sagte Johnson.
Eve lächelte. »Vielen Dank, Sir. Sie werden nicht einmal ein Bildschirmflackern bemerken, versprochen. Und Sie ändern bitte morgen früh gleich Ihr Passwort, ja?«
»Okay, danke.«
»Gern geschehen. Einen schönen Abend noch.« Eve legte auf. »So einfach geht das.«
Callie sah sie wie vom Donner gerührt an. »Du hast den Mann angelogen.«

»Ja, habe ich. Und er gibt einer Fremden einfach so Passwort und User-Name.«

»Du hast den Mann angelogen«, wiederholte Callie, »und das über das Handy, das David dir gekauft hat.«

»Was glaubst du, warum sie ein Telefon haben wollte, das man nicht zurückverfolgen kann?«, fragte David. »Aber, Evie, dieser Johnson hat ja nun wirklich nichts mit dieser Sache zu tun. Wenn er Pech hat, wird er vor die Tür gesetzt.«

»Deswegen habe ich ihm ja gesagt, er soll morgen sein Passwort ändern. Wenn er es tut, sieht es erst recht so aus, als sei er sehr sicherheitsbewusst. Mach dir keine Gedanken. Wenn alles vorbei ist, bitte ich Ethan, dass er ShadowCo anruft und ihnen die große Lücke in ihrer Netzwerksicherheit aufzeigt.«

David blinzelte. »*Das* ist es also, womit Ethan sein Geld verdient?«

»Auch. Als ich noch in Chicago war, habe ich manchmal für ihn gehackt. Es ist eine gute Methode, einen Beraterfuß in die Tür zu bekommen. Die größte Schwäche einer Firma ist meistens das Personal. Ethan zeigt ihnen Sicherheitslücken auf und bietet an, sie zu schließen.«

»Das ist …« David schüttelte den Kopf. »Das ist doch unmoralisch.«

»Das wäre es, wenn er die Server zur persönlichen Bereicherung nutzt. Tut er aber nicht. Er ist ein ›White Hat‹.«

»Ein weißer Hut?« Callies Lippen zuckten.

Eve nickte. »So nennt man die, ich schwöre es. Die ›Black Hats‹ dagegen hacken aus illegalen Motiven. Wenn eine Firma Ethans Dienste nicht will, sagt er ihnen trotzdem, wo die Lücke besteht. Häufig haben irgendwelche Schüler sie ohnehin schon gefunden.«

»Werden diese Firmen nicht fuchsteufelswild, wenn sie gehackt werden?«, fragte Callie.

»Meistens wollen sie, dass man das Loch stopft, bevor es jemand anderes entdeckt. Und eigentlich gewinnt am Ende jeder. Wie fändest du es denn, wenn dein Bankserver eine Sicherheitslücke hätte?«

»Hat er aber nicht«, sagte David prompt, verzog jedoch fragend das Gesicht. »Oder etwa doch?«

»Weißt du noch, als Ethan und Dana die Anzahlung auf das Haus für die Pflegekinder geleistet haben? Diese Anzahlung war eine Entschädigung der Bank, die auch deine ist, Kumpel. Da waren die Hacker bereits am Ball gewesen. Ethan konnte den schlimmsten Schaden abwenden, aber sie sagten damals, sie wären froh gewesen, wenn *er* als Erster die Sicherheitsmaßnahmen umgangen hätte.«

»Und trotzdem ist es unmoralisch«, murrte David, aber sein Protest klang halbherzig. Er brachte ihr einen Teller Pasta mit Sahnesauce und setzte sich auf die Armlehne ihres Sessels. »Bist du drin?«

»Noch nicht. Johnson war ein kleiner Fisch. Als Marketing-Mensch sind seine Zugangsrechte ziemlich eingeschränkt. Ich muss mir mehr Privilegien verschaffen, so dass ich in die Kundendateien kommen kann. Das kostet aber Zeit.«

»Warum hast du dir nicht gleich jemanden gesucht, der mehr darf?«, fragte David.

»Zum Beispiel einen IT-Fachmann? Weil der mir wahrscheinlich die Cops auf den Hals gehetzt hätte.«

»Rufst du noch jemand anderen an?«, fragte Callie eifrig.

»Heute Nacht nicht mehr. Ich lasse einfach die Exploits drüberlaufen, bis ich ein besseres Schlupfloch finde.«

»In verständlicher Sprache, bitte.«

»Exploits sind Codes, kleine Programme, die Hacker einsetzen, um Sicherheitslücken aufzustöbern. Hacker betrachten die Netzwerksicherheit üblicherweise als eine Herausforderung, als ein Geduldspiel, das es zu knacken gilt.«

»Wie Bergsteiger, die unbedingt den Mount Everest erklimmen müssen, weil er so schwierig zu besteigen ist.«

»Genau so. Sie schreiben ein Programm, das sozusagen die

Mauern abklopft, bis es einen lockeren Ziegel findet. Den drückt man ein und ist drin.«

»Kommt mir vor wie ein Spiel«, sagte David. »Hacker finden Lücken, Sicherheitsfirmen schließen sie wieder.«

Eve grinste. »Das erinnert mich übrigens an mein Dach. Jedenfalls suchen manche Hacker die lockeren Ziegel aus kriminellen Gründen – um beispielsweise an Kreditkarteninformationen zu gelangen. Andere tun es einfach nur aus Spaß an der Freude. Solche Hacker geben den Code gern weiter, weil ihnen das unter Gleichgesinnten einiges an Ansehen einbringt. Ich hoffe, dass ich damit ein Sicherheitsloch bei ShadowCo finde. Dann kann ich Marthas und Christys Dateien suchen, sehen, mit wem sie sich unterhalten haben und – noch wichtiger – herausfinden, wer ihre Avatare verändert hat.«

»Und dieses Wissen gibst du dann an Detective Webster weiter«, sagte David.

»Versprochen. Aber, David, glaub mir, die Polizei würde Tage brauchen, um eine richterliche Verfügung für ShadowCo zu erwirken – ich kann mir einfach viel schneller Zugang verschaffen. Dann setzen die Cops den Killer fest, und ich muss wegen keiner weiteren Todesfälle Schuldgefühle haben.« Sie gab ein paar Befehle ein, klickte sich wieder zum Ninth Circle und stach mit der Gabel in ihre Nudeln. »Und sagt mir jetzt bloß nicht, ich müsste kein schlechtes Gewissen haben. Ich habe es, und basta.«

Keiner der beiden anderen protestierte. Dazu gab es einfach nichts mehr zu sagen. Eve tätschelte Callies Arm. »Fahr nach Hause. David ist ja hier.«

Callie sah zu David auf. »Und du lässt sie auch wirklich nicht allein? Mag ja sein, dass *sie* sich keine Sorgen wegen dieses Kerls macht, ich mir aber schon.«

»Keine Sorge, ich übernachte auf dem Sofa. Wenn ich auf dem zerschlissenen Ding in der Feuerwache schlafen kann, dann auch hier. Komm, Callie, es ist schon spät. Ich mache dir eine Portion zum Mitnehmen fertig und bringe dich zum Wagen.«

Dann waren sie weg, und es wurde still, bis auf das Tröpfeln. Eve drehte die Lautstärke der Band aus dem Ninth Circle auf. Es war das geringere von zwei Übeln, wenn auch nur knapp. Erneut durchsuchte sie die Bar nach dem gutaussehenden Avatar, dann wandte sie sich ihrer Liste der gefährdeten Probanden zu. Es waren noch fünf, drei davon Frauen. Rachel Ward, Natalie Clooney und Kathy Kirk. Sie kannte sie nur über die Avatare: Rachel war Tänzerin, Natalie Poker-Queen und Kathy erfolgreiche Maklerin.

Was sie im wahren Leben taten, wusste Eve nicht. Das würde sich nun ändern. Aber zunächst musste sie sich vergewissern, ob sie überhaupt noch da waren. Kathys Avatar saß auf ihrem Stammplatz an der Bar und schien mit Verhandlungen beschäftigt zu sein. Natalie spielte wie immer im Casino, in dem auch Rachel normalerweise tanzte, aber heute war Montag. Montags ging Rachel wie alle anderen auch ins Ninth Circle.

Eve sah sich gerade nach Rachel um, als ein Klopfen sie zusammenfahren ließ. Sie stellte den Laptop zur Seite und stand auf, um David einzulassen. »Erinnere mich daran, dass ich dir einen Schlüssel nachmachen lasse.«

Die Worte waren heraus, bevor sie begriff, wer da auf ihrer Fußmatte stand.

Noah Websters Augen waren unter der Hutkrempe schlecht zu erkennen, aber seine belustigte Miene entging ihr nicht. »Sehr gern«, sagte er. »Aber es ist ein wenig zu früh für einen solchen Vertrauensbeweis, meinen Sie nicht?«

Ein verstörendes Prickeln rann ihr über den Rücken. »Ich … ich dachte, Sie wären mein Freund.«

»Das war jetzt kränkend«, erwiderte er sanft. »Ich habe Ihnen ja noch nicht einmal gesagt, warum ich hier bin.«

»Aber so war das doch nicht …« Sie brach ab und sah auf ihre Füße, um sich wieder zu fassen. Als sie aufblickte, musterte er

sie auf die für ihn typische Art, die sie so beunruhigte. »Kommen Sie rein.«
Webster nahm den Hut ab, und irgendetwas an dieser Geste rührte sie. »Ich habe Ihren Freund unten gesehen. Callies Wagen springt nicht an. Er prüft gerade den Motor.«
»Callies Kiste ist ein noch größerer Schrotthaufen als meiner. Aber David wird den Fehler schon finden.«
»Ihr Freund kennt sich also mit Autos und Dächern aus?«
»David kennt sich mit allem ein bisschen aus«, sagte sie. »Außerdem ist er Feuerwehrmann. Und er kann kochen.«
»Noch was?«, sagte er pikiert, und sie musste grinsen.
»Ich kenne keine Frau, die ihm widerstehen kann«, sagte sie, noch immer grinsend.
»Außer Ihnen?«, fragte er ernst, und in ihrem Magen ballte sich etwas zusammen.
»Außer mir.« David besaß ihr volles Vertrauen. Aber sich in einen Mann zu verlieben, nur weil er gut aussah? Nie wieder. Eve hatte gelernt, sich erst dann auf einen Menschen einzulassen, wenn er sich bewiesen hatte. Noah Webster allerdings hatte sie vom ersten Augenblick an vertraut.
Das abzustreiten wäre gelogen.
»Was hat Sie wieder hergeführt, Detective?«
Er wandte den Blick von ihr ab, und zu spät fiel ihr ein, dass sie das neue Handy offen liegen gelassen hatte. Er trat an ihren Sessel und nahm es in die Hand. »Ein Telefon, das man nicht zurückverfolgen kann.«
»Es ist kein Verbrechen, ein Prepaid-Handy zu besitzen«, sagte sie. Ein wenig angespannt.
»Nein, das ist wahr. Aber rein hypothetisch gesprochen – wenn Sie etwas in Erfahrung bringen, würden Sie mich doch sicherlich anrufen?«
»Sofort, das verspreche ich. Hypothetisch gesprochen.«
»Ja.« Er warf einen Blick auf den Laptop. »Haben Sie den Kerl, der mit Christy geredet hat, wiedergesehen?«

»Noch nicht. Aber seit ich zu Hause bin, schaue ich immer wieder nach.« Sie wollte nicht, dass er ihren Bildschirm zu genau musterte. »Setzen Sie sich, Detective. Ich mache Ihnen einen Kaffee.«

Aber wieder war es zu spät. »Wer ist das?« Er deutete auf den Kasten oben links auf dem Bildschirm, in dem ihr aktiver Avatar zu sehen war. »Hat Greer heute Abend frei?«

Sie hatte Greer tatsächlich heute freigegeben und einen Avatar reaktiviert, den sie lange nicht mehr benutzt hatte. »Sie brauchte etwas Warmes zum Anziehen. Ich will nicht, dass sie sich erkältet.«

Er setzte sich in den Sessel und nahm den Laptop auf seinen Schoß. »Und ich dachte, Sie hätten einen neuen Avatar erschaffen, so dass Sie sich dem Tänzer nähern können, ohne Ihr Wort mir gegenüber zu brechen.«

Eve setzte sich aufs Sofa. »So raffiniert bin ich nicht.«

Er lächelte nicht. »Aha. Wer ist also Eves neues Gesicht?«

Eve nahm ihren Computer und stellte ihn weg. »Was ist los? Warum sind Sie noch einmal hergekommen?«

Verärgert über die Abfuhr blitzten seine Augen auf. »Ich brauche die Teilnehmerliste.«

»Ich dachte mir schon, dass Sie danach fragen würden, sobald Matt Nillson nicht mehr anwesend ist. Sie wissen, dass er einen Anfall kriegen würde.«

»Ich sage auch nicht, woher ich sie habe, versprochen.«

»Ich hatte ohnehin vor, sie Ihnen morgen zu bringen. Warten Sie hier. Ich bin gleich zurück.«

Sie ging in ihr Schlafzimmer, und Noah sah ihr nach. Den Laptop hatte sie mitgenommen. Er griff nach dem Telefon und sah nach den letzten gewählten Nummern. Es gab nur eine mit einer 206-Vorwahl, wie sie auch ShadowCo hatte. Das wusste er, weil er vorhin für seinen Antrag auf Datenfreigabe nachgesehen hatte.

Eve wollte sich in Shadowland einhacken, falls sie es nicht schon getan hatte. *Und ich an ihrer Stelle würde dasselbe tun.* Er legte das Handy zurück und dachte daran, was er eben auf dem Bildschirm gesehen hatte.

Ihr neuer Avatar wirkte finster, geschmeidig, gefährlich und war eindeutig ein anderes Design als Greer und die anderen, die er gesehen hatte, wenn ihm das Gesicht auch verstörend vertraut vorkam. Er ahnte, dass er eine viel jüngere Eve gesehen hatte, Eve, wie sie gewesen war, bevor dieser Kerl sie fast umgebracht hatte.

Der Name dieses Avatars war Nemesis. Noah kannte Eve inzwischen gut genug, um zu wissen, dass er eine Bedeutung hatte. Über sein Handy ging er rasch online, um zu recherchieren, und fand heraus, dass es sich um eine Rachegöttin aus der griechischen Mythologie handelte. Eve hatte also vor – zumindest virtuell –, ein paar Leuten in den Hintern zu treten. Das hätte ihn nicht erregen dürfen, aber er hätte sich selbst etwas vorgemacht, wenn er es geleugnet hätte.

Eve kehrte mit einem Stapel Blätter in der Hand zurück. »Das Ausdrucken hat eine Weile gedauert.«

Er nahm ihr den Stapel ab. »Wie viele Leute nehmen überhaupt an dieser Studie teil?«

»Fünfhundert, aber Sie müssen sie nicht alle überprüfen.« Sie neigte sich ihm zu, um ihm eine Seite zu zeigen, berührte ihn aber nicht. Unwillkürlich musste er daran denken, wie sie vorhin ihre Arme um Hunter geschlungen hatte, und verspürte einen Stich. Ja, es war albern, eifersüchtig zu sein, albern und ärgerlich, aber es nützte nichts – das Gefühl war dennoch vorhanden.

»Wir haben drei Gruppen«, sagte sie nun. »Gruppe C ist die, die Sie interessiert.«

»Diese Teilnehmer spielen in Shadowland.«

»Wo sie ihre Übungen machen. Wir haben sie in drei Untergruppen eingeteilt: diejenigen, die vor der Studie nie gespielt haben, diejenigen, die ein paar Stunden pro Monat gespielt haben, und diejenigen, die ein paar Stunden pro Woche dabei sind. Sie führen Tagebuch, aber ich kann ihre Zeit online überprüfen. Die Ultra-User lügen fast immer, was ihre Zeit im Netz betrifft. Sie untertreiben.«

»Wie Martha.«

»Martha war erstaunlich ehrlich, was das anging.« Sie zeigte auf Namen. »Das sind die Top-User.«

»Martha und Christy sind noch immer auf der Liste.«

»Ich darf eigentlich nicht wissen, dass sie gestrichen werden müssen«, sagte sie ruhig. »Das ist schlimm genug.«

Er hörte das schlechte Gewissen in ihrer Stimme und hätte sie gern getröstet. »Wann hätte man sie für die Studie vermisst? Wenn Sie sie nicht im Auge behalten hätten?«

»In einigen Wochen erst. Zur Evaluation hätten sie persönlich auftauchen müssen.«

»Dann haben Sie es verdammt gut gemacht.« Er begegnete ihrem Blick. »Die Morde hätten Sie nicht verhindern können. Aber vielleicht haben Sie mit Ihrem Verstoß gegen die Regeln weitere potenzielle Opfer gerettet. Sie leisten einen sehr wichtigen Beitrag zur Ergreifung des Täters, das sollten Sie nicht vergessen.«

Sie lächelte schmal. »Danke. Das hilft mir tatsächlich sehr viel mehr, als wenn man mir ständig sagt, es sei nicht meine Schuld.«

Er hielt ihren Blick einen Moment lang fest, dann sah sie weg, doch er hatte bereits eine Einsamkeit in ihren Augen gesehen, die ihn tief berührte. Trinas Worte drangen ihm mit der Wucht eines Fausthiebs ins Bewusstsein. *Du hast es nicht verdient, bis in alle Ewigkeit allein zu sein.* Und plötzlich konnte er sich eingestehen, dass er auch nicht mehr allein sein wollte. Er würde alles geben, um wieder jemanden zu haben.

»Noch eine Frage. Sie wollen doch, dass die Menschen im wahren Leben ein erfülltes Dasein führen, richtig?«

Sie sah auf, doch ihr Blick flatterte nervös. »Ja, und?«
»Welchen Sinn hat es, in der wahren Welt zu leben, wenn man allein und nicht zu haben ist?«
Sie fuhr regelrecht zusammen, und er erkannte, dass er es zu weit getrieben hatte, aber es kümmerte ihn nicht. Sie ging stumm zur Eingangstür und zog sie weit auf. »Rufen Sie mich an, wenn Sie noch etwas brauchen.«
Einen Moment lang stand er reglos vor ihr und sah sie an, dann ging er. Die Tür wurde hinter ihm zugedrückt. Mit einem Seufzen setzte er sich in Bewegung und war eine Etage weit gekommen, als er wie angewurzelt stehen blieb. Auf der Treppe saß ein frierender David Hunter.
»Alles in Ordnung?«
Hunter stand auf. »Ja, sicher. Ich dachte nur, Sie beide müssten vielleicht über ein paar Dinge reden. Was heute so alles geschehen ist.«
Noah verengte die Augen. »Sie hat es Ihnen nicht erzählt?«
»Sie hat eine Tote gefunden und ihre Aussage gemacht. Warum? Steckt Evie in Schwierigkeiten?«
»Nein.« Noah ging das nächste Stockwerk hinab, bevor er stehen blieb und hinaufsah. Hunter sah ihm nach. Er hatte sich nicht gerührt.
»Ist alles in Ordnung, Detective?«, fragte Hunter.
»Nein.« Noah musterte Hunters makelloses Gesicht. »Sie kannten sie schon in Chicago, richtig?«
»Ja.« Die knappe Antwort beinhaltete eine Warnung.
»Ich habe gelesen, was ihr vor vier Jahren zugestoßen ist, als sie den Jungen retten wollte. Und auch, was zwei Jahre davor passiert ist.«
Hunters Gesicht war hart geworden. »Steckt da irgendwo eine Frage, Detective?«
Ja, aber er war verdammt, wenn er gewusst hätte, wie sie lautete. »In der Wohnung liegt ein neues Prepaid-Handy«, sagte er, und Hunters Miene wurde wieder sanfter.

»Ja, ich weiß. Ich habe es vorhin gekauft, weil ich erreichbar sein möchte. Der Akku meines Telefons ist leer, und ich habe mein Ladegerät in Chicago vergessen.«

Sicher doch. Hunters graue Augen flackerten nicht einmal. »Hören Sie, mir ist klar, dass Eve sich Zugang zu Shadowland verschaffen will. Können Sie bitte dafür sorgen, dass sie mich anruft, wenn sie es tut?«

Hunter presste die Lippen zusammen. »Wieso? Damit Sie ihr wieder Handschellen anlegen können?«

»Erstens war ich das nicht, und zweitens habe ich sie sofort befreit, als ich angekommen bin. Ich will, dass sie mich anruft, weil sie in Gefahr sein könnte, auch wenn sie das nicht glaubt. Ich möchte einfach kein Risiko eingehen.«

Nun sah man eine Regung in den Augen des anderen. »Na gut. Ich sorge dafür, dass Sie sie anruft.«

»Danke.« Noah überlegte einen Moment, denn stellte er die Frage, die ihm auf der Zunge lag. »Warum sind Sie wirklich gekommen, Hunter?«

»Um ihr Dach zu reparieren. Evie ist wie meine kleine Schwester. Ich tue eine Menge für sie.«

Erleichterung lockerte die Verkrampfung in seinem Magen. »Danke. Wir sehen uns.«

»Detective«, rief Hunter ihm nach. »Hatten Sie nicht einen Hut auf, als Sie kamen?«

Noah nickte. »Ich dachte, ich hole ihn mir morgen ab.«

Hunter zögerte. »Tun Sie ihr nicht weh«, sagte er. »Sie hat genug durchgemacht.«

»Nichts läge mir ferner.«

David ging nach oben, und Eve ließ ihn hinein. Sie war noch immer aufgewühlt. Wütend. Sie hatte versucht, aufrichtig und freundlich mit ihm umzugehen, aber er respektierte die Grenzen nicht. Sie schloss die Tür und schob den Riegel vor. Eine tiefe Falte erschien zwischen ihren Brauen. »Ich weiß, dass ich heute Nachmittag die Tür abgeschlossen habe. Ich sehe es noch vor meinem geistigen Auge.«

»Du warst durcheinander«, sagte David. »Das bist du noch.«

»Ja, natürlich bin ich das«, gab sie gereizt zurück. »Zwei Frauen, die ich für meine Studie rekrutiert habe, sind tot.«

Er musterte ihre Miene. »Und Noah Webster interessiert sich für dich.«

Eve seufzte. »Ja, ich weiß. Und ich habe bereits versucht, ihm klarzumachen, dass er verschwinden soll.«

»Und warum tust du so einen Schwachsinn?«, fragte David sanft.

»Daraus wird nichts.« Sie ließ sich in ihren Sessel fallen und zog den Teller zu sich heran. Die Nudeln waren inzwischen kalt geworden.

»Woraus? Aus dir und Webster oder aus meinem Versuch, mit dir darüber zu reden?«

Welchen Sinn hat es, in der wahren Welt zu leben, wenn man allein und nicht zu haben ist? »Sowohl als auch. Beides.«

Er zuckte mit den Schultern. »Okay. Und? Hat eines deiner Programme schon lockere Ziegelsteine gefunden?«

Sie klappte den Laptop auf. »Noch nicht.«

»Dann mache ich uns einen Kaffee. Es wird ja wahrscheinlich eine lange Nacht.« Er schlenderte in die Küche und kehrte mit zwei dampfenden Bechern zurück, und nun entdeckte sie etwas an seinem Gürtel, das wie ein kleines Walkie-Talkie aussah. Ein rosafarbenes Walkie-Talkie.

»Was in aller Welt ist denn das?«, fragte sie, als er ihr einen Becher in die Hand drückte.

Er zog eine Braue hoch. »Kaffee.«

Sie verdrehte die Augen. »Nicht *das. Das* da.« Sie deutete auf das Gerät an seinem Gürtel.

»Oh. Ach das.« Er nahm es und hielt es ihr so hin, dass sie einen kleinen Bildschirm erkennen konnte, der nun dunkel war. »Ein Babyfon. Das ist der Empfänger.«

Er stellte das Gerät auf das Tischchen mit der Lampe, dann setzte er sich aufs Sofa und holte seinen Laptop aus dem Rucksack, als sei es ganz alltäglich, dass ein erwachsener Mann mit einem rosafarbenen Babyfon am Gürtel durch ein Haus lief, in dem es kein einziges Baby gab. *Und auch nie geben wird.*
»Aha? Und woher hast du das?«
»Es war als Geschenk für Dana gedacht. Es liegt schon seit einer Woche in meinem Wagen.«
Eve betrachtete den Empfänger fasziniert. »Und wo ist die Kamera?«
»Das Ding hat zwei. Eine befindet sich jetzt über deiner Wohnungstür, die andere unten an der Eingangstür. Drahtlos, die Reichweite beträgt gut dreißig Meter. Infrarot und Nachtsichtfunktion.«
»Hey, cool. Wann hast du die Dinger installiert?«
»Eines, nachdem ich Callie zum Wagen gebracht habe, das andere gerade eben, als Webster gegangen ist. Ich habe den Empfänger aktiviert, während der Kaffee durchlief. Es ist nicht besonders kompliziert.«
»Was hat Webster zu dir gesagt?«, fragte sie misstrauisch.
»Was ich bereits wusste. Dass du nicht glaubst, in Gefahr zu sein, er das aber ganz anders sieht.« Er nahm einen Schluck aus seinem Becher, ohne den Blick von ihr zu nehmen. »Und dass er an dir interessiert ist.«
Eve schloss einen Moment lang die Augen. »David. Bitte.« Er schwieg trotzig, und sie seufzte und wandte sich wieder der Kamera zu. »Falls ich in Gefahr wäre und ein Killer sich mir nähern würde«, sagte sie, »meinst du nicht, dass ihm eine pinkfarbene Kamera auffallen würde?«
Er bedachte sie mit einem düsteren Blick. »Für wie dusselig hältst du mich? Die Kamera unten ist so plaziert, dass niemand sie sehen kann, und wenn er nah genug herankommt, um sich das Ding zu schnappen, erkennen wir auch sein Gesicht.« Er steckte ein Kabel in seinen Laptop und verband ihn

mit dem Empfänger. »Schau her – es ist wie Web-TV. Und sobald die Verbindung zu einer der beiden Kameras abbricht, setzt ein Alarm ein. Tolle Technik, nicht wahr?«

»In einem *Babyfon?* Ich glaub's einfach nicht.«

»Und alles unter dreihundert Mäuse. Technologie trifft auf elterliche Paranoia.« Er zuckte mit den Schultern. »Und meine Paranoia auch. Ich dachte, es würde Dana ein wenig mehr Ruhe verschaffen bei den ganzen Pflegekindern, die kommen und gehen … Die meisten sind ja nette Kids, aber es muss ja nur einmal eins daherkommen, das weniger nett ist.«

Eves Kehle verengte sich. Er liebte sie immer noch. *Was für eine Verschwendung.* Er besaß ein so gutes, großes Herz. »Großartiger Hintergedanke«, sagte sie heiser. »Ist zwar schon gebraucht, wenn sie es bekommt, aber …«

Er lächelte nicht. »Ich kaufe ihr ein neues. Morgen früh werde ich etwas Unauffälligeres installieren, aber bis dahin wird es auch die pinkfarbene Kamera tun. Eine Frau, die allein lebt, sollte vorsichtig sein. Eine Frau, die allein lebt und Verbindung zu zwei Mordopfern hatte, sollte sich fürchten.«

Allein traf sie wie ein Pfeil, so dass sie den Rest des Satzes fast nicht mehr mitbekam. »Ich habe eine Pistole.«

»Dann gib sie mir. Wenn heute Nacht jemand durch die Tür kommt, möchte ich darauf vorbereitet sein.«

Ihr war plötzlich kalt. »Du meinst es ernst.«

»Was deine Sicherheit angeht? Und ob. Jetzt trink deinen Kaffee, sonst wird auch der kalt.«

Dienstag, 23. Februar, 0.35 Uhr

Noah betrat leise sein Haus. Während der Heimfahrt hatte er über das Gespräch mit Eve nachgedacht. Ihm war klar, wie schmal die Grenze zwischen Hartnäckigkeit und Belästigung war, und er wollte ihr weder Schmerz noch Stress oder Kummer zufügen. Noch einen Tag zuvor war er entschlossen gewesen, sie vor ihm zu schützen. Aber sie hatte gesagt, dass sie nicht beschützt werden wollte. Das wollte er ihr glauben.

Sie hatte auch gesagt, dass sie gebrochen sei. Das wollte er nicht glauben, aber er verstand es. Er setzte sich auf die Bettkante. Aus Gewohnheit nahm er das Foto in die Hand und erinnerte sich daran, wie gebrochen er sich gefühlt hatte, als er Susan und das Baby verloren hatte.

Und er dachte daran, wie er mit seinem Kummer umgegangen war, und verglich seine Methode mit ihrer. So groß war der Unterschied nicht. Beide hatten sich versteckt, waren vor der Wirklichkeit geflüchtet. Noah hatte sein Heil in der Flasche gesucht, sie in virtuellen Welten. Aber sie hatten sich beide wieder daraus befreit.

Und wozu? Nur um zu arbeiten. Um Unschuldige zu beschützen. Eves Avatar namens Nemesis kam ihm in den Sinn. Er stellte das Foto zurück und begann, sich zum Schlafengehen fertig zu machen. Sie hatte ihm erzählt, dass einige ihrer gefährdeten Probanden Beziehungen in Shadowland eingegangen waren, die vom beiläufigen One-Night-Stand bis zur virtuellen Ehe reichten.

Wie sollte eine vorgetäuschte Beziehung schon so etwas wie Erfüllung bringen? Aber nun musste er an die Beziehungen denken, die er in den vergangenen Jahren gehabt hatte. Sie waren freundschaftlich, aber letztendlich hohl gewesen, und irgendwann hatte man sich getrennt, ohne dass es ihm oder der betreffenden Frau besonders nahegegangen wäre. Er vermisste den Sex und die Tatsache, dass man hin und wieder Mahlzeiten zusammen einnahm, aber darüber hinaus war nichts geblieben.

Auch im wahren Leben konnte man Beziehungen vortäuschen.

Nun, da er in dem leeren Haus auf seiner Bettkante saß, begann er zu verstehen, welche Anziehungskraft eine virtuelle

Beziehung hatte. Wenn man einsam war, bedeutete ein Gespräch manchmal mehr als ein Quickie. Er lächelte grimmig. Oder mindestens genauso viel.

Er legte sich in sein leeres Bett, aber der Schlaf wollte sich nicht einstellen. Lange Zeit wälzte er sich hin und her, und als er dann endlich einschlief, träumte er wieder. Dieses Mal war es Eve in der Ambulanz, wo Sanitäter sie mit Hilfe von Paddles wieder ins Leben zurückbrachten.

Er schlug die Augen auf und starrte an die Decke. Das war kein Traum gewesen. Er hatte es online in einem Zeitungsarchiv gelesen. Eve war damals gerade noch rechtzeitig von ihrem Vormund, Dana Dupinsky, gefunden worden. Auf dem Weg ins Krankenhaus war es zweimal zum Herzstillstand gekommen, doch beide Male hatte man sie zurückholen können.

Greer, die Hüterin. Der Name nahm eine neue Bedeutung an. Eves Vormund hatte misshandelte Frauen beschützt, und Eve hatte Dana dabei geholfen. Nun schützte sie Teilnehmerinnen ihrer Studie vor einem Mann, der den Frauen in einer virtuellen Welt auflauerte.

Noahs Seufzen hallte in der Stille des leeren Zimmers wider. Er hatte auch einmal die Rolle des Beschützers innegehabt, aber das war schon lange her. Damals hatte er versagt. War mit Pauken und Trompeten untergegangen.

Und nun bist du allein. Aber zumindest hatte er eine Aufgabe. Er besaß eine Polizeimarke. Er würde diesen Mörder fangen, den Papierkram erledigen und sich des nächsten Falls annehmen.

Deprimierende Aussichten. Er war seit zehn Jahren trocken, aber jetzt sehnte er sich entsetzlich nach einem Drink. Er rollte sich herum und griff zum Telefon.

Gestern hast du Brock fast k. o. geschlagen. Das durfte nicht noch einmal passieren. Es würde nicht passieren.

Das Telefon in seiner Hand klingelte, und er fuhr zusammen. Brock war dran. »Ist was passiert?«, fragte Noah.

»Nein. Ich, ähm, ich habe dich heute nicht im Sal's gesehen und wollte nur wissen, ob bei dir alles in Ordnung ist.«
»Ich stecke mitten in einem Fall. Außerdem habe ich dir doch gesagt, dass ich nicht mehr ins Sal's gehe«, fügte er hinzu.
»Tja, verzeih mir, dass ich meine Zweifel hatte, ob du es dieses Mal wirklich so meinst«, gab Brock scharf zurück. »Eve war heute nicht hinter der Theke. Sal meinte, es hätte sich um einen Notfall gehandelt.«
Subtil war Brock noch nie gewesen. »Ja, ich weiß. Sie war mit mir zusammen.«
»Dann ist ja gut«, sagte Brock vorsichtig. »Oder?«
Noahs Zorn flammte auf. »Nein. Sie hat eine verdammte Zielscheibe auf der Stirn. Und sie war eigentlich nicht *mit* mir zusammen! Tatsächlich hat sie mir gesagt, dass sie mit niemandem zusammen sein will, und mit mir schon gar nicht.«
»Autsch. Brauchst du doch noch eine Runde im Ring?«
Noah dachte an die vergangene Nacht und das zerschlagene Gesicht seines Cousins. »Nein, aber hättest du Lust, mit mir noch einen Kaffee zu trinken? Ich muss raus aus meinem Haus.« *Raus aus der leeren Hülle meiner Behausung.*
»Na klar«, sagte Brock. »Der übliche Treffpunkt?«
»Ja. Halbe Stunde, okay?«

Dienstag, 23. Februar, 2.00 Uhr

Dieser Hunter war noch immer da. Er saß in seinem eiskalten Auto, nippte an seinem Kaffee und starrte missgelaunt auf das Kennzeichen aus Illinois. Die Lichter im Wohnzimmer waren ausgegangen. Offenbar blieb Hunter über Nacht. Nun, egal. Es war leichter, ihn zu erschießen, wenn er schlief.
Webster war gekommen und wieder gefahren. *Was hatte Eve ihm gesagt? Was wusste sie?*

Aber auch das war nicht wichtig, sagte er sich. *Selbst wenn sie sich in Shadowland auskennt und die Verbindung entdeckt hat, kann sie nicht wissen, wer ich bin.* Dennoch tickte die Uhr in seinem Kopf unaufhörlich. Er musste sich in Bewegung setzen.

Aber mit Bedacht. Hunter hatte im Busch neben dem Eingang zu Eves Mietshaus etwas verborgen. *Sehen wir doch mal nach, um was es sich handelt.*

Er näherte sich dem Gebäude von der Seite und verzog das Gesicht, als ihm Schnee in die Schuhe drang. Wieder ein Paar ruiniert. Er zog den Kragen seines Mantels hoch, so dass sein Gesicht fast dahinter verschwand. Inzwischen hatte er das Gebüsch erreicht.

Was immer es war, es war rosa. Er nahm es in die Hand, dann richtete er wütend die Linse nach unten, froh, dass er schlau genug gewesen war, nicht frontal darauf zuzugehen. *Bleib ganz ruhig.* Die Kamera konnte nur seinen Daumen aufgenommen haben. Und er trug Handschuhe. *Alles ist gut.*

Er legte die Kamera in den Schnee und zertrat sie mit dem Absatz. *Wer kaufte eine Überwachungskamera in gottverdammtem Rosa?*

Er hatte gerade eine Hand an die Eingangstür gelegt, als er etwas von drinnen hörte. Schritte. Gedämpfte Stimmen. Jemand kam. Hunter und Eve? *Dann knall sie ab.*

Mit dem Finger am Abzug zog er sich in den Schatten zurück und wartete darauf, dass sie herauskommen würden. Aber sie kamen nicht. Er schlich so nah wie möglich heran. Durch die Seitenverglasung der Tür hörte er sie laut flüstern, aber sehen konnte er nichts.

»Ruf die 911.« Hunter. »Mach schon, Herrgott.«

»Schon gut, schon gut, ich wähle ja schon, aber geh da nicht raus. *David. Nein!*«

»Ach, hast du nicht gesagt, es sei bloß ein Hund?«, zischte Hunter. »Geh zurück und lass mich los.«

»Okay, vielleicht ist es kein Hund. Ich will nicht, dass dir etwas passiert. Hallo? Ja, ich glaube, wir haben hier einen Einbrecher.« Sie gab ihre Adresse durch. »Ja, ich bleibe in der Leitung ... Nein, wir gehen nicht raus.«

»Gib mir dein Telefon und nimm meins«, befahl Hunter. »Ruf Webster an und sag ihm, er soll seinen Hintern herschwingen. Ich bleibe für dich in der Leitung.«

Sie würden erst in sein Sichtfeld rücken, wenn er sich direkt vor die Verglasung stellte, aber dann konnten auch sie ihn sehen. *Schieß in die Scheibe, dann hast du den Überblick.*

Aber dann wurde die ganze Nachbarschaft geweckt, und die Polizei war bereits auf dem Weg. *Verdammt.* Zum zweiten Mal in dieser Nacht musste er verschwinden. Mit Hass auf Hunter schlich er den Weg, den er gekommen war, zurück, und vernichtete dabei seine Fußabdrücke.

Unglücklicherweise würde Eve von nun an rund um die Uhr bewacht werden. Beschützt werden. Nun würde er sie zu sich locken müssen. Er stieg in seinen SUV und war zwei Blocks entfernt, als er den Streifenwagen im Rückspiegel sah. Seine Hände umklammerten das Lenkrad und drückten zu. Er wünschte, es wäre Eves Hals gewesen.

Er fuhr mit einer Hand in seine Manteltasche und tastete nach der Spritze. Seine Gedanken rasten. Er war bereit gewesen. Eingestimmt. *Heute kann ich nie und nimmer einschlafen. Nur eine. Nur, um den schlimmsten Druck loszuwerden.*

Er lenkte seinen Wagen in Richtung Stadt. Er wusste, wo er finden würde, was er suchte.

9. Kapitel

Dienstag, 23. Februar, 2.25 Uhr

Eves Anruf hatte Noah erreicht, als er und Brock endlich bei dem Thema – nämlich Eve – angelangt waren, über das er wirklich reden wollte.

Dann hatte er Brock zu Trina und dem warmen Bett zurückgeschickt und war, halb angstvoll, halb aufgeregt, zu ihr gefahren. Zum dritten Mal in dieser Nacht.

Nun blickte er zu der Kamera über der Tür hinauf. Rosa – interessant. Die Tür wurde von einem Officer geöffnet, der auf den Notruf hin gekommen war. Eve saß in ihrem Sessel und hatte die Arme um die Knie geschlungen. Müde sah sie ihm entgegen.

»Danke, dass Sie gekommen sind«, sagte sie. »David hat mir befohlen, Sie anzurufen.«

Hunter saß auf dem Sofa und hatte die Arme fest vor der Brust verschränkt. »Und ob ich das habe!«

»Wer hat die Kamera angebracht?«, fragte Noah.

»Ich«, gab Hunter zurück.

»Was führt Sie her, Detective?«, fragte der ältere der beiden Officer. »Wir haben es hier nicht mit einem Mord zu tun.«

Noah warf Eve einen raschen Seitenblick zu. »Persönliches Interesse. Haben Sie Spuren eines Einbrechers gefunden?«

»Draußen war definitiv jemand«, sagte der jüngere Cop. »Verwischte Fußabdrücke. Die Kamera unten ist zertreten worden. Sollen wir uns in der Nachbarschaft umhören?«

»Die CSU wird die Gegend bei Anbruch des Tages absuchen. Für eine Befragung ist es dann noch früh genug. Schicken Sie mir bitte eine Kopie Ihres Berichts.« Die Polizisten gingen wieder, und Noah schloss die Tür. »Okay. Was ist passiert?«

Hunter berichtete, während Noah den rosafarbenen Empfänger betrachtete.
»Das System löst einen Alarm aus, falls die Kamera kein Signal mehr sendet. Als der Kerl auf das Ding getreten ist, hat der Alarm mich geweckt.« Er zögerte. »Eve hat eine registrierte Waffe, die sie mir gegeben hat. Ich bin die Treppe hinuntergeschlichen, aber sie musste mir unbedingt folgen.«
»Das ist schließlich meine Wohnung hier«, sagte Eve trotzig. »Meine verdammte Pistole und mein verdammtes Problem.«
Hunter schüttelte den Kopf. »Tja, das war's auch schon. Wir haben weder jemanden gesehen noch gehört.«
Noah begegnete Hunters Blick. »Schnell und richtig reagiert. Gut gemacht.«
Hunter schüttelte erneut den Kopf. »Ich hätte hinausgehen und nachsehen müssen.«
Noah sah, wie Eve die Augen verdrehte, aber sie schwieg.
»Wir wissen nicht, ob der Kerl bewaffnet war«, sagte er. »Es hat schon drei Tote gegeben. Wir wollten kein Risiko eingehen.«
»Sag ich doch«, murmelte Eve.
Hunter stieß einen verärgerten Laut aus. »Und jetzt?«
»Jetzt beobachten wir Eve rund um die Uhr«, sagte Noah. »Eve, Sie gehen nirgendwo mehr allein hin, bis wir genau wissen, mit wem und was wir es zu tun haben.«
»Sag ich doch«, knurrte Hunter, und Noah verspürte einen kurzen Moment der Erleichterung. Die beiden waren wie Bruder und Schwester.
Sie erhob sich. »David hat Kaffee gemacht. Wollen Sie sich einen mitnehmen?«
Er begriff, dass sich für sie nichts geändert hatte. »Nein danke, ich hatte genug Kaffee heute. Gehen Sie nicht mehr allein aus, okay?«
»Macht sie nicht«, sagte Hunter barsch, dann wurde seine Stimme sanfter. »Danke, dass Sie gekommen sind.«

»Ja«, stimmte Eve zu, ohne Noah anzusehen. »Danke. Ich bin müde. David, würdest du bitte Detective Webster zur Tür bringen?« Ohne eine Antwort abzuwarten, ging sie in ihr Schlafzimmer.

Hunter blähte die Wangen auf. »Tja.«

Noah sah ihn stirnrunzelnd an. »Tja? Was soll das heißen?«

»Dass Sie es ihr angetan haben.« Er brachte Noah zur Tür. »Geben Sie Ihr Zeit.«

»Davon habe ich jede Menge«, murmelte Noah, dann verengte er die Augen. »Und was hat es mit der rosafarbenen Kamera auf sich?«

»Es war ein Geschenk für eine werdende Mutter. Kennen Sie Detective Sutherland?«

Der plötzliche Themenwechsel überraschte Noah. »Olivia? Verdammt gute Polizistin. Warum?«

»Ihre Schwester Mia ist eine meiner besten Freundinnen«, erklärte er. »Auch eine verdammt gute Polizistin übrigens. Olivia und ich waren beide auf Mias Hochzeit. Grüßen Sie sie bitte, wenn Sie sie sehen.«

»Mach ich gern. Und ich habe es ernst gemeint. Kann sein, dass Sie mit Ihrem vorausschauenden Denken Eve das Leben gerettet haben.«

Hunters Blick wurde hart. »Dieser Kerl weiß, dass Eve in die Sache verwickelt ist. Woher weiß er das?«

»Das habe ich mich auch bereits gefragt«, sagte Noah. »Halten Sie mich auf dem Laufenden.«

»Ja. Und vergessen Sie Ihren Hut nicht.«

»Ach, er liegt doch ganz gut hier.« So hatte er eine Ausrede, zurückzukommen. »Danke.«

Dienstag, 23. Februar, 2.25 Uhr

Lindsay hätte nicht gewollt, dass sie diese Abgründe des menschlichen Daseins sah. *Zu spät, Schwesterchen,* dachte Liza müde, während sie auf den Bus wartete, der sie ins nächste Viertel bringen würde. Sie suchte zwar erst seit drei Stunden, war aber schon fast so weit, wieder aufzugeben. Die meisten Prostituierten suchten um diese Jahreszeit Zuflucht in Bars oder Hotels. In die Bars kam sie nicht hinein, weil sie noch keine einundzwanzig war. Und in den Hotels hatte niemand Lindsay gesehen.

Ein mitfühlender Türsteher hatte sie in einen der Clubs gelassen, damit sie sich aufwärmen konnte, und eine Kellnerin hatte ihr einen Kaffee ausgegeben. Aber auch hier hatte niemand Lindsay gesehen. In Lizas Tasche steckte eine Serviette, auf die der Türsteher ihr eine Adresse geschrieben hatte. Vielleicht hatte sie dort Glück. Ihr Geld reichte jedenfalls gerade noch für die Busfahrt dorthin und anschließend zurück nach Hause.

Und wenn du auch da nichts findest? Was tust du dann?

Ich weiß es doch nicht.

Wie benommen sah sie ein Mädchen aus der Bar kommen, die sie, Liza, soeben verlassen hatte. Auf seinen hohen Absätzen bewegte es sich vorsichtig über den vereisten Gehweg. Die Beine des Mädchens waren nackt, der kurze Rock bedeckte kaum sein Hinterteil, und die Perücke war ziemlich hoch toupiert. Es stöckelte bis zum Ende des Blocks und lehnte sich dort gegen einen Laternenmast. Eine Minute später fuhr ein schwarzer Geländewagen heran, hielt, und das Fenster wurde herabgelassen.

»Tu's nicht«, murmelte Liza, als könnte sie damit etwas erreichen. Das Mädchen stieg in den SUV, und der Wagen machte eine Kehrtwende und fuhr in dieselbe Richtung zurück, aus der er gekommen war.

Dienstag, 23. Februar, 3.25 Uhr

Er sog tief die Luft ein, als der Orgasmus ihn schüttelte. Fast behutsam löste er die Finger vom Hals der Hure und ließ sich langsam herab, bis er auf dem toten Körper saß, auf dem sein Samen glitzerte. Unter der Perücke hatte sie kurzes schwarzes Haar, und als er das Leben aus ihr herausgequetscht hatte, hatte er sich vorgestellt, dass ihr Gesicht das von Eve Wilson war.

Ja, es hätte Eve sein sollen, die auf dem schmierigen, übelriechenden Bett lag. Tot und mit aufgerissenen Augen, die ins Leere starrten. Es hätte Eve sein sollen. Aber sie war es nicht. Die Worte, die er der Hure ins Ohr geflüstert hatte, als sie in ihren kleinen Ketamin-Alptraum geglitten war, würden auch in Eve Entsetzen wecken, wenn sie endlich unter ihm auf diesem Bett lag. *Ein Draht um deinen Hals, und er zieht sich zu. Du kannst nicht atmen, kriegst keine Luft. Du erstickst.*

Die kleine Hure hier war nach Atem ringend aufgewacht, hatte um sich geschlagen, hatte geglaubt, jemand würde sie erwürgen. Und genau das hatte er dann ja auch getan. Es war doch immer großartig, wenn die Fantasie sich problemlos in die Realität umsetzen ließ.

Er stieg von dem Mädchen herunter, zog an der Betonklappe und fuhr zurück. Das Mädchen von Sonntag war noch nicht ganz fertig. Einen Moment lang blickte er besorgt in die Grube hinab. Zwei Tage war es her. Erst. So kurz hintereinander war er noch nie auf Beutefang gewesen.

Er musste vorsichtiger sein, dachte er, während er die Leiche zur Grube schleifte und hineinrollte. Er war noch nie zuvor zweimal in die gleiche Straße gefahren. Heute schon. Als er von Eve weggefahren war, hatte er sich geradezu auf Autopilot befunden.

Es musste am Stress liegen. Wenn alles vorbei war, würde er zur alten, bewährten Methode zurückkehren. Dann würde alles wieder ganz normal sein. Er zog seine Schutzkleidung an, vollzog die üblichen Handgriffe und warf die Kleider des Mädchens hinterher. Als er fertig war, schloss er den Deckel, nahm die billigen Schuhe und stellte sie auf das Regal neben Christy Lewis' teure Manolos.

Er trat einen Schritt zurück und betrachtete seine Sammlung. Sein Keller war ein wahres Archiv für Frauenschuhe, denn die Modelle umspannten fast dreißig Jahre. Die meisten waren natürlich von der grelleren Sorte, die respektable Frauen niemals tragen würden, und es handelte sich hauptsächlich um kleine Größen, da seine Opfer eher zierlich waren. Zierliche, kleine Frauen waren leichter zu überwältigen, leichter zu transportieren. Auf diese Art konnte er seine Energien ganz auf das konzentrieren, was anschließend in diesem Raum geschah.

Es gab Ausnahmen. Sein Blick wanderte zum unteren Regalfach, ganz nach links. Neben den Arbeiterstiefeln des Mannes, der ihm die Grube ausgehoben hatte, stand ein Paar abgewetzte Pumps, schwarz, Größe einundvierzig. Sie waren schlicht, hässlich, bieder sogar, und schon vor dreißig Jahren unmodern gewesen. Weswegen sie auch für den Wohltätigkeitsfundus der Kirche gespendet worden waren.

Er erinnerte sich noch gut daran, wie sie sie aus dem Korb gewühlt hatte. Diese Schuhe und andere Klamotten, die zu abgetragen waren, um sie als Lumpen zu verwenden. Ein paar Kleider für sich selbst. Hosen für ihre Söhne, die dem großen zu kurz und dem kleinen zu lang waren. Ihr war es egal. Ihr war egal, dass jeder auf den ersten Blick sehen konnte, woher ihre Kleidung stammte. War egal, dass die ganze Stadt ihre Kinder auslachte.

Sie besaß keinen Stolz. Keine Scham. Nichts außer dem egoistischen, unlöschbaren Durst. Er nahm einen Schuh in die Hand und betrachtete ihn. Er war abgenutzt, weil sie ständig gestürzt war.

Und sie war ständig gestürzt, weil sie ständig besoffen gewesen war. Sie und der konstante Zustrom an Liebhabern, die sie zu Hause empfing, um sich die nächste Flasche zu verdienen. Nur waren leider nicht alle so betrunken gewesen wie sie. Und einige waren gekommen, weil sie diese nächste Flasche für einen anderen Preis verkaufen wollten.

Seine Hand ballte sich zur Faust, und er zwang sich, sie zu entspannen. Er wollte sein wertvollstes Souvenir nicht beschädigen. Er dachte an den Tag zurück, an dem er ihr die Schuhe von den Füßen gezogen hatte. Sekunden, nachdem er die Hände von ihrer Kehle genommen hatte.

Sekunden, nachdem er ihr elendes Leben beendet hatte.

Er erinnerte sich ebenfalls noch sehr genau an den Anblick ihrer Gestalt, die draußen am Baum hing und leicht hin und her schwang. Vor ihrem rostigen alten Wohnwagen, den sie ihr »Zuhause« genannt hatte. Kein Stolz. Keine Scham. Und kein Leben mehr.

Er hatte den Ast sorgsam ausgewählt, denn sie war eine große Frau gewesen. Dass sie diese Gene nicht an ihn vererbt hatte, war ihm oft komisch vorgekommen.

Tatsächlich hatte er darüber lachen müssen, als er sie hinaufgezogen hatte, bis die Füße im Leeren baumelten. Er hatte dafür mehr Kraft aufwenden müssen als gedacht, aber es war die Mühe wert gewesen. Die Schlinge zu knüpfen, war kein Problem gewesen, dafür hatte er schließlich monatelang geübt. In der Jugendhaft hatte er ohnehin nicht viel mehr tun können – nicht viel mehr, als auf sich selbst aufzupassen und davon zu träumen, wie er ihr die Hände um die Kehle legte.

Die moralische Befriedigung hatte er erwartet, auch den Kick, den er verspürte, als sie den letzten Atemzug tat. Was er nicht erwartet hatte, war die pure sexuelle Lust, die sich in einem berauschenden Orgasmus entladen hatte, und dieses erste Mal hatte es ihn aus der Bahn geworfen. Er hob den Blick und ließ ihn über seine Sammlung schweifen. Danach hatte er gewusst, was auf ihn zukam, war darauf vorbereitet gewesen.

Wieder betrachtete er den Schuh in seiner Hand. Er hatte sie aufgeknüpft baumeln lassen. Niemand hatte in Zweifel gezogen, dass sie sich aufgehängt hatte. Jedermann war froh gewesen, dass sie endlich weg war. Bedauerlich nur, dass sie das abgelegte Sonntagskleid aus dem Wohltätigkeitsfundus getragen hatte und nicht die Kleidung der Hure, die sie gewesen war. Und dass er damals noch nicht seine Grube gehabt hatte. Es hätte ihm gefallen, auf ihr herumzutrampeln, wann immer er wollte.
Er stellte den Schuh zurück ins Regal und rückte ihn säuberlich zurecht. Die nächsten Schuhe, die hier ihren Platz finden würden, waren die von Rachel Ward, Opfer Nummer fünf von sechs, mit der er für morgen Nacht verabredet war. *Heute Nacht,* verbesserte er sich.
Aber das nächste Opfer in der Grube würde Eve sein. Bald würde er sie hier haben. Er würde sie zum Schweigen bringen und dazu ihre schlimmsten Ängste ausnutzen. Sie war bereits zweimal fast gestorben. *Aller guten Dinge sind drei.*

Dienstag, 23. Februar, 4.30 Uhr

Harvey Farmer saß am Küchentisch und trommelte mit den Fingern auf der Platte herum, als Dell zurückkehrte. Er sah müde aus. »Wo bist du gewesen?«, fuhr Harvey ihn an.
»Ich bin Jack Phelps gefolgt, wie abgemacht.« In der Stimme seines Sohnes war Trotz zu hören, und Harvey konnte Parfum riechen. Schon wieder.
»Und was hat Phelps gemacht?«
»Ist zu einer Bar gefahren und hat ein paar Stunden draußen darauf gewartet, dass ein paar Typen rauskommen.«
Harveys Brauen hoben sich. Er witterte eine Chance. »Typen? Ernsthaft?«
»Nein, nicht so. Phelps steht ausschließlich auf Frauen. Er hat auf diese Kerle gewartet, weil er ihre Kennzeichen notieren

wollte. Wahrscheinlich sind sie verdächtig.« Dell fuhr sich mit den Händen über das Gesicht. »Dein Plan bringt nichts.«

»Doch, du musst Geduld haben.« Er fuhr zusammen, als Dell mit der flachen Hand auf den Tisch schlug.

»Ich will keine Geduld mehr haben. Wie lange bist du schon hinter ihnen her und hoffst, dass sie sich selbst ein Bein stellen?«

Harvey schob das Kinn vor. »Seit ich deinen Bruder begraben habe.«

»Und was hat es ergeben? Bisher nichts.«

»Nein, wir haben Unmengen an Notizen. Wir wissen, was sie getan haben, mit wem sie gesprochen haben … Du bist erst drei Wochen dabei.« Durch einen Artikel, der die Mörder seines Sohnes wie Helden gefeiert hatte. Harvey hatte sich über Dells Zorn gefreut. Aber er musste ihn in die richtigen Bahnen lenken, bevor der Junge etwas Dummes tat. »Sie sind an einem wichtigen Fall dran. Sie stehen garantiert unter Druck.«

Dell schnaubte. »Die finden doch nicht einmal einen Penner, wenn sie über ihn stolpern.«

»Richtig. Wenn sie keinen Schuldigen finden, suchen sie sich einen Sündenbock.«

»Wie VJ«, murmelte Dell.

»Wie VJ«, wiederholte Harvey. »Hier sind die Bilder, die ich heute von Webster gemacht habe.« Er zog die Speicherkarte aus seiner Kamera. »Lad sie runter zu den anderen, die du von Phelps gemacht hast, und druck sie aus. Wir sehen morgen früh weiter.«

Dienstag, 23. Februar, 6.45 Uhr

»Du bist früh dran«, sagte Jack und ließ sich auf seinen Stuhl fallen.

»Es war viel los heute Nacht. Jemand hat versucht, bei Eve einzubrechen.«

Jacks Augen verengten sich. »Warum hast du mich nicht angerufen?«
»Ich hab's versucht. Und dir eine Nachricht auf der Mailbox hinterlassen. Du hast wahrscheinlich fest geschlafen. Wenn die Cops etwas gefunden hätten, dann hätte ich versucht, dich über das Festnetz zu wecken.«
Jack sah sein Handy stirnrunzelnd an. »Ich habe keine Nachricht auf der Mailbox.«
Noah hätte ihm gern gesagt, dass er sich den Unsinn sparen konnte, aber er hatte nicht mehr die Energie dazu. »Vielleicht solltest du dir wirklich ein neues Handy besorgen«, sagte er müde. »Ich habe Micki schon gebeten, sich gründlich rund um Eves Haus umzusehen. Vielleicht findet sie ja etwas. Ist einer davon für mich?«
Auf dem Tisch standen zwei volle Becher aus Jacks Lieblings-Coffee-Shop. »Eigentlich sind beide für mich, aber du siehst aus, als hättest du das Koffein noch dringender nötig.« Er schob ihm einen Becher hin. »Was ist das?«
»Die Teilnehmerliste von Eves Studie. Ich will sie mit den Selbstmorden der vergangenen Monate abgleichen.«
»Sie hat dir die Liste gegeben?«
»Hat sie. Ich musste kein zweites Mal fragen. Aber bisher habe ich nichts gefunden. Also eine gute Nachricht.«
»Die schlechte lautet, dass die Liste lang ist und wir nicht wissen, wer das nächste Opfer ist.«
»Ganz so schlimm ist es nicht. Eve hat die Ultra-User aussortiert. Wenn es dem Täter gelingt, sie zu einem Treffpunkt in der realen Welt zu locken, ist es wahrscheinlich, dass wir es mit Leuten zu tun haben, die sich oft genug in der virtuellen Welt aufhalten, um sich mit ihm ausreichend bekannt machen zu können.«
»Stimmt. Das ergibt Sinn.«
Noah lehnte sich zurück und schob die Liste fürs Erste beiseite. »Warum bist du so früh hier?«

»Ich habe gestern Abend Taylor Kobreckis Kumpel in einer Bar entdeckt. Die Nummer der Bar war die erste auf der Anruferliste seiner Großmutter. Sie hat telefoniert, sobald du gestern gegangen bist.«

»Ich wette, seine Kumpel behaupten, sie hätten ihn seit Wochen nicht mehr gesehen, und Taylor könne sowieso keiner Fliege etwas zuleide tun.«

»Fast wörtlich. Als ich sie nach ihren Namen fragte, nannten sie mir fast jeden Schwachsinnsnamen, den man sich ausdenken kann, also habe ich draußen gewartet, bis sie herauskamen, um mir ihre Kennzeichen zu notieren. Ich lasse mir gerade ihre Adressen heraussuchen. Wer weiß, ob nicht einer von ihnen Taylor versteckt.« Jack warf seinen Hut auf den Tisch. »Obwohl ich sagen muss, dass dieser Typ nie und nimmer clever genug ist, um die Morde begangen zu haben, sollte sein IQ in etwa das Niveau seiner Neandertaler-Kumpel haben.«

»Hast du schon mit einer der Frauen gesprochen, die sich über den Mann beschwert haben?«

»Mit zwei von den dreien. Beide hatten ihn dabei erwischt, wie er in ihr Schlafzimmerfenster starrte. Beide beschwerten sich offiziell, und plötzlich ging in ihren jeweiligen Wohnungen nacheinander alles Mögliche kaputt. Schließlich zogen beide aus. Sie sind der Meinung, dass Mrs. Kobrecki das Blaue vom Himmel lügen würde, wenn sie dadurch ihren Enkel schützen kann.«

»Also ist unser Höschen-Fetischist auch ein Spanner. Aber Mord? Kommt mir wie ein gewaltiger Sprung vor.«

Jack zuckte mit den Schultern. »Wie ich schon sagte: Nimmt man seine Freunde als Maßstab, besitzt er nicht genug Hirn dafür. Aber wir sollten dennoch weiter nach ihm Ausschau halten. Und sei es nur, um ihn von der Liste streichen zu können.«

»Wo wir gerade von Listen sprechen – ich muss weitermachen. Wir werden uns entscheiden müssen, ob wir mit den Ultra-Usern Kontakt aufnehmen. Falls wir es tun, wird Eve den Kopf hinhalten müssen.«

»Und wenn nicht«, sagte Jack ernst, »steckt der Kopf einer anderen Frau vielleicht demnächst in einer Schlinge. Wir haben keine Wahl, Web.«

»Ich weiß«, sagte Noah. »Und Eve weiß das auch.«

»Gib mir die Hälfte der Namen«, sagte Jack. »Ich denke, wir verbringen unsere Zeit sinnvoller damit, potenzielle Opfer zu identifizieren, als hinter Taylor Kobrecki herzurennen.«

»Du hast recht.« Noah gab ihm den halben Stapel. »Konzentriere dich auf diejenigen, die wirklich oft im Netz sind.«

Zwanzig Minuten lang arbeiteten sie schweigend, als Jack sich schließlich mit gepresster Stimme zu Wort meldete. »Web, ich glaube, ich habe Samantha Altman gefunden.«

Noahs Kopf fuhr hoch. »Was? Eve sagte doch, sie stünde nicht auf der Liste.«

»Tut sie auch nicht, jedenfalls nicht als Samantha Altman.« Jack schob Noah ein einzelnes Blatt über den Tisch zu. »Ich habe den Namen überprüfen lassen.«

»Samantha Porter«, las Noah, dann fiel es ihm ein. »Sie hatte sich gerade scheiden lassen. Porter war der Name ihres Mannes. Sie war zu ihrem Mädchennamen zurückgekehrt.«

»Aber als sie sich für diese Studie meldete, hieß sie noch Samantha Porter.«

»Eve hat sie in die Gruppe der leichten User eingeordnet. Null bis fünf Stunden pro Woche.«

»Wer tot ist, kann schlecht spielen«, bemerkte Jack trocken, dann zog er die Stirn in Falten, als Noah zum Telefon griff. »Was machst du?«

»Eve anrufen.«

»Jetzt? So früh?«

»Das wird sie nicht stören.«

»Noah?« Eves Stimme war heiser vom Schlaf, und er verdrängte die sehr attraktive, aber ablenkende Vorstellung von ihr im Bett. »Was ist denn?«

»Wir haben Samantha Altman, das erste Opfer, auf der Liste gefunden, die Sie mir gestern Nacht gegeben haben.«

Er hörte das Knarren von Bettfedern. »Das kann nicht sein. Ich habe doch nachgesehen. Zweimal!«

»Sie hat sich inzwischen scheiden lassen und ihren Mädchennamen wieder angenommen. Als sie sich in Ihre Studie eingeschrieben hat, hieß sie noch Samantha Porter. Sie haben sie in die Gruppe der leichten User eingeordnet.«

Es entstand eine Pause, dann seufzte sie traurig. »Weil sie tot war. Null Stunden von null bis fünf Stunden wöchentlich.«

»Könnten Sie ihre Dateien durchsehen und herausfinden, wann sie zu spielen aufgehört hat?«

»Ich sitze schon dran. Warten Sie ... Ah. Vor zwei Wochen. Von sechs Stunden wöchentlich auf null runter. Ich hätte das doch sehen müssen. Wie konnte mir das entgehen?«

»Falls Sie es gesehen hätten, hätten Sie wahrscheinlich angenommen, dass Samantha den Spaß an Shadowland verloren hatte.«

»Ja, wahrscheinlich.« Sie holte tief Luft, stieß sie wieder aus. »Hysterie hilft ja nicht. Was brauchen Sie noch?«

Noahs Respekt vor ihr wuchs. »Ich nehme an, dass Ihnen der Avatar, mit dem Christy sich am Sonntagabend unterhalten hat, nicht mehr begegnet ist.«

»Nein.« Sie schwieg einen Moment. »Ich war gerade zu der Überzeugung gelangt, dass ein Killer, der in Shadowland Zielobjekte aufspürt, mit großer Wahrscheinlichkeit auf meine Probanden stoßen würde, weil wir lieber welche aus dieser Gegend genommen haben. Aber drei Opfer, und alle drei sind Versuchspersonen meiner Studie ... Jemand hat unsere Probanden-Liste eingesehen.«

»Jack ist hier. Ich schalte auf laut. Wer genau hat regulär Zugriff darauf, Eve?«

»Jeremy Lyons. Er ist Dr. Donners Sekretär. Er hat damals alle Namen eingegeben. Dann jeder, der in Jeremys Büro gelangt. Jeremy hat User-Name und Passwort auf eine Haftnotiz geschrieben, die unter seiner Schreibunterlage klebt. Wenn sein Computer in Betrieb ist, kommt man auch an die Namen.«
»Also muss jemand, der an die Namen will, in sein Büro gehen?«
»Na ja, nicht unbedingt. Wenn man auf den Uni-Server gelangt, kann man auch von dieser Seite hinein.« Sie zögerte. »Mit Jeremys Passwort ist es ziemlich leicht.« So hatte sie Christys Adresse ausfindig gemacht.
»Und wer kann in sein Büro gehen?«
»Jeder, der das Gebäude betritt. Jeremy macht ständig Pausen und lässt seinen Computer unbewacht. Jeder, der von der Studie weiß, kann es schaffen.«
Das war nicht das, was er sich zu hören gewünscht hatte. »Wen schließt das ein?«
»Dr. Donner, das Komitee, das meiner Arbeit zugestimmt hat, jedes Mitglied der Studie selbst natürlich, die meisten meiner Kommilitonen in der Fakultät, und ShadowCo.«
Noah sah überrascht auf. »ShadowCo?«
»Sie sponsern mein Forschungsprojekt. Es ist nicht besonders viel Geld, aber genug, damit ihre PR-Leute behaupten können, die Firma würde etwas für den verantwortlichen Umgang mit Computerspielen tun.«
»Mit anderen Worten«, sagte Jack, »sind es verdammt viele Leute, die Bescheid wissen.«
»Na ja, vielleicht hat ja jemand den Täter mit Christy am Montagabend gesehen«, sagte Noah. »Wenn er in ihr Haus eingebrochen wäre, hätten wir Spuren davon finden müssen. Falls er sie herausgelockt hat, kann es jemand gesehen haben. Archiviert Shadowland die Gespräche unter den einzelnen Spielern?«
»Das kann man individuell bestimmen. Viele User wollen

nicht, dass jemand nachvollziehen kann, wo sie gewesen sind oder mit wem sie sich getroffen haben. Anonymität gehört zum Spiel.«
»Aber falls ein User seine Gespräche abspeichert, wo findet man sie dann?«, fragte Jack.
»Auf der Festplatte des jeweiligen Spielers. Vielleicht speichert ShadowCo sie auch auf ihren Servern, aber das scheint mir bei der Masse an Daten eher unwahrscheinlich. Es wäre gerade so, als würden Telefongesellschaften jede SMS abspeichern. Sie tun es nicht, weil sie einfach die Kapazitäten nicht haben. Haben Sie Christys Computer gefunden?«
»Ja, aber … es ist unwahrscheinlich, dass wir etwas Brauchbares finden werden.« Und erst recht dann nicht, wenn der Killer die Geräte ausgetauscht hatte wie bei Martha.
»Vielleicht müssen wir uns ganz auf altmodische Polizeiarbeit verlassen«, fügte Jack mit einem schiefen Lächeln hinzu.
»Eve, ich hätte gern eine Liste von allen Leuten, die Ihres Wissens Zugang zu den Daten haben könnten. Wir fangen an, uns die Alibis von Donner, Lyons und Ihren Kommilitonen zu besorgen. Ich melde mich wieder.« Noah legte auf und lehnte sich im Stuhl zurück. »Und?«
Jack zog die Brauen hoch. »Ich hatte recht. Tolle Stimme für Telefonsex.«
Noah presste die Kiefer zusammen. »Jack!«
»Ach, du hast überhaupt keinen Sinn für Humor«, sagte Jack.
Was Noah noch mehr reizte.
»Christy Lewis. Gegen Mitternacht von Sonntag auf Montag ist sie online und chattet. Ermordet wird sie vor neun Uhr morgens, denn sie taucht nicht zur Arbeit auf.«
Jack verzog das Gesicht. »Und eine Schlange ist im Spiel.«
Noah nahm den Deckel vom Kaffeebecher und rührte seine vier Päckchen Zucker hinein. »Stimmt, die dürfen wir nicht vergessen. Wozu bringt er die Schlange mit?«

»Vielleicht ist er einfach nur ein krankes Schwein. Du brauchst den Zucker nicht. Der Kaffee ist gut.«
Zucker war zu seinem Laster geworden, als er den Alkohol aufgegeben hatte. »Dumme Angewohnheit. Okay, wir wissen, dass er ein krankes Schwein ist. Er hat drei Frauen getötet. Trotzdem – wozu die Schlange?«
»Vielleicht kann Ian uns mehr dazu sagen, wenn er mit der Autopsie fertig ist.«
Noah stand auf. »Er wollte es noch gestern Abend machen. Komm, fragen wir nach.«

Dienstag, 23. Februar, 6.45 Uhr

Liza kochte sich das letzte Ei, das noch im Kühlschrank gelegen hatte. Ihre Schwester und sie hatten nie viel Geld für Essen ausgeben können, aber Liza wollte nicht an die Reserven gehen, bevor Lindsay zurückgekehrt war. *Falls* sie jemals zurückkehrte. Die Polizei suchte nicht nach ihr. Niemand suchte nach ihr. *Außer mir.*
Sie schloss die Augen. Sie war so müde. Vergangene Nacht war sie meilenweit gelaufen, hatte jedoch keine einzige Spur gefunden. *Sie ist tot.*
Eine Woge der Trauer überspülte sie. *Nein, gib nicht auf.* Falls Lindsay verletzt in irgendeiner Gasse lag, wäre sie inzwischen erfroren. *Gib nicht auf.*
Sie hob das Kinn. Heute musste sie eine Englischarbeit schreiben. Wenn Lindsay doch zurückkehrte, würde sie Liza in den Hintern treten, falls sie die Arbeit vermasselte und sich die Chance auf ein Stipendium verbaute.
Sie ging in ihr Zimmer und machte sich für die Schule fertig.

Dienstag, 23. Februar, 7.25 Uhr

Ian tippte gerade seinen Bericht, als Noah und Jack sein Büro betraten. »Ich wollte die Unterlagen zum Acht-Uhr-Treffen mitbringen«, sagte Ian. »Ihr hättet nicht herunterkommen müssen.«

»Wir kommen mit der Schlange nicht weiter«, sagte Noah. »Wir haben keine Ahnung, warum er das Tier eingesetzt hat, und da hofften wir, du hättest vielleicht etwas gefunden, das uns weiterbringt.«

»Weil er ein krankes Schwein ist?«, fragte Ian säuerlich.

»Mein Reden«, murmelte Jack.

»Ich hatte auf eine wissenschaftlichere Erklärung gehofft«, sagte Noah. »Was gefunden, Ian?«

»Jede Menge.« Er zog das Tuch von Christys Leiche. »Wie Martha Brisbane hat sie eine Einstichwunde im Hals und Reste von Ketamin im Blut. Anders als Martha Brisbane war Christy an den Knöcheln gefesselt gewesen. Schürfwunden vorne, Druckstellen hinten.«

»Sie wurde an einen Stuhl gefesselt«, schloss Noah.

»Das denke ich auch. Außerdem habe ich eine Schwellung an den Ellbogen entdeckt.« Ian sah auf. Sein Blick war müde. »So etwas tritt auf, wenn die Arme eine lange Zeit vor dem Körper gekreuzt sind.« Er demonstrierte ihnen die Haltung. »Ich finde allerdings keine Hinweise auf Fesseln.«

»Eine Zwangsjacke?«, fragte Jack.

»Würde passen«, bestätigte Ian. »Sie hinterlässt praktisch keine Male. Hämatome am Rücken des Opfers, die Höhe stimmt mit den Lehnen ihrer Esstischstühle überein. Ich nehme an, sie hat versucht, auszuweichen.«

»Der Schlange«, sagte Jack mit Grauen in der Stimme.

Noah verzog unwillkürlich das Gesicht. »Er hat sie also an einen Stuhl gefesselt und dann eine Klapperschlange auf sie losgelassen?«

Jack war fahl geworden. »Wenn sie sich gewehrt hat, war sie nicht sediert. Wozu hat er das Ketamin eingesetzt?«

»Gute Frage. Vielleicht hat er sie vorher betäubt, um ihr die Zwangsjacke anzuziehen«, sagte Ian. »Offizielle Todesursache ist auch hier wieder Strangulation.«

»Er hat ihr Angst machen wollen«, murmelte Noah. »Warum? Außer weil er ein krankes Schwein ist?«

»Manchmal gibt es einfach keinen anderen Grund«, sagte Jack.

Noah seufzte. »Wohl wahr. Aber warum ausgerechnet eine Schlange? Woher konnte er wissen, dass sie sich vor Schlangen fürchtete?«

»Die meisten Menschen fürchten sich vor Schlangen«, sagte Jack tonlos. »Diese Phobie ist weit verbreitet.«

»Ja, wahrscheinlich. Aber ich glaube trotzdem, dass mehr dahintersteckt. Noch etwas, Ian?«

Ian zuckte mit den Schultern. »Sie hat ein paar Stunden vor ihrem Tod Waffeln gegessen. Mit Ahornsirup.«

»Und wann ist der Tod eingetreten?«, fragte Noah.

»Irgendwann zwischen fünf und sechs gestern Morgen.«

Noah rechnete nach. »Sie hat also noch um drei oder vier Uhr morgens diese Mahlzeit zu sich genommen. Entweder hat sie sie bei sich zu Hause gemacht oder war noch unterwegs gewesen.«

»In der Küche deutete nichts darauf hin«, sagte Jack. »Ich denke, sie war noch unterwegs. Und um diese Zeit haben nicht mehr viele Läden geöffnet, wo man noch etwas essen kann. Das könnte eine wichtige Spur sein.«

»Wir zeigen ihr Foto in allen Nachtcafés und Diners der Gegend herum.«

»Außerdem hat sie getankt. Ich habe Spuren von Hydrocarbonat an ihren Händen gefunden.

»Ein Diner neben einer Tankstelle«, sagte Noah nachdenklich. »Wann willst du Samantha obduzieren?«

»Irgendwann nach acht. Da ich euch jetzt schon das Wichtigste erzählt habe, bleibe ich hier und fange mit Samantha an, sobald sie reingebracht wird. Ich melde mich.«

Dienstag, 23. Februar, 7.45 Uhr

Eve briet gerade Spiegeleier, als David schlaftrunken in die Küche getrottet kam und sich die Augen rieb.

»Du brauchst eine neue Couch, Evie. Ich konnte jede einzelne Feder spüren.«

Sie reichte ihm eine Tasse Kaffee. »Ich weiß. Ich habe sie vom Flohmarkt.«

»Das merkt man. Übrigens nett, dass mal jemand für mich kocht.«

Sie stellte zwei Teller auf den Tisch. »Und deine Feuerwehrkumpel? Wollen sie nicht oder können sie nicht?«

»Doch, klar, wenn sie ein Fertiggericht kaufen, bestimmt. Hey, das schmeckt ziemlich gut.«

»Sogar ich kann Eier braten. Und du reparierst heute das Dach?«

»Wenn es nicht regnet oder schneit. Wer war vorhin am Telefon?«

Eve stocherte auf ihrem Teller herum. »Noah Webster. Sie haben die erste tote Frau doch auf meiner Liste gefunden. Sie hatte sich unter ihrem Ehenamen in die Studie eingeschrieben, sich aber scheiden lassen und wieder ihren Mädchennamen angenommen. Also drei von drei.«

David seufzte. »Mist. Aber du bist noch immer nicht verantwortlich.«

»Weder Samantha noch Christy haben sich für Shadowland interessiert, bevor sie die Anzeige für meine Studie gesehen haben. Sie konnten nur deshalb Opfer dieses Killers werden, weil sie meine Probandinnen waren.«

»Und wenn du sie gebeten hättest, täglich im Park spazieren zu gehen, und man sie dort überfallen hätte, wäre das dann auch deine Schuld gewesen?«
Er hatte recht, sie wusste es ja, aber das machte es nicht einfacher. »Nein.«
Er widmete sich wieder seinem Frühstück. »Hast du dich schon in Shadowland eingehackt?«
»Noch nicht. Ich habe mir erweiterte Zugangsrechte verschafft, aber die Schlüssel zur Schatzkammer habe ich noch nicht. Sollte aber nicht mehr lange dauern.«
»Du bleibst also den ganzen Tag hier und arbeitest, richtig?«
»Nein, ich bleibe nicht den ganzen Tag hier, damit du auf mich aufpassen kannst.«
Sein Blick wurde finster. »Und wo bist du dann?«
»Auf dem Campus. Jemand muss in unseren Dateien gestöbert haben. Nur so konnte er sich diese drei Frauen aussuchen.«
Sein Blick wurde noch finsterer. »Und was willst du machen, falls du diese Person findest?«
»Mach dir keine Sorgen. Ich habe nicht vor, ihn eigenhändig festzusetzen. Ich werde Webster anrufen.«
»Und was, wenn der Täter nur darauf wartet, dich auf dem Campus allein zu erwischen?«
»Ich darf eine Waffe mit mir führen, und ich gehe nie ohne Pistole aus dem Haus. Sie steckt in meiner Laptoptasche.« Sie biss sich auf die Lippe. »Gestern hatte ich sie ausnahmsweise vergessen. Der Tod von Christys Avatar hat mich so durcheinandergebracht.«
»In Anbetracht der Tatsache, dass man dir Handschellen angelegt und dich verhört hat, war das vielleicht auch ganz gut so. Ich fahre dich zur Uni. Sag mir, wenn du fertig bist.«

Dienstag, 23. Februar, 8.05 Uhr

Abbott warf die Morgenausgabe des *Mirror* auf den Tisch. »Buckland, dieser Mistkerl von Reporter, war gestern an Ihrem Tatort«, fauchte er. »Sichert man die Umgebung heutzutage nicht mehr ab?«

Jack sah stirnrunzelnd auf. »Ich habe gestern niemanden gesehen, der dort nicht hingehörte.«

Micki griff sich die Zeitung. Sie saß neben Carleton Pierce. »Ich auch nicht, und Christys Haus liegt ziemlich abgelegen. Wir hätten seinen Wagen gesehen, wenn er vorbeigefahren wäre. Wahrscheinlich hat er in einiger Entfernung geparkt und mit einem Teleobjektiv fotografiert.«

Noah überflog die Titelseite, auf der in fetten Lettern geschrieben stand: *Killer steht auf rote Kleider* und darunter: *Schon drei Frauen tot.* »Er hat alle drei Opfer namentlich genannt, auch Samantha. Hier steht sogar ein Zitat der Mutter: ›Wir wussten, dass unsere Tochter sich nicht selbst umgebracht hat.‹« Er schob Jack die Zeitung hin. »Er scheint uns gefolgt zu sein, als wir bei Samanthas Mutter waren.«

»Der Idiot hat sogar die Schlange erwähnt.« Jack schob die Zeitung angewidert von sich. »Dabei hätten wir dieses Detail noch zurückgehalten.«

»Finden Sie heraus, wo er sich versteckt hat«, sagte Abbott mürrisch. »Ich will wissen, woher er von roten Kleidern und der Schlange wusste, und ich will, dass er in Zukunft von allen Tatorten ferngehalten wird.«

Carleton sah zweifelnd auf. »Sind Sie sicher, dass das klug ist? Dadurch wird er doch nur noch entschlossener. Vielleicht wäre er als Verbündeter hilfreicher.«

Abbotts Augen sprühten Funken. »In meinem Team haben Journalisten nichts zu suchen!«

»Ich sagte auch nicht, dass Sie ihn an Ihrer Brust nähren sollen, Bruce«, sagte Carleton sanft. »Ich kenne mich aber mit

Persönlichkeiten wie seiner aus. Wenn Sie ihm etwas verbieten, will er es erst recht haben.«

»Der Doc hat gar nicht so unrecht«, meinte Jack. »Ich würde auch lieber wissen wollen, was der Bursche in Erfahrung bringt. Aber sehen wir es positiv – zumindest kennt er die Verbindung zwischen den drei Frauen nicht.«

Carleton sah sich am Tisch um. »Und die wäre?«

»Haben Sie schon mal von einem Computerspiel namens Shadowland gehört?«, fragte Noah, bevor Jack Eve erwähnen konnte. Noah war sich nicht sicher, ob Carleton über ihre Beteiligung an dieser Sache schweigen durfte. Vielleicht war er aufgrund seiner beruflichen Ethik verpflichtet, Eve zu melden.

»Nein, Computerspiele geben mir nichts«, sagte Carleton. »Aber aus Ihrer Bemerkung schließe ich, dass die Opfer gespielt haben.«

»Und wie«, sagte Jack. »Stundenlang.«

»Ich habe einige Patienten, die Suchtverhalten zeigen. Sie erwähnten das Spiel World of War.«

»Warcraft«, korrigierte Jack. »Das Prinzip ist ähnlich.«

»Wir haben herausgefunden, dass alle drei Frauen an einer psychologischen Studie über Spielverhalten teilgenommen haben. Die Studie wird von einer hiesigen Universität durchgeführt«, fügte Abbott hinzu, und Noah wollte protestieren, aber es war zu spät.

Carleton zog die Brauen hoch. »Woher wissen Sie davon?«

»Durch eine vertrauliche Quelle«, warf Noah schnell ein.

»Hat diese Quelle auch einen Namen, den Sie mit dem Team teilen möchten?« Carletons Stimme war ruhig, aber er war verärgert. Zu Recht, wie Noah vermutete.

Abbott nickte. »Ja. Zu gegebener Zeit werden wir das tun.«

»Aber im Augenblick«, fügte Noah hinzu, »möchten wir Sie nicht dem Dilemma aussetzen, es vielleicht melden zu müssen.«

»O die hinderliche Moral«, sagte Carleton mit gezwungenem

Lächeln. »Schön, wie Sie meinen. Also weiß offenbar jemand außer Ihrer vertraulichen Quelle von dieser Studie. Wissen Sie, um wen es sich handelt?«

»In diese Richtung ermitteln wir gerade«, sagte Noah ausweichend. »Ihr Profil wäre uns eine große Hilfe.«

»Ich bin bloß nicht sicher, ob es noch passt. Die Sache mit dem Computerspiel ändert einiges. Die wissenschaftliche Studie nicht zu vergessen.« In Carletons Stimme schwang eine bislang unbekannte Schärfe mit. »Möglicherweise habe ich gestern fünf Stunden meiner Nachtruhe verschleudert, um ein Profil zu erstellen, das nun vollkommen bedeutungslos ist.«

Noah schloss die Augen. »Es tut mir leid, Carleton. Daran habe ich einfach nicht gedacht.«

»Tja, so sieht's aus.« Carleton presste sich die Fingerspitzen gegen die Schläfen, dann hob er den Kopf. Sein Ärger war weitgehend eingedämmt, aber besänftigt war er noch nicht. »Erzählen Sie mir so viel wie möglich.«

Dienstag, 23. Februar, 8.45 Uhr

»Verzeihung? Ich suche eine Eve Wilson.«

Dr. Donners elender Sekretär, Jeremy Lyons, zeigte auf sie. »Sie sitzt da hinten.«

Hastig klappte Eve den Laptop zu. *Verdammt.* Sie war nah dran gewesen, in Martha Brisbanes Shadowland-Datei einzudringen, aber nun eilte ein Mann in ihre Richtung. Er war glattrasiert und gut gekleidet, aber seine Haltung und sein Blick strahlten Arroganz aus. Eve misstraute ihm auf Anhieb.

»Miss Wilson.« Er hielt ihr die Hand hin. »Mein Name ist Kurt Buckland. Vom *Mirror.*«

Sie schüttelte ihm widerstrebend die Hand. »Mr. Buckland. Ich bin im Augenblick ziemlich beschäftigt.«

Er ignorierte ihren Einwand. »Sagen Sie mir doch bitte, woher Sie die drei ermordeten Frauen kannten.«
Die Jahre, die sie in Danas Frauenhaus gelebt hatte, hatten ihr beigebracht, keine Geheimnisse preiszugeben und sich bei entsprechenden Fragen dumm zu stellen. Aber manchmal war es hart, keinerlei Reaktion zu zeigen. Sie blinzelte. »Ermordete Frauen, Mr. Buckland? Ich verstehe Sie nicht.«
»Sie fahren einen alten Mazda, richtig? Blau mit verbeultem Kotflügel?«
»Ja. Aber ich weiß noch immer nicht, wovon Sie reden.«
»Ihr Wagen steht jetzt vor Christy Lewis' Haus, und Sie sind zu Martha Brisbanes Adresse gefahren.« Er reichte ihr ein Foto. Darauf war sie mit Noah Webster zu sehen, und ihr Herz setzte aus.
Er wusste es. Und bald würden auch alle anderen wissen, dass ihre Studie den Frauen den Tod gebracht hatte. Natürlich würde auch der Täter erfahren, dass sie Bescheid wussten, wodurch sie ihren kleinen Vorsprung einbüßten.
»Sie haben mit dem Detective gesprochen«, sagte er. »Ich will wissen, worum es ging.«
Ihr Herz hämmerte zwar wild, doch sie war auch erleichtert. Der Eindringling von gestern Nacht war dieser Reporter gewesen. Kein Killer. »Reden Sie mit Detective Webster.« Sie drehte sich auf ihrem Stuhl herum und hoffte, dass er die Abfuhr verstehen würde.
Doch er lehnte sich an die Wand ihrer Büronische. »Hm. Sagen Sie mal, wie war es eigentlich, zweimal fast zu sterben? Haben Sie ein helles Licht gesehen? Gott? Engel? Oder eher Höllenfeuer und Schwefeldämpfe?«
Der Zorn kochte in ihr auf, aber sie blieb äußerlich ruhig. »Benutzen Sie Ihre Fantasie. Darin scheinen Sie ja recht gut zu sein.«
»Okay, dann nehme ich Gott und die Engel. Hat es eigentlich weh getan, als der Kerl Sie gewürgt hat?«

O ja. Und das tat es in ihren Alpträumen immer noch.

Langsam erhob sie sich. Sie dachte nicht daran, sich wieder auf die Opferrolle reduzieren zu lassen. »Ja, es hat verdammt weh getan. Ich habe noch eine Narbe von dem Draht, der um meinen Hals lag. Wollen Sie sie sehen?« Sie löste das lederne Band um ihren Hals und beugte sich mit erhobenem Kinn vor. »Möchten Sie sie mal anfassen? Dann können Sie es Ihren Lesern noch lebensnaher beschreiben.«

Seine Augen blitzten auf. »Lenken Sie nicht ab. Ich kriege, was ich will, oder ich mache Ihr Privatleben öffentlich. Erzählen Sie mir etwas über die drei ermordeten Frauen.«

Sie lächelte, und zwar nicht das eingeübte Lächeln, sondern das ganz natürliche, was die gelähmte Seite ihres Gesichts betonte. Es sah gruselig aus, das wusste sie. Sie hatte das halbe Lächeln perfektioniert, um nicht ständig den Abscheu zu sehen, der sich nun auf Bucklands Gesicht ausbreitete.

»Sie haben schon jetzt mein Privatleben öffentlich gemacht«, sagte sie laut. »Jeder im Raum hier wird mich jetzt googeln. Sie werden wahrscheinlich zu höflich sein, um mich direkt darauf anzusprechen, aber sie werden miteinander flüstern. Unklug von Ihnen, so laut zu sprechen. Sie haben soeben einen Teil Ihrer Leserschaft verloren.«

»Es sind noch genug Leser da. Und die werden kaum so höflich sein«, fauchte er. »Sie werden mit dem Finger auf Sie zeigen und Sie anstarren.«

Eve verschränkte locker die Hände, obwohl ihre Nerven zum Zerreißen gespannt waren. »Wenn Sie eine Story wollen, dann müssen Sie mit Webster reden. Von mir bekommen Sie nichts.«

Er richtete sich zu seiner vollen Größe auf und knipste sein Lächeln wieder an. »Ich sorge dafür, dass Sie morgen ein Gratisexemplar unserer Zeitung bekommen. Für Ihr Album. Den Artikel können Sie ausschneiden und direkt neben diesem hier einkleben.«

Er warf die Kopie einer alten Zeitung auf den Tisch, und nun schien tatsächlich etwas in ihr zu zerreißen. *Das bin ich.* Vor fast sechs Jahren, am Tag, als sie aus dem Krankenhaus entlassen worden war. Ihr Gesicht sah scheußlich vernarbt aus, und ihre Augen blickten verängstigt in die Kamera. Eve konnte die Scham, das Entsetzen, den Schmerz noch immer spüren. Aber sie hatte es geschafft. Sie war jetzt viel stärker.

»Ihre letzte Chance«, sagte er ruhig. »Dieses Bild muss niemand sehen.«

Eve zwang sich, die Zeitung in die Hand zu nehmen. Ruhig schob sie sich an Buckland vorbei, ging zum Schwarzen Brett und pinnte die Kopie der Zeitungsseite gut sichtbar in die Mitte. Dann wandte sie sich um und schenkte ihm ihr halbes Lächeln. »Ich habe keine Angst vor Ihnen. Gehen Sie. Jetzt.«

Ein Student erhob sich und kam aus seinem Verschlag hervor. Jose war gebaut wie ein Schrank, und nun legte er Eve eine riesige Pranke auf die Schulter. »Die Lady hat gesagt, Sie sollen gehen.«

»Und halten Sie sich von meiner Wohnung fern«, fügte Eve hinzu. »Oder ich besorge mir eine einstweilige Verfügung.«

Buckland starrte sie wütend an. »Ich bin gar nicht in die Nähe Ihrer verdammten Wohnung gekommen.«

»Sparen Sie sich das für den Richter auf. Lassen. Sie. Mich. In. Ruhe.« Mit einem letzten wütenden Blick zog Buckland ab, und Eve stieß erleichtert den Atem aus. »Danke, Jose. Ich bin dir was schuldig.«

Er nahm das entsetzliche Foto ab. »Soll ich das schreddern?«

Eve nahm es ihm aus der Hand. »Nein. Ich glaube, ich behalte es.«

Er nahm ihr das Halsband aus den steifen Fingern und befestigte es wieder an seinem Platz. Eve wandte sich um und wollte ihm danken, aber etwas in seinem Blick ließ sie innehalten.

»Du hast es schon gewusst, richtig?«

Er zuckte mit den Schultern. »Ich musste vergangenes Jahr für ›Abnormes Verhalten‹ recherchieren.«

Das Seminar, das sie nun belegt hatte. »Der Verstand eines Serienmörders«, murmelte sie.

»Ich habe Artikel über Rob Winters gefunden.« Sie zuckte zusammen, und er verzog das Gesicht. »Tut mir leid, Eve.«

»Muss es nicht. Wirklich nicht.« Sie brachte ein Lächeln zustande. »Wir können ja schlecht immer sagen ›Er, dessen Namen nicht genannt werden darf‹. Das wäre mir zu lang.«

Er grinste. »Ich glaube, darauf gibt es ohnehin ein Copyright.« Dann fuhr er wieder ernst fort: »Keiner von uns wusste, was er dazu sagen sollte, also haben wir lieber gar nichts gesagt. Es ist deine Angelegenheit. Dein Leben.«

»Von dem ich mir gerade ein kleines Stück zurückerobert habe, glaube ich.« Und sie war verdammt stolz darauf, wie sie plötzlich spürte.

Doch ihr Hochgefühl war nur von kurzer Dauer. Donners Assistent beobachtete sie durch seine runde Brille mit kaum verhohlener Neugier. Den ganzen Morgen hatte sie darauf gewartet, dass Jeremy Lyons seine übliche Pinkelpause machte, damit sie endlich die auf seinem Computer befindlichen Dateien zur Studie herunterladen konnte. Sie wollte nicht, dass man den Zugriff zu ihrem Laptop zurückverfolgen konnte, und sie wollte auch Ethan nicht noch tiefer in diese Sache hineinziehen, als sie es schon getan hatte.

Aber Jeremy war bisher störrisch sitzen geblieben, und bald würde Donner von seinem Seminar zurückkehren. Eve war nicht sicher, ob sie nach der Begegnung mit Buckland noch genügend Energie besaß, auch ihrem Professor die Stirn zu bieten. Denn natürlich würde Donner wissen wollen, warum sie der Polizei von Martha erzählt hatte, obwohl er ihr doch förmlich befohlen hatte, diesen Namen zu vergessen.

Im Übrigen gehörte auch Donner zu den Leuten, die die Liste einsehen konnten. Genau wie Jeremy. *Einer von beiden könnte etwas damit zu tun haben.* Dieser Gedanke ging ihr nicht mehr aus dem Kopf, seit sie heute Morgen mit Noah gesprochen hatte. Aber es fiel ihr immer noch ungemein schwer, es zu glauben. Donner war durch und durch Akademiker, Lyons ein widerlicher Schleimer. Dass einer der beiden ein Mörder sein sollte, kam ihr wirklich unwahrscheinlich vor.

Aber sie hatte auch Rob Winters nicht für einen Mörder gehalten. »Jose, könntest du Jeremy ablenken? Ich will los, und ich möchte mich nicht erst mit ihm auseinandersetzen müssen.«

»Nur zu gern. Ich kann den kleinen Troll nicht ausstehen. Überlass ihn mir.«

Jose versperrte Jeremy die Sicht, und Eve tauchte ab, ohne aufgehalten zu werden, aber draußen auf der Straße fiel ihr kleiner Triumph in sich zusammen. *Mein Wagen. Ich bin ja gar nicht damit gekommen.* Und schon kam Jeremy mit Jose auf den Fersen aus dem Fakultätsgebäude gerannt. Instinktiv zog sich Eve in eine Gasse zurück. Von hier aus konnte sie zuhören und sehen, ohne selbst gesehen zu werden.

»Verdammt noch mal!«, sagte er wütend. »Wo ist sie hin?«

»Nach Hause«, sagte Jose. »Lass sie in Frieden.«

Jeremys Miene wurde plötzlich ängstlich, und die Härchen auf Eves Armen stellten sich auf. »Ich bin ja so was von erledigt«, murmelte Jeremy.

Wahrscheinlich war das nur eine bedeutungslose Floskel, aber Eve dachte nicht daran, Risiken einzugehen. Sie lief die schmalen Gassen zwischen den Universitätsgebäuden entlang, das Handy in der Hand.

10. Kapitel

Dienstag, 23. Februar, 8.45 Uhr

Das alles ist also während dieses Spiels möglich?«, fragte Carleton ungläubig. »Das ist ja ... ganz erstaunlich. Und verändert das Profil des Täters auf jeden Fall.«

»Warum?«, fragte Noah.

»Weil es ihn auf ein anderes Niveau der Intelligenz und auch der Ordnungsliebe hebt. Sie sagen, dass er ins System gehen und die Spielfiguren ändern kann.«

»Avatare«, warf Jack ein.

»Avatare«, wiederholte Carleton. »Er besitzt technisches Know-how, oder aber er lernt enorm schnell. Und dann diese Grausamkeit. Ich muss gestehen, dass mir das Opfer von gestern einfach nicht aus dem Kopf will. Dass er sich der Gefahr aussetzt und sich eine hochgiftige Schlange besorgt, dann das Opfer bewegungsunfähig macht ... ich möchte mir gar nicht ausmalen, was die arme Frau durchlebt hat. Ich habe einige Patienten mit Schlangenphobien, und die sind sehr real.«

Micki warf Jack einen betrübten Blick zu. »Wir versuchen immer noch herauszufinden, woher er das Tier hat. Aber warum hat er nur bei Christy eine Schlange eingesetzt? Warum geht er in diesem Fall anders vor?«

»Und was wird sich beim nächsten Mal verändern?«, fragte Jack grimmig.

»Ich will kein nächstes Mal«, sagte Abbott. »Micki, noch etwas Neues vom Tatort?«

»Ja.« Wieder der vorsichtige Blick zu Jack. »Die Schlange hatte gerade eine Maus vertilgt.«

Jack verzog angewidert das Gesicht.

»Das Tier war noch nicht verdaut«, fuhr Micki fort. »Sie muss die Maus gerade erst heruntergewürgt haben, als der Mörder sie erschossen hat. So konnten wir auch die Einstichstelle in der Maus finden. Sie war ebenfalls mit Ketamin sediert.«

»Warum?«, hauchte Jack.

Noah dachte an den Schlangenbiss im Fuß der Frau.

»Die Maus musste am Leben sein«, erklärte er, »um der Schlange als Beute zu dienen. Aber der Killer wollte nicht, dass das Tier weglief.«

»Die Maus sollte die Schlange zum Opfer locken«, sagte Carleton leise. »Lieber Gott.«

Abbott räusperte sich. »Über die Maus wird nichts in der Presse erscheinen.«

Jack fuhr sich mit beiden Händen über das Gesicht. »Darüber will ich gar nicht nachdenken. Gebt mir ein paar Minuten, um alle Diners, die Waffeln servieren, aufzulisten, dann können wir loslegen.«

»Christy Lewis' letzte Mahlzeit sind Waffeln gewesen«, erklärte Noah. »Sie hat sie mitten in der Nacht gegessen, also wollten wir uns die Lokale ansehen, die in Frage kommen.«

Faye, ihre Bürokraft, steckte den Kopf durch die Tür. »Anruf von Ramsey aus dem Büro der Staatsanwaltschaft, Captain. Der Durchsuchungsbeschluss für die Wohnung neben Brisbanes liegt vor.«

»Danke«, sagte Abbott. »Ich bitte Sutherland und Kane hinzufahren. Was ist mit Taylor Kobrecki? Wissen wir inzwischen mehr über ihn?«

»Ich habe seine Kumpel getroffen«, sagte Jack. »Könnte sein, dass er sich bei einem von ihnen versteckt.«

»Ich lasse sie überprüfen. Wir werden heute Morgen noch eine Pressekonferenz abhalten und geben Fotos der Opfer heraus. Vielleicht hat ja jemand eine der drei Frauen am Tag ihres Todes gesehen.«

»Könnten wir weitere potenzielle Opfer warnen?«, fragte Micki.

»Wissen wir überhaupt, wen wir warnen sollten?«, fragte Carleton.

»Wir wissen, wer von den Probandinnen besonders viel spielt«, sagte Jack. »Und diese sind die wahrscheinlichsten Opfer.«

»Moment.« Carleton hob die Hand. »Und woher wissen wir, wer viel spielt?«

»Unsere vertrauliche Quelle hat uns eine nach Spieldauer sortierte Liste der Teilnehmer gegeben. Jack und ich werden versuchen, die Adressen der Leute ausfindig zu machen, aber wir können nur raten, wen sich der Mörder als Nächstes aussucht.«

Abbott zögerte. »Wie viele Personen stehen auf der Liste?«

»Fünfhundert«, sagte Noah, »aber nur ungefähr sechzig sind sowohl Frauen als auch Vielspielerinnen. Nur fünf sind Ultra-User wie Martha.«

»Geben Sie mir die Liste«, sagte Abbott. »Ich werde darüber nachdenken.«

»Wir fahren zuerst zur Universität, um den Professor zu befragen, der die Studie überwacht. Er und sein Assistent haben natürlich Zugriff auf die Liste. Danach klappern wir die Diners ab.«

Noah stieß sich vom Tisch ab, als sein Handy klingelte. Eve.

»Was ist passiert?«, fragte er ruhig.

»Kennen Sie einen Reporter namens Buckland?«, fragte sie. Sie klang angespannt.

Ihm schwante Übles. »Ja. Und Sie offenbar auch. Wie hat er Sie aufgestöbert?«

»Er hat meinen Wagen vor Christys Haus stehen sehen. Eben hat er mir einen Besuch abgestattet. Er könnte ein Problem werden.«

»Das ist er leider schon längst. Was wollte er von Ihnen?«

»Er wollte etwas über die Morde wissen, aber ich habe ihm nichts gesagt. Hören Sie, ich brauche meinen Wagen. Wäre es wohl möglich, dass mich jemand hinfährt?«

Erst jetzt registrierte Noah, wie atemlos sie klang. »Laufen Sie vor etwas davon?«
»Beinahe. Dr. Donners Assistent sucht nach mir.«
»Definieren Sie ›sucht nach mir‹.«
»Ich bin kurz nach Buckland gegangen. Donners Assistent ist mir gefolgt. Er sucht alle Hauseingänge und Autos ab, und zwar definitiv nach mir.« Sie hatte Angst. »Noah, ich komme mir vor wie in einem schlechten Teenie-Splatter-Film. Das ist doch irre.«
Das war es allerdings. »Schaffen Sie es bis zum Bistro?« Der Laden lag in der Nähe des Campus und war eine Kombination aus Café und Sandwichbar. Neben dem Sal's war es ein beliebter Polizistentreffpunkt.
»Ja. Wir treffen uns dort.«
»Wir schicken zwei Polizisten hin, die die Augen aufhalten. Sie müssen sich aber nicht zu Ihnen setzen. Warten Sie auf mich.« Er wandte sich wieder dem Team zu. »Unsere vertrauliche Quelle steckt in Schwierigkeiten.«
Jack knöpfte sich den Mantel zu. »Ich mag das Bistro. Da gibt es fantastische Pastrami.«
»Warten Sie.« Carleton stand auf. »Ich verstehe ja, dass Sie Ihren Informanten schützen müssen, aber ich bin nicht die Ethikkommission, ich melde niemanden. Vielleicht kann ich sogar helfen.«
Noah horchte auf. »Und wie das?«
»Ich habe oft genug an der Universität zu tun. Falls ich die Person, die die psychologische Studie leitet, nicht kenne, dann kenne ich wahrscheinlich jemanden, *der* es tut. Sollte Ihr Informant in Schwierigkeiten geraten, könnte ich vielleicht die Wogen bei seinem Chef glätten.«
Noah nickte. »Im Augenblick scheint das Problem eher beim Assistenten des Chefs zu liegen, aber ich gebe unserer Quelle weiter, dass Sie Hilfe angeboten haben. Danke, Carleton. Wirklich.«

»Sie bekommen bald mehr Informationen«, fügte Abbott hinzu. »Es geht nicht darum, dass wir Ihnen nicht trauen.«
Noah wusste, dass diese Geheimniskrämerei gerade Abbott schwerfiel. Er und Carleton arbeiteten schon viele Jahre zusammen. Sie alle taten es. Carleton hatte schon Dutzende von Profilen erstellt, die ihnen bei der Aufklärung von Mordfällen geholfen hatten. Aber sie hatten es Eve zugesagt.
»Ich weiß das, Bruce. Es gefällt mir nicht, aber Sie glauben anscheinend, dass es hier einen Interessenkonflikt geben könnte, und das muss ich akzeptieren. Ich würde Ihnen anbieten, einen anderen Psychologen zu Rate zu ziehen, aber mit dem werden Sie dasselbe Problem haben. Außerdem muss ich zugeben, dass der Täter eine faszinierende Persönlichkeit zu haben scheint. Ich möchte nicht darauf verzichten, sie genauer zu studieren.«
»Obwohl ich es vorzöge, wenn Sie ihn aus nächster Nähe studieren könnten«, sagte Abbott trocken. »Nur durch Gitterstäbe getrennt zum Beispiel.« Er entließ Noah und Jack mit einer Handbewegung in Richtung Tür. »Gehen Sie. Ich lasse einen Wagen zum Bistro schicken. Geben Sie mir Bescheid, wenn Sie mehr wissen.«

Dienstag, 23. Februar, 9.30 Uhr

Eve bestellte einen Kaffee und nahm sich, ohne hinzusehen, eine Zeitschrift aus dem Ständer. Mochte das Bistro auch als bescheidene Sandwich-Bar angefangen haben, so hatte es sich längst zu einem schicken Treffpunkt gemausert, in den viele Studenten, Professoren – und Polizisten – kamen. *Fast wie das Ninth Circle. Nur ohne die miese Band.*
»Der Typ ist gar nicht übel«, sagte der Bursche hinter der Theke. Eve sah herab und war nicht einmal überrascht, in Jack Phelps' Gesicht zu starren. Sie hatte zielsicher die Ausgabe

der *MSP* erwischt, in der über die Hat Squad berichtet worden war. Bestimmt eine Freudsche Fehlleistung. *Na klar.* Der Barmann zwinkerte ihr zu. »Den würde ich auch nicht von der Bettkante stoßen.«

»Ja, stimmt. Nicht übel.« Jacks Partner allerdings war … auch nicht übel. Aber ganz anders. Wenn sie nur gewusst hätte, wie anders. Sie hatte ihm gesagt, dass sie ihn nicht wollte, hatte sich selbst eingeredet, dass sie ihn nicht haben konnte, aber als sie eben Angst bekommen hatte, hatte sie automatisch seine Nummer gewählt.

Mit einem leisen Seufzen setzte sie sich hinter die zwei Officer, die Kaffee tranken. Vielleicht waren es die Polizisten, die Noah geschickt hatte, vielleicht machten die beiden wirklich nur Pause, aber es spielte keine Rolle. Sie fühlte sich in ihrer Nähe sicherer.

Sie blätterte in der Zeitschrift, bis sie auf das Foto von Noah Webster stieß, das sie bereits in- und auswendig kannte. Ja, Jack Phelps hatte ein anziehendes Gesicht. Noahs dagegen … war rauh. Kantig. Hart. Aggressiv war das Wort, das ihr meistens in den Sinn kam.

Und gefährlich. Aber die grünen Augen konnten auch warm und freundlich blicken. *Und er gibt mir das Gefühl von Geborgenheit.*

Die Türglocke des Bistros erklang, und sie hob den Blick. Jeremy Lyons betrat das Lokal und sah sich suchend um. Dann kam er auf ihren Tisch zu, und sie hatte nur einen kurzen Moment Zeit, um sich zu entscheiden, ob sie die Polizisten um Hilfe bitten sollte, falls sie welche brauchen sollte.

Aber wenn du es tust, gibst du zu, dass du mit der Polizei zusammenarbeitest. Und das wollte sie um Noahs Ermittlung willen so lange wie möglich hinauszögern. Je länger die Verbindung zu Shadowland geheim war, umso mehr Zeit blieb ihm, einen Dreifachmörder zu jagen.

»Kann ich mich zu dir setzen?«, fragte Jeremy schwer atmend, und bevor sie ablehnen konnte, hatte er es bereits getan. »Danke.« Er nahm die Brille ab, deren Gläser durch den Temperaturwechsel beschlagen waren. »Du bist schwer zu fassen, Eve.«

Sie versuchte einen Ton anzuschlagen, der irgendwo zwischen Kränkung und Empörung lag und den er auf die Auseinandersetzung mit Buckland zurückführen sollte. »Mir war nicht klar, dass du nach mir suchst.«

»Donner hat mir aufgetragen, wachsam zu sein. Er meinte, du würdest dich an die Presse wenden. Tja, da hat er wohl recht gehabt, du intrigante Schlampe.«

An die Presse. Nicht an die Polizei. Donner hatte sofort angenommen, Berühmtheit sei ihr wichtiger als Gerechtigkeit. *Warum überrascht mich das nicht?* »Ich habe mich nicht an die Presse gewandt, du Witzbold. Der Kerl ist zu mir gekommen. Und falls es dir entgangen ist, ich habe keinesfalls Informationen weitergegeben.«

»Durchaus überzeugend gespielt, aber da du hergekommen bist, um dich mit ihm zu treffen, kommst du damit nicht weit.«

Eve schüttelte den Kopf. »Wovon redest du?«

Er deutete hinter sich. »Von deinem Reporter.« Verblüfft entdeckte Eve Buckland, der sie höhnisch lächelnd beobachtete. *Seit wann ist er schon hier?* »Aber dafür setzt man dich vor die Tür«, sagte Jeremy befriedigt. »Du hättest sowieso nie in das Programm aufgenommen werden dürfen.«

Langsam drehte sich Eve wieder zu Jeremy um. Sie war erschüttert, hoffte aber, dass ihr nichts anzumerken war. »Und warum nicht?«

»Der größte Teil deiner Arbeiten im Grundstudium lief online. Dein Abschluss kommt von einer staatlichen Schule.«

Sie versuchte, sich auf die miese Ratte ihr gegenüber zu konzentrieren und die Schlange hinter sich vorübergehend zu vergessen. »Na und?«

»Das heißt, du bist bei uns nur aufgenommen worden, weil du

ein armes, armes Opfer bist, nicht weil du wirklich qualifiziert gewesen wärest.«

Sie sah die Eifersucht in seinen Augen aufblitzen. »Aber *du* bist qualifiziert?«

Er schob das Kinn vor. »Weit mehr als du jedenfalls.«

Und jetzt verstand sie endlich. »Du hast dich beworben, hast es aber nicht ins Programm geschafft. Daher bist du Donners Bürokraft und nicht sein Assistent.«

Ein Muskel in seinem Kiefer zuckte. »Ich hätte es aber geschafft. Doch leider haben sie dich vorgezogen, nur weil dir irgendein Spinner das Gesicht zerschnitten hat. Man fand, du könntest unsere Forschungsprojekte aus einem ›interessanten Blickwinkel‹ heraus betrachten.«

Dass sie vielleicht nicht aus eigenem Verdienst aufgenommen worden war, tat weh. Und dass Buckland den Austausch beobachtete, machte es noch schwerer. Aber wenigstens sprach Jeremy nicht mehr über Presse oder Polizei. *Noah. Wo bleibst du?* »Und woher willst du das so genau wissen?«, fragte sie.

»Ich weiß alles«, fuhr er sie verächtlich an. »Ich kenne deine komplette Krankengeschichte, deine Noten, deine Lieblingsfarbe, ich weiß, dass du Höhenangst hast und Rote Bete nicht magst.«

Ihre Noten, ihre Vorlieben und Abneigungen, *Mistkerl. Du hast dich in meine Dateien gehackt.* Eve wusste nicht, ob sie über diese Ironie lachen oder vor Wut weinen sollte. »Ich habe diesen Reporter nicht angerufen, du darfst also Donner mitteilen, dass er sich keine Sorgen machen muss. Wovor er sich auch gefürchtet haben mag – ich hab's nicht verraten.«

Jeremy zuckte mit den Schultern. »Ich gehe nicht, bevor Donner hier auftaucht. Wenn du's nicht der Presse verraten hast, dann den Cops. Sonst wärst du gestern Abend wohl kaum mit ihnen zusammen gewesen.«

Das war die erste logische Schlussfolgerung, die er bisher gezogen hatte. »Donner kommt hierher? Warum?«

»Um dich in sein Büro zu bringen, wo er dich dann offiziell rauswerfen kann.«
Ein Alarm begann in ihrem Kopf zu schrillen. Donner kam. *Meinetwegen.* »Wodurch der Platz für dich frei werden würde?«, fragte sie und zwang sich zu einem Lächeln.
Er nickte. »Genau.«
Sie gab sich Mühe, freundlich zu bleiben. »Du denkst also, ich sei zur Polizei gegangen. Um was genau zu erzählen?«
»Keine Ahnung«, gab Jeremy zu. Sein Blick fiel auf die aufgeschlagene Zeitschrift. »Das ist dieser Webster, oder? Der Polizist, mit dem der Reporter dich gesehen hat.«
Ja, das war er. Und er war es auch, der gerade vor dem Bistro aus dem Auto stieg. In wenigen Sekunden würde er eintreten und zu ihr kommen und damit jeden Verdacht bestätigen, den Jeremy und Buckland hegten. Die Uhr tickte, und sie traf eine Entscheidung.
Es gab eine Möglichkeit, ihre Anwesenheit an den gestrigen Tatorten zu erklären und damit Buckland und Jeremy gleichzeitig das Maul zu stopfen. Sie konnte nur beten, dass Webster verstand und mitspielte.
Und so lächelte sie stolz und strich mit dem Finger über das kleine Foto. »Ja, das ist mein Noah. Ich meine ja, er hätte auf dem Cover erscheinen müssen, aber ich bin natürlich nicht objektiv.« Sie stand auf und winkte ihm völlig übertrieben zu, als die Türklingel ertönte. »Noah, Schatz, hier bin ich.«
Webster nahm Jeremy Lyons' verblüffte Miene wahr, dann kam er schon ohne zu zögern und mit einem herzlichen Lächeln auf sie zu. Sie wusste, was sie tun musste. Gedanklich schaltete sie um auf Greer und jede imaginäre Figur, die sie sich je ausgedacht hatte. Sie streckte beide Arme aus, schlang sie um seinen Hals, zog seinen Kopf herab und küsste ihn auf den Mund – und das ein paar Augenblicke länger, als es der Situation angemessen gewesen wäre.
Auch er schlang die Arme um sie, als hätte er das schon tau-

sendmal getan. Sein Körper fühlte sich genau so muskulös an, wie sie es sich vorgestellt hatte. Doch seine Lippen waren viel weicher. Und süßer. Und heißer. *Was habe ich getan?*
Sie löste sich behutsam. Einen Sekundenbruchteil hatte sie schockierte Verblüffung in seinen Augen gesehen, aber dann war die Regung durch Verlangen ersetzt worden. Dieses Verlangen war noch immer da, doch er hatte sich im Griff.
Nachdem sie sich wieder in Erinnerung zurückgerufen hatte, was ihr Plan war, schlang sie ihm einen Arm um die Hüfte und wandte sich zu Jeremy um, dem die Kinnlade heruntergefallen war. »Noah, darf ich dir Jeremy Lyons vorstellen? Er arbeitet für meinen Studienbetreuer, Dr. Donner.«
Noah nahm Jeremys Hand. »Nett, Sie kennenzulernen«, sagte er, dann legte er ihr einen Arm um die Schultern und drückte sie.
»Gleichfalls«, murmelte Jeremy.
»Tja, Jeremy, jetzt weißt du es also. Wir wollten es eigentlich nicht an die große Glocke hängen. Man weiß ja, wie schnell die Leute reden. Aber ...« Eve zuckte mit den Schultern. »Ich denke, jetzt ist die Katze wohl aus dem Sack. Tut mir leid, Web.«
»Wir wussten, dass wir es nicht ewig geheim halten können«, erwiderte Webster, und seine Stimme war wie eine sanfte Liebkosung, die ihr eine Gänsehaut über den Rücken jagte. Sie musste sich energisch in Erinnerung rufen, dass nichts davon echt war. Sie spielte, genau wie in Shadowland.
Du kannst ihn nicht haben, also hör auf zu träumen. Aber sie würde sehr wohl träumen, denn nun wusste sie, wie es war, ihn im Arm zu halten, seinen Körper an ihrem zu spüren. *Was habe ich getan?*
Noah räusperte sich. »Tut mir leid, Baby, aber ich kann nicht bleiben. Ich muss wieder an die Arbeit.«
»Oh.« Sie tat, als sei sie enttäuscht. »Okay, ich verstehe.« Ihr schwindendes Lächeln war hingegen nicht gespielt. »Könntest

du mich vielleicht noch zu Hause absetzen? Ich hatte einen etwas anstrengenden Morgen.«

Webster schmiegte seine Wange an ihren Scheitel, und einen kurzen Moment lang erlaubte Eve sich, den Traum weiterzuträumen. »Natürlich«, sagte er ruhig. »Komm.«

Sie nahm ihre Sachen und bewegte sich auf die Tür zu. Websters Arm lag noch immer um ihre Schultern. Die kalte Luft tat ihren heißen Wangen gut, und sie stieß einen erleichterten Seufzer aus. Phelps saß auf dem Beifahrersitz und starrte ihnen mit weit aufgerissenen Augen entgegen. Offenbar hatte er alles gesehen.

Webster öffnete die hintere Tür und nahm erst jetzt seinen Arm fort. »Sie sollten mir vielleicht doch einen Schlüssel nachmachen«, murmelte er, und sie prustete überrascht los.

»Baby?«, fragte sie, und er grinste verlegen.

»Sie haben mich überrumpelt. Schnallen Sie sich an.« Damit schloss er die Tür.

Jack wartete, bis sie über die nächste Kreuzung gefahren waren, bevor er sich erst zu ihr, dann zu Webster umdrehte. »Und was war das jetzt genau?«

Wirklich nett, dachte Eve und widerstand dem Bedürfnis, sich die Lippen zu lecken, um herauszufinden, ob sie ihn noch schmecken konnte. *Ein Traum.* »Schadensbegrenzung«, murmelte sie. »Es war ein ereignisreicher Morgen.«

Dienstag, 23. Februar, 9.55 Uhr

Noahs Herz wollte sich einfach nicht beruhigen. Zuerst hatte er um ihre Sicherheit gefürchtet, dann hatte sie ihn mit einem Kuss erschüttert, den sie als »Schadensbegrenzung« bezeichnete.

Doch nun hämmerte es vor hilflosem Zorn, während seine Hände das Lenkrad umklammerten und er sich wünschte, es wäre Bucklands Hals gewesen. »Er hat Sie bedroht?«, fragte er und sah im Rückspiegel, wie ihr Blick wachsam wurde.

»Ich kann damit umgehen«, sagte sie. »Er hat geglaubt, er könnte mich erpressen, aber daraus wird nichts.«

Und deshalb war er stolz auf sie. »Darum geht es nicht. Er hatte kein Recht dazu.« Er erpresste sie mit etwas, das ihr *zugestoßen* war! Wieder war sie ein Opfer.

»Das hilft uns jetzt aber nicht weiter«, sagte sie leise, und sie hatte recht.

»Tut mir leid.« Doch das stimmte nicht.

»Jedenfalls ist Buckland Ihnen zum Tatort gefolgt«, sagte sie. »Und mir zum Bistro.«

»Er war da?«, fragte Jack. »Jetzt eben?«

»Ja. Ich glaube, er dachte, ich wollte Sie treffen und warnen. Und damit niemand glaubt, ich würde mit den Cops gemeinsame Sache machen, dachte ich, es sei die beste Lösung ... in die Defensive zu gehen.«

Schadensbegrenzung, dachte Noah, plötzlich verbittert. »Verstehe.«

»Mit Glück glauben Buckland und Jeremy jetzt nicht mehr, dass ich zu Ihrem Fall gehöre. Aber Sie müssen aufpassen. Buckland will seine Story, und er wird Ihnen folgen, bis er sie hat.«

»Er folgt uns auch jetzt«, sagte Jack. »Schon seit wir das Bistro verlassen haben.«

Noah sah wieder in den Rückspiegel, konzentrierte sich nun aber auf den Verkehr hinter sich, nicht auf die Frau auf dem Rücksitz. Ein dunkler Subaru blieb in sicherem Abstand hinter ihnen. »Dieser Mistkerl.«

»Man muss ihn wenigstens für seine Hartnäckigkeit bewundern«, sagte sie belustigt. »Hängen wir ihn jetzt in einer wilden Verfolgungsjagd ab? Sollte ich mich deswegen anschnallen?«

Noah musste trotz der Wut in seinem Bauch lachen. »Tut mir furchtbar leid. Das ist gegen die Vorschriften.«

»Mist«, sagte sie. »Dabei habe ich seit Jahren keine richtig gute Verfolgungsjagd mehr erlebt.«

Jack drehte sich in seinem Sitz um, bis er sie ansehen konnte. »Wenn ich Ihnen eine verspreche, küssen Sie mich dann bitte auch so?« Es lag etwas Harsches, fast schon Abwertendes in Jacks Tonfall, und Noah warf ihm einen zornigen Blick zu.

Im Rückspiegel sah er, wie Eves Lächeln verschwand. Sie sah verlegen zur Seite. »Nein.«

»Jack«, presste Noah hervor.

Jack setzte sich mit einem sarkastischen Seufzen zurück. »Man darf doch wohl fragen, Web.«

Noah biss sich auf die Zunge. *Konzentriere dich auf den Fall. Jack das hübsche Gesicht einzuschlagen, bringt uns nicht weiter.*

Eve musste dasselbe gedacht haben. »Und jetzt? Ich habe versucht, Verwirrung zu säen, indem ich angedeutet habe, dass ich dort Noah treffen wollte, aber ich weiß nicht, ob ich überzeugend genug war.«

»Na ja, mich jedenfalls haben Sie überzeugt«, sagte Jack.

»Jack«, knurrte Noah wieder. *Aber mich hat sie auch überzeugt,* dachte er. Und er sehnte sich bereits nach einer Wiederholung.

»Sie haben *jeden* Burschen in dem Laden überzeugt«, fuhr Jack fort, als hätte Noah nichts gesagt.

»Schluss mit dem Thema!«, fuhr Eve ihn an. »Die Sache ist ernst, Detective.«

»Hören Sie einfach nicht auf ihn«, sagte Noah wütend. »Wie schnell wird man Sie mit Shadowland in Verbindung bringen?«

»Ziemlich schnell«, sagte sie. »Alle meine Kommilitonen wissen, dass es Teil meiner Studie ist, obwohl ich glaube, dass sie nach dem, was heute Morgen passiert ist, eher nicht mit Buckland reden werden.«

»Wenigstens etwas«, sagte Noah. Er hätte beinahe gefragt, ob sie bereits ins Netzwerk von Shadowland gelangt war, aber er verkniff es sich. Sie hätte es ihm schon gesagt. »Und was machen wir jetzt mit Ihnen?«

»Ich hätte da eine Idee«, murmelte Jack, und Noah biss so fest die Zähne zusammen, dass es weh tat.

Ich kann es kaum erwarten, dein Verhalten zu melden. Er hätte es schon vor Jahren tun sollen. Warum er es nicht getan hatte, war vielen ein Rätsel. Er wusste von dem Gerede, von den Wetten, aber wie ein Vollidiot hatte er die ganze Zeit über gehofft, Jack würde sich zusammenreißen und sein Leben auf die Reihe bekommen. *Sogar ich habe es geschafft.*

»Was soll das heißen?«, fragte Eve misstrauisch. Offensichtlich hatte sie Jacks Gemurmel nicht gehört. Oder ignorierte ihn lieber.

»Dass es nur eine Frage der Zeit ist, bis Buckland erfährt, dass Sie und Ihre Studie beteiligt sind.«

»Er hat bereits so gut wie alles andere veröffentlicht«, sagte Jack säuerlich.

»Was zum Beispiel?«, fragte sie barsch.

Noah zögerte. »Dass die Opfer rote Kleider trugen. Und dass der Mörder bei Christy die Schlange eingesetzt hat.«

»Eine Schlange?« Sie sah verwirrt in den Rückspiegel. »Eine echte Schlange?«

»Eine echte Klapperschlange«, sagte Jack. »Das Biest hat sie gebissen.«

»War es bei Martha auch so?«, fragte sie.

»Nein«, sagte Noah. »Und wir wissen nicht genau, warum nicht.«

»Hat er die Frauen sexuell missbraucht?«

Jack zog die Brauen zusammen. »Wieso wollen Sie das wissen?«

»Hat er oder nicht?«, wiederholte sie, und Jack schüttelte verdrossen den Kopf.

»Nein, hat er nicht.«

»Also lernt er die Frauen in der virtuellen Welt kennen, überwältigt sie in ihrem eigenen Zuhause, tötet sie und inszeniert einen Selbstmord durch Erhängen. Und in einem Fall greift er auf eine häufig auftretende Phobie zurück.«

Noah blickte in den Rückspiegel. Eve wirkte nachdenklich. »Haben Sie eine Idee, was es mit der Schlange auf sich hat?«

»Vielleicht«, sagte sie. »Jeremy hat vorhin ziemlich herumgezetert, von wegen, ich hätte nichts auf der Marshall zu suchen. Dabei hat er mir Dinge entgegengeschleudert, die er eigentlich nicht wissen durfte oder konnte.«

»Was zum Beispiel?«, hakte Noah nach.

»Zum Beispiel meine Lieblingsfarbe oder dass ich Rote Bete nicht mag. Oder Höhenangst habe.« Den letzten Teil hatte sie langsam ausgesprochen. »Ich versuche mich zu erinnern, wem ich das erzählt haben könnte. Mir ist aber gerade eingefallen, dass man einen Fragebogen ausfüllen musste, wenn man sich für das Programm bewarb. Bei unserer Studie haben wir etwas Ähnliches gemacht. Wir fragten nach Dingen, die unsere Probanden liebten, hassten, Dinge, die sie tröstlich finden, die ihnen Angst einjagten … und so weiter.«

Noah verstand. »Er könnte Christys Fragebogen eingesehen haben.«

Eve nickte. »Und falls sie geschrieben hat, dass sie sich vor Schlangen fürchtet, wusste er es. Hat Marthas Autopsie etwas Ungewöhnliches ergeben?«

»Blau gefärbte Lungen«, murmelte Jack.

»Blaue Lungen?«, fragte Eve. »Wie das?«

»Der Rechtsmediziner glaubt, dass der Killer ihr Gesicht in eine Toilettenschüssel gedrückt hat«, sagte Noah. »Wir müssen an diese Dateien kommen, Eve. Wir müssen wissen, was die Probanden gesagt haben, und sobald wir den Antrag auf Herausgabe stellen, ist Ihre Rolle in dieser Geschichte öffentlich.«

»Ich weiß.« Sie zögerte. »Ich komme schneller an die Dateien.«

Jack runzelte die Stirn. »Und heimlicher?«, fragte er. »Was Sie und Ihren Job *absichern könnte?*«
Noah warf ihm erneut einen zornigen Blick zu. *»Jack!«*
»Hör mir zu. Alle Informationen, die sie uns durchs Hacken verschafft, sind Gift für den Fall. Keine Verhaftung, die wir auf einer solchen Grundlage durchführen, kann vor Gericht bestehen. Der Staatsanwalt wird uns unsere Beweise um die Ohren hauen. Wir machen es genau nach Vorschrift.«
Die Schärfe in der Stimme seines Partners überraschte Noah, aber bevor er etwas sagen konnte, sprach Eve. Sie klang ruhig.
»Welche Rolle ich dabei spiele, kommt ohnehin heraus, Detective Phelps, das steht inzwischen fest. Ich werde vor dem Komitee aussagen müssen, und wahrscheinlich werde ich suspendiert. Wenn dem so ist, werde ich in kein anderes Programm mehr aufgenommen, also kann ich mit einiger Überzeugung sagen, dass meine Karriere gelaufen ist. Daher ist Heimlichtuerei – oder Sicherheitsdenken – im Augenblick nicht mehr meine größte Sorge.«
»Und was ist Ihre größte Sorge?«, fragte Jack genauso kühl.
»Wenn der Täter weiß, dass Sie sein Vorgehen kennen, dann wird er es ändern. Er wird wieder töten. Es bereitet ihm … Vergnügen.«
Ein Schauder lief Noah über den Rücken, nicht wegen ihrer Worte, sondern wegen der Art, wie sie sie gesagt hatte – als sei sie in Trance. »Woher wissen Sie das?«
Sie sah weg, der Bann war gebrochen. »Es ergibt einfach Sinn. Besorgen Sie sich eine richterliche Anordnung für die Dateien, wenn Sie mögen. Ich kenne die Dateinamen nicht, aber ich kann sie Ihnen beschreiben, das sollte die Formalitäten beschleunigen. Okay. Wenn es Ihnen nichts ausmacht, würde ich jetzt gern nach Hause fahren.«

Dienstag, 23. Februar, 10.35 Uhr

»Sie hätten mich nicht bis zur Haustür begleiten müssen, Detective«, sagte Eve, als sie ihre Wohnung betrat.

Noah folgte ihr hinein und schloss die Tür. Sie war wieder auf Abstand gegangen. Aber die lockere Atmosphäre anfangs im Auto hatte ihm viel besser gefallen, und nun fragte er sich unentwegt, wie er Eve dazu bringen konnte, sich wieder ein wenig zu entspannen. »Doch, musste ich. Wo ist Hunter?«

»Wahrscheinlich unterwegs, um Material fürs Dach zu kaufen.« Ihr Lächeln war spröde. »Hier ist alles okay, wie Sie sehen. Gehen Sie – Ihr Partner wartet auf Sie!« Sie trat ans Fenster und blieb einen Moment lang mit geschlossenen Augen stehen.

»Lassen Sie mir noch eine Minute.« Er stellte sich hinter sie und hätte sie gern berührt. »Ich weiß, dass Sie uns Ihre Hilfe nicht aus Selbstschutz angeboten haben.«

»Seien Sie sich da nicht so sicher«, murmelte sie. »Vielleicht hat Ihr Partner ja doch recht gehabt.«

Nun gab er dem Bedürfnis, sie zu berühren, nach. Er legte seine Hände behutsam um ihre Schultern, und sie zuckte fast unmerklich zusammen, aber ihr Gesicht in der Fensterscheibe blieb ungerührt. Wie sehr er sich wünschte, sie zu sich umzudrehen und noch einmal küssen zu können. Dann hätte sie gespürt, dass es hier nicht mehr um Schadensbegrenzung ging.

Aber natürlich tat er es nicht. Stattdessen ließ er die Hände wieder sinken. »Ich will nicht, dass Sie allein hier sind.«

Sie zuckte mit den Schultern. »Vermutlich war es Buckland gestern Nacht, nicht Ihr Killer. Er hat Sie verfolgt und versucht, über mich mehr zu dem Fall herauszufinden.«

»Aber wenn Buckland Ihren Namen veröffentlicht, weiß der Mörder definitiv, dass Sie in die Sache verwickelt sind, und kommt vielleicht her, um Ihnen aufzulauern.«

Sie presste die Lippen zusammen. »Ich bin bereit.«

Er schüttelte frustriert den Kopf. »Eve, das hier ist keine virtuelle Community, in der Sie als Greer oder Nemesis anderen Avataren in den Hintern treten können. Das hier ist das echte Leben. Er hat schon dreimal gemordet. Er wird beim vierten Mal nicht zögern.«

»Weswegen ich als Eve«, begann sie mit einer Ruhe, die ihn wahnsinnig machte, »auch eine echte Pistole mit mir herumtrage und weiß, wie man sie benutzt. Typisch für ein traumatisiertes Gewaltopfer, das Bewältigungsarbeit geleistet hat.«

Er wusste, dass er hätte gehen müssen, aber er konnte nicht. »Und was ist noch typisch für Sie, Eve?«

»Verschiedenes. Ich war nicht immer so wie heute. Noch zwei Jahre nach der Tat saß ich hauptsächlich im Dunkeln. Sah nicht in den Spiegel und verließ das Haus nur, wenn ich es nicht verhindern konnte, und wenn ich es tat, hatte ich ein Kilo Make-up im Gesicht, weil ich Angst hatte.«

»Vor was?«, hakte er sanft nach.

»Vor den Blicken der Leute. Ich war vorher jung gewesen, hübsch. Danach war ich ein Freak. Hässlich. Die Leute starrten mich entsetzt an, aber niemand sah mir in die Augen. Einmal fing ein Kind an zu weinen, weil es Angst vor mir hatte.«

Gedemütigt senkte sie den Blick, und Noahs Herz zog sich so fest zusammen, dass es weh tat. Aber es gab nichts, was er hätte sagen können, also stand er nur hilflos hinter ihr und hörte zu. Nach einem Augenblick hob sie den Blick wieder und sah ihn in der Scheibe an.

»Meine Welt war mein Computer. Er war meine Verbindung zu anderen Menschen und in vieler Hinsicht meine einzige Chance, geistig gesund zu bleiben. Als ich es endlich wagte, aus dem Schatten zu treten, war das Bedürfnis, Menschen zu helfen, nicht nur ein Wunsch oder eine sinnvolle Beschäftigung, sondern mein Lebenszweck. Menschen brauchen einen Zweck im Leben, Noah. Auch das gehört zur Bewältigungsarbeit.«

»Ich weiß«, murmelte er. *Und ob.* »Und ich will nicht, dass es Sie erwischt.«
»Es wird aber geschehen, Noah. Ich werde das verlieren, wofür ich jeden Morgen aufstehe.« Sie schluckte hart. »Und das bringt mich um. Aber wenn ich einfach nur zusehe und nichts tue, dann kehre ich zurück ins Dunkle. Ich spüre es, es sitzt mir immer im Rücken, und es ist falsch. Aber ich kann nicht erwarten, dass Sie das verstehen.«
Aber er verstand – besser, als sie glaubte. Vor seinem inneren Auge sah er sich selbst, wie er sich mühsam seinen Weg weg von der Flasche erkämpft hatte. Aus dem Dunkel ins Licht. Um den Dämonen zu entkommen, die ihn in die Finsternis getrieben hatten. Jeden Tag musste er diesen Entschluss erneuern. Jeden Tag wehrte er die verführerische Dunkelheit ab.
Ein Tag nach dem anderen angehen. Früher fand er solche Worte abgedroschen. Bis er sie begriffen hatte. »Ich verstehe durchaus.« Er zwang sich zu einem Lächeln. »Deshalb trinke ich Tonic Water.«
Sie sog scharf die Luft ein und riss die Augen auf. »Es tut mir leid. Ich habe nicht nachgedacht.«
Er strich ihr mit der Hand über den Arm, nur einmal. »Das sollten Sie auch nicht. Aber Sie sind nicht allein, und ich verstehe Sie. Werden Sie weiterhin versuchen, an die Dateien von Shadowland zu kommen?«
»Soll ich das denn?«, fragte sie, und er überlegte. Sie hatte sich für ein Vorgehen entschieden, und wahrscheinlich war sie bereit, dafür eine Menge zu opfern. Doch im Augenblick lag ihm mehr daran, ihre Sicherheit zu gewährleisten. Und sie nicht ins Gefängnis zu bringen.
»Ich will vor allem diesen Killer aus dem Verkehr ziehen, bevor er noch jemanden tötet. Sie eingeschlossen. Allerdings will ich auch nicht das Gesetz brechen. Jack hat recht. Wir können vor Gericht nichts verwenden, das auf illegale Weise beschafft

wurde. Wir würden ihn vielleicht schnappen, müssten ihn aber wieder laufen lassen. Und, Eve … wenn Sie etwas Illegales tun, kann ich Sie auch nicht schützen.«

»Nein, das hätte ich auch nicht erwartet.« Plötzlich drehte sie sich um und sah zu ihm auf. Ihr Blick war intensiv, die Augen fast schwarz. Er hätte sich nicht abwenden können, selbst wenn er es gewollt hätte. »Soll ich aufhören?«

Das Verlangen durchströmte ihn wie eine Flut. Noah ballte die Hände zu Fäusten, um sich zurückzuhalten. *Das ist nicht der richtige Zeitpunkt, Webster. Konzentriere dich.* »Sind Sie denn schon nah dran?«

Ihre Augen leuchteten auf. Sie spürte es auch. »Ja, sehr.«

Er lenkte seine Gedanken auf Martha, Christy, Samantha. Eve war in diese Sache hineingezogen worden, weil sie nicht wegschauen konnte und wollte. Dann dachte er an die Liste und an die Namen und fragte sich, wer wohl die Nächste sein würde, weil der Killer ein verdammtes Spiel spielte. »Nein«, flüsterte er heiser. »Dann sollten Sie jetzt nicht aufhören.«

Sie schien sich zu entspannen. »Also gut. Ich rufe Sie an, wenn ich etwas finde, das vielleicht nützlich sein könnte.«

Vorsichtig hob er die Hand, um ihre Wange zu berühren. »Vorhin im Bistro …«

Ihre Wange wurde flammend rot unter seinen Fingerspitzen. »Es wird nicht wieder geschehen.«

»Doch, wird es. Aber dann spielen wir nicht. Keiner von uns.« Er ließ die Hand sinken und trat einen Schritt zurück. »Ich muss jetzt gehen.«

Sie nickte verunsichert. »Vergessen Sie Ihren Hut nicht.«

Noah nahm den Hut vom Bücherregal, wo er ihn vergangene Nacht hatte liegen lassen. Fragen schwirrten ihm durch den Kopf, zu viele, um sie alle stellen zu können. Doch sie hatte ihm die Tür zu ihrem Leben geöffnet, und wenigstens etwas musste er fragen, bevor sie sie wieder schloss. »Ich habe nachgelesen, was Ihnen vor sechs Jahren zugestoßen ist. Aber ich habe nichts über den Grund finden können. Warum hat dieser Mann versucht, Sie umzubringen?«

»Um an seine Frau und seinen Sohn heranzukommen. Sie waren weggelaufen, weil er sie jahrelang misshandelt hatte. Ich kannte die beiden gut, und ich liebte sie. Am Anfang wusste ich nicht, wer er war, aber schließlich konnte ich es mir denken. Ich hatte Angst, dass er Caroline und Tom finden und ihnen erneut das Leben zur Hölle machen würde.«

»Er wollte verhindern, dass Sie die beiden warnen?«

»Auch, ja. Aber er hatte eine Pistole. Er hätte mich also nur erschießen müssen. Das wäre fast barmherzig gewesen. Aber er tat es nicht.« Sie schluckte wieder. »Stattdessen stach er auf mich ein. Achtmal. Schlitzte mein Gesicht auf. Filetierte meine Hand. Und dann hat er mich gewürgt.«

»Weil es ihm Vergnügen bereitet hat«, sagte er grimmig.

»Ja.« Sie verschränkte die Arme vor der Brust, und ihre Körpersprache war eindeutig. »Ich kenne die Art von Ungeheuer, die Sie suchen, Noah. Ich habe meinem in die Augen gesehen, während er den Draht um meinen Hals enger zog. Ihr Mörder wird nicht aufhören. Nur wenn Sie ihn dazu zwingen.«

»Und Sie?« Es kostete ihn Mühe, weiterzureden.

Ihr Blick veränderte sich. Plötzlich wirkte sie unendlich einsam. »Ich habe mein Ungeheuer nicht aufhalten können. Es kommt zurück, fast jede Nacht in meinen Träumen. Ich würde nahezu alles tun, Ihres daran zu hindern, weiterzumorden.«

Er nickte. »Verriegeln Sie Ihre Tür.« Er wartete, bis sie abgeschlossen hatte, dann ging er hinunter zum Auto, in dem Jack ungeduldig mit den Fingern trommelte.

»Können wir jetzt endlich arbeiten?«, fragte er beißend.

»Moment.« Noah rief Abbott an. »Web hier. Eve geht es gut, aber ihr sind sowohl Buckland vom *Mirror* als auch der Assistent ihres Professors auf die Pelle gerückt.«

»Aha. Und wo ist sie jetzt?«, fragte der Captain.

»Zu Hause. Wir fahren jetzt zur Marshall Uni, um Donner und Lyons zu befragen, dann klappern wir die Diners ab. Hat Faye schon Lyons und Donner überprüfen lassen?«

»Ich frage nach und rufe Sie zurück.«

Noah zwang sich zu sagen, was notwendig war. »Wir müssen bei der Universität einen offiziellen Antrag auf Herausgabe der Probandendateien stellen. Eve hat erzählt, dass ein Fragebogen existiert, auf dem jede Testperson ihre schlimmsten Ängste notiert hat.«

»Die Schlange«, murmelte Abbott. »Aber sobald wir die Eingabe machen, wird man das Leck zuerst bei Eve suchen.«

»Ja, aber sie ist bereit, die Konsequenzen zu tragen.«

Abbott seufzte. »Vielleicht kann Carleton ja tatsächlich etwas für sie tun.«

»Schadensbegrenzung«, murmelte Noah und musste gegen den Drang ankämpfen, sich über die Lippen zu lecken. »Das hoffe ich.«

Jacks Kiefer waren zusammengepresst, als Noah auflegte. »Können wir *jetzt* arbeiten?«

Noah warf einen Blick in den Rückspiegel, bevor er den Gang einlegte. »Ja.«

Dienstag, 23. Februar, 10.45 Uhr

Stirnrunzelnd sah Harvey zu, wie Webster und Phelps davonfuhren. »Wer wohnt hier?«

Dell gab bereits die Adresse auf der Website des Grundsteueramts ein, die er auf seinem BlackBerry aufgerufen hatte. »Das Haus gehört einem Myron Daulton.«

»Webster war vergangene Nacht dreimal hier. Diese Frau muss wichtig sein. Ich habe ein Foto von Webster, wie er hineingeht. Leider hat er sie nie angefasst, weder gestern noch heute.«

Dell schnaubte. »Das hat er dafür in diesem Bistro an der Uni gemacht. Hier, schau mal.«

Harvey blickte auf Dells Kameradisplay, auf dem Webster und diese Frau in inniger Umarmung zu sehen waren. »Webster, dessen Wagen vom Steuerzahler finanziert wird, kutschiert seine Freundin durch die Gegend und verplempert damit Zeit, die ebenfalls vom Steuerzahler finanziert wird. Aber das reicht nicht einmal annähernd.«

»Nein«, murmelte Dell. »Nicht einmal annähernd.«

»Dell. Denk an unseren Plan.«

Dell lächelte leicht. »Sicher. Der tolle Plan, der so hervorragend funktioniert.«

Harvey hatte seinem Sohn schon auf den Mund geschlagen, bevor dieser begriff, was sein Vater tat. »Pass auf, was du sagst.«

Dell berührte seinen Mundwinkel. »Wie du willst, Pop.« Aber seine Augen waren hart und zornig, und Harvey ahnte, dass er den Jungen nicht mehr lange im Zaum halten konnte.

»Und wohin fahren sie jetzt?«, fragte Harvey.

Dell warf einen Blick auf den Monitor der Satellitenverfolgung. Unter beiden Autos einen Sender zu befestigen, war Dells Idee gewesen, und zwar eine verdammt gute. »In Richtung Stadt auf jeden Fall.«

»Dann folge ihnen. Ich bin direkt hinter dir.« Dell stieg aus dem Subaru aus und kehrte zu seinem eigenen Auto zurück, während Harvey darüber nachdachte, wie sich die Tatsache nutzen ließ, dass Webster eine Freundin hatte. Frauen waren schwach. Mit der richtigen Methode würde man sicher interessante Dinge aus ihr herausbekommen.

Dienstag, 23. Februar, 12.15 Uhr

»Danke.« Eve blickte kurz auf, als David ihr das Sandwich hinstellte. »Lieb von dir, dass du einkaufen warst.«

»Na ja, ich hatte keine große Wahl, da ich ganz gern hin und wieder etwas essen würde, solange ich bei dir wohne«, sagte er. »Bist du drin?«

»Ja, endlich. ShadowCos Sicherheitssystem ist besser als der übliche Durchschnitt. Ich habe länger gebraucht als gedacht.«

»Und? Was hast du gefunden?«

»Wie erwartet. Er hat sowohl Marthas Desiree als auch Christys Gwenivere so bearbeitet, als hätten sie sich grell geschminkt. Außerdem hat er die Dateien ihrer virtuellen Häuser verändert. Er hat den Strick und die Schuhe eingebracht.«

»Und weiter? Kannst du herausfinden, wer es gewesen ist?«

»Nicht auf direktem Weg. Er hat die Veränderungen mit Hilfe der User-Daten der Opfer vorgenommen. Aber beide Avatare sind auf die gleiche Art verändert worden. Wenn man nur tief genug gräbt, ist die Grafik auch nur eine Befehlsreihe. Und der Code wird holprig, wo er ihn verändert hat.«

»Holprig.« Er grinste. »Er ist also ein Amateur?«

»Vielleicht. Sein Code funktioniert – das Gesicht des Avatars wird verändert. Aber ein Profiprogrammierer hätte dies eleganter gelöst.«

»Jetzt klingst du wie Ethan«, bemerkte David. »Das Wort elegant benutzt er gern.«

»Ethan hat mir eine Menge beigebracht«, sagte sie vorsichtig. Davids Liebe zu Dana hätte bedeuten können, dass er Ethan hasste, aber Eve wusste, dass dem nicht so war. Dennoch wollte sie Ethan, der Dana glücklich und David unglücklich gemacht hatte, nicht mit allzu viel Lob überschütten.

»Zum Beispiel, wie man virtuell in fremde Systeme eindringt. Wofür du im echten Leben in den Knast kommen kannst.«

»Jetzt klingst du wie Noah«, meinte Eve.
»Dessen Hut nicht mehr in deinem Bücherregal liegt.«
Gereizt blickte sie auf den Bildschirm. »Hast du alles gekriegt, was du brauchst, um das Dach zu reparieren?«
»Ich hab's bestellt. Nach drei Uhr ist alles da. Ich kann dich mitnehmen, wenn du deinen Wagen holen willst.«
»Danke. Ich gebe dir das Geld natürlich wieder.« Sie hatte genug auf die Seite gelegt. Hoffte sie zumindest.
»Miss Krösus«, spottete er freundlich. »Ich übernehme das schon. Aber letztlich hilfst du bloß deinem Vermieter. Wenn er dich rauswirft, ist das Dach trotzdem repariert.«
»Aber er wird dadurch auch feststellen, dass er die Leute nicht nach Lust und Laune herumschubsen kann. *Ich* lasse mich nicht herumschubsen.« Dann verstand sie. »Du hilfst mir, weil du auch nicht willst, dass er mich herumschubst.«
»Richtig. Zu viele Leute haben das schon getan«, sagte er leise. »Du hast dich aus etwas befreit, das die meisten Menschen zu Wracks gemacht hätte. Ich bin stolz auf dich.« Ihr wurde die Kehle eng, und sie fand keine Worte, aber sie wusste, dass er sie verstand. »Mach weiter mit deinem virtuellen Raubzug. Aber ich will, dass du Webster eine Chance gibst. Das ist mein Preis für die Reparatur deines Dachs.«
Er ließ sie allein, aber Eve konnte sich nicht mehr konzentrieren. Sie sah Noahs Gesicht vor sich, das sie so besorgt in der Fensterscheibe betrachtete. *Deshalb trinke ich Tonic Water.* Welche Umstände hatten wohl dazu geführt, dass er heute ein trockener Alkoholiker war?
Sie schalt sich, dass sie vorhin nicht rücksichtsvoller gewesen war. Und eine Sekunde lang erlaubte sie sich, noch einmal zu spüren, wie seine Lippen geschmeckt, wie gut es sich angefühlt hatte, als sich seine Arme eng um sie schlossen.
Aber ihm eine Chance geben? Nein. Nicht einmal für David. Sie wollte niemandem weh tun – Noah nicht und auch keinem anderen netten Burschen, der sich eine Zukunft wünschte.

Denn letztendlich würde es keine geben. *Jedenfalls nicht mit mir.* Das war Eves Realität.
Sie blinzelte, um wieder klar sehen zu können. Um Noahs willen musste sie sich vorsichtig im Netz bewegen. Nachdem er gegangen war, hatte sie Ethan angerufen und unter seiner Anleitung Vorsichtsmaßnahmen ergriffen, damit sich ihre Online-Bewegungen nur schwer zurückverfolgen ließen. Aber ShadowCo konnte sie dennoch finden, und falls das geschah, würden die Verantwortlichen vielleicht Noah die Schuld geben. Das wollte sie nicht zulassen, denn Noah leistete gute Arbeit. Es musste eine Möglichkeit geben, das Monster aufzuhalten. Nur zu wissen, dass der Mörder in Shadowland herumlief und in das Avatar-Design seiner Opfer eingegriffen hatte, reichte nicht. Sie musste ihn dazu bringen, in der realen Welt sein Gesicht zu zeigen. Der Typ war verdammt klug und ihnen bisher immer einen Schritt voraus. *Ich muss eben einfach noch klüger sein.*

Dienstag, 23. Februar, 14.30 Uhr

Liza schlich aus dem Notausgang. Es war das erste Mal, dass sie die Schule schwänzte. Doch es war bloß ein Vortrag, bei dem ein Sportfreak irgendeinen Quatsch aus seinem Leben erzählte. Es machte sie wahnsinnig, Zeit zu vergeuden, in der sie Lindsay suchen konnte, also verschwand sie lieber.
»Hey, Kleine, hast du Feuer?«
Sie fuhr erschreckt herum. Ein Junge stand an der Tür, die Hände in den Hosentaschen, die Schultern vorgeschoben. »Nein, tut mir leid.« Mit unsicheren Schritten setzte sie sich in Bewegung. Zu wenig Schlaf und zu wenig Nahrung forderten ihren Tribut. Sie hatte nur noch ein paar Dollar übrig, und die brauchte sie für den Bus.
Die Haltestelle befand sich einen Block weiter, also senkte sie den Kopf und marschierte entschlossen gegen den Wind vor-

an. Doch der Gehweg war vereist, und im nächsten Moment war sie auf dem Hinterteil gelandet. Ihre Tasche öffnete sich beim Fallen, und die losen Zettel flatterten davon.
»Oje, du Arme. Ich helfe dir.« Es war ein sehr großer Junge. Kein Schüler mehr, eher ein Student. Nun sammelte er ihre Zettel ein und brachte sie ihr zurück. »Ein paar sind etwas schmutzig geworden.«
»Nicht schlimm. Danke.« Sie schob die Zettel in ihre Tasche zurück und rappelte sich auf, doch ihr wurde gleich wieder schwindelig. *Magen an Großhirn: Ich brauche Nahrung.*
»Alles okay mit dir?«
Sie sah auf. Sehr weit auf. Liza war eins siebenundsiebzig, er musste also einiges über eins neunzig groß sein. »Ja, danke.«
Er betrachtete sie mit zusammengezogenen Brauen. »So siehst du aber nicht aus. Du bist ganz schön blass.«
»Mir geht's gut, wirklich.« Dann stöhnte sie frustriert auf, als sie den Bus davonfahren sah. »Außer, dass ich meinen Bus verpasst habe. Und der nächste fährt erst in zwanzig Minuten.« *Vergeudete Zeit. Verdammt.*
Sie wollte sich wieder in Bewegung setzen, aber er folgte ihr.
»Du bist doch eben aus dem Notausgang gekommen, oder?«
Sie sah ihn finster an. »Wieso? Willst du mich verpetzen?«
»Nein, aber … na ja, wieso schwänzt du überhaupt? Du siehst gar nicht danach aus.«
»Ach, und wie muss man dafür aussehen?«, stieß sie hervor. Sie dachte an den Officer, der Lindsay nicht als vermisste Person eingeben wollte, weil sie … weil sie eine Prostituierte war.
»Nicht wie jemand, der im College-Kurs für Englisch ist. Beim Aufsammeln habe ich deine Arbeit über die Novelle *Herz der Finsternis* gesehen«, fügte er hinzu. »Die Eliteschüler, die ich kenne, würden niemals eine Stunde ausfallen lassen. Außerdem sind deine Augen rot. Du hast geweint.«
»Ich habe Heuschnupfen«, fauchte sie ihn an.
»Im Februar? Denk dir was Besseres aus.«

»Ich muss jetzt los. Falls es dir nichts ausmacht.«
»Und wohin willst du?«
Liza verdrehte die Augen. »Das geht dich gar nichts an.«
»Na ja, ich habe ein schlechtes Gewissen, weil du deinen Bus verpasst hast. Kann ich dich irgendwo hinbringen?«
Sie starrte ihn entgeistert an. »Nein! Und wenn du mich nicht in Ruhe lässt, rufe ich die Bullen. Ich bin übrigens gerade auf dem Weg zur Polizei, dann kann ich dich gleich anzeigen.«
»Willst du wegen deiner Schwester zur Polizei?«
Liza blieb wie angewurzelt stehen. »Woher weißt du das?«
»Nur eine Vermutung. Eines der Blätter, die ich gerade aufgesammelt habe, war ein Polizeibericht. Barkley, Lindsay. Auf der Englischarbeit stand der Name Liza Barkley, und du hast starke Ähnlichkeit mit dem Mädchen auf dem Foto.«
Liza schüttelte den Kopf. »Was bist du – ein Sherlock Holmes für Arme?«
Er grinste. »Nein. Aber du sahst aus, als könntest du Hilfe gebrauchen, und ich habe halt ein schlechtes Gewissen, weil du meinetwegen den Bus verpasst hast. Nimm ein Taxi zur Polizei.«
»Klar doch.« Sie setzte sich wieder in Bewegung und murmelte dabei: »Kann mir nicht mal was zu essen leisten, und dieser Spinner sagt, ich soll mir ein Taxi nehmen.«
»Nein. *Ich* bezahle.« Er war wieder an ihrer Seite und hielt ihr einen Zwanzig-Dollar-Schein hin. »Und besorg dir was zu essen. Du siehst aus, als hättest du es nötig.«
Liza blieb erneut stehen und starrte auf das Geld in seiner Hand. »Du machst mir Angst.«
»Wie wär's, wenn ich dir etwas zu essen ausgebe, während du im Warmen auf den Bus wartest?«, meinte er, als sie sich nicht regte. »Gegenüber von der Bushaltestelle gibt's Sandwiches.«
Sie zögerte. »Ich will keine Almosen.«
»Aber du hast Hunger. Komm schon.« Er nahm ihr die Tasche aus der Hand und setzte sich in Bewegung.

»Hey.« Sie stolperte hinter ihm her. »Das ist meine Tasche!«
»Liza, vertrau mir doch wenigstens bis zum Imbiss, okay?«
»Habe ich eine Wahl?«, fragte sie und hastete hinter ihm her.
Sie betraten den Imbiss, und er legte ihre Tasche auf einen Tisch. »Setz dich. Ich komme gleich wieder.« Sie gehorchte, und einen Moment später kam er mit zwei Sandwiches und Pommes frites zurück. »Iss«, sagte er, und sie gehorchte wieder. Sie konnte gar nicht anders. »Langsam«, mahnte er. »Wann hast du zum letzten Mal etwas zu dir genommen?«
»Ein Ei heute Morgen. Davor zuletzt gestern Mittag.« Dann schwieg sie, bis sie ihr Sandwich, ihre Pommes und seine Portion noch dazu vertilgt hatte.
Er war beeindruckt. »Ich kenne fast nur Mädchen, die in ihrem Essen herumstochern, als sei es giftig. Ich bin Tom Hunter.«
»Nett, dich kennenzulernen, Tom. Und danke fürs Essen. Ich war wirklich verdammt hungrig.«
»Und warum hast du die Stunde jetzt geschwänzt?«
Jetzt, da sie satt war, konnte sie auch wieder denken. »Es war bloß ein Vortrag. Man holt uns aus dem Unterricht, um uns zu erzählen, dass wir bloß auf der Schule bleiben sollen – wie dämlich ist das bitte? Und ausgerechnet irgendwelche Sportfreaks … als hätten die eine Ahnung von Lernen.« Er lächelte.
»Was?«, fragte sie gereizt.
»Ich bin einer dieser Sportfreaks, und ich habe übrigens mit 4.0 abgeschlossen«, fügte er beiläufig hinzu. Was ein verdammt guter Schnitt war. Lizas Wangen begannen zu glühen. »Entschuldige.«
»Schon gut. Eigentlich hast du gar nicht so unrecht. Aber wenn mir nur ein paar Kids zuhören, vielleicht nur eines, dann hat es sich gelohnt. Was willst du bei der Polizei?«
Sie betrachtete ihn genauer. Er sah gut aus mit seinen blonden Haaren und den blauen Augen. Ein Basketballspieler, wie sie sich jetzt aufgrund der Ankündigung des Vortrags erinnerte. Großer Star in der College-Mannschaft. Einige Jungs aus ihrer

Klasse waren total aus dem Häuschen geraten, als sie gehört hatten, dass er käme. »Warum interessiert dich das?«

»Meine Mutter ist Sozialarbeiterin«, meinte er schulterzuckend. »Es liegt mir sozusagen im Blut. Hör zu, ich habe eine kleine Schwester, Grace heißt sie. Und wenn ich bloß daran denke, dass sie mal in Schwierigkeiten geraten könnte, dann hoffe ich, dass ihr jemand hilft. Ich tue dir wirklich nichts, Liza. Ich bin übrigens ein richtig guter Zuhörer, glaub mir das. Also – warum hast du geweint?«

Sie stieß den Atem aus. »Meine Schwester ist verschwunden.« Und dann erzählte sie ihm die ganze Geschichte von Anfang bis Ende, nur die Tatsache, dass sie nun ganz allein zu Hause war, ließ sie aus. »Gestern bekam ich den Polizeibericht, und gestern Nacht habe ich jede Hure gefragt, die ich finden konnte, aber niemand kennt sie. Heute kam mir der Gedanke, dass sie vielleicht mit anderen zusammen bei einer Razzia verhaftet worden ist. Oder dass jemand die Kaution für sie bezahlt haben könnte.«

»Und nun hoffst du, dass die Polizei dir das sagen kann?«

»Ich muss es wenigstens versuchen. Niemand sucht doch nach einer verschwundenen Prostituierten. Niemand außer mir.«

Er zog die Stirn in Falten. »Du hast gesagt, du hast gestern Huren befragt … woher hast du gewusst, wo du suchen sollst?«

»Im Internet. Ich habe einfach gegoogelt und rausgefunden, an welchen Plätzen in der Stadt sie stehen.«

Er verzog gequält das Gesicht. »Okay. Ich kenne ein paar Cops. Nehmen wir uns ein Taxi zur Wache und schauen mal, was wir herausfinden können.«

»Der Bus kommt an der Wache vorbei. Gib mir den Namen des Polizisten, und ich frage ihn.«

»Du hast ihn aber schon wieder verpasst. Du hast noch so begeistert gegessen, da wollte ich dich nicht aufscheuchen.«

Sie seufzte. »Du wirst nicht einfach verschwinden, stimmt's?«

»Noch nicht. Komm, fahren wir.«

11. Kapitel

Dienstag, 23. Februar, 16.45 Uhr

Noah hielt vor dem fünften und letzten Diner auf Jacks Liste. Das Schnellrestaurant lag an der Interstate, direkt neben einer Tankstelle. Er hoffte, dass sie hier Glück hatten und dass Christy hier zum letzten Mal gegessen hatte.

Donner und Lyons hatten sie verpasst. Keiner von beiden war an seinem Schreibtisch gewesen, doch sie hatten sie auch nicht zu Hause angetroffen. Also hatten sie sich zunächst auf Christys letzten Tag konzentriert. Die ersten vier Diners hatten sie nicht weitergebracht, und Jack schwieg die ganze Zeit über griesgrämig.

Noah riss allmählich der Geduldsfaden. »Komm, bringen wir es hinter uns.«

Aber Jack regte sich nicht. Er saß nur da und starrte auf das Lokal. »Es tut mir leid, Web.«

Die leisen Worte waren die ersten, die sein Partner seit Stunden äußerte. »Was tut dir leid?«

»Das war unangemessen vorhin. Ich wusste sehr wohl, dass Eve uns die Hilfe nicht angeboten hat, um ihre Haut zu retten.«

»Die Entschuldigung sollte an Eve gehen, nicht an mich. Ich wundere mich allerdings, warum du das überhaupt gesagt hast.«

»So kompliziert ist das nicht. Ich habe dir doch schon gesagt, dass ich seit Monaten versuche, ein Date zu ergattern.«

»Moment mal, soll das heißen, du bist eifersüchtig auf *mich*? Du hast mir doch gesagt, dass ich sie einladen soll.«

»Weil ich glaubte, dass sie ablehnt. Ich hätte nie gedacht, dass sie in weniger als einem Tag über dich herfällt.«

»Das war nur gespielt.« Nein, war es nicht. *Nicht für mich.* Und sobald Eve so weit war, würde auch sie zugeben, dass es für sie kein Spiel gewesen war.
Jack öffnete die Autotür. »Ach? So sah es aber gar nicht aus.«
Noah stieg ebenfalls aus und zwang sich, seine Gedanken auf den Killer und nicht auf Küsse zu lenken. Jack hielt Christys Führerscheinfoto in der Hand und zeigte es einer Kellnerin.
»Wir sind von der Polizei, Ma'am«, sagte Jack. »Haben Sie diese Frau gesehen?«
»Nein, aber Sie.« Sie zeigte auf den Zeitschriftenständer. »Sie sind Phelps.«
Jack wand sich innerlich. »Können wir mit dem Manager und den anderen Kellnerinnen sprechen?«
»Setzen Sie sich, Detectives. Kann ich Ihnen einen Kaffee bringen?«
»Nein danke, Ma'am«, sagte Noah. »Wir warten.«
Einen Moment später kam der Manager herbeigeeilt. »Ich bin Richard Smith. Bitte kommen Sie doch in mein Büro.«
»Wir suchen jemanden, der am Montag sehr früh vielleicht diese Frau gesehen hat.«
»Das Personal jetzt arbeitet nur am Tag. Da müssten Sie zur Abendschicht wiederkommen.«
Das hatten sie bereits viermal gehört. »Ja, danke. Das werden wir tun«, sagte Noah.
»Oder«, fuhr Smith nachdenklich fort, »Sie sehen sich das Überwachungsvideo an.«
Auch das hatten sie schon viermal gehört, aber drei Läden hatten ihre Kamera ausschließlich auf den Kassierer ausgerichtet. Das Management traute seinen Angestellten offenbar nicht. Das Video des vierten Diners war qualitativ so schlecht gewesen, dass sie nichts darauf erkennen konnten.
»Das würde uns sehr weiterhelfen, danke«, sagte Jack.
Smith setzte sich an seinen Computer und begann zu tippen. »Sonntag auf Montag zwischen Mitternacht und vier Uhr?«

Noah und Jack sahen sich beeindruckt an. »Sie haben es digitalisiert?«, fragte Noah.

»Wir haben erst im vergangenen Jahr auf ein neues System umgestellt. Der Laden nebenan wurde überfallen und ein Jugendlicher dabei schwer verletzt. Mit dem alten Videosystem konnte man den Täter nicht erkennen. Aber da auch wir die ganze Nacht geöffnet haben, sind meine Leute auch gefährdet. Der Manager von nebenan und ich haben uns zusammengetan, in das neue System investiert und dafür gesorgt, dass es sich herumspricht. Mit Erfolg. Bisher ist nichts mehr geschehen.«

Nachdem er ein paar Minuten lang gespult, gestoppt und weitergespult hatte, sah Smith auf. »Das könnte sie sein.«

Noah blickte auf den Monitor und nickte. »Das ist Christy Lewis. Die Aufnahme zeigt drei Uhr vierundzwanzig.«

»Hier sind die Namen meiner Leute mit den Telefonnummern, falls Sie nicht bis heute Nacht warten können, um sie zu befragen. Sie wollen sicher die Originalvideodatei, stimmt's?«

»Vielen Dank«, sagte Noah erleichtert. »Nicht viele Lokale legen so viel Wert auf Sicherheitsmaßnahmen.«

Jacks Augen leuchteten auf. »Sie haben doch auch Kameras auf dem Parkplatz, oder? Hier und an der Tankstelle?«

»Ja, Sir«, sagte Smith stolz. »Das haben wir. Brauchen Sie auch die Videos derselben Zeit von dort?«

»Plus zwei Stunden vorher und nachher bitte«, sagte Jack. Er wandte sich an Noah. »Wenn ihr jemand von hier gefolgt ist, werden wir ihn finden.«

Dienstag, 23. Februar, 17.00 Uhr

»Tom.« Olivia stand auf und strahlte den jungen Mann an, der durch das Großraumbüro auf sie zukam. Er war der Sohn der besten Freundin ihrer Schwester Mia, und er hatte ein Mäd-

chen im Schlepptau, das verängstigt und blass aussah. Olivias Neugier war sofort geweckt. »Tolles Spiel am Sonntag.«
»Danke. Hör mal, wir brauchen Hilfe. Das ist Liza Barkley. Liza, Detective Sutherland.«
»Setzt euch«, bat Olivia und hörte erschüttert zu, als Liza zögernd ihre Geschichte erzählte. »Es muss bitter gewesen sein zu erfahren, dass deine Schwester in diesem Gewerbe arbeitet.«
»Ich habe solche Angst«, flüsterte Liza. »Was, wenn einer ihrer … ihrer Kunden ihr etwas angetan hat?«
Olivia wog ihre Worte ab. »Liza, du bist zu klug, als dass ich versuchen würde, das Ganze zu beschönigen. Die Todesrate unter Prostituierten ist hoch, und wenn deine Schwester seit zwei Tagen verschwunden ist und nicht angerufen hat, obwohl sie das sonst immer tut, dann ist das gar kein gutes Zeichen. Nach zwei Tagen ist ihre Spur möglicherweise schon kalt.«
Liza war noch blasser geworden, falls das überhaupt möglich war, doch sie reckte das Kinn vor. »Haben Sie Geschwister?«
»Ja, und ich würde mich auch nicht abwimmeln lassen. Okay, ich finde heraus, ob sie bei einer Gruppenrazzia verhaftet worden ist und ob jemand ihre Kaution bezahlt hat, aber ich will eine Gegenleistung. Versprich mir, dass du heute Nacht nicht auf die Pirsch gehst.« Liza nickte brav. »Du wirst es trotzdem tun, nicht wahr?«, fragte Olivia.
Wieder nickte Liza, und Olivia seufzte.
»Olivia?«, fragte Tom, und sie wusste, was er fragen würde.
»Nein. Ich gehe nicht mit euch.«
»Warum nicht?«, fragte er. »Komm schon«, bettelte er, dann zuckte er mit den Schultern. »Mia würde nicht zögern.«
Olivia schüttelte den Kopf. »Das war mies.«
»Aber effektiv«, sagte er.
»Okay, wenn ich kann, komme ich mit. Dieses eine Mal. Aber ich will dein Wort, Liza.«
Liza nickte. »Ich verspreche es.«

Dienstag, 23. Februar, 17.30 Uhr

Tom nahm Lizas Tasche und hielt ein Taxi an. »Ich bringe dich nach Hause.«

»Und wenn ich nicht will, dass du weißt, wo ich wohne?«

»Zu spät. Deine Adresse stand auf dem Polizeibericht. Ich bleibe im Taxi, versprochen.«

Liza glaubte ihm. Für alles andere war sie zu müde. »Ich sage die ganze Zeit nur noch danke, danke und danke.«

»Lass es einfach und steig ein.« Er stieg nach ihr ins Taxi und nannte dem Fahrer die Adresse.

»Du hast mir geholfen. Einfach so, obwohl du es nicht musstest.«

»Als ich klein war, hat mein Vater meine Mutter verprügelt. Fremde halfen uns, einfach so, obwohl sie es nicht mussten. Ich bin immer froh, wenn ich mich dafür auf meine Art revanchieren kann. Also hör auf, mir zu danken.«

»Wie du willst.« Sie blickte aus dem Fenster und zwang sich, die Tatsachen zu akzeptieren. »Ich denke, Lindsay ist tot. Aber ich muss trotzdem weitersuchen.«

»Ja, das verstehe ich. Wann bist du gestern Abend losgezogen?«

»Gegen elf.«

»Mein Onkel ist in der Stadt, und ich wollte mit ihm essen gehen. Ich kann das nicht absagen, weil er dann misstrauisch wird, und ich glaube kaum, dass er es gutheißt, wenn ich mit dir gehe.« Er hatte sehr leise gesprochen, so dass der Fahrer nichts mitbekam. »Es wird sicher elf oder zwölf, bevor ich zurück im Wohnheim bin. Geh nicht ohne mich. Ich komme mit meinem Wagen und hole dich. Versprich es mir. Bitte.«

»Und deine Freundin bei der Polizei? Wird sie etwas sagen?«

»Olivia? Nein. Ich glaube, sie hat meinen Onkel erst einmal auf einer Hochzeit getroffen, daher würde sie wohl nicht auf

die Idee kommen.« Er schob ihr einen weiteren Zwanziger in die Tasche. »Kauf etwas zu essen. Versprich mir auch das.«
»Tom.« Überwältigt konnte sie es nur noch einmal sagen. »Danke.«

Dienstag, 23. Februar, 17.50 Uhr

Jack ließ das Foto auf Abbotts Tisch fallen. »Wir glauben, das ist er.«
Abbott nahm das Bild und sah sich den Mann an. Vierundvierzig Jahre alt, glattrasiert. »Wer ist das?«
»Er heiß Axel Girard«, sagte Noah. »Optiker aus Edina. Sein Wagen ist Christy Lewis gefolgt, als sie Montag früh vom Parkplatz des Diners fuhr.«
»Vorstrafen?«, fragte Abbott.
»Nein«, sagte Noah. »Nur ein Strafzettel wegen zu schnellen Fahrens. Das ist aber Jahre her. Der Mann geht in die Kirche und führt in ärmeren Vierteln kostenlos Augenuntersuchungen durch. Dafür wurde er zum Helfer des Jahres ernannt.«
»Und unser Mörder klebt den Frauen die Lider fest.«
»Genau«, sagte Jack und legte eine Reihe von Fotos auf den Tisch, auf die Zeit und Datum gedruckt waren. »Die Sicherheitsvideos zeigen, dass er über eine Stunde lang im Wagen gewartet hat. Christy kam heraus und fuhr zur Tankstelle nebenan. Er fährt näher an die gemeinsame Ausfahrt der beiden Betriebe heran. Christy tankt und fährt los, und eine Minute später ist Girard ihr gefolgt.«
»Aber das Gesicht kann man auf keinem Foto erkennen«, sagte Abbott.
Jack zeigte ihm eine Nahaufnahme des Kennzeichens aus Minnesota. »Aber wir haben zumindest das.«
»Gut, dann holen Sie ihn her. Ich rufe Ramsey vom Büro der Staatsanwaltschaft an, damit auch alles mit rechten Dingen

zugeht. Gute Arbeit, meine Herren.« Abbott lehnte sich zurück und betrachtete Noahs zweifelnde Miene. »Nicht?«

Jack zog mit finsterer Miene die Brauen zusammen. »Web findet, dass es zu einfach war.«

Noah zuckte mit den Schultern. »Für einen vermeintlich so cleveren Kerl war das ein erstaunlich dummes Verhalten.«

»Holen Sie ihn her«, wiederholte Abbott. »Dann sehen wir ja, wie clever er ist. Noah, warten Sie. Wir haben die Dateien von Eves Studie vor wenigen Stunden angefordert. Sagen Sie ihr, dass es mir leid tut.«

Noah nickte. Damit würde ihr Leben einmal mehr eine einschneidende Änderung erfahren. »Okay.«

Dienstag, 23. Februar, 18.20 Uhr

»Wie lautet dein Urteil?«, fragte Eve, als David hereinkam und in seine kalten Hände pustete.

»Da sind Löcher im Dach«, erwiderte er trocken. »Das eine über deinem Bett habe ich geflickt, das zweite kommt morgen dran.« Er hockte sich auf die Armlehne ihres Lieblingssessels. »Wer ist das?«

»Gary.« Eve deutete mit dem Kopf auf den Bildschirm. Der Avatar saß auf einem Barhocker im Ninth Circle und wirkte vollkommen fehl am Platz.

»Gar nicht dein Stil.«

Ein Avatar von der Stange, genau wie Eve es gewollt hatte. »Er ist ein Standardmodell.«

»Warum?«, fragte David voller Misstrauen.

»Weil ich den gutaussehenden Avatar entdeckt habe, der in Christys Mordnacht mit ihr zusammen war. Er war eben im Ninth Circle und hat mit einem Avatar getanzt, den ich nicht kenne.«

»Und dann hast du wie versprochen Detective Webster angerufen.«

»Habe ich, aber ich habe nur die Mailbox erwischt.« Der weibliche Avatar war neu, Eves Design, und sie wäre am liebsten zu der Frau hingerannt und hätte sie gewarnt. Aber sie hatte es nicht getan, und das nagte an ihr. Stattdessen wartete sie und ließ Gary die Augen offen halten.

»Was tut Gary also dort?«

»Ich will Noah nicht in Schwierigkeiten bringen, aber ich möchte Claudio einen Besuch abstatten. Claudio hat den Tänzer geschaffen, also konnte ich nicht mit einem meiner Entwürfe hingehen. Er hätte mich sofort erkannt und mich verdächtigt, dass ich seine neue Frühlingskollektion ausspionieren will. Claudio ist ziemlich paranoid.«

»Claudio ist ziemlich kostspielig«, sagte David.

»Sag bloß nicht, dass du bei Claudio gekauft hast.«

»Keine Sorge. Hab mir nur Ideen geholt. Ich gebe mein Shadowgeld für Autos aus. Richtig schnelle Autos.«

Sie lächelte entzückt. »Fährst du Rennen?«

»Manchmal. Ich musste meinen Computer aufstocken. Das Monte Carlo Extension Pack braucht mehr RAM als mein PC hatte.«

»Warum hast du dich nicht mit dem Poker-Paket zufriedengegeben? Dafür brauchst du keinen Extra-Speicherplatz.«

»Bah. Rennen sind cooler. Spielst du im Casino?«

»Früher, ja. Jetzt gehe ich nur zum Aufpassen hin. Einer meiner gefährdeten Probanden lebt quasi am Pokertisch. Aber es gab mal eine Zeit, da war ich wochenlang eine Topspielerin. Du hast allerdings recht – Rennen sind cooler.«

»Und was wolltest du jetzt bei Claudio?«

»Ich hatte gehofft, etwas mehr über diesen Avatar herauszufinden. Vielleicht auch, wem er ihn verkauft hat.«

David sah sie skeptisch an. »Das wird er dir doch kaum sagen, oder?«

»Hat er schon. Gary hat ihn nach Referenzen gefragt. Claudio hatte Mitleid mit Gary und war gern bereit, ihm mit einem

Upgrade zu helfen. Er hat ihm Namen von zwei Spielern gegeben – natürlich die Pseudonyme –, die den Tänzer gekauft haben. Ich gebe sie an Noah weiter, sobald er anruft. Und ich hoffe, das tut er bald, ich muss nämlich heute Abend arbeiten.«

David sah sie düster an. »Mir gefällt der Gedanke nicht, dass du allein bist.«

»Allein? Ich arbeite in einer Bar voller Cops. Wenn du so besorgt bist, kannst du ja mitkommen.«

Er schüttelte den Kopf. »Ich bin mit Tom zum Essen verabredet.«

Eve machte einen Schmollmund. »Das ist gemein. Immer wenn ich freihabe, muss er spielen.«

»Dann nimm dir doch heute auch frei. Wir gehen zu dritt aus – wie in den alten Zeiten.«

Es klang verlockend. »Würde ich so gern, aber es geht nicht. Ich bin gestern schon ausgefallen, und ich brauche das Geld.«

»Na gut. Dann setze ich dich im Sal's ab und komme dich auch wieder holen.«

»Okay, das ist gut. Ich denke, ich versuch's noch mal bei Noah. Sal wird stinksauer sein, wenn ich zu spät komme.«

Dienstag, 23. Februar, 18.45 Uhr

»Das ist ein Irrtum.«

Joan Girard lief Noah und Jack hinterher, die gerade ihren Mann aus dem hübschen Haus in Edina abführten. Verzweifelt rang sie die Hände. »Ein riesiges Missverständnis.«

»Selbstverständlich ist es das«, versuchte Axel Girard seine Frau zu beruhigen. »Ruf unseren Anwalt an, er wird wissen, was zu tun ist. Und tröste die Jungs. Sag ihnen, dass ich pünktlich für die Gute-Nacht-Geschichte zurück bin.«

»Na, wenn das kein hübsches Märchen ist«, sagte Jack bei-

ßend. »Man sollte seine Kinder nicht anlügen. Andererseits – was ist schon eine kleine Lüge, wenn man drei Morde begangen hat?«
»Ich habe keine Ahnung, wovon Sie reden, das habe ich Ihnen bereits gesagt. Joan, geh jetzt zurück ins Haus.« Girards Lächeln war gezwungen. Er deutete auf das Panoramafenster, hinter dem zwei verängstigte Kinder weinten.
Jack gab sich keine Mühe, sanft zu sein, als er den Mann auf den Rücksitz verfrachtete. »Halten Sie die Hände so, dass ich sie sehen kann, oder ich lege Ihnen vor den Kindern Handschellen an. Komm, Web, wir fahren.«
»Moment.« Noahs Handy vibrierte zum dritten Mal in wenigen Minuten. »Ich muss drangehen.«
»Okay, aber beeil dich.« Jack klemmte sich hinters Steuer und drehte sich halb um, damit er Girard im Auge behalten konnte.
Noah sah auf dem Display, dass es sich um Eve handelte. »Was ist los?«
»Ich habe schon versucht, Sie zu erreichen«, begann Eve.
»Im Moment passt es schlecht. Kann ich Sie zurückrufen?«
»Nein. Ich habe Informationen für Sie und muss gleich zur Arbeit. Ich kann mir nicht vorstellen, dass Sie sich mit mir in der Bar darüber unterhalten möchten. Ich habe den Avatar gefunden. Den Tänzer. Er ist jetzt im Ninth Circle.«
Noah starrte den Mann auf dem Rücksitz an. »Jetzt?«
»Ja. Ich sehe ihn.«
Ich auch, dachte Noah, aber sein Gefühl sagte ihm, dass es nicht stimmte. »Sind Sie sicher, dass es derselbe Kerl ist?«
»Absolut. Sie haben gesagt, dass ich mich nicht nähern soll.«
»Und das haben Sie nicht? Nicht einmal als Nemesis?«
»Ich wollte Sie nicht in Schwierigkeiten bringen. Aber ich bin in die User-Profile eingedrungen. Die Avatare wurden verändert, und ich habe Datum und Zeit, wann die Codes wirksam wurden. Haben Sie etwas zu schreiben?«

Er holte einen Block aus seiner Tasche. *Ich wollte Sie nicht in Schwierigkeiten bringen.* Noah verfluchte sich, dass er ihr noch nicht von dem Antrag auf Herausgabe der Studienakten erzählt hatte. Er hätte es längst tun sollen. *Feigling.* »Ja.«
Sie rasselte Zeiten und Daten herunter, die allesamt den vergangenen drei Tagen zuzuordnen waren. »Er hat sich erst in die Dateien gehackt, nachdem Sie Marthas Leiche gefunden hatten. Keine Ahnung, wieso«, sagte sie. »Ich habe außerdem noch User-Namen für Sie, von denen einer der Tänzer sein könnte. Und keine Sorge – niemand wird erfahren, dass ich sie Ihnen verschafft habe.«
Noah schrieb alles auf. »Unglaublich. Vielen Dank, Eve.«
Ein kurzes Zögern am anderen Ende der Leitung. »Noah? Stimmt etwas nicht?«
Etwas? Nichts, wollte er sagen. Girard saß auf dem Rücksitz und bewegte die Lippen. Betete er? Joan Girard stand auf der Veranda und weinte. Keiner von beiden war am Computer gewesen, als sie eingetroffen waren. Sie hatten am Abendbrottisch gesessen.
»Ich weiß nicht«, sagte er.
»Hören Sie, Noah, dieser Kerl baggert im Ninth Circle Frauen an wie nichts Gutes. Vielleicht suchte er sich gerade ein nächstes Opfer aus.«
Aber Girard suchte nichts aus. »Tun Sie mir den Gefallen und rufen Sie Abbott an. Sagen Sie ihm, dass Sie den Avatar im Visier haben. Er kann online gehen und ihn beobachten.«
»Und er weiß, wie das geht?«
»Ach, er lernt schnell. Wie kommen Sie zur Arbeit?«
»Ich habe meinen Wagen wieder, aber David lässt mich nicht fahren. Er wird mich bringen und auch wieder abholen.«
»Gut. Dann haben Sie Ihre Schlüssel wieder gefunden?«
»Nein. Im Augenblick nehme ich die Ersatzschlüssel, die Callie mir gebracht hat.«
»Ich frage nach, ob die CSU sie am Tatort gefunden hat.« Er

holte tief Luft. »Eve. Wir haben an der Universität offiziell die Herausgabe der Akten gefordert. Es tut mir leid.«

Einen Moment herrschte Schweigen. »Ich wusste ja, dass Sie es tun würden. Das ist nicht Ihre Schuld.«

»Es tut mir trotzdem leid. Ich komme später im Sal's vorbei, wenn ich es schaffe.«

»Okay«, sagte sie, aber sie hörte sich müde und erschöpft an. Sie unterbrach die Verbindung, und plötzlich fühlte er sich ebenfalls müde und erschöpft.

Jack ließ das Fenster herab. »Alles klar?«

Nein. »Ja. Ich komme.«

Dienstag, 23. Februar, 19.55 Uhr

»Verzeihung. Miss Wilson?«

Eve sah auf und entdeckte eine zierliche, rothaarige Frau, die mit gefalteten Händen an der Theke saß. Eve hatte die Frau schon einmal gesehen. Sie hieß Trina und war mit Noahs Cousin Brock verheiratet, der ihm in der Bar manchmal Gesellschaft leistete. Trina kam öfter mit Freundinnen auf einen Drink vorbei, und sie vertrugen ziemlich viel. Aber Eve hatte das dumpfe Gefühl, dass es heute um etwas anderes ging. Sie spürte immer, wann man sie einer genauen Prüfung unterzog. Und sie für unzulänglich befand.

Sie lächelte, trotz des flauen Gefühls in ihrem Magen. »Chardonnay, stimmt's?«

Trina erwiderte das Lächeln nicht. »Stimmt, aber ich muss heute Abend mit Ihnen sprechen. Was wollen Sie von Noah?«

»Ich weiß nicht, was Sie meinen.«

»Sie haben ihn heute in aller Öffentlichkeit geküsst. Schauen Sie nicht so überrascht«, fügte Trina trocken hinzu. »Ausgerechnet Sie müssten doch wissen, wie schnell die Gerüchteküche brodelt.«

»Polizei und Feuerwehr«, murmelte Eve. »Neugieriges Pack. Tut mir leid.«
Vergnügen blitzte in den braunen Augen der Frau auf. »Schon okay. Also?«
»Ich könnte sagen, dass Sie das nichts angeht«, bemerkte Eve.
Trinas Augen wurden schmal. »Tun Sie aber nicht. Noah ist mir wichtig. Er ist ein guter Mensch.«
»Das weiß ich«, sagte Eve ruhig.
»Und aus irgendeinem Grund sind Sie ihm wichtig.«
»Auch das weiß ich«, sagte sie und unterdrückte ihren Ärger über die Formulierung *aus irgendeinem Grund.* Trina wollte nur ihre Familie schützen, und das konnte Eve nachvollziehen. »Dieser Kuss …« Bedeutete nichts, wollte sie sagen, aber das wäre eine Lüge gewesen. »War ein Fehler. Ich habe Noah schon gesagt, dass ich kein Interesse habe.«
»Sie haben ihn an einem Ort geküsst, wo jeder Sie sehen konnte«, sagte Trina und presste die Lippen zusammen. »Ich hätte nie gedacht, dass Sie mit Männern spielen.«
»Das tue ich auch nicht«, gab Eve empört zurück. Prompt blickten einige Gäste zu ihnen herüber. Sie beugte sich vor. »Reden Sie mit Noah. Lassen Sie es sich von *ihm* erklären. Es ging um seinen Job.«
Trina sah sie entgeistert an. »Sie helfen ihm?«, fragte sie.
»Ich versuch's. Und machen Sie sich keine Sorgen. Ich habe nicht vor, mich über diese Zusammenarbeit hinaus an ihn ranzuwerfen.« Eves Tonfall war schneidend. Denn nichts als das Gegenteil hätte sie sich mehr gewünscht.
»Ich verstehe«, murmelte Trina. »Es ist Ihnen aber klar, dass Sie ihn sehr verletzen können?«
Eve schluckte hart. »Ich tue alles, damit es nicht geschieht.«
»Und Sie sind gar nicht interessiert? Überhaupt nicht?«
Gott, doch! »Nein«, sagte sie.
Trina lehnte sich zurück. Ihre Förmlichkeit war plötzlich verschwunden. »Sie lügen genauso schlecht wie er.«

Eva blinzelte. »Wie bitte?«
Trina zog sich ein Schälchen Erdnüsse heran. »Sie wollen ihn. Er will Sie. Er ist ein guter Mensch, und Sie scheinen auch eine nette Person zu sein. Also wo liegt das Problem?«
Eve schüttelte den Kopf. »Moment mal. Sie *wollen,* dass ich mich an ihn ranwerfe?«
»Wie eine Klette, ja.« Sie warf sich ein paar Nüsse in den Mund, während Eve sie fassungslos anstarrte. »Er hat einiges hinter sich. Und Sie auch, so weit ich aus dem Internet informiert bin. Zwei verlorene Seelen, die einander begehren … nennen Sie mich hoffnungslos romantisch, aber es kann funktionieren.«
Eves Wangen wurden flammend rot. »So einfach ist das nicht.«
Trina zog eine rötliche Braue hoch. »Und wieso nicht? Werden Sie sterben? Haben Sie nur noch sechs Monate zu leben?«
Eve hustete. »Nein!«, brachte sie verdattert hervor.
»Schlimme Krankheiten? Zeugenschutzprogramm? Heimlicher Ehemann? Undercover-Nonne?«
Eve schüttelte den Kopf. Sie fühlte sich, als würde ein Lkw sie überrollen. Ein sehr kleiner Lkw. *»Nein!«*
»Mögen Sie ihn?« Trina wedelte warnend mit dem Zeigefinger. »Und lügen Sie mich nicht an.«
»Ja«, murmelte Eve. »Sehr.«
»Gut. Geht doch. Sie mögen ihn, Sie wollen ihn, und es gibt, soweit ich das sehe, keine ernstzunehmenden Faktoren, die gegen eine Beziehung sprechen. Mögen Sie Roastbeef?«
Eve hatte aufgeben, sich zu wehren. »Ja.«
»Schön. Wir essen am Sonntag um fünf Uhr.« Sie holte ein gefaltetes Blatt aus ihrer Tasche.
Eve nahm es und las die ausgedruckte Adresse. »Sie hatten von vornherein vor, mich einzuladen?«
»Ja.« Jetzt lächelte Trina. »Noah hat mir das Versprechen ab-

gerungen, dass ich mich nicht einmische, aber ich dachte, dass der Kuss von heute Morgen ganz neue Vorzeichen gesetzt hat. Ich wollte mit Ihnen reden und herausfinden, ob Sie bloß mit seinen Gefühlen spielen.« Sie wurde ernst. »Das tun Sie nicht, wie ich sehe. Was immer Sie von ihm fernhält – es ist real. Aber Zeit ist etwas Kostbares, und Noah hat schon so viele Jahre vergeudet. Überlegen Sie, wie Sie das abschütteln können, was immer Sie davon abhält, an ihm ›interessiert‹ zu sein. Wir sehen uns am Sonntag.«
Und damit ließ sie sich vom Hocker gleiten und verschwand.
Eve starrte ihr hinterher.

Dienstag, 23. Februar, 19.55 Uhr

»Diesen Mann verbindet also nicht mehr mit dem Mord, als dass er kurz nach dem Opfer vom Parkplatz gefahren ist?« Assistant District Attorney Brian Ramsey starrte durch die Scheibe, hinter der ein leichenblasser Axel Girard saß. »Mehr nicht?«
»Nein«, sagte Noah. Entweder war Girard sehr gut, oder er sagte die Wahrheit.
»Reicht das nicht, um ihn wenigstens eine Weile hierzubehalten?«, fragte Jack.
»Nicht, sofern Sie nicht einen handfesten Beweis haben, der mit der Tat oder dem Tatort in Zusammenhang steht.«
Jack schnaufte frustriert. »Verdammt, Brian.«
»Was ist mit seinem Alibi?«
»Seine Frau behauptet, er sei bei ihr gewesen«, gab Jack zurück. »Die ganze Nacht. Als hätten wir das nicht schon mal gehört. Verdammt, die Bilder lügen doch nicht. Er war da!«
»Sein Auto war da«, korrigierte Brian. »Und genau das wird die Verteidigung betonen.«
»Er hat es aber nicht als gestohlen gemeldet«, sagte Abbott.

»Okay. Wenn seine Frau sagt, er sei die ganze Nacht bei ihr gewesen, dann kann er nicht gleichzeitig auf dem Parkplatz gewartet haben. Einer von beiden lügt also. Die Fotos der Überwachungskamera sind jedenfalls sehr scharf.«

»Absolut«, bestätigte Jack. »Frauen behaupten doch immer, dass ihre Männer die ganze Nacht über zu Hause waren.«

Brian grunzte zustimmend. »Noah, Sie sind ziemlich still.«

Noah warf Jack einen Blick zu, der ihn wütend anfunkelte. Sie hatten dieselbe Diskussion schon vorhin geführt, und Jack war ausgesprochen unzufrieden. Noah hatte ihm noch nicht von Eves Anruf berichtet. Er hatte ein Dutzend Mal dazu angesetzt, aber ... es nicht getan.

»Ich glaube nicht, dass er es war, aber ich kann mich irren und will natürlich kein Risiko eingehen. Falls er es war, darf er keine Chance bekommen, noch einmal zu töten.«

»Wie steht es mit seinen Alibis für die Nächte, in denen die beiden anderen Frauen starben?«, fragte Brian.

»Ians Einschätzung der Tatzeit bei den anderen beiden Morden ist ziemlich grob«, sagte Noah. »Und wie es aussieht, war Girard auch zu diesen Zeiten mit seiner Frau zu Hause.«

»Wir haben heute Fotos der drei Opfer bei der Pressekonferenz zur Veröffentlichung freigegeben«, sagte Abbott. »Wir hoffen, dass sich jemand meldet, der eine der Frauen in der Nacht, in der sie getötet wurde, gesehen hat.«

»Gut, aber das hilft uns im Moment nicht weiter«, sagte Brian.

Noah dachte an die Daten, die Eve ihm durchgegeben hatte. Sie wussten nun, wann der Killer die Avatare seiner Opfer verändert hatte. Wenn Girard für diese Zeiten ein hieb- und stichfestes Alibi hatte – nicht nur die Aussage seiner Frau –, dann war er außer Verdacht. Doch wenn er Eves Informationen preisgab, würde Ramsey wissen wollen, woher er sie hatte. Und auch wenn sie damit Girards Schuld beweisen konnten, durften sie sie nicht offiziell nutzen.

Und Eves illegaler Zugriff auf die User-Dateien würde ans Licht kommen.

Noah blinzelte mehrmals hintereinander. Zu wenig Schlaf und zu viele Sorgen störten seine Konzentrationsfähigkeit.

»Noah?«, hakte Abbott nach. »Was denken Sie?«

Noah rieb sich die Schläfen. »Wir brauchen mehr Informationen. Sein Auto war also dort, aber war er es auch? Und wenn nicht, wie kam dann das Auto dorthin? Irgendetwas hat er damit zu tun, Brian. Können wir ihn wenigstens so lange hierbehalten, bis wir wissen, was genau?«

Brian schüttelte den Kopf. »Bis Sie ihn nicht einwandfrei mit dem Tatort in Verbindung bringen können, nicht.«

»Verdammt noch mal!«, fauchte Jack. Wütend wandte er sich an Noah. »Du *weißt*, dass er es wieder tun wird.«

»Ich weiß, aber vielleicht ist *er* nicht er.«

Brian zuckte mit den Schultern. »Lasst ihn gehen, Jungs.«

»Wir setzen einen Zivilwagen auf sein Haus an«, sagte Abbott. »Mehr können wir im Augenblick nicht tun. Und Sie besorgen uns etwas Greifbares, mit dem wir Girard festnageln können. Aber machen Sie zuerst eine kurze Pause, um sich abzukühlen.«

»Ich brauche keine Pause«, sagte Jack verächtlich. »Ich fahre ins Leichenschauhaus. Vielleicht ist Ian ja schon mit Samantha Altman fertig und hat etwas *Greifbares* für mich.«

Noah zuckte zusammen, als Jack die Tür zuwarf.

Brian Ramsey betrachtete ihn besorgt. »Alles in Ordnung mit Ihnen, Web?«

»Zu wenig Schlaf, zu viel Kaffee.« Und zu viele bedrückende Gedanken. »Danke, dass Sie extra gekommen sind.«

Abbott sah eindeutig unglücklich aus. »Ich schicke Girard nach Hause. Noah, gehen Sie in mein Büro.«

Noah gehorchte wortlos, obwohl er sich wie ein kleiner Schuljunge fühlte, der zum Schuldirektor zitiert wurde.

Zehn Minuten später schloss Abbott die Bürotür. Er hatte

zwei Tassen Kaffee in den Händen. »Es gibt eine feine Grenze zwischen zu viel und nicht genug«, sagte er und reichte ihm eine Tasse.

»Zu viel und nicht genug von was?«, wollte Noah wissen, und Abbott zuckte mit den Schultern.

»Sagen Sie's mir.« Er setzte sich auf seinen Schreibtischstuhl. »Was läuft zwischen Ihnen und Jack?«

»Zu viel und nicht genug«, brummte Noah, dann begegnete er dem Blick seines Chefs. »Eve.«

Abbott schien nicht überrascht. »Reden wir über Grabenkämpfe oder Kalten Krieg?«

Noah lachte, aber es war kein freudiges Lachen. »Sowohl als auch. Jack ist wohl schon seit Monaten hinter ihr her.«

»Ja, das wusste ich. Ich bin auch hin und wieder im Sal's. Und heute wirft sich Eve Ihnen an den Hals.«

Noah zog die Brauen hoch. »Das wissen Sie auch schon?«

Abbott bedachte ihn mit einem Blick, der deutlich aussprach, was er von dieser albernen Frage hielt. »Ich habe zwei Officer losgeschickt, damit sie aufpassen, stattdessen erleben sie großes Kino. Was haben Sie sich dabei gedacht?«

Gar nichts. Für die paar Sekunden, die er sie im Arm gehabt hatte, hatte Noah gar nichts gedacht. Außer, dass er mehr wollte. Das dachte er immer noch.

»Es war nicht geplant, Bruce. Sie war vom Assistenten ihres Studienberaters und von diesem Mistkerl Buckland bedrängt worden. Sie wollte ihre Verwicklung in diesen Fall … geheim halten. Jack hat sie beschuldigt, das nur getan zu haben, weil sie sich selbst schützen wollte.«

»Und? Hat sie nicht?«, fragte Abbott, und Noah schüttelte den Kopf.

»Sie weiß ja, dass es sowieso herauskommen und sie ihren Platz in diesem Programm verlieren wird.«

»Es gibt andere Programme für Studenten.«

»Sie meint, sie käme automatisch auf eine schwarze Liste. Wie auch immer – Jack hat sich nachher bei mir entschuldigt und zugegeben, dass er im Grunde eifersüchtig ist. Auf mich.«

»Tja«, sagte Abbott, offenbar wieder nicht überrascht.

»Wieso habe ich bloß den Eindruck, dass Sie sowieso alles wissen und mich nur ein Tänzchen aufführen lassen?«

»Captain zu sein bedeutet mehr, als nur abzunicken, was Sie an Informationen bringen«, erwiderte Abbott gereizt. »Ich kenne meine Leute. Persönlichkeiten müssen zusammenpassen. Bis vergangene Woche schien das bei Ihnen und Jack der Fall zu sein.«

Sein Tonfall wurde ein wenig freundlicher. »Sie hätten sich mal sehen müssen, als Eve gestern Abend hier mit uns gesprochen hat.«

»Und?«, fragte Noah, jetzt selbst gereizt.

»Sie hingen ihr förmlich an den Lippen. Muss ich Sie von diesem Fall abziehen?«

»Nein.« Noah holte tief Luft. »Sie hat Sie wegen des Avatars angerufen?«

»Hat sie. Ich bin ebenfalls online und schaue immer wieder nach.« Abbott deutete auf seinen Bildschirm. »Er ist noch immer da – tanzt gerade Tango. Und wenn er dort tanzt, kann es nicht Girard sein, stimmt's? Ist es das?«

»Zum Teil, ja. Aber es fühlt sich auch einfach nicht richtig an, Bruce. Der Mörder scheint clever zu sein, lässt sich kaum auf die Spur kommen, und dann fährt er mit dem eigenen Auto auf einen überwachten Parkplatz?«

»Woher soll er wissen, dass er dort gefilmt wird?«

»Weil auf dem gottverdammten Parkplatz Hunderte von Hinweisschildern stehen«, erwiderte Noah frustriert. »Abschreckung war der Sinn der Übung, wie uns der Manager erzählt hat. Er und sein Kollege von der Tankstelle haben nicht nur das Sicherheitssystem eingerichtet, sondern auch lautstark verkündet, dass es fortan vorbei ist mit der Anonymität.« Er rieb sich den Nacken. »Im Übrigen glaube ich einfach nicht daran, dass er der Täter ist. Ich mache diesen Job schon lange, und ich glaube einfach nicht daran.«

»Jack ist ebenfalls schon lange dabei«, sagte Abbott ruhig.

»Glauben Sie nicht, dass ich das nur allzu gut weiß? Dass er mich nicht schon mehr als einmal darauf hingewiesen hat?« Noah presste seine Fingerknöchel gegen die pochenden Schläfen. »Es gibt da einiges, das ich ihm nicht sagen konnte.«

»Weil Sie es eigentlich nicht wissen dürften.«

Noah sah auf. »Nun jagen Sie mir Angst ein.«

»Ich dachte mir schon, dass das passieren würde. Eve hat sich in ShadowCos Server gehackt. Was hat sie noch gefunden, das wir legal nicht verwenden dürfen?«

»Wann genau sich der Killer eingeloggt und die Gesichter der Opfer-Avatare verändert hat.«

Abbotts Augen funkelten. »Zeiten, für die Axel Girard Alibis braucht. Und warum haben Sie das Jack nicht erzählt?«

»Heute hat Eve angeboten, uns über den Server der Universität die Dateien der Probanden zu besorgen. Damit es schneller geht. Das war der Moment, in dem Jack sie beschuldigt hat, aus Eigennutz zu handeln. Außerdem meinte er, dass wir die Informationen ohnehin nicht nutzen können, womit er recht hat. Aber vor noch einer Woche hätte Jack die Dateien an sich gerissen, bevor der Drucker sie fertig ausgespuckt hätte.«

»Und nun fragen Sie sich, wie viel von Jacks plötzlicher Liebe zur beruflichen Ethik echte Überzeugung ist und wie viel sich auf die Tatsache zurückführen lässt, dass Eve ihm einen Korb gegeben hat. Und da wir schon dabei sind: Ob *Ihre* Bereitwilligkeit, illegal besorgte Informationen zu nutzen, auf Verliebtheit oder auf dem Wunsch, den Killer möglichst schnell zu fassen, beruht.«

»Mein Gott. Sie sind ja gut!«

»Deswegen bekomme ich auch ein ganz hübsches Gehalt. Ich finde heraus, ob wir aufgrund dessen, was wir wissen, einen

Durchsuchungsbeschluss für Girards Haus und Büro bekommen können.«
»Wenn er schuldig ist, wird er alle Beweise, die es geben könnte, vernichten, sobald er zu Hause ist.«
»Dann müssen wir den konventionellen Weg gehen, bei ShadowCo die Dateien anfordern und hoffen, dass sie kooperieren.«
»Hat man dort bisher Anzeichen dafür gezeigt?«
Abbott schüttelte den Kopf. »Wir haben die Dateien der Opfer angefordert, aber man sagte uns, ShadowCo sei ›stets bemüht, den Usern einen Ort zu bieten, an dem ihre Anonymität gewährleistet ist‹.«
»Manchmal möchtest du an einem Ort sein, wo niemand deinen Namen kennt«, sagte Noah.
»So ist es. Wir lassen Mr. Girard heute Nacht bewachen, und morgen früh statten Sie beide ihm einen Besuch bei der Arbeit ab. Finden Sie heraus, wo er zu den Zeiten war, in denen die Avatare verändert wurden. Wenigstens das können wir tun.«
Noah stand auf. »Haben Olivia und Kane die Wohnung neben Martha Brisbanes schon durchsucht?«
»Haben sie. Sie war voller Mülltüten. Und Marthas Post befand sich auch darin.«
»Weil der Mörder sie gezwungen hat, aufzuräumen.« Noah zog die Brauen zusammen. »Wieso hat er das bloß getan?«
»Keine Ahnung. Ich habe dafür gesorgt, dass Carleton davon erfährt, vielleicht nützt ihm das bei der Erstellung des Profils.«
»Gab es irgendwelche Papiere oder Dokumente, die auf ihre Aktivitäten in Shadowland hinweisen?«
»Bisher nicht. Olivia und Kane haben ungefähr die Hälfte durchgesehen. Micki hat den Teppich absaugen und alle Oberflächen untersuchen lassen, aber selbst, wenn wir Kobreckis Abdrücke finden würden, könnte er einfach behaupten, er habe in der Wohnung etwas reparieren müssen. Micki gibt uns morgen einen vorläufigen Bericht.«

Die Erwähnung von Micki erinnerte Noah daran, dass er nachfragen musste, ob jemand Eves Schlüssel gefunden hatte. Der Gedanke an Eve brachte ihn auf noch etwas. »Eve hat einige mögliche User-Namen für unseren Avatar herausgefunden. Sie dachte, Sie könnten sie vielleicht für eine richterliche Verfügung verwenden.«

»Ich kenne seinen Namen schon. Romeo62.«

Noah warf einen Blick auf Abbotts Bildschirm. »Was ist mit Ihrem anderen Burschen passiert?«

»Habe mit ihm Schluss gemacht. Darf ich vorstellen? Lola.« Lola war eine stattliche Schönheit mit rabenschwarzem Haar. »Ich versuche gerade, Romeo dazu zu bringen, sich mit mir zu verabreden. Mein anderer Avatar war da eher störend.«

»Besser Sie nehmen Kontakt mit ihm auf, als dass Eve es tut.«

»Ja. Falls Girard unschuldig ist, müssen wir der Romeo-Spur folgen. Sehen Sie zu, dass Jack und Sie sich zusammenraufen. Meine Leute arbeiten nicht gegeneinander, ist das klar?«

»Ja, Sir.«

Dienstag, 23. Februar, 20.45 Uhr

»Miss Wilson?«

Zum zweiten Mal an diesem Abend wollte jemand mit ihr sprechen. Vor dem Tresen stand ein Mann, der in seinem Anzug fehl am Platz wirkte. Er war schon einmal hier gewesen, aber sie kannte seinen Namen nicht und konnte sich beim besten Willen nicht daran erinnern, was er am liebsten trank.

Sie setzte ihr Barkeeper-Lächeln auf. »Was kann ich für Sie tun?«

»Ich glaube, es geht eher darum, was ich für Sie tun kann. Mein Name ist Dr. Carleton Pierce. Ich bin Psychologe.«

Eine dumpfe Vorahnung prickelte in ihrem Nacken. »Sehr erfreut«, sagte sie, als er ein Blatt Papier auf den Tresen legte.

Darauf stand ihr eigener Name. »Das Exposé für meine Arbeit.«
»Ich arbeite mit Noah Websters Team zusammen. Heute habe ich eine interessante Geschichte über eine vertrauliche Quelle gehört. Webster weigerte sich beharrlich, den Namen der Person preiszugeben. Er hatte Sorge, dass ich sie melden könnte. Und ich wollte Ihnen nur mitteilen, dass ich nichts dergleichen vorhabe.«
Eve stieß den Atem aus. »Tut mir leid. Aber ich kann Ihnen nicht folgen.«
Er lächelte freundlich. »Ich will Ihnen wirklich helfen. Ich habe wenige Minuten gebraucht, um in der Online-Bibliothek der Universität alles über Ihre Diplomarbeit zu finden. Shadowland als Übungswerkzeug einzusetzen, hat erstaunlich therapeutisches Potenzial. Aber Ihre Studie hat das Interesse eines gefährlichen Menschen geweckt. Ich war gestern dort, im Haus Ihrer Freundin. Ich war erschüttert. Und bin es noch.«
Ein eisiger Schauder rann Eve über den Rücken. Sie dachte an Christy, die am Strick hing, an ihre Augen … »Da müssen Sie mit Detective Webster sprechen. Er hat alle Informationen.«
»Weil Sie sie ihm gegeben haben«, sagte Pierce sanft. »Das war sehr mutig, Eve. Wahrscheinlich wird eine Disziplinarstrafe auf Sie zukommen, weil Sie gegen die Regeln verstoßen haben, aber möglicherweise kann ich eingreifen. Ich kenne Dr. Donners Chef, Dekan Jacoby. Wir sind alte Freunde. Ich kann vielleicht ein gutes Wort für Sie einlegen.«
Sie betrachtete ihn eine Weile nachdenklich. »Warum?«, fragte sie schließlich.
»Jeder ist auf andere angewiesen, Eve. Auf Kollegen, Mentoren. Sie haben getan, was richtig war. Ich fände es schrecklich, wenn man Sie dafür bestrafte. Sie haben noch eine große Karriere vor sich. Es wäre doch der reine Hohn, wenn Sie alles verlieren, bevor Sie überhaupt loslegen können.«
Er nahm eine Visitenkarte aus der Tasche seines teuren An-

zugs und schob sie ihr über den Tresen zu. Einen Moment lang starrte Eve die Karte an, bevor sie sie schließlich einsteckte. Dann erinnerte sie sich wieder an ihre gute Erziehung. »Danke. Ich werde darauf zurückkommen.«

Er nickte knapp. »Gut.« Er wandte sich ab, um seinen Mantel und seine Handschuhe anzuziehen.

»Dr. Pierce, weiß Detective Webster, dass Sie herkommen wollten?«

»Nein. Aber wie ich schon sagte: Ich brauchte weniger als fünf Minuten, um die Studie mit Ihrem Namen in Verbindung zu bringen. Das ist bald kein Geheimnis mehr, aber ich denke, das wussten Sie auch vorher.«

»Ja«, murmelte sie, und er nickte.

»Rufen Sie mich an, wenn Sie möchten, dass ich mit dem Dekan spreche. Aber ich würde nicht zu lange warten.«

Sie spielte mit der Visitenkarte in ihrer Tasche, als er davonging, und sog scharf die Luft ein, als Sal plötzlich neben ihr stand. »Wer war das?«, fragte ihr Chef barsch.

»Ein Psychologe«, antwortete Eve. »Arbeitet für die Hat Squad. Er wollte etwas zu meiner Diplomarbeit wissen.«

»Aha«, sagte Sal brüsk, und Eve wandte sich zu ihm um. Er sah verärgert aus und … gekränkt.

Er hatte gelauscht. Wie immer. »Schieß los. Was hast du gehört?«

»Disziplinarstrafe. Und gestern Abend warst du mit den Jungs unterwegs. Was ist hier los?«

Eve senkte die Stimme. »Jemand missbraucht das Projekt meiner Diplomarbeit, um anderen Menschen zu schaden. Aber ich darf dir nicht mehr sagen. Tut mir leid.«

»Ja, schon gut«, sagte er mürrisch. »Und was hat es mit der Disziplinarstrafe auf sich?«

»Ich habe Informationen besorgt, aber … nicht auf legalem Weg.«

Er begegnete ihrem Blick, und wieder unterzog man sie einer

genauen Prüfung. Aber das hier war etwas anderes – jetzt war es Sal. »Würdest du es wieder tun?«, fragte er leise.
»Sofort«, sagte sie, ohne zu zögern. »Schneller als sofort.«
»Das ist gut«, sagte er, dann wurde sein Blick verschlagen. »Und was war das mit dem Kuss?«
Eve blickte zur Decke. »Um Himmels willen.«
»Ich wusste es«, sagte Sal selbstzufrieden und rieb sich die Hände. »Ich habe gewonnen.«
Eve starrte ihn entsetzt an. »Ihr hattet eine verdammte *Wette* auf mich laufen?«
»Wer sich so öffentlich heimlich anschmachtet, ist selbst schuld.« Sal kicherte vergnügt.
Ich hätte es wissen müssen. Mühsam schluckte sie den aufsteigenden Zorn herunter, der, wie sie sehr gut wusste, nur aus der Demütigung erwuchs. »Hoffentlich hat es sich für dich gelohnt«, sagte sie ruhig, und er wurde wieder ernst.
»Es ging bloß um ein Bier. Eve, stimmt was nicht?«
Nichts. Eine Visitenkarte, die zu nutzen sie sich fürchtete, eine Einladung zum Essen, vor der sie sich fürchtete. Ein Mann, der sie begehrte, obwohl er es nicht tun sollte. Ein Mann, den sie begehrte, aber nicht haben konnte, weil sie ihn schlussendlich verletzen würde. Eine Karriere, die schon am Tropf hing, noch bevor sie begonnen hatte. Und darüber hinaus drei tote Frauen und ein Irrer und die sehr reale Möglichkeit, dass er erneut zuschlagen würde. Dass er seine Beute in dem Revier fand, das sie abgesteckt hatte.
Das plötzliche Bedürfnis zu weinen schnürte ihr die Kehle zu, und sie wich unsicher einen Schritt zurück. »Alles okay. Ich brauche nur eine kurze Pause. Kannst du mal eben übernehmen?«
Ohne auf eine Antwort zu warten, kehrte sie ihm den Rücken zu, um in sein Büro zu gehen.
»Verdammter Mist«, hörte sie ihn hinter sich brummeln, was, wie sie fand, die Situation recht treffend beschrieb.

12. Kapitel

Dienstag, 23. Februar, 21.00 Uhr

Als Noah im Leichenschauhaus eintraf, war Jacks Zorn größtenteils verraucht. Ian hatte Fotos von Samantha Altmans verwestem Körper an die Tafel gehängt.

»Und?«, fragte Noah, während er die Fotos betrachtete.

»Derselbe Modus Operandi«, antwortete Jack. »Ketamin im Blutkreislauf, Einstich im Hals.«

»Und Erde im Mund«, sagte Ian.

»Was?« Noah beugte sich vor. »Wo?«

»Zwischen den Backenzähnen«, sagte Ian. »Als der Bestatter uns die Leiche anlieferte, fragte ich, ob er sich an irgendetwas Ungewöhnliches in Bezug auf die Tote erinnern könnte.«

»Und?«, fragte Jack.

»Samantha wurde aufgebahrt, und gewöhnlich gibt man Watte in die Wangen, damit sie nicht einfallen. Als seine Kollegin den Leichnam herrichten wollte, entdeckte sie die Erde. Sie fand das zwar merkwürdig, aber in dieser Branche sieht man tagtäglich Merkwürdigkeiten, und manche Leute essen eben Erde. Man findet die Substanz dann natürlich auch im Mageninhalt.«

»Und haben Sie bei Samantha Erde im Magen gefunden?«

»Nein, aber als ich von der Erde hörte, sah ich mir noch einmal alle Proben an, die Janice bei der ersten Autopsie genommen hatte. Die Blutproben zum Beispiel hatte ich ein zweites Mal eingeschickt und auf Ketamin untersuchen lassen. Janice hat auch für alle Fälle die Nägel untersucht, und siehe da: Es befand sich eine Menge Erde darunter. Als hätte Samantha im Garten gearbeitet. Es handelte sich im Übrigen um Blumenerde.« Die beiden Detectives wechselten einen bedeutsamen

Blick. »Für Sie ergibt das durchaus Sinn«, stellte Ian grimmig fest. »Reden Sie.«

»Er hat sie lebendig begraben«, sagte Noah. »Das war ihre schlimmste Angst.«

Ian starrte sie an. »Ging es bei der Schlange auch darum? Und bei dem Wasser in Marthas Lungen? Er foltert sie mit ihren ärgsten Ängsten? Mein Gott.«

»Und wir haben ihn gerade laufenlassen«, sagte Jack nüchtern.

Ians Augen weiteten sich. »Sie haben ihn *gehen lassen?*«

Noah schüttelte den Kopf. »Nein, haben wir nicht. Jack, wir müssen reden.«

»O ja, das müssen wir. Aber zuerst das hier. Hatte sie auch Erde in den Lungen, Ian?«

Ian zögerte. »Ja.«

Noah zögerte nun auch. »Hätte das nicht bei der ersten Autopsie auffallen müssen?«

»Ja, hätte es. Es ist Janice entgangen. Ich weiß nicht wieso, aber es ist ihr entgangen.«

»Wenn es ihr gleich aufgefallen wäre, würden wir vielleicht schon länger nach einem Killer suchen«, bemerkte Jack.

Ian nickte gequält. »Ich weiß. Und das macht sie vollkommen fertig. Sie ist durch und durch Gerichtsmedizinerin. Vielleicht hat sie sich in dem Glauben, dass es Selbstmord war, beeilt. Vielleicht war es einfach ein Versäumnis oder ein Irrtum. Es ist nicht viel Erde zu sehen, aber das hätte ihr keinesfalls entgehen dürfen. Ich habe unsere Vorgesetzten informiert, und es wird eine interne Untersuchung geben. In der Zwischenzeit werden wir mit der Tatsache leben müssen, dass wir vielleicht zwei Morde hätten verhindern können.«

»Was war die offizielle Todesursache?«, fragte Noah. »Ersticken?«

»Nein, Strangulation. Ich denke, sie konnte atmen, als sie unter der Erde lag. Ich habe Abschürfungen im Gaumen gefunden.« Er deutete auf ein Foto mit Samanthas Zähnen.

Noah überlegte, was in Frage kam. »Ein Schnorchel?«, schlug er schließlich vor, und Ian nickte.
»Nehme ich an. Ich denke, er hat sie wieder ausgegraben, sie gesäubert und dann aufgehängt.«
»Aber wenn sie atmen konnte«, fragte Jack, »wie ist dann die Erde in die Lungen gekommen?«
»Ich weiß es nicht«, sagte Ian müde. »Vielleicht hat er absichtlich Erde durch den Schnorchel fallen lassen, vielleicht geschah es versehentlich.«
Noah wollte nicht darüber nachdenken. »Sonst noch etwas?«
»Nein.« Ian begann, die Fotos wieder von der Tafel zu nehmen. »Ich denke, es reicht auch.«
Noah war seiner Meinung. »Wir bleiben in Kontakt. Danke.«
Er wartete, bis er und Jack im Flur standen. »Komm. Ich gebe dir einen Kaffee aus. Wir zwei müssen ein paar Dinge klären.«
Jack nickte. »Gut.«

Dienstag, 23. Februar, 21.30 Uhr

»Ja, hallo, wenn das nicht Eve Wilson ist.«
Kurt Buckland setzte sich mit einem selbstzufriedenen Lächeln auf einen Barhocker.
Eve knirschte mit den Zähnen. »Mr. Buckland. Immer noch hinter mir her, wie ich sehe.«
»Aber, meine Liebe. Ich sitze doch einfach nur an einer Bar und warte darauf, bedient zu werden.«
»Dann werden Sie wohl noch eine lange Weile warten.« Sie hätte ihn gern rauswerfen lassen, aber dafür war Sal zuständig, und der war nach ihrem kleinen Gespräch über Wetten abgetaucht.
»Das war aber eine spannende Darbietung heute Morgen im Bistro«, sagte Buckland.

Sie zuckte mit den Schultern. »Glauben Sie, was Sie wollen.«
»Muss schwer gewesen sein, das Geheimnis vor Ihren besten Freunden zu bewahren. Ich fand es jedenfalls sehr interessant, dass Callie beharrlich behauptet, Sie hätten keinen Freund.«
Eve begann, die Theke abzuwischen. Sie hätte Callie warnen müssen, aber es war ihr einfach nicht in den Sinn gekommen. *Ich war in letzter Zeit ein bisschen beschäftigt.*
Er schob ihr einen braunen DIN-A4-Umschlag über den Tresen. »Hier sind ein paar Fotos, die Sie sich ansehen sollten.«
»Danke. Ich habe mir heute schon eines Ihrer Fotos angesehen.«
»Aber diese sind besser. Sie werden sehen, dass Ihr Detective doch nicht so ein guter Kerl ist.«
Kopfschüttelnd wandte sie sich ab. »Ich mag Ihr Spiel nicht mitspielen, Buckland. Verschwinden Sie.«
Seine Hand schoss vor, und er packte sie am Arm. So fest, dass es weh tat. »Ich sagte, *sehen Sie sie sich an!*«
Eve musste gegen die aufsteigende Panik ankämpfen, aber es gelang ihr, ruhig den Kopf zu heben und ihm in die Augen zu sehen. Sie glühten vor Zorn. »Sie sind nicht besonders klug, Kurt. Diese Bar ist voller Polizisten. Wenn ich schreie, zerren sie Sie in Handschellen hinaus. Finger weg. Sofort.«
Sein Blick flackerte, dann ließ er sie los. »Ich bitte um Entschuldigung«, sagte er steif.
Ihr Puls raste noch immer, doch ihre Stimme war beherrscht. »Die ich nicht annehme. Gehen Sie jetzt.«
»Eve?« Jeff Betz, ein Stammgast, trat hinter Buckland.
»Alles in Ordnung, Officer Betz. Mr. Buckland wollte gerade gehen.« Sie schob ihm den Umschlag über den Tresen zu. »Nehmen Sie das wieder mit. Ich will es nicht.«
Buckland stieg vom Hocker. Die Wut in seinen Augen war nun kontrolliert. »Ich lasse von mir hören.«
Als er fort war, massierte sie sich den Arm. Er tat stärker weh, als sie zeigen wollte.

»Lassen Sie mal einen Arzt draufschauen«, sagte Jeff.
Eve sah zu ihm auf und lächelte. »Ach, was. Ich habe schon Schlimmeres erlebt.«
Jeff runzelte die Stirn. »Das macht es nicht besser. Rufen Sie laut, wenn der Kerl Sie noch einmal belästigt. Ich fahre jetzt los, um meine Frau abzuholen. Und Sie sorgen dafür, dass Sal Sie zum Wagen bringt.«
»Ich werde abgeholt, aber morgen tue ich das, versprochen. Und machen Sie sich bitte keine Sorgen. Ich gehe kein Risiko mehr ein.« *Jetzt nicht mehr.*

Dienstag, 23. Februar, 21.30 Uhr

»Warum hast du es mir nicht einfach erzählt?«, fragte Jack. Sie waren zum Bistro gefahren, hatten sich aber mit dem Kaffee in Noahs Auto gesetzt. Noah hatte seinem Partner von Eves Informationen berichtet.
»Weil du heute noch nicht besonders zugänglich warst.«
»Okay, ich nehme an, dass ich es verdient habe. Aber was nun? Wenn es nicht Girard ist? Was machen wir jetzt?«
»Na ja, im Augenblick gräbt Abbott als weiblicher Avatar in Shadowland Männer an. Er ist beängstigend überzeugend, und hat, wie ich glaube, einen Heidenspaß dabei.«
Jacks Lippen zuckten. »Schade. Das hätte ich gern gesehen.«
Die Anspannung zwischen ihnen ließ ein wenig nach. »Wenn Girard unser Bursche ist, dann wird die Überwachung heute Nacht vielleicht etwas bringen. Morgen fragen wir ihn nach seinen Alibis für die Zeit, in der die Avatare verändert worden sind.«
»Aber selbst wenn er zu Hause oder auf der Arbeit oder anderswo gewesen ist, wo andere sein Alibi bestätigen können, heißt das nicht, dass er in dieser Zeit nicht online war. Er hätte vorgeben können, seine E-Mails abzurufen oder etwas recher-

chieren zu müssen. Oder er nimmt seinen Laptop mit, wenn er zur Toilette geht. Wenn er WLAN hat, dann muss er doch nicht einmal am Schreibtisch sitzen.«

»Aber wenn er uns kein Alibi vorweisen kann, kriegen wir einen Durchsuchungsbeschluss für seinen Computer und können seine Online-Aktivitäten nachverfolgen.«

Jack nickte. »Na gut. Und wenn er brauchbare Alibis hat, müssen wir etwas anderes finden, das ihn mit dem Tatort oder den Verbrechen überhaupt in Verbindung bringt.«

Den Laptop mit auf die Toilette nehmen. Jeremy Lyons. Noah schloss die Augen. Sein müdes Hirn schaltete nur verzögert. Im Jagdfieber, Girard aufzuspüren und festzusetzen, hatten sie die eindeutigste Verbindung aus den Augen verloren. »Wie zum Beispiel Eves Liste. Girard muss irgendwie Zugang dazu gehabt haben. Falls nicht, müssen wir uns die anderen Leute ansehen. Zum Beispiel Jeremy Lyons, der Sekretär von Eves Berater. Einer, der die ärgsten Ängste der Frauen kennt.«

»Weißt du, ob die Überprüfung der Leute etwas ergeben hat?«

»Auf meinem Tisch lag eben noch nichts. Ich schau morgen nach. Jetzt muss ich, glaube ich, vor allem schlafen.«

»Soll ich dich fahren?«, fragte Jack. So milde war sein Tonfall den ganzen Tag lang nicht gewesen.

»Nein, schon gut. Aber danke.«

»Dann fahre ich auch nach Hause.« Jack öffnete die Tür und zögerte. »Danke für den Kaffee.«

Noah nickte, aber nichts geschah. Jack bewegte sich nicht. »Jack? Geh nach Hause. Katie wartet bestimmt schon.«

Jack verzog den Mund, und als er sprach, klang er verbittert. »Na klar, falls ich Glück habe. Sie ist doch nur mit mir zusammen, weil ich auf dem Cover dieser verdammten Zeitschrift bin. Und jeder weiß es.« Er wandte den Kopf und sah Noah in die Augen. »Du eingeschlossen.«

Das entsprach der Wahrheit. Katie war einen Tag nach Erscheinen der Zeitschrift an Jacks Arm aufgetaucht. Sie war eine weitere in einer langen Reihe von Kurzzeit-Beziehungen, die Jack in den vergangenen Jahren gehabt hatte. Noah fiel wieder ein, wie Eve ihn beschrieben hatte. Sie hielt ihn für einsam. »Was soll ich dazu sagen?«

»Ich werde mich bei Eve entschuldigen. Aber wie ich es bei dir wiedergutmachen soll, weiß ich einfach nicht.«

Noah sah weg, denn plötzlich stürmten zu viele Gefühle auf ihn ein. »Wir sind schon ein tolles Gespann, Jack. Wir beide kehren in leere Betten zurück, nur in deinem liegt wenigstens ein warmer Körper.«

Jack stieg aus Noahs Wagen. »Und nach diesem aufbauenden Schlusswort mache ich mich jetzt auf den Weg.«

Noah fuhr vom Parkplatz, als sein Handy vibrierte. »Webster.«

»Micki hier, hallo. Ich habe gerade deine Nachricht auf der Mailbox gehört – es ging um Eves Schlüssel. Wir haben am Tatort nichts gefunden und das Gebiet weiträumig mit einem Metalldetektor abgesucht. Sie waren nicht da.«

»Danke, Mick. Nett, dass du nachgesehen hast.« Er legte auf. Das war nicht gut. Irgendwo mussten Eves Schlüssel sein. Jemand hatte sie an sich genommen. Was bedeutete, dass jemand freien Zugang zu Eves Wohnung hatte. Und zu ihr. Er schauderte. Plötzlich war ihm kalt.

Abrupt machte er eine Kehrtwende. Wenigstens dagegen konnte er etwas unternehmen.

Dienstag, 23. Februar, 22.15 Uhr

»Hier, für dich.« Er brachte der Frau in seinem Bett eine Tasse Tee. Es war eine schöne Angewohnheit. Die Frau mochte den Tee, und in den Nächten, in denen er ausging, gab er ein kleines Extra in das Gebräu, damit sie fest schlief. So konnte er kommen und gehen, ohne dass sie etwas bemerkte. Und wenn

sie schließlich wieder aufwachte, lag er friedlich neben ihr. Falls jemals etwas schiefgehen sollte, hatte er immer ein Alibi. Es lag Anmut in der Schlichtheit dieses Gedankens.
»Danke.« Sie nahm die Tasse und beobachtete finster, wie die Katze von ihrem Bett sprang und um seine Beine strich. »Ringo mag dich lieber. Aber warum? Ich habe ihn doch hereingeholt.«
Weil ich den Kater draußen ausgesetzt habe, da ich wusste, dass du ihn reinholst. Ringo hatte Martha gehört, sich aber zufrieden auf seinem Schoß zusammengerollt, als er Martha mit vorgehaltener Pistole beim Aufräumen zugesehen hatte. Martha hatte sehr darunter gelitten, dass ihr geliebter Kater sich mit dem Mann verbündet hatte, der sie bedrohte.
Er hatte beschlossen, den Kater zu behalten. Das Tier war eine Erinnerung, die er vor den Augen aller genießen konnte. Gäste würden ihn streicheln, und nur er würde wissen, woher er stammte. Die Frau in dem Glauben zu lassen, sie habe den Kater vor dem Erfrieren gerettet, sorgte dafür, dass sie tat, was er wollte, ohne dass er ihr drohen musste. Er drohte lieber nur bei wichtigen Dingen. Er hatte sie erst einmal schlagen müssen, und sie lernte schnell. Aber es gab andere, bessere Mittel, eine Frau auf ihren Platz zu verweisen.
»Muss der Lebergeruch an meinen Händen sein«, sagte er mit einem Lächeln. *Oder das Blut. Metaphorisch betrachtet.* Und bald klebte noch mehr metaphorisches Blut an seinen Händen.
»Ja, wahrscheinlich«, sagte sie. Dann schniefte sie. »Na ja, wenigstens kann ich besser atmen, wenn der Kater bei dir ist. Blöde Allergie.«
Weswegen sie auch nie selbst ein Haustier gehabt hatte. Es sei denn, man zählte die Schlangen dazu, die sie in den Terrarien des Forschungslabors hielt. Aber Schlangen waren keine Haustiere. Schlangen waren Waffen. Waffen des Schreckens. Man brauchte nur Christy Lewis zu fragen.
»Ich muss jetzt arbeiten«, sagte er. »Trink deinen Tee. Und warte nicht auf mich.«

Dienstag, 23. Februar, 23.00 Uhr

Eve kniete hinter dem Tresen und zählte Flaschen. »Sal, ich wünschte, du hättest mit mir geredet, bevor du die Runde ausgegeben hast. Wir haben praktisch keinen Wodka mehr.« Sie hatten einen erstaunlich hohen Wodkaverbrauch. Die meisten Polizisten kamen her, um zu trinken.

Außer Noah, ein trockener Alkoholiker, der seit einem Jahr Tonic bestellte ... *um mich beobachten zu können.* Es hätte ihr Unbehagen bereiten sollen. Stattdessen tat es weh. Sehr.

Sals Schuhe tauchten neben ihr auf, und sie bemerkte, dass sie immer noch auf eine Bierkiste starrte, während sie eine Hand an die Brust presste. »Was ist los, Eve?«, fragte er ruhig.

So vieles. Zu vieles. »Ich bin bloß müde«, sagte sie und hockte sich auf die Fersen, so dass sie ihn ansehen konnte.

Die Sorge stand ihm ins Gesicht geschrieben. »Geh nach Hause. Heute ist nicht so viel los. Ich mache die Inventur.«

Nur drei Kunden waren noch in der Bar, aber David hatte angerufen und gesagt, dass er noch etwas Zeit brauchte. »Lass mal. Ich werde später abgeholt, also kann ich das noch eben zu Ende machen. Aber danke.«

»Jeff hat mir erzählt, was vorhin geschehen ist. Mit dem Reporter. Du musst wirklich besser aufpassen.«

Ihr Handgelenk schmerzte noch immer von Bucklands Griff. »Na sicher. Als ob es meine Schuld wäre.«

»Das habe ich nicht gesagt«, erwiderte er schnippisch. »Steh auf. Ich kann nicht runterkommen, um mich mit dir zu zanken.«

Automatisch erhob sie sich. Sals behindertes Bein ließ sich nicht gut beugen. »Ich will nicht mit dir zanken«, begann sie, verstummte aber, als er eine Flasche Wein hinter seinem Rücken hervorholte. Sie betrachtete das Etikett. »Alkoholfrei? Was soll das?«

»Ein Friedensangebot. Tut mir leid wegen der Wette, Eve. Ich weiß nicht genau, warum ich dich damit so gekränkt habe, aber offenbar habe ich's getan, und das lag nicht in meiner Absicht. Kannst du mir nicht einfach sagen, was wirklich mit dir los ist?«

Ihre Augen brannten. Dieser Mann hatte ihr so viel gegeben, so viele Chancen. »Sal …« Sie blickte zur Seite. »Hast du dir jemals etwas innig gewünscht und doch gewusst, dass du es niemals haben kannst? Etwas, das jeder andere haben kann, von dem du aber nur träumen darfst?«

»Jeden verdammten Tag«, erwiderte er ruhig, und sie sah auf sein Bein, bevor sie wieder seinem Blick begegnete. »Ja, ich denke, du kennst das.« Hastig wischte sie sich über die Wange.

»Liebes, was ist es, das du so unbedingt willst und nicht haben kannst?«

»Einfach nur normal zu sein, nehme ich an.«

»Wir wissen beide, dass das eine vollkommen dämliche Antwort ist. Aber du wirst es mir wohl sagen, wenn du so weit bist.« Er drückte ihr die Flasche in die Hand. »Verziehen?«

Sie küsste ihn auf die Wange. »Natürlich. Und danke. Ich habe Besuch zu Hause. Wir werden den Wein genießen.«

»Ähm … eigentlich … Na ja, ich dachte, du nimmst sie am Sonntag mit zu Trina. Dann kannst du sie mit Web trinken.«

Sie warf einen weiteren Blick auf das Etikett, dann blickte sie überrascht auf. »Du weißt davon?«

»Sicher. Damals, als er noch auf der Akademie war, kam er genau wie all die anderen jungen Cops her, um ordentlich zu bechern. Aber nach der Beerdigung seiner Frau ist er verdammt tief abgestürzt, hat sich jedoch wieder aufgerappelt. Jahrelang hat er sich hier nicht hereingetraut.«

Eve verschlug es für einen Moment den Atem. *Nach der Beerdigung seiner Frau.* Nun verstand sie. Der Kummer hatte ihn zur Flasche greifen lassen. Was hatte ihn wieder davon befreit? *Armer Noah.*

»Wie viele Jahre nicht?«, flüsterte sie.
»Neun oder zehn – mindestens. Und dann geht ein Freund in Ruhestand und feiert hier. Zum ersten Mal betritt er wieder meine Bar, aber er zieht nicht einmal den Mantel aus.«
Eve konnte sich gut daran erinnern. Es war das erste Mal gewesen, dass sie ihn gesehen hatte. Er hatte sich mit seinem Tonic an einen Tisch zurückgezogen, während alles um ihn herum gefeiert hatte.
Sal hob ihr Kinn mit einem Finger an. »Er hat den ganzen Abend nur dich angestarrt. Hat wohl geglaubt, kein Mensch merkt es, aber mir ist es aufgefallen. Jeder, der etwas von dir will, muss erst an mir und Josie vorbei. Aber ich kannte Web ja. Er ist ein guter Kerl. Und ich war froh, dass er sich endlich aus dem Kokon befreite, in den er sich zurückgezogen hatte. Mach deine Türen nicht gar so schnell zu, Eve. Seit du hergekommen bist, hast du riesige Fortschritte gemacht. Belass es nicht bei Äußerlichkeiten.«
Behutsam berührte er mit der Fingerspitze die Narbe auf ihrer Wange.
Sie schniefte. »Ich habe echtes Glück, dass du kein gemeiner Chef bist.«
»Du nimmst also die Flasche mit zu Trina?«
Nein, dachte sie traurig, aber sie lächelte ihn an. »Klar.«
Er erwiderte ihr Lächeln nicht. »Trina hat recht. Du bist eine miese Lügnerin.«
Eine Antwort blieb ihr erspart, als die Türglocke klingelte. Automatisch drehte sie sich um. Und erstarrte. Noah betrat die Bar. Die Brust wurde ihr plötzlich so eng, dass sie glaubte, keine Luft mehr zu bekommen, und sie betrachtete ihn hungrig, gierig, verzweifelt und zu müde, um es zu verbergen. Aber es hatte ja ohnehin jeder mitbekommen.
Noah schloss die Tür und sah sie fünf quälende Herzschläge lang an.
Sie fühlte, wie ihr die Flasche aus den tauben Händen genom-

men wurde. »Wo wir vom Teufel sprechen«, murmelte Sal. »Ich geh mal wieder nach hinten.«
Noah nahm seinen Hut ab, und sie sah seine Augen aufblitzen. Er war wütend. *O nein,* dachte sie, und die Furcht schnürte ihr die Kehle zu. *Nicht noch eine.* Nicht noch eine tote Frau.
Er durchquerte den Raum und warf den Hut achtlos auf die Theke.
Und bevor sie sich versah, lagen seine Hände an ihren Wangen und seine Lippen auf ihren, und sie konnte nicht mehr atmen.
Der Kuss endete so abrupt, wie er begonnen hatte, dann legte er den Kopf zurück und sah ihr in die Augen. »Das war echt, nicht gespielt«, sagte er, die Stimme tief und rauh. »Und es ging nicht um meinen Job. Sondern um mich!«
Sie starrte wie vom Donner gerührt zu ihm auf.
»Und um dich«, fügte er ruhig hinzu. »Besonders um dich.«
Er nahm seine Hände von ihren Wangen, und sie bemerkte erst jetzt, dass sie seine Mantelaufschläge gepackt hielt. Ihre rechte Faust pochte, aber sie ließ ihn nicht los. Wusste nicht, ob sie es konnte.
Schließlich war er es, der ihre Finger löste. Er schob ihren Ärmel zurück, sah die Druckstellen, und sein Gesicht verdunkelte sich. »Buckland hat dich verletzt.«
Ihr Herz hämmerte wild, und ihre Knie waren butterweich, als auch sie zum ersten Mal die blauen Flecken sah, die Buckland auf ihrem Arm hinterlassen hatte. »Woher weißt du das?«
»Jeff Betz hat mich angerufen. Er hat von heute Morgen gehört und sich gedacht, ich sollte wissen, was sich hier abgespielt hat. Hättest du es mir erzählt, Eve?«
»Ja«, sagte sie, ohne zu zögern. »Er hat meinen Arm gepackt, weil ich mir Fotos ansehen sollte, die er in einem Umschlag mitgebracht hatte. Er meinte, ich könnte dann sehen, dass du doch nicht so ein toller Kerl bist oder so ähnlich.«
»Was war auf den Fotos?«

»Keine Ahnung. Ich habe sie mir nicht angesehen. Er wurde sauer, und Jeff hat ihn rausgeworfen. Irgendwie hat er mir Angst gemacht. Er wirkte extrem angespannt, als würde gleich etwas in ihm zerreißen. Wie ein überdehntes Gummiband.«
Seine Lippen zuckten, was sie überraschte. »Ist das deine fachmännische Meinung?«
Sie lächelte nicht. »Er ist gefährlich, Noah. Pass auf.«
Seine Augen wurden schmal, und sie erkannte, dass er noch immer wütend war, auch wenn er versucht hatte, die Situation durch Humor zu entspannen. Nun warf er einen vielsagenden Blick auf ihr Handgelenk. »Nur ich?«
Inzwischen konnte sie sich wieder auf ihre Knie verlassen, und sie entwand ihm ihren Arm und wich einen Schritt zurück. »Okay, wir beide. Einen Moment lang wirkte der Mann fast verrückt.«
Ihre Zungenspitze berührte ihre Oberlippe. Sie prickelte noch immer und lenkte sie von dem Bild eines halb irren Kurt Bucklands ab. *Es ging nicht um meinen Job.* »Jeff hat dir also auch erzählt, dass Trina hier war.«
»Ja, er … hat zufällig einiges mitgehört.«
Eve verdrehte die Augen. »Er hat eine private Unterhaltung *zufällig* mitgehört. Ihr Cops steckt eure Nase wirklich in alles.«
»Täten wir das nicht, würden wir nicht viele Fälle aufklären. Und du weißt, dass es so etwas wie Privatgespräche in diesem Laden nicht gibt. Hat Buckland deine Hand verletzt?«
»Nein, es sind nur blaue Flecken.«
»Du musst ihn anzeigen, falls du eine einstweilige Verfügung gegen diesen Kerl erwirken willst.«
Er hatte recht. »Mach ich. Wenn du also von Trina und Buckland gehört hast, dann weißt du auch, dass Dr. Pierce hier war.«
Er verzog das Gesicht. »Es tut mir leid. Ich habe versucht, dich herauszuhalten, aber ich hätte wissen müssen, dass Carle-

ton nicht nachlassen würde. Er meint, er könne dir helfen. Ich wollte dir davon erzählen und dich selbst entscheiden lassen, aber das ist nun hinfällig geworden.«

»Ja, ist es wohl. Er könnte recht haben. Vielleicht kann er mir wirklich helfen.«

»Ich höre ein ›Aber‹.«

Sie zuckte mit einer Schulter. »Ich fühle mich nicht besonders wohl damit.« Sie wandte sich von ihm ab und ging wieder in die Knie, um sich dem Flaschenbestand zu widmen. Als er herum kam und sich ebenfalls bückte, geriet sie einen Moment lang aus der Fassung. Er war so groß und strahlte eine angenehme Wärme aus, und sie hätte ihn so gern noch einmal geküsst. »Es hat kein weiteres Opfer gegeben, oder? Als ich dich hereinkommen sah, hatte ich einen Moment gefürchtet, es wäre so.«

»Nein. Soweit ich weiß, keine weiteren Tote.«

»Gut. Ich muss noch den Bestand aufnehmen, bevor ich abgeholt werde. Geh dich ausruhen.«

»Eve.« Sie sah nicht auf, also packte er behutsam ihr Kinn und zwang sie, ihn anzusehen. »Kann das hier nicht bis morgen warten? Ich bin gekommen, um dich abzuholen.« Seine Lippen verzogen sich zu einem verlegenen Lächeln, das sie zu ihrem Leidwesen schrecklich liebenswert fand. »Hunter ist eben zur gleichen Zeit wie ich auf den Parkplatz gefahren. Er hatte den Wagen voller Leute. Es sah aus, als kutschiere er eine halbe Basketballmannschaft herum.«

»Er und Tom müssen zufällig seine Kumpel getroffen haben. Tom ist Davids Neffe. Und der Star seiner College-Mannschaft.« Sie gab sich keine Mühe, ihren Stolz zu verbergen.

»Tom Hunter? Den habe ich schon spielen sehen. Der Junge ist wirklich gut. Und du kennst ihn?«

Bei seinem hoffnungsvollen Tonfall zog sie die Brauen hoch. »Du willst bestimmt nur, dass ich dir Eintrittskarten für sein nächstes Spiel besorge.«

»Also, dazu würde ich nicht nein sagen.« Er grinste, als sie zu kichern begann. »Im Ernst, woher kennst du ihn?«
Sie wurde wieder ernst. »Gestern hast du mich gefragt, warum der Mann mich damals vor sechs Jahren töten wollte.«
Sein Lächeln verschwand. »Und du hast gesagt, er wollte an seine Frau und seinen Sohn herankommen. Oh.« Sie sah, dass er die richtigen Schlüsse zog. »Tom war dieser Sohn.«
»Ja. Tom und ich sind sozusagen zusammen aufgewachsen. Toms Vater wurde schließlich gefasst, und Toms Mutter heiratete bald darauf Davids Bruder. Für mich sind die Hunters Familie. Tom ist der Grund, warum ich mir Minneapolis ausgesucht habe.«
Er sah sie neugierig an. »Du hast dir die Stadt ausgesucht?«
»Ich wusste, dass ich nicht in Chicago bleiben konnte. Ich hielt einen Vierteldollar in der Hand, und die Landkarte lag auf dem Tisch. Kopf Carolina, Zahl Kalifornien. Dann klingelte das Telefon. Tom war ein Basketballstipendium in Minneapolis angeboten worden. Und ich beschloss, mit ihm zu gehen.«
»Dann bin ich umso froher, dass er für uns spielt«, murmelte er und sah ihr in die Augen.
Hastig widmete sie sich einer Bierkiste. »Wo ist David jetzt?«
»Er wollte die Jungs zu ihrem Wohnheim zurückfahren, aber dich nicht warten lassen, also hatte er den Burschen gesagt, sie sollten sich zusammenquetschen. Ich hatte Mitleid und habe ihm gesagt, ich würde dich nach Hause bringen.« Er griff in seine Manteltasche und zog eine Plastiktüte heraus. »Friedensangebot.«
»Davon kriege ich heute Abend ja einige.« Sie spähte in die Tüte. »Ein Sicherheitsschloss?«
»Die CSU hat deine Schlüssel nicht gefunden. Jemand muss sie an sich genommen haben. Ich will das Schloss austauschen.«
Plötzlich wurde Eve kalt. »Dann habe ich gestern meine Tür doch nicht offen gelassen, stimmt's?«

Sein Blick flackerte, und sie wusste, dass er es auch so sah. »Ich weiß es nicht genau, aber ich wäre lieber vorsichtig.«
»Buckland war gestern am Tatort. Er hat Fotos von meinem Wagen gemacht.«
Noahs Augen wurden schmal. »Du meinst, er hat die Schlüssel?«
»Möglich wäre es, oder?«
»Sogar wahrscheinlich«, gab er grimmig zurück. Dann stand er auf und zog sie auf die Füße. »Komm. Ich fahre dich nach Hause und tausche das Schloss aus, bevor ich wieder gehe.«

Mittwoch, 24. Februar, 0.15 Uhr

Eves Handy tanzte vibrierend auf der Lehne ihres Sessels. Es war David, was bedeutete, dass er vor der Tür stand. Sie hatte ihn angerufen und ihm erklärt, warum Noah das Schloss auswechseln musste, was ihn zu einer Reihe unflätiger Bezeichnungen für Buckland bewegt hatte. Sie öffnete die Tür. »Scht«, machte sie.
Sie winkte ihn in die Küche und an Noah vorbei, der mit ausgestreckten Beinen auf ihrem Sofa saß. »Er ist eingeschlafen«, flüsterte sie. »Ich habe ihm etwas zu essen gemacht, während er an der Tür werkelte, aber als er sich auf die Couch gesetzt hat, war er ganz schnell weggetreten. Er muss ziemlich erschöpft sein.«
»Das muss er allerdings, wenn er auf dem Ding einschlafen kann. Ich habe vergangene Nacht kein Auge zugemacht.«
»Nimm mein Bett. Ich lege mich aufs Sofa, sobald er wach wird und nach Hause fährt.«
»Du darfst dein Bett behalten.« Er hielt ihr die Einkaufstasche offen hin. »Eine aufblasbare Gästematratze.«
Sie schüttelte den Kopf. »Du machst zu viel Lärm, wenn du das Ding aufpustest. Dann weckst du Noah.«

»Besonders lange kann er doch noch nicht schlafen. Weck ihn auf, damit er nach Hause fahren kann.«
Natürlich wäre das richtig gewesen. Aber wieder schüttelte sie den Kopf. »Lass ihn. Du nimmst mein Bett.«

Noah hatte sich im Wohnzimmer noch keinen Millimeter geregt. Er hatte seinen Mantel und sein Jackett ausgezogen, als er das Schloss wechseln ging, trug aber noch Krawatte und Schuhe. Und die Pistole.
Wenn er so liegen bleibt, hat er morgen einen steifen Nacken. Sie zog an seinen Füßen und schaffte es schließlich, seine Beine aufs Sofa zu hieven. Wenn er aufwachte, dann war es eben so. Aber er tat es nicht, nicht einmal, als sie seine Krawatte lockerte und ihm die Schuhe auszog.
Sie hätte sich entfernen sollen, blieb aber neben ihm hocken und betrachtete sein Gesicht. Seinen Mund. Sie hatte diesen Mund geküsst. Im Bistro hatte sie sich eingeredet, dass es seiner Arbeit half. *Schadensbegrenzung.* Aber sie hatte ihn küssen *wollen.* Und das schon seit Monaten.
Sie dachte an den Augenblick in der Bar zurück, als er sie wieder geküsst hatte. Sie hatte sich gewünscht, dass er es noch einmal tat, aber das hatte er nicht. Er hatte sie nach Hause gebracht und seine Hände bei sich behalten. Seine Hände … Sie betrachtete sie und fragte sich, wie es sich wohl anfühlen mochte, wenn sie über ihren Körper strichen.
Nach einem Jahr »Nur gucken, nicht anfassen« war dies ihre Chance. Vorsichtig strich sie mit dem Finger über seinen Kiefer, der selbst im Schlaf hart und angespannt wirkte. Die Bartstoppeln waren rauh und piekten. Sie ließ den Finger über seine Lippen gleiten. Weich. Dabei hatten sie sich vorhin so hart angefühlt, als er sie in der Bar geküsst hatte.
Da er sich noch immer nicht regte, wurde sie forscher, strich ihm mit den Fingerknöcheln über die Wange, schob ihm das Haar aus der Stirn, ließ ihren Daumen über die Augenbrauen

gleiten. Er war einfach schön, fand sie. Eve lächelte, als sie daran dachte, dass er das sicher nicht gern hören würde.
Sie nahm die Hand weg, bevor sie der Versuchung nachgab, ihn noch weiter zu erkunden.
»Hör nicht auf.«
Er schlug die Augen auf und hielt ihren Blick fest.
Sie erstarrte. »Ich … ich dachte, du schläfst.«
»Habe ich auch. Jetzt nicht mehr.« Er nahm ihre Hand, als sei sie zerbrechlich, und legte die Lippen an ihren Puls. Dann zog er sie zu sich heran, während seine andere Hand in ihr Haar griff.
Ja! Bitte. »Nein.« Sie sprang auf die Füße, und er ließ sie los. Er lag da, sah sie an, und in seinen Augen stand die Frage, die er nicht äußerte. Sie schloss die Augen und schürzte den Teil der Lippen, der ihr gehorchte. »Ich muss nichts erklären.«
»Nein. Musst du nicht.« Er setzte sich auf. »Sieh mich an.«
»Es tut mir leid«, flüsterte sie. Sie schämte sich für ihr Verhalten und war traurig um sie beide.
Er schüttelte den Kopf. »Das muss es nicht. Alles in Ordnung?«
»Ja. Ich wollte gerade nach meinen Risiko-Probanden sehen.«
Er klopfte auf das Polster neben ihm. »Dann zeig sie mir, bitte. Ich möchte ihr Verhalten verstehen.«
Komm schon, Eve, dachte Noah. *Gönn mir wenigstens das.* Er wartete und stieß lautlos den Atem aus, als sie ihren Laptop nahm und sich neben ihm niederließ, jedoch mit genügend Abstand, so dass sie ihn nicht berührte.
Aber immerhin *hatte* sie sich neben ihn gesetzt, und es kostete ihn sehr viel Kraft, sie nicht zu packen, auf die Couch zu drücken und sich endlich zu nehmen, wonach es ihn verlangte. Doch zum Glück besaß er viel Selbstbeherrschung. Schon immer hatte Eve ihn an ein Reh erinnert, nervös, wachsam, stets bereit, die Flucht zu ergreifen. Heute Abend war dieses Ge-

fühl stärker denn je. Dennoch hatte sie sich an ihn herangewagt. Und für den Moment musste das reichen.

Neben ihm holte sie nun tief Luft und drehte den Laptop so, dass er auch etwas sehen konnte. »Ich bin heute mit Greer im Ninth Circle unterwegs. Ich suche nach drei meiner gefährdeten Teilnehmerinnen.«

Ihr Duft hüllte ihn ein und machte es ihm schwer, sich zu konzentrieren. »Drei? Hast du nicht gesagt, es sind fünf?«

»Ja, aber Rachel wird im Casino tanzen.« Ihre Stimme klang nun wie die einer Dozentin. Sachlich. Nüchtern. »Und Natalie ist ohnehin immer dort und spielt. Sie pokert. Wir gehen danach rüber. Da, da ist der Tänzer, der mit Christy zusammen war.«

Er musste ein Husten unterdrücken. Der männliche Avatar tanzte mit Lola, Abbotts schwarzhaariger Sirene. Noah legte seinen Arm auf die Rückenlehne des Sofas. »Was tanzen sie?«

Sie blickte bewusst über die Schulter auf seinen Arm. Er berührte sie nicht, war aber in ihre Schutzzone eingedrungen. Doch da sie nicht protestierte, entspannte er sich wieder. »Salsa«, sagte sie schließlich. »Es ist nicht so leicht, wie es aussieht. Man macht die Schritte mit verschiedenen Tastenkombinationen, und meine rechte Hand ist noch immer nicht beweglich genug.«

Falls sie deswegen traurig war, konnte man es ihrer Stimme nicht anhören. Nichts konnte man ihrer Stimme anhören, was ihn zunehmend frustrierte. In den folgenden zwanzig Minuten fand Greer drei der verbliebenen Risiko-Probandinnen. Sie zeigte sie Noah und erklärte ihm in demselben professionellen Tonfall, was sie über sie wusste: Vorlieben, Abneigungen, was sie sich von der virtuellen Welt versprachen.

»Das hier ist Kathy«, sagte Eve. »In Shadowland ist sie eine Immobilienmagnatin. IRL war sie Angestellte eines Maklerbüros. Sie ist achtunddreißig Jahre alt, Frührentnerin.«

IRL bedeutete »im wahren Leben«, wie ihm wieder einfiel. »Sie konnte schon mit achtunddreißig in Rente gehen? Warum?«
»Sie hat eine degenerative Muskelerkrankung. Seit einem Jahr sitzt sie im Rollstuhl, und es wird schlimmer.« Sie schluckte. »Sie erzählte es mir, als sie einmal zu Pandora kam, um ihren Avatar zu kaufen. Wenn sie keine Grundstücke oder Villen vermittelt, spielt sie virtuelles Tennis. Sie setzt hier einfach ihr Leben in verschönerter Form fort. Ich wusste nicht, dass sie auch zu meinen Probandinnen gehörte, bis ich mir nach Marthas Verschwinden die Liste geholt habe.«
»Bittersüß«, murmelte er. »Sie kann noch immer tun, was ihr gefällt, nur ist nichts davon echt.«
»Manchmal muss das eben reichen«, sagte sie, dann sah sie, plötzlich angstvoll, zu ihm auf. »Noah, sie kann sich nicht schützen. Wenn der Killer es auf sie abgesehen hat …«
Stirnrunzelnd betrachtete er den Laptop. »Wohnt sie allein?«
»Ja, leider. Nur mit einem Therapiehund. Eine Pflegerin sieht einmal täglich nach ihr.«
»Sie kann also das Haus nicht verlassen, um ihn irgendwo zu treffen? Bisher ist er nämlich immer so vorgegangen.«
»Nein, sie ist an ihr Haus gebunden. Das heißt, sie ist in Sicherheit, oder?«
»Ich werde veranlassen, dass ein Streifenwagen regelmäßig vorbeifährt, und wenn ich von hier verschwinde, fahre ich hin und sehe persönlich nach ihr.« Er nahm sein Handy und rief Abbott an, der, wie er wusste, noch wach sein würde. »Okay«, sagte er kurz darauf. »Alles in die Wege geleitet.«
»Danke«, erwiderte sie. Dann rückte sie ein weiteres Stückchen von ihm ab. »Auch den anderen beiden geht es gut.«
Er war frustriert, ließ sich aber nichts anmerken. »Also auf ins Casino?«
»Ja. Die restlichen zwei zu finden, wird nicht lange dauern.«
Schade. Er wollte, brauchte mehr Zeit mit ihr. »Dann los.«

Greer drängte sich durch die Menge, als eine Nachricht am unteren Rand des Schirms erschien. *Lust auf einen Drink?*

»Der schon wieder. Er gibt auch nie auf. Ich schwöre, er versucht es jeden Abend.«

Sorry, mache heute früh Schluss, schrieb sie. *Versuch's bei der Schwarzhaarigen dort hinten. Sie tanzt schon den ganzen Abend. Sie hat bestimmt Durst.*

Hab ich schon versucht. Sie war auch ziemlich unhöflich.

»Irgendwie tut er mir leid«, sagte sie leise. »Er will bloß ein bisschen Aufmerksamkeit.« *Sorry,* tippte sie. *Ich wollte nicht unhöflich sein.*

Dann darf ich dich einladen?

Schau, ich hab's heute Abend wirklich eilig. Aber wie wär's ein andermal? Das nächste Mal bestimmt, okay?

Sein Avatar strahlte. *Ich werde dich daran erinnern.*

»Und? Lässt du dich das nächste Mal einladen?«, fragte Noah.

»Ich gebe nie Versprechen, die ich nicht halte.« Sie schickte Greer ins Casino und drehte die Lautstärke auf. Er hatte plötzlich das Gefühl, in einem echten Casino in Las Vegas zu sitzen. Die Geräusche, die Aktivitäten, die Spannung – all das war sehr echt, sehr präsent. Greer blieb an einem Pokertisch stehen. »Das ist Natalie.«

Eine üppige Rothaarige saß am Tisch, einen stattlichen Stapel Jetons vor sich. Sie schien gut zu spielen. Eve sah einen Moment lang zu.

»Spielst du auch?«, fragte Noah. »Als Avatar, meine ich?«

Sie lächelte schwach. »Früher ja, aber jetzt habe ich keine Zeit mehr. Vor ein paar Jahren war ich noch eine Pokergröße. Oder besser, mein Avatar Moira war es. Sie war ein Champion.«

Er wusste ja schon, dass sie sich bei ihren Namen stets etwas dachte. »Moira. Was bedeutet das?«

»Den Namen habe ich von den Moiren abgeleitet, griechische Schicksalsgöttinnen.«

»Hm.« Er dachte einen Moment nach. Schicksal, nicht Glück oder Talent. »Du glaubst also an das Schicksal?«
»Schön wär's«, sagte sie leichthin. »Dann wäre das Leben so viel einfacher.«
»Hast du im wahren Leben mal Poker gespielt?«, fragte er.
»Manchmal Stud Poker mit Freunden, aber nie um Geld. Moira hat allerdings viel gewonnen.«
Er bewegte sich unruhig auf dem Sofa. »Ich hoffe für sie, dass sie einen Teil davon in ein bequemes Sofa investiert hat.«
»Nein. Sie hat sich auszahlen lassen, und ich habe die Shadowland-Dollar in echte eingetauscht.«
»Die du wiederum nicht in ein bequemes Sofa investiert hast.«
Sie schüttelte den Kopf. »Ich habe mir Freiheit gekauft. Ein Auto, das mich von Chicago weggebracht hat, und die erste Miete für diese Wohnung. Mit dem Rest habe ich die Gebühren fürs erste Semester bezahlt. Danach habe ich eine Weile hier und da gejobbt, doch dank Sal klappt es jetzt ganz gut.«
Noah dachte an das vergangene Jahr zurück. Eve glaubte, dass niemand sie beobachtete. »Und trotzdem verschenkst du Geld«, sagte er, und plötzlich wurde ihm die Kehle eng. »Ich habe dich gesehen«, fügte er hinzu, als sie es leugnen wollte. »Ich habe gesehen, wie du ein paar Scheine aus deinem Trinkgeldglas genommen und sie zwei Frauen gegeben hast.« Immer denselben beiden, wie ihm jetzt bewusst wurde. »Wer waren diese Frauen?«
»Sie führen ein Frauenhaus. Manchmal ist das Geld zu knapp, um bis zum nächsten Monat über die Runden zu kommen …«
»Und dann hilfst du aus.« Er musste schlucken. »Das ist ziemlich großzügig von dir.«
Nun sah sie zu ihm auf, und ihre Augen waren dunkel. »Schicksal ist nichts weiter als eine Kombination aus Lebensumständen, Noah: Wo du wann und vom wem zur Welt gebracht wurdest. Aber du entscheidest selbst, was du mit dei-

nem Leben anfängst.« Ihr Blick war eindringlich. »Ich mag vielleicht nicht ans Schicksal glauben, wohl aber daran, dass man die Wahl hat, Entscheidungen zu treffen. Und ich glaube, dass man etwas zurückgeben kann.«

Menschen brauchen einen Zweck im Leben, hatte sie gesagt. *Aber Menschen brauchen auch ein Leben,* fügte er im Stillen hinzu. *Und ich führe seit zu langer Zeit schon keines mehr.* Eve genauso wenig. Er überlegte gerade, wie er sich ihr erklären konnte, ohne den Eindruck zu erwecken, eigene Ziele zu verfolgen, als etwas am Pokertisch geschah.

Sie wandte sich wieder dem Bildschirm zu, als Buh-Rufe ertönten. Die Favoritin Natalie hatte verloren – und wie. Ein männlicher Avatar, sehr attraktiv, holte die Spielchips ein. »Wer ist das?«

Sie starrte düster auf den Bildschirm. »Dasich. Er tut, als sei er ein gewiefter Spieler. Aber vor allem betrügt er.«

»Woher weißt du das?«

»Er gewinnt zu oft und zu gut. Ich denke, dass er einen Verbündeten am Tisch hat, aber in der virtuellen Welt kann man das nur schwer beweisen.«

»Sieht aus wie einer von deinen Entwürfen. Verdammt gut.«

»Ja, und das bestätigt nur das, was ich schon immer gedacht habe. Miese Typen sehen niemals mies aus, sonst würden die Guten ihnen niemals vertrauen. Sehen sie aber normal oder gut aus, aufrichtig und …«

»Vertrauenswürdig?«, warf er ein, und sie nickte.

»Dann können sie sich anschleichen, die wunden Punkte der Leute finden und sie ausnutzen.«

Er fragte sich unwillkürlich, ob sie wusste, wie hart ihre Stimme in diesem Augenblick klang. »Und ich?«, fragte er. »Gehöre ich auch zu den Leuten, die den wunden Punkt suchen und ausnutzen wollen?«

Sie schaute auf, die Miene reserviert. »Ja. Nicht aus niederen Motiven, aber du verfolgst immer ein Ziel.« Sie lächelte, um ihre Worte abzumildern. »Du bist zu lange allein gewesen und willst wieder eine Person an deiner Seite haben. Aus unerfindlichen Gründen denkst du, ich müsste diejenige sein.«

Sie hatte wahrlich ein Talent dafür, die Dinge auf das Grundlegende zu reduzieren. »Aber?«, fragte er scharf.

»Ich kann es nicht sein«, sagte sie schlicht, dann deutete sie wieder auf den Laptop. »Natalies Avatar ist sauer und reicht Beschwerde gegen Dasich ein. Sie hat zwar wenig Chancen auf Gerechtigkeit, aber wenigstens ist sie hier und trifft nicht gerade im wahren Leben einen Serienmörder. So, nach einer Probandin muss ich noch sehen, dann war's das für heute Nacht. Rachel Ward, wo bist du?«

Noah war klar, dass sie versuchte, ihm auf sanfte Art einen Korb zu geben. Aber die Einsamkeit in ihren Augen war nicht gewichen, und er dachte nicht daran, so schnell aufzugeben.

Sie schickte Greer zu einer Bühne in einer dunklen Ecke des Casinos, wo sich ein paar Tänzerinnen aufreizend wanden. »Rachels Delilah müsste heute eigentlich auch hier tanzen.«

»Aber sie ist nicht hier«, sagte er.

»Nein. Aber das muss nichts heißen. Es ist noch relativ früh, sie kommt bestimmt noch.«

»Was machen wir also?«, fragte Noah.

»Ich warte ab. Du hast sicher noch anderes zu tun.«

Noah lehnte sich zurück und machte es sich so bequem, wie ihr Sofa es zuließ. »Ich habe Zeit.«

Sie sah frustriert zu ihm auf. »Das war kein Wink mit dem Zaunpfahl mehr, sondern ein ganzer Zaun.«

Er versuchte, gelassen zu wirken, obwohl sein Herz zu jagen begann. »Willst du mich rauswerfen?«

Ein Flackern in ihren Augen. »Ich habe dir vorhin ein Sandwich gemacht. Es steht im Kühlschrank«, sagte sie schließlich.

Er stieß den Atem aus, den er angehalten hatte. »Ich könnte wirklich etwas vertragen.«

Sie seufzte. »Willst du dazu ein Tonic?«

»Ich hasse Tonic.«
»Du –?« Sie schüttelte den Kopf. »Cola? Saft oder Milch?«
Er folgte ihr, als sie aufstand. »Milch. Und lass uns leise sein, um deinen Besuch nicht zu wecken.«
»Du Mistkerl. Du hast nur so getan, als würdest du schlafen.«
Er lächelte, aber nicht froh. »Wie du sagtest, ich verfolge immer ein Ziel. Essen wir was?«

Mittwoch, 24. Februar, 0.45 Uhr

»Deine Schwester wurde zusammen mit einer Prostituierten namens Belle verhaftet«, hatte Olivia ihr erzählt, als sie Liza und Tom abgeholt hatte. Sie fanden Belle ziemlich schnell in einer der Bars, die Liza in der vergangenen Nacht allein nicht hatte betreten dürfen.
»Detective Olivia«, sagte Belle. »Hey, wie geht's Ihnen?«
»Besser, wenn ich dich hier nicht sehen würde«, erwiderte Olivia freundlich. »Ich suche die Frau auf dem Foto. Sie heißt Lindsay Barkley. Kennst du sie?«
»Klar. Wir nennen sie Rotkäppchen ... wegen ihrer Haare.«
»Hast du sie in den letzten Tagen gesehen?«, fragte Olivia. »Sie hat sich zu Hause nicht mehr blicken lassen.«
Belle überlegte. »Seit dem Wochenende nicht mehr. Sie war am Hay.«
Das Hay Hotel, dachte Liza. »Da war ich gestern Nacht und habe nach ihr gefragt, aber niemand will sie gesehen haben. Bitte – sagen Sie uns alles, was Ihnen einfällt!«
Belle sah sie mitfühlend an. »Versuch es mal bei Jonesy, Kleine. Er kriegt viel mit.«
Olivia wurde hellhörig. »Warum?«
»Wird wohl seine Gründe haben, aber mehr weiß ich nicht. Ich würde es sagen, ganz bestimmt.«

»Wer ist Jonesy?«, fragte Liza, als sie wieder in Olivias Wagen saßen.
»Kleiner Dealer. Bitte such ihn nicht. Ich frage meine Kollegen bei der Drogenfahndung.«
»Okay«, sagte Liza. »Ich muss heute Nacht auch wirklich mal schlafen. Würden Sie mich morgen anrufen?«
»Wenn ich etwas herausgefunden habe, auf jeden Fall.«

13. Kapitel

Mittwoch, 24. Februar, 0.50 Uhr

Rachel Ward stellte verärgert fest, dass ihr Glas schon wieder leer war. »Noch einen, bitte«, sagte sie mit schwerer Zunge. »Wodka pur.«

Der Barkeeper schüttelte den Kopf. »Der letzte ist erst fünf Minuten her. Ich rufe Ihnen ein Taxi.«

Wütend funkelte sie erst den Mann an, dann das leere Glas. Sie hatte keine Ahnung, wie viel sie getrunken hatte, während sie auf John, diesen Mistkerl, gewartet hatte. Er hatte sie versetzt. Hatte sie erst heiß gemacht und dann versetzt.

»Nein danke, ich werde nach Hause gebracht.« Sie stieß sich von der Bar ab und taumelte einen Schritt zurück. Es war schon lange her, dass sie so hohe Absätze getragen hatte. Fünf Jahre, um genau zu sein. Vor fünf Jahren war sie auch das letzte Mal in einer Bar gewesen. Hatte das letzte Mal Sex gehabt. Und damals war es nicht besonders gut ausgegangen.

Sie dachte an Bernie, der nun in seiner Zelle schmorte, und spürte Reue, vermischt mit Zorn. Wenn er nicht alles verdorben hätte … Er hatte immer Affären gehabt, wenn er mit dem Lkw unterwegs gewesen war, oft genug hatte sie leere Kondomverpackungen in seinen Taschen gefunden, und er hatte es auch nie geleugnet. Hatte ihr einfach den Kopf getätschelt und behauptet, Männer bräuchten so etwas eben.

Allein der Gedanke daran brachte sie noch immer zur Weißglut. Und ausgerechnet er hatte von ihr verlangt, dass sie zu Hause brav darauf wartete, dass ihr Gatte alle zwei Wochen zu ihr ins Bett kroch. O nein, so hatten sie nicht gewettet.

Dass er über ihre Affären fassungslos gewesen war, hatte sie schockiert. Und seine Wut hatte ihre geschürt. Doch dass er zu solch einer Brutalität fähig gewesen war, entsetzte sie heute noch. In dem Feuer, das Bernie gelegt hatte, waren Menschen gestorben. Sie konnte noch immer ihre Schreie hören.

Seit fünf Jahren war sie nun ein braves Mädchen. Tat Buße. Ging in die Kirche. Der Abend heute hätte eine Art … Belohnung sein sollen. Ausgang wegen guter Führung. John hatte sich online so nett angehört, so aufrichtig. Und er schien ebenso scharf zu sein wie sie.

Und trotzdem hatte er sie versetzt. *Vielleicht ist er hier gewesen, hat mich gesehen und fand mich nicht attraktiv genug.* Sie wusste, dass die Zeit es nicht gut mit ihr gemeint hatte. In den vergangenen fünf Jahren war sie um gut zwanzig Jahre gealtert. Aber John hatte sich angehört, als wolle er dasselbe wie sie. Er war ein Geschäftsmann, der eine Nacht in der Stadt war und Lust auf einen One-Night-Stand hatte. Keine Bindung, keine Probleme. Nichts, wovon Bernie erfahren würde.

Denn alles, was darüber hinausging, *würde* Bernie erfahren, das wusste sie. Seine Briefe waren mit zahllosen Andeutungen zu ihrem Alltagsleben gespickt. Zu der Erkältung, die sie gerade erst auskuriert hatte. Er ließ sie wissen, dass er sie vom Gefängnis aus beobachtete und ihr keinesfalls vergeben hatte.

Shadowland war das Beste gewesen, was sie je entdeckt hatte. Sie konnte sie selbst sein und hätte pro Nacht mit zwanzig Kerlen online vögeln können, ohne dass Bernie davon Wind bekam. *Manchmal möchtest du an einem Ort sein, wo niemand deinen Namen kennt.* Und ob! Aber wie es aussah, würde ihr Abend auch genau dort enden. *Ich sollte mir auf dem Heimweg an der Tankstelle neue Batterien kaufen,* dachte sie düster.

Sie suchte nach ihrem Schlüssel und blickte auf. Der Barkeeper sah sie mitfühlend an. *Idiot.* »Ma'am, Sie haben mir Ihren Schlüssel gegeben, als Sie sich gesetzt haben. Und dass Sie das vergessen haben, ist ein eindeutiges Zeichen, dass Sie nicht mehr fahren dürfen. Ich rufe Ihnen jetzt ein Taxi.«

Sie wusste, dass es keinen Sinn hatte, sich mit ihm anzulegen. Sie wusste aber auch, dass sie den Wagen morgen früh brauchte, um zur Arbeit zu kommen. Deswegen hatte sie unter dem Auto einen Ersatzschlüssel deponiert. »Okay. Aber ich brauche meinen Haustürschlüssel. Der ist auch am Bund.«

Er holte ihren Schlüssel hervor, ließ ihn aber versehentlich fallen, und als er sich danach bückte, packte sie eine der Flaschen von der Theke und stopfte sie in ihren Mantel.

Noch ein eindeutiges Zeichen, dachte sie höhnisch. *Wenn die Kundin noch klauen kann, wird sie wohl doch nicht so betrunken sein.* Im Übrigen würde ihr eine weitere Flasche beim Einschlafen helfen. Sie hatte zum ersten Mal seit fünf Jahren wieder einen Mann im Bett haben wollen. Heute Nacht allein zu schlafen, würde nicht sehr lustig sein.

Der Barkeeper mühte sich mit ihrem Schlüsselring ab. »Hier.«

Sie nahm den Haustürschlüssel mit einem Nicken entgegen. »Danke. Ich warte draußen auf das Taxi.«

»Es ist eisig draußen, Ma'am.«

»Ich weiß. Aber die frische Luft wird mir guttun. Gute Nacht.«

Mittwoch, 24. Februar, 1.02 Uhr

Rachel hatte sich nicht in einem Café mit ihm treffen wollen. Sie war seit fünf Jahren nicht mehr verabredet gewesen, hatte sie ihm gestanden, als sie die Details ausgemacht hatten. Sie hatte diese Bar vorgeschlagen, und ihm war es recht gewesen. Die Kameras auf dem Parkplatz funktionierten schon eine Ewigkeit nicht mehr, und der Laden hatte einen schlechten Ruf. Die Gäste wollten ungern gesehen werden, und niemand würde sich dafür interessieren, ob jemand draußen im Auto wartete.

Rachel Ward hatte alle seine vorherigen Opfer übertroffen: Fast zwei Stunden hatte sie in der Bar ausgeharrt. Doch der Laden machte gleich zu, so dass sie vermutlich in den nächsten Minuten herauskommen würde.

Und da war sie auch schon. Er runzelte die Stirn. Sie wirkte betrunken. Hoffentlich schaffte sie es bis nach Hause. Es wäre ihm gar nicht recht, wenn sie in eine Alkoholkontrolle geriet, zumal er sich die Mühe gemacht hatte, ihr Haus für das kommende Ereignis vorzubereiten.

Rachel torkelte auf hohen Absätzen über den Parkplatz. Er liebte Frauen in Pumps, je höher die Absätze, desto besser. Sie zwangen sie zu lächerlichen Bewegungen und taten anständig weh. Rachel ging in die Hocke, um den Ersatzschlüssel unter ihrem Auto hervorzuholen, stieg ein und fuhr auf den Highway.

Eine Minute später folgte er ihr.

Mittwoch, 24. Februar, 1.40 Uhr

»Ist Rachel schon da?«, fragte Noah, und Eve schaute auf.

»Nein.« Rachels Avatar war immer noch nicht auf der Bühne erschienen, und Natalie gewann wieder, seit Dasich ausgestiegen war. »Aber allmählich müsste sie hier sein.«

»Ich schicke einen Streifenwagen zu ihrem Haus«, sagte er. »Gib mir die Adresse.«

Eve rief die Teilnehmerliste auf. »Und wenn sie nicht da ist?«

»Dann gehen wir davon aus, dass er ihr nach Hause folgt. Ich stelle ein Team zusammen, und wir lauern ihm auf.« Er rief die Zentrale an, dann widmete er sich wieder den Unterlagen. »Kannst du etwas finden? Ich nämlich nicht, außer dass Studenten offenbar einen Haufen Daten erzeugen.«

Nachdem er sich heißhungrig über das Sandwich hergemacht hatte, hatte er sie gebeten, ihm die Protokolle über die Online-

Zeiten ihrer Probanden zu zeigen. Seit einer Stunde saßen sie nun auf dem Sofa und gingen das Material durch. Eve unterdrückte ein Gähnen. »Du musst hier nicht ausharren. Nimm die Unterlagen einfach mit. Ruf mich an, wenn du etwas von Rachel gehört hast.«

Er runzelte die Stirn. »Geh doch schlafen, wenn du müde bist.«

Sie sah ihn aus schmalen Augen an. »Du sitzt auf meinem Bett.«

Er schüttelte ungläubig den Kopf. »Du hast vor, auf diesem Folterinstrument zu nächtigen?«

»David liegt in meinem Bett. Was du wissen müsstest, da du eben nur so getan hast, als würdest du schlafen.«

»Dies hier ist eine Drei-Zimmer-Wohnung. Was ist denn in dem anderen Zimmer?«

»Kartons mit noch mehr Unterlagen. Tut mir leid, Noah, aber du kannst nicht hierbleiben.«

»Wo hattest du denn vor zu bleiben, als du noch glaubtest, ich sei auf deiner Couch eingeschlafen?«

»Im Sessel. Hör zu, du hattest vor, das Schloss anzubringen, und wolltest dann gehen. Ich weiß zu schätzen, was du für mich tust, aber ich befinde mich nicht in Gefahr. David hat heute Nachmittag ein Sicherheitssystem installiert und ist bei mir. Außerdem besitze ich eine Pistole. Und du hast versprochen, nach Kathy, der Dame im Rollstuhl, zu sehen. Und nach Rachel.«

»Ein Streifenwagen ist bei Kathy vorbeigefahren. Der Officer konnte sie durchs Fenster sehen. Es geht ihr gut.«

»Woher weißt du das? Es hat doch niemand angerufen.«

»Abbott hat mir eine SMS geschickt. Aber – ja, ich hab's versprochen, also werde ich auf dem Heimweg noch einmal vorbeifahren.« Er zog eine Braue hoch. »Auch ich gebe keine Versprechen, die ich nicht halten will.«

»Touché. Gehst du jetzt?«

»Ich ziehe auf den Sessel um, und du kannst dich auf der Couch ausstrecken.« Er erhob sich, nahm die Papiere und ließ sich damit zufrieden seufzend auf dem Sessel nieder. »Viel bequemer. Gib mir bitte deine Pistole.«

»Warum?«

»Wann hast du das letzte Mal damit geschossen?«

»Vor drei Wochen. Ich war mit Sal im Schießstand zum Üben. Wenn du mit meiner Pistole zufrieden bist, gehst du dann?«

Er hielt ihr nur auffordernd eine Hand hin. Eve verdrehte die Augen, wühlte in ihrer Laptoptasche und holte die Pistole aus dem Fach, in dem sie immer steckte. Nur, dass dieses Mal etwas nicht stimmte. Sie wusste es, sobald sich ihre Finger um die Waffe geschlossen hatten. Wieder begann ihr Herz zu rasen, als sie sie langsam herauszog.

Noah nahm sie ihr aus der Hand, dann blickte er auf. »Eine ausgesprochen nützliche Waffe in Anbetracht der Tatsache, dass sie nicht geladen ist. Ich nehme an, das überrascht dich.«

Furcht ballte sich zu einem harten Klumpen in ihrem Bauch zusammen. »Sie war geladen, als ich vorhin das Haus verließ. Ich war noch so aufgewühlt wegen der Geschichte mit Buckland und Jeremy Lyons, dass ich mich zweimal vergewissert habe.«

»Offenbar hat sich jemand an deiner Tasche zu schaffen gemacht. Wo legst du sie hin, wenn du arbeitest?«

»Hinten in Sals Büro in die Schublade. Und um deine nächste Frage zu beantworten: Nur Sal und ich haben heute Abend gearbeitet, aber vom Büro führt eine Tür zur Gasse hinaus, wo der Müll steht.«

»Gib mir deine Tasche.« Er zog sich ein paar Handschuhe über und holte einen Umschlag aus der Tasche, auf dem ihr Name in Druckschrift stand. »Fühlt sich an, als ob Fotos drin sind.«

Ihr wurde kalt. »Das ist der Umschlag, den Buckland mir unbedingt in die Hand drücken wollte.«

»Dann lass uns herausfinden, warum es ihm so wichtig war.« Er schlitzte den Umschlag mit seinem Taschenmesser auf, dann stieß er einen Fluch aus. »Hurensohn. Verdammter, dreckiger Hurensohn.«

Eve sah über seine Schulter. Und verharrte. Das Foto in Noahs Hand zeigte ihn und eine zierliche Rothaarige auf einer Veranda. Die Nummer des Hauses passte zu der Adresse auf dem Zettel, der noch immer in ihrer Tasche lag.

»Trina«, murmelte sie. Trina hatte die Arme um Noahs Hals geschlungen, und er klammerte sich regelrecht an sie. Nicht gut. Gar nicht gut.

»Dieses Schwein«, zischte er wütend. »Sie hat mich bloß umarmt, das war alles.« Er sah zornig zu Eve auf. »Das kannst du doch nicht glauben! Sie ist wie eine Schwester für mich.«

Er hatte die Sorge in ihrem Gesicht offenbar falsch interpretiert. »Ist ja gut«, sagte sie ruhig und berührte kurz seine Hand.

Er zitterte vor Zorn. »Ich habe sie in der Bar erlebt und dort auch mit dir. Nein, ich glaube nicht, dass sie so etwas tun würde. Und du auch nicht. Also beruhige dich.«

Das tat er, und kurz darauf war er wieder ganz der Polizist. »Das heißt, dass Buckland Sonntagnacht bei Brock war.«

»Sonntagnacht?«

»Na ja, eigentlich gegen zwei oder drei Uhr morgens.«

»Warum warst du denn um zwei Uhr morgens bei Brock?«

Er zuckte verlegen mit den Schultern. »Warum bin ich um zwei Uhr morgens hier bei dir?«

»Das ist keine Antwort.«

»Doch, eigentlich schon. Ich fuhr zu Brock, weil ich dringend einen Drink brauchte, also haben wir ein paar Runden geboxt, so dass ich das Verlangen loswerden konnte. So geht's mir immer, wenn ich im Sal's gewesen bin.«

Er sagte es ohne Anschuldigung, aber sie hatte dennoch ein schlechtes Gewissen. »Wegen mir.«

Er sah ihr direkt in die Augen. »Genau.«

Eve schob diese Erklärung beiseite – darüber würde sie sich später Gedanken machen. Nun wollte sie sich lieber auf die Uhrzeit konzentrieren. »Montag, um zwei Uhr morgens? Du hattest gerade Martha gefunden, Christy war noch am Leben, und keiner wusste etwas von Samantha.«

»Außer meinem Team.« Er sah sie verwirrt an, dann weiteten sich seine Augen. »Er ist mir schon gefolgt, bevor das mit dem Serienkiller an die Öffentlichkeit geraten ist.«

»Und zwar dir persönlich, darum geht es offenbar. Ich habe dir ja schon gesagt, dass er mir seltsam vorkam – ein bisschen irre. Er meinte, ich würde dich nicht mehr für einen tollen Kerl halten, wenn ich erst die Fotos gesehen hätte. Ich denke, er will dir an den Kragen. Ich bin nur zufällig im Weg.«

Noah rieb sich den Nacken. »Aber warum?«

»Ich weiß es nicht. Kennst du ihn näher?«

»Nein. Ich werde Abbott davon berichten. Tolles Timing, jetzt, da wir einen Serienkiller in der Stadt herumlaufen haben. Und, ja, ich denke auch, was du denkst.«

»Dass es kein Zufall sein kann.«

»Unser Reporter rastet jedenfalls plötzlich aus. Er bedroht dich und kommt meiner Familie zu nahe. Ich muss Brock anrufen und mich vergewissern, dass es Trina und den Jungs gutgeht.«

Er erhob sich, legte die Papiere auf den Boden und tippte eine Nummer ein, während er auf und ab ging. Er fluchte und wählte eine andere Nummer. Dann noch eine. »Niemand geht dran. Weder zu Hause noch auf einem der Handys.«

»Dann sieh nach, ob alles okay ist. Und ruf mich bitte an, wenn du etwas weißt.«

Er streifte sich den Mantel über. »Brock und Trina sind Polizisten. Es ist bestimmt alles in Ordnung.«

»Das glaube ich auch. Ich verriegele die Tür und rufe dich sofort an, wenn ich auch nur ein Rascheln höre.«

Er blieb an der Tür stehen und sah sich zu ihr um. »Danke.«

»Wofür?«
»Dafür, dass du mir glaubst, dass ich nicht der Typ Mann bin, der seinen Cousin mit dessen Frau betrügt.«
»Gern geschehen. Noah, rufst du mich wegen Rachel Ward an?«
»Sobald ich von der Streife gehört habe. Versprochen.«
»Gut, danke. Und pass auf dich auf.« Sie verschloss die Tür hinter ihm und ließ sich in ihren Sessel sinken. Sie hätte erleichtert sein müssen, aber das war sie nicht. Sie hatte ihn zwar gebeten zu gehen, doch nun vermisste sie ihn. *Ich könnte mich dran gewöhnen, einen Mann in meiner Wohnung zu haben. In meinem Leben.*
Sie dachte an sein Eingeständnis, dass er sich jedes Mal nach einem Drink sehnte, wenn er im Sal's gewesen war. Er war ein hohes Risiko eingegangen, nur um sie Woche für Woche sehen zu können. Dickkopf. *Er würde es natürlich* entschlossen *nennen.* Doch wie auch immer – ihr war klar, dass er so schnell nicht aufgeben würde.
»Ich muss ihm einfach die Wahrheit sagen«, sagte sie leise. »Dann geht er von allein. Und das ist auch gut so.« Und wenn er erst einmal gegangen war, hatte sie schließlich immer noch ihre Arbeit. *Falls ich nicht auf der schwarzen Liste lande.* Aber da war auch noch die Visitenkarte von Dr. Pierce. Vielleicht war es an der Zeit, den Schaden an ihrer Karriere zu begrenzen.

Mittwoch, 24. Februar, 1.45 Uhr

Sie war eine echte Enttäuschung. Er betrachtete Rachel Ward mit einem Stirnrunzeln. Brav saß sie auf dem Hocker ihrer Küchenbar, den er in der Mitte des Kellerraums aufgestellt hatte. Er hatte sie nicht einmal sedieren müssen, um ihr die Zwangsjacke anzuziehen und sie zu fesseln. Sie hatte so viel

Alkohol im Blut, dass sie froh sein konnte, es überhaupt bis nach Hause geschafft zu haben.
Sie war eher geschlingert als gefahren, aber zum Glück waren sie keinem Polizeiwagen begegnet. Es war eine Schande. Nie wieder Bars. *Das nächste Mal bestehst du auf einem Café.*
Nun blickte sie mit glasigen Augen zu ihm auf. Sie hätte sich schon jetzt zu Tode ängstigen müssen, aber was tat sie? Sie hatte Schwierigkeiten, nicht einzudösen, verdammt noch mal.
Er konnte sie einfach erwürgen, den Tatort präparieren und verschwinden. Oder er wartete, bis sie wieder klarer im Kopf war. Vielleicht hatte er ja etwas dabei, das den Ausnüchterungsprozess beschleunigte. Einen Versuch war es wert. Ihre Angst machte ihm schließlich am meisten Spaß, und es war nicht einzusehen, dass er darauf verzichten sollte.

Mittwoch, 24. Februar, 2.10 Uhr

Eve legte ihr Handy auf die Armlehne des Sessels und umfasste den Kaffeebecher mit beiden Händen. Nachdenklich sah sie auf den Bildschirm ihres Laptops, der auf ihrem Schoß lag. Buckland hatte die Munition aus ihrer Waffe genommen. Warum? Hatte er sie angreifen und sich absichern wollen? Oder hatte er ihr einfach nur klarmachen wollen, dass er sich ihr nähern konnte, wo auch immer sie sich gerade aufhielt?
»Wahrscheinlich will er mir bloß Angst einjagen«, murmelte sie. Wer war dieser Kerl? Und welche Zeitung, die ernst genommen werden wollte, stellte so einen Menschen ein? Buckland war ein Stalker. Man musste ihm das Handwerk legen, bevor er noch jemandem etwas antat. *Zu spät.* Sie ließ ihr Handgelenk kreisen. *Dir hat er bereits etwas getan.*
Und wenn sie nicht in einer Bar voller Polizisten gearbeitet hätte, dann hätte es schlimmer ausgehen können.

Sie stellte den Becher beiseite und googelte Kurt Buckland. Und sah stirnrunzelnd die Ergebnisse durch. Der Mann arbeitete schon seit einigen Jahren für den *Mirror.* Lokalnachrichten, Ereignisse aus einzelnen Vierteln. Seine Berichterstattung über einen Serienmörder hatte es auf die untere Hälfte von Seite eins der Dienstagsausgabe geschafft.

Sie stockte, als sie erkannte, dass es genau dieser Artikel war, den sie Donner gezeigt hatte. Sie war so schockiert gewesen, dass sie nicht auf den Namen des Reporters geachtet hatte. Morgen würde sie Buckland anzeigen und seinem Chef von dem Übergriff berichten. Der Mann musste aufgehalten werden.

Ein Blinken am unteren Rand ihres Laptopbildschirms weckte ihre Aufmerksamkeit. Es war das offene Shadowland-Fenster. Jemand sprach mit Greer. *Arme Greer.* Eve hatte sie an der Bar im Casino sitzenlassen, wo sie auf Rachels Avatar wartete. Eve klickte das Fenster an und sah, dass der Barkeeper sich beschwerte, weil sie einfach nur herumsaß.

Bestell etwas oder verschwinde.

Tut mir leid, gab Eve ein. *Ich warte auf jemanden. Vielleicht kennst du sie? Delilah.*

Diese Schlampe? Die ist heute nicht hier.

Eve ließ Greer ein paar Scheine über den Tresen schieben. Die Sprache des Geldes wurde in jeder Welt verstanden. *Ich muss mit ihr reden. Wer könnte sie gesehen haben?*

Der Barkeeper zögerte, dann zuckte er mit den Schultern. *Die da drüben, mit den lila Haaren.* Die nackte Haut der Tänzerin war mit Tigerstreifen bemalt. *Manchmal hängen die zusammen ab, während sie drauf warten, dass sie jemanden anbaggern können.*

Du meinst, sie wollen sich mit Männern verabreden? Machen sie das oft?

Betrachtest du zehn bis zwölf Mal pro Nacht als oft?

Oha. Sie hatte noch nie verstanden, was andere Leute an vir-

tuellem Sex fanden. *Danke.* Sie steckte ihm noch ein paar Scheine zu und begab sich zur Bühne. *Miss?*
Die Tänzerin vollführte Drehungen an der Stange, die mindestens genauso viele komplizierte Tastenkombinationen erforderten wie Salsa.
Ich steh nicht auf Frauen. Lass mich in Ruhe.
Ich will dich nicht anmachen, schrieb Eve. *Ich suche Delilah.*
Sie ist nicht hier. Und sie steht auch nicht auf Frauen. Die da hinten schon.
Ich muss mit Delilah reden. Wo ist sie?
Sie war verabredet. Die kreisenden Hüften zuckten im Takt der Musik. *IRL.*
Eves Herzschlag beschleunigte sich. Im wahren Leben? *Hat sie gesagt, mit wem? Mit jemandem, den sie von hier kennt?*
Die Tänzerin sah sie finster an. *Hey, ich bin Geschäftsfrau.*
Zähneknirschend sorgte Eve dafür, dass Greer der Frau einen Schein unter den Strapsgürtel schob. *Also?*
Ich kenne seinen echten Namen nicht. Hier nennt er sich John. Sollte nur ein One-Night-Stand werden.
Warst du schon mal mit John zusammen? Hier, meine ich?
Nee, nicht mein Typ. Zu sehr Bürohengst. Davon habe ich im wahren Leben genug. Und jetzt lass mich in Frieden. Ich kann nicht gleichzeitig schreiben und tanzen, und meine Nummer ist fast vorbei.
Danke, schrieb Eve, steuerte Greer aus dem Casino und wählte Noahs Handynummer.

Mittwoch, 24. Februar, 2.15 Uhr

Noah parkte seinen Wagen in Brocks Auffahrt und versuchte, die aufsteigende Panik niederzukämpfen. Sie reagierten noch immer nicht auf seine Anrufe und würden eine verdammt gute Erklärung vorbringen müssen.

Er klopfte an die Tür, und seine Blicke suchten die Straße nach Autos ab, die vielleicht nicht hierher gehörten. Aber es gab nichts Außergewöhnliches, außer dass niemand auf sein Klopfen reagierte.
Er holte seinen Schlüsselbund heraus, fand den richtigen und schloss die Tür auf. Mit gezogener Waffe schlich er durch das dunkle Haus und stieß erleichtert den Atem aus, als er die Jungen in ihren Betten entdeckte. Sie schliefen friedlich. Leise klopfte er an Brocks und Trinas Schlafzimmertür und drückte sie vorsichtig auf, als niemand reagierte. Leer.
Und in diesem Moment hörte er die Dusche. Vielmehr hörte er, wie die Dusche abgedreht wurde. Die Tür des angrenzenden Badezimmers ging auf und heraus kam ein finster dreinblickender Brock. Er trug einen durchnässten Bademantel, und sein nasses Haar stand ihm wirr vom Kopf ab.
»Ich hoffe für dich, dass du eine gute Ausrede hast«, brachte er durch zusammengepresste Zähne hervor.
Noah musterte ihn von Kopf bis Fuß. »Du bist nicht ans Telefon gegangen.«
Brock sog scharf die Luft ein. »Und deswegen stürmst du mitten in der Nacht mein Haus?«
»Brock?« Trina kam durch die Tür, und Noah sah hastig weg, doch er erhaschte trotzdem noch einen Blick auf ihren Körper, der nur mit einem sehr, sehr kleinen Handtuch bedeckt war.
Verlegen blickte Noah auf seine Schuhe. »Ich merke schon, dass meine Sorge unbegründet war.«
»Ach was«, sagte Brock beißend. »Du bist nicht der Einzige, der gelegentlich einen verdammt schwarzen Tag hat.« Und damit verließ er das Schlafzimmer, wobei er auf dem Weg hinaus ein paar Kleidungsstücke an sich raffte.
»Um Himmels willen, Noah«, fauchte Trina. »Was sollte das?«
Noah hielt noch immer den Blick abgewandt. »Wir müssen reden.«

»Es gibt wahrhaftig bessere Zeitpunkte.«
»Ja, aber es ist wichtig.« Er dachte an die Fotos, die Buckland offenbar mit einem Teleobjektiv aufgenommen hatte.
Sie schnaubte ungeduldig. »Okay. Du kannst jetzt gucken.«
Erleichtert sah er, dass sie sich einen Bademantel übergezogen hatte. »Tut mir leid. Als ihr auf keinen meiner Anrufe reagiert habt, bin ich in Panik geraten. Was ist mit Brock?«
»Unfall mit Schneemobil«, sagte sie knapp. »Teenie bricht in zugefrorenen Teich ein. War tot, bevor Brock ankam. Und der Junge war erst fünfzehn.«
Noah schloss die Augen. »Oje, tut mir leid. Geht's Brock gut?«
»Vielleicht – hättest du uns zu Ende machen lassen«, erwiderte sie trocken. »Jetzt dürfte er wohl ein wenig frustriert sein.«
»Therapeutischer Sex«, sagte Noah, und sie nickte.
»Unter der Dusche. Dann hören die Kinder bestimmte Dinge nicht.«
»Trina.« Sein Protest klang empört, und sie grinste schwach.
»Ich hab dir doch gesagt, du solltest es auch mal probieren. Im Augenblick allerdings geht es um Brock und mich.«
»Okay, ich fasse mich kurz. Ein Reporter hat Wind von dem Fall bekommen, an dem ich arbeite.« Er zog eine Braue hoch.
»Eve erwähnte ihn, als du ihr heute den Besuch abgestattet hast.«
Trina zuckte mit keiner Wimper. »Dafür entschuldige ich mich nicht.«
»Irgendwie bin ich auch nicht davon ausgegangen. Jedenfalls hat dieser Reporter schon mehrmals versucht, aus Eve Informationen herauszubekommen, aber sie hat sich jedes Mal geweigert. Heute Abend ist er handgreiflich geworden.«
Sie gab ihre lässige Haltung auf. »Ist alles okay mit ihr?«
»Ja, soweit. Er wollte sie dazu zwingen, sich Fotos anzusehen. Diese hier.« Er reichte Trina den Umschlag und beobachtete, wie sich ihre Wangen zornesrot färbten.

»Dieses Schwein.«
»Was ist los?« Brock tauchte neben ihnen auf und rubbelte sich die Haare trocken. Der durchnässte Bademantel war einer trockenen Sweat-Hose und einem Pulli gewichen.
Trina gab ihm die Bilder. »Sonntag. Ich habe Noah in den Arm genommen, nachdem ihr geboxt habt.«
Brocks Augen blitzten auf. »Was soll das sein?«, knurrte er.
»Versuchte Erpressung durch einen Reporter, der unbedingt eine große Story will«, sagte Noah. »Er hat die Fotos in Eves Computertasche gesteckt und die Pistole, die sie immer bei sich hat, entladen. Ich habe die Fotos gesehen, kapiert, dass er hier gewesen ist, und bin in Panik geraten.« Er deutete mit einer schwachen Geste zur Badezimmertür. »Tut mir echt leid.«
Brock setzte sich auf die Bettkante. »Okay. Jetzt verstehe ich deine Sorge.«
Trina legte Brock einen Arm um die Schulter. »Solche Fotos können eine Familie im Handumdrehen entzweien. Ich bin froh, dass ich einen klugen Mann habe.«
Und Noah war froh, dass sie einander vertrauten. »Passt auf die Jungs auf, okay?«
»Verlass dich drauf.« Brock gab ihm die Fotos zurück. »Du wirst den Kerl doch anzeigen?«
»Sofort morgen früh. Ich ...« Sein Telefon vibrierte in seiner Tasche. »Es ist Eve. Sie hat mir gesagt, dass ich sie anrufen soll, sobald ich weiß, ob es euch gutgeht.« Er wandte sich von Brock und Trina ab, nicht zuletzt, um ihr wissendes Grinsen nicht sehen zu müssen. »Es geht ihnen gut«, sagte er. »Es war ein ... Missverständnis.«
»Gott sei Dank«, antwortete Eve. »Denn ich denke, es ist was mit Rachel.«
Er lauschte, während sie ihm ihren Verdacht erklärte, dann presste er die Kiefer zusammen. »Du solltest doch niemanden ansprechen.«

»Jaja, verklag mich doch. Noah, Rachel steckt in Schwierigkeiten. Was sagen die Cops im Streifenwagen?«
Er sah auf die Uhr und zog die Stirn in Falten. »Nichts bis jetzt. Aber ich hätte längst etwas hören müssen. Ich ruf dich zurück.« Er wählte die Zentrale und lauschte mit wachsender Frustration. »Dann soll eben ein zweiter Streifenwagen losfahren und zwar schnell. Keine Sirene. Ich bin unterwegs.« Er wandte sich Trina und Brock zu, die inzwischen wieder ernst geworden waren. »Der erste Streifenwagen ist an einem Unfall vorbeigekommen – ein Wagen ist auf vereister Straße gegen einen Mast geprallt. Sie kümmern sich um die Opfer.«
»Sie haben keine andere Wahl, das weißt du genau«, sagte Trina. »So sind die Vorschriften.«
»Das weiß ich«, erwiderte Noah. »Ich hoffe nur, dass wir nicht zu spät kommen. Passt auf eure Jungs auf. Ich melde mich.«

Mittwoch, 24. Februar, 2.20 Uhr

O Gott. Rachel rang nach Luft, konnte aber nicht tief genug einatmen. Sie war bewegungsunfähig. Vage erinnerte sie sich, dass er ihre Hände durch Ärmel geschoben und die Arme dann vor ihrem Körper gekreuzt hatte. Heftig daran gezerrt, sie auf den Bauch gerollt und ihr das Knie in den Rücken gestemmt hatte. Er hatte … die Ärmel festgebunden.
Ihr Kinn sank auf die Brust, als ihr Bewusstsein mit voller Wucht zurückkehrte. *Weiß.* Sie blinzelte. Weißer Stoff hüllte sie bis zur Hüfte ein. Darunter … Sie sah ihre nackten Beine und spürte kühle Luft zwischen den Schenkeln. Sie war nackt. *Hilfe!*
Ihr Herzschlag beschleunigte sich, doch ihr Verstand reagierte noch viel zu langsam. *Schrei! So laut du kannst.* Aber alles, was dabei herauskam, war ein gedämpftes Wimmern. Ihr Mund war zugeklebt. Mit breitem Klebeband. *Wo bin ich?* Ihr

Blick huschte ängstlich umher. *Keller. Im eigenen Keller.* Auf einem Hocker von ihrer Küchenbar.
Sie konnte ihn nicht sehen, wusste nicht, wer er war. Dann zuckte sie zusammen. Er war hinter ihr. Sie konnte ihn atmen hören. Und dann konnte sie es auch riechen. *Benzin.* Der Geruch brannte in ihrer Nase, ihren Augen, und die Erinnerung an jene Nacht kehrte mit Wucht in ihr Bewusstsein zurück. Das Gas, der Qualm, die Hitze. Der Gestank brennenden Fleisches. Schreie. Die schrecklichen Schreie jener, die es nicht mehr hinausgeschafft hatten.
Nein. Raus. Du musst fliehen. Sie wand sich, wehrte sich, konnte sich aber nicht rühren. *Ich bin gefesselt. Ich kann nicht weg.* Ihr Herz schlug viel zu schnell. Zu schnell. Ihr war schwindelig. *Bernie.* Es musste Bernie sein. Irgendwie war er aus dem Gefängnis gekommen. Das war seine Rache. Er hatte alles geplant.
Und er wird mich umbringen. Sie versuchte wieder, sich gegen die Fesseln zu stemmen, spürte den Hocker kippen, doch er wurde gepackt und zurückgeknallt, und der Aufprall durchfuhr sie wie ein elektrischer Schlag.
»Besser«, murmelte er. Ihr Kopf ruckte zur Seite, aber er war noch immer hinter ihr. Dann kam er um den Hocker herum, stellte sich vor sie und packte sie am Kinn. *Nicht Bernie.*
»Noch nicht wieder ganz da, aber wenigstens etwas klarer.«
Ihr stockte der Atem. Ein Feuerzeug. Er hielt es ihr vor die Augen und machte es an. Sie fuhr zurück, den Blick auf die Flamme fixiert. Er lächelte zufrieden.
»Ich habe auf dich gewartet, Rachel. Du hast geglaubt, dass du in der Öffentlichkeit nur ein wenig brav zu sein brauchst, damit du dich in der Fantasiewelt austoben kannst. Du dachtest, Delilah sei unsichtbar. Aber niemand ist wirklich unsichtbar.«
Delilah. Shadowland. John. Es war alles geplant. *Eine Falle.*
Er trat zurück, und ihr Blick folgte ihm. Er trug Stiefel und … eine feuersichere Hose über seiner Alltagskleidung. Die Hose

war zu groß und stand an der Hüfte ab, und vielleicht hätte er lächerlich ausgesehen, wenn er nicht die Pistole in der Hand gehabt hätte. Hinter ihm sah sie einen Feuerlöscher. Und dahinter einen Rucksack. Und auf dem Rucksack … ihre Schuhe. Sehr ordentlich nebeneinandergestellt.

»Angst ist eine interessante Sache«, sagte er, und sie riss sich vom Anblick seiner Kleidung los und sah ihm wieder ins Gesicht. Er lächelte, und seine Augen waren kalt und grausam. *Ich werde heute sterben.* »Manche Ängste entstammen einem Instinkt, wie die Angst vor Schlangen. Sie stehen für ein erhöhtes Gefahrenbewusstsein. Aber wenn die Angst unser Handeln bestimmt, wird sie zu einer Phobie. Du, Rachel, hast eine starke Phobie. Aber eine verständliche, betrachtet man deine bisherige Lebensgeschichte.«

Er war näher gekommen. Sie spürte seinen Atem auf ihrem Gesicht. »Ich denke, dein inhaftierter Ehemann wird seinen Spaß haben, wenn er hört, dass man dich eingeäschert hat. Ausgleichende Gerechtigkeit, nicht wahr?«

Er holte ein extralanges Streichholz aus seiner Tasche und bewegte es wie einen Zauberstab. *Nein.* Das Entsetzen packte sie, schüttelte sie, und sie kniff die Augen zu.

»Oh, wie nachlässig von mir«, sagte er. Seine Finger zwangen ihre Lider auf, sie spürte etwas Feuchtes über dem Auge, und dann drückte er ihr Lid unter die Braue. *Festgeklebt!* Sie riss den Kopf weg, als er das zweite Lid ankleben wollte, und daraufhin schlug er ihr ins Gesicht. »Halt still!«

Dann trat er einen Schritt zurück und entzündete das Streichholz mit dem Feuerzeug. »Und ohne viele Gewese …« Feuer flammte zu einem Ring auf. *Ein Ring, der mich umgibt.* Wo immer sie hinsah, war Feuer. Und es kam näher. *Es ist heiß. Nein, bitte nicht. Hilfe. Es brennt.* Ihr Heulen wurde durch das Klebeband über ihrem Mund gedämpft, und sie hörte nur noch das Knistern und Zischen der Flammen, die sich ihr näherten.

Und dann war der Mann wieder bei ihr, legte ihr ein Seil um

den Hals, und ihr Gesichtsfeld war ausgefüllt von seinen Augen, seinen lebendigen, lachenden Augen. Er lachte. Sie konnte ihn in der Ferne lachen hören. Und dann stöhnte er heftig, aber er war so weit, weit weg …

Schaudernd stieß er den Atem aus, hin- und hergerissen zwischen Jubel und Zorn. Er hatte nicht an sich halten können, war nicht in der Lage gewesen, sich zu beherrschen. Er hatte sich gehenlassen. Und es war … unglaublich gewesen. Wieder schauderte er, als ein krampfartiges Zucken seinen Körper durchlief. Unglaublich.

Seine Augen waren nur Zentimeter von ihren entfernt. Entsetzt hatte sie zu ihm aufgestarrt, weil er sie dazu gezwungen hatte. Huren hatten immer aufzusehen. Sahen niemals herab. Er lockerte seinen Griff, und das Seil um Rachels Hals gab nach. Sein Verstand klärte sich, die Vernunft kehrte zurück. Unglaublich, aber auch unglaublich dumm. Er trat von dem Feuerkreis zurück, packte den Feuerlöscher und hielt ihn auf die Flammen gerichtet. Nur wenig später, und das Feuer wäre über den Brandhemmer getreten, den er ringförmig um den Beschleuniger gegeben hatte. Doch nun war das Feuer gelöscht. In jeder Hinsicht.

Er blickte verärgert auf seine Hose herab. Seine Kleidung hatte das Ejakulat vermutlich zurückgehalten, aber er durfte keine DNS-Spuren zurücklassen. Im Kofferraum seines Wagens befand sich Chlorbleiche. Zusammen mit dem Feuer sollte jeder Beweis seines Kontrollverlustes getilgt sein. Nichts von ihm würde bleiben.

Mittwoch, 24. Februar, 2.30 Uhr

Harvey schreckte auf, als das Telefon klingelte. Blind tastete er nach dem Apparat. »Was ist?«

»Wach auf, Pop«, sagte Dell. »Unsere Burschen haben sich in Bewegung gesetzt.«
»Wo bist du?«
»Hinter Phelps her, wie abgemacht. Benutz einfach das GPS-Ding, wie ich es dir gezeigt habe, um Webster zu finden.«
Irgendetwas stimmte nicht. In der Stimme seines Sohnes lag eine hämische Zufriedenheit, der er nicht traute. Er schwang die Beine aus dem Bett und griff nach seiner Hose. Nach dieser Nacht würden sie tauschen. *Ich folge in Zukunft Phelps.* Bevor Dell etwas Dummes tat, das sie beide bereuen würden.

Mittwoch, 24. Februar, 2.45 Uhr

»Hier ist es? Sind Sie sicher?« Noah stand auf dem Gehweg neben zwei uniformierten Officern.
Die Männer nickten. »Ja, Detective. Die Adresse, die die Zentrale uns für Rachel Ward gegeben hat, ist diese Postfachvermietung.«
Noah sah sich müde um. Jack war nirgendwo zu sehen. Er hatte ihn jeweils dreimal auf dem Handy und seiner privaten Festnetznummer angerufen, aber immer nur den Anrufbeantworter erreicht. Er dachte an Jacks Gemütszustand, als sie sich Stunden zuvor am Bistro getrennt hatten. Wahrscheinlich war er nach Hause gefahren und hatte sich volllaufen lassen.
Was in seiner Freizeit seine eigene Angelegenheit ist. *Aber jetzt hatte Jack keine Freizeit.* Rachels Zeit lief vielleicht gerade ab. »Danke.« Er rief Eve an. »Gib mir bitte noch einmal die Adresse durch.«
»Warum? Ist mit Rachel alles okay?«
»Ich weiß es nicht. Ich stehe hier vor einer Postfachvermietung. Schau noch einmal nach.« Sie las vor, was in ihren Unterlagen stand. »Das habe ich auch. Sie hat also nicht ihre echte Adresse angegeben.«

»Und jetzt? Was machen wir jetzt?«
»Was ich von vornherein hätte machen sollen – ihren Namen durch die Datenbanken jagen. Ich ruf dich an.« Er stieg in den Wagen und funkte seine Anfrage durch.
Wieder rief er bei Jack an. Noch immer nichts. Die Zentrale meldete vier mögliche Adressen für eine Rachel Ward, von denen eine nur etwa eine Meile von Jacks Haus entfernt war. *Verdammt. Jack, wo bist du?*
Noah brauchte Unterstützung. Sein Finger wollte schon Abbotts Kurzwahl drücken, als er innehielt. *Mach dir nichts vor.* Du willst deinen Partner nicht verpetzen. Noch immer nicht. Seine Gedanken landeten schließlich bei Olivia. Sie war bereits im Team und musste nicht erst eingewiesen werden. Sie konnten sich die Adressen teilen und Rachel schneller finden.
Olivia ging beim ersten Klingeln an ihr Handy. »Sutherland.«
»Noah Webster, hallo. Wo bist du gerade?«
»In der Innenstadt auf der Suche nach einem Zeugen, der nächste Woche aussagen soll. Warum?«
»Ich brauche deine Hilfe«
»Wo ist Jack?«
»Ich … weiß es nicht.«
»Oh.« Das kleine Wörtchen sagte alles. »Okay. Wo bist du?«
»Nein, ich habe hier vier mögliche Adressen eines potenziellen Opfers.« Er gab ihr eine davon durch und sagte ihr, sie solle vor allem auf ein offenes Schlafzimmerfenster achten. Falls sie eines sah, war es zu spät. *Falls wir eines sehen, brauche ich einen Partner.*
»Was ist mit den anderen Adressen?«
»Ich nehme mir eine vor und schicke zwei Streifenwagen zu den anderen. Danke, Liv.«

Mittwoch, 24. Februar, 3.05 Uhr

Er trat zurück und betrachtete sein Werk. Fünf von sechs. Rachel Ward, die von der Decke baumelte, hatte nie besser ausgesehen. Ihre Füße waren ein wenig mit Blasen bedeckt, aber die Polizei würde wissen, dass es hier gebrannt hatte, sobald sie eintrat. Er war gespannt, wie schnell sie sie fanden. Sie würde morgen selbstverständlich nicht zur Arbeit erscheinen.

Er setzte sich an ihr Notebook, ging zu ihrem Shadowland-Account und hängte den schwarzen Kranz an die Tür ihrer virtuellen Wohnung. Er wusste bereits, dass er das Gesicht ihres Avatars nicht verändern konnte. Rachel hatte Delilah nicht von Pandora gekauft, deshalb musste er sich damit zufriedengeben, den Avatar aufzuknüpfen und den Raum zu präparieren. Dafür brauchte er nur wenige Klicks, denn er hatte es schon oft genug gemacht. Dann nahm er ihren Computer, verließ das Haus, schloss sorgfältig ab und steckte ihren Schlüssel ein.

Er war nur wenige hundert Meter gefahren, als sein Herz beinahe aussetzte. In die Siedlung bog ein Polizeiwagen ein. Und nicht irgendeiner. Es war der Wagen eines Detectives der Mordkommission.

Olivia Sutherland. Sein Herzschlag setzte mit Wucht wieder ein und begann zu jagen. *Woher weiß sie es? Wer hat sie hergeschickt?* Sie drosselte das Tempo, als sie an ihm vorbeikam, und er hielt den Atem an. Es gab keinen legalen Grund, ihn aufzuhalten. Nachdem die Polizei den Wagen, den er für Christys Mord verwendet hatte, auf dem Überwachungsvideo des Diners gesehen hatte, hatte er die Autos und die Nummernschilder gewechselt. Es war alles Teil seines Plans.

Sutherland fuhr weiter, und er stieß den Atem aus. Unauffällig fuhr er auf den wie ausgestorben daliegenden Highway in östliche Richtung, obwohl er nach Westen hätte fahren müssen. In Richtung Westen kam er nach Hause. Aber falls weitere

Polizisten folgen würden, dann aus westlicher Richtung, und er wollte nicht, dass sie ihn sahen.

Wer hat Sutherland Bescheid gegeben? Zorn stieg in ihm auf. *Wer zum Teufel konnte von Rachel Ward gewusst haben?* Nun, da er wieder atmete, hatte er eine ziemlich genaue Vorstellung, wer es gewesen sein musste.

Noah Webster hatte die Teilnehmerliste der Studie, das wusste er. Doch auf dieser Liste standen fünfhundert Namen. Wie sollte er erraten haben, dass Rachel die Nächste sein würde? Er hinterließ kein Muster, keine Hinweise auf nachfolgende Opfer. Webster war zwar etwas schlauer als die anderen Cops, aber superklug war er deshalb noch lange nicht.

Also muss es Eve gewesen sein. Er war sich nicht sicher, woher sie es wusste, aber sein Instinkt hatte ihm von Anfang an gesagt, dass das Mädchen gefährlich war. Unterschätzt hatte er sie dennoch. Diesen Fehler würde er kein zweites Mal begehen.

Er zwang sich zur Ruhe, um die Dinge vernünftig zu durchdenken. Eve hatte von Martha und Christy gewusst, nun von Rachel. *Mir war klar, dass sie Hauptforschungsobjekte waren, so oft wie sie sich in Shadowland aufgehalten haben. Genau wie ich.* Und, wie er jetzt begriff, wohl auch Eve. So musste es sein. *Schlaues Mädchen.* Schlauer, als gut für sie war.

Er hatte geglaubt, dass er auch dann nichts zu befürchten hatte, wenn sie Webster von Shadowland erzählte, aber offenbar hatte er sich geirrt. Heute waren sie ihm zu nahe gekommen. Heute war Eve ihm zu nahe gekommen. Sie musste beseitigt werden. Dummerweise war sie nie allein.

Dann musst du sie von den anderen weglocken. Es konnte funktionieren, aber nicht, solange sie so wachsam war wie jetzt. Er musste ihr tödliche Angst einjagen. Dann konnte er sie hervorlocken und töten.

Mittwoch, 24. Februar, 3.10 Uhr

Eve verfluchte sich. Sie hatte Noah zur falschen Adresse geschickt. *Aber wie hätte ich es ahnen sollen?* Gar nicht, das war ihr klar, aber was, wenn Rachel tatsächlich die Nächste war? Wenn man sie nicht mehr rechtzeitig fand? Dann hatte Eve auch ihren Tod mitzuverantworten.

Sie starrte auf die Liste. Wie viele Probanden hatten wohl noch ein Postfach angegeben? Und war es möglich, diese Leute herauszufiltern? *So etwas darf nicht noch einmal geschehen. Wir müssen diesen Kerl aufhalten.*

Sie vergrößerte die Adressenspalte der Teilnehmerliste. Und fluchte erneut, als sie die Spalte daneben sah. Sozialversicherungsnummern! Herrje, sie wusste bereits, dass Noah vier mögliche Adressen von Rachel Ward erhalten hatte. Sie hatte selbst nach dem Namen gesucht, sobald sie das Gespräch beendet hatten. Aber die Versicherungsnummer würde ihnen sagen, welche Rachel Ward die ihre war.

Sie loggte sich mit User-Name und Passwort, die Ethan ihr heute Morgen gegeben hatte, in die Website ein, die er gewöhnlich für Personenüberprüfungen benutzte, und segnete ihn für seine weise Voraussicht. Rasch gab sie die benötigten Informationen ein und setzte den Suchprozess in Gang.

Rachel, wo bist du? Hoffentlich geht es dir gut!

Mit dem Gefühl der Hilflosigkeit kehrte Eve nach Shadowland zurück. Vielleicht sorgten sie sich umsonst. Vielleicht hatte sich die Tänzerin mit den lila Haaren geirrt. Vielleicht hatte Rachels Delilah nur ein virtuelles Footballteam zu einer Orgie in ihre gottverdammte virtuelle Behausung mitgenommen.

Sie dachte an Sal. Wie recht er gehabt hatte. *Aviatoren und Orgien.* O ja.

Eve steuerte Greer zu Delilahs Wohnung, während die wachsende Furcht ihr die Kehle zuschnürte. Und dann sah sie, was sie schon befürchtet hatte. *Zu spät. Wir sind zu spät.*

Langsam ließ sie Greer von dem schwarzen Kranz zurücktreten, der an Rachels Tür hing. Sie wollte nicht dahintersehen. Eves Erinnerung an Christys leere Augen war noch allzu frisch, als dass sie das virtuelle Pendant hätte ertragen können.
Vier. Samantha. Martha. Christy. Und nun Rachel. Er hatte vier Frauen getötet.
Am unteren Bildschirmrand blinkte der Tab für die Personenüberprüfung. Die Suche war beendet.
Zu spät.
Blind tastete sie nach dem Handy und wählte Noahs Nummer.

Mittwoch, 24. Februar, 3.15 Uhr

Olivia parkte und ging auf das Haus zu. Es war dunkel. Und still, wie der Rest der Straße. Behutsam marschierte sie durch den Schnee um das Haus herum und blickte hinauf.
Ihr rutschte das Herz in die Hose. »Verdammt«, flüsterte sie. Das Schlafzimmerfenster im ersten Stock stand weit offen.

14. Kapitel

Mittwoch, 24. Februar, 3.15 Uhr

Noah nahm Eves Anruf auf dem Handy entgegen. »Ich weiß noch nichts«, sagte er ohne Umschweife.

»Aber ich«, erwiderte sie.

Noah war einen Block von der Adresse entfernt, die er prüfen wollte. Er hielt an. »Schieß los.«

»Ich habe Rachels Adresse herausgefunden.« Die in diesem Augenblick von Olivia kontrolliert wurde.

»Und wie?«, fragte er. Sie klang so niedergeschlagen, dass er es bereits wusste. *Wir sind zu spät gekommen.*

»Ich hatte die Sozialversicherungsnummer. Wir haben den Probanden eine kleine Aufwandsentschädigung gezahlt, und wir brauchten die Angaben für die Steuer. Ich habe daraufhin nach Rachel Ward gesucht und die richtige Adresse gefunden.«

»Aber?«

»Aber es hängt ein schwarzer Kranz an ihrer Tür in Shadowland. Wir sind zu spät gekommen, Noah.«

»Rühr dich nicht vom Fleck«, sagte er. »Und hör auf, dich schuldig zu fühlen. Ich ruf dich an, sobald ich kann.«

»Okay«, flüsterte sie. »Es tut mir leid.«

»Mir auch.« Er hatte gerade aufgelegt, als sein Handy erneut vibrierte. Olivia. »Du hast sie gefunden«, sagte er tonlos.

»Zumindest blicke ich gerade auf ein offenes Fenster im obersten Stock. Woher wusstest du es?«

»Eve hat festgestellt, dass ihr Avatar tot ist. Ruf die CSU an. Ich bin spätestens in fünfzehn Minuten bei dir.«

»Und Jack?«

Noah legte den Gang ein. »Reagiert noch immer nicht auf sein Telefon.«

»Noah, wir müssen Abbott anrufen. Du kannst ihn nicht ewig decken.«

»Weiß ich. Geh nicht ohne mich rein. Das letzte Mal hat er eine Giftschlange eingesetzt.«

»So ein Schwein«, sagte sie verbittert.

Olivia wartete auf ihn vor Rachels Haus. Jack war noch immer nicht zu erreichen.

»Ich glaube, wir sollten durch die Hintertür reingehen.«

Noah brauchte nur einen kräftigen Stoß mit der Schulter. »Polizei«, rief er. Sie beide hatten ihre Waffen gezogen.

»Hier riecht es verbrannt, findest du nicht?«, murmelte Olivia.

»Ja. Das ist neu.« Er senkte die Waffe, als sie Wards Schlafzimmer betraten. Und dort hing sie – präpariert wie alle anderen, Schuhe inklusive.

»Ihre Augen«, murmelte Olivia. Sie hatte noch keinen der Tatorte selbst gesehen, und kein Polizeifoto gab wieder, was den Blick aus diesen toten Augen so furchtbar machte. Olivia berührte Rachels Arm, dann fuhr sie herum. »Noah! Sie ist noch warm!«

Noah war in zwei Schritten bei ihr. »Mein Gott. Sie ist vielleicht gerade mal eine Stunde tot«, sagte er.

»Wenn überhaupt.« Ihre blauen Augen blitzten vor Zorn. »Als ich in die Straße einbog, kam mir ein Wagen entgegen. Ein brauner Civic. Ich habe ihn verpasst. Wenn ich nur ein paar Minuten früher eingetroffen wäre …«

Frustriert schluckte Noah die aufkommende Wut hinunter. *Und wenn Jack reagiert hätte …* Endlich erlaubte er sich, den Gedanken zu Ende zu denken. *Dann wäre diese Frau noch am Leben, und wir hätten den Killer in Gewahrsam.*

»Als er Christy Lewis nach Hause gebracht hat, ist er keinen Civic gefahren«, sagte er gepresst. »Aber vielleicht ist der Wagenwechsel seine Art, ›Leck mich‹ zu sagen.«

»Ich habe mir das Kennzeichen gemerkt. Ich gebe es durch.«

Während sie das tat, rief Noah Micki an, die bereits auf dem Weg war. »Wir haben eine weitere.«
»Schlangen?«, fragte Micki, und Noah ging in die Hocke, um die Fußgelenke der Toten zu betrachten.
Und in seinem Magen bildete sich brennende Säure. »Nein. Wie es aussieht, hatte Miss Ward Angst vor Feuer.«
Olivia hatte die Fahndung nach dem Civic veranlasst und stand nun neben ihm. »Ach, Web, zum Teufel noch mal.«
»Was hat er verbrannt?«, fragte Micki am Telefon.
Noah schluckte beim Anblick der Haut, die Blasen geworfen hatte. »Ihre Füße.«

Mittwoch, 24. Februar, 4.15 Uhr

»Ich dachte mir doch, dass hier etwas angebrannt riecht«, sagte David und beugte sich über den Herd, auf dem Eve den Topf hatte stehen lassen. »Das Ding kriegst du nie wieder sauber. Was wolltest du denn kochen?«
»Kakao.« Ihr Magen hatte keinen weiteren Kaffee vertragen. Rachel war tot. *Wir sind zu spät gekommen.* »Beim ersten Versuch bin ich abgelenkt worden, und die Milch hat angesetzt.«
Er nahm den Becher, der neben ihr stand, und probierte. »Hm. Nicht schlecht.«
»Du bist nicht der Einzige, der so was zustande kriegt«, murrte sie. »Mach dir selbst einen.«
Stattdessen nahm er noch einen Schluck. »Lecker. Was ist da drin? Woher hast du das Rezept?«
»Aus dem Netz.« Sie nahm ihm den Becher aus der Hand und ließ den heißen Kakao darin kreisen. »Geh wieder ins Bett.«
»Geht nicht. Ich wache automatisch auf, wenn es verbrannt riecht, und bin dann hellwach. Ich bin Feuerwehrmann, schon vergessen?« Er hatte es mit freundlichem Spott gesagt, aber er lächelte nicht. »Komm schon, spuck's aus. Was ist passiert?«

Sie gehorchte zögernd, begann mit Bucklands Fotos und endete mit Rachels Tod. Je länger sie sprach, umso stärker verhärtete sich Davids Miene. »Stößt die Tatsache, dass dieses Arschloch Buckland zur gleichen Zeit Ärger macht wie ein Serienmörder, eigentlich niemandem außer mir sauer auf?«
»Doch, es macht auch Noah Sorgen. Buckland ist offiziell verdächtig. Aber der Mann ist schon einige Jahre bei der Zeitung. Lokales, Nachrufe. Dass er plötzlich anfängt, Leute zu ermorden, kommt mir komisch vor.« Sie zuckte mit den Schultern. »Aber ich bin zu müde zum Denken.«
»Dann geh ins Bett, Liebes. Ab jetzt nehme ich die Couch.«
»Nein. Ich kann sowieso nicht schlafen. Ich kann einfach nicht aufhören, an Rachel und die anderen zu denken.«
»Nicht deine Schuld«, sagte er leise und tippte ihr unters Kinn, damit sie ihn ansah. »Was läuft mit dir und Webster?«
»Nichts.«
Er zog kurz die Brauen hoch, dann setzte er sich. »Hat er dich schon geküsst?«
Sein Tonfall war so bezaubernd neugierig, dass sie vielleicht gelächelt hätte. Aber ihre Gedanken kehrten automatisch zu dem Kuss in der Bar zurück, der so besitzergreifend gewesen war. So notwendig. Und so unmöglich. Ihre Augen brannten. »Hör auf.«
»Womit? Dich davon abzuhalten, einen dummen Fehler zu begehen? Du hast schon zu viel durchgemacht, als dass ich einfach dastehe und zusehe, wie du dich wieder in dich zurückziehst.«
Der Kummer wurde von willkommener Wut verdrängt. »Das tue ich überhaupt nicht. Nicht mehr.«
»Ach nein? Nur weil du dich nicht mehr in Danas Frauenhaus verkriechst? Du versteckst dich auf ganz andere Art. Nenn mir einen guten Grund, warum du Webster einen Korb gibst. Und jetzt komm mir bloß nicht damit, er sei zu alt für dich, denn dann müsste ich dich hauen, weil er in *meinem* Alter ist.«

Sie stieß langsam den Atem aus. »Du weißt, warum.«
Er sah sie einen Moment lang verwirrt an, dann veränderte sich seine Miene, als es ihm dämmerte. »O Evie. Du kannst doch unmöglich …«
»Eben. Ich kann unmöglich«, sagte sie und verstand ihn absichtlich falsch.
»Das ist Webster gegenüber nicht fair. Oder jedem anderen, der sich etwas aus dir machen könnte. Vielleicht will er ja gar keine Kinder. Gerade in seinem Alter.«
»Ich dachte, du bist im selben Alter.«
»Ja, bin ich. Und ich will Kinder. Aber ich wäre stocksauer, wenn eine Frau, die ich begehre, sich mir nur aus dem Grund verweigert, weil sie meint, sie wüsste besser als ich selbst, was ich wollte. Du glaubst, du hättest eine besondere Menschenkenntnis.«
Seine Worte hatten sie aufgewühlt, aber der Stolz war stärker. »Die habe ich auch.«
»Weil du sie beobachtest? Sie studierst? Du hast keine Ahnung, Mädchen. Du hast doch das Leben an dir vorüberziehen lassen, seit Winters dich aufgeschlitzt hat.«
Sie fuhr zusammen. »Du gehst zu weit, David.«
»Und es wird Zeit, dass jemand es endlich tut!«
Zorn ließ sie am ganzen Körper beben, als sie sich erhob. »Und du bist der Experte dafür, ja? Ausgerechnet du, der einfach zusieht, wie die Frau, die er liebt, jemand anderen heiratet? Du, der einfach nur zusieht, wie sie ein Baby nach dem anderen kriegt und ihre Familie mit einem anderen wächst?«
David fuhr zurück und wurde unter der Winterbräune bleich.
»Ja«, sagte sie verbittert. »Es *ist* mir aufgefallen. Hast du jemals auch nur daran gedacht, Dana zu sagen, was du für sie empfindest? Oder hast du *angenommen,* du wüsstest, was sie empfand? Was sie wollte?«
Das Schweigen dehnte sich aus und lag schwer in der Luft, bis er endlich das Wort ergriff. »Ich wusste, was sie empfand. Sie

hat mich nie geliebt. Sie hat andere Leute gerettet, hat sich ständig in Gefahr begeben, hat nie einen Gedanken daran verschwendet, dass ihr vielleicht etwas passieren könnte. Sie hat erst angefangen, an sich selbst zu denken, als …«
Eve bereute bereits heftig, was sie ihm entgegengeschleudert hatte. »Als Ethan kam«, beendete sie seinen Satz.
Er nickte traurig. »Und plötzlich war das Leben auch für sie kostbar. Sie wusste nämlich, wie sehr er gelitten hätte, wenn ihr etwas zugestoßen wäre. Denn sie liebt ihn.«
Sie fühlte sich hundeelend. »Es tut mir leid, David.«
»Aber du hast recht. Ich habe tatsächlich tatenlos zugesehen, wie sie einen anderen heiratet, weil ich sie liebte. Und vielleicht noch immer liebe. Aber wenn sie mir jemals auch nur ein einziges Zeichen gegeben hätte, dass sie etwas Ähnliches empfindet, dann, das schwöre ich, hätte mich nichts mehr zurückgehalten. Und wenn sie keine Kinder hätte kriegen können, das wäre wohl traurig gewesen, aber kein Hinderungsgrund. Vielleicht ist Webster nur eine Etappe in deinem Leben, nur jemand, mit dem du ein bisschen Beziehung üben kannst. Vielleicht ist er aber auch deine Chance auf Lebensglück.« Er räusperte sich. »Evie, lass das Leben nicht an dir vorbeiziehen. Du weißt nie, ob du noch einmal eine Chance bekommst. Vertraue deinen Instinkten. Ich gehe jetzt wieder schlafen. Lass nichts mehr anbrennen.«
Sie sah ihm nach und spürte seinen Schmerz genau wie ihren. Aber er irrte sich. Was Männer betraf, waren ihre Instinkte lausig. Und es ging nicht nur um Kinder. Sondern auch um alles andere.
Im Augenblick würde sie einfach dort weitermachen, wo sie aufgehört hatte. Auf ihrem Tisch lagen stapelweise Nutzerdiagramme und andere Tabellen ausgebreitet, die Noah und sie durchgesehen hatten. Es musste etwas geben, das ihnen sagte, wer das nächste Opfer sein könnte, bevor es wieder zu spät war, um ein Leben zu retten.

Mittwoch, 24. Februar, 4.25 Uhr

»Sie hätten mir sagen sollen, dass Jack nicht ans Telefon geht«, sagte Abbott mit Blick auf Rachels Haus, in das eine kleine Armee Forensiker und Gerichtsmediziner eingefallen war.

Noah lehnte an seinem Wagen, beobachtete die Nachbarn, die sich versammelt hatten, und fragte sich, ob ihr Mörder wohl auch zum Tatort zurückkehrte, um zuzusehen und sich an seinem Verbrechen zu weiden. »Ja, tut mir leid. Das hätte ich.«

Er hatte seinen Chef angerufen, um ihm von der Entdeckung des vierten Opfers zu berichten, und Abbott hatte nicht lange gebraucht, um mitzubekommen, dass sein Personal sich eigenmächtig umverteilt hatte. Darüber war er überaus ungehalten gewesen.

»Wenn Sie noch einmal ohne mein ausdrückliches Einverständnis Detectives von ihrer Arbeit abziehen, dann trete ich Ihnen so fest in den Hintern, dass Sie erst nächste Woche wieder sitzen können«, fügte er nun mit gelassener Stimme hinzu.

»Meinetwegen. Hauptsache, Sie geben nicht Olivia die Schuld. Sie wollte mir nur helfen.«

»Keine Sorge, die Schuld gebe ich allein Ihnen. Wann genau hatten Sie denn vor, mir mitzuteilen, dass sich Ihr Partner seit mindestens drei Wochen überaus unzuverlässig gebärdet? Oder sogar schon länger?«

»Mal mehr, mal weniger. Das hängt von der Frau in seinem Bett ab. Irgendwann geht die betreffende Dame wieder, und Jack kehrt zurück.« Noah zuckte mit den Schultern. Das Gespräch bereitete ihm Unbehagen. »Aber dass er gar nicht auftaucht wie heute … das ist ungewöhnlich.«

»Er ist auf dem Weg. Er behauptet, Sie hätten ihn gar nicht angerufen.«

Noah blinzelte. »Wie bitte?«

»Das ist es, was er sagt«, wiederholte Abbott.

»Ja, aber die Nummer kenne ich schon. ›Oh, da hatte mein Handy wohl kein Netz‹«, ahmte Noah seinen Partner nach. Er rief die Liste der getätigten Anrufe auf. »Da. Ich habe sein Handy und seinen Privatanschluss angerufen. Mehrfach.«

»Und nicht nur die beiden, wie ich sehe.«

Ärgerlich klappte Noah sein Handy zu. »Es war ein ereignisreicher Tag«, sagte er barsch.

»Zweifellos. Ich will, dass Sie mich auf den neuesten Stand bringen, dann nach Hause fahren und sich hinlegen. Die Spurensicherung wird sowieso noch einige Zeit hier verbringen. Also – was ist geschehen?«

Noah begann mit Eves Entdeckung, dass ihre Risiko-Probandin Rachel Ward nicht dort gewesen war, wo sie hätte sein sollen, und endete mit Olivias Ankunft bei Wards Haus und dem offenen Schlafzimmerfenster. Seine Stimme war tonlos, und er ratterte die Fakten herunter, als hätte er sie auswendig gelernt.

»Seine Inszenierung hat im Keller stattgefunden. Er hat die Fenster dicht verhängt, so dass niemand das Feuer sehen konnte. Die Rauchmelder waren außer Betrieb. Er hat die Flammen bis an den Hocker kommen lassen, auf dem er sie festgebunden hatte. Dadurch hat sie Verbrennungen dritten Grades an Füßen und Beinen erlitten. Micki hat Brandermittler hinzugebeten.«

»Okay«, sagte Abbott. »Das reicht erst einmal. Fahren Sie nach Hause, Noah. Sie sehen schrecklich aus.«

»Okay.« Es war nur seiner Erschöpfung zuzuschreiben, dass er ohne Protest einwilligte. Er wollte sich gerade in Richtung Auto in Bewegung setzen, als Jack seinen Wagen vor ihm parkte.

Noah wartete bei Abbott, bis Jack zu ihnen kam. Sein attraktives Gesicht wirkte hager. Und verkatert. Noah kannte dieses Aussehen nur allzu gut. Er hatte es oft genug in seinem eigenen Spiegel gesehen.

»Abbott hat gesagt, du hättest mich angerufen«, sagte Jack ohne einen Hauch Humor. »Ich habe aber nichts gehört.«

»Ich habe dich sechs verdammte Male angerufen!« Ohne auf das schlechte Gewissen in der Miene seines Partners zu achten, fuhr Noah fort. »Der erste Anruf war um zwei Uhr fünfundzwanzig. Da hat Rachel Ward vielleicht noch gelebt.«

Jack schüttelte den Kopf. »Ich schwöre bei Gott, ich habe keinen Anruf bekommen. Ich bin eingeschlafen.«

Noah kam näher und senkte die Stimme zu einem wütenden Flüstern. »Ach ja? Nachdem du dich besoffen hast?«

Das Schuldbewusstsein in Jacks Augen wich der Wut. »Ich habe nur einen einzigen Drink gehabt. Nicht, dass dich das etwas angehen würde.«

»Nein, stimmt. Aber Rachel hätte es vielleicht anders gesehen. Sie war damit beschäftigt zu sterben, während du deinen einzigen Drink ausgeschlafen hast.«

»Reiß dich zusammen, du Kotzbrocken«, knurrte Jack.

Hinter ihnen räusperte sich Abbott laut, und Noah wich ein Stück zurück. »Olivia hat einen Wagen gesehen, der um drei Uhr fünfzehn diesen Teil der Siedlung verließ«, sagte er. »Laut Kennzeichen ist der Wagen auf Axel Girards Frau registriert.«

Jacks Augen schleuderten Blitze. »Ich hab dir ja gesagt, dass er es ist. Aber du hast behauptet, dass es nicht sein kann.«

Noah musste noch einen Schritt zurücktreten, und mit Entsetzen bemerkte er, dass er seine Hand zur Faust geballt und automatisch zurückgezogen hatte. Er würgte den Zorn hinunter und schaffte es, keinen Kommentar abzugeben.

Doch Jack war Noahs Faust nicht entgangen. »Wo ist Girard jetzt?«

»In Gewahrsam«, sagte Noah. »Ich habe den Streifenwagen angerufen, den wir vor seinem Haus postiert haben. Der Officer sagte, dass es die ganze Nacht ruhig gewesen ist. Aber nur für den Fall, dass Axel sich hinausgeschlichen, einen anderen Wagen genommen, Rachel Ward getötet und sich in der

Hälfte der Zeit, die er mit dem Auto gebraucht hätte, zurückteleportiert hat, habe ich ihn festnehmen lassen.« Er drehte sich zu Abbott um. »Meeting um acht?«

»Eher neun. Jack, ich will, dass Sie sich unverzüglich ein neues Telefon besorgen.«

Die Techniker der Gerichtsmedizin schoben die Bahre mit dem Leichensack aus Rachels Haus. Jack schluckte hörbar, bevor er sich umwandte, in seinen Wagen stieg und wieder davonfuhr.

»Ich sollte mich mies fühlen«, sagte Noah. »Aber ich tue es nicht.«

»Jack ist auf der falschen Spur«, bemerkte Abbott. »Aber Sie können niemanden vor sich selbst retten. Das kann er nur selbst.«

»Der erste Schritt«, sagte Noah, und erst dann wurde ihm klar, dass er es tatsächlich laut gesagt hatte. Er hatte seine Alkoholkrankheit nie zum Thema gemacht, hatte nur mit Brock und Trina darüber gesprochen, bis es ihm Eve gegenüber herausgerutscht war. Sie hatte nicht einmal das Gesicht verzogen. Nun wandte er sich Abbot zu, dessen Miene alles, nur nicht anklagend, war. Noah seufzte. »Sie wussten Bescheid.«

»Natürlich«, antwortete Abbott. »Ich sagte schon, dass es zu meinen Aufgaben gehört, über meine Leute informiert zu sein.«

»Weswegen Sie auch ein hübsches Gehalt verdienen.«

Abbotts Mundwinkel wanderten aufwärts, doch seine Augen lächelten nicht. »Gehen Sie endlich schlafen. Das ist ein Befehl. Ich sehe Sie um Punkt neun. Und sagen Sie Eve, dass ich mich bei ihr bedanke. Sie hat Großartiges geleistet.«

Unter dem Carport eines Hauses, das zum Verkauf stand, senkte Harvey sein Fernglas. »Webster hätte Phelps eben fast einen Kinnhaken verpasst.« Er wandte sich Dell zu, der gerade angekommen war und seinen Wagen auf der Straße geparkt hatte.

Dell, der noch immer durch sein Fernglas sah, lächelte. »Ein Riss in der glatten Fassade.«
Dells Tonfall ließ ihn aufmerken. »Was weißt du, Sohn? Hast du etwas getan?«
Dell hob die Schultern. »Ich habe nur einer schon ziemlich maroden Beziehung einen kleinen Schubs verpasst.«
Harvey schwieg einen langen Augenblick. »Phelps war diesmal wirklich extrem spät hier«, sagte er schließlich. »Du hast mir doch erzählt, dass die Burschen sich vor gut einer Stunde in Bewegung gesetzt haben.«
»Tja, Jack Phelps ist anscheinend eingeschlafen«, erwiderte Dell fröhlich.
Harvey musste plötzlich über die merkwürdige Route nachdenken, die Webster in dieser Nacht gefahren war und die ihn auch zu der Postfachagentur geführt hatte. Auf Harvey hatte es wie ein Wettlauf mit der Zeit gewirkt, und nun befanden sie sich weniger als eine Meile von Phelps' Wohnung entfernt.
Ein Schauder rann ihm über den Rücken, als er die Schlussfolgerungen zog. »Eine Frau ist gestorben. Das kann dir doch nicht vollkommen egal sein.«
»V ist tot«, sagte Dell verbittert. »*Das* kann mir nicht egal sein!«
»Das weiß ich«, sagte Harvey leise. »Und das vergesse ich keine Sekunde.«
»Der Mann, der ihn umgebracht hat, darf frei umherlaufen. Denkst du daran auch jede Sekunde?«
Harvey lehnte den Kopf an den Sitz zurück und schloss die Augen. »Was. Hast. Du. Getan?«
»Das sag ich dir nicht.« Dell japste, als Harveys Hand vorschoss, ihn am Kragen packte und ihm die Luft abschnitt.
Harvey beugte sich über den Schalthebel. »Du wirst es mir jetzt sagen. Verkauf mich nicht für dumm. Ich bin dein Vater. Durch mich bist du auf dieser Welt. Ich kann dich …«
»Auch wieder daraus entfernen«, brachte Dell mühsam, aber

voller Hohn hervor. In seinen Augen stand purer Hass. »Weißt du was? Ich bin keine fünf Jahre mehr und pinkele mir vor Angst nicht mehr in die Hosen. V ist nicht mehr hier, um meine Prügel zu übernehmen, also mach schon – schlag zu, alter Mann! Falls du meinst, dass du das kannst.«

Harvey zögerte und empfand plötzlich widerstrebend Respekt vor seinem Sohn, der vielleicht endlich erwachsen geworden war. Mit einem Stoß ließ er angewidert von ihm ab. »Sag mir einfach, was du gemacht hast.«

»Ich habe keine Lust zu warten, also habe ich die Sache etwas beschleunigt. Ich habe uns ein Trojanisches Pferd besorgt.«

»Erklär mir das vernünftig«, fauchte Harvey ihn an.

»Ich habe jemanden eingeschleust – eine Frau. Sie hat sich an Phelps rangeworfen und tut, als sei sie heiß auf ihn. Aber sie behält ihn für uns im Auge.«

»Und heute? Du hast gesagt, Phelps hätte verschlafen?«

Dell zuckte mit den Schultern. »Sie hat ein bisschen mit seiner Whiskeyflasche gespielt. Gerade so, dass er einpennt, wenn er ein Gläschen trinkt. Allerdings hat's wohl nicht gereicht, denn er ist ja doch noch aufgetaucht.«

»Zu anderen Gelegenheiten ist er das nicht?«

»Seit ein paar Tagen ist er sehr unzuverlässig. Sein Partner hat langsam die Schnauze voll. Noch ein oder zwei von solchen Versäumnissen, und die zwei gehen einander an die Gurgel, dass es eine wahre Freude ist.«

»Was hast du dir nur dabei gedacht, Junge? Vielleicht wäre die Frau noch am Leben, wenn Phelps rechtzeitig aufgetaucht wäre. Und woher weißt du, wenn sie sich in Bewegung setzen?«

»Sie stellt Phelps' Handy auf Vibration«, sagte Dell, »und fängt die Anrufe ab.«

»Daher wusstest du also, dass sie am Sonntag zu Brisbane gefahren sind. Du hast mir erzählt, das GPS meldet die Fahrzeugbewegung.«

»Das tut es auch, aber sie ist meine kleine Extraversicherung. Manchmal verpasse ich das Piepen, weil ich auch einschlafe.«
»Statt es Phelps zu sagen, ruft sie also dich an.«
»So ist es. Dann löscht sie alles auf dem Handy, was auf eingehende Anrufe oder Nachrichten hindeutet. Wahrscheinlich hat noch jemand angerufen, nachdem sie schon weg war, so dass er aufgewacht ist.«
»Du Vollidiot!«, knurrte Harvey. »Wenn sie bei der Telefongesellschaft nachfragen, können sie doch sehen, dass Phelps angerufen worden ist. Und dann wissen sie, dass jemand ihnen eins auswischen will und werden wachsam sein.«
»Vielleicht. Aber im Augenblick sind die zwei so geladen, dass sie auf so eine Idee nicht kommen. Und selbst wenn, macht es wenig Unterschied, denn sie sagt, Phelps tut selbst oft so, als sei er gar nicht angerufen worden. Der Kerl *ist* eine totale Null. Ich habe seinen Absturz bloß beschleunigt.«
»Aber dieses Mal hat Phelps es nicht selbst zu verantworten, und eine Frau ist gestorben. Wenn sie die Anrufe überprüfen, ist deine kleine Hure die Erste, die sie auf die Polizeistation schaffen. Und wenn du meinst, sie würde dich nicht verraten, bist du noch dümmer, als ich geglaubt habe.«
»Sie wird nicht reden, und ich bin alles andere als dumm. Die ganze Sache ist gründlich durchdacht.«
Harvey starrte seinen Sohn an. Wann war er bloß so vom Kurs abgekommen? Er musste ihn wieder auf die richtige Spur bringen, und zwar schnell. »Okay, dieses eine Mal will ich es noch durchgehen lassen. Aber sieh bloß zu, dass nicht noch jemand wegen dir stirbt. So werden wir diese Sache nicht durchziehen, und ich will nicht wegen dir in den Knast wandern. Vorher gebe ich eher unseren Plan auf.«
»Du hast vollkommen recht«, lenkte Dell viel zu schnell ein. »Ich muss jetzt los.« Er sprang aus dem Subaru und schlenderte auf sein eigenes Auto zu, und Harvey sah ihm mit einem unguten Gefühl im Bauch hinterher.

Mittwoch, 24. Februar, 5.15 Uhr

Statt Abbotts Befehl zu folgen und nach Hause zu fahren, sah Noah in der Wache vorbei, in der Axel Girard aufgeregt in einer Zelle auf und ab wanderte. Als Noah eintrat, blickte er auf. In seinen Augen lag nackte Panik.

»Ich habe nichts getan! Sie zerstören mein Leben.«

»Im Gegenteil, ich versuche es zu retten. Ich muss mit Ihnen reden. Würden Sie bitte stehen bleiben und mir zuhören?«

Girard blieb tatsächlich stehen, aber sein Körper bebte noch immer. »Was soll das heißen – Sie wollen mein Leben retten?«

»Heute Nacht ist wieder eine Frau ermordet worden«, erklärte Noah. »Und ein Wagen, der auf Ihre Frau registriert ist, fuhr davon, als ein Polizeiwagen ankam.«

Girard erbleichte und sank entgeistert auf die Pritsche in der Zelle. »Aber … wie kann das sein?«

»Verdammt gute Frage. Überlegen Sie. Warum hat sich jemand ausgerechnet Sie ausgesucht? Haben Sie einen Feind? Sind Sie jemandem vor kurzem kräftig auf die Zehen getreten?«

Girard presste sich die Faust auf die Lippen. »Nein. Ich komme mit meinen Patienten gut zurecht, mit meinen Nachbarn auch. Ich habe keine Feinde. Wie lange behalten Sie mich hier?«

»Ich weiß es nicht. Ich muss eine Verbindung zwischen Ihnen und einem Mörder finden.«

»O Gott.« Wieder kehrte die Panik in seinen Blick zurück. »Meine Frau und die Kinder.«

»Die Polizisten in Zivil beobachten Ihr Haus immer noch. Ihre Familie ist in Sicherheit.«

Als Noah die Zelle verließ, stieß er auf Abbott, der mit finsterer Miene draußen im Flur wartete. Stumm.

»Ich musste ihm noch ein paar Fragen stellen«, sagte Noah. »Musste herausfinden, was er weiß.«

»Und?«
»Er sagt, er weiß nichts. Und ich bin geneigt, ihm zu glauben. Na ja, oder zumindest, dass er nicht weiß, dass er etwas weiß. Jedenfalls kann er es unmöglich vom Tatort bis ins Bett geschafft haben, bevor wir ihn da herausgezerrt haben.«
»Haben Sie ihm erzählt, dass eine weitere Frau tot ist?«
»Ja. Und er wirkte schockiert. Aufrichtig.«
»Okay. Ich wollte auch mit ihm reden, aber ich denke, ich lasse ihn ein paar Stunden über die nicht existenten Feinde nachdenken. Und jetzt verschwinden Sie endlich. Schlafen Sie!«

Mittwoch, 24. Februar, 5.15 Uhr

Er war wieder sauber, der Geruch von Verbranntem war verschwunden, die Kleider, die er getragen hatte, bereits in der Grube, wo sie sich zersetzten. Vorsichtig stellte er Rachel Wards Schuhe neben die Männer-Nikes, die er früher am Abend ins Regal geräumt hatte. Er rückte Rachels linken Schuh so lange hin und her, bis er ganz gerade stand, dann legte er die runde Brille, die in einem der Sportschuhe steckte, so zurecht, dass sich das Licht darin fing. *So ist es besser.* Er mochte es … exakt.
Die Cops waren schon bei Rachel. Sie würden natürlich nichts finden, das sie nicht finden sollten. Er war auch bei Rachels Exekution sehr exakt vorgegangen.
Er hatte gründlich nachgedacht und war zu dem Schluss gekommen, dass im Grunde nichts Schlimmes passiert war, außer dass er sein Tempo nun ein wenig steigern musste. Die Hats wussten also von Shadowland. Sie wussten von der Teilnehmerliste. *Aber das bringt sie keinen Schritt näher an mich heran.*
Dass Eve jedoch Rachel als nächstes Opfer ausgemacht hatte, hatte sie ganz entschieden zu nah an ihn herangebracht. Ande-

rerseits spielte es nun auch keine Rolle mehr. Seine Nummer sechs war eine Außenseiterkandidatin. Sie stand auf keiner Liste. Wurde von keinem Radar erfasst.

Eves Einmischung hatte die Dinge dennoch zu stark beschleunigt. Die Presse wusste noch nicht, was die Polizei wusste, und noch wichtiger: Was die Polizei *nicht* wusste. Es hatte noch nicht genug Zeit für fette Schlagzeilen, für Fehler der Cops, für öffentliche Empörung gegeben. Die Hat Squad war weit davon entfernt, sich den Ruf zu ruinieren. Er musste ihnen also noch ein paar Tage Zeit lassen. Den Reportern die Chance geben, die Lücken zu schließen.

In der Zwischenzeit würde er sich etwas ausruhen. Obwohl er noch gut in Form war, war er nicht mehr der Jüngste. Es wäre ein Kinderspiel gewesen, hätte er diese Idee vor zwanzig Jahren in die Tat umgesetzt. Jetzt jedoch … nun, er musste sich ein wenig bremsen. Die körperliche Arbeit ein wenig zurückstellen, stattdessen mehr auf mentaler Ebene leisten. Sich auf Eve konzentrieren. Denn sie war wahrhaftig eine Herausforderung. Und er mochte spannende Herausforderungen.

Er zog die Schublade auf, in der die Handys seiner Opfer lagen. Es war ein hübscher kleiner Ausflug in die Vergangenheit, und er stellte immer wieder amüsiert fest, wie weit sich die Technik im Lauf der letzten zehn Jahre entwickelt hatte. Ganz unten in der Schublade bewahrte er die Pager auf – heutzutage regelrecht archaische Geräte. Doch ganz oben lag ein Handy, das er sich nun in die Tasche schob.

Den Anruf von hier zu tätigen, wäre ziemlich dumm. Solche Dinge waren in den Zeiten von Pagern wirklich einfacher gewesen. Kein nervtötendes GPS, das der Polizei einen technischen Vorsprung lieferte. Er würde den Anruf von einem Punkt aus tätigen, der die Cops in die Irre führen würde. Eine Drohung und eine Finte. Sein Vorteil im Doppelpack.

Mittwoch, 24. Februar, 6.00 Uhr

Eve fuhr zusammen und hob verwirrt den Kopf. Sie war an ihrem Küchentisch eingeschlafen und hatte den Stapel mit Tabellen als Kopfkissen benutzt. Dann fluchte sie leise. Sie hatte den verdammten Becher umgestoßen und der Rest Kakao war über die Ausdrucke geflossen, die sie noch nicht durchgesehen hatte.

Viel aufzuwischen gab es nicht mehr, denn das meiste war vom Papier aufgesogen worden. Zum Glück hatte sie alles auf der Festplatte gespeichert. Sie würde den Stapel einfach noch einmal ausdrucken. Schnell ging sie die Seiten durch, bis sic auf eine stieß, die nicht von Kakao durchweicht war.

Und ließ sich auf einen Stuhl sinken. Das Diagramm zeigte eine gleichmäßig ansteigende Nutzung bis zu sechzehn Stunden am Tag, und dann ... nichts mehr. Die Grafik war drei Wochen alt.

Eve rief die Liste auf dem Laptop auf. Proband 036 war Amy Millhouse, Ultra-User. Die Google-Suche bestätigte ihr, was sie bereits erwartet hatte, doch das änderte nichts daran, dass ihr übel wurde, als sie den Artikel anklickte und las: *Amy Millhouse aus West Calhoun wurde am Sonntag, den 7. Februar, tot in ihrer Wohnung gefunden. Sie hatte sich ...*

»Erhängt«, sagte Eve laut und schloss die Augen. »Schon klar.«

Müde suchte sie nach ihrem Handy und drückte auf die Wahlwiederholung. Noah war der Letzte, den sie angerufen hatte. Die letzten fünf Anrufe waren an ihn gegangen. »Eve hier. Ich muss mit dir reden.«

»Ich bin sofort bei dir.«

»Nein. Du brauchst nicht – Moment!« Aber er hatte bereits aufgelegt. Sie klappte das Telefon zu und war nicht einmal überrascht, als es fünf Sekunden später an ihrer Tür klopfte.

Er stand auf ihrer Fußmatte, den Hut in der einen, das Handy

in der anderen Hand, und sah aus wie … *alles, was ich mir schon immer erträumt habe.*
»Ich stehe seit einer Viertelstunde hier und weiß nicht, ob ich klopfen soll oder nicht«, sagte er, und ein Mundwinkel hob sich verlegen. »Sicher, dass du nicht an Schicksal glaubst?«
Sie öffnete die Tür ein Stück weiter. »Nein. Komm rein.«
Er gehorchte und legte seinen Hut wieder auf das Bücherregal. »Nein, du bist dir nicht sicher, oder nein, du glaubst nicht daran?«
Sie blickte zu ihm auf. Ihr Kopf tat weh. »Wie war noch mal die Frage?«
Er legte seine Hand an ihre Wange, und ihr war plötzlich nach Weinen zumute. »Was ist los?«
Sie wollte die Worte nicht aussprechen. Noch nicht. Sie drehte ihre Wange in seine Hand und sog tief die Luft ein, dann wich sie zurück, als sich neues Entsetzen in ihr breitmachte. »Rachel hatte Angst vor Feuer!«
Er nickte. Sein Blick war gequält. »Ja.«
»Wie viel Zeit sind wir zu spät gekommen?«
»Eine Stunde. Höchstens zwei.«
Sie trat einen Schritt zurück. »Das heißt also, während wir Sandwiches gegessen, Unterlagen durchgesehen, uns über Buckland Gedanken gemacht und ihre Adresse zu finden versucht haben …«
Er nickte wieder. Und schluckte. »Ja.«
Zu spät erkannte sie, dass er längst selbst zu diesem Schluss gekommen war. Er hatte Rachel gefunden, und sie streute noch Salz in die Wunde. »Es tut mir leid.«
Sie war sich nicht sicher, wer von ihnen beiden sich zuerst in Bewegung gesetzt hatte, aber einen Moment später lag sie in seinen Armen, klammerte sich verzweifelt an ihn und presste ihm ihre Fäuste in den Rücken. Er war groß, warm, hart. Er litt. Und er war hier.
»Warum bist du zurückgekommen?«, flüsterte sie.

Er sog bebend die Luft ein. »Ich bin zuerst nach Hause gefahren«, sagte er so leise, dass sie ihn fast nicht verstehen konnte. »Aber dort gab es nichts, was mich gehalten hätte.«

O Noah. Eve hielt ihn noch einen weiteren Moment lang fest, dann löste sie sich behutsam von ihm. Die Worte steckten ihr in der Kehle. Sie zwang sie hervor. »Hier gibt es auch nichts, Noah. Es tut mir leid.«

»Und das glaube ich eben nicht«, erwiderte er fest.

Sie schüttelte erschöpft den Kopf. »Glaub, was du willst. Das macht es nicht weniger wahr.«

Er schloss die Augen. »Warum hast du mich dann angerufen?«

Ihre Brust tat so weh. »Ich glaube, ich habe noch eine gefunden. Sie heißt Amy Millhouse.«

Als er die Augen wieder aufschlug, waren sie ausdruckslos. So wie sie immer gewesen waren, wenn er im Sal's sein Tonic getrunken hatte. »Zeig's mir.«

Er folgte ihr in die Küche und warf erst einen Blick auf das Diagramm, dann las er den Nachruf, und seine Schultern sackten nach vorn. »Das MPD muss den Selbstmord untersucht haben. Das heißt, der Bericht ist wahrscheinlich durch meine Hände gegangen. Ich kann mich aber an keinen Tatort erinnern, der auch nur entfernt Samanthas oder Marthas Fall ähnelt.« Er verharrte plötzlich, und sie konnte erkennen, dass ihm etwas eingefallen war.

»Aber?«, hakte sie nach.

»Aber auch Jack hat einen Teil der Fälle bearbeitet. Heute Nacht konnte ich ihn nicht auftreiben. Rachels Haus liegt nur eine knappe Meile von seinem entfernt, aber er reagierte auf keinen meiner Anrufe. Er meinte, er habe keinen bekommen. Er sei eingeschlafen.«

»Am Sonntagabend im Sal's hat er sein Handy dreimal überprüft, bevor du kamst.«

»Ja, ich weiß. Brock hat's mir auch schon gesagt.«

»Wirst du ihn melden?«
»Das habe ich schon. Ich musste es tun.«
»Tut mir leid.«
Sein Kopf fuhr herum, und er sah sie zornig an. »Hör auf. Sag das nicht immer.« *Ich habe ihn verletzt.*
Aber ich will ihn doch nicht verletzen. »Setz dich, Noah. Ich muss dir etwas erklären.«
Der Küchenstuhl ächzte unter seinem Gewicht. Sie setzte sich und verschränkte die Hände.
»Also?«, fragte er scharf.
»Ich überlege noch, wie ich es formulieren soll«, fauchte sie. »Ich könnte dir sagen, dass es nicht an dir liegt, sondern an mir, aber das würdest du nicht akzeptieren. Ich habe es schon mit ›Ich bin ein gebrochener Mensch‹ versucht, aber auch das lässt du nicht gelten. Du hast über das, was mir damals passiert ist, gelesen. Die Sache mit Winters.«
»Ja.« Er spuckte das Wort förmlich aus. »Und wenn er im Gefängnis nicht von einem anderen Häftling getötet worden wäre, hätte ich es selbst versucht.«
»Da wirst du dich vermutlich hinten anstellen müssen. Er war … schlimm. Aber auch sehr attraktiv. Er hatte Charisma. In seiner Stadt war er beliebt. Er war, wie du wahrscheinlich gelesen hast, Polizist.«
»Ja. Du hast mir gesagt, er wollte an seine Frau und seinen Sohn rankommen.«
»Caroline und Tom. Sie waren vor ihm geflohen und wollten ein neues Leben beginnen. Tom und ich freundeten uns an, und obwohl er entschlossen gewesen war, niemals etwas über seine Vergangenheit zu sagen, musste er sich irgendwann aussprechen. Er erzählte mir alles, jede Ohrfeige, jede Verbrennung, jeden Hieb. Tom hasste seinen Vater.«
»Verständlich.«
»Er und seine Mutter flohen also nach Chicago. Und stießen so auf Dana, meinen Vormund. Dana kümmerte sich darum,

dass Frauen wie Caroline einen neuen Anfang wagen konnten.« Sie zögerte. »Dana fälschte damals Pässe. Und versorgte die Frauen mit Sozialversicherungsnummern.«
Er zog die Brauen hoch. »Sie hat sich ziemlich weit aus dem Fenster gelehnt, wie mir scheint. Und Hunter?«
»Wusste davon. Zwar hat er sich nie an etwas beteiligt, das illegal war, half aber hin und wieder, wenn es um Grauzonen ging. Und er half im Haus selbst.«
»Und reparierte das Dach?«
Sie lächelte traurig. »Ja. Aber da war Caroline schon lange bei uns. Als ich Caro kennenlernte, hatte sie die Prüfungen zur Hochschulreife nachgemacht, studierte und finanzierte sich durch einen Job an der Uni. Ich arbeitete für sie in der Abteilung Geschichte.«
»Und dann?«
»Dann starb unser alter Chef, und Davids Bruder Max übernahm die Stelle.«
Noah runzelte die Stirn. »Max Hunter? Kommt mir bekannt vor, der Name.«
»Hat Jahre für die Lakers gespielt. Groß, gutaussehend, gequälte Persönlichkeit.« *Wie du,* dachte sie, behielt es aber für sich. »Durch einen Unfall hatte Max seine Sportlerkarriere jäh beenden müssen. Er kehrte an die Uni zurück, wurde Professor und Jahre später unser Abteilungsleiter. Und ich tat, was wohl jede normale Achtzehnjährige tun würde.«
»Du hast dich verliebt.«
»Hals über Kopf. Aber Max hatte nur Augen für Caroline. Als ich das endlich begriff, sagte ich etwas, das man wirklich nicht sagen sollte, Sätze, die einem normalerweise ewige Feindschaft einbringen. Aber Caroline liebte mich.« Eve musste sich plötzlich räuspern.
»In der Zwischenzeit hatte Carolines Ex nach ihnen gesucht, was wir nicht wussten. Er wollte seinen Sohn zurück, und er wollte sich an seiner Frau rächen. Ich ging zu Caroline, um

mich für alles, was ich gesagt hatte, zu entschuldigen, und stieß auf Roberts, der nach Tom suchte. Aber Tom war über das Wochenende zelten gefahren. Winters pirschte sich regelrecht an mich heran und erkannte schnell, dass ich jung, dumm und sehr verletzlich war. Er gab vor, ein Wartungsarbeiter namens Mike zu sein. Er tat, als habe er Mitgefühl wegen meines Fauxpas mit Max. Er tat, als fände er mich attraktiv.«

»Du warst es«, sagte er ernst. »Bist es.«

»Ich war es. Er lud mich ein, machte mich betrunken ... Nein. Er bezahlte das Bier, getrunken habe ich es selbst, und zwar gierig. Klar, ich durfte noch nicht, denn ich war noch nicht volljährig, aber es war mir so was von egal. Ebenso willig nahm ich ihn mit nach Hause und ... tat, was man, wie ich glaubte, eben tat.«

Ein Muskel zuckte in Noahs Wange, aber er sagte nichts.

»Am nächsten Morgen wollte er gehen. Ich versuchte, ihn zu halten, versuchte alles, damit er mich begehrte.« Sie schloss die Augen, als die Erinnerung in ihr Bewusstsein drang. »Ich zog seinen Mantel an und begann zu tanzen, und da fiel ein Foto aus seiner Tasche. Ein Babybild von Tom. Ich wusste, dass Caro damals bei ihrer Flucht die Fotos zurücklassen musste.«

»Und da wusstest du Bescheid«, sagte er leise, und sie schlug die Augen auf und sah ihn an. Er war sehr blass geworden.

»Und da wusste ich Bescheid. Den Rest der Geschichte kennst du. Erstochen, aufgeschlitzt, erwürgt. Er ließ mich liegen, weil er sicher war, dass ich sterben würde. Das tat ich auch. Zweimal. Ich habe verdammtes Glück, überhaupt hier zu sein.«

Er versuchte etwas zu sagen. »Eve ...«

»Schon gut, Noah. Es ist Vergangenheit. Aber ich will, dass du mich wirklich verstehst. Niemand macht eine solche Sache durch, ohne sich zu verändern. Verdammt, ich war schon kaputt genug, bevor ich bei Dana gelandet war. Meine Mutter war drogensüchtig. Sie hätte ihre Seele für einen Schuss verkauft.«

»Und ihre Tochter auch?«, fragte er heiser.
»Nein. Weil ich vorher abgehauen bin. Man fasste mich, steckte mich in ein Kinderheim. Ich haute wieder ab, wurde wieder geschnappt. Bei meiner dritten Flucht schaffte ich es bis nach Chicago. Ich wäre allein durch diese Vorgeschichte schon beziehungsgestört genug gewesen, aber nun … Es ist einfach nicht drin.«
Er begegnete ihrem Blick. »Warum nicht? Das verstehe ich immer noch nicht.«
Das Blut stieg ihr in die Wangen. »Also schön. Nach der Sache mit Winters hatte ich eine Hysterektomie. Man entfernte mir die Gebärmutter. Nichts ist mehr da.«
Er atmete langsam aus. »Das ist alles?«
Sie funkelte ihn wütend an. Er wirkte extrem erleichtert. »Nein, das ist nicht alles. Aber es ist verdammt noch mal genug.«
»Das heißt? Du kannst keine Kinder kriegen. Okay. Aber das kümmert mich nicht, Eve.«
»Das sagst du so.«
»Und ich meine es auch so.«
Sie lächelte, um ihren Worten den Stachel zu nehmen. »Du glaubst, du meinst es so. Und wenn es alles wäre, dann würde ich dir wahrscheinlich sogar die Gelegenheit geben herauszufinden, dass du dich irrst. Aber es ist eben nur ein Teilgrund. Noah, ich …« Sie zuckte mit den Schultern. Das Lächeln war weg. »Ich wache nachts schreiend auf, als ob alles wieder und wieder in diesem Augenblick geschieht. Und ich bin … gewalttätig. Wirklich gewalttätig.«
»Du fürchtest, mich zu verletzen?«, fragte er ungläubig.
»Ich *weiß,* dass ich es täte. Manchmal schlafwandle ich. Einmal bin ich in der Küche aufgewacht, mein größtes Messer in der Hand. In meinem Zimmer in Danas Frauenhaus habe ich mich nachts immer eingeschlossen, so dass ich niemanden versehentlich attackieren konnte. Meistens schlief ich lieber nicht.

Ich wurde zu einer Kreatur der Nacht.« Sie rang sich ein Lächeln ab. »Schlief tagsüber in Etappen. Mache ich heute noch immer.«

Er nickte bedächtig. »Also … das ist es?«

Sie verdrehte die Augen. »Herrgott noch mal. Was muss ich denn tun, um dich abzuschrecken?«

»Mehr als das auf jeden Fall. War es das?«

»Nein.« Sie stand auf, schenkte sich Kaffee ein, der längst kalt geworden war, und schob ihn wieder von sich. »Ich will einfach mit niemandem zusammen sein. Kannst du das nicht endlich akzeptieren?«

»Eve, sieh mich an.« Seine Stimme war tief und weich und warm. Sie wandte sich steif zu ihm um, als hätte eine riesige Hand sie dazu gezwungen, und begegnete seinem Blick. Seine Augen glitzerten. »Sag mir, dass du mich nicht willst, und ich verspreche zu gehen.«

Sie wollte es. Musste es. Konnte aber nicht. Also schloss sie die Augen und schwieg.

»Das dachte ich mir«, sagte er schließlich leise. »Wenn du Zeit brauchst, verstehe ich das. Ich habe Zeit. Wenn du Raum für dich brauchst, einverstanden. Und wenn du mir jemals befiehlst, dich in Ruhe zu lassen, und es auch wirklich so meinst, dann tue ich das auch. Aber jetzt bin ich hier. Ich bin gekommen, weil ich kommen musste. Ich brauche dich, Eve.«

Und dann war er bei ihr und zog sie in seine Arme. Er legte seine Wange an ihr Haar, und sie musste es noch einmal probieren, ein einziges Mal noch. Um seinetwillen. »Ich bin keine ideale Partnerin, Noah.«

»Ich auch kein idealer Partner. Lass uns einfach schauen, wo es uns hinführt, okay?«

Sie war noch nicht überzeugt. »Ich werde dir weh tun«, sagte sie tonlos.

»Ich verstecke die Messer«, sagte er mit einem Hauch Belustigung, aber sie brachte kein Lächeln zustande.

Es gab so viel mehr zu sagen, aber ihr fehlten die passenden Worte. *Er wird es schon selbst herausfinden, dann geht er von allein. Und dann kannst du ihm mit ›Ich hab's dir ja gesagt‹ kommen.*

Aber irgendwie wusste sie, dass ihr ein solcher Sieg nicht gefallen würde. Sie machte sich los. »Hast du schon etwas gegessen?«

Der Humor in seiner Miene war verschwunden. »Nicht, seit du mir das letzte Mal etwas gemacht hast.«

»Setz dich.« Sie hatte den Kühlschrank geöffnet und musterte den Inhalt, als ihr Handy vibrierte. »SMS«, sagte sie und griff nach dem Telefon. Dann erstarrte sie.

Noah nahm ihr das Handy ab. »›Haben deine Eltern dir nicht beigebracht, dass man niemals zu fremden Männern ins Auto steigen darf?‹ Was soll das bedeuten?«

Eves Knie gaben nach, und sie wehrte sich nicht, als Noah sie auf einen Stuhl drückte. »Das war das Letzte, was Rob Winters zu mir sagte, bevor er mich umbrachte.«

15. Kapitel

Mittwoch, 24. Februar, 6.30 Uhr

Er klappte das Handy zu und schaltete es ganz aus. Er hatte seinen Text verschickt, und der würde sie ein wenig aufrütteln. Lächelnd stieg er in seinen Wagen und fuhr los. Er hatte noch eine Dreiviertelstunde Zeit, bevor der Wecker seiner Frau klingelte. Wenn er nicht zu Hause war und die Morgenzeitung las, würde sie Fragen stellen, die zu beantworten er nicht bereit war.

Er konnte sich glücklich schätzen, eine Frau mit einem derart gesunden Schlaf zu haben. Selbstverständlich trug das Sedativum, das er ihr gelegentlich in den abendlichen Kräutertee gab, dazu bei, dass sie auch dann fest schlief, wenn es gerade so sein *musste.* Außerdem war sie so mit ihrer Arbeit beschäftigt, dass sie nicht einmal dann bemerkte, was er tat, wenn sie *nicht* tief und fest schlief. Sie las selten Zeitung und zog wissenschaftliche Fachzeitschriften dem Fernsehen vor.

Sie lebte in ihrer eigenen Welt und ahnte selbst nach zwanzig Jahren noch immer nichts.

Niemand ahnte etwas. *Weil ich sehr, sehr vorsichtig bin. Und sehr, sehr gut.*

Mittwoch, 24. Februar, 7.05 Uhr

»Also?«, fragte David Hunter. Nachdem Eve die SMS erhalten hatte, hatte Noah an seine Tür gehämmert, um ihn zu wecken. Sie war so blass gewesen, dass Noah geglaubt hatte, sie würde ohnmächtig werden, doch sie hatte sich zum Glück wieder einigermaßen gefasst. Nun stand Hunter in der Küche und machte Frühstück. Seine Bewegungen waren die eines Besessenen. Oder einer Person, die von nackter Angst gepackt war. »Was tun Sie, um diesen Kerl zu schnappen?«

Noah rieb sich mit der Hand über das Gesicht. »Wir versuchen, die SMS zurückzuverfolgen. Bisher wissen wir nur, dass die Nummer nicht registriert ist.«

»Prepaid?«, fragte Hunter.

»Wahrscheinlich. Und das kann sich jeder Depp besorgen.«

Hunter verdrehte die Augen. »Okay, das habe ich vermutlich verdient.«

»Nein, haben Sie nicht«, sagte Noah. »Tut mir leid. Ich bin einfach müde.«

Hunter stellte ihm ein luftiges, goldgelbes Omelett hin. »Wann haben Sie zum letzten Mal geschlafen?«

»Gott. Ich weiß nicht genau. Sonntag vielleicht?«

»Sie brechen zusammen, wenn Sie sich nicht ausruhen. Wann müssen Sie sich auf der Wache melden?«

»Um neun.« Er stach mit der Gabel in das Omelett, probierte es und hätte fast geseufzt. »Hm. Das ist wirklich gut.«

»Danke. Wenn Sie gegessen haben, dann legen Sie sich in Eves Bett. Ich passe auf sie auf.«

Als sie sich ins Bad zurückgezogen hatte, um zu duschen, war sie noch immer so bleich gewesen, als habe sie einen Geist gesehen. Und wahrscheinlich hatte sie das auch, dachte Noah. »Aber Eve muss auch schlafen.«

»Macht sie aber nicht«, sagte Hunter. »Erst dann wieder, wenn sie sich sicher fühlt. Bis dahin wird sie höchstens in ihrem heißgeliebten Sessel ein Nickerchen machen.«

»Vergessen Sie nicht, die Messer wegzuschließen«, murmelte Noah, und David warf ihm einen überraschten Blick zu.

»Sie bewahrt sie ohnehin in einer abschließbaren Kiste auf. Ich kümmere mich darum, wenn ich hier fertig bin.«

»Okay. Ich nehme das Bett.« Noah blinzelte ein paar Mal. »Wer konnte diesen Satz mit dem Auto und den fremden

Männern kennen? Wer wusste, dass Winters das zu ihr gesagt hat?«

»Wir natürlich, ihre Familie und die engsten Freunde, denn sie hat es uns erzählt. Allerdings hat niemand von uns es weitergegeben, schon gar nicht der Presse.«

»Aber jemand weiß es«, sagte Noah nachdenklich. Er beäugte den Laptop. »Darf ich da mal ran?«

Hunter zögerte. »Nehmen Sie lieber meinen. Sie ist ein bisschen ... na ja, heikel, was ihren Computer angeht.«

Als Hunter mit seinem Laptop zurückkam, kratzte Noah buchstäblich den letzten Omelettrest vom Teller.

»Soll ich noch eins machen?«, fragte Hunter.

Noah nickte. »Am liebsten ja. Sie kochen gut.«

»Ich habe auch viel Übung. In der Feuerwache bin ich meistens derjenige, der alle bekocht.«

»Sie haben's gut. Ich esse sechs Tage in der Woche Fertiggerichte aus der Mikrowelle. Nur sonntags gehe ich zu meinem Cousin und seiner Frau. Wenn Sie bis Sonntag noch immer hier sind, sind Sie herzlich willkommen.«

Hunters Lippen zuckten. »Danke, aber es wird Sie sicherlich freuen, wenn Sie hören, dass ich spätestens Freitag wieder abreisen muss.«

Noah lächelte nicht. »Eve wird Sie vermissen.«

»Ich hoffe, dass sie dann viel zu beschäftigt ist, um jemanden aus Chicago zu vermissen«, erwiderte Hunter trocken.

»Ich werde mich anstrengen.« Noah runzelte die Stirn, als er die Suchergebnisse sah. »Rob Winters erzeugt zu viele Treffer, vor allem im Zusammenhang mit Serienmördern. Wie viele Menschen hat der Kerl umgebracht?«

»Wir wissen von mindestens sechs. Eve wäre die siebte gewesen.«

Noah schluckte bittere Galle hinunter. »Aber er ist doch definitiv im Gefängnis getötet worden, oder?«

»Ja. Tom hatte damals gehofft, von Winters würde nicht mehr

übrig bleiben, als man in eine Papiertüte kratzen könne, wenn seine Mithäftlinge herausfanden, dass er ein mieser Cop war. So ist es dann auch gekommen.«

Hunters Stimme war hart geworden, und Noah fiel wieder ein, dass dieser Kerl nicht nur Eve, sondern eine ganze Familie traumatisiert hatte. »In welchem Gefängnis war das? In Chicago?«

»Nein, in North Carolina. Welches Gefängnis genau es war, weiß ich nicht mehr, aber mein Bruder Max bestimmt.«

»Wenn es nicht sein muss, möchte ich ihn ungern daran erinnern.«

Hunter gab die verquirlten Eier in die Pfanne. In seinem Kiefer zuckte ein Muskel. »Als mein Bruder Winters fand, hatte er Caros Gesicht so zerschlagen, dass sie kaum noch zu erkennen war. Seine Hände lagen um ihre Kehle. Max weiß inzwischen, wie er mit den Erinnerungen und den Alpträumen umgehen muss, aber er hat nichts davon vergessen.«

Noah dachte an Susan und das Baby, die vor zwölf Jahren aus seinem Leben verschwunden waren. Es verging kein einziger Tag, an dem er nicht an sie dachte oder von ihnen träumte. »Natürlich. Entschuldigen Sie.«

»Dazu besteht kein Grund. Es war nur eine schlimme Zeit.«

»Okay, ich denke, wir können die Sache anders angehen. Buckland hat zu Eves Vergangenheit recherchiert. Nehmen wir an, er ist auf Winters' Drohung gestoßen, als er die Online-Archive irgendeiner Zeitung durchgegangen ist. Könnte es sein, dass Winters vor seinem Tod noch Interviews gegeben hat?«

»Möglich ist es«, sagte Hunter verbittert. »Das Schwein hat sich selbst gern reden hören.«

Noah suchte nach einem Gefängnisinterview. Zum Glück gab es nicht so viele, da Winters hinter Gittern nicht mehr lange gelebt hatte. *Gerechtigkeit*, dachte er. *Hoffentlich hat er leiden müssen.*

»Hier ist eins«, sagte Noah. Es war die Niederschrift eines Gesprächs, in dem Winters den Angriff auf Eve schilderte und auch den Spruch nicht vergaß, man dürfe doch nicht »zu fremden Männern ins Auto« steigen. Noah las den Artikel leise, um Hunters Erinnerung nicht aufzufrischen, doch mit jeder Zeile von Winters' widerwärtiger Prahlerei wurde ihm übler. *Hoffentlich hat er richtig leiden müssen.*

»Es wird Buckland nicht viel Zeit gekostet haben, das hier zu finden«, sagte er schließlich. Er dachte an Eves Gesichtsausdruck, ihren Schock. Die Angst und die Scham. »Dass er es verwendet hat, um Eve aus der Bahn zu werfen, ist ziemlich vielsagend.«

Hunter ließ ein zweites Omelett auf seinen Teller gleiten. »Und was werden Sie gegen ihn unternehmen?«

Noah zwang seine geballten Fäuste, sich zu entspannen, so dass er nach der Gabel greifen konnte. »Ich habe schon gestern Nacht die Fahndung nach ihm eingeleitet, als klar war, dass er sich an ihrer Pistole zu schaffen gemacht hat. Eve wird heute Anzeige gegen ihn erstatten, und wenn ich ihn erwische, wird er sich wünschen, niemals eine Zeitung gesehen zu haben.«

Hunter nickte knapp. »Gut.«

»Was ist gut?« Sie wandten sich um und sahen Eve in der Tür stehen. Ihr kurzes Haar stand in feuchten Stacheln ab. Sie hatte geweint. Hunter trat einen Schritt auf sie zu, aber sie hob die Hand, um ihn abzuwehren. »Nicht jetzt. Bitte. Was ist gut?«

Noah klickte das Interview weg und klappte den Deckel des Notebooks herunter. »Dass du Buckland anzeigst und wir ihn in eine Zelle stecken können, wo er hingehört.«

»Ich fahre dich zur Polizei«, sagte Hunter. »Jetzt setz dich. Du musst essen. Und Webster muss schlafen. Wenn ihr zwei nicht irgendwann anfangt, auf euch selbst zu achten, dann werdet ihr krank.«

Unglaublicherweise wanderte ihr einer Mundwinkel nach oben. »Wenn David total gestresst ist, muss er andere umsorgen«, sagte sie zu Noah, und Hunter schnaufte indigniert. Sie ließ sich nieder, wobei sie sorgsam darauf achtete, keinen der beiden zu berühren. »Okay. Ich sitze und ich esse. Aber zur Polizei fahre ich mit meinem eigenen Auto.« Wieder hob sie die Hand, als Noah und Hunter gleichzeitig zum Protest ansetzten. »Ihr könnt mir gern hinterherfahren, wenn ihr unbedingt wollt, aber wenn ich Anzeige erstattet habe, dann fahre ich zur Uni, wo ich von vielen Leuten umgeben bin. Ich muss um zehn zu meinem Seminar. Sollte ich nicht rausgeworfen werden, sobald das alles hier vorbei ist, dann möchte ich nicht derart im Rückstand sein, dass ich den Stoff nicht mehr aufholen kann.«

Hunter schwenkte seinen düsteren Blick von ihr zu Noah. »Und das erlauben Sie ihr?«

Ihre Miene war kühl und gelassen, aber ihre Augen wirkten wie glühende Kohlen, und Noah wusste, dass sie unbedingt das Gefühl haben musste, diesen letzten Rest an Kontrolle ausüben zu können. Hier ging es schließlich um ihr Leben. »Ich kann sie nicht daran hindern«, sagte er zu Hunter, »aber wir lassen sie nicht aus den Augen. Ich muss deine Pistole als Beweisstück mitnehmen«, fügte er, an Eve gewandt, hinzu.

»Macht nichts. Ich habe noch eine. Mehrere sogar.«

»Hätte ich mir denken können«, murmelte Noah. »Traumatisierte Opfer, schon kapiert. Versprich mir, dass du den Wagen an einer Stelle parkst, wo alle dich sehen können, und dass du immer in der Nähe von anderen Leuten bleibst.«

Sie nickte. »Versprochen.«

»Himmelherrgott!«, knurrte Hunter, drehte sich verärgert zum Herd um und attackierte eine Paprika mit dem Gemüsemesser. »Dann nimm wenigstens meinen Truck.«

»Warum?«, fragte Eve, noch immer viel zu ruhig.

»Buckland wird nach deinem Mazda Ausschau halten. Außerdem hat dein Wagen ein paar Reparaturarbeiten nötig, und ich kann mich beschäftigen, während ich mir Sorgen mache, dass jemand dich umbringen will.«

Sie erhob sich und legte Hunter die Hand auf den Arm, und er verlangsamte das Tempo, mit dem er auf das Gemüse einhackte. »Ich weiß, dass du dir Sorgen machst, weil du mich liebst. Und ich weiß wohl besser als jeder andere, dass ich nicht unverwundbar bin. Aber wenn ich mich verkrieche, dann hat er gewonnen. Ich verspreche, dass ich aufpasse. Ich melde mich stündlich, und sollte ich Buckland sehen, rufe ich sofort die Polizei. Aber verstecken kann ich mich nicht. Auch nicht für dich, David.«

Hunter schien in sich zusammenzufallen, und Noah räusperte sich. »Ich fahre hinter ihr her, und sie kann in der Polizeigarage parken. Falls Buckland ihr folgt, erwischen wir ihn.«

»Und wenn sie wieder abfährt?«

»Ich sorge dafür, dass sie Schutz erhält.«

Hunter nickte und warf Eve einen Blick zu. »Andernfalls rufst du mich an. Hast du mich verstanden?«

Sie küsste ihn auf die Wange. »Absolut.«

Noah erhob sich. Sein Herz tat weh, wenn er sah, wie entspannt Eve mit David umging, denn es machte ihm umso deutlicher bewusst, dass sie in seiner Gegenwart auf der Hut war. Aber er hatte versprochen, ihr Zeit und Raum zu lassen. »Ich versuche, wenigstens ein Stündchen Schlaf zu bekommen. Geh nicht ohne mich.«

Mittwoch, 24. Februar, 9.00 Uhr

Noah nickte Jack nur knapp zu, als er sich mit den anderen um den Tisch in Abbotts Büro versammelte. Die Stunde Schlaf hatte tatsächlich ein wenig geholfen. Wenigstens konnte er wieder etwas klarer denken.

Sie warteten auf Abbott, der sich noch in einer Besprechung mit seinen Vorgesetzten befand. Noah nahm an, dass er sich in solchen Augenblicken sein hübsches Gehalt wahrlich sauer verdienen musste.
Im Raum herrschte eine unangenehme Stille. Micki und Olivia betrachtete ihn und Jack mit offensichtlicher Besorgnis. Olivias Partner, Kane, schien klar zu sein, dass ihm etwas entgangen war, aber augenscheinlich wollte er nicht nachhaken, weil er sicher war, dass Olivia ihn später noch ins Bild setzen würde. Olivia und Kane hatten eine großartige Arbeitsbeziehung, und Noah beneidete sie im Augenblick mehr denn je darum.
Ian war am Tatort, in Rachel Wards Haus, gewesen und hatte den Rest der Nacht gearbeitet. Dementsprechend fertig sah er aus. Der Einzige, der einen ausgeruhten Eindruck machte, war Carleton Pierce, aber auch ihm entging nicht, dass etwas nicht stimmte. Mit gerunzelter Stirn sah er sich am Tisch um.
»Was ist passiert? Ich rede jetzt nicht von der Ermittlung.«
»In der Nacht haben wir ein drittes Opfer gefunden. Wir hatten die Frau bereits im Visier, sind aber zu spät gekommen«, sagte Noah. »Um höchstens vierzig Minuten.«
Carleton zog die Brauen noch weiter zusammen. »Wer hat sie gefunden?«
»Ich«, sagte Olivia. »Und den Täter habe ich um zehn Minuten verpasst.«
»Aber das verstehe ich nicht. Woher wussten Sie, wo Sie suchen mussten?«
»Wir haben wieder einen Tipp bekommen«, sagte Jack gepresst. »Von unserer vertraulichen Quelle.«
»Er weiß Bescheid, Jack«, sagte Noah. »Carleton, ich weiß, dass Sie gestern Abend mit ihr gesprochen haben. Wir konnten eingrenzen, welche der Probandinnen die Nächste sein würde, aber wir hatten einige Kommunikationsprobleme, und nun ist Rachel Ward tot.«

»Ich verstehe«, sagte Carleton, und sein Blick glitt zu Jack. »Obwohl ich es lieber nicht täte.«

Abbott trat ein. »Leute, sagt mir, dass wir etwas haben«, begann er mit einer Miene, die genauso versteinert wirkte wie Jacks. »Zumindest, um mich über den gewaltigen Tritt in den Hintern, den ich gerade kassiert habe, hinwegzutrösten. Ian?«

»Ich habe die Autopsie beendet. Das Opfer hatte einen Alkoholgehalt von 3,5 Promille im Blut.«

»Wow«, sagte Micki. »Das ist ja fast eingelegt. Aber es überrascht mich nicht. Wir haben eine Wodkaflasche unter dem Autositz gefunden. Leer.«

»Der Test auf Ketamin ist noch nicht zurück«, sagte Ian, »aber ich habe keine Einstichwunde gefunden. Dafür aber die gleiche Schwellung in Ellbogennähe, die vermutlich von einer Zwangsjacke stammt. Keine Wunden an den Händen, die auf Abwehr oder Verteidigung hinweisen, obwohl ich Abschürfungen an den Knöcheln gesehen habe. Sie war an einen Stuhl gefesselt, als ihre Füße verbrannten.«

Noah erinnerte sich an den Geruch im Haus. Verbranntes Fleisch. Allein der Gedanke verursachte ihm Übelkeit.

»Er hat ihr die Füße verbrannt?«, fragte Carleton leise. »Mein Gott.«

»Verbrennungen an Füßen und Waden«, fuhr Ian fort. »Der Urintest war positiv auf Amphetamine.«

»Die sie sich selbst verabreicht hat oder der Täter?«, wollte Abbott wissen.

»Ich denke, hier ging es darum, die Wirkung des Alkohols zu verringern.«

»Er wollte, dass sie bei sich war«, murmelte Micki.

»Damit sie beim Feuer auch wirklich Todesangst empfand«, sagte Jack. »Ich habe mir ihre Vorgeschichte angesehen. Vor fünf Jahren hat ihr Mann herausgefunden, dass sie ihn betrog. Er folgte ihr zu einem Motel, wo sie ihren Liebhaber treffen wollte. Der Mann fackelte das Motel kurzerhand ab. Der Liebhaber und zwei Unbeteiligte starben. Rachel schaffte es nicht mehr rechtzeitig nach draußen. Sie hatte eine schwere Rauchvergiftung und wäre ebenfalls fast gestorben.«

»Das erklärt die alten Gewebeschäden in der Lunge«, sagte Ian. »Ich hatte mich schon gefragt, woher sie stammen mochten.«

»Wo ist der Ex jetzt?«, fragte Olivia.

»Staatsgefängnis«, sagte Jack. »Lebenslänglich. Und er ist heute Morgen wirklich da gewesen. Ich habe angerufen.«

»Das Opfer hatte also eine nachvollziehbare Angst vor Feuer«, sagte Carleton. »Der Killer kann das durchaus als Schluss gezogen haben.«

»Oder er hat einfach hier drin nachgesehen«, sagte Noah und legte den Stapel Fragebogen auf den Tisch. Sie waren heute Morgen angekommen. »Die Testpersonen haben sie zu Beginn der Studie ausgefüllt.«

»Darf ich?« Carleton nahm sich ein paar Bögen und blätterte darin. »›*Was ist Ihre größte Angst? Woher stammt Ihrer Meinung nach diese Angst?*‹ Samantha fürchtete, lebendig begraben zu werden, weil …« Er blätterte um. »Interessant. Ihre Cousins haben sie, als sie klein war, mal am Strand eingegraben, ihr einen Schnorchel gegeben und sie dann allein gelassen.«

»Also hat der Mörder sie lebendig begraben«, sagte Abbott.

»In Blumenerde, die man überall kaufen kann«, fügte Micki hinzu. »Zumindest in jedem Gartencenter. Oh, und er hat es in der Badewanne getan. Ich habe ein Team zu Samanthas Wohnung geschickt. Sie war noch nicht wieder vermietet und – Glück für uns – auch nicht besonders gut gereinigt worden. Wir fanden die Erde an der Dichtungsmasse der Wanne und ein paar Reste im Abfluss.«

»Und was war mit Martha Brisbane?«, fragte Abbott.

»Angst vor Wasser«, sagte Carleton, überflog die Seite und

verzog mitfühlend das Gesicht. »Oh. Ihr Vater ist ertrunken. Martha hat es mitangesehen – sie war fünf Jahre alt gewesen.« Noah presste die Kiefer zusammen, bis es weh tat. »Wisst ihr, ich denke immer, ich kann diesen Typen nicht noch mehr hassen, aber dann funktioniert es komischerweise doch. Dass jemand so etwas erfährt und ausnutzt …«

»Er ist ein sadistischer Soziopath«, sagte Carleton schlicht. »Er zieht sein Vergnügen aus dem Leiden anderer. Christy Lewis, Schlangenphobie … einfach so.« Er sah mit einem Schulterzucken auf. »Das steht hier. ›Einfach so‹.«

»Sie hatte also kein traumatisches Erlebnis?«, fragte Jack.

»Oder sie wollte es nicht verraten«, sagte Carleton. »Allerdings gab es vielleicht wirklich keins. Ich habe viele Patienten mit Schlangenphobien erlebt, die mir nicht sagen konnten, woher ihre Angst kam. Ein großer Teil entwickelt sich instinktiv. Schlangen sind gefährlich, und Menschen haben eben eine instinktive Angst vor gefährlichen Wesen entwickelt. Purer Darwinismus.«

»Und nun haben wir Rachel Ward als nächstes Opfer«, sagte Abbott. »Mit ihrer Furcht vor Feuer. Erwähnt sie denn, warum?«

»Hier steht, sie fürchtet sich vor rechtsextremen Republikanern, was eine typische Antwort ist, wenn jemand keine Lust hat, auf eine solche Frage zu antworten. Sarkasmus eignet sich gut, um die Wahrheit zu verschleiern.«

»Aber man hätte es herausfinden können, wie Jack es getan hat«, sagte Olivia.

»So einfach war es aber nicht«, wandte Jack nachdenklich ein. »Dafür musste man sich mehr Mühe geben. Ich habe ihren Namen gegoogelt und zunächst nichts herausbekommen. Also habe ich sie überprüfen lassen, entdeckt, dass sie vor fünf Jahren einen anderen Namen verwendet hatte, und ins Eheregister geschaut. Letztlich habe ich ihren Ex gegoogelt, um zu erfahren, was damals geschehen ist.«

Noah begegnete Jacks Blick und nickte ihm zu, um ihm zu bedeuten, dass er gute Arbeit geleistet hatte, und zu seiner Erleichterung erwiderte Jack das Nicken. »Also hat unser Mörder die Rechtsradikalen-Antwort als Unfug entlarvt und sich intensiver mit ihr beschäftigt«, sagte er nachdenklich. »Kommt mir merkwürdig vor.«

»Warum?«, fragte Abbott.

»Eben«, sagte Noah. »Warum? Warum es nicht für bare Münze nehmen und stattdessen jemand anderen aussuchen? Es gibt fünfhundert Namen auf der Liste. Wieso Rachel Ward?«

»Vielleicht, weil sie so leicht zu packen war«, sagte Jack. »Sie war jede Nacht online.«

»Möglich«, sagte Noah. »Ich habe gestern Abend mit ein paar Nachbarn gesprochen. Sie sagten, Rachel sei am liebsten für sich geblieben und nie ausgegangen, ein introvertierter Mensch – zumindest in der realen Welt. In Shadowland war sie eine Bartänzerin, die sich jeden Abend bis zu ein Dutzend ›Kerle‹ mit nach Hause nahm.«

»Ich verstehe das nicht mit dem virtuellen Sex«, brummte Abbott. »Ist das üblich?«

»Nicht unüblich jedenfalls, laut Eve. Nicht, dass *sie* das bräuchte«, fügte er hastig hinzu.

Abbott verdrehte die Augen. »Wenn Rachel im Auto eine leere Wodkaflasche liegen hatte und sturzbesoffen gewesen ist, dann hat er sie wahrscheinlich in einer Bar getroffen. Finden Sie heraus, in welcher.«

»Es gibt in dieser Stadt auch so wenig davon«, sagte Jack beißend. »Aber immerhin ist es ein Anfang.«

»Was ist mit dem Wagen, der mir gestern entgegenkam?«, fragte Olivia. »Der braune Civic?«

»Die Fahndung hat nichts ergeben«, berichtete Micki. »Und der Wagen von Girards Frau befand sich in der Garage.«

»Ich will wissen, welche Verbindung zwischen Girard und diesem Kerl besteht«, sagte Noah. »Entweder ist er schneller als eine Kanonenkugel, oder Girard hat einen Feind, der ihm wirklich etwas Übles will.«

»Wer ist Girard?«, fragten Ian und Carleton gleichzeitig.

»Axel Girard ist der Besitzer des Wagens, der hinter Christy Lewis' Auto hergefahren ist«, sagte Jack tonlos.

»Und seine Frau ist als Eigentümerin des Wagens registriert, der mir gestern entgegengekommen ist, als ich Rachel Ward gesucht habe.«

»Er ist Optiker«, sagte Abbot, »und ein Musterbürger.«

»Den Opfern hatte man die Augenlider festgeklebt«, stellte Ian fest. »Dass er Optiker ist, kann kein Zufall sein. Aber ich gehe davon aus, dass er ein Alibi hat, sonst hätten Sie ihn wohl längst eingesperrt.«

»In Christys Fall war sein Alibi nicht gerade hieb- und stichfest, bei Rachel allerdings umso mehr«, sagte Noah trocken. »Zwei unserer Jungs standen nämlich die ganze Nacht in einem Zivilwagen vor dem Haus und haben es beobachtet.«

»Das ist wirklich ein schönes Alibi«, bestätigte Carleton. »Ist es möglich, dass er sich hinausgeschlichen hat?«

»Möglich wohl« sagte Noah. »Aber zeitlich hätte er es nicht schaffen können, es sei denn, er wäre auf der Heimfahrt hundertzwanzig Meilen pro Stunde gefahren.«

»Und wo ist Girard jetzt?«, fragte Carleton.

»Ich habe ihn herbringen lassen«, antwortete Noah, »aber eher zu seinem eigenen Schutz. Doch natürlich muss ich ihn heute Morgen gehen lassen. Sein Haus wird weiterhin beobachtet.«

»Plaudern Sie ein bisschen mit Dr. Girard. Finden Sie heraus, warum unser Mörder versucht, ihn ans Messer zu liefern. Es muss irgendeine Verbindung geben. Der Täter ist bisher viel zu penibel vorgegangen. Vielleicht kann man wenigstens herausfinden, ob Girard irgendeine Möglichkeit hatte, diese Liste einzusehen. Was noch?«

»Dr. Donner und Jeremy Lyons«, sagte Jack. »Wir müssen wissen, wo sie sich aufhalten. Im Augenblick sind sie noch die

Einzigen, die problemlos an die Probandendaten kommen konnten.«
Olivia war überrascht. »Ihr habt noch nicht mit ihnen gesprochen?«
»Donner haben wir noch nicht einmal aus der Ferne gesehen. Als wir an der Uni waren, hätte er zwar noch kommen sollen, hat es aber nicht getan. Lyons habe ich im Bistro gesehen, als Eve ebenfalls dort war, aber als Jack und ich später zur Uni zurückfuhren, war auch er nicht mehr da. Dann erfuhren wir von Axel Girard und konzentrierten uns auf ihn.«
»Fahren Sie heute noch einmal zur Uni und besorgen Sie uns Alibis für alle drei Opfer«, sagte Abbott. »Und was ist mit Ihrem Höschen-Freak? Der perverse Taylor Kobrecki?«
»Wir haben bei seinen Kumpeln nachgefragt.« Nun meldete sich Kane zum ersten Mal zu Wort. »Er ist auf und davon.«
»Seine Anrufliste zeigt Gespräche in Bozeman, Montana an«, sagte Olivia. »Und zwar noch eins von heute Morgen. Falls Kobrecki bei seinem Handy ist, kann er Rachel schlecht umgebracht haben. Wir haben in Bozeman um Unterstützung gebeten.«
Kane zuckte mit den Schultern. »Aber es wäre ja nicht das erste Mal, dass ein Mistkerl sein Handy jemand anderem gegeben hat, um sich ein Alibi zu verschaffen.«
»Es würde mich überraschen, wenn er so schlau gewesen wäre«, meinte Carleton. »Ich habe ihn überprüfen lassen. Er hat zwar seinen Highschool-Abschluss geschafft, das aber nur knapp. Der Mann besitzt einfach nicht genug Scharfsinn, um einen ausgefeilten Plan zu entwerfen. Meiner Meinung nach sollten Sie Ihre Zeit sinnvoller einsetzen.«
»Dem stimme ich zu«, sagte Abbott. »Noch etwas?«
»Vielleicht«, sagte Noah. »In den Nutzerdiagrammen der Studie taucht noch eine Person auf, die über Nacht von der Vielspielerin zur Nichtspielerin geworden ist. Sie hieß Amy Millhouse.«

Jack blickte ihn verstört an. »Was?«
»Ja. Sie hat vor drei Wochen Selbstmord begangen.«
»Wir haben alle Suizidberichte durchgesehen«, wandte Jack ein. »Da war nichts, was den inszenierten Tatorten ähnelte.«
»Ich weiß. Deswegen sagte ich ja auch ›vielleicht‹. Wir sollten es genauer überprüfen.«
Abbott bedachte Noah mit einem nachdenklichen Blick. »Tun Sie das. Dann suchen Sie Donner und Lyons. Überprüfen Sie jeden, der von dieser verdammten Liste wusste. Olivia, Kane, Sie finden heraus, wo Rachel den Kerl vergangene Nacht getroffen hat. Jemand muss ihn gesehen haben. Wir treffen uns um fünf wieder. Web, Sie bleiben.«
»Ich weiß das mit Amy Millhouse noch nicht lange«, sagte Noah, als die anderen draußen waren. »Aber ich hätte es Ihnen sofort sagen müssen.«
Abbott lehnte sich zurück und studierte sein Gesicht. »Und warum haben Sie das nicht getan?«
»Eve rief mich heute Morgen an, nachdem ich mit Girard in der Zelle gesprochen hatte. Sie zeigte mir das Diagramm und die Zeitungsmeldung von Millhouses Tod, als sie eine SMS bekam, die wahrscheinlich von Kurt Buckland geschickt wurde. Er zitiert darin den Kerl, der sie damals in Chicago so übel zugerichtet hat. Sie war ziemlich fertig.«
»Das kann ich mir denken. Und?«
»Und dieser Buckland hat versucht, sie zu erpressen, um an Informationen zu kommen.« Er erzählte seinem Chef von Bucklands Auftritt im Sal's und den Fotos von ihm und Trina.
Abbot hörte zu. »Ich setze jemanden darauf an. Sie konzentrieren sich auf unseren Fall. Kapiert?«
»Ja.«
»Und das nächste Mal sollten Sie Ihren Partner zuerst über potenzielle neue Opfer informieren.«
Noah nickte zähneknirschend. »Ja, Sir.«

Mittwoch, 24. Februar, 9.10 Uhr

Nach Winters hatte Eve sich angewöhnt, nur unter der Dusche zu weinen, wenn sie nicht allein im Haus war. Das Wasser übertönte das Schluchzen und minimierte die Rötungen. Damals hatte sie sehr häufig geduscht.

Damals war sie sehr sauber gewesen. Sehr sauber war sie auch jetzt, als sie auf der Polizeistation darauf wartete, ihre Anzeige erstatten zu können. Bucklands Text hatte sie gründlich aus der Bahn geworfen.

»Ich bin Officer Michaels«, sagte der Polizist und lächelte freundlich. »Ich habe Sie schon im Sal's gesehen.«

»Bud Lite«, erwiderte sie und rang sich ebenfalls ein Lächeln ab.

»Man muss halt auf seine Linie achten«, grinste er, wurde aber wieder ernst. »Was ist gestern Abend passiert?«

Eve erzählte es ihm und beobachtete, wie sich seine Stirn in immer tiefere Falten legte. »Und heute Morgen hat er mir eine SMS geschickt. Detective Webster hat bereits dafür gesorgt, dass sie zurückverfolgt wird.« Michaels ungläubige Miene ärgerte sie. »Sie glauben mir nicht.«

»Doch, doch, das tue ich. Ich bin nur … nur verblüfft. Ich kenne Kurt ganz gut. Das klingt gar nicht nach ihm.«

Eve schob ihren Ärmel hoch und zeigte ihm die blauen Flecken, die über Nacht ein wenig verblasst waren. »Das ist sein Werk. Und ein anderer Polizist, Jeff Betz, hat alles gesehen.«

»Selbstverständlich glaube ich Ihnen. Ich hätte es Looey nur einfach nicht zugetraut.«

Eve lehnte sich überrascht zurück. »Looey?«

»Ja. So wird Kurt manchmal genannt. Fragen Sie mich nicht, wieso. Er hat den Spitznamen schon vor meiner Zeit bekommen.«

Looey. Ein Gast, der gelegentlich ins Sal's kam, Pilstrinker, um die fünfzig. »Wie sieht Ihr Kurt Buckland aus, Officer?«

Michaels legte den Stift weg. »Wieso?«
»Ich frage mich nur, ob wir über denselben Mann sprechen. Der Mann, der mich gestern angefasst hat, war vielleicht dreißig Jahre alt, ungefähr eins achtzig und hatte braune Haare und braune Augen.« Sie beobachtete Michaels' Miene, während sie sprach. »Ihrer sieht anders aus.«
»Allerdings.« Michaels schüttelte den Kopf. »Ich nehme jetzt Ihre Aussage auf, Miss Wilson, und dann rufe ich Kurt an. Ich meine, Looey.«
Der Mann, der sie bedroht hatte, war also nicht Kurt Buckland, der freundliche Lokalreporter. Das machte die Drohung umso seltsamer und beängstigender. Und mehr denn je gelangte sie zu der Überzeugung, dass es diesem Mann unmittelbar um Noah ging, nicht um sie. »Haben Sie Stift und Papier für mich?«
Michaels gab ihr das Gewünschte, und sie zeichnete rasch ein Bild des Mannes, den sie gesehen hatte. Die Skizze war nicht Eves Niveau von vor sechs Jahren, aber sie war ganz passabel. »Das ist er«, sagte sie. »So ungefähr.«
»Nicht schlecht. Den habe ich noch nie gesehen. Aber ich nehme das Bild mit, wenn ich mit Looey spreche.«

Mittwoch, 24. Februar, 9.40 Uhr

Noah kehrte zu seinem Schreibtisch zurück, wo Jack gerade wütend seine Habseligkeiten in einen Karton warf. »Was zum Teufel machst du da?«
Jack sah auf, die Lippen zusammengepresst. »Ich packe.«
Noah hielt Jack am Arm fest, um ihn daran zu hindern, ein Buch in den Karton zu schleudern. »Wieso?«
Jack zögerte. »Ich ... ich dachte, du würdest Abbott bitten, dir einen neuen Partner zuzuteilen.«
Noah atmete hörbar aus. »Jack, verdammt noch mal. Er hat *mich* zusammengefaltet, nicht dich. Ich hätte dir das mit Amy

Millhouse längst sagen müssen, aber ich weiß es selbst erst seit heute Morgen.« Er erzählte ihm auch von den SMS und Kurt Buckland. »Abbott will sich darum kümmern.«

Jack nickte nachdenklich. »Wird Eve ihn anzeigen?«

»Sie ist gerade dabei. Hast du dir ein neues Handy besorgt?« Es war ein Friedensangebot, wenn auch ein kleines.

»Steht auf meiner heutigen To-do-Liste. In der Nähe der Marshall-Uni ist ein Geschäft. Ich gehe hin, sobald wir mit Donner und Lyons gesprochen haben.« Er sah Noah in die Augen. »Ich hatte wirklich nur einen Drink.«

Noah zuckte mit den Schultern. »Manchmal reicht eben schon ein Drink. Gehen wir.«

»Warte.« Jack blickte über Noahs Schulter, woraufhin sich dieser umwandte.

Eve kam auf sie zu. Ein paar Sekunden lang erlaubte Noah sich, sie einfach nur anzusehen. Aber der Blick aus ihren dunklen Augen war verschlossen, und er sah kein Anzeichen des halben Lächelns, das so typisch für sie war. Etwas stimmte nicht. *Was jetzt?* »Gibst du mir eine Minute?«, fragte er Jack.

»Klar. Ich warte im Wagen.«

Eve nickte Jack zu, als sie aneinander vorbeigingen, dann richtete sie ihren Blick auf Noah, und er wusste, dass sie keine guten Nachrichten hatte. »Ich habe gerade Anzeige gegen Kurt Buckland erstattet.«

»Gut.« Er führte sie in ein leeres Zimmer und schloss die Tür. Er nahm ihren Arm und schob den Ärmel zurück. »Hast du dem Officer auch das hier gezeigt?«

Sie machte ihre Hand los. »Ja. Hör zu. Gestern Nacht habe ich zu Kurt Buckland recherchiert und herausgefunden, dass der Bericht über deinen Fall seine erste Titelgeschichte überhaupt ist. Alles, was er bisher geschrieben hat, ist im Lokalteil erschienen, der erste Artikel über Martha übrigens auch.«

»Er erpresst also, um weiterzukommen? Ziemlich heftig, aber nicht unwahrscheinlich.«

»Das dachte ich auch, bis ich heute herkam, und siehe da – Officer Michaels kannte Buckland. Er ist ungefähr fünfzig Jahre alt, und alle Welt nennt ihn Looey.«
Noah zog die Brauen zusammen. »Den kenne ich auch. Ein echter Profi an der Dartscheibe. Das soll Buckland sein?«
»So sieht's aus.«
»Wer ist dann der Kerl, der die Fotos macht? Und wer bedroht dich?«
»Tja, das ist es, was unbedingt jemand herausfinden muss. Das ist eine persönliche Sache, Noah, denkst du nicht? Und sie geht gegen dich.«
»Na toll«, brummte er. »Das braucht kein Mensch.«
»Was willst du jetzt unternehmen?«
»Was Buckland betrifft, wer immer das ist? Ich möchte ihn unbedingt zwischen die Finger bekommen, aber ich kann im Augenblick nicht viel machen. Der Officer, mit dem du gesprochen hast, wird sich um alles kümmern und seine Arbeit tun. Und ich fahre dir jetzt auf deinem Weg zur Uni hinterher. Jack und ich müssen ohnehin mit Donner reden.«
»Dann los, ich bin schon spät dran.«
Doch keiner von beiden regte sich. »Ich konnte dich in der vergangenen Nacht nicht küssen«, murmelte er.
»Hast du doch. Im Sal's.«
»Das war mir ein wenig zu einseitig. Ich hatte nicht das Gefühl, dass du den Kuss erwiderst.«
»Du hast mich überrascht«, sagte sie und schauderte, als sein Daumen ihr Kinn liebkoste.
Jack wartete unten auf ihn, und es gab höllisch viel zu tun, aber Noah brauchte diese eine Minute für sich. *Für Eve. Für uns beide.*
»Gut, dann warne ich dich jetzt eben vor.« Er legte seine Lippen auf ihre, hoffte auf eine Reaktion und war erleichtert, als sie sich nach ein paar Herzschlägen auf die Zehenspitzen stellte, um ihm entgegenzukommen. Sie küsste ihn, wie sie es in

dem Bistro getan hatte, küsste ihn stürmisch und ausgehungert und hielt nichts zurück. Ihre Arme schlangen sich um seinen Nacken, und er zog sie fest an sich, bis ihr Körper sich an seinen schmiegte. Der Kuss war süß und heiß, und er schmeckte nach so viel mehr, aber das hier war nicht der richtige Ort, daher zwang er sich, sich von ihr zu lösen.

Sie atmete schwer und hatte die Augen geschlossen. Ihre Finger zitterten, als sie über seine Arme abwärtsglitten. Dann legte sie seine Handflächen aneinander und senkte die Stirn auf seine Fingerspitzen.

»Warum?«, fragte sie so leise, dass er sich vorbeugen musste, um sie zu verstehen.

»Warum was?«, brachte er heiser hervor.

Sie hob den Kopf und sah ihn traurig an. »Warum ich? Warum willst du mich?«

»Um das zu beantworten, bräuchte ich mehr Zeit, als ich im Augenblick habe. Geh heute Abend mit mir essen.«

»Ich muss arbeiten«

»Dann danach. Ich warte auf dich.«

»Also gut.« Sie drückte seine gefalteten Hände sanft gegen seine Brust. »Ich muss jetzt in mein Seminar.«

Mittwoch, 24. Februar, 10.25 Uhr

»Detectives. Tut mir leid, dass wir uns gestern verpasst haben. Bitte setzen Sie sich.« Dr. Donner deutete auf zwei Stühle vor seinem ziemlich unaufgeräumten Schreibtisch.

»Sie sind wirklich schwer zu erwischen«, sagte Jack. »Wir haben nach Ihnen gesucht.«

Er lächelte geistesabwesend. »Meine Frau und ich mussten gestern zu ihrer Mutter. Sie ist krank.«

Noah versuchte, seine neutrale Haltung beizubehalten, was ihm keinesfalls leichtfiel, wenn er an Eves letzte Auseinandersetzung mit diesem Mann dachte. Doch Noah hatte ihn auf den ersten Blick von der Liste der Verdächtigen gestrichen. Der Mann mochte uneingeschränkten Zugang zu den Unterlagen der Studie haben, doch er besaß nicht die körperliche Kraft, eine Frau so hoch zu hieven, dass er sie an einer Decke aufhängen könnte.

»Wir wollen auch mit Ihrem Assistenten, Mr. Lyons, sprechen, aber den konnten wir genauso wenig ausfindig machen.«

Das brachte Donner dazu, besorgt die Brauen zusammenzuziehen. »Er hatte sich gestern Nachmittag freigenommen, ist aber heute Morgen nicht erschienen. Das sieht ihm gar nicht ähnlich, er ist normalerweise sehr zuverlässig. Ich weiß nicht, was ich ohne ihn tun soll.«

Pech für dich. Da wirst du dir wohl eine andere Ratte suchen müssen, die die Drecksarbeit für dich macht, dachte Noah verächtlich. Aber Jack und er mussten Alibis in Erfahrung bringen und würden freundlich bleiben.

»Während unserer Ermittlung sind wir auf eine Ihrer Studien gestoßen, bei der die Probanden an einem Spiel namens Shadowland teilnehmen.«

»Ja. Das ist die Arbeit einer meiner Studentinnen. Eve Wilson.« Seine Lippen bildeten eine dünne Linie. »Aber das wissen Sie wahrscheinlich schon. Was kann ich für Sie tun?«

»Sie könnten uns zuerst sagen, wo Sie vergangene Nacht waren«, sagte Noah. »Die ganze Nacht.«

»Wieso?«, fragte er, ehrlich verwirrt.

Jack runzelte verärgert die Stirn. »Wir ermitteln in einem Mordfall, Professor. Vier Frauen sind getötet worden.«

»Und was hat das mit meiner Studie zu tun?«, fragte Donner.

»Alle vier Opfer spielten exzessiv in Shadowland. Und nahmen an der Studie teil«, erklärte Noah und fragte sich, ob die Verwirrung des Professors tatsächlich echt sein konnte.

Donner starrte sie ungläubig an. »Sie machen Witze.«

»Nein, keinesfalls«, sagte Jack. »Schon gar nicht über eine solche Sache.«

Alle Farbe wich aus Donners Gesicht. »Vier Frauen?«, flüsterte er. »Aus meiner Studie?« Dann endlich sickerte die Bedeutung von Noahs erster Frage in sein Bewusstsein, und zwei rote Flecken erschienen auf seinen Wangen. »Gehe ich recht in der Annahme, dass ich ein Verdächtiger bin, Detective? Dass Sie von mir ein Alibi haben wollen?«

»Wir müssen jeden fragen, der mit der Studie in Verbindung steht, Professor«, sagte Noah. »Und es würde uns unsere Arbeit sehr erleichtern, wenn wir Sie einfach von der Liste streichen könnten.«

»Natürlich«, murmelte Donner. »Ich habe geschlafen. Im Ehebett neben meiner Frau.«

Noah notierte es sich. »Und Montagmorgen zwischen Mitternacht und fünf Uhr?«

Etwas lauter, aufgeregter. »Im Bett. Mit meiner Frau.«

»In Ordnung«, sagte Noah, und Donner schien sich wieder etwas zu beruhigen. »Wir denken, dass der Mörder sowohl Zugriff auf die Teilnehmerliste als auch auf die Fragebogen hat, die die Testpersonen zu Beginn der Studie ausfüllen sollten.«

»Und wie kommen Sie da drauf?«

»Er nutzt Informationen aus den Fragebogenergebnissen, um seine Opfer zu foltern«, sagte Jack schnörkellos.

Donner stockte. »Foltern? Er hat sie gefoltert? Wer sind diese vier Frauen?«

Noah runzelte die Stirn. »Lesen Sie keine Zeitung, Dr. Donner? Drei der Opfer standen gestern namentlich auf der Titelseite.«

Donner deutete auf seine Fachzeitschriften. »Ich lese selten Nachrichten.«

Okay. »Die vier Opfer hießen Samantha Altman, Martha Brisbane ...« Noah brach ab, als der Professor aschgrau wurde. »Professor?«

»Martha Brisbane, haben Sie gesagt?« Die Stimme des Mannes klang brüchig. »Lieber Gott. Ich dachte, sie hätte Selbstmord

begangen.« Abrupt verstummte er, als ihm klarwurde, dass er zu viel gesagt hatte.
»Und woher wussten Sie das, Sir?«, fragte Jack. »Ich dachte, Sie lesen keine Zeitung.«
»Meine Diplomstudentin, Eve … sie hat es mir gesagt. Aber ich war der Meinung, dass unsere Studie damit nichts zu tun hat. Wer waren die anderen beiden?«
»Christy Lewis und vergangene Nacht Rachel Ward«, sagte Jack.
»Ich verstehe.« Er hob den Blick. »Was brauchen Sie von mir?«
»Wir müssen wissen, wer alles an die Dateien der Studie kommen konnte.«
»Ich … ich weiß es nicht. Mein Assistent hat die Namen eingegeben, aber das Komitee hat sie in Gruppen eingeteilt. Ich sehe die Ergebnisse nur in Verbindung mit Nummern. Keiner darf alles sehen. Das ist der Sinn einer Doppelblindstudie.«
»Und die Fragebogen? Wozu werden die gebraucht?«, fragte Noah.
»Mit ihnen werden Profile erstellt, Persönlichkeitsmerkmale zugeordnet. Sie bilden die Basis für die Auswertung.«
»Hat jemand sie gelesen?«, fragte Jack.
»Mehrere Studenten sogar«, sagte er, »aber niemand hat dabei die Namen der Probanden gewusst.«
Hier gab es nichts, was sie weiterbrachte, erkannte Noah. Jack und er erhoben sich. »Vielen Dank«, sagte Jack. »Wir versuchen, die Universität und Shadowland aus den Medien herauszuhalten. Wir hoffen, dass der Mörder nicht ahnt, wie viel wir wissen. Danke, dass Sie sich die Zeit für uns genommen haben.«
Donner nickte. Sein Gesicht war noch immer grau. »Selbstverständlich, meine Herren«, murmelte er. »Falls Sie Miss Wilson sehen, sagen Sie ihr bitte … sagen Sie ihr bitte, dass es mir leid tut. Ich hätte auf sie hören müssen.«

»Mach ich«, gab Noah zurück. »Und Sie geben uns bitte Bescheid, sobald Ihr Assistent sich meldet.«

»Ja, natürlich.« Sie ließen den Mann zitternd an seinem Schreibtisch sitzend zurück.

»Was denkst du?«, fragte Jack, als sie zu den Autos zurückkehrten.

»Er ist zu schwach, um diese Morde begangen haben zu können.«

»Mental oder körperlich?«

»Beides.«

Jack nickte. »Ja, finde ich auch. Lassen wir uns Donners Alibi bestätigen und suchen wir Jeremy Lyons.«

Noah biss die Zähne zusammen. »Verflucht. Ich wünschte, ich hätte mir die kleine Ratte gestern schon gegriffen.«

»Ich denke, wir waren alle ein wenig abgelenkt«, sagte Jack. »Komm, wir beantragen die Herausgabe des Einzelgesprächsnachweises für Donner und Lyons und statten ihren Frauen einen Besuch ab.«

16. Kapitel

Mittwoch, 24. Februar, 11.20 Uhr

Schon gut, Callie«, sagte Eve und stellte ihr Lunch-Tablett auf den einzigen freien Tisch im Bistro. Sie setzte sich und schob ihre Laptoptasche zwischen die Füße, wo sie sicher war. »Du bist nicht schuld. Ich hätte dich anrufen sollen, aber mir ist nicht in den Sinn gekommen, dass der Kerl auch dich belästigen könnte.«

Eine aufgebrachte Callie hatte Eve nach dem Seminar abgefangen und gesagt, sie habe Informationen über Noah Webster, die Eve unbedingt erfahren müsse. Weitere »Buckland«-Lügen.

»Ich kann nicht fassen, dass ich mit ihm gesprochen habe. Er meinte, du hättest eine Affäre mit einem verheirateten Mann. Webster sei mit einer Susan verheiratet.«

So lautete also ihr Name. Sie war gestorben, hatte Sal gesagt. Vor über zehn Jahren schon. Mit einem Seufzen tätschelte sie Callies Hand. »Komm wieder runter. Ich muss eben noch eine SMS an Webster schicken, damit er weiß, dass alles okay ist.«

»Es bringt mich wirklich wunderbar runter, wenn ich höre, dass der Mistkerl dich sogar angefasst, dass er dir weh getan hat. Du schreibst eine SMS? Warum rufst du ihn nicht an?«

Eve hasste es, Nachrichten zu schreiben. Schon eine kurze SMS fiel ihr mit dem Daumen schwer. »Er arbeitet. Ich will ihn nicht gerade bei einer Befragung stören.«

»Gib mir das Handy. Was willst du sagen?«

»Ähm … bin im Bistro mit Callie. Wurde von Jose, dem Ex-Wrestler, begleitet. Jetzt umgeben von mindestens sechs Cops. Mir geht's gut, keine Sorge. Eve.«

Callie warf ihr einen neugierigen Blick zu, gab aber brav das

Gewünschte ein. Dann wurde ihr Blick finster. »Was ist das hier von heute Morgen?«, fragte sie wütend. »Hat diese Buckland-Kopie das geschrieben?«

»Ja.« Und Eve hatte sich noch immer nicht ganz davon erholt.

»Hör mal, ich weiß ja, wie der Mann von mir erfahren konnte. Er ist einfach Noah gefolgt, und irgendwann war ich zufällig in seiner Nähe. Aber woher kann er von dir wissen?«

»Keine Ahnung. Ich werde wirklich eine tolle, nüchterne, objektive Anwältin abgeben. Der Kerl kommt und erzählt mir irgendeinen Schwachsinn, und ich kaufe ihm das einfach so ab.«

»Hör auf, dich zu geißeln. Man kann nicht objektiv sein, wenn es um Freunde geht. Wie hat er den Kontakt zu dir aufgenommen?«

»Zuerst übers Handy, aber ich hatte es ausgeschaltet, weil ich in einem Seminar war. Er hat mir auf die Mailbox gesprochen und gefragt, ob ich dich kennen würde, aber die Nachricht habe ich erst abgehört, nachdem er schon mit mir persönlich gesprochen hatte.«

»Er ist also zu dir gekommen? Hat er dich angefasst?«

»Nein. Er wartete auf mich, als ich aus dem Seminar kam. Dann hielt er mir Noah Websters Hochzeitsbild unter die Nase und behauptete, du hättest eine Affäre mit einem verheirateten Mann. Ich sagte ihm, er hätte sie nicht mehr alle. Du wärest mit niemandem zusammen, am wenigsten mit einem verheirateten Mann. Daraufhin gab er mir seine Karte. Ich sollte mich bei ihm melden, wenn ich etwas hörte.«

Eve beugte sich vor. »Aber er hat dich auch angerufen. Auf deinem Handy.«

Callie riss die Augen auf. »Woher hat er die Nummer? Wer hat sie ihm gegeben?«

»Der Bursche, mit dem Sie gestern hier gesprochen haben«, sagte eine Stimme hinter ihnen, und Callie und Eve fuhren herum. Es war der Barista, mit dem Eve sich am Tag zuvor über die Ausgabe der *MSP* unterhalten hatte.

»Welcher? Wie hat er ausgesehen?«, fragte Eve.
»Klein, runde Brille«, sagte er. »Der Ihnen auf die Nerven gegangen ist, bevor Ihr Freund kam und Sie abgeknutscht hat.«
Jeremy Lyons. Eve wollte noch etwas fragen, als Callie die Augen aufriss. »Geknutscht? Wer? Wen?«
»Einer der Polizisten aus dem Zeitschriftenartikel«, sagte der Barista. »Nicht der auf dem Titel. Der, der im Heftinneren abgebildet ist.«
Eve spürte, wie ihre Wangen heiß wurden, als Callie zu grinsen begann. »Spielt jetzt keine Rolle«, sagte Eve barsch. »Als wir weg waren, hat der Reporter also mit dem kleinen Mann mit Brille gesprochen?«
»Ja. Der Kleine hat nur allzu gern den Mund aufgemacht. Er sagte dem Reporter, er würde nicht daran glauben, dass Sie und der Cop wirklich ein Paar wären, und er könnte es beweisen. Er müsste ja bloß Ihre Freunde fragen. Und die Telefonnummern würde er schon herausfinden.« Der letzte Satz war an Callie gerichtet. »Der Reporter hat ihm seine Karte gegeben und ist abgezogen.«
»Und wohin?«, fragte Eve.
»Er ist in den Wagen gestiegen und in dieselbe Richtung gefahren, die Sie alle eingeschlagen haben.«
Eve sah ihn düster an. »Sie haben gesehen, in welche Richtung wir gefahren sind?«
»Süße, als Sie gegangen sind, haben *alle* Ihnen hinterhergesehen.«
Eve legte sich die Hände an das glühende Gesicht. »O Gott. Wie peinlich.«
»Wie spannend«, sagte Callie genüsslich. »Und wie ging es weiter?«
»Sie und der Kerl mit dem Hut verließen den Laden Arm in Arm, und er hatte sie wirklich *fest* an sich gezogen.« Der Barista beugte sich verschwörerisch vor. »Und draußen wartete der leckere Phelps auf dem Beifahrersitz. Ein Fest für mich.«

Er bedachte Eve mit einem aufgesetzt bösen Blick. »Dass Sie ihn kennen, haben Sie mir verschwiegen.«
Eve zuckte mit den Schultern. Sie war noch immer tödlich verlegen. »Tut mir leid, aber ich fürchte, Sie sind ohnehin nicht sein Typ.«
»Ja, dachte ich mir schon. Was für eine Verschwendung. Okay, aber ich muss jetzt wieder hinter den Tresen. Ich hatte gesehen, dass Sie offenbar ziemlich aufgebracht waren, und wollte Ihnen sagen, was ich gestern noch mitgehört habe.«
»Danke«, sagte Eve und meinte es so. »Wirklich.«
Als der Barista weg war, nahm Callie einen Schluck aus der Kaffeetasse und blickte Eve beharrlich schweigend an.
Endlich rollte Eve mit den Augen. »Ich wollte Jeremy Lyons in die Irre führen. Er war überzeugt davon, dass ich mit der Polizei zusammenarbeite oder mit der Presse oder sogar mit beiden. Ich dachte, ich bringe ihn auf eine falsche Fährte.«
»Ah. Es war also eine List«, sagte Callie, die offensichtlich viel Spaß hatte. »Nur ein Kuss.«
Eve senkte den Blick auf die Hände, die miteinander rangen, und Callie schnalzte entzückt mit der Zunge.
»Mehr als einer?«
Eves Lippen prickelten noch davon. Ihr ganzer Körper prickelte noch davon. »O ja.«
Callie seufzte. »Und natürlich wirst du einen Grund finden, warum es nicht funktionieren kann. Der Grund wird saudumm sein, aber du wirst dich daran klammern wie eine Ertrinkende an ein … an ein …«
Eve musste lächeln. »An einen Rettungsring?«
»Ach, halt die Klappe«, sagte Callie liebenswürdig. »Gib ihm wenigstens eine Chance.«
»Jetzt klingst du wie David.«
»Der anscheinend genau so klug wie sexy ist. Also – was ist dein Grund? Womit hast du dich überzeugt, dass es sowieso keinen Sinn hat? Vertraust du ihm nicht?«

Eve hob voller Unbehagen die Schultern. »Das ist das Problem. Ich habe ihm vom ersten Moment an voll vertraut.«
»Und wo, bitte schön, ist das Problem?«, fragte Callie entnervt.
»Weil … weil ich nicht einfach Leuten vertraue. Schon gar keinen Männern. Schon gar keinen Männern, die so aussehen wie er.«
»Und wie sieht er aus? Unglaublich attraktiv?«
»Nein. Vertrauenswürdig.« Eve verzog das Gesicht. »Ich weiß, wie blöd das klingt.«
Callies Miene wurde sanfter. »Vielleicht vertraust du ihm, weil er derjenige ist.«
»Das würde ich gern glauben.« Sie dachte daran, was sie am liebsten getan hätte, als er sie im Büro geküsst hatte, und das Blut stieg ihr in die Wangen. »Es ist nicht klug.«
»Seit wann bist du klug?« Sie hob abwehrend die Hand, als Eve ihr einen grantigen Blick zuwarf. »So etwas Ähnliches hast du vor noch nicht einmal zwei Tagen selbst gesagt.«
»Da ging es um mein Dach und nicht darum …« Nicht darum, Noah Webster mit Haut und Haar zu vernaschen. Wieder brachte der Gedanke an den Kuss ihr Blut zum Kochen, und sie musste tief einatmen. *Ich habe eingewilligt, mit ihm essen zu gehen! Was habe ich mir bloß dabei gedacht?* Dass sie mehr wollte. Viel mehr sogar. »Ach, vergiss es.«
»Mir wird schon heiß, wenn ich sehe, wie dir heiß wird«, sagte Callie. »Und – wie war es?«
Eve blieb eine Antwort erspart, als das Handy klingelte. »Noah«, sagte sie und tat, als würde sie Callies entzücktes Grinsen nicht sehen. »Ist etwas passiert?«
»Nein«, sagte er. »Ich habe deine SMS bekommen und wollte mich einfach nur vergewissern, dass es dir gutgeht.«
»Ja, tut es. Noah, dieser Kerl, der sich als Buckland ausgibt, hat sich auch bei Callie gemeldet.«
»Hat er mit ihr gesprochen? Oder sie auch bedroht?«

»Nein. Er wollte etwas von ihr erfahren. Er hat ihr gesagt, du wärest verheiratet und hättest mit mir eine Affäre. Er wollte wohl von Callie hören, dass wir nicht zusammen sind, dass ich gestern also gelogen habe, als wir … du weißt schon.«

»Ja, ich weiß. Und du hattest recht.« Seine Stimme klang gepresst. »Es ist wirklich etwas Persönliches. Er muss ganz schön viele Jahre zurückgegangen sein, um etwas über Susan herauszufinden. Dieser Bastard.«

»Wir kriegen ihn schon.«

Er seufzte. »Ja, ich weiß. Ich wollte dir übrigens sagen, dass du dir wegen Donner wohl keine Sorgen machen musst. Ich soll dir von ihm ausrichten, es täte ihm leid.« Sie hörte im Hintergrund eine Autotür zuklappen. »Hast du schon Sal gefragt, ob du heute freihaben kannst?«

»Noch nicht.« Eve warf Callie einen Blick zu. Ihre Freundin beobachtete sie mit unverhohlener Neugier. »Aber ich denke, ich kann schon jemanden finden, der ein paar Stunden für mich einspringt.«

»Du brauchst jemanden, der dich heute vertritt?«, fragte Callie, als sie aufgelegt hatte.

»Noah möchte, dass ich mit ihm essen gehe.«

»Dann übernehme ich deine Schicht. Ich brauche das Geld und du die Romanze. Wenn du allerdings wirklich nicht interessiert bist, dann wäre ich auch bereit, bei Webster einzuspringen.«

»Och, lass mal, danke«, erwiderte Eve trocken. »Obwohl dein Opfer mein Herz rührt.« Dann fiel ihr etwas ein. »Sag mal, hat der Möchtegernreporter dir eigentlich eine Karte gegeben?«

»Ja. Ich habe sie hier.« Sie öffnete ihre Tasche.

»Nein, fass sie nicht an. Ich habe die Karte, die er mir gegeben hat, geknickt. Vielleicht kann man von deiner noch Abdrücke nehmen.«

Callie zog eine Braue hoch. »Warum geben wir sie nicht einfach Noah Webster?«

»Weil er gerade beschäftigt ist.« Eve suchte in ihrem Rucksack und fand einen leeren Umschlag. »Zieh einen Handschuh an und lass die Karte hier reinfallen.«
Callie gehorchte, dann setzte sie sich zurück und musterte ihre Freundin halb ungläubig, halb amüsiert. »Das macht dir Spaß, richtig?«
»Ein bisschen schon«, gab Eve zu. »Ich habe einfach ewig nichts mehr heimlich gemacht – jedenfalls nicht im echten Leben.« Sie packte ihre Sachen zusammen. »Ich muss los.«

Mittwoch, 24. Februar, 12.00 Uhr

»Jeremy Lyons wird also vermisst?«, fragte Abbott.
Noah ließ sich auf einen Stuhl an Abbotts Tisch fallen. »Wir waren bei ihm und haben mit seiner Frau gesprochen. Er ist gestern Abend nicht nach Hause gekommen, und sie hat ihn seit gestern Morgen nicht gesehen. Er hat die Tochter nicht wie üblich vom Kindergarten abgeholt und weder angerufen noch eine E-Mail oder SMS geschickt, was absolut untypisch für ihn sei, wie seine Frau sagt.«
»Sie hat uns erlaubt, uns umzusehen, aber wir haben nichts Verdächtiges gefunden.«
»Und Donner?«
»Ich würde, wenn überhaupt, eher auf Lyons als auf Donner tippen«, sagte Jack. »Donner ist nicht gerade in der körperlichen Verfassung, die man braucht, um diese Morde zu begehen.«
»Und Lyons ist verschwunden«, dachte Abbott laut nach. »Sehen Sie sich Lyons Finanzen an. Vielleicht hat er in letzter Zeit einen größeren Betrag eingenommen.«
»Sie glauben, er könnte die Liste verkauft haben?«, fragte Jack, aber dann hob er die Schultern. »Möglich ist es natürlich.«
»Kontenbewegungen haben uns schon oft genug weiterge-

bracht. Einsicht in Girards Finanzen habe ich schon gestern angefordert. Sehen wir nach Verbindungen zu Lyons oder nach irgendetwas anderem, das uns erklärt, warum Girard als Bauernopfer ausgewählt worden ist.

Es klopfte an Abbotts Tür, und Faye steckte den Kopf herein. »Ich habe den Polizeibericht für den Fall Millhouse für dich, Noah.«

»Danke, Faye.« Noah ging die Seiten durch. »Den hatte ich am ersten Abend gelesen, Jack, nachdem wir Martha gefunden haben. Wir haben so viele durchgesehen, dass ich mich an den Namen nicht mehr erinnern konnte. Aber der Text ihres Abschiedsbriefs ist mir in Erinnerung geblieben: Es tut mir leid. Möge Gott mir verzeihen, dass ich meiner Familie und meiner Kirche so viel Leid bereite.«

»Aber es wird weder ein offenes Fenster noch ein rotes Kleid erwähnt.«

»Weil wohl auch nichts zu finden war. Als der Officer zur Adresse kam, hatte man Amy schon abgenommen und aufs Bett gelegt. Hier, das Bild. Sittsame Kleidung, kein Make-up.«

»Und die Augen?«

»Dazu steht hier nichts«, sagte Noah.

»Wer hat sie gefunden?«, wollte Jack wissen.

»Ihre Mutter.«

»Dann sollten wir mit der Mutter reden«, sagte Abbott. »Fahren Sie hin. Anschließend noch einmal zu den Girards. Ich will endlich wissen, warum sich der Kerl ausgerechnet Axel ausgesucht hat.«

»Wir treffen uns bei Amys Mutter«, sagte Jack. »Wenn wir dort fertig sind, besorge ich mir ein neues Telefon.«

»Ich dachte, das hättest du schon heute Morgen gemacht, bevor wir mit Donner gesprochen haben.«

Jack zuckte mit den Schultern. »Ich war im Laden, aber die Schlange war einfach zu lang. Bis später.«

Noah sah ihm nach. Er war sich nicht sicher, ob Jack und er je

wieder eine echte Partnerschaft haben würden. Er warf einen Blick über die Schulter. Abbott beobachtete ihn.
»Klären Sie das, Web«, war alles, was er sagte.

Mittwoch, 24. Februar, 12.20 Uhr

Eve traf Olivia Sutherland an ihrem Platz an, die Füße entspannt auf dem Tisch, und in diesem Moment sah sie ihrer Schwester Mia derart ähnlich, dass sich Eve erst in Erinnerung rufen musste, wen sie vor sich hatte. Ihr Filzhut saß auf der Büste einer griechischen Göttin auf Olivias Schreibtisch, der fast penibel aufgeräumt war.
»Hey«, sagte Eve.
Olivia blickte auf und lächelte, als sie sie erkannte. »Evie. Tut mir leid – Eve.«
»Schon gut. Ein alter Freund ist in der Stadt, und der nennt mich ohnehin die ganze Zeit so, ich gewöhne mich also wieder daran. Du erinnerst dich noch an David Hunter, oder?«
»Na ja, den vergisst wohl keiner so schnell«, antwortete Olivia trocken. »Wir haben uns bei Mias Hochzeit kennengelernt.«
»Ihr beide seid als Trauzeugen zusammen den Mittelgang entlanggegangen, stimmt's?«, erinnerte Eve sich.
Olivia grinste. »Ich fühlte mich geradezu erdolcht von all den neidischen Blicken der Frauen. Und wieso ist David hier?«
»Er repariert mein Dach. Es leckt.«
»Grüß ihn bitte von mir.« Olivia lehnte sich auf ihrem Stuhl zurück. »Und was führt dich her?«
»Eigentlich wollte ich zu Officer Michaels, aber er war nicht da, und ich muss in einer Stunde an der Uni sein, kann also nicht warten.« Sie erzählte, was am Abend zuvor geschehen war.
»Der Kerl hat dich angegriffen?« Olivias Gesicht verdunkelte sich.

»Ja. Wie auch immer. Er hat meiner Freundin seine Karte gegeben.« Sie holte den Umschlag aus der Tasche. »Seine Fingerabdrücke müssten noch zu finden sein. Und was das Foto angeht … er sagte gestern morgen, er würde es heute drucken, wenn ich ihm nicht mehr über die toten Frauen erzähle.«
Olivia faltete das Blatt auseinander und verzog unwillkürlich das Gesicht. »O Gott. Entschuldigung, Eve.«
»Schon gut. So habe ich damals eben ausgesehen. Man kann die Narbe immer noch erkennen, wenn man genau hinsieht.«
»Ich weiß.« Olivia wirkte plötzlich verlegen. »Nach deiner letzten OP konnte ich nicht anders.«
»Ja, das weiß ich«, sagte Eve. »Alle glauben, ich würde es nicht merken. Na ja, jedenfalls dachte ich, du könntest Foto und Karte auf Fingerabdrücke untersuchen lassen. Vielleicht findet sich ja etwas Brauchbares.«
Olivias Lippen zuckten. »Du siehst zu viele Fernsehserien.«
Eve erwiderte das Lächeln. »Machst du es trotzdem?«
»Klar. Ich bringe die Sache ins Labor und sorge auch dafür, dass Officer Michaels es erfährt. Und wenn der Kerl dich noch einmal belästigt, dann ruf mich an.«
Eve lächelte wieder, diesmal resigniert. »Bestimmt. Nachdem ich Noah und eine weitere Liste abtelefoniert habe.«
Olivias Brauen hoben sich. »Ah, jetzt ist es schon ›Noah‹? Was läuft da zwischen euch?«
»Ich weiß es nicht«, sagte Eve aufrichtig.
»Hm, na gut.« Olivia zögerte. »Wenn ich mit Mia telefoniere, fragt sie jedes Mal nach dir.«
»Es würde mich überraschen, wenn sie es nicht täte. Sie war doch diejenige, die mich damals von der Straße geholt hat.«
»Oh, das wusste ich gar nicht. Sie hat mir noch nie erzählt, wie ihr euch kennengelernt habt.«
»Ich war ausgerissen, hatte kein Zuhause mehr. Mia ging damals noch auf Streife. Ich war mit ein paar anderen Kids unterwegs – sozusagen auf Raubzug. Jemand brüllte plötzlich,

›Die Bullen!‹ Leider erwischte ich die falsche Gasse, und einen Moment später saß ich bei Mia hinten im Streifenwagen.«
Olivia grinste. »Sie hat dich verhaftet?«
»Nein. Aber die Hölle heißgemacht. Und dann meinte sie, sie würde mich jetzt zu jemandem bringen, der mir den Kopf zurechtrückt. Das waren Dana und Caroline.«
»Ich würde sagen, sie haben ihren Job ziemlich gut erledigt.«
»Sag ihnen das. Und was erzählst du Mia, wenn sie nach mir fragt?«
»Dass ich dich im Sal's sehe und du gesund und munter bist. Außerdem will sie wissen, ob du glücklich bist, aber dann muss ich ihr jedes Mal antworten, dass ich es nicht weiß. Dass du uns zwar immer hinter der Theke beobachtest, aber niemals mitfeierst. Was soll ich ihr denn beim nächsten Mal antworten? Wenn sie fragt, ob du glücklich bist?«
»Dass ich nicht unglücklich bin. Ich muss jetzt zur Uni.« Eve war schon einen Schritt in Richtung Tür gegangen, als ein Zettel auf Olivias Tisch sie innehalten ließ. Es war eine Liste von Bars in den Twin Citys. »Habt ihr vor, in einem anderen Lokal abzuhängen? Da wäre Sal aber geknickt.«
»Wir glauben, dass der Mörder sein letztes Opfer in einer Bar getroffen hat.«
Eve dachte an die Abfolge der Ereignisse. »Es muss auf jeden Fall eine von der Sorte gewesen sein, in der man noch spät etwas zu trinken kriegt. Wir schließen ziemlich früh. Wenn ich die letzte Runde ausrufe, dann weiß ich immer ganz genau, welche Gäste noch einen Drink bestellen … als würden sie nie wieder Alkohol bekommen. Andere leeren ihr Glas, zahlen und ziehen in eine andere Bar, die länger aufhat.« Sie deutete auf verschiedene Namen. »Da stehen einige auf der Liste, von denen ich schon gehört habe.«
»Oh, danke«, sagte Olivia und überflog die Liste. »Das wird uns einiges an Zeit ersparen.«
»Also … jetzt muss ich wirklich los. Ich habe ein Seminar um

eins. Sag Noah nicht, dass ich hier war. Ich soll mich überallhin begleiten lassen, aber das ist mir viel zu aufwendig.«

»Web macht sich wegen dieses Kerls Sorgen, und das zu Recht.« Olivia schwang die Füße vom Schreibtisch. »Ich habe noch nichts zu Mittag gegessen. Ich fahre hinter dir her.«

Mittwoch, 24. Februar, 13.05 Uhr

»Danke, dass Sie sich Zeit für uns nehmen«, sagte Noah.

Geraldine Millhouse nickte streng. »Ich helfe der Polizei, wo ich kann«, sagte sie.

Ausnahmsweise hatte Jack beim Münzenwerfen verloren, und er räusperte sich, um anzufangen. »Ma'am. Wir müssen noch einmal über den Tod Ihrer Tochter sprechen.«

»Meine Tochter hat Selbstmord begangen. Was gibt es da zu besprechen?«

»Es haben sich noch einige Fragen ergeben«, sagte Jack. »Im Polizeibericht steht, dass sie sich erhängt hat. Aber als die Polizei eintraf, lag sie auf dem Bett. Haben Sie sie losgemacht?«

Einen Augenblick lang glaubten sie, sie würde nein sagen, doch dann nickte sie steif.

»Ja.« Sie holte bebend Atem. »Ich konnte es nicht ertragen …«, ihre Stimme brach, »sie so zu sehen.«

»Ma'am, wir müssen wissen, wie genau Sie sie gefunden haben«, sagte Jack. »Es ist sehr wichtig.«

»Sie hatte sich in ihrem Zimmer aufgehängt«, sagte sie. »Ich schnitt den Strick ab und legte sie aufs Bett.«

»Haben Sie sie umgezogen, Mrs. Millhouse?«, fragte Jack, und sie fuhr zurück.

»Nein. Gehen Sie jetzt.« Und damit erhob sie sich.

Weder Noah noch Jack regten sich.

»Mrs. Millhouse, es ist wichtig. Wir müssen es wirklich wissen«, wiederholte Jack. »Es gibt Hinweise darauf, dass Ihre

Tochter möglicherweise doch keinen Selbstmord begangen hat. Dass sie vielleicht umgebracht worden ist.«

Mrs. Millhouse ließ sich wieder auf den Stuhl sinken. Das Blut wich aus ihrem Gesicht. »Was?«

»Haben Sie in den letzten Tagen Zeitung gelesen?«, fragte Noah sanft.

»Ich … nein. Meine Augen sind nicht mehr besonders gut.«

Ihre Hände und ihr Rücken auch nicht. Noah erkannte die Anzeichen von Arthritis. Es war ausgesprochen unwahrscheinlich, dass diese Frau ihre Tochter von der Decke geholt hatte. Sie musste wenigstens Hilfe gehabt haben.

»In den vergangenen Wochen sind mehrere Frauen getötet worden«, sagte Jack, »und immer hat der Täter es so aussehen lassen, als hätten sie Selbstmord begangen. Bitte seien Sie ehrlich, Mrs. Millhouse. Wie haben Sie Ihre Tochter gefunden? Wir müssen wissen, wie das Zimmer aussah, wie sie aussah, alles, woran Sie sich erinnern können.«

Mrs. Millhouse schlug die Hände vors Gesicht, als ein erstickter Schluchzer aus ihr herausbrach. »Sie hing wie eine Hure gekleidet am Strick. Ich konnte es nicht ertragen.«

»Haben Sie jemanden angerufen?«, fragte Jack.

»Meinen Sohn. Larry. Er kam und hat sich um mich gekümmert. Er hat sich um alles gekümmert.«

»Wir müssen mit ihm reden, Ma'am«, sagte Jack. »Wo können wir ihn finden?«

»Er arbeitet. Bei 3M. Er ist Chemiker.«

3M! Noah durchfuhr es wie ein elektrischer Schlag, und er musste sich zusammenreißen, um sich nichts anmerken zu lassen. 3M stellte unter anderem Klebstoff her. Ein rascher Seitenblick bestätigte ihm, dass sein Partner dasselbe dachte.

Jacks Lächeln war sowohl traurig als auch aufmunternd. »Ma'am, es wäre uns eine große Hilfe, wenn Sie zum Präsidium kämen und zu Protokoll geben würden, an was Sie sich noch erinnern. Wir bringen Sie wieder nach Hause.«

Erschüttert nickte sie. »Ich hole meinen Mantel, sobald ich meinen Sohn angerufen habe.«
Noah und Jack erhoben sich mit ihr. »Lassen Sie mich Ihnen in den Mantel helfen«, sagte Noah sanft. »Und wenn Sie mir seine Nummer geben, dann rufe ich ihn schon an.«

Mittwoch, 24. Februar, 13.05 Uhr

Eve ließ sich auf einen leeren Stuhl ganz hinten im Raum sinken. Sie war etwas zu spät dran. Es war Donners Ethik-Seminar, und sie hatte der Stunde den ganzen Morgen schon mit Magengrimmen entgegengesehen. Noah hatte zwar gesagt, Donner wollte sich bei ihr entschuldigen, aber dennoch.
Zum Glück war der Mann noch nicht da. Er kam in letzter Zeit oft zu spät, und manchmal war er aus keinem erkennbaren Grund wütend, wenn er dann doch auftauchte. Seine Persönlichkeit schien sich verändert zu haben, und manch ein älterer Student machte sich darüber Gedanken. Vor zwei Jahren, als Eve hier angefangen hatte, hatte Donner wenigstens noch den Ruf gehabt, ein guter Mentor zu sein. Das war längst vorbei. *Und bei mir ist es noch nie so gewesen.*
Ihr Handy vibrierte. Olivia. »Ich kann jetzt nicht«, flüsterte Eve. »Ich bin in einem Seminar.«
»Ich stehe vor dem Gebäude. Du musst mitkommen aufs Präsidium.«
Eves Eingeweide zogen sich zusammen. »Noah?«
»Nein. Looey. Kurt Buckland, meine ich. Er ist verschwunden. Wir müssen die Ereignisse noch einmal mit dir zusammen durchgehen. Jetzt. Entweder ich fahre dich, oder ich fahre hinter dir her.«
Eve hatte die Laptoptasche bereits geschultert. »Ich bin auf dem Weg.«

Mittwoch, 24. Februar, 14.30 Uhr

Zum zweiten Mal in nur vierundzwanzig Stunden hatte er echtes Glück gehabt. Wäre er nur eine Minute länger bei Rachel geblieben, hätte man ihn erwischt. Und wäre er nun nur eine Minute später gekommen, dann hätte er Eve verpasst.

Er war zu ihrer Wohnung gefahren, weil er gehofft hatte, sie dort allein anzutreffen. Doch als er in ihre Straße eingebogen war, hatte er ihren Wagen gerade noch davonfahren sehen. Also war er ihr gefolgt, während er versucht hatte, sich vorzustellen, wie sie auf seine SMS reagiert hatte. Fürchtete sie sich?

Das hoffte er sehr oder doch wenigstens, dass sie sehr wütend war. Wer wütend war, passte nicht richtig auf. Es war viel leichter, sie von der Straße zu drängen und sie zu überwältigen, wenn sie wütend war.

Schon bald würde auch sie verschwunden sein. Ihre Freunde im Polizeipräsidium würden verbissen nach ihr suchen. Nur würden sie nichts finden. Denn er hinterließ keine Spuren.

Mittwoch, 24. Februar, 15.00 Uhr

Noah wartete vor Axel Girards Haus, als Jack hinter seinem Wagen parkte und dann zu ihm kam. »Na, hast du ein neues Telefon?«

Jack hielt ihm ein glänzendes, funkelnagelneues Handy entgegen. »Dafür musste ich das Mittagessen ausfallen lassen.«

»Ich war im Bistro«, sagte Noah, »weil ich dachte, dass unser Reporterverschnitt vielleicht vorbeischauen würde.«

»Und? Ist er vorbeigekommen?«

»Nein. Aber ich habe noch ein Sandwich zum Mitnehmen bestellt, weil ich mir gedacht habe, dass du vielleicht nicht zum Essen kommst.«

Jack begegnete seinem Blick zum ersten Mal an diesem Tag. »Danke. Nett von dir. Auf das hier freue ich mich übrigens nicht.« Er deutete mit einer Kopfbewegung auf das Haus.
»Nein, ich auch nicht, aber wir müssen die Verbindung einfach finden, denn er kann Rachel Ward nicht getötet haben. Jedenfalls dürfte Girard heute eher geneigt sein, mit uns zu sprechen.«
»Wie kommst du darauf?«, fragte Jack misstrauisch.
»Ich war gestern noch einmal in der Zelle bei ihm. Ich dachte, ich schulde ihm zumindest eine Erklärung dafür, dass ich ihn einfach aus dem Bett gezerrt habe. Ich habe ihm gesagt, dass man wieder seinen Wagen gesehen hat, und ihn gedrängt, darüber nachzudenken, wer ihm vielleicht schaden wollte. Ich hätte es dir längst sagen müssen, aber ständig kam etwas Neues dazwischen.«
Jack war verärgert, beherrschte sich aber. »Wahrscheinlich sollte ich dir danken, dass du es mir trotzdem noch gesagt hast.«
Noah seufzte. »Jack.«
»Vergiss es. Wir haben nur noch eine Stunde, bevor der Sohn von Geraldine Millhouse landet.«
Millhouses Chef hatte ihnen widerstrebend die Reisedaten seines Angestellten verraten, und zum Glück war Larry Millhouse gerade dreißigtausend Fuß in der Luft, wo er weder Anrufe erhalten noch die Flucht ergreifen konnte.
Joan Girard war nicht glücklich über ihren Besuch. »Gehen Sie«, sagte sie angestrengt und schloss die Tür wieder.
Noah klopfte erneut. »Mrs. Girard, bitte sagen Sie Ihrem Mann, dass wir hier sind.«
»Nein!«, tönte es durch die geschlossene Tür. »Gehen Sie!«
Jack wandte sich zum Gehen, aber Noah schüttelte den Kopf. »Axel Girard wird an die Tür kommen.«
Und eine Minute später öffnete sie sich tatsächlich. Axel Girard wirkte hohlwangig und übernächtigt. »Kommen Sie rein.«

Mrs. Girard stand im Flur. Sie hatte die Arme fest vor der Brust verschränkt, und in ihren Augen stand blanker Zorn. Aber sie schwieg.
»Gehen wir ins Wohnzimmer«, sagte Girard.
»Haben Sie Ihrer Frau erzählt, was ich Ihnen gestern noch gesagt habe?«, fragte Noah. »Von dem neuesten Opfer?«
Axel nickte. »Ja.«
»Mein Mann hat das alles nicht getan«, zischte Joan. »Aber Sie haben ihn mitten in der Nacht aus dem Haus geschleift. Unsere Kinder mussten alles mit ansehen.«
»Das tut mir wirklich leid«, sagte Noah, »aber wir haben fünf tote Frauen. In zwei Fällen sind wir während der Ermittlung auf Autos gestoßen, die auf Sie beide registriert sind. Ich glaube auch nicht, dass er schuldig ist, Ma'am, aber eine Verbindung besteht. Falls Sie etwas wissen, dann müssen Sie uns helfen, oder es kommt vielleicht zu einem weiteren Mord.«
»Wir wissen aber von niemandem, der uns so sehr hasst«, sagte Axel verzweifelt. »Ich hatte mal Streit mit Mrs. Rickman, weil ihr Hund in unseren Garten gepinkelt hat, aber das war alles.«
»Haben Sie Kontakt zu der Marshall University?«, fragte Noah.
»Ich habe ein paar Seminare dort besucht«, sagte Joan, »aber das ist ewig her. Wieso?«
»Und Sie?«, wandte sich Noah an Axel.
»Ich bin an der Marshall schon vorbeigefahren, war aber nie auf dem Campus. Warum wollen Sie das wissen?«
»Wir müssen über heute Abend sprechen«, sagte Noah, ohne auf die Frage einzugehen.
Axels Augen verengten sich. »Wieso? Was ist mit heute Abend?«
»Wir möchten die Überwachung Ihres Hauses über Nacht fortsetzen«, sagte Noah, und als Joan protestieren wollte, fuhr er fort: »Ein besseres Alibi können Sie nicht bekommen. Ges-

tern Nacht stand ein Zivilwagen vor Ihrem Haus. Heute würde ich gern einen oder zwei Officer zu Ihnen hineinschicken.«

»Wir sollen über Nacht die Polizei beherbergen?«, presste Joan zwischen den Zähnen hervor.

»Joan.« Axel legte ihr müde einen Arm um die Taille. »Wenn die Sache dadurch bald vorbei ist, dann lass sie. Sonst noch etwas, Detectives?«

»Nein, im Augenblick ist das alles«, sagte Noah. »Wir melden uns.« Als er und Jack wieder draußen waren, seufzte Noah. »Irgendwie war mir schon klar, dass wir nicht einfach mit einem Namen wieder herauskommen würden.«

»Du hast recht.« Jack schloss seinen Wagen auf. »Nächster Halt Flughafen?«

»Ja. Millhouses Flugzeug landet in ...« Noahs Handy brummte. Stirnrunzelnd sah er auf die Vorwahl und ging ran. »Webster.«

»David Hunter hier.«

Noahs Stirnrunzeln vertiefte sich. Hunters Stimme klang schleppend, aber der panische Unterton war unmissverständlich. »Was ist los?«

»Ich habe erst die 911, dann Sie angerufen«, brachte Hunter mühsam hervor. »Jemand hat mich gerade von der Straße abgedrängt. Ich fuhr in westlicher Richtung, als ein schwarzer SUV herankam. Lincoln Navigator, höchstens zwei Jahre alt. Er müsste einen kaputten Scheinwerfer haben, rechts. Ich drosselte das Tempo, weil ich dachte, er wollte mich überholen, aber in der nächsten Kurve schob er mich von der Straße. Ich habe mich über...schlagen.« Er schien über das Wort zu stolpern. »Verdammt. Das tut höllisch weh.«

»Wie schwer sind Sie verletzt?«, fragte Noah gepresst.

»Keine Ahnung. Hab mir den Kopf angeschlagen. Ich komme nicht raus. Die Tür k...klemmt.« Er zwang das Wort heraus.

Noah rann es kalt über den Rücken. »Sie sind noch im Wagen? In Eves Wagen!«

»Ganz genau. Finden Sie sie.«

»Ich sehe nach, wo sie ist, dann komme ich ins Krankenhaus.«

»Okay.« Hunters Stimme wurde schwächer. »Tut weh. Hab mir den Arm gebrochen, glaub ich.«

»Bleiben Sie dran und reden Sie mit meinem Partner. Ich rufe Eve an, Hunter, und *Sie reden weiter!*« Noah reichte Jack sein Handy. »Jemand hat Hunter von der Straße gedrängt«, sagte er mühsam beherrscht. »Eigentlich hätte Eve in dem Wagen sitzen sollen.« *Jemand hat versucht, Eve umzubringen.* Der Mann, der sich als Buckland ausgab? »Gib mir dein Handy.«

Sie tauschten die Telefone, und Noah wählte Eves Nummer, landete jedoch auf der Mailbox. Im Seminar würde sie es natürlich ausschalten, aber ... »Ich muss zur Uni«, sagte er zu Jack. »Ich muss wissen, ob wirklich alles okay ist.«

Jack zögerte, dann drückte er kurz Noahs Arm. »Ich melde mich, wenn ich mit Larry Millhouse gesprochen habe.«

»Danke.« Noah nahm sein Handy wieder in Empfang und redete weiter mit Hunter, während er zur Marshall fuhr und betete, dass Eve genau dort war, wo sie sein sollte.

17. Kapitel

Mittwoch, 24. Februar, 15.10 Uhr

Das ist er«, sagte Eve. Der Polizeizeichner hatte den Mann gut getroffen.

»Ich gebe das Bild sofort raus.« Olivia nahm den Ausdruck und ging.

»Ihre Skizze hat mir meine Arbeit erleichtert«, sagte der Zeichner. »Dadurch haben wir Zeit gewonnen.«

»Falls Looey überhaupt noch lebt.« Eve fröstelte, als sie an den Ausdruck in den Augen des Mannes dachte, der sie über die Theke hinweg gepackt hatte. *Es hätte auch mich treffen können.*

Officer Michaels hatte in der Wohnung des echten Kurt Buckland Blut entdeckt. Da ein Gewaltverbrechen wahrscheinlich war, hatte Olivia den Fall übernommen.

Olivias Partner Kane war mit Rachel Wards Bild allein losgezogen, um die Bars abzuklappern. Obwohl Eve wusste, dass die Ermittlung zu den Serienmorden höchste Priorität hatte, war sie froh, dass Olivia sich um Bucklands Fall kümmerte.

»Eve.« Olivia kam in Begleitung eines älteren Mannes mit aschfahlem Gesicht zurück. »Das ist Jim Rosen, Bucklands Chef. Kommen Sie, setzen wir uns.«

»Es tut mir so leid«, sagte Rosen. »Die Zeitung wusste nichts von den Aktivitäten dieses Mannes.«

»Sie haben am Montag die Story über Marthas Selbstmord gedruckt«, sagte Eve. »Warum?«

»Kurt rief mich am Sonntag an. Er sagte, er sei einem Tipp gefolgt und bei der Adresse einer Frau gelandet, die sich aufgehängt hatte. Aber eine der Nachbarinnen, eine Sarah Dwyer, hat ihm gesagt, die Polizei habe angedeutet, es handele sich vielleicht doch um Mord.«

Das war der Artikel gewesen, der sie dazu veranlasst hatte, zu Martha zu fahren. Wo sie Noah begegnet war. »Aber Sie haben nur veröffentlicht, dass es sich um einen Selbstmord handelte, und das auch nur im Lokalteil.«

»Kurt ist der Lokalredakteur, und wir beide waren der Meinung, dass wir ohne offizielle Bestätigung der Polizei nichts anderes drucken könnten. Am Montag hatte Captain Abbott dann erklärt, dass Martha Brisbane ermordet worden ist. Inzwischen hatte Kurt mir per E-Mail geschrieben, er hätte Beweise für zwei weitere Opfer, Samantha Altman und Christy Lewis. Die Polizei habe mit deren Eltern gesprochen und ihre Aussagen aufgenommen. Ich kenne Kurt seit vielen Jahren und vertraue ihm. Also habe ich die Story gedruckt.«

»Hat er sie Ihnen persönlich gebracht?«, fragte Olivia.

»Nein. Er hat sie mir als Dateianhang geschickt. Aber wie ich schon sagte – ich kenne ihn seit Jahren.«

»Haben Sie seit Sonntag mit ihm gesprochen?«

»Nein. Ich dachte, er sitzt in der Lokalredaktion, während diese dachte, er sei bei mir. Ich kann es nicht glauben. Mein Gott.« Er seufzte. »Ist er tot?«

»Wir ermitteln in der Sache«, war alles, was Olivia sagte. »Kennen Sie diesen Mann?« Sie zeigte ihm das Bild, das der Polizeizeichner nach Eves Angaben gemacht hatte.

Eves Handy vibrierte, aber sie ignorierte es, weil sie Rosens Antwort hören wollte.

»Ich glaube nicht«, sagte Rosen schließlich. »Tut mir leid.«

»Wenn er noch einmal Kontakt mit Ihnen aufnimmt«, sagte Olivia, »dann spielen Sie bitte mit und rufen mich sofort an.«

»Das mache ich.« Er erhob sich und sah Eve gequält an. »Wie ich gehört habe, hat dieser Mann Sie gestern angegriffen. Der Kurt Buckland, den ich kenne, könnte keiner Fliege etwas zu-

leide tun. Selbstverständlich werden in unserer Redaktion keine solchen Methoden angewandt.« »Danke, das weiß ich«, sagte Eve. »Ich hoffe, dass Buckland gesund und munter gefunden wird.«
Rosen nickte steif. »Wenn Sie wollen, setzen wir das Phantombild auf die Titelseite.«
»Lieber noch nicht«, wandte Olivia ein. »Wenn er weiß, dass wir hinter ihm her sind, flieht er vielleicht. Glaubt er aber, wir halten ihn noch immer für Buckland, könnte er unvorsichtig werden. Ich melde mich, wenn ich etwas Neues weiß.«
Als er fort war, betrachtete Eve prüfend Olivias Gesicht. »Buckland ist tot, oder?«
»Bei der Menge Blut, die wir in seiner Wohnung gefunden haben? Sehr wahrscheinlich.«
Eve schauderte. »Gestern Abend im Sal's fühlte ich mich noch sicher. Aber jetzt habe ich Angst.«
»Gut. Das solltest du auch. Du wirst nicht mehr allein durch die Gegend laufen oder fahren, ist das klar? Und es ist mir egal, wie lästig dir das ist!«
»Schon gut, ich hab's ja verstanden. Konntet ihr auf der Karte oder dem Foto brauchbare Abdrücke finden?«
»Noch nicht. Ich habe Micki gebeten, jemand ins Sal's zu schicken. Vielleicht finden wir dort etwas.«
»Kaum. Ich putze dort jeden Abend.« Eve erstarrte, als ihr Handy erneut vibrierte. Sie zog es aus der Tasche. »Noah.«
»Geh ran«, befahl Olivia.
»Hey.« Eve verlieh ihrer Stimme einen fröhlichen Klang. »Alles okay?« Dann erstarrte ihr Inneres zu Eis, während sie zuhörte. *David.* »Wohin wird er gebracht?«
»Northwest General«, sagte Noah. »Ich habe mit den Sanitätern gesprochen. Er hat sich zum Glück nur ordentlich den Kopf angeschlagen und wahrscheinlich den Arm gebrochen. Aber, Eve – er fuhr deinen Wagen.«
Eve sog scharf die Luft ein. *Atme.* »Ich weiß. Ich bin mit

Olivia auf dem Präsidium. Die Polizei glaubt, dass der echte Kurt Buckland tot ist. Man hat Blut in seiner Wohnung gefunden – viel Blut.« Ihre Stimme zitterte, und sie konnte das Beben nicht stoppen. »Noah, er hat Buckland umgebracht. Und eben hat er versucht, auch mich umzubringen.«
»Ich will mit Olivia sprechen«, sagte er gepresst.
Wortlos reichte Eve das Handy weiter. David war verletzt. Es ging ihm den Umständen entsprechend gut, aber er war verletzt worden. *Weil er meinen Wagen gefahren ist. Ich hätte in dem Wagen sitzen sollen.*
Sie hörte Olivia kaum, weil ihr Blut so laut in ihren Ohren rauschte. »Ich hätte in dem Wagen sitzen sollen.«
Olivia drückte ihren Arm. »Ich weiß. Hol deinen Mantel. Ich fahre dich ins Krankenhaus.«

Mittwoch, 24. Februar, 15.45 Uhr

Seine Finger trommelten wütend auf das Lenkrad seines eigenen Wagens ein. Er hatte den SUV abgestellt. Der Scheinwerfer musste sofort repariert werden.
Er hatte es vermasselt. Im Wagen hatte gar nicht Eve Wilson gesessen, sondern dieser Hunter, aber das hatte er erst bemerkt, als er schon direkt neben ihm war. Vor Überraschung hatte er das Steuer verrissen.
Das Auto war von der Straße abgekommen und hatte sich einmal überschlagen, war aber weder zum Totalschaden geworden noch in Brand geraten. *Vermasselt.* Das einzig Gute war, dass Hunter ihn nicht würde identifizieren können. Die getönten Scheiben des SUV hatten ihn gut geschützt.
Doch nun würde es unmöglich werden, sich Eve zu nähern. Die Polizei ließ sie bestimmt keine Sekunde mehr aus den Augen. Er musste also auf eine andere Methode umsteigen und sie erschießen. Das würde Webster nicht gefallen, und er wür-

de vermutlich keine Ruhe geben, bis er ihren Tod gerächt hatte. Nun, dann musste er eben auch Webster umbringen.
Aber zuerst die Nummer sechs von sechs. Durch dieses Opfer mussten sie alles in Frage stellen, was sie bisher zu wissen glaubten. Denn dieses Opfer hielt sich nicht an die Spielregeln.

Mittwoch, 24. Februar, 15.45 Uhr

Olivia folgte Eve und der Krankenschwester in ein kleines Zimmer, in dem Hunter mit geschlossenen Augen im Bett lag. Sein Gesicht war grün und blau angelaufen und voller Abschürfungen, ein Auge war zugeschwollen, und er trug ein dickes Pflaster an der Schläfe. Ein Arm war mit einer Schiene ruhiggestellt worden, aber darüber hinaus schien er keine Verletzungen zu haben.
Olivia atmete erleichtert aus, und Eve neben ihr tat dasselbe. Eve hatte sich bemerkenswert gut gehalten. *Besser als ich es unter den Umständen getan hätte.*
»Ich habe dir doch gesagt, dass alles gut wird«, murmelte Olivia ruhiger, als sie sich fühlte.
»Ist er bei Bewusstsein?«, flüsterte Eve der Krankenschwester zu.
»Ja, ist er«, sagte David. Er öffnete ein Auge und kniff es gleich wieder zusammen. »Autsch. Ist das Licht grell!«
Eve packte den Rand des Bettes und hielt ihn umklammert. »Wie schlimm bist du verletzt?«
»Ein paar Prellungen und ein angebrochener Arm. Rücken und Hals werden noch beobachtet, aber so weit ist alles okay.« Er sah an Eve vorbei, und sein gesundes Auge weitete sich überrascht. »Olivia.«
Olivia stellte sich neben Eve und lächelte. »Lange nicht gesehen, was?«

»Wie geht's dir?«, fragte er ernst, und in ihrem Magen erhob sich eine Schar Schmetterlinge, genau wie beim ersten Mal, als sie ihm begegnet war.
»Wie immer eigentlich. Du hast allerdings schon besser ausgesehen. Als ich dich das letzte Mal sah, hast du einen Smoking mit Nelke im Knopfloch getragen. Alle weiblichen Gäste wollten von dir an ihren Platz begleitet werden, und wenn du es getan hast, sind sie scharenweise in Ohnmacht gefallen.«
»Du hättest mich am nächsten Morgen sehen sollen«, sagte er. »Mein Kopf fühlte sich damals mindestens so übel an wie jetzt, obwohl ich wahrscheinlich nicht so verbeult ausgesehen habe.«
»So ist das, wenn man zu viel Champagner trinkt.« Sie sah, wie sich sein Blick verfinsterte, und fragte sich, ob er noch wusste, was er in jener Nacht gesagt – oder getan – hatte. »Aber mach dir mal keine Gedanken. Deine Visage war ohnehin viel zu nett anzuschauen.«
»Vielen Dank«, erwiderte er trocken. Dann wandte er sich an Eve. »Und sie hat dich hergefahren, Liebes?«
Eve nickte. »Sie hat mich vor allen Dingen beruhigt. Du hast mir einen ordentlichen Schrecken eingejagt. Oder besser: Du hast mir einen gigantischen Schrecken eingejagt.«
»Ich bin bloß froh, dass ich im Wagen saß und nicht du.«
»Oh, na klar.« Eve versuchte, verächtlich zu schnauben, aber es kam als Schluchzen heraus. »Mr. Mario Andretti aus der virtuellen Welt. Wohl eher eine lahme Schnecke.«
Das schien ihn ein wenig zu ärgern, was ein gutes Zeichen war. »Ich bin auch in Wirklichkeit Rennen gefahren.«
»Als du noch deine Werkstatt hattest«, sagte Olivia. *Die du bald darauf aufgegeben hast, um Feuerwehrmann zu werden.* Sie erinnerte sich noch an jedes Wort, das er an dem Abend gesagt hatte, aber sie sah ihm an, dass sie ihn schon wieder überrascht hatte. »Du hast mir erzählt, dass du Oldtimer frisiert hast und zu schnell damit herumgefahren bist.«

»Was man unter Alkoholeinfluss alles so verrät«, brummelte er. »Ich habe wohl Glück gehabt, dass du mich damals nicht sofort wegen Raserei angezeigt hast.« Er schloss das gesunde Auge. »Dir ist klar, Evie, dass er es wahrscheinlich auf dich abgesehen hat, oder?«

»Ja«, flüsterte Eve. »Es …«

»Wenn du jetzt sagst, dass es dir leid tut, dann trete ich dich«, sagte David. »Sobald ich wieder aufstehen kann. Was tut Webster, um dieses Schwein zu erwischen?«

»Das hat mit Websters Fall nichts zu tun«, sagte Olivia. »Dafür bin ich zuständig.«

David öffnete das Auge wieder. »Okay. Und was tust *du*, um dieses Schwein zu erwischen?«

»Im Augenblick möchte ich erst einmal verstehen, was ›dieses Schwein‹ bewegt. Warum Eve? Und warum gerade jetzt?«

»Ich denke, dass er eigentlich hinter Noah her ist«, sagte Eve erneut. »Ich bin einfach im Weg.«

Olivia war sich dessen nicht so sicher. »Falls das stimmt, dann verstehe ich noch immer nicht, warum ausgerechnet Noah.«

»Du glaubst also nicht unbedingt, dass es um ihn geht?«, hakte David nach.

»Vor diesem Vorfall hier vielleicht. Und bevor wir wussten, dass der echte Buckland verschwunden ist. Der Kerl, der Eve belästigt hat, ist nämlich kein Reporter. Wir glauben, dass er den echten Buckland verwundet, vielleicht sogar getötet hat.«

Davids Gesicht wurde noch blasser. »Ach du Schande.«

»Wir sorgen für Eves Sicherheit«, sagte Olivia. »Aber ich will dich nicht anlügen.«

»Danke.« Er bedachte Eve mit einem sehr finsteren Blick. »Und du wagst es ja nicht, ohne Begleitung auch nur zum Klo zu gehen.«

»Ich höre auf euch, David, versprochen.« Zögernd strich Eve ihm eine Strähne aus der Stirn. »Und ich ruf deine Mom an und sage ihr, was passiert ist.«

»Bloß nicht«, sagte David bestimmt. »Innerhalb kürzester Zeit wird die ganze Familie Bescheid wissen und herkommen. *Alle.*«

Eve nickte widerstrebend. »Na gut. Wenn die Ärzte sicher sind, dass du schon bald wieder ganz gesund wirst, dann sage ich deiner Mom nichts. Tom habe ich schon angerufen, bin allerdings nur auf der Mailbox gelandet.«

»Danke. Du hast nicht vor, heute noch arbeiten zu gehen, oder?«

»Nein. Callie übernimmt für mich. Ich … ich habe etwas anderes vor.«

Davids Miene nahm einen verschlagenen Ausdruck an, doch dann richtete sich sein Blick plötzlich über ihre Köpfe hinweg.

Olivia sah sich um. Noah war gekommen, und wenn sie je daran gezweifelt hatte, was er für Eve empfand, war dies mit einem Schlag ausgelöscht. Es stand ihm ins Gesicht geschrieben. Den armen Burschen hatte es schwer erwischt. *Könnte mir auch gerade passieren.*

»Ich muss mit David sprechen«, sagte sie an Noah gewandt. »Könntet ihr einen Kaffee trinken gehen?«

»Klar.« Noah legte Eve vorsichtig einen Arm um die Schultern. »Komm.«

Ohne Protest lehnte sich Eve an ihn. »Ich bin gleich zurück, David.«

Als sie fort waren, zog Olivia einen Stuhl neben das Bett und holte ihren Notizblock heraus. »Erzähl mir, was passiert ist. Alles, woran du dich erinnern kannst.«

David seufzte müde. »Da ist leider nicht viel. Ich bin mit Eves Wagen losgefahren, um ein paar Ersatzteile zu besorgen. Im Radio lief Hank Williams, und ich sang lauthals mit.«

Sie grinste. »Bei Hank muss man einfach mitsingen. Scheint ein Gesetz der Countrymusik zu sein. Weiter.«

»Die Straße war zweispurig, und ich fuhr so schnell ich durfte.

Der schwarze SUV tat, als wollte er überholen, aber dann scherte er seitlich aus und rammte mich. Nur einmal.«
»Konntest du das Kennzeichen sehen?«
»Nein. Der SUV krachte gegen den linken hinteren Kotflügel. Ich habe noch den kaputten Scheinwerfer gesehen. Dann stürzte ich mit dem Wagen in den Graben, überschlug mich, und der Wagen blieb auf dem Dach liegen. Eve muss unbedingt rund um die Uhr beschützt werden.«
»Ich kümmere mich drum. Du hast mein Wort.«
»Okay, gut. Ich … ich bin froh, dass du es bist, die den Fall bearbeitet. Danke.«
Seine Hand lag auf dem Bett, nur ein winziges Stückchen von ihr entfernt, und sie hätte sie gern genommen, hätte gern das Gesicht berührt, das fast jede Frau, die ihm begegnete, unwiderstehlich fand. *Mich eingeschlossen.* Doch weil sie sich an jedes einzelne Wort erinnern konnte, das er damals gesagt hatte, wusste sie, dass die einzige Frau, die er je gewollt hatte, ausgerechnet die war, die ihm aus irgendeinem unerfindlichen Grund nicht zu Füßen lag.
Und weil Olivia ihren Stolz hatte, behielt sie ihre Hände bei sich. »Wir kümmern uns um Eve«, wiederholte sie, barscher, als sie beabsichtigt hatte. »Ich hinterlasse meine Nummer bei der Schwester. Ruf mich an, wenn dir noch etwas einfällt.«
Sie erhob sich und wandte sich zum Gehen, als er sie aufhielt. »Olivia, warte. Da ist noch etwas, das du wissen solltest.«

Man hatte Eve nicht sagen müssen, dass Noah Davids Krankenzimmer betreten hatte. Sie spürte, dass er sie beobachtete, wie sie es all die Monate zuvor gespürt hatte. Als sie im Flur waren, wandte sie sich ihm zu, schob ihre Hände unter seinen Mantel und genoss die Geborgenheit seiner Wärme. Seine Arme schlossen sich um sie und hielten sie fest.
Sie schmiegte ihre Wange an seine Brust, er legte seine an ihr Haar, und beide kamen zur Ruhe. *Das ist es also, was ich bis-*

her vermisst habe, dachte sie. *Was die anderen gefunden haben. Caroline. Dana. Mia. Ein Ort, an dem man ausruhen kann. Geborgen ist. Nicht mehr allein sein muss.*
Ganz tief in ihrem Inneren wünschte sich Eve, dass es so bleiben könnte. Und sie erlaubte sich zu hoffen, nur ein ganz klein wenig zu hoffen.
»Ich hatte solche Angst, als du nicht ans Telefon gegangen bist«, murmelte er. »Mach das bitte nicht noch einmal.«
Dass sich jemand Sorgen um sie machte, war nichts Neues. Dass sich aber jemand wie Noah um sie sorgte, war etwas sehr, sehr Neues. Es hätte sich belastend anfühlen müssen, entmündigend vielleicht. Stattdessen tat es so gut wie ein Kaminfeuer an einem kalten, grauen Tag.
»Ich wollte dir keine Angst einjagen. Ich war gerade im Gespräch mit dem Chefredakteur des echten Buckland.«
»Ja, ich weiß schon. Olivia hat es mir gesagt.«
Sie schmiegte sich enger an ihn. »Warum hasst er dich so? Oder Looey? Mein Gott, Noah, Looey ist wahrscheinlich tot.«
»Ich weiß«, flüsterte er. »Wir werden es herausfinden. Aber bis dahin bleibst du in meiner Nähe.«
»Okay.« Sie klammerte sich an ihn, bis Olivia den Flur entlangkam und sich räusperte.
»Hunter will mit dir reden, Noah«, sagte sie. »Komm, Eve, dann gehst du eben mit mir den Kaffee trinken.«

Noah legte die Hände an das niedrige Gitter des Bettes. »So schlimm sehen Sie gar nicht aus.«
Hunter schloss die Augen. »Wenn Eve im Wagen gesessen hätte, wäre sie jetzt tot. Sie hätte nie genug Kraft aufbringen können, mit dem Lenkrad gegenzusteuern.«
Noah stieß den Atem aus. »Ich weiß. Aber ich weiß auch, dass Olivia eine verdammt gute Polizistin ist.«
»Gestern Nacht habe ich Eve gefragt, ob dieser Kerl etwas mit

den Shadowland-Morden zu tun hat. Sie sagte mir, Sie zögen diese Möglichkeit in Betracht.«

»Natürlich. Und Liv tut das auch. Wir werden daher eng zusammenarbeiten.

»Tja, dann habe ich noch etwas für Sie. Ich habe es eben auch schon Olivia erzählt. Als Sie am Montagabend vorbeikamen, habe ich diese Babykameras installiert.«

»Die pinkfarbenen Dinger. Ja, ich erinnere mich.«

»Eve glaubt, ich hätte es getan, weil ich einfach nur übervorsichtig bin. Ich habe ihr von meiner Entdeckung nichts gesagt, weil ich nicht wollte, dass sie sich noch mehr Sorgen macht. Hat sie Ihnen gesagt, dass sie mit ihrem Vermieter Streit hat?«

»Sie hat mir erzählt, dass das Dach undicht ist.«

»Ja. Der Mann lässt das Haus einfach verkommen. Aber als ich darauf wartete, dass sie nach Hause kam, bin ich aufs Dach gestiegen, um mir den Schaden anzusehen. Und stellte fest, dass die Löcher mit Absicht gemacht worden waren.«

Noah starrte auf ihn herab. »Sie glauben, dass ihr Vermieter dahintersteckt?«

»Gott, ich habe keine Ahnung. Ich hätte fast überhaupt nichts gesagt, weil es sich so verrückt anhört.«

»Nein, es ist gut, dass Sie mir das erzählt haben«, sagte Noah. »Olivia und ich werden das überprüfen.«

»Olivia meinte, Eve würde unter Polizeischutz gestellt.«

Noah spürte wieder das nackte Entsetzen, das er empfunden hatte, als Eve nicht ans Telefon gegangen war. »Ja.« *Unter meinen.*

Hunter begegnete mit seinem gesunden Auge Noahs Blick. »Und der sind Sie?«

»Wenn sie das nicht will, verschaffe ich ihr jemand anderen. Ansonsten – ja.«

»Okay. Ich habe ihr geraten, Ihnen eine Chance zu geben, aber natürlich muss die Entscheidung ihre eigene sein. Ich will

nicht, dass sie meint …« Hunter brach ab. »Was für einen Ring tragen Sie da?«
Noah blickte auf seine Hand, die noch immer auf dem Gitter ruhte. »Meinen College-Ring. Wieso?«
»Ich habe das Gesicht des Täters nicht gesehen, aber seine Hand. Ich blickte nach links, als er herankam, und sah seine Hände am Steuer. Die Seitenfenster waren getönt, die Frontscheibe aber nicht.«
Noahs Puls schlug schneller. *Endlich etwas Brauchbares.* »Und er trug einen Ring wie ich?«
»Ja«, sagte Hunter grimmig. »So sah er aus.«
»Das Design ist nicht ungewöhnlich, aber es ist etwas Konkretes. Ich sag's Olivia weiter.«
»Verzeihung, Detective.« Eine Schwester drängte sich an ihm vorbei. »Mr. Hunter muss jetzt zur Computertomographie.«
»Okay«, sagte Noah und warf Hunter einen letzten Blick zu. »Machen Sie sich keine Sorgen. Bei mir ist sie sicher.«

Eve drückte Noah einen Becher Kaffee aus dem Automaten in die Hand, als er zu ihnen stieß. »Mit extra Zucker. Wahrscheinlich noch immer nicht süß genug, aber etwas Besseres gibt die Maschine nicht her.«
»Danke«, sagte er. »Kommt, suchen wir uns ein ruhiges Plätzchen, wo wir reden können.«
»Eve«, begann Olivia, als sie sich in einer Ecke des Warteraums niedergelassen hatten. »Ich weiß, dass du meinst, es ginge hier um Noah, aber wir müssen uns auch mit der Möglichkeit auseinandersetzen, dass du das Zielobjekt dieses Mannes bist.«
»Ihr könnt euch mit allem auseinandersetzen, aber ich bin mir sicher«, sagte Eve. »Hier geht es nicht um mich.«
»Dennoch«, sagte Noah. »Wir brauchen eine Aufstellung aller Leute, die etwas gegen dich haben könnten. Da wäre zum Beispiel dein Vermieter.«

Eve riss die Augen auf. »Ihr macht Witze. Myron Daulton? Wenn David das gesagt hat, dann hat er sich den Schädel ernsthafter gestoßen, als wir es für möglich gehalten hätten.«

»Immerhin kann Daulton deinetwegen das Haus nicht verkaufen«, sagte Noah.

»Weiß ich, aber ...« Eve seufzte. »Okay, ich liste alle Namen auf, die mir einfallen. Aber dieser Typ, der sich als Buckland ausgibt, ist nicht Myron Daulton, das kann ich euch sagen. Myron ist um die fünfzig und eher wie Homer Simpson gebaut. Was ist mit Fingerabdrücken? Habt ihr etwas finden können?«

»Er ist nirgendwo registriert«, sagte Olivia. »Wir haben die Abdrücke auf der Karte und dem Foto geprüft, Eve. Allerdings passten sie zu Abdrücken, die wir aus Looeys Wohnung genommen haben, so dass wir ihn wenigstens damit in Verbindung bringen können. Offizielle Ergebnisse gibt es aber nicht.«

Noah zog die Brauen hoch. »Du warst ja schon sehr aktiv heute«, sagte er zu Eve.

»Ja, an manchen Tagen läuft es wie geschmiert«, gab sie trocken zurück. »Ich jedenfalls möchte wissen, warum dieser Typ sich ausgerechnet als Looey ausgibt. Und falls es eine persönliche Sache ist – und dem ist so, da bin ich mir sicher –, stellt sich doch die Frage, was du ihm getan hast. Oder angeblich getan hast. Ich habe schon einmal einen Killer aus nächster Nähe gesehen, der Rache wollte, und der Typ wirkte genau so!«

»Du und Jack solltet mal alte Fälle durchsehen«, sagte Olivia. »Nur vorsichtshalber.«

»Falls Jack und ich ihn irgendwann einmal verhaftet hätten, dann wäre er registriert gewesen.«

»Nicht, wenn er zu der Zeit noch minderjährig gewesen ist«, sagte Eve. »Oder er will für jemand anderen Rache.«

Olivia und Noah warfen sich einen belustigten Blick zu. »Möchtest du meinen Job haben, Eve?«, fragte Olivia.

Eve lächelte traurig. »Wenn ihr wüsstet, wie sehr. Aber mit der kaputten Hand ist da nix zu machen.«
Olivia tätschelte Eves Knie. »Ach, der Job ist sowieso überbewertet. Und man hat so viel damit zu tun, böse Buben festzusetzen, dass man gar nicht dazu kommt, eigenen Dämonen hinterherzujagen.« Sie blickte zu Noah. »Abbotts Fünf-Uhr-Meeting steht gleich an. Was machen wir mit Eve?«
»Sie muss mit uns kommen«, sagte Noah.
»Ich bleibe hier bei David«, sagte Eve.
»Das werden die Ärzte nicht erlauben«, sagte Noah. »Außerdem bist du heute Abend verabredet. Mit mir.«
Freier Abend. *Callie.* »Meine Freundin Callie. Der Kerl hat ihre Handynummer. Vielleicht weiß er auch, wo sie wohnt.« Sie hörte Panik in ihrer Stimme und kämpfte sie nieder.
Olivia wirkte besorgt. »Woher hat er ihre Handynummer?«
»Von Jeremy Lyons. Er hat mir gestern Morgen nicht geglaubt, daher hat er dem Reporterverschnitt geholfen, mit meinen Freunden Kontakt aufzunehmen, damit sie ihm meine Lüge in Bezug auf Noah bestätigen sollten.«
»Und wo ist Callie jetzt?«, fragte Olivia.
»Wahrscheinlich schon im Sal's. Sie wollte meine Schicht übernehmen.«
Olivia nickte. »Dann ist sie dort am sichersten. Ich gebe durch, dass unsere Leute den Kerl festhalten sollen, sobald er sich wieder ins Sal's wagt. Außerdem lasse ich sie nach Hause begleiten. Und wenn du den Warteraum nicht verlässt, kannst du bleiben. Wir geben dem Sicherheitsdienst hier ein Ausdruck des Phantombilds, damit sie nach dem Mann Ausschau halten können.«
»Ich bleibe hier, wo es sicher ist«, versprach Eve. »Ich bin ja nicht dumm.«

Mittwoch, 24. Februar, 16.55 Uhr

»Ist mit Eve alles okay?«, fragte Jack, als Noah sich an Abbotts runden Tisch neben ihn setzte.

Er und Olivia waren zum Meeting aufs Präsidium zurückgekehrt und hatten festgestellt, dass bereits alle auf sie warteten. Nur Ian fehlte, weil er noch mitten in einer Autopsie war.

»Ja. Sie war hier, als ich sie nicht erreichen konnte«, sagte Noah. »Sie hat unserem Zeichner eine Beschreibung des Mannes gegeben, der sich als Kurt Buckland ausgibt.«

Jack riss die Augen auf. »Jemand gibt sich als Kurt Buckland aus? Und wann gedachtest du, mir das mitzuteilen?«

Noah seufzte. Irgendwie war er sich sicher gewesen, dass er es bereits getan hatte. »Tut mir leid, Jack. Wir hatten noch nicht viel Zeit, miteinander zu reden, da wir immer mit zwei Wagen fahren.«

Abbott räusperte sich und rutschte einen Stuhl weiter, um Olivia Platz zu machen. »Eins nach dem anderen, meine Herren. Gibt es etwas Neues vom letzten Tatort?«

»Wir haben die Zusammensetzung des Brandbeschleunigers und des Brandhemmers analysiert«, sagte Micki. »Beides sind Standardprodukte, die im Fachhandel erhältlich sind. Keine Chance, sie zurückzuverfolgen. Wir haben nun insgesamt vier Tatorte untersucht, Samantha Altmans eingeschlossen. Keine Abdrücke, keine Haare, nichts, womit man diese Person forensisch identifizieren könnte.«

»Er könnte sich komplett rasiert haben«, sagte Carleton. »Serienmörder tun das häufig. Die wirklich erfolgreichen wissen, wie man keine Spuren hinterlässt.«

»Tja, schön, wenn man so ehrgeizig ist«, sagte Abbott sarkastisch. »Was ist mit Rachel Ward? Wissen wir schon, wo sie den Kerl getroffen hat?«

»In der Bar *Last Call*«, sagte Kane. »Dafür können wir uns übrigens bei Eve bedanken. Da sie die Liste auf die Bars ein-

grenzen konnte, die noch bis tief in die Nacht aufhaben, hat sie mir viel Zeit erspart.«
Carleton wandte sich zu Kane um. »War Rachel Ward öfter in der *Last Call*-Bar?«
»Nein«, gab Kane zurück. »Der Barkeeper meinte, er habe sie gestern Nacht zum ersten Mal gesehen. Sie wartete auf einen Mann und betrank sich dabei. Der Barkeeper hat ihr den Autoschlüssel abgenommen und ein Taxi gerufen, ich habe das bei der Taxigesellschaft überprüft. Aber als der Wagen kam, war Rachel schon weg.«
»Überwachungskameras?«, fragte Abbott.
»Alle kaputt, und zwar schon seit Jahren«, erwiderte Kane. »Das hilft uns also nicht weiter. Ich kann heute Abend noch einmal hinfahren und Stammgäste fragen, ob sie jemanden auf dem Parkplatz haben warten sehen.«
»Tun Sie das.« Abbott schnaufte frustriert. »Lassen Sie mich alles einmal zusammenfassen, damit ich nichts Falsches sage, wenn ich meinen Vorgesetzten heute Abend Bericht erstatte. Von keinem der Tatorte haben wir Spuren, die auf die Person des Täters hindeuten. Donners Alibi wird von seiner Frau gestützt und Girards von uns. Jeremy Lyons ist noch nicht wieder aufgetaucht, und jeder andere hat ein bombenfestes Alibi, der Bruder von Amy Millhouse eingeschlossen.«
»Ich dachte, Sie hätten alle Selbstmordberichte durchgesehen«, sagte Carleton.
»Das haben wir auch. Aber dieser konnte uns nicht auffallen, weil der Bruder des Opfers sie vom Strick genommen, umgezogen und gewaschen hat, bevor die Polizei eingetroffen ist«, erklärte Noah.
»Daraus schließe ich, dass ihr diesen Bruder hergeholt habt«, sagte Olivia. »Er hat also ebenfalls ein Alibi?«
Jack nickte. »Er wartet mit seinem Anwalt in Verhörraum vier. Er ist vorhin von einer Geschäftsreise zurückgekommen und war heute Morgen noch in Chicago. Ich habe es überprüft.

Wäre er heute Morgen dort nicht pünktlich erschienen, wäre es immerhin möglich gewesen, dass er Rachel Ward getötet hat, danach mit einem Wagen zurückgefahren ist und sich anschließend ins Flugzeug gesetzt hat, um mit einem Alibi aufwarten zu können.«

»Das wäre auf jeden Fall clever gewesen«, sagte Carleton. »Und hätte zum Profil des Mörders gepasst. Gut mitgedacht, Jack.«

Jack seufzte. »Tja, das nützt uns aber nichts. Millhouse hatte von acht Uhr morgens bis zum Zeitpunkt seines Abflugs Besprechungen, und um sieben Uhr hat man ihn im Hotel gesehen. Er hätte es unmöglich von hier bis nach Chicago schaffen können, nicht einmal dann, wenn er direkt von Wards Haus aus losgefahren wäre. Millhouse ist nicht unser Mörder, auch wenn er mit Klebstoffen zu tun hat. Schade, es hätte alles so schön gepasst.«

»Hat er etwas zu Amys Leidenschaft für Shadowland gesagt?«, fragte Noah.

»Nein. Er hat noch gar nichts gesagt. Er hat sofort seinen Anwalt angerufen.«

Abbott machte ein finsteres Gesicht. »Ramsey meint, man könnte ihm höchstens Leichenschändung anhängen, aber warum sollten wir das tun? Wir versuchen noch einmal, mit ihm zu reden, aber dann werden wir ihn laufenlassen müssen.«

»Und was ist mit Amys Wohnung?«, fragte Noah, aber Jack schüttelte den Kopf.

»Schon neu vermietet. Da werden wir nichts mehr finden. Der Hausmeister hat gesagt, dass die Wohnung komplett renoviert worden ist, neue Tapeten, neuer Teppich und so weiter.«

»Wissen wir überhaupt, wie der Tatort ausgesehen hat?«, fragte Micki.

»Wir wissen nur, dass sie andere Kleider anhatte. Mehr hat die Mutter nicht gesagt, und Bruder Larry schweigt. Ian ruft uns an, wenn er Millhouses Autopsiebericht fertig hat. Amy wurde eingeäschert, wir können sie also nicht exhumieren.«

»Danke«, murmelte Noah.
Jack nickte knapp.
»Es gibt aber wenigstens eine kleine gute Nachricht«, sagte Abbott, obwohl seine Miene keinesfalls freudig wirkte. »Bei der Überprüfung von Axel Girards Finanzen zeigte sich, dass er sich vor zwei Monaten eine Kreditkarte an ein Postfach in St. Paul hat schicken lassen.«
»Das ist viel zu eindeutig«, wandte Noah ein. »Wie Girards Wagen, der auf einem Parkplatz mit lauter Überwachungskameras steht, während er auf Christy Lewis wartet.«
»Leider richtig«, sagte Kane. »Ich hatte einen Durchsuchungsbeschluss für das Postfach in St. Paul, doch es war leer. Dafür gab es einen Nachsendeantrag – alle Briefe gingen an eine andere Postfachvermietung in der Innenstadt, die die Post wiederum an eine Vermietung geschickt hat, die sich direkt gegenüber von uns befindet.«
Abbott zeigte aus dem Fenster. »Sie können sie von hier aus sehen.«
»Und dieses Postfach«, fuhr Kane fort, »war voll. Hauptsächlich Werbebriefe, aber auch die Kreditkarte.«
»Bisher ist sie nicht belastet worden«, fügte Abbot hinzu.
»Und er hatte auch nicht vor, sie zu benutzen. Das sollte uns nur ablenken«, meinte Olivia. »Genau wie die Inszenierung der vermeintlichen Tatorte.«
»Damit hat er auf jeden Fall Erfolg gehabt.« Kane schüttelte den Kopf. »Hat mich durch die halbe Stadt rennen lassen, während ich meine Zeit weitaus besser damit hätte verbringen können, mit Rachel Wards Kollegen zu reden.«
»Und inwiefern haben wir es hier mit guten Nachrichten zu tun?«, fragte Micki.
»Weil es sehr viel über ihn sagt«, meldete sich Carleton zu Wort. »Er spielt mit uns. Bisher hat er sich noch keinen Fehltritt erlaubt.«
»Bisher«, knurrte Noah.

Carleton nickte. »Dieser Mann, und ich denke, es ist so gut wie sicher, dass es sich um einen Mann handelt, weist einen ausgeprägten Ordnungs- und Kontrollzwang auf. Jeder Tatort ist wie der andere, bis hin zum kleinsten Detail. Spuren, die wir finden, legt er selbst, übersehen tut er dagegen nichts. Er weiß, wonach wir suchen und wie wir suchen.«

»Vielleicht sieht er einfach zu viele Krimiserien«, brummte Jack.

»Vielleicht«, sagte Carleton. »Aber vielleicht ist er auch vom Fach.«

Abbot lehnte sich entgeistert zurück. »Das heißt, er könnte Polizist sein?«

»Durchaus möglich«, bestätigte Carleton. »Den Wunsch nach Ordnung und Kontrolle findet man häufiger unter Gesetzeshütern. Ich möchte natürlich niemandem auf die Zehen treten«, fügte er schnell hinzu, als alle Anwesenden ihm mehr oder minder indignierte Blicke zuwarfen. »Er verachtet Frauen, und er ist grausam. Er zwingt sie, ihre schlimmsten Ängste zu durchleben. Hier haben wir auch wieder das Kontrollelement.«

»Wieso diese Verachtung für Frauen?«, fragte Abbott. »Der typische Psychopath, der seine Mutter hasst?«

»Nicht alle Männer hassen Frauen, weil sie eine schlimme Kindheit erlebt haben, Bruce«, sagte Carleton. »Obwohl diese tatsächlich recht häufig die Ursache ist. Es ist also durchaus möglich, dass seine Verachtung für Frauen aus einem schlechten Verhältnis zur eigenen Mutter herrührt. Es kann aber auch durch Missbrauch entstanden sein. Das scheint mir in diesem Fall wahrscheinlicher, da er seine Taten sehr gewalttätig ausführt.«

»Und warum klebt er die Lider fest?«, fragte Micki, und Carleton seufzte.

»Er will, dass sie ihn wirklich ansehen, dass sie zwingend anerkennen, wer die Situation dominiert.«

»Aber er missbraucht sie nicht sexuell«, sagte Jack. »Wieso nicht?«
»Er glaubt, er hätte es nicht nötig«, erklärte Carleton. »Er hält sich für stärker.«
»Nein. Er hat Angst vor ihnen«, sagte Olivia, und alle Köpfe wandten sich ihr zu.
Carleton zog die Brauen hoch. »Wie bitte?«
Olivia zuckte mit den Schultern. »Verzeihen Sie, Doc, aber er hat sie nackt in einer Zwangsjacke vor sich und vergewaltigt sie nicht? Staffiert sie aus und schminkt sie wie Huren ...«
Noah dachte darüber nach. »Er sucht sich einsame Frauen aus, die vermutlich schon lange keinen Sex mehr gehabt haben, und macht sie in jeder Hinsicht, außer der körperlichen, zu Huren.«
»Dann hängt er sie auf und wartet darauf, dass man sie findet«, beendete Jack den Satz. »Er nimmt nie ein weiteres Opfer in Angriff, bevor das letzte nicht gefunden wurde.«
»Was wieder den Kontrollzwang hervorhebt«, sagte Carleton. »Ihre Theorie ist interessant, Olivia, aber ich kann hier keine Angst entdecken. Nur Intelligenz, Machtstreben und den Kontrollzwang.«
»Und Arroganz«, fügte Kane hinzu. »Indem er ein Postamt direkt gegenüber der Polizei auswählt.«
»Mir sind bisher nur wenige arrogante Mörder begegnet, die auch Geduld hatten«, sagte Noah nachdenklich. »Alle Opfer sind innerhalb kurzer Zeit gefunden worden, bis auf Martha. Sie hat fast eine Woche unentdeckt in der Wohnung gehangen. Hat er in der Zeit die Geduld verloren? Was mag er wohl tun, Carleton? Wenn die Ordnung, die ihm so wichtig ist, gestört wird?«
»Das hängt wohl davon ab, warum er das alles tut«, erwiderte Carleton. »Er verhöhnt Sie mit Fährten, die in Sackgassen führen. Vielleicht hasst er einfach nur Polizisten.«
»Oder er fürchtet sie«, fügte Olivia starrsinnig hinzu, und Carleton lächelte.

»Oder fürchtet sie«, wiederholte er. »Ich habe recherchiert und mir viele Fallstudien angesehen. Nichts, was ich gefunden habe, wies Parallelen zu diesem Fall auf. Dieser Killer ist einzigartig.«

»Wow. Ein Hoch auf den Killer«, spottete Abbott.

»Captain?« Faye war an der Tür und kam näher, als Abbott sie hereinwinkte. »Gerade kam ein Anruf von einer Frau, die in den Fernsehnachrichten von dem Fall gehört hat. Sie meint, sie hätte Martha Brisbane am dreizehnten Februar noch gesehen.«

»In der Nacht ist sie gestorben«, sagte Noah. »Wer ist die Frau?«

»Priscilla Bolyard. Sie war mit ihrem Mann in einem Coffe-Shop. Martha hätte lange am Fenster gesessen und offensichtlich auf jemanden gewartet. Um viertel nach neun ist sie gegangen.«

»Und woher weiß die Frau die Zeit noch so genau?«, fragte Noah.

»Weil ihr Mann einen Boxkampf im Fernsehen sehen wollte und häufig auf die Uhr gesehen hat. Sie sind kurz nach Martha gegangen. Hier ist die Kontaktinformation: Priscilla und Stuart Bolyard.« Faye grinste. »Mrs. Bolyard verlangte explizit ›diesen gutaussehenden Detective vom MSP-Cover‹. Sie hat sich die Einzelheiten allein für dich aufgespart, Jack.«

Jack rutschte tiefer in seinen Stuhl hinein. »Na klasse«, brummte er.

»Wir reden gemeinsam mit ihnen«, sagte Noah.

»Momentchen«, sagte Abbott, als Noah sich erheben wollte. »Keiner verlässt den Raum. Der Fall Buckland. Setzen Sie sich und erzählen Sie uns, was wir darüber wissen müssen.«

Mittwoch, 24. Februar, 17.15 Uhr

Eve machte es sich auf dem Sofa im Wartezimmer bequem und fuhr ihren Laptop hoch. David wurde noch immer geröntgt, also hatte sie Zeit. Sie loggte sich in Shadowland ein und sah erleichtert, dass Kathy Kirk im Ninth Circle fleißig Geschäfte machte. Eve nahm sich vor, Noah zu bitten, Kathy in dieser Nacht einen Wagen vorbeizuschicken. Alle ihre weiblichen Ultra-User waren gefährdet, aber Kathys körperlicher Zustand machte sie besonders verwundbar.

Eve fuhr zusammen, als sie ein Geräusch hinter sich hörte, und sah über die Schulter zur Tür. »Sal.«

»Ist alles in Ordnung mit dir?«, fragte er. Er kam um eine Stuhlreihe herum und musterte sie prüfend. »Ich habe gerade gehört, was mit deinem Freund passiert ist. Es hätte auch dich treffen können.«

»Es hätte mich sogar treffen sollen«, sagte Eve. »Tut mir leid, Sal. Ich hätte dich anrufen müssen, um dich vor diesem Kerl zu warnen.«

Sal verengte die Augen zu Schlitzen. »Um uns musst du dir keine Sorgen machen. Ich habe die Zeichnung von diesem Arschloch in die Bar gehängt, wenn er also den Nerv hat, wiederzukommen, dann setzen wir ihn fest.«

Sal benutzte nicht oft Kraftausdrücke, aber Eve wusste, dass er Angst hatte. Und trauerte. »Es tut mir leid wegen Looey.«

Er räusperte sich und blickte zur Seite. »Looey war ein guter Kerl. Und Jeff Betz würde diesen Reporterverschnitt am liebsten ordentlich in die Mangel nehmen. Eve, was geschieht hier? Das ist doch verrückt.«

»Ja, ich weiß«, antwortete sie düster. »Du passt auf dich auf, okay? Und falls er zurückkommt …«

»Falls er zurückkommt, dann war es das Letzte, was er je getan hat.«

»Sal.« Eve nahm seinen Arm. »Versprich mir, dass du nichts …«

»Nicht was, Eve?«, fragte er – *zu* ruhig. »Nichts Dummes tust?«

Eve schauderte in dumpfer Vorahnung. »Nichts tust, was gefährlich sein könnte. Du bist mir wichtig.«

Er seufzte müde. »Ach, verdammt, Eve. Ich mag es nicht, wenn dich jemand ausgerechnet in meiner Bar belästigt.«

»Ich weiß.« Sie zögerte. »Du und Josie ... ihr seid immer so gut zu mir gewesen. Wie ... Eltern. Wenn dir etwas zustößt, dann verzeihe ich mir das nie.«

Er war einen Moment still. »Okay. Callie hat deine Schicht schon übernommen. Wir passen auf sie auf.«

»Danke. Sal – er war gestern in deinem Büro. Hat etwas in meine Tasche gelegt. Du solltest die Hintertür überprüfen und dich vergewissern, dass der Riegel vorgeschoben ist.«

Er stieß ein frustriertes Knurren aus, doch als er sprach, war er wieder ruhig. »Okay, mach ich. Soll ich dir ein Weilchen Gesellschaft leisten?«

Sie schüttelte den Kopf. »Ich würde mich besser fühlen, wenn du auf Callie aufpasst. Olivia hat den Sicherheitsdienst bereits alarmiert. Ich bin hier sicher.«

Er erhob sich. »Also gut. Ruf mich an, wenn du mich brauchst, Liebes. Dann komme ich, so schnell ich kann.«

»Danke.« Eve sah ihm nach. Sie konnte nur beten, dass er nichts Unüberlegtes tat. Einerseits wünschte sie, dass dieser Möchtegernreporter noch einmal in Sals Bar auftauchte, wo er es gleich mit fünfzig Polizisten zu tun bekäme, andererseits hoffte sie inständig, dass dieser Kerl sich von allen Menschen fernhielt, die ihr etwas bedeuteten.

Eve rief eine Suchmaschine auf und hatte schon Noahs Namen eingegeben, bevor sie überhaupt begriff, was sie da tat. Nichts von dem, was Olivia gesagt hatte, konnte Eve von der Meinung abbringen, dass dieser »Reporter« hinter Noah her war. Aber warum? Und warum gerade jetzt? Noahs Name allein ergab eine volle Seite mit Links zu dem Artikel in der MSP über die Hat Squad. Die Links waren relativ neu, da der Artikel erst vor drei Wochen erschienen war. Drei Wochen.

Amy Millhouse war vor drei Wochen gestorben. Zufall? Unwahrscheinlich.

Eve überlegte. Der Zeitschriftenartikel hatte den Detectives ziemlich viel öffentliche Aufmerksamkeit eingebracht, und den Betroffenen war das zum größten Teil gar nicht recht. Aber es gab auch genug Leute – *wie Sal und ich* –, die stolz auf »ihre Jungs« waren.

Und doch musste jemand etwas dagegen haben, wenn positiv über die Polizei berichtet wurde. Wer genau? Noah sperrte einen Haufen gefährlicher Verbrecher weg. Jeder von ihnen konnte persönlichen Hass entwickeln.

»Evie? O mein Gott, Evie!«

Eve sah auf und entdeckte Tom Hunter, der gerade den Warteraum betrat. Hinter ihm kam eine junge Frau herein. Sie war groß und blass, und ihre Augen waren rotgerändert. Verweint. Sogar aus der Entfernung konnte Eve ihre Verzweiflung spüren. Eve stellte den Laptop zur Seite, erhob sich und ergriff Toms Hände. »Es geht ihm gut«, sagte sie. »Hol erst mal tief Luft.«

Tom tat es und stieß den Atem schaudernd wieder aus. »Ich habe deine Nachrichten gerade erst gesehen. Es tut mir leid.«

»Wo warst du?«, fragte Eve, beugte sich vor und fügte leiser hinzu: »Und wer ist das Mädchen?«

»Liza. Eine Bekannte«, antwortete Tom. »Wo ist David?«

»In der Röhre. Computertomographie. Entspann dich«, sagte Eve. »Er ist bald wieder auf den Beinen.« Sie streckte Liza, die verlegen etwas abseits stand, die Hand entgegen. »Ich bin Eve.«

Liza nahm sie, wenn auch zögernd. »Liza. Tom hat mir schon von Ihnen erzählt.«

Eve hielt die Hand fest und betrachtete das Mädchen genauer. Es sah aus, als würde es jeden Moment in Ohnmacht fallen. »Liza, wann hast du zum letzten Mal etwas gegessen?«

Sie verzog das Gesicht. »Ich weiß es nicht mehr.«

Tom warf ihr einen vorwurfsvollen Blick zu. »Aber ich habe dir doch gesagt, du sollst Lebensmittel einkaufen.«
»Das habe ich auch getan«, fuhr sie auf. »Ich habe bloß vergessen zu essen.«
»Die Cafeteria ist im zweiten Stock«, sagte Eve.
»Okay. Willst du auch etwas?«
»Nein. Ich habe etwas zu Mittag gegessen. Und falls David mich hier nicht braucht, dann … habe ich … sozusagen einen … Dinner-Termin.«
Tom starrte sie staunend an. »Einen *Dinner-Termin?* Ist das so was wie ’ne Verabredung?«
Eve spürte, wie ihre Wangen heiß wurden. »Ja, so was Ähnliches.«
»Wurde ja auch mal Zeit. Wer ist er? Kann ich ihn kennenlernen?«
»Das würde ihm, glaube ich, gefallen. Er ist nämlich ein Fan von dir. Besorgt euch jetzt etwas zu essen. Dann kommt ihr wieder, und du stellst mir deine Bekannte richtig vor.«
Sie sah den beiden nachdenklich nach. Eve hatte im Spiegel jahrelang Angst und Verzweiflung in den eigenen Augen gesehen, und bei Liza konnte sie etwas Ähnliches entdecken. Sie wusste auch, dass Tom nur allzu schnell bereit war, Menschen zu helfen, die in Not waren. Sie konnte nur hoffen, dass er sich nicht in etwas Gefährliches hineinmanövriert hatte.
Tja, das sagt die Richtige. David lag hier im Krankenhaus, weil Eve sich in einen Mordfall hineinmanövriert hatte, darüber Noah nähergekommen und deshalb wiederum ins Visier eines Irren geraten war.
Mit einem Seufzen ließ Eve sich wieder nieder und setzte ihre Suche nach Artikeln über Noah fort. *Es gibt bestimmt etwas. Ich muss es nur finden.*

18. Kapitel

Mittwoch, 24. Februar, 17.30 Uhr

Harvey schob seine Mikrowellen-Mahlzeit beiseite, als es an der Tür klingelte. Webster war auf der Polizeistation, daher war er nach Hause gefahren, um sich etwas zu essen zu machen. Webster hatte in letzter Zeit oft bis tief in die Nacht hinein gearbeitet, weswegen auch Harvey kaum mehr zum Essen und Schlafen gekommen war.

Er stand auf, öffnete und war erstaunt, die Frau zu sehen, die sein ältester Sohn einmal von Herzen geliebt hatte. »Katie, Liebes. Was machst du denn hier?«

Katie betrat das Wohnzimmer. Ihr Gesicht war blass. »Wir müssen reden.«

Harvey zog ihr einen Stuhl heran. »Ich dachte, du wärest bei deinen Eltern. Was ist los?«

Katie blickte auf, und ihre Augen waren glasig vor Furcht. »Wo ist Dell?«

Harvey setzte sich neben sie. Eine dumpfe Ahnung setzte sich in seiner Magengrube fest. »Ich weiß es nicht. Warum?«

»Es ist unglaublich.« Sie schüttelte den Kopf. »Wusstest du, was er plant?«

»Ich bin mir nicht mehr sicher. Was meinst du?«

Sie presste ihre Finger an die Lippen. »Ich wusste, dass er allmählich am Durchdrehen ist, aber ich hätte nie gedacht, dass er … Dell steckt in Schwierigkeiten. Wir müssen ihn finden und aus der Stadt schaffen.«

»Warum? Was hat er getan?«

»Die Polizei sagt, er habe jemanden umgebracht.«

Harvey schüttelte den Kopf, diesmal abwehrend. »Nein. Mein Sohn ist kein Mörder.«

»Er soll einen Reporter getötet haben. Kurt Buckland.«

Harvey runzelte die Stirn. »Ich kenne den Namen.«

»Er hatte über Vs Beerdigung Bericht erstattet. Und er ist oft in dieser Bar – im Sal's.«

Wohin Webster einmal die Woche geht. »Ja, die Bar kenne ich. Dell hat ihn im Sal's getötet?«

»Nein. Aber die Cops, die ins Sal's gehen, haben erzählt, dass Dell die Frau hinter der Bar belästigt hat und sie heute sogar umbringen wollte. Sie haben gesagt, dass er schon die ganze Woche über immer wieder als Buckland aufgetreten ist, aber heute Morgen haben sie in der Wohnung des Reporters Blut entdeckt – richtig viel Blut. Buckland ist verschwunden, und Dell soll es getan haben.« Sie klang inzwischen hysterisch.

»Beruhige dich«, befahl Harvey. »Woher weißt du das alles?«

Sie blinzelte, als habe die Frage sie durcheinandergebracht. »Ich bin doch seit drei Wochen regelmäßig im Sal's und flirte mit Phelps, damit Dell ihm ein Bein stellen kann. Das ist doch euer Plan.«

Harvey starrte sie an. »*Du* bist das Trojanische Pferd?«

Sie nickte. »Ich sollte mich an ihn ranmachen, damit ich immer weiß, was er tut.«

»Und ihm manchmal etwas in den Drink geben, damit er schläft«, sagte Harvey dumpf.

»Das war reiner Selbstschutz. Ich konnte den Gedanken nicht ertragen, dass der Kerl mich anfasst.«

»Hat er dir was angetan?«, knurrte Harvey.

»Nein, aber er ist sexsüchtig. Er macht dafür sogar blau, und ich bin nicht die Erste, die das aushalten muss. Wie Dell sagt, ist es bloß eine Frage der Zeit, bis der Kerl rausgeworfen wird. Wir beschleunigen die Sache nur.«

Harvey ließ sich entsetzt zurücksinken. »Du hilfst Dell, indem du mit diesem Phelps *schläfst?*«

Sie zuckte zusammen. »Das Schwein verdient, bestraft zu werden. Ich tue alles, was dafür nötig ist.«

Das ist doch Wahnsinn. »Aber warum sollte Dell diesen Buckland umbringen? Das ergibt keinen Sinn.«
»Oh, aber doch gerade.«
Harvey und Katie fuhren herum. Dell stand in der Küchentür. Er war durch den hinteren Eingang hereingekommen. »Was soll das alles?«, fragte Harvey barsch.
Dells eiskalter Blick ließ sein Blut gefrieren. »Du hast mich verraten. Du hast mich angeschwärzt.«
Es dauerte eine Minute, bis Harvey begriff, wovon Dell sprach. Aber dann sprang er auf die Füße. »Willst du damit sagen, ich hätte den Bullen gesagt, dass du Buckland getötet hast? Ich wusste bis eben nicht einmal, dass er eine Rolle spielte.«
»Nein, aber du wusstest von gestern Nacht. Ich habe mich nicht an deine albernen Spielregeln gehalten. Du hättest doch noch ewig dagesessen und sie so lange beobachtet, bis du krepierst. Das ist so jämmerlich.«
»Ich habe den Bullen nichts gesagt, Dell.« Harvey wich einen Schritt zurück. »Warum sollte ich?«
»Weil du deine Kontrolle nicht mehr hattest. Ich bin nicht mehr dein kleiner Junge. Und du erträgst es nicht, dass wir mit deinem albernen Plan ein Jahr vergeudet haben, meiner aber in drei Wochen Erfolg gezeigt hat.«
»Rede nicht in diesem Ton mit mir«, sagte Harvey warnend, doch seine Stimme bebte.
Dell lachte, und es klang verbittert. »Ich rede mit dir, wie ich will. Und ich tue, was ich will. Du kannst mich nicht daran hindern. Niemand kann das.«
»Dell«, meldete sich Katie zu Wort. »Du musst verschwinden. Hast du denn meine SMS nicht bekommen? Ich habe versucht, dich zu warnen. Die Bullen zeigen überall ein Phantombild von dir herum. Auch im Sal's.«
»Halt's Maul«, knurrte er, holte aus und schlug ihr mit dem Handrücken ins Gesicht. Sie fiel gegen das Sofa und begann zu weinen. »Das ist sowieso alles nur deine Schuld, du Hure.«

Harvey hielt Dells Arm fest, bevor er ein zweites Mal ausholen konnte. »Hör sofort auf. Ich weiß nicht, was in dich gefahren ist, aber in meiner Gegenwart schlägst du keine Frau!«
Dell machte keinen Versuch, den Arm wegzuziehen. Sie standen dicht voreinander und sahen einander in die Augen, und zum ersten Mal packte Harvey nackte Angst. »Aber du«, sagte Dell, »schlägst kleine Kinder. Weißt du was, Pop? Ich bin kein kleines Kind mehr. Und du hättest mich nicht verraten sollen.«
Harveys Herz hämmerte nun schmerzhaft laut. »Das habe ich nicht. Ich schwör's. Sag mir, dass du niemanden umgebracht hast, und ich verstecke dich. Oder lauf weg. Von mir erfahren die Bullen nichts.«
»Ich werde aber nicht weglaufen, denn ich bin noch nicht fertig. Du ...«, brüllte er Katie an, die sich zentimeterweise auf die Tür zuschob. »Komm zurück. Mit dir bin ich auch noch nicht fertig.« Katie wollte weglaufen, doch Dell machte einen Satz auf sie zu und riss sie an den Haaren aufs Sofa zurück. »Ich sagte, ich bin noch nicht fertig mit dir.«
Harvey bewegte sich auf seinen Sohn zu, taumelte jedoch zurück, als Dells Faust ihn am Kinn traf. Entsetzt sah er, wie sein Sohn Handschellen und eine Pistole mit Schalldämpfer aus der Tasche zog. »Ja, ich habe meine Utensilien mitgebracht«, höhnte Dell. Er drehte Katie auf den Bauch und fesselte sie mit den Handschellen. »Bleib jetzt endlich liegen.«
»Dell! Was soll das? Was hat Katie dir getan?«
Dells Lachen jagte ihm einen Schauder über den Rücken. »Du hast gedacht, V wäre unschuldig gewesen, nicht wahr? Aber das war er nicht. Er *hat* den Mann umgebracht. Weißt du auch, warum er überhaupt in dem Laden war?«
»Nein«, sagte Harvey, ohne den Blick von der Pistole zu nehmen. »Sag's mir.«
»Weil er Geld brauchte. Weil er seiner Verlobten immer mehr bieten wollte, da er Angst hatte, dass sie ihn wegen eines ande-

ren sitzenlassen würde. Und weißt du noch etwas? Er hatte recht. Sie hat ihn bloß ausgenutzt und sein Geld schneller verschleudert, als er es verdienen konnte.«

»Das ist nicht wahr«, sagte Harvey. »Katie hätte VJ nie betrogen. Sie liebte ihn.«

Dell zog Katies Kopf an den Haaren hoch. »Sag ihm, mit wem du zusammen warst, als VJ starb.«

»Mit dir«, flüsterte Katie verängstigt.

Dell schüttelte sie. »Lauter.«

»Mit dir«, schrie sie. »In VJs Bett.«

Harvey konnte kaum atmen. »Du hast mit der Verlobten deines Bruders geschlafen?«

»Sie ist nicht oft zum Schlafen gekommen«, spuckte Dell aus und stieß Katies Kopf zurück aufs Sofa. »Und die vergangenen drei Wochen auch nicht.«

»Warst du etwa *bei ihr?*«, fragte Harvey schwach. »In all diesen Nächten, als du nicht heimgekommen bist?«

»Während Phelps wie ein Toter im Nebenzimmer gepennt hat. Ich weiß. Widerlich, nicht wahr?« Aber Dell wirkte nicht angewidert. Er wirkte … wahnsinnig.

»Wie konntest du nur, Dell?«

Dell schüttelte langsam den Kopf. »V war immer der Beste, der Größte. Ich kann gar nicht sagen, wie oft er mich vor dir bewahrt hat, weil du mal wieder wütend warst und er die Schuld dafür auf sich genommen hat.« Dell schien plötzlich die Luft ausgegangen zu sein. Harvey ließ ihn nicht aus den Augen. Er brauchte nur eine einzige Gelegenheit.

»Ich wollte immer sein wie V«, fuhr Dell sehnsüchtig fort. »Er konnte die Mädchen immer rumkriegen. Als Katie mich ansprach … da nahm ich bloß, was sie mir angeboten hat. Und damit muss ich seit Jahren leben.«

»Du hast Dell *verführt?*«, flüsterte Harvey. »Und schläfst noch immer mit ihm?«

Tränen rannen über Katies Gesicht. »VJ hat die ganze Zeit ge-

arbeitet. Ich war einsam, und eines Tages ist es einfach passiert. Es war nicht geplant.«
Er starrte sie fassungslos an. »Aber du bist noch immer mit ihm zusammen.«
»Er hat gesagt, er braucht mich.« Katie begann zu schluchzen. »Er hat gesagt, wir könnten uns Phelps nur gemeinsam schnappen. Er sollte büßen. Und ich wollte ihn büßen lassen.«
»Oh, das wirst du«, sagte Dell. »Keine Sorge. Du bekommst eine Hauptrolle.«
Harvey musterte seinen Sohn erneut. Das wahnsinnige Leuchten war aus seinen Augen verschwunden, doch die kühle Belustigung, die es ersetzte, jagte ihm einen noch größeren Schrecken ein. »Was hast du vor?«
»Zuerst dachte ich, es wäre doch großartig, wenn Phelps sich selbst umbringt, weil er gerade seinen Job verloren hat. Aber dann fiel mir etwas anderes ein. Phelps liebt Frauen. Was, wenn er tot neben seiner neuesten Schlampe gefunden werden würde? Wenn er ihr vor dem Selbstmord noch eine Kugel in den Kopf gejagt hätte? Was für fantastische Schlagzeilen. Endlich würde man Phelps so sehen, wie er wirklich ist.«
»Das kannst du nicht tun«, entfuhr es Harvey.
Dells Augen wurden zu schmalen Schlitzen. »Ach nein? Dann pass mal auf.«
»Nein … nein.« Harvey taumelte gegen das Sofa. Er musste Zeit gewinnen. Katie schluchzte vor Angst. »Ich meine, du kannst doch nicht alles nur auf Phelps abwälzen. Webster war doch auch da. Was ist mit ihm?«
»Oh, keine Sorge. Auch für ihn habe ich mir etwas ausgedacht.« Dell kam einen Schritt vor.
»Warum Buckland?«
Dell lächelte. Er genoss die Angst des Vaters. »Ich wollte ganz sichergehen, dass die Story auch gedruckt wird.«
»Du hast einen Reporter umgebracht, weil du seinen Job wolltest?«

»Nein. Ich habe ihn umgebracht, weil er sich geweigert hat, die Story zu drucken, die ich ihm diktiert habe. Er hat ständig von Journalistenethik und unbestätigten Behauptungen gefaselt.« Er trat einen weiteren Schritt vor. Der Lauf der Pistole war auf Harveys Brust gerichtet. »Ich hatte noch so viel zu schreiben und zu berichten. Du hättest mich wirklich nicht verraten dürfen, Pop.«

»Das habe ich nicht. Das musst du mir ...« Es gab ein sanftes Ploppen, und Harvey blickte ungläubig auf seine Brust hinab. Etwas Rotes breitete sich auf seinem Hemd aus, und er konnte sich nicht regen, konnte nicht mehr atmen.

Dell beugte sich vor. »Und du hättest uns auch nicht so oft schlagen sollen. Das hier war für mich und V.« Er riss die schluchzende Katie auf die Füße. »Wir gehen.«

Mittwoch, 24. Februar, 17.30 Uhr

»Hat dieser Buckland-Verschnitt nun mit den Shadowland-Morden zu tun oder nicht?«, fragte Abbott, als Noah und Olivia ihre Geschichte beendet hatten. »Handelt es sich vielleicht um ein und dieselbe Person?«

Carleton schüttelte den Kopf. »Das Temperament der beiden ist vollkommen unterschiedlich. Der Nachahmer geht eher unbesonnen ans Werk, der Shadowland-Mörder plant alles penibel. Beide sind gefährlich, aber nicht eine Person.«

»Wäre ja auch zu schön gewesen, um wahr zu sein«, murrte Abbott. »Aber das zeitliche Zusammentreffen kann kein Zufall sein.«

»Dieser Hunter«, sagte Micki. »Was genau hat er gesehen?«

»Einen schwarzen SUV«, sagte Olivia.

»Und einen Ring«, fügte Noah hinzu. Olivia hatte diese Information bereits der Fahndungsbeschreibung hinzugefügt. Er hielt die Hand hoch. »So wie mein College-Ring, aber viele Leute tragen einen. Und die meisten Unis lassen ihre Ringe von denselben Herstellern entwerfen, so dass das Design sehr ähnlich ist.«

Kane hielt seine Hand hoch. Sie war ringlos, doch er wackelte mit den Fingern. »Ich hatte auch mal einen.«

Olivia sah überrascht auf. »Das wusste ich gar nicht. Was hast du denn studiert?«

Kanes Lächeln war verlegen. »Tanz. Hilft beim Footballspielen.«

»Ich habe auch einen«, sagte Carleton und hielt seine rechte Hand hoch. »Es wird ziemlich schwer werden, ihn anhand dieses Details festzusetzen.«

»Ich weiß«, sagte Noah.

»Seine Abdrücke befinden sich in keiner Kartei«, sagte Olivia, »aber wir haben die Skizze – das ist doch auch schon was.«

»Noch keine Spur vom echten Buckland?«, fragte Abbott.

Olivia schüttelte den Kopf. »Bisher nicht. Die Jungs von der Technik versuchen die E-Mail, die er dem *Mirror* vermutlich von Bucklands Laptop aus geschickt hat, zurückzuverfolgen.«

»Na schön.« Abbott seufzte. »Da schließt sich der Kreis wieder, und wir kehren zu unseren toten Frauen zurück. Keine Verdächtigen, keine brauchbaren Spuren und keine Idee, wann und wo er wieder zuschlagen wird. Ich muss mich entscheiden, ob wir der Presse von Shadowland erzählen. Pro und kontra?«

»Dafür spricht, dass wir die Testpersonen warnen können«, sagte Noah. »Wir sagen ihnen, dass sie sich nicht mit Fremden treffen sollen, die sie online kennengelernt haben.«

Olivia verdrehte die Augen. »Das sollte man gar nicht erst erwähnen müssen.«

»Kontra: Wir legen unsere Karten offen«, fuhr Jack fort.

»Wenn Sie den Zusammenhang öffentlich machen«, meldete sich Carleton zu Wort, »dann ändert er seinen Modus Operandi. Er ist uns bisher immer einen Schritt voraus. Falls er meint, wir wissen, wie er vorgeht, geht er beim nächsten Mal anders vor.«

»Was exakt der Grund ist, warum Eve sich so dagegen gewehrt hat, mit diesem Fall in Verbindung gebracht zu werden«, sagte Noah. »Das Wissen um Shadowland ist unser Vorteil.«

»Sie meinen also, wir sollten der Presse nichts verraten, Noah?«, fragte Abbott.

»Nein, ich meine, dass uns die Zeit davonläuft.«

Carleton zuckte mit den Schultern. »Wenn die Frauen ihre Wohnungen nicht mehr verlassen, können sie auch nicht zu Opfern werden. Aber vielleicht verlieren Sie die Chance, ihn zu fassen. Es kann sein, dass er einfach die Stadt verlässt und woanders von vorn beginnt. Die Entscheidung liegt bei Ihnen, Bruce.«

Abbott legte die Hände aneinander. Es war nicht zu übersehen, dass ihm die Entscheidung schwerfiel.

»Wenn es nach mir ginge«, meinte Noah, »dann würde ich veröffentlichen. Er hat schon fünfmal gemordet, und wir können ohnehin nicht vorhersagen, was er tun wird.«

Abbott nickte leicht. »Jack?«

»Ich bin Noahs Meinung. Was, wenn wir wieder zu spät kommen? Ich werde für immer damit leben müssen, dass ich vermutlich Rachel Ward auf dem Gewissen habe.« Jack schluckte. »Das brauche ich nicht noch einmal.«

Abbott nickte wieder. »Gut. Ich gebe die Meldung weiter. Hoffen wir, dass die betreffenden Frauen es mitbekommen.«

»Es sind vor allem zwei Frauen im Augenblick besonders gefährdet«, sagte Noah. »Sie sollten wir persönlich anrufen.«

»Geben Sie mir die Nummern«, sagte Abbott, dann seufzte er, als das Telefon auf seinem Tisch klingelte. Er drückte die Lautsprechertaste. »Ian, ich habe laut gestellt. Wir sind alle hier. Was gibt's?«

»Die Blutproben von Amy Millhouse. Wir haben Ketamin gefunden. Laut Autopsiebericht ist der Tod durch Strangulieren eingetreten, genau wie bei den anderen. Aber es gab etwas Ungewöhnliches. Die Fingernägel des Opfers waren eingerissen, und man sieht Abschürfungen an ihren Händen. Der Mediziner hat zum Glück Fotos davon gemacht.«

»Sie hat sich verteidigt?«, fragte Jack.

»Ich glaube eigentlich nicht. Auf der Grundlage meiner Erfahrung würde ich sagen, Amy hat an etwas Hartem gekratzt.«

»Was war ihre schlimmste Angst?«, überlegte Carleton. »Enge? Eingesperrt zu sein?«

»Das ergäbe Sinn«, sagte Ian. »Tja, mehr ist es bisher nicht. Ich melde mich, wenn es etwas Neues gibt.«

Abbott schaltete den Lautsprecher ab. »Ich stelle eine Meldung für die Presse zusammen. Noah, Jack, Sie reden mit Millhouses Bruder, dann fahren Sie zu dem Pärchen, das Martha Brisbane im Café gesehen hat.«

»Was machen wir mit Jeremy Lyons?«, fragte Noah. »Wir haben ihn noch immer nicht gefunden.«

»Und die Überprüfung seiner Finanzen hat auch nichts Außergewöhnliches ergeben. Kane, Lyons gehört Ihnen – bringen Sie ihn uns. Olivia, Sie stellen fest, ob jemand unseren falschen Reporter aus Kurt Bucklands Wohnung hat herauskommen sehen. Haben wir seine Angehörigen informiert?«

»Buckland ist nicht verheiratet und kinderlos. Sal kennt vielleicht jemanden, den wir anrufen sollten. Und ich fürchte, der Ring wird uns nicht weiterhelfen.«

»Ja, damit haben Sie wahrscheinlich recht. Kane, gehen Sie bitte auch in die Bar, in der Rachel Ward gestern Nacht gewartet hat. Vielleicht hat sich jemand auffällig benommen. Und nun muss ich in die oberen Etagen.« Abbott verzog das Gesicht. »Halten Sie mich auf dem Laufenden.«

Mittwoch, 24. Februar, 18.10 Uhr

Eve fuhr zusammen, als jemand ihre Schulter berührte. Sie saß noch immer im Warteraum über ihren Laptop gebeugt. Jetzt hob sie den Kopf und entdeckte Carleton Pierce, der direkt vor ihr stand. Sie zog die Ohrenstöpsel heraus. »Dr. Pierce. Sie haben mich ganz schön erschreckt.«

»Ich habe Sie gerufen, aber Sie haben nicht reagiert.«

Eve deutete auf ihren Computer. »Ich hatte Musik gehört, um mir die Zeit zu vertreiben.« Tatsächlich hatte sie online in den Archiven verschiedener Lokalredaktionen gesucht, und obwohl sie auf mehrere Fälle von Jack und Noah gestoßen war, hatte sie bisher noch nichts gefunden.

»Ich habe gehört, dass ein Freund von Ihnen verletzt worden ist. Ich hoffe, es geht ihm den Umständen entsprechend gut.«

»Ja, er wird bald wieder auf den Beinen sein.« Sie erhob sich, während sie ihn neugierig musterte. Leute, die sie aus der Bar kannte, sahen in ungewohnter Umgebung häufig anders aus, aber bei Carleton Pierce war das nicht der Fall. Wie immer trug er einen teuren Anzug und goldene Manschettenknöpfe.

»Danke.«

Er trat einen Schritt zurück und lächelte freundlich. »Sie hatten ein paar harte Tage, Eve. Ich war auf dem Nachhauseweg und dachte, ich schau mal bei Ihnen vorbei.«

»Das ist wirklich nett von Ihnen.« Und es machte sie misstrauisch. Wofür sie sich wiederum schämte. *Leidest du unter Verfolgungswahn? Reiß dich zusammen, Eve.* »Mir geht's gut. Und mir geht's noch besser, wenn der Kerl gefasst wird.«

»Dekan Jacoby hat mich heute angerufen.«

Eve sah ihn einen Moment lang nur an. Der Dekan war Dr. Donners Vorgesetzter. »Warum?«

»Nun, zum einen, weil ich mit ihm befreundet bin«, sagte er mit einem nachsichtigen Lächeln. »Und zum anderen, weil ich

im nächsten Semester, wenn Donner in Pension geht, ein Seminar übernehme.«
»Entschuldigen Sie«, sagte sie. Dann drangen die Worte in ihr Bewusstsein ein. »Donner geht in Pension?«
»Ja. Er hat es vor ein paar Wochen intern bekanntgegeben, allerdings soll es noch nicht öffentlich gemacht werden. Ich vertraue auf Ihre Diskretion.«
Vor ein paar Wochen? »Natürlich«, murmelte Eve.
»Jedenfalls habe ich Sie Jacoby gegenüber nicht erwähnt, er aber wohl Ihre Studie. Das College hat gestern den Antrag auf Herausgabe aller relevanten Akten erhalten und wird mit der Polizei kooperieren. Der Dekan weiß natürlich, dass ich für die Polizei arbeite, und bat mich, ihm Näheres zu berichten. Unter anderem, wie die Polizei die Verbindung zur Marshall-Uni herstellen konnte.«
»Und Sie haben geantwortet?«, fragte Eve ruhig.
»Dass es mir nicht zustünde, etwas aus einer laufenden Ermittlung preiszugeben. Jedenfalls wollte ich Sie nur wissen lassen, dass Fragen gestellt werden. Jacoby hat mich und meine Frau heute Abend zum Dinner eingeladen. Wenn Sie Lust haben, uns Gesellschaft zu leisten, hätten Sie die Gelegenheit, Ihr Handeln zu erklären, bevor Sie für irgendetwas beschuldigt werden.« Ein betrübtes Lächeln erschien auf seinen Lippen. »Außerdem würden Sie in den Genuss des besten Steaks in der ganzen Stadt kommen. Wenn ich mich an meine Studienzeit erinnere, gab es meistens nur Brote mit Fleischwurst.«
Sie rang sich ebenfalls ein Lächeln ab. »Das ist wirklich sehr nett von Ihnen, Sir, aber ich muss heute hierbleiben. Mein Freund braucht mich vielleicht. Sie haben mir Ihre Karte gegeben, und ich hätte schon mehrmals fast angerufen. Aber ständig passiert etwas.« Sie machte eine ausholende Geste.
»Sind Sie sicher, Eve?«, fragte er ernst. »Das Ermittler-Team hat gerade entschieden, die Bedeutung Shadowlands in diesem Fall öffentlich zu machen, um potenzielle Opfer zu warnen.

Bald liegt die Entscheidung, wann und wem Sie was sagen, nicht mehr in Ihren Händen.«

Eve sank ein wenig in sich zusammen. »Ich wusste, dass es irgendwann so kommen würde. Ich …«

»Eve?« Tom war zurück, Liza noch immer im Schlepptau. Liza sah ein wenig besser aus, doch Tom wirkte vollkommen verschreckt. Er drückte Liza behutsam auf einen Stuhl und kam zu Eve geeilt. »Was ist los? Wie geht's David?«

Eve begriff, dass Tom Pierce gesehen und die falschen Schlüsse gezogen hatte. »Nichts. Alles okay, Tom. Er ist noch nicht wieder aus der CT zurück.« Sie zögerte. »Tom, das ist Dr. Pierce. Dr. Pierce, mein guter Freund Tom. Dr. Pierce ist gekommen, um mit mir über … mein Studium zu sprechen.«

»Nett, Sie kennenzulernen«, sagte Tom wachsam.

Pierce nickte höflich, dann wandte er sich wieder Eve zu. »Warten Sie nicht zu lange.«

»Was wollte er von dir?«, fragte Tom, als Pierce fort war.

Eve sank auf ihren Stuhl. In ihren Schläfen pochte es. »Das ist eine lange Geschichte.«

Tom ließ sich neben ihr nieder. »Ich habe Zeit.«

»Deine Bekannte sieht etwas besser aus.«

»Ja. Du dafür ganz und gar nicht«, erwiderte Tom. »Wer war der Typ?«

»Tom, ich … ich habe etwas getan, weswegen ich wahrscheinlich von der Uni geworfen werde.«

Er starrte sie entgeistert an. »Wie kann das sein?«

»Du hast doch von den Morden gehört, oder? Von den Frauen, die sich angeblich erhängt haben? Sie waren alle Probandinnen meiner Studie.«

»Oh. Aber dafür kann man dir doch nicht die Schuld geben.«

»Nein, natürlich nicht. Aber ich kannte die Identitäten der Frauen, weil ich mir Akten angesehen habe, die ich nicht sehen sollte. Damit verstoße ich gegen bestimmte Regeln und kann vom Studium ausgeschlossen werden.«

Tom sah so unglücklich aus, wie sie sich fühlte. »Aber, Evie … das geht doch nicht. Du hast doch so viel gearbeitet …«

Sie tätschelte seine Hand. »Wenn es dich irgendwie tröstet – ich würde es ohne Bedenken noch einmal tun. Und es wird schon weitergehen. Vertrau mir, ich falle wieder auf die Füße.«

»Ja, das tust du immer«, sagte er ernst. »Und dafür habe ich dich schon immer bewundert.«

Eve wurde die Kehle eng. »Danke. Das tat jetzt gut.«

Er legte ihr den Arm um die Schultern und drückte sie ungeschickt an sich. »Ich war immer überzeugt, dass entweder Dana oder Mom mal einen draufkriegen, weil sie Gesetze brechen, aber dass du es sein wirst …«

Eves Lachen war zittrig. »Jetzt geh zu David. Er müsste eigentlich wieder in seinem Zimmer sein.«

»Ich will noch deine Verabredung kennenlernen. Und mich vergewissern, dass er gut genug für dich ist.«

Zu gut für mich, dachte sie traurig. »Ich stelle dich vor, bevor ich gehe. Jetzt hau ab.«

Sie sah Tom und Liza nach und fröstelte. Was für ein schrecklicher Tag, und nun auch noch das. Dekan Jacoby stellte Fragen, die Verbindung zu Shadowland würde bald auf allen Titelseiten stehen, und Buckland war wahrscheinlich tot.

Nicht daran denken. Sie versuchte, sich von der Angst zu lösen und ihre Gedanken auf etwas anderes zu konzentrieren, und aus Gewohnheit zog sie den Laptop wieder auf den Schoß. *Denk nach.* Buckland wurde vermisst. Sie hatte Artikel über Noah gesucht, aber Buckland war auch ein Opfer. Vergangene Nacht war sie so durcheinander gewesen, dass sie sich nicht besonders intensiv mit Bucklands Artikel auseinandergesetzt hatte.

Kurt Buckland, gab sie in die Suchmaschine ein. Dann las sie die Ergebnisse.

Mittwoch, 24. Februar, 18.10 Uhr

Millhouses Anwalt stand auf, als Noah und Jack den Verhörraum betraten. »Das ist eine Unverschämtheit«, begann er. »Mein Mandant …«

»Kann gehen, wann immer er möchte«, sagte Noah. »Aber wir würden es zu schätzen wissen, wenn er uns noch ein paar Fragen beantwortet.«

»Meine Schwester hat Selbstmord begangen. Ich verstehe nicht, wieso ich hier wie ein Verbrecher behandelt werde.«

Noah setzte sich neben ihn. »Ihre Schwester hat nicht Selbstmord begangen, Sir.«

Larry Millhouse fiel die Kinnlade hinab. »Wollen Sie damit sagen, dass sie umgebracht wurde?«

»Ja«, sagte Jack. »Exakt das wollen wir damit sagen. Wir müssen genau wissen, wie Sie Ihre Schwester gefunden haben und wie der Raum aussah, bevor Sie sie vom Strick genommen haben.«

Millhouse blickte zur Seite. »Sie war angezogen wie … wie eine Hure. Sie trug ein rotes, tief ausgeschnittenes Kleid und viel Make-up. Amy hat sich nie derart aufgetakelt. Und ihre Augen waren offen … festgeklebt.«

»Ihre Schuhe?«, fragte Jack.

»Sehr hohe Absätze. Amy hätte gar nicht darauf laufen können.«

»Und das Fenster?«, fragte Noah.

»Weit offen.«

»Haben Sie einen Abschiedsbrief gefunden?«, fragte Jack zum Abschluss, und Millhouse schüttelte den Kopf.

»Nein«, brachte er hervor. »Deshalb habe ich einen geschrieben. Meine Mutter war so aufgelöst, dass ich ihr die Gewissheit verschaffen wollte, dass Amy sie geliebt hatte.«

Jack sah Millhouse streng an. »Sie haben soeben sämtliche Details aufgezählt, die sich bei vier anderen Mordfällen wiederholt haben. Hätten Sie den Tatort nicht verändert, hätten wir möglicherweise früher verstanden, was vor sich ging, und weitere Morde verhindern können.«

Millhouse warf seinem Anwalt einen nervösen Blick zu. »Stecke ich jetzt in Schwierigkeiten?«

»Die Obrigkeit sagt nein«, antwortete Jack. »Es steht Ihnen frei zu gehen.«

Aber Millhouse regte sich nicht. »Meine Schwester wurde ermordet«, murmelte er, als begreife er erst jetzt. »Warum?«

»Das wissen wir noch nicht«, sagte Noah. »Aber wir wissen, dass der Mörder mit seinen Opfern durch ein Computerspiel Kontakt aufnimmt. Shadowland.«

Larry Millhouse zuckte regelrecht zusammen. »Wie das?«

»Haben Sie schon davon gehört?«

Millhouse nickte. »Ich habe es ihr sogar gezeigt. Und dann konnte sie gar nicht mehr genug davon bekommen.«

»Sie hat viel gespielt?«, fragte Noah.

»Sie verdiente dort sogar Geld. Es war ganz erstaunlich. Ich spielte zum Spaß. Amy um ihren Unterhalt.«

»Wie?«, wollte Noah wissen.

»Sie spielte im Casino. Poker, Blackjack, alles Mögliche. Und sie gewann. Viel. Kaufte und verkaufte Immobilien. Sie hat das Shadowland-Geld in echtes umgewandelt und hatte vor, ihren ersten Job zu kündigen.«

»Sie hat also die meiste Zeit im Casino verbracht. Hat sie dort vielleicht jemanden kennengelernt?«

»Nein, mir hat sie nichts gesagt. Wir hatten ohnehin Streit, weil sie so viel online war. Sie war plötzlich jemand, der Geschäfte machte, und ich erkannte sie nicht wieder. Als ich sie dann in ihrem Zimmer hängen sah …« Seine Stimme kippte. »… und so hergerichtet …«

»Also haben Sie sie heruntergeholt und umgezogen«, sagte Jack leise.

»Ja.« Millhouse ließ den Kopf in die Hände sinken. Seine Schultern bebten, als er leise zu weinen begann. »Sie war meine kleine Schwester, verdammt. Ich hatte ihr das Spiel gezeigt. Es war meine Schuld.«

Sein Anwalt tätschelte seine Schulter. »Kann er jetzt gehen?«

»Noch eine Minute«, sagte Noah so freundlich er konnte. »Mr. Millhouse, der Täter hat die Computer der anderen Opfer mitgenommen. Haben Sie an dem Computer Ihrer Schwester nach ihrem Tod etwas bemerkt?«

Millhouse fuhr sich mit den Händen über das Gesicht und versuchte, sich zu fassen. »Ich weiß es nicht. Wir waren wie ferngesteuert, verstehen Sie? Meine Mutter hatte starke Schmerzen in der Brust, und ich konnte das Schuldgefühl kaum ertragen. Ich ... ich habe das Kleid verbrannt. Und meiner Frau gesagt, sie solle alles andere loswerden.«

Na toll. Nicht dass der Mörder irgendetwas Brauchbares zurückgelassen hätte, dachte Noah verbittert. Er stand auf. »Vielen Dank, Mr. Millhouse.«

»Haben Sie schon eine Spur?«

Nicht eine. »Ja«, sagte Noah. »Wir melden uns bei Ihnen, wenn wir Neues erfahren.«

Noah wartete im Flur auf Jack, der die Tür hinter ihnen schloss. »Eines wissen wir jedenfalls«, sagte Noah. »Martha und Christy waren meistens im Ninth Circle. Rachel pendelte zwischen Bar und Casino hin und her. Und Amy Millhouse hatte im Casino ihre Zelte aufgeschlagen.«

»Wir kennen also die Orte, wo er seine Opfer aufspürt. Und wie hilft uns das weiter?«

»Das weiß ich auch noch nicht.« Aber er wusste, wen er fragen musste. Noah sah auf die Uhr. »Ich bin zum Essen verabredet. Treffen wir uns um halb neun vor dem Haus der Bolyards, okay?«

Jack setzte seinen Hut auf. »Ich musste Katie absagen. Aber vielleicht erwische ich sie noch.«

»Viel Glück«, sagte Noah und meinte es so.

Jacks Lächeln war unfroh. »Dir auch.«

Mittwoch, 24. Februar, 18.40 Uhr

»Eve?« Ihr Kinn fuhr hoch, als jemand ihr Knie sanft drückte, und sie begegnete Noahs Blick über den Laptop hinweg. Er hockte vor ihr und sah sie besorgt, fast panisch an.

»Ich habe zweimal versucht, dich zu erreichen, aber du bist nicht drangegangen.«

Sie fischte das Handy aus ihrer Tasche. »Ich hatte es stumm gestellt und vergessen, das wieder zu ändern. Bitte verzeih. Ich wollte dir nicht schon wieder einen Schrecken einjagen.«

Die Panik verschwand aus seinen Augen, doch die Sorge blieb. Aber noch etwas anderes erschien in seinem Blick, und trotz ihrer eigenen Furcht begann ihr ganzer Körper plötzlich zu kribbeln.

»Wie geht's David?«

»Ganz gut. Tom ist bei ihm. Noah, ich glaube, ich habe ihn.«

»Wen?«

»Der Mann, der dich so hasst. Setz dich und sieh her.« Er gehorchte, legte einen Arm um sie und rückte nah an sie heran. Sein Gesicht war nun direkt neben ihrem, und ihr Puls beschleunigte sich. Vermutlich hatte er genau das beabsichtigt. Angestrengt blickte sie auf den Bildschirm und deutete auf das Foto, das sie heruntergeladen hatte. Der Mann hatte einen dunklen, graumelierten Bart, einen harten Mund und noch härtere Augen. »Erkennst du ihn?«, fragte sie. Ihre Stimme war, zu ihrem eigenen Ärger, ein wenig heiser geworden.

»Nein.« Er wandte den Kopf, so dass seine Lippen nur noch Zentimeter von ihren entfernt waren. »Sollte ich?«

»Ja.« Sie räusperte sich. »Pass genau auf, Noah.«

»Das tue ich.« Aber anstatt wieder zurückzuweichen, kam er näher, und an seinem Mund war nichts Hartes, als seine Lippen über ihre strichen. Sein Mund war süß und heiß, und ihre Augen schlossen sich, als sie sich gegen ihn lehnte. Zögernd hob sie eine Hand, um sein Gesicht zu berühren, während sie den Mund öffnete, den Kuss vertiefte und sich ganz seinem trägen Rhythmus hingab. Es war verheerend. Es fühlte sich unglaublich gut und richtig an.

Und dieses Gefühl würde sie später umso mehr vermissen.

Genauso langsam, wie der Kuss zustande gekommen war, löste sie sich von ihm, doch ihre Hand verweilte an seiner Wange. Sein Blick hielt ihren fest, während sie gegen die Tränen ankämpfte. Es war ein höllischer Tag gewesen. Kein Wunder, dass ihre Emotionen mit ihr durchgingen.

»Manchmal«, murmelte er, »wenn du hinter der Bar stehst, sind deine Augen so traurig. Ich habe mich immer gefragt, was du siehst. Das frage ich mich jetzt auch.«

Die Tränen wurden noch ein wenig mehr, aber sie schluckte sie hinunter. »Warum hast du mich nie danach gefragt?«

»Wenn du wüsstest, wie oft ich das vorhatte. Aber ich habe dich beobachtet und erkannt, dass du … verwundbar bist.«

»Das bin ich nicht«, protestierte sie.

»O doch. Und ich bin es auch.« Er zögerte. »Eve, meine Mutter war Alkoholikerin, ich tat alles, um nicht zu werden wie sie. Ich sehnte mich nach Disziplin und war stolz darauf, keine Schwäche zu zeigen. Ich ging zum Militär. Leistete meine Zeit ab und war entschlossen, Polizist zu werden wie mein Vater. Er starb, als ich fünf war. In Ausübung seiner Pflicht. Dadurch fing meine Mutter an zu trinken.«

»Dann hast du geheiratet«, sagte sie, und er nickte. »Aber sie ist gestorben«, fügte sie hinzu. »Wieso?«

»Es war ein Autounfall«, erklärte er knapp. »Und danach … fing ich an zu trinken.«

Er hatte sich nicht bewegt, und sein Gesicht war immer noch dicht vor ihrem. »Wer hat dich wieder rausgeholt?«

»Mein Cousin Brock. Er hat den Anfang gemacht. Ich war als Kind öfter bei ihm als bei mir zu Hause, weil meine Mom ständig betrunken war. Als ich vollkommen am Ende war, rief ich ihn an. Er zerrte mich zu meinem ersten AA-Meeting und blieb während des Entzugs immer an meiner Seite. Meine Mutter war zigmal bei den Anonymen Alkoholikern gewesen, war aber immer gescheitert. Ich war wild entschlossen, nicht zu scheitern, aber es war hart. Ist es noch. Doch Mom sah, wie ich mit dem Alkohol rang, und das rüttelte sie wach. Sie ging mit mir zu den Meetings. Blieb dabei. Zum ersten Mal.«

»Und ist sie trocken?«

»Ja. Seit zehn Jahren. Wie ich. Sie lebt im Süden. Kommt aber im Sommer hoch.«

»Du liebst sie«, stellte Eve fest. Sehnsüchtig. Ein wenig neidisch. »Das freut mich.« Und das war die Wahrheit.

»Mich auch. Eve, ich bin im Chaos aufgewachsen. Disziplin – oder die Illusion davon – ist mir sehr wichtig. Ich saß in der Bar, beobachtete dich und war verdammt stolz auf mich, dass ich dich in Ruhe ließ. Ich wollte dich nicht zusätzlich belasten, redete ich mir ein. Aber jetzt denke ich, ich hatte einfach nur Angst. Angst, dass ich das bisschen Kontrolle, das ich über mein Leben hatte, verlieren könnte, wenn ich mich dir öffnen würde. Also blieb ich auf Distanz.«

»Ein ganzes Jahr lang?«

»Du warst nicht gerade sehr entgegenkommend«, konterte er. »Du hast mich ja nicht einmal angesehen. Warum nicht?«

Er war aufrichtig gewesen. Das war sie ihm nun auch schuldig.

»Weil ich es so sehr wollte«, antwortete sie. »*Dich* so sehr wollte. Das hat mir Angst gemacht. Und das tut es immer noch.«

»Ich weiß«, sagte er sanft. »Aber wir haben Zeit, allmählich damit umzugehen.« Er wandte seine Aufmerksamkeit wieder dem Monitor zu. »Warum müsste ich ihn wiedererkennen?«

Sie zwang sich, sich auf das zu konzentrieren, was zu tun war.

»Das ist der Vater eines Mannes, den Jack und du ungefähr vor einem Jahr *fast* verhaftet habt. Er heißt Harvey Farmer. Sein Sohn, Harvey Farmer Junior, wurde allgemein nur V genannt.«

Noah nickte. »Okay, ich erinnere mich an V Farmer. Er hat

einen Supermarkt ausgeraubt und den Besitzer erschossen. Dann versteckte er sich bei einem Freund, wo wir ihn aufstöberten. Er floh, und Jack verfolgte ihn. V rannte über einen Highway.«

»Nachts und im Schnee«, fügte Eve hinzu. Nach langer Suche hatte sie Bucklands Artikel im Netz gefunden. »Ein Truck konnte nicht mehr bremsen und überfuhr ihn.«

»Richtig. V war sofort tot. Woher weißt du das alles?«

»Kurt Buckland hat damals über die Beerdigung berichtet. Im Lokalteil.« Sie klickte den Artikel an. »›Harvey Farmer Jr., V für seine Freunde, wurde heute beigesetzt. Das letzte Geleit gaben ihm sein Vater, Harvey Farmer Sr., und sein Bruder Dell Farmer.‹ Den du kennengelernt hast.«

»Den Reporter? Bist du sicher?«

»Du wirst sehen. Buckland hat bei der Beerdigung ein Foto gemacht.« Sie klickte es an, und er sah einen Bärtigen am Grab stehen. »Ich denke, der Mann daneben ist Dell, aber man kann sein Gesicht nicht erkennen.«

Eve rief die Software auf, mit der sie ihre Entwürfe designte. Sie hatte Farmer Seniors Gesicht bereits importiert, und obwohl es derart vergrößert sehr körnig war, konnte man die Daten nutzen. »Nimmt man dem Bart das Grau und ein paar Falten weg und stellt die Augen dichter zusammen … hat man unseren falschen Reporter. Dell Farmer.«

Noah blinzelte beeindruckt. »Unglaublich. Auf dem Bildchen hätte ich die Ähnlichkeit nie erkannt. So offenkundig ist das doch nicht. Wie bist du darauf gekommen?«

Sein Lob tat ihr gut. »Ich studiere Gesichter. Mich interessiert, warum man manchen Menschen instinktiv vertraut und anderen nicht. Welche Züge uns Angst machen.«

»Und das hast du auch verwendet, als du deinen Avatar-Laden in Shadowland eröffnet hast.«

Sie zuckte mit den Schultern. »Warum nicht auch praktischen Nutzen daraus ziehen? Oder halbwegs praktischen?«

»Du hast ihm vertraut. Rob Winters.«

Sie verzog das Gesicht. »Ja. Ich war jung und dumm.«

»Und du sorgst dafür, dass es nie wieder geschieht.«

»So jung werde ich nie wieder sein, und so dumm hoffentlich auch nicht.«

Er sah sie eindringlich an. »Und du wirst nie wieder einem Mann vertrauen?«

»Darum geht es nicht. Ich vertraue dir. Sonst wäre ich nie zu dir in den Wagen gestiegen.«

»Dann traust du dir selbst nicht. Du traust deinem Urteil nicht.«

Sie nickte, erleichtert und traurig, dass er endlich verstanden hatte. »Schräge Logik, ich weiß.«

Er erhob sich. »Ich gebe die Information an Olivia weiter.«

»Du machst dich nicht selbst auf den Weg?«

»Es ist Olivias Fall. Wenn sie meine Hilfe will, dann wird sie mich darum bitten.«

»Ja. Natürlich.« Sie beschäftigte sich mit ihrem Laptop, fuhr ihn herunter und schob ihn in die Tasche. »Könntest du mich zum Präsidium fahren? Dann hole ich Davids Truck ab. Callie arbeitet heute, also bleib ich einfach ein wenig im Sal's. Einer der Officer wird uns bestimmt nach Hause bringen, also brauchst du dir keine Sorgen zu machen.«

»Eve.« Seine Augen blitzten entschlossen, aber seine Stimme war noch immer sanft. »Wir gehen jetzt essen. Danach entscheiden wir, was du machst. Gib mir deine Tasche. Ich trage sie schon.«

Er hatte sie verstanden und blieb dennoch. »Mein Kumpel Tom … möchte dich kennenlernen.«

Noahs Augen leuchteten auf. »Cool.« Besitzergreifend legte er ihr einen Arm um die Schultern. »Ist das so, als ob man den Eltern vorgestellt wird?«

»Ja, irgendwie schon, denke ich.«

19. Kapitel

Mittwoch, 24. Februar, 19.20 Uhr

Doch, mir gefällt dein Haus.«

Noah schloss die Ofentür und drehte sich um. Eve saß an seinem Küchentisch und blickte auf ihre Hände. »Und ich mag deinen Freund Tom.«

Sie lächelte. »Und die Tickets für das Sonntagsspiel?«

Er grinste. »Na ja, die sind auch nicht zu verachten.« Dann wurde er wieder ernst. »Du bist also nicht mehr sauer?«

Sie zuckte mit den Schultern. »Ich war eigentlich nicht sauer. Nur überrascht, dass du mich hierhergebracht hast.«

»Ich muss mich bald wieder mit Jack treffen. Das nächste Mal gehen wir irgendwo hin, wo es weiße Tischdecken und Stoffservietten gibt, versprochen.«

»Ich habe nichts gegen Tiefkühlpizza. Ich habe schon oft sehr viel schlechter gegessen.«

Sie war nervös. *Das bin ich auch.* Er setzte sich auf den Stuhl neben sie und nahm ihre Hand. »Ich will nicht um den heißen Brei reden. Du sagst, du traust mir. Warum? Habe ich etwas an mir? Ist es mein Gesicht?«

»Ich weiß nicht, warum. Ich vertraue dir einfach. Auch wenn es abgedroschen klingt, aber es hat nichts mit dir zu tun. Sondern mit mir.«

»Es macht dir also Angst, dass du mir aus überhaupt keinem Grund traust?«

In ihren dunklen Augen kämpfte Erregung mit Furcht. »Ich habe mich vor sechs Jahren sehr dumm verhalten und zahle noch heute jeden Tag dafür. Das treibt einem die Unbesonnenheit aus.«

»Du gehst lieber auf Nummer sicher. Jedenfalls bei Männern.«

Sie hob das Kinn. »Und dafür entschuldige ich mich nicht.«
Er erkannte das erhobene Kinn als Warnung und ruderte zurück. Er würde es anders versuchen. »Du hast erzählt, dass du dich nach Winters Tat zwei Jahre im Dunkeln versteckt hast.«
Sie betrachtete ihn einen Moment lang, bevor sie antwortete. »Damals wohnte ich in einem Frauenhaus. Ich verließ es selten und übernahm freiwillig die Nachtschichten.«
»Weil du Angst hattest einzuschlafen, richtig?« Angst vor den Träumen, Angst, jemandem weh zu tun.
»Ja. Ich kümmerte mich um die Babys, die ganz kleinen, die sich noch nicht vor mir fürchten konnten. Meine Narben sahen wirklich gruselig aus.«
»Und was geschah nach diesen zwei Jahren?« Er wusste es, aber er wollte es von ihr hören.
»Unwissentlich brachten wir eine Mörderin ins Frauenhaus, eine Kindesentführerin. Aber das weißt du. Du hast recherchiert.«
Ja, das hatte er, und er war entsetzt. »Du hast den Jungen gerettet, wärest dabei aber selbst fast getötet worden.«
»Alec ist ein tapferer Kerl. Ohne ihn hätte ich uns beide nicht befreien können.«
»Und wo ist er jetzt?«
Sie lächelte. »In Chicago kurz vor dem Highschool-Abschluss, glücklich und gut integriert.«
»Und was geschah, nachdem du den Jungen gerettet hattest?«
»Dana und Ethan schafften es, die Entführerin zu überwältigen und der Polizei zu übergeben. Dana ist sozusagen meine Mom, große Schwester und Bewährungshelferin in einem. Sie ist mit Davids Schwägerin, Caroline, und Olivias Schwester Mia dick befreundet. Und so gehören wir alle zusammen.«
»Du liebst sie, die Leute, die du in Chicago zurückgelassen hast. Sie haben sich dein Vertrauen verdient, nicht wahr?«
Ihr Blick wurde wachsam. »Was bist du – ein ausgebildeter Psychologe?«

»Ich will nur verstehen«, sagte er, ohne sich an ihrem Tonfall zu stören. »Du bist jetzt seit zwei Jahren in Minneapolis, was hast du in den beiden Jahren davor getan?«

»Mich versteckt«, sagte sie. »Das kann ich gut.«

»Das weiß ich. Und wo hast du dich versteckt?«

»Na ja, da wir eine Mörderin in unserem Schutzhaus beherbergt hatten, war es plötzlich aus mit der Geheimhaltung. Dana schloss die Einrichtung, und sie und Ethan kauften ein Haus, in dem sie Pflegekinder aufnehmen. Ich hätte bei ihnen einziehen können, aber ich brauchte Raum für mich. Ich nahm eine Stelle an, die ich für perfekt hielt: in einer Reha für Leute, die gerade erblindet waren.«

Noah zog die Stirn in Falten. Das hatte er nicht gewusst. »Weil diese Leute dich nicht sehen konnten?«

»Warum sonst? Es gefiel mir dort. Ich konnte nachts lernen und musste nicht einmal das Gelände verlassen.«

Das machte ihn wütend. »Zwei Jahre lang? Und wieso bist du schließlich gegangen?«

»Einer der Patienten verpasste mir den sprichwörtlichen Tritt in den Hintern. Er hatte sein Augenlicht bei einem Unfall verloren – das allein ist hart genug, aber er war Chirurg. Seiner Ansicht nach war seine Karriere, sein Leben vorbei.«

»Und – war es das?«

»Unfug. Er konnte zwar nicht mehr operieren, aber eine Menge anderer Dinge tun. Mit der Zeit und mit ziemlich viel Nörgelei meinerseits begann er diese Tatsache zu akzeptieren. Er fing noch einmal von vorn an, erfand sich sozusagen neu.«

»Dann hast du ihm das Leben gerettet.«

Sie schüttelte verlegen den Kopf. »Nein. Ich war ihm nur eine Freundin.«

»Ja, das glaube ich.« Bei allem, was sie in ihrem kurzen Leben durchgemacht hatte, war Eve jemand, die viel zu geben hatte. »Dafür hast du eine echte Gabe.«

Das überraschte sie. »Danke.«

»Dein Bekannter konnte die Reha schließlich also verlassen?«, fragte er, und sie nickte.
»Jetzt hat er einen Lehrauftrag. Aber bevor er ging, machte er mir regelrecht die Hölle heiß. Obwohl mir Dana und die anderen dasselbe gesagt hatten, fiel es bei ihm mehr ins Gewicht.«
»Auch er hatte sich dein Vertrauen verdient, richtig?«
»Ja. Das hat er.«
»Okay. Kommen wir wieder auf den Ausgangspunkt zurück. Es macht dich nervös, dass du mir vertraust, obwohl ich nichts getan habe, um dieses Vertrauen zu verdienen. Was befürchtest du denn?«
Ihre Wangen färbten sich dunkel, wodurch die sorgfältig überschminkte Narbe hervortrat. Er hätte ihr sagen können, dass ihn die Narbe vor der Operation auch nicht gestört hatte, aber er wusste, dass sie ihm nicht glauben würde. Noch nicht.
»Eve?«, drängte er, als sie nicht reagierte. »Machst du dir Sorgen, dass du bei mir vielleicht die Kontrolle verlieren könntest?« Ihre Augen blitzten auf, und er erkannte, dass er einen Treffer gelandet hatte. Er hörte nicht auf, denn er wusste genau, dass er hier und jetzt die Chance hatte, zu ihr durchzudringen, und diese Chance würde er nicht verschenken. »Hast du Angst, dass du endlich wieder etwas empfinden könntest, nachdem du sechs Jahre lang am Rand des Lebens gestanden und zugesehen hast?«
»Nein«, fauchte sie, regte sich aber keinen Millimeter.
»Gut. Wovor hast du dann Angst?«
»Dass ich von dem Gefühl abhängig werden könnte«, knurrte sie. Abrupt stand sie auf, so dass der Stuhl laut über den Boden schrammte. »Ich entscheide mich lieber dafür, allein zu bleiben, als dass ich Angst haben muss, jemanden zu verlieren. Und jetzt komm mir bloß nicht damit, dass selbst eine verlorene Liebe besser ist als gar keine, denn darauf werde ich mich nicht einlassen.«

Er lehnte sich zurück und sah sie unverwandt an. Sein Herz hämmerte schnell. »Willst du mich, Eve?«

»Ja«, zischte sie. »Schon, als du zum ersten Mal in die Bar gekommen bist. Du hast mir direkt in die Augen gesehen, und wenn du wüsstest, wie selten das vorkommt, dann würdest du verstehen, was das in mir bewirkt hat.«

»Aber ich habe ein ganzes Jahr nichts getan«, murmelte er. »Und du hast gedacht, ich hätte kein Interesse.«

»Es hätte keinen Unterschied gemacht.« Sie wandte sich ab und tat, als würde sie nach der Pizza sehen, aber ihre Hände zitterten. »Es hat keinen Sinn, uns weiter vorzuwagen. Du hattest schon einmal eine Frau. Ich gehe davon aus, dass du das immer noch willst – Frau und Familie.«

»Das Thema hatten wir bereits«, sagte er geduldig. »Und ich sagte dir, dass es keine Rolle spielt, ob du Kinder haben kannst oder nicht, und dass ich die Messer verstecke, wenn du schlafwandelst. Im Übrigen habe ich einen extrem leichten Schlaf«, neckte er sie, wurde aber sofort wieder ernst. »Nichts davon ist für mich entscheidend.«

»Du meinst, es spielt keine Rolle, aber eines Tages wirst du dich fragen, wie es wohl wäre, Vater zu sein.«

»Ich *weiß*, wie es ist, Vater zu sein«, sagte er, schärfer als beabsichtigt. »Ich hatte einen Sohn. Er wäre im vergangenen November vierzehn geworden.« Sie erstarrte. »Ist er auch bei dem Unfall umgekommen?«

»Ja. Und ihn und meine Frau zu verlieren, war das Schlimmste, was ich je in meinem Leben durchmachen musste. Du hast recht, lieber eine verlorene Liebe als gar keine erlebt zu haben ist Quatsch. Aber ich bereue nicht, dass sie Teil meines Lebens waren.« Er holte Luft. »Ich muss kein Kind mehr haben. Wenn ich eines hätte, würde ich es lieben, zweifellos, aber ich brauche die Erfahrung kein zweites Mal.«

»Ich glaub's dir immer noch nicht. Aber ich weiß, dass du es glaubst.« Sie berührte seinen Ärmel mit zitternden Fingern

und rang um Fassung. »Ich … ich habe keinen großen Hunger. Würdest du mich jetzt bitte zu Davids Truck fahren?«
Er hatte versprochen, sie gehen zu lassen, wenn es das war, was sie wirklich wollte. »Okay«, sagte er schließlich. »Ich lasse einen Streifenwagen vor der Haustür parken, wo auch immer du heute Nacht bleiben willst.« Er nahm einen Topflappen, holte die Pizza aus dem Ofen und starrte einen Moment darauf. »Heute Morgen hast du mich gefragt, warum ich ausgerechnet dich will. Ich habe gesagt, das würde ich dir beim Essen erklären. Kann ich wenigstens das noch tun?«
»Ja.« Ihr Flüstern war kaum hörbar.
»Es war kurz vor Weihnachten, vor einem Jahr. Ein Kollege ging in den Ruhestand und gab eine Abschiedsparty im Sal's. Da habe ich dich zum ersten Mal gesehen.«
»Ja, ich erinnere mich.«
»Du standst hinter der Bar. Ich weiß noch, dass ich sofort gedacht habe, wie hübsch du bist. Meine letzte Beziehung war im Sande verlaufen, und ich hatte schon lange keine Frau mehr getroffen, für die es sich lohnte, Zeit freizuschaufeln. Du aber warst mir sympathisch, und ich dachte, dass ich dich vielleicht mal einladen könnte. Dann ging die Tür auf, und eine Frau trat ein. Sie war dreckig, sie stank, und sie sah aus, als sei sie ständig betrunken. Erinnerst du dich?«
»Ja. Ein paar Gäste wollten sie rauswerfen.«
»Aber du hast ihr einen Platz angeboten, ihr einen Kaffee serviert und sie reden lassen. Ich glaube, du hast sogar mit ihr geweint.«
»Ihr Sohn war gestorben. Gerade zu Weihnachten ist es immer schwer für Menschen, die jemanden verloren haben.«
»Das weiß ich sehr gut. Ich glaubte, du würdest sie eine Weile reden lassen und ihr dann vielleicht ein Taxi bestellen. Aber du hast ihr immer mehr Fragen gestellt, bis du genug wusstest, um den Sohn anzurufen, der ihr noch geblieben war. Er kam, um sie abzuholen, und obwohl seine Mutter ihm unendlich

peinlich war, war er doch dankbar, dass du sie in der Kälte nicht einfach auf die Straße gesetzt hast.«

»Na ja, das hätte doch niemand getan.«

Er sah sie scharf an. »Da täuschst du dich aber gewaltig. Weißt du, wie oft ich einen Anruf bekommen habe – ›Noah, deine Mutter irrt hier ohne Mantel durch die Straßen‹ – und losgerannt bin, um sie zu suchen? Fast immer hatte ein Barkeeper sie aus dem Lokal geworfen und sie als Pennerin beschimpft, und vielleicht war sie das ja, aber sie blieb eben auch meine Mom. Du dagegen warst nett zu der Frau.«

»Ich habe getan, was jeder tun sollte.«

»Was aber nur wenige tun. Jedenfalls kam ich in der folgenden Woche wieder ins Sal's, die Woche danach auch. Bestellte mein Tonic, beobachtete dich und erlebte, wie freundlich du mit anderen umgingst. Du hast mich gefragt, warum ich immer wieder gekommen bin. Darum. Und jetzt könnte ich mich treten, weil ich solange tatenlos geblieben bin.« Sie sagte nichts, und er wusste, dass er es jetzt gut sein lassen musste. Für den Augenblick wenigstens. »Komm. Ich hole deinen Mantel und bringe dich, wo immer du hingebracht werden möchtest.«

Er ging zur Tür, aber sie rührte sich nicht. Ihre Miene spiegelte ihre Unsicherheit wider, und plötzlich spürte er neue Hoffnung. »Gehen wir oder bleiben wir?«, fragte er.

»Du hast mich auf ein Podest gehoben. Deinen Erwartungen kann ich unmöglich gerecht werden. Wenn ich bliebe – wenn ich es versuchte –, wärest du zwangsweise enttäuscht.«

Er kam zu ihr zurück und umfasste ihre Schultern. »Vielleicht. Oder du von mir. Aber wie sollen wir das je herausfinden, wenn wir es nicht versuchen?« Er küsste sie und war erleichtert, als sie sich auf die Zehenspitzen stellte, um ihm entgegenzukommen. Er unterbrach den Kuss, um Luft zu holen. »Hast du es nicht satt, anderen Leuten beim Leben zuzusehen? Ich schon.«

Ihr Puls pochte in der Mulde an ihrem Schlüsselbein. »Versprich mir etwas.«

»Wenn ich kann.«
»Wenn du enttäuscht bist, dann geh. Bleib nicht aus Mitleid.«
Er legte seine Stirn an ihre und drückte mit bebenden Fingern ihre Schultern. »Du machst dir viel zu viele Sorgen, Eve.«
»Ich weiß«, sagte sie. »Aber du bist nicht viel besser. Können wir das als gemeinsamen Nenner akzeptieren?«
Er legte seine Hände an ihre Wangen. »Ich glaube, da finden wir noch einen besseren.« Aber er zögerte, weil er nicht wusste, wo er sie berühren durfte. »Was kann ich tun?«
Sie presste die Kiefer zusammen. »Ich weiß es nicht.«
Noah dämmerte es plötzlich. »Hat es niemanden mehr für dich gegeben, seit …?«
Sie lächelte verkrampft. »Einen. Aber es lief nicht gut.«
»Ich hätte da eine Idee. Du vertraust mir, hast du gesagt?«
Ihre dunklen Augen verfinsterten sich, als Furcht die Erregung verdrängte. Dennoch nickte sie. »Ja. Ich vertraue dir.«
»Dann zieh deinen Mantel an und komm.«

Mittwoch, 24. Februar, 19.45 Uhr

Man hätte meinen sollen, dass die Leute ihre Häuser besser sicherten. Vor allem dann, wenn sie gerade der Polizei verraten hatten, dass sie die Letzten gewesen waren, die eine Frau kurz vor ihrem gewaltsamen Tod gesehen hatten. Aber die Bolyards waren wohl nicht besonders schlau gewesen. Und nun waren sie tot.
Das Paar zu töten, bevor es mit der Polizei reden konnte, würde die Frage nach sich ziehen, woher der Killer von den Bolyards wissen konnte. Die Cops würden zwar befürchten, dass es irgendwo eine undichte Stelle gab, aber sie würden einander nicht unmittelbar verdächtigen, denn so waren Cops einfach nicht gestrickt. Nun, wie auch immer. Er würde jede Suche in seine Richtung im Keim ersticken, und das nur mit

einem einzigen, wohlplazierten Anruf. *Denn ich denke. Sie hingegen reagieren bloß.*
Die einzige ernstzunehmende Bedrohung hieß Eve Wilson. Sie war schlau, und sie war vorsichtig. Es war an der Zeit, härtere Bandagen anzulegen.

Mittwoch, 24. Februar, 19.45 Uhr

Eve musste unwillkürlich lachen. Noah hatte sie in seine Garage geführt, in der ein ziemlich schrottreifer Dodge Charger stand. Vorsichtig war sie über Ersatzteile gestiegen, saß nun auf dem Rücksitz und sah zu, wie Noah von der anderen Seite aus versuchte, sich neben sie zu quetschen. Schnaufend ließ er sich schließlich neben sie sinken. Sein Atem hing als weiße Wolke in der Luft. »Siehst du? Ich habe dir ja gesagt, dass es dir Spaß machen wird.«
»Und morgen brauchst du einen Chiropraktiker«, sagte sie.
Er rückte näher.
»Willst du damit sagen, dass ich zu alt bin?«
»Nein. Nur zu groß.«
Er grinste. »Woher willst du das bitte wissen?«
Sie versuchte vergeblich, ihr Lächeln zu unterdrücken. »Benimm dich gefälligst. Es ist kalt, und dieses Auto hat definitiv bessere Tage gesehen. Wie soll die Kiste denn fahren?«
»Soll sie ja gar nicht.« Er legte den Arm um sie und tätschelte mit der behandschuhten Hand ihre Schulter. »Sie soll nur hier stehen, während wir drin sitzen.«
Sie sah zu ihm auf. »Du spinnst doch.«
Sein Grinsen verwandelte sich in ein so charmantes Strahlen, dass ihr das Herz schmolz. »Und du lächelst. Das ist den Chiropraktiker wert.«
Gerührt sah sie zur Seite. »Ist das dein Auto?«
»Ja.« Er boxte sanft gegen das Vinyldach, das heruntergesackt

war. »Ich habe ihn vor zwei Jahren gekauft, aber noch nicht viel Zeit gehabt, etwas daran zu machen.«

»Aber warum ausgerechnet dieser Wagen? Der sieht schlimmer aus als meine Rostlaube.«

»Das ist ein Oldtimer. Ein echtes Muscle-Car.«

»Das unter Muskelschwund leidet«, fügte sie trocken hinzu.

Er lachte leise. »Mein allererstes Auto war auch ein solches Dodge-Modell. Da ist so einiges auf dem Rücksitz passiert.«

Ihr stockte der Atem bei der unausgesprochenen Anspielung. »Ich fürchte bloß, dass heute Abend nicht viel auf dem Rücksitz passiert, es sei denn, du willst der Notfallambulanz Erfrierungen an peinlichen Stellen erklären.«

»Hast du denn nie auf dem Rücksitz geknutscht, als du vor ach so vielen Jahren ein Teenie gewesen bist?«, fragte er, und sie schauderte trotz der vielen Schichten Winterkleidung.

»Nein. Keiner der Jungs, die ich kannte, hatte ein Auto, höchstens ein gestohlenes.« Sie legte ihren Kopf an seine Schulter. »Also, wie geht die Sache mit dem Rücksitz?«

»Oh, ziemlich einfach. Ich versuche, bei dir so weit zu gehen, wie ich kann, und du versuchst, mich daran zu hindern. Das mit den Erfrierungen ist dummerweise nicht von der Hand zu weisen, also können wir wohl nur ein bisschen schmusen. So ungefähr.« Und er küsste sie, bis ihre Glieder butterweich waren und ihr in den dicken Wintersachen heiß wurde.

Sie zupfte einen Handschuh von den Fingern, um sein Gesicht berühren zu können, und schauderte, als er den Kopf drehte und ihre Handfläche küsste. Dann kehrte er zu ihrem Mund zurück und küsste sie, ohne etwas einzufordern, doch plötzlich wünschte sie sich, er *würde* es tun.

Sie zog sich ein Stück zurück, gerade weit genug, um ihm in die Augen sehen zu können. Das unterdrückte Verlangen darin raubte ihr den Atem. »Was machen wir als Nächstes?«

»Nichts, was du nicht willst.«

Also bestimmte sie die Regeln – eine beängstigende, aber auch

erregende Vorstellung. »Okay. Dann versuch einfach etwas, und wir sehen ja, ob ich dich daran hindere.«
Einen Moment lang geschah nichts, dann lehnte er sich zurück und zog sie so an sich, dass sie rittlings auf seinem Schoß saß. Er sah zu ihr auf, während seine Hände über ihren Rücken und ihr Hinterteil strichen und schließlich auf ihren Oberschenkeln zur Ruhe kamen.
»Dein Sofa ist grässlich unbequem«, flüsterte er, »aber dein Sessel hat tausend Fantasien in mir erzeugt.«
Und plötzlich hatte sie sie ebenfalls vor sich. Sie presste ihre Lippen auf seine und schmiegte ihre Hüften an ihn. Der süße Schock der Entdeckung jagte ihr einen elektrischen Schlag durch den Körper. Er hatte gesagt, dass er sie begehrte, und er hatte nicht gelogen.
Seine Miene war hart, hungrig. Sein Körper war ebenfalls hart, und er begann seine Hüften zu bewegen, so dass sie ihm mit ihrem Körper folgte, um den Kontakt nicht zu früh abbrechen zu lassen. »Du neckst mich«, flüsterte sie.
Er lachte leise, aber ein wenig gepresst. »Funktioniert es?«
»Ja.«
Seine Hände packten ihre Schenkel und zogen sie näher zu sich heran, bis sich ein Stöhnen ihrer Kehle entrang. Es fühlte sich gut an, so gut, und sie wollte mehr. Brauchte mehr. Mit bebenden Fingern zog sie am Reißverschluss ihres Mantels. Seine Hände verließen ihre Hüften und nestelten an der Fleecejacke, die sie unter dem Mantel trug. Er sah ihr in die Augen, während er seine Handschuhe auszog und die Hände unter ihren Pulli gleiten ließ, wo er behutsam über die dünne Baumwolle ihres BHs strich.
»Ja?«, fragte er heiser.
»Ja«, flüsterte sie und stöhnte, als er den BH zur Seite schob und sie endlich streichelte.
Seine Daumen strichen über die Nippel, und sie spannte jeden Muskel an, als sie sich langsam auf seine harte Schwellung

senkte. Der Laut, den er ausstieß, war rauh und voller Begierde, und sie wollte ihn noch einmal hören. Hungrig küsste sie ihn und kam ihm mit den Hüften entgegen.

Mit einem Mal hörte er auf, der Druck seiner Hüften ließ nach, und sie fröstelte. Erst jetzt sah sie, dass die Autoscheiben beschlagen waren. Noah hatte die Augen geschlossen. Seine Lippen waren zusammengepresst, und er kämpfte sichtlich um Beherrschung. Die Erkenntnis verschaffte ihr ein Hochgefühl.

»Warum hast du aufgehört?«, flüsterte sie, als er ihren Pullover glatt zog.

»Weil ich jetzt noch kann. Noch eine Minute länger, und ich hätte mehr versucht.«

»Vielleicht hätte ich nichts dagegen gehabt.«

Er schluckte. »Aber dann hätten wir uns vielleicht doch Erfrierungen an peinlichen Stellen zugezogen«, sagte er.

Mit zitternden Fingern schob sie ihm eine Strähne aus der Stirn. »Hast du denn jemals auf dem Rücksitz … du weißt schon?«

Er grinste. »Zu dieser Jahreszeit? Nein.« Er tätschelte ihren Po, ging dann aber zu einer Liebkosung über, die ihr erneut Lust auf mehr machte. Plötzlich vibrierte sein Handy in seiner Hosentasche, und beide fuhren zusammen. »Das wird Jack sein.«

Eve beeilte sich, von seinem Schoß zu klettern, damit Noah sein Handy hervorziehen konnte. Er lauschte eine Weile, dann warf er Eve einen kurzen Blick zu. »Nein, sie ist hier bei mir. Wie ist die Adresse?« Seine Miene war nun vollkommen ernst. »Ich rufe Jack an und komme dorthin. Das war Olivia«, erklärte er Eve, als er das Gespräch beendet hatte und Jacks Nummer wählte. »Sie haben Harvey Farmer Sr. gefunden. Komm schon, Jack, geh ran.«

»Das ging aber schnell.«

»Nicht schnell genug. Er ist tot. Jack, verdammt noch mal, ruf mich zurück.« Er versuchte es noch einmal, während er aus dem Auto stieg, und schließlich wählte er erneut, und während er wartete, hielt er ihr die Garagentür auf.

»Bruce.« Sie waren an der Haustür angelangt. »Hier ist Noah. Hat Olivia sich bei Ihnen gemeldet? Gut. Bei mir auch, aber bei Jack geht schon wieder keiner dran. Weder ans Handy noch zu Hause. Ich bin auf dem Weg zu Farmer, aber Sie sagten, ich sollte Ihnen Bescheid geben, falls Jack wieder nicht greifbar ist.« Er legte auf, schnappte sich Eves Laptoptasche und setzte sich wieder in Bewegung. »Gehen wir.«

»Hat Olivia den Sohn auch schon gefunden – Dell?«, fragte Eve, als sie sich anschnallte.

»Nein. Deswegen lasse ich dich auch nirgendwo allein zurück.«

»Wie hat sie den Vater gefunden?«

»Durch den Einzelgesprächsnachweis von Kurt Bucklands Handy. Die entsprechende Adresse ist ein Haus, das auf Harvey Seniors Namen gemietet ist.« Er war nun wieder ganz Detective.

»Wie ist der Vater gestorben?«

»Durch eine Kugel in die Brust. Alle Fenster im Haus stehen offen.«

Auch ihr war eiskalt. »Es kann nicht derselbe Mann sein, Noah. Der Shadowland-Mörder geht sorgsam vor. Dell Farmer wirkte auf mich, als würde er leicht die Beherrschung verlieren.«

»Ich weiß. Ich stimme dir zu und Carleton Pierce ebenfalls.«

»Pierce war übrigens vorhin im Krankenhaus. Er hat mir gesagt, dass ihr die Information über Shadowland an die Presse weitergeben wollt, um potenzielle Opfer zu warnen.«

»Ja. Tut mir leid. Ich hätte es dir sagen müssen.«

»Schon okay. Hoffen wir nur, dass es hilft.«

Mittwoch, 24. Februar, 20.25 Uhr

»Bleib an der Tür und fass nichts an«, sagte Noah zu Eve.

»Okay«, antwortete sie knapp. Ihr Blick war auf den toten Harvey Farmer fixiert.

»Sieh nicht hin«, sagte er. Er hätte sie nicht mit her nehmen dürfen, aber er hätte sich sonst nicht konzentrieren können.

»Zu spät«, sagte sie und winkte ihn fort. »Geh schon. Ich komme klar.«

Das würde sie wahrscheinlich nicht, aber er musste jetzt seine Arbeit tun. »Olivia. Was kannst du mir sagen?«

Olivia ging neben der Leiche in die Hocke. »Eine Kugel in die Brust, großes Kaliber. Er ist noch warm. Sieht aus, als hätte er einen Hieb ins Gesicht bekommen. Ich habe die CSU und die Gerichtsmedizin gerufen.«

»Hast du den blauen Subaru draußen gesehen? Der hat Jack und mich verfolgt, als wir am Dienstagmorgen mit Eve vom Bistro wegfuhren. Er gehört dem Sohn.«

»Moment mal.« Eve hatte sich nicht vom Fleck gerührt. »Dell Farmer war doch im Bistro. Wie ist er so schnell in den Subaru gekommen? Der Barmann hat mir erzählt, dass Dell und Jeremy Lyons sich noch eine Weile unterhalten hätten, bevor er wieder gegangen ist. Ihr erinnert euch: Lyons hat ihm angeboten, ihm Callies Nummer zu geben. Du und ich und Jack waren zu dem Zeitpunkt bereits einen Block entfernt, und der blaue Subaru ebenfalls.«

Noah und Olivia sahen sich beeindruckt an. »Das Mädchen denkt schnell«, murmelte Olivia.

»Eindeutig«, bestätigte Noah. »Dells Wagen dürfte der schwarze SUV sein, mit dem er David von der Straße gedrängt hat. Der Subaru hat vermutlich dem Vater gehört.«

»Von dem Subaru wusste ich gar nichts«, sagte Olivia. »Ich habe Beamte losgeschickt, um in der Nachbarschaft nach dem schwarzen SUV zu fragen. Beim Straßenverkehrsamt von Minnesota ist Dell nicht zu finden, also ist er vermutlich …«

»Noah.« Eve stand jetzt vor einem Bücherregal. Sie sah sich verstört zu ihm um.

Einen Augenblick später stand er bei ihr. »Was ist los?«

»Das.« Sie deutete auf ein gerahmtes Foto, ohne es zu berühren. »Das ist V, der Sohn, der gestorben ist. Schau dir die Frau neben ihm an. Das ist Katie. Jacks Katie. Noah, hier geht es nicht nur um dich. Sondern auch um Jack.«

»Wo ist Jack?«, fragte Olivia gepresst.

»Geht nicht ans Telefon.« Noahs Herz begann zu rasen.

»Fahrt los«, rief Olivia. »Ich fordere Verstärkung an.«

Mittwoch, 24. Februar, 20.30 Uhr

Tatsächlich war es sogar Eve gewesen, die ihn auf die Idee gebracht hat, und die Ironie war köstlich. Er saß in seinem Wagen und blickte auf den Bildschirm seines Laptops, auf dem ein Video lief. Es war die Aufnahme eines Interviews, das er aus dem Archiv eines Fernsehsenders in North Carolina heruntergeladen hatte.

Das Interview war etwas mehr als sechs Jahre alt. Und es passte ganz wunderbar.

»Und was haben Sie dann getan?«, fragte der Reporter. Auf seinem Gesicht zeichnete sich milder Abscheu ab.

Die Kamera wechselte zu dem attraktiven Gesicht des Serienmörders. »Dann habe ich sie umgebracht«, sagte Rob Winters mit einem Grinsen. »Ich überwältigte sie, warf sie aufs Bett und sagte, ›Haben deine Eltern dir nicht beigebracht, dass man niemals zu fremden Männern ins Auto steigen darf?‹. Ich schlang einen Draht um ihren Hals und zog zu. Richtig fest. Sie hat sich gewehrt, also habe ich mit dem Messer auf sie eingestochen. Sechsmal, glaube ich.«

»Achtmal«, korrigierte der Reporter, der etwas blass geworden war. »Achtmal in den Bauch.«
»Sie haben wahrscheinlich recht«, sagte Winters und grinste wieder. »Ihr Reporter macht eure Hausaufgaben immer recht gut. Okay, also habe ich achtmal zugestochen. Sie wehrte sich immer noch und wollte mich kratzen.« Er lächelte bei der Erinnerung. »Kleines, freches Biest. Also schlitzte ich ihr Hand und Gesicht auf.«
»Warum ihr Gesicht?«, murmelte der Reporter. »Ich meine, Sie hatten sie doch praktisch schon getötet.«
»Nur so.« Winters zog die Schultern hoch. »Weil sie sich für hübsch hielt. Weil ich Lust dazu hatte. Weil ich gerade dabei war. Dann hörte sie endlich auf zu zappeln, und ich zog wieder am Draht. Ich war wirklich sicher, dass ich sie getötet hatte, aber ... was soll's. Ich bin zwar hier drin, aber sie trägt ihre Narben draußen ein ganzes Leben lang mit sich herum.« Seine dunklen Augen wurden kalt. »Keiner von uns ist frei. Damit kann ich leben.«
»Ich verstehe. Nun, machen wir weiter. Was geschah dann?«
Winters beschrieb detailliert die Gewaltorgie, die erst mit seiner Verhaftung zum Ende gekommen war. Zwei Wochen nach dem Interview war er unter der Gefängnisdusche erstochen worden.
Und das konnte nur geschehen, weil er die Kontrolle über sich verloren hatte. Eine Schande, *ich hätte gern selbst mit ihm gesprochen.* Diese Variante des Bösen hatte ein faszinierendes Gesicht. Faszinierend genug, um es ausgiebig zu studieren.
Aber auch wenn Winters ausgelöscht worden war, fürchtete sich Eve Wilson immer noch. Man konnte es ihr an den Augen ablesen, wenn man genau hinsah. *Und ich weiß es.*
Aus seiner Tasche nahm er dasselbe Handy, mit dem er ihr heute Morgen eine SMS geschickt hatte, dann spulte er das Video zu einer bestimmten Stelle zurück. Er wählte Eves Nummer, musste jedoch verärgert feststellen, dass sie nicht

ranging. Er hätte sie so gern nach Luft schnappen hören, wenn er ihr dieses kleine Filmchen vorspielte. *Nun, nicht so tragisch.* Er würde die Furcht in ihren Augen früh genug sehen können.

Sobald ihre Mailbox piepte, klickte er auf »Play« und hielt das Handy an den Lautsprecher. Als die Sequenz vorüber war, unterbrach er die Verbindung. Und lächelte.

Anschließend legte er den Gang ein und fuhr los. Aus seinem Radio tönte der Polizeifunk. Er wollte wissen, wann genau Webster die Bolyards entdeckte. Wenn Eve seine Nachricht bekam, würde sie erschüttert sein, aber Webster würde die Angst packen, vor allem nach dem Anschlag, bei dem leider nur Hunter erwischt wurde. Webster würde Eve keine Sekunde mehr aus den Augen lassen.

Und er wusste genau, wo Webster sein würde. *Fahren Sie zu den Bolyards. Finden Sie heraus, was sie wissen.* Wie ein braver Soldat würde Webster die Order befolgen. Und wo Webster war, würde auch Eve sein.

Ich warte auf dich.

Mittwoch, 24. Februar, 20.45 Uhr

»O mein Gott.« Noah sprang aus dem Auto, packte Eve an der Hand und rannte zu Jacks Haus, blieb dann jedoch wie angewurzelt stehen. Sein Magen drohte sich umzudrehen, als Mitarbeiter der Gerichtsmedizin eine Bahre mit einem gefalteten Leichensack darauf hineinschoben.

Abbott fing sie an der Tür ab. Seine Miene war ernst. »Es ist nicht Jack«, sagte er statt einer Begrüßung.

Noah deutete auf die Bahre. »Wer dann?«

»Katie. Kopfschuss durch eine von Jacks Waffen.«

»Das hat er nicht getan«, sagte Noah sofort, aber Abbott hob abwehrend die Hand.

»Jack ist schon auf dem Weg ins Krankenhaus. Er ist in keinem guten Zustand.«

Noah spürte, wie ihm die Knie weich wurden. »Was heißt das?«

»Wir haben neben seinem Bett eine leere Flasche gefunden, und die Sanitäter glauben, dass er außerdem Tabletten geschluckt hat. Allerdings haben wir nichts gefunden.«

Noah wollte sagen, dass Jack so etwas niemals tun würde, aber er war sich nicht mehr sicher, ob es wirklich stimmte.

»Jack war derjenige, der V Farmer damals verfolgt hat. Wegen Jack hat er versucht, über den Highway zu entkommen«, sagte Eve. »Das hier gehört zu Dells Rache.«

»Sie wissen, dass Jack Katie nicht ermordet hat«, fügte Noah zur Bekräftigung hinzu, und Abbott nickte.

»Aber wir müssen uns an die Regeln halten. Und da ich keine Vorwürfe der Verschleierung hören will, können Sie auch nicht hineingehen, Noah.«

Noah schloss die Augen. Er wusste, dass Abbott recht hatte. »Dann sagen Sie mir, wie es drinnen ausgesehen hat.«

»Katie lag im Bett – tot.« Abbott zögerte. »Man hat sie zusammengeschlagen. Jack lag bewusstlos neben ihr, Pistole und Flasche auf dem Nachttisch. Hätten wir sie erst morgen früh entdeckt, wäre Jack jetzt tot. Es war gut, dass Sie mir Bescheid gegeben haben, als er wieder nicht auf die Anrufe reagiert hat. Und, Eve – gute Arbeit. Olivia sagte mir, Sie hätten die Verbindung zu den Farmers hergestellt. Und dass Sie Katie auf dem Foto erkannt haben, wird uns helfen, Jack vom Mordverdacht reinzuwaschen.«

Eve nickte, eine Hand auf Noahs Rücken. »Gehen Sie davon aus, dass Dell seinen Vater getötet hat?«, fragte sie.

»Ja«, antwortete Abbott. »Warum?«

»Weil ich mich frage, warum er es getan hat. Und wer noch auf seiner Liste steht.«

»Ich würde sagen, du«, sagte Noah.

»Und du«, gab sie zurück. »Wohin wird Jack gebracht?«
»Ins County«, antwortete Abbott. »Aber niemand wird zu ihm vorgelassen. Ich habe schon seinen Vater angerufen und treffe mich gleich mit ihm im Krankenhaus.«
»Ich muss aber mit ihm reden«, sagte Noah. »Er hat geglaubt, dass ich Sie um einen neuen Partner gebeten hätte. Außerdem hat ihn Rachel Wards Tod stark mitgenommen. Er soll wissen, dass ich auf seiner Seite stehe.«
»Das können Sie ihm sagen, sobald sein Zustand stabil ist«, befahl Abbott. »Im Augenblick machen Sie am besten Ihren Job.«
»Ja. Wir müssen noch das Paar befragen, das uns wegen Martha angerufen hat. Die Bolyards. Eve kann mich begleiten.«
»Kein Problem«, sagte sie. »Ich habe meinen Laptop dabei. Ich kann mich überall beschäftigen.«
Abbott ging mit ihnen zum Auto, wartete, bis Eve eingestiegen und die Tür geschlossen war, und nahm Noah dann beiseite. »Selbst wenn Jack überlebt, wird er eine Weile nicht arbeiten können. Sie brauchen Unterstützung in diesem Fall.«
Noah wusste, dass Abbott recht hatte. »Und an wen denken Sie?«
»Ich weiß es noch nicht. Im nächsten Jahr hätte ich Olivia vorgeschlagen, weil Kane in Pension geht. Ich werde ein paar Anrufe tätigen und Ihnen Bescheid geben, sobald ich mehr weiß.« Er sah über Noahs Schulter zum Wagen, in dem Eve saß. »Und *sie* muss in einem sicheren Haus untergebracht werden.«
»Ich glaube nicht, dass sie damit einverstanden ist.«
»Dann überzeugen Sie sie«, sagte Abbott knapp. »Sie können sie nicht hin- und herkarren. Entweder Sie finden einen sicheren Ort für sie, oder *ich* bringe sie unter.«
Noah nickte. »Sonst noch etwas?«
»Konzentrieren Sie sich auf Ihren Fall. Fünf Frauen sind tot.«

»Die habe ich nicht vergessen«, sagte Noah ruhig, doch ein weiterer Kommentar blieb ihm erspart, als ein Mercedes hinter seinem parkte.

Carleton Pierce stieg aus. Seine Miene verriet Besorgnis. »Was ist hier los?«

»Was machen Sie hier, Carleton?«, fragte Abbott stirnrunzelnd.

»Ich habe etwas mit Jack zu besprechen.«

»Und was? Hat er sie angerufen?«, wollte Abbott wissen, doch in diesem Augenblick wurde die Bahre mit dem geschlossenen Leichensack aus dem Haus geschoben.

»O mein Gott. Hat Jack …?«

»Carleton! Warum sind Sie hier?«, fragte Abbott wieder.

Carleton sah der Bahre hinterher. »Das kann ich Ihnen nicht sagen.«

»Das ist nicht Jack«, sagte Noah, woraufhin Carleton ihn überrascht anblickte. »Wer dann?«

»Jacks Freundin«, sagte Abbott. »Warum hat Jack Sie angerufen? Ich muss es wissen.«

Carleton schüttelte den Kopf. »Bruce, fragen Sie mich nicht. Ich kann es Ihnen nicht sagen. Wo ist Jack?«

»In der Notaufnahme«, sagte Abbott finster.

Carletons Augen weiteten sich. »Warum das?«

Abbotts Kiefermuskeln zuckten. »Weil er vermutlich einen Cocktail aus Alkohol und Tabletten zu sich genommen hat.«

»Verdammt. Wie stehen seine Chancen?«

»Nicht gut.« Abbott sah, wie die Gerichtsmediziner Katies Leiche in den Wagen hoben. »Aber im Augenblick besser als ihre. Ich will nicht unhöflich sein, Carleton, aber ich habe einiges zu tun.«

»Okay. Wenn Jack es schafft, dann sagen Sie ihm bitte, dass ich vorbeigeschaut habe, ja? Ich sehe Sie beide morgen früh beim Meeting.« Und damit stieg er ein und fuhr ohne ein weiteres Wort davon.

»Der Seelenklemper ist unglücklich«, bemerkte Noah.
»Nicht mein Job, ihn glücklich zu machen«, fauchte Abbott.
»Er darf vertrauliche Informationen nicht weitergeben, Bruce, das wissen Sie. Dass er hier war, kann bedeuten, dass es Jack seelisch weitaus schlechter ging, als uns bekannt war.«
»Und das heißt nichts Gutes für Jack«, knurrte Abbott.
»Wenn er aufwacht, sagen Sie ihm, dass ich an seine Unschuld glaube, okay?«
Abbotts zornige Miene verschwand. »Sicher. Jetzt fahren Sie, damit wir weiterkommen. Und bringen Sie Eve in Sicherheit.«

»Dein Onkel scheint ein netter Kerl zu sein«, sagte Liza. Sie hatten das Krankenhaus verlassen, als die Besuchszeit um war, und saßen nun in Toms Auto und fuhren in Richtung Innenstadt. »Ich bin froh, dass es ihm gutgeht.«
Toms Kiefer war angespannt. »Ich kann einfach nicht fassen, dass jemand versucht hat, ihn umzubringen. Oder Eve.«
»Du hast es gut. Du hast eine Familie«, sagte sie.
»Gib die Hoffnung nicht auf. Lindsay ist vielleicht noch irgendwo da draußen. Wie geht's deiner Mom?«
»Ganz gut. Ich hab's ihr noch nicht gesagt. Sie ist im Augenblick noch ziemlich schwach.« Sie fand es schrecklich, ihn anlügen zu müssen, aber wenn er erfuhr, dass sie niemanden mehr hatte, würde er sie bestimmt irgendwo unterbringen wollen. Sie brauchte jedoch die Freiheit, suchen zu können, wann und wo sie wollte. »Wenn du jetzt bei deiner Familie sein willst, dann verstehe ich das gut. Ich kann auch allein nach diesem Jonesy suchen.« Olivia hatte sich melden wollen, sobald sie etwas über den Mann herausgefunden hatte, hatte es aber bisher noch nicht getan.
»Nein. Ich komme mit. Ich mache mir schon genügend Sorgen um Eve. Ich will mir nicht auch noch welche um dich machen müssen.«

Mittwoch, 24. Februar, 21.25 Uhr

»Du warst bemerkenswert ruhig«, sagte Noah, als sie davonfuhren.

»Eigentlich nicht«, sagte sie aufrichtig. »Aber es hätte niemandem geholfen, wenn ich zusammengebrochen wäre. Warum ist Pierce gekommen? Und was hat Abbott gesagt?«

»Carleton meinte, er sei mit Jack verabredet gewesen.«

»Verabredung im Sinne von Termin? Das ist nicht gut, wenn man den Verdacht des Selbstmordversuchs entkräften will.«

»So ist es. Keiner von uns ist besonders glücklich darüber.«

»Noah, erzähl mir, was Abbott gesagt hat. Ich weiß, dass er über mich gesprochen hat.«

Er warf ihr einen Seitenblick zu. »Und wie kommst du darauf?«

»Weil er mir direkt in die Augen gesehen hat, während er mit dir sprach.«

Noah seufzte. »Er will, dass du in ein sicheres Haus gehst.«

Eve lächelte, obwohl ihr Inneres bei dem Gedanken zu brennen begann. »Nein«, sagte sie und fuhr fort, bevor er protestieren konnte, »und was ist mit dir? Ist mit *dir* alles in Ordnung?«

Einen Moment lang schwieg er. »Nein. Jack und ich hatten nicht die beste aller Beziehungen.«

»Ja, das war nicht zu übersehen. Sal hat mir erzählt, dass Jack seine Freundinnen wechselt wie die Unterwäsche.«

»In den vergangenen Jahren war das sicher so«, sagte Noah.

»Noah, wenn Katie ein Spitzel war, hat Jack sie immer noch in sein Haus gelassen. In sein Bett. Er hat sich bei einer Frau, die er kaum kannte, gehenlassen.«

Noah warf ihr einen nachdenklichen Blick zu, bevor er sich wieder der Straße zuwandte. »Übrigens war Amy Millhouse das erste Opfer. Ihr Bruder hat den Tatort verändert, weswegen uns der Mord entgangen ist. Er erzählte, sie habe mit Immobilien gehandelt, aber hauptsächlich im Casino gespielt.«

»Die Tanzkollegin von Rachel sagte, dass Rachel im Casino angesprochen wurde. Es scheint mir nur logisch, dass er auch Amy dort angesprochen hat. Er geht eben dorthin, wo die exzessiven Gamer sind. Ich habe noch eine kritische Probandin, die praktisch nie das Casino verlässt. Sie war gestern Nacht da, aber sie könnte in Gefahr sein.«

»Natalie«, fiel ihm wieder ein. »Sie spielt an dem Tisch, an dem auch der Betrüger spielt.«

»Dasich«, sagte sie düster. »Ich muss nach Natalie sehen. Sie müsste eigentlich jetzt da sein.«

»Du kannst von hier aus einsteigen? Jetzt?«

Sie holte den Laptop aus der Tasche. »Ich habe eine Wireless Card. Ich kann überall ins Netz.«

»Wenn du nach Natalie gesehen hat, schau doch bitte nach, ob bei Amy Millhouse ein schwarzer Kranz an der Tür hängt.«

»Mach ich.« Eve ging als Greer zuerst ins Casino, wo Natalies Avatar an seinem üblichen Platz saß. Dummerweise war auch Dasich da, und vor ihm lag ein Berg von Jetons. »Natalie verliert, aber sie ist am Leben und im Moment in Sicherheit. Ich gehe jetzt zu Amy.«

Sie schickte Greer zu der virtuellen Adresse und sah verwirrt auf. »Ja, da hängt der schwarze Kranz. Aber heute morgen war noch keiner da.« Sie warf Noah einen Blick zu. »Bei Christy und Rachel hatte er einen Kranz an die Tür gehängt, sobald sie tot waren, bei Martha und Rachel hat er gewartet, bis ihr sie entdeckt hattet. Heute Morgen hing bei Amy noch kein Kranz. Woher hat er gewusst, dass ihr es ausgerechnet jetzt herausgefunden habt? In der Presse ist noch nichts darüber berichtet worden.

»Wie erfährt er überhaupt etwas?«, fraget Noah gereizt.

»Durch Dells Artikel konnte er wissen, dass ihr über Martha, Christy und Samantha Bescheid wusstet. Über den Mord an Rachel habe ich heute Morgen einen Bericht gehört. Aber wie soll er von Amy erfahren haben?«

»Jack und ich sind heute zu Amy Millhouses Mutter gefahren,

und Jack hat ihren Bruder am Flughafen abgefangen und zur Polizei eskortiert. Man könnte uns beobachtet haben.«

»Wie Dell Farmer es getan hat«, sagte sie, »nur dass er einfach nicht der Richtige sein kann.« Noah fuhr an den Straßenrand und stellte den Motor ab. »Warum hältst du?«

»Das ist das Haus der Bolyards. Sie sind vielleicht die letzten Menschen, die Martha Brisbane lebend gesehen haben – abgesehen von ihrem Mörder natürlich. Komm. Du kannst nicht allein hier draußen bleiben.«

»Ich habe die Kopfhörer dabei«, sagte sie. »Wenn ich nichts mitbekommen soll, kann ich sie benutzen.«

»Vielleicht muss ich dich wirklich darum bitten.« Er setzte den Hut auf und wurde stutzig. »Was ist?«

»Ich mag den Hut«, sagte sie heiser. »Ich fand ihn schon immer sehr sexy.«

Schweigend erwiderte er ihren Blick, und obwohl seine Augen im Schatten der Hutkrempe lagen, konnte sie die Glut darin sehen. »Komm, bringen wir das hier hinter uns. Ich würde heute gern noch ein wenig Zeit mit dir allein verbringen.« Er stieg aus, öffnete ihr die Tür und half ihr auszusteigen. Sie spürte die Kälte kaum, als sie ihm in einigen Schritten Abstand zum Haus folgte und wartete, als er klingelte.

Keine Reaktion, also klopfte er.

»Vielleicht sind sie ausgegangen?«, meinte Eve, doch Noah runzelte die Stirn.

»Vielleicht. Aber eigentlich haben sie uns erwartet. Die Frau wollte unbedingt Jack kennenlernen«, setzte er mit einem Hauch Bitterkeit hinzu. Eve strich ihm mit der Hand über den Rücken. »Schon okay, mir geht's gut. Ich muss das jetzt tun.«

»Das hier« war sein Job, wie sie wusste. Den Mörder finden, festsetzen, und das nun auch, um für seinen Partner etwas in die Waagschale werfen zu können. Er ging zurück zur Auffahrt und spähte durch die Fensterschlitze, die sich unter dem Garagendach befanden.

»Komm«, sagte er abrupt.
»Was ist?«, fragte sie und folgte ihm durch den Schnee ums Haus herum.
»Beide Wagen stehen in der Garage. Sie sind zu Hause.« Sie waren auf der Rückseite des Hauses angekommen, und er hielt die Hand hoch. »Bleib hier.«
Sie nickte und musste sich zum Atmen zwingen, als Noah mit gezogener Waffe ans Küchenfenster trat und hineinsah. Sie hörte seinen Fluch, kam näher und spähte ebenfalls durchs Fenster. »O Gott«, murmelte sie.
Zwei Personen lagen mit dem Oberkörper auf dem Küchentisch. Überall war Blut. Noah zog an der Tür, und sie ging auf. Eve blieb wie angewurzelt stehen, als er eintrat und den Puls des Paares überprüfte. Dann kam er rückwärts wieder heraus, ohne etwas anderes berührt zu haben.
»Sie sind tot«, sagte er tonlos. »Komm mit.«
Wieder folgte sie ihm, diesmal zu seinem Wagen, wo er das Funkgerät nahm und Verstärkung anforderte. Und die Technik. Und die Gerichtsmedizin.
Müde stützte er die Ellbogen aufs Lenkrad und drückte die Daumen gegen seine Schläfen.
Eve strich ihm sanft über den Arm. »Wer wusste alles, dass die beiden Martha Brisbane gesehen haben?«
»Mein Team, die Person, die den Anruf entgegengenommen hat, und jeder, dem das Paar davon erzählt hat. Sie wollten wegen dieses verdammten Zeitschriftenartikels unbedingt von Jack befragt werden.« Sein Mund verzog sich. »Wer weiß, vor wem sie damit geprahlt haben.«
»Aber das würde nur eine Rolle spielen, wenn die Person, vor der sie geprahlt haben, Dreck am Stecken hat.«
Er sah sie an. »Also entweder kannten sie den Killer und wussten es nicht ...«
Die Furcht in ihren Eingeweiden passte zu der in seinen Augen. »Oder du kennst ihn«, sagte sie.

20. Kapitel

Mittwoch, 24. Februar, 21.30 Uhr

Webster war da und Eve ebenfalls, wie er es sich gedacht hatte. Der Augenblick war ideal, denn Webster war noch benommen durch den Schock, die beiden Bolyards tot vorgefunden zu haben, und bisher war noch niemand anderes hier. Wenn er Webster erwischte, wäre Eve ebenfalls reif.

Aber Webster hatte seinen Wagen drei Meter zu weit vorgefahren. Er senkte frustriert die Waffe. So würde er keinen vernünftigen Treffer erzielen, aber er wagte auch nicht, näher heranzugehen. Webster, ganz der pflichtbewusste Cop, hatte seine Waffe noch immer gezogen, und auch wenn er es nur sehr ungern zugab: Webster war der bessere Schütze. *Wenn ich danebenschieße, bin ich tot.* Und er hatte nicht vor zu sterben. Jedenfalls noch nicht heute.

Phelps schaffte es vielleicht nicht. Das war genau der Tropfen, den er brauchte, um das Fass zum Überlaufen zu bringen. Die Presse würde über die Story herfallen und herausfinden, dass Phelps sich an Rachel Wards Tod schuldig gefühlt hatte. Aber bevor die Reporter gründlich recherchieren konnten, würde er zum K.o.-Schlag ansetzen.

Die Hat Squad würde zwangsweise in die Defensive gehen. Man würde sagen, man habe die Teilnehmer an der Shadowland-Studie vor der möglichen Gefahr gewarnt. Selbstverständlich seien die Frauen dieser Stadt sicher.

Doch am Ende des morgigen Tages würde man eine weitere Tote finden, die in keinerlei Zusammenhang mit der Studie stand, und die Hat Squad würde ohne eine Spur, ohne Anhaltspunkte, ohne Plan dastehen.

Die Medien würden sie kreuzigen. Man würde erleben, wie sie

sich in aller Öffentlichkeit verhaspelten. Wie sie ihre inkompetenten Ermittlungsstrategien rechtfertigten, während sie gleichzeitig versuchten, dem Vorwurf der Verschleierung im Fall Jack Phelps zu entgehen.

Sie würden darum kämpfen, das Gesicht zu wahren, und verzweifelt nach Verdächtigen fahnden. Er hatte gehofft, dass Axel Girard sie länger als nur ein paar Tage in Atem halten würde, aber das war letztlich nicht so schlimm. Der Augenarzt war nie sein wahres Bauernopfer gewesen.

Er hatte längst die Saat für zwei weitere Verdächtige gesetzt, die er von Anfang an eingeplant hatte. Er freute sich schon, wenn die Cops auch auf diese falschen Fährten reinfallen würden, während ihnen wertvolle Zeit durch die Finger rann.

Der erste Streifenwagen hielt vor dem Haus der Bolyards. Bald würde es hier von Polizei nur so wimmeln. Er musste sich zurückziehen, und obwohl er enttäuscht war, hatte er wenigstens keine Verluste zu beklagen.

Eve konnte ihm nun mit ihrem Wissen über Shadowland nicht mehr schaden, denn die Rolle ihrer Studie und ihre eigene war an diesem Punkt zu Ende. Es war nicht mehr nötig, sie zum Schweigen zu bringen.

Nun wollte er sie einfach haben. Zum Teil aus simpler Rache, das musste er zugeben. Aber es war mehr als das.

Es hatte ihn erstaunlich erregt, Winters Erinnerungen an seine »Tötung« der jungen Eve Wilson und der Beschreibung ihrer Gegenwehr zu lauschen. *Das will ich auch erleben. Ich will es sehen und spüren, wenn ich ihr die Hände um den Hals lege und zudrücke.* Und, ja, es war auch Ehrgeiz. Dort Erfolg zu haben, wo ein berühmter Mörder gescheitert war, würde seinem Ego enorm schmeicheln.

Er startete den Motor und fuhr leise an.

Sieh an, das war ja interessant. Dell sah den dunklen Wagen durch den Zoom seiner Kamera davonfahren. *Es gibt anschei-*

nend noch jemanden, der Webster ebenso verabscheut wie ich.

Er war sicher, dass diese Person nicht gemerkt hatte, dass sie beobachtet wurde. Sonst hätte sie wohl kaum eine Waffe auf Websters Wagen gerichtet. Doch entweder hatte der Mann nicht anständig zielen können oder Angst bekommen, denn er war gefahren, ohne eine einzige Patrone abzufeuern.

Dell notierte sich das Kennzeichen und konzentrierte sich wieder auf Webster, der in seinem Wagen saß und sehr traurig wirkte. Nun, er hatte auch allen Grund dazu. Eben hatte man seinen Partner im Bett mit dessen toter Freundin gefunden. Das würde morgen früh prächtige Schlagzeilen ergeben. Allerdings wären sie noch prächtiger ausgefallen, wenn Phelps' »Selbstmordversuch« Erfolg gehabt hätte. Dass Phelps gefunden worden war, bevor der Cocktail seine Wirkung richtig hatte entfalten können, war, gelinde ausgedrückt, frustrierend.

Auch hätte Dell immer noch als Buckland schreiben können, wenn sein alter Herr die Klappe gehalten hätte.

Ich hab den Bullen nichts gesagt. So ein Unfug. Harvey hatte gedroht, alles zu verraten, und letztlich hatte er es getan. Aber als die Zeit gekommen war, die Zeche zu zahlen, hatte der alte Mann gewimmert wie eine Memme.

V hatte das immer vorhergesagt. V hatte immer schon gesagt, dass sie ihn gemeinsam in die Knie hätten zwingen können, wenn sie sich als Kinder gegen ihn verbündet hätten. *Aber ich hatte zu viel Angst.* Heute Abend allerdings hatte er überhaupt keine Angst gehabt. Er war wütend gewesen – und im Recht.

Aber jetzt weiß Webster, wer ich bin. Webster hatte Harvey gefunden. Dell hatte den Funk abgehört, ihr Gequatsche verfolgt und mitbekommen, dass eine Fahndung eingeleitet worden war – *nach mir!* Dummerweise hatten sie sich mit dem Auto vertan, die Idioten. Sie hatten ihn in einen schwarzen Lincoln Navigator gesteckt.

So einer, wie ihn der Typ mit der Waffe eben gefahren hat. Dell grinste, als er plötzlich kapierte. Falls Webster nicht gleich drei Erzfeinde im Schlepptau hatte, dann war der Kerl in dem Navigator der Serienkiller persönlich. Dell legte die Kamera zur Seite und holte sein BlackBerry aus der Tasche, rief eine Suchmaschine auf und gab das Kennzeichen ein. Kurz darauf las er den Namen.

Donald Donner. Wo hatte er den Namen schon mal gelesen? Ach ja. An der Tür, die sich hinter dem Schreibtisch von diesem Waschlappen Jeremy Lyons befunden hatte.

»O nein, Dr. Donner«, murmelte Dell. »Ich habe ihn zuerst gesehen. Der da gehört mir.«

Aber zunächst die Schlagzeilen. Er konnte sie nicht mehr schreiben, aber er konnte dafür sorgen, dass ein anderer es tat. Er wählte eine Nummer, die er in Bucklands Kontaktliste gefunden hatte. »Hi. Ich hätte da einen Tipp für Sie …«

Mittwoch, 24. Februar, 21.55 Uhr

Eve war kalt, obwohl Noah die Standheizung auf volle Touren geschaltet hatte und heiße Luft in den Wagen geblasen wurde.

Sie hatte heute vier Tote gesehen, Katie eingeschlossen, denn der Anblick des verschlossenen Leichensacks hatte sich in ihre Erinnerung eingebrannt. *Am Sonntag habe ich sie noch gesehen. Und Tussi genannt.* Womit hatte Katie Dell wohl so wütend gemacht, dass er sie erschossen hatte? Oder war der Mann einfach nur durchgedreht?

Er hatte seinen Vater ermordet. *Und versucht, mich zu töten.* Und David. Sie stöhnte. Sie musste unbedingt David anrufen. Wahrscheinlich war er schon krank vor Sorge. Sie kramte ihr Handy aus der Laptoptasche und verzog das Gesicht, als sie sah, wie viele Anrufe sie bereits verpasst hatte.

»Es tut mir wirklich furchtbar leid«, sagte sie hastig, bevor

David sie anknurren konnte. »Aber ich konnte nicht viel eher anrufen. Der Kerl, der dich von der Straße …«

»Ich weiß schon. Olivia hat mich angerufen. Sie hat hier im Krankenhaus das Sicherheitspersonal aufstocken lassen.«

Eve gefror das Blut in den Adern. »Ich dachte, er hätte es auf mich abgesehen.«

»Sie will einfach kein Risiko eingehen. Ist mit dir alles in Ordnung?«

»Körperlich ja. Aber seelisch … David, ich habe heute vier Tote gesehen.«

»Und das hat Webster zugelassen?« fragte er empört.

»Er hat Angst um mich und schleppt mich überall mit hin. Daher sehe ich, was er sieht.«

Er grunzte. »Tom hat mir verraten, dass du mit Webster essen warst. Wie lief es?«

Trotz allem hob sich Eves Mundwinkel ein wenig. »Nicht schlecht.«

»Aus deinem Mund ein gar überschwengliches Urteil. Das freut mich. Du hast es verdient.«

»Sieh zu, dass du ein bisschen schläfst. Ich komme klar.« Sie legte auf und griff in ihre Tasche, um den Laptop herauszuholen, und ihre Hand stieß gegen die harte Ausbeulung der Pistole in der verschließbaren Innentasche. Ihre Gedanken wanderten unwillkürlich zu Harvey Farmer zurück, der mit einem Loch in der Brust tot auf dem Boden gelegen hatte. Dell war irgendwo da draußen unterwegs. Die Pistole würde ihr in der Computertasche wenig nützen, es sei denn, sie hatte vor, ihm die Tasche über den Schädel zu ziehen.

Sie hob den Kopf und sah links und rechts aus dem Fenster, bevor sie die Waffe herausholte und in ihre Manteltasche schob. Plötzlich fühlte sie sich schon viel sicherer. Dann klappte sie den Computer auf, um nachzusehen, ob Natalie und Kathy noch da waren. Tatsächlich fand sie Kathys Avatar im Ninth Cirle und Natalies am Pokertisch.

Natalie verlor auf ganzer Linie. Dasich dagegen hatte einen ganzen Berg von Jetons vor sich liegen. *Unfair. Der Kerl lügt und betrügt, da bin ich ganz sicher.* Eve sah zu, wie die nächste Hand an Cicely ging, die wie immer neben Natalie saß. Einmal hatte sie Greer absichtlich Cicely anrempeln lassen, um ihren Benutzernamen zu erfahren und dadurch herauszufinden, ob sie zu ihren Testpersonen gehörte. Sie tat es nicht.
Zumindest weißt du nichts davon. Ein neuer eisiger Schauder rann ihr über den Rücken. *Verdammt. Ich habe gut ein Dutzend Avatare. Jeder kann nach Lust und Laune wechseln.* Sie konnte kritische Probanden haben, die sie nie als solche identifizieren würde. Und im Moment hatte sie keine Ahnung, was sie deswegen unternehmen sollte.
Im Casino brüllte die Menge auf, und sie blickte auf den Laptop. Cicely hatte gewonnen, wo sie eigentlich nicht gewinnen konnte. Sie hatte entweder extremes Glück gehabt, extrem geschickt gespielt oder extrem dreist betrogen.
Letzteres war offenbar Natalies Meinung, denn sie reichte eine offizielle Beschwerde ein. Es entstand ein Aufruhr. *Schick,* dachte Eve gallig. *Mehr Spiel und Spaß …*
Eve unterdrückte nur knapp einen Aufschrei, als es am Autofenster klopfte. Sie ließ das Fenster herab und holte tief Luft, um sich zu beruhigen. »Captain Abbott. Sie haben mich zu Tode erschreckt.«
Er lächelte nicht. »Hat Web Ihnen nicht gesagt, dass wir Sie in einem sicheren Haus unterbringen wollen?«
Eve strahlte ihn an. »Doch. Danke für Ihre Fürsorglichkeit.«
Abbott öffnete die Autotür. »Dann kommen Sie. Ich fahre Sie hin.«
Eve lehnte sich zurück und schüttelte den Kopf. »Ich habe bereits andere Pläne.«
»Sie können hier nicht bleiben. Das hier ist ein Tatort.«
Eve sah zu ihm auf. Ihre Miene war ausdruckslos. »Ich werde bald abgeholt.«

Abbott presste die Kiefer zusammen »Und wie sehen Ihre Pläne aus?«
Die Härchen in ihrem Nacken richteten sich auf. »Ich bleibe heute bei Sal und seiner Frau«, log sie.
»Ich lasse nicht zu, dass Webster durch Sie abgelenkt wird. Die Sache mit Jack war schlimm genug für ihn.«
»Wie geht es Jack?«, fragte sie hastig, bevor er auf die Idee kam, Sal anzurufen.
»Man hat ihm den Magen ausgepumpt, aber er ist noch nicht über den Berg. Wechseln Sie nicht das Thema, Eve. Ich will nicht, dass Noah unaufmerksam ist, nur weil er Angst um Sie hat. Es kann hier um sein Leben gehen. Oder um Ihres.«
Wenn man es so betrachtete, hatte Abbott recht. »Verstehe.«
»Dann halten Sie sich von ihm fern, bis der Fall abgeschlossen ist.«
»Ich werde ihn nicht ablenken.«
Wenn sie seinen düsteren Blick richtig deutete, war ihm nicht entgangen, dass sie nicht eingewilligt hatte. »Das will ich schwer hoffen.«
Er schloss die Wagentür und wandte sich zum Gehen, als Noah mit Micki Ridgewell aus dem Haus kam. Eve stellte den Ton von ihrem Laptop ab, so dass sie hören konnte, was gesprochen wurde, ohne das Autofenster herunterlassen zu müssen.
»Todeszeitpunkt?«, fragte Abbott.
»Zwischen sieben und acht«, erwiderte Noah, und Eve wurde es schwer ums Herz. Um diese Zeit hatten sie auf dem Rücksitz seines alten Wagens gesessen und sich geküsst.
»Irgendeinen Hinweis auf das, was Sie Ihnen ursprünglich sagen wollten?«, fragte Abbott.
»Nein.« Noah rieb sich den Nacken. »Aber sie haben um 19 Uhr 47 einen Anruf getätigt.«
Micki deutete auf einen Van des Lokalsenders, der gerade am Straßenrand zum Halten kam. »Und zwar mit denen da.«

Eine Frau in einem schicken Mantel und hohen Schuhen stieg aus und näherte sich ihnen. »Ich bin Regina Forest«, sagte sie. »Können Sie mir sagen, was hier geschehen ist?«
»Das ist ein Tatort«, sagte Noah. »Sie müssen wieder gehen.«
In Forests Miene mischte sich Entsetzen mit Neugier. »Mr. Bolyard?«
»Kein Kommentar«, sagte Noah, aber bevor er sich umwenden konnte, trat Regina näher.
»Stuart Bolyard hat unsere Redaktion angerufen und mit einem unserer Leute gesprochen.« Ihr Blick wurde verschlagen. »Ich sage Ihnen alles darüber, wenn ich das Exklusivrecht bekomme.«
»Das kommt darauf an, was Sie wissen«, sagte Noah. »Also?«
»Mr. Bolyard sagte, er habe in den Fernsehnachrichten von dem Serienmörder erfahren und eine der Frauen wiedererkannt. Er hätte sie in einem Coffee-Shop gesehen und die Polizei gebeten, dorthin zu kommen. Als ich fragte, warum er der Polizei denn nicht gleich alles erzählt habe, meinte er, seine Frau wollte unbedingt Jack Phelps kennenlernen. Wo ist Phelps?«
»Augenblicklich nicht im Dienst«, sagte Abbott. »Und sonst?«
»Er erzählte außerdem, er habe gesehen, wie kurz nach ihr ein Mann gegangen ist.« Ihr Lächeln wurde strahlend. »Das hat er Ihnen offenbar noch nicht gesagt.«
Noahs Lächeln war verbissen. »Ma'am, wir befinden uns in einer Mordermittlung, also spielen Sie nicht mit uns.«
»Das käme mir nie und nimmer in den Sinn. Unser Mitarbeiter rief mich ans Telefon, und nachdem ich mich vorgestellt hatte, sagte Mr. Bolyard, seine Frau wolle auch mich kennenlernen und außerdem ins Fernsehen. Ich sagte ihm, dass ich dazu mehr wissen müsste, und da fuhr er fort, er habe diesen Mann ein weiteres Mal gesehen. Und zwar im selben Coffee-

Shop. Er soll angeblich ein Professor an einem hiesigen College sein. In den Fünfzigern, Hornbrille, Fliege. Seine Hände sollen gezittert haben, als er die Tasse angehoben hat.«

Donner, dachte Eve. Man musste Noah zugutehalten, dass er nicht einmal blinzelte.

»Kennen Sie eine solche Person, Detective?«, fragte Forest.

»Hat Mr. Bolyard mit dem Mann gesprochen?«, fragte Noah statt einer Antwort.

»Ja. Als er ihm heute begegnete, hat er ihn angeblich gefragt, ob er derjenige gewesen ist, der mit der Frau, die kurz darauf getötet wurde, das Lokal verlassen hatte. Der Professor muss wütend geworden sein und alles geleugnet haben.« Sie wedelte mit dem Finger vor seiner Nase herum. »Es gehört sich nicht, auf eine Frage mit einer Gegenfrage zu antworten. Also ... kennen Sie einen solchen Professor nun, ja oder nein?«

»Vielleicht«, sagte Noah. »Sobald wir die Angaben bestätigt haben, bekommen Sie Ihr Exklusiv-Interview. Halten Sie das Material, das Ihr Kameramann gerade filmt, noch zurück, okay?«

Forest musterte ihn erneut. »Okay. Hauen Sie mich nur nicht übers Ohr, ja?«

»Nie und immer«, murmelte Noah, als ein weiterer Wagen mit quietschenden Reifen hinter dem Ü-Wagen des Senders zum Stehen kam. Zwei Männer sprangen heraus, einer davon mit Kamera.

»Detective Webster?« Der Mann ohne Kamera kam im Laufschritt auf sie zu. »Was können Sie uns zum Selbstmordversuch Ihres Partners Jack Phelps und dem Mord an seiner Freundin sagen?«

Noahs Augen blitzten warnend auf. »Kein Kommentar«, sagte er leise.

»Ich würde sagen, Sie *haben* mich gerade übers Ohr gehauen«, sagte Forest genauso leise und bedeutete ihrem Kameramann, das Gerät laufen zu lassen.

Man konnte dem anderen Reporter ansehen, dass er sich am liebsten selbst getreten hätte. »Nelson Weaver vom *Mirror.* Ist es wahr, dass Jack Phelps seine Freundin getötet und sich danach mit Alkohol und Tabletten abgefüllt hat?«

»Kein Kommentar«, wiederholte Abbott drohend.

Forests Lippen verzogen sich, diesmal verächtlich. »Nelson, kommen Sie, ich glaube, wir sollten ein bisschen plaudern.« Und damit zog sie den verwirrten Nachrichtenmann mit sich.

»Verdammt«, murmelte Abbott. »So viel zu Jacks Privatsphäre.«

»Aber wir wissen jetzt, wer die fünf Frauen umgebracht hat«, sagte Noah. Seine Stimme klang selbst in seinen eigenen Ohren seltsam leidenschaftslos. »Ich nehme Donner fest.«

Abbott wandte sich langsam zu Noahs Wagen um, als fiele ihm erst jetzt wieder ein, dass Eve darin saß. »Ich schicke einen Streifenwagen zu Donners Haus, damit er nicht verschwindet, dann nehme *ich* ihn fest. Sie bringen Eve zu Sal, bevor Sie mich bei Donner treffen.«

Nun, das war allerdings auch interessant, dachte Dell, der das Geschehen wieder durch sein Zoomobjektiv beobachtet hatte. Den Kerl vom *Mirror* hatte er erwartet, da er ihn schließlich selbst angerufen hatte, doch die Tante von den Fernsehnachrichten hatte ihn überrascht. Tja, Phelps schien heute einen richtigen Publicity-Schub zu erhalten.

Vielleicht stirbt er ja doch noch, dachte er optimistisch. Aber selbst wenn nicht, bald würde Phelps' Gesicht landesweit bekannt sein. Ein Cop, der seine Freundin umgebracht und versucht hatte, sich selbst ins Nirwana zu befördern, war auch für CNN interessant genug. Hier in den Twin Citys hatte jeder den MSP-Artikel gelesen und Phelps wie einen Gott gefeiert. Nun würde jeder erfahren, dass er in Wahrheit ein Mörder und ein Feigling war.

»Und jetzt zu dir, Webster«, sagte er mit einem breiten Grinsen. Er wusste, wo er Webster empfindlich treffen konnte. Der Kerl hing an seiner Familie.

Mittwoch, 24. Februar, 22.15 Uhr

Noah umklammerte das Lenkrad, als sie vom Haus der Bolyards wegfuhren. »Was war da eben mit dir und Abbott?«

»Er will mich aus dem Weg haben, damit ich dich nicht ablenke. Ich habe gesagt, dass ich seiner Bitte nachkomme.«

Noah versuchte, seinen Zorn einzudämmen, aber es fiel ihm nicht leicht. »Indem du ins Sal's gehst?«

»Ich bin davon ausgegangen, dass Sal schon einverstanden ist. Abbott wollte mich persönlich ins sichere Haus fahren, und das konnte ich nicht zulassen.« Sie sog bebend die Luft ein. »Noah, ich weiß nicht, was ich sagen soll.«

Er warf ihr einen Blick zu. »Wozu?«

»Diese Leute, die Bolyards … Sie wurden getötet, als wir gerade …« Sie brach ab und hob hilflos die Schultern.

»Ich weiß. Aber du selbst hast gesagt, dass Jack eine schlechte Wahl getroffen hat, indem er diese Frau in sein Bett geholt hat. Und die Bolyards haben ebenfalls eine schlechte Wahl getroffen. Sie hätten uns am Telefon sagen können, was sie wussten, und wir hätten uns Donner geschnappt, bevor er ihnen eine Kugel verpasst hat. Aber sie haben es nicht getan. Sie wollten unbedingt für einen kurzen Moment berühmt sein.«

»Tja, jetzt sind sie es wohl«, sagte sie traurig. »Aber zurück zu dir. Abbott hat recht. Ich bin für dich im Moment nur eine Ablenkung. Setz mich im Sal's ab. Ich gehe mit Callie nach Hause und bitte einen der Cops in der Bar, uns hinterherzufahren. Ich rufe dich an, wenn ich dort bin, damit du weißt, dass bei mir alles okay ist.«

»Ich habe eine Idee, die mir besser gefällt. Ich bringe dich zu

Brock und Trina«, sagte er und blinzelte verdattert, als sie heftig den Kopf schüttelte.
»Nein! Sie haben Kinder. Hinterher führe ich Dell zu ihnen. Dann lieber das sichere Haus.«
Sein Herz zog sich fest zusammen. Er hatte nicht damit gerechnet, dass sie sich weigern würde, aber nun, da er darüber nachdachte, erstaunte es ihn nicht. »Sie haben die Kinder bereits zu Brocks Vater gebracht«, erklärte er. »Er ist ebenfalls Ex-Polizist und kann nachvollziehen, was im Augenblick passiert. Ich habe Brock angerufen, während ich im Haus der Bolyards war, und er hat eingewilligt.« Er zog eine Braue hoch und hoffte, dass es unbekümmert aussah. »Trina kocht übrigens verdammt gut.«
»Ich will ihnen nicht zur Last fallen. Was ist mit Callie?«
»Ich kann sie auch zu Brock bringen lassen. Dann könntet ihr einen Mädelsabend machen, Nägel lackieren, Haare färben …«
Sie lachte kopfschüttelnd. »Und dann bist du nicht mehr abgelenkt?«
»Richtig.«
»Okay, dann tue ich es. Ich danke dir, dass du eine Alternative gefunden hast.« Sie betrachtete sein Profil in der Dunkelheit. »Glaubst du wirklich, dass Donald Donner die fünf Frauen umgebracht hat?«
Er warf ihr einen Blick zu. »Du?«
Sie wedelte mit dem Finger, wie es die Forest vom Fernsehen getan hatte. »Es gehört sich nicht, mit einer Gegenfrage zu antworten.« Dann zuckte sie mit den Schultern. »Nein, eigentlich nicht. Er ist vielleicht ein grantiger Mann, aber er ist auch ziemlich vergesslich. Im Seminar bricht er manchmal mitten im Satz ab und starrt ins Leere. Er vergisst, was er uns aufgegeben hat. Er ist besessen davon, unter seinem Namen zu veröffentlichen. Ich glaube nicht, dass er den strukturierten Geist hat, der für eine derartig ausgefeilte Planung nötig ist.

Und er hat auch nicht die Kraft. Er ist schon ziemlich gebrechlich.«
Noah nickte nachdenklich. »Das sehe ich auch so.«
»Aber du nimmst ihn trotzdem fest.«
»O ja«, erwiderte er grimmig.
»Ich nehme an, dass die Bolyards Martha im Bistro gesehen haben«, sagte Eve, »denn dorthin geht Donner immer zum Lunch. Ob er allerdings auch Samstagabend dort isst? Keine Ahnung.«
»Hoffen wir, dass uns die Überwachungskameras vom Bistro weiterhelfen können.« Er warf einen Blick auf den Computer auf ihrem Schoß. »Kannte Donner sich mit Shadowland aus? Ich meine, hat er selbst gespielt?«
»Hm, immer, wenn wir uns unterhalten haben, musste ich ihm das Spiel erklären. Falls er seine Vergesslichkeit nur vorgetäuscht hat, dann tat er das verflixt gut.«
»Allerdings. Hast du deine kritischen Fälle überprüft? Sind sie da, wo sie sein sollen?«
»Ja.« Sie drückte seine Hand. »Es tut mir leid wegen der Bolyards. Und wegen Jack. Und allem anderen.«
»Nichts davon ist deine Schuld.«
»Das meine ich auch nicht. Ich entschuldige mich nicht dafür. Es bereitet mir nur … Kummer. Kummer, dass du so viel Schlimmes und Trauriges siehst und das verarbeiten musst.«
Erschöpfung, Freude … all das wallte mit einer Macht in ihm auf, dass es ihm einen Moment lang die Kehle zuzog. Das war es, was er so viele Jahre vermisst hatte. Was er nun wollte. Und brauchte. Da er seiner Stimme nicht traute, legte er ihre Hand an seine Wange und hielt sie dort fest.

Mittwoch, 24. Februar, 22.30 Uhr

Die Bolyards hatten ihre Hintertür nicht abgeschlossen, aber Donner war offensichtlich umsichtiger.

Er zerschmetterte eine Glasscheibe in der Kellertür, griff hinein und drehte den Türknauf von innen. Ein rascher Rundgang erbrachte, dass Donner und seine Frau nicht zu Hause waren. *Verflucht.* Donner hätte heute Abend hier sein müssen. Sie hatten eine Verabredung. *Der Bastard hat mich versetzt. Ich hätte ihn mir vor den Bolyards schnappen sollen.* Nun würde es schwieriger werden. Er konnte nur hoffen, dass Donners Alibi, wo immer der Mann sich gerade aufhielt, so wenig handfest blieb, wie es bisher gewesen war.

Allerdings blieb ihm nun erspart, Mrs. Donner umzubringen. Leute zu töten, die nicht zu seinem ursprünglichen Plan gehörten, belastete ihn, und den Tod der Bolyards hatte er mental noch nicht verarbeitet.

Ich wäre besser vor dem Bistro geblieben, wie ich es auch bei den anderen gemacht habe. Aber am Abend der Verabredung mit Martha war es so verdammt kalt gewesen. Er hätte mehr Aufsehen erregt, wenn er draußen im Wagen geblieben wäre. Die Quittung dafür bekam er allerdings jetzt: Er musste einiges an Aufwand betreiben, seine eigenen Spuren zu verwischen.

Und er musste sich beeilen. Die Fernsehreporterin, der er von Stuart Bolyards Festnetz aus das Interview versprochen hatte, war wahrscheinlich schon vor Ort eingetroffen und auf Webster und einen Tatort gestoßen. Bald würde es auch hier von Polizei wimmeln. Sie hätten das Haus leer vorfinden sollen, weil er vorgehabt hatte, Donner mitzunehmen.

Er ging in Donners Badezimmer und zog die Brauen zusammen. Beide Zahnbürsten waren fort, ebenso verschiedene Toilettenartikel, wie man an den Lücken in der Reihe von Flaschen und Tuben deutlich erkennen konnte. Die Donners waren nicht nur für einen Abend ausgegangen.

In Donners Küche stand ein einsames Glas auf dem Tisch. Lächelnd schnupperte er daran. Donner hatte Bourbon getrunken. Er hatte dafür gesorgt, dass sechs von den sechs Opfern eine Flasche davon zu Hause hatten. Er ließ das Glas in eine Plastiktüte fallen.

Donald Donner war in Websters Augen nie ein wirklicher Verdächtiger gewesen, aber selbst Webster würde Probleme bekommen, knallharte Beweise wegzuerklären.

Und was Donners momentanen Aufenthaltsort anging … Aus einem spontanen Gefühl heraus drückte er die Wahlwiederholungstaste am Festnetztelefon und legte auf, bevor eine Verbindung zustande kam. Er prägte sich die Nummer ein, holte sein BlackBerry aus der Tasche und startete eine Internet-Recherche.

Aha. Die Nummer gehörte zu Adele Donner, Donalds Mutter. Er würde natürlich überprüfen, ob das stimmte, aber das Gefühl sagte ihm, dass Donner genau dorthin geflüchtet war.

Er wählte die 411 und legte auf, als die Vermittlung sich meldete. Er hatte nun Adeles Nummer aus der Wahlwiederholung entfernt. Natürlich würden sich die Cops den Gesprächsnachweis der Telefongesellschaft besorgen, aber das kostete Zeit.

Zeit. Davon hatte er gerade nicht besonders viel. Er ging auf demselben Weg, den er gekommen war, und keine Minute zu früh. Als er an der Kreuzung abbog, kam ihm ein Streifenwagen entgegen. *Tut mir leid, Jungs. Dr. Donner ist leider vorübergehend verreist.*

Mittwoch, 24. Februar, 23.00 Uhr

»Sieht nett aus«, murmelte Eve. Brock und Trina wohnten in einem Ziegelhaus mit gemütlich rauchendem Schornstein. Allein der Anblick verursachte ihr ein mulmiges Gefühl im Bauch.

»Und die Bewohner sind auch nett«, sagte Noah. »Warum bist du so nervös?«

»Es ist immer so offiziell, wenn man die Familie kennenlernt.«
»Aber du kennst sie schon aus der Bar.«
»Ja, aber das ist etwas anderes. Das hier ist … privat.«
»Und ob es das ist. Du hast mich doch heute auch Tom vorgestellt.«
»Ja, schon.« Ihre Wangen wurden immer noch heiß bei dem Gedanken an Toms strengen Blick, mit dem er Noah gemustert hatte – als sei Tom der Vater und sie beide ungezogene Teenies. »Der Junge kann echt anstrengend sein.«
»Er liebt dich. Du gehörst zu seiner Familie. Und ich habe die Musterung überstanden.« Er lächelte. »Auch Trina mag dich, das weißt du doch schon. Also wovor sich fürchten?«
»Ich weiß es nicht. Vielleicht ist mein siebter Sinn in den vergangenen Tagen derart überstrapaziert worden, dass meine Nerven sich verkürzt haben. Wie geht ihr Polizisten bloß mit der ganzen Aufregung um?«
Er kam herum und öffnete ihr die Tür. »Normalerweise ist es gar nicht so aufregend. Sehr oft geht es nur um Papierkram. Vergiss dein Handy nicht.«
Ihre Laptoptasche war umgefallen und das Telefon herausgerutscht. Aus Gewohnheit klappte sie es auf. »Eine knappe Million Anrufe, die ich nicht angenommen habe.«
»Du kannst gleich alle zurückrufen«, sagte er ein wenig ungeduldig.
Sie setzte sich in Bewegung. Er hatte viel zu tun, und sie lenkte ihn schon wieder ab. »Entschuldige. Die übliche Verzögerungstaktik, wenn ich nervös bin.«
»Wie gesagt – du hast keinen Grund, nervös zu sein, also komm jetzt.« Er schlang ihr einen Arm um die Schultern, und sie schmiegte sich an ihn, während sie zum Haus hinaufgingen. »Fühlt sich gut an, nicht wahr?«, murmelte er dicht an ihrem Ohr, und sie schauderte.
Denn das tat es. Und auch das machte sie nervös.

Er seufzte. »Genieß es einfach, okay?«
Erst jetzt bemerkte sie, dass sie den Atem angehalten hatte.
»Ja«, brummelte sie, dann fuhr sie zusammen, als sein Handy in der Tasche an ihrem Bein vibrierte.
»Eve, entspann dich! Trina beißt nicht. Jedenfalls nicht mehr so wie früher.« Er lächelte, bis er aufs Display sah. »Abbott.« Er blieb auf der Veranda stehen und wandte sich von ihr ab, während er seinem Chef zuhörte.
Eve wollte gar nicht wissen, worum es ging. Der Tag war schlimm gewesen, und plötzlich wurde ihr alles zu viel. Heute Abend brauchte sie nicht noch eine schlechte Nachricht. Aber das Gespräch mit Abbott zog sich hin, und sie wollte nicht einfach warten. Sie klappte das Handy auf und blickte auf die Liste der nicht entgangenen Anrufe.
O Gott. Sie erkannte die Nummer, von der die SMS gekommen war, sofort wieder. Sie warf Noah einen Blick zu, der nun auf der Auffahrt hin und her ging und sich gedämpft mit Abbott unterhielt. Mit bebender Hand drückte sie die Kurzwahl ihrer Mailbox und hielt das Handy ans Ohr.
»Haben deine Eltern dir nicht beigebracht, dass man niemals zu fremden Männern ins Auto steigen darf?«
Sie rang nach Luft und atmete so angestrengt, dass die Kälte in ihren Lungen schmerzte. Ihre Knie gaben nach, und wie betäubt sank sie zu Boden. Er war es. *Er.* Aber es konnte nicht sein. Er war doch tot.
Und doch hatte sie sie gehört, die Stimme, die sie in ihren Alpträumen quälte, so dass sie schreiend aufwachte. Das Handy entglitt ihren tauben Fingern und fiel klappernd auf die Veranda. Noah fuhr herum.
Mit wenigen Schritten war er bei ihr und kniete sich im Schnee neben sie. »Was ist?«
»Er hat angerufen.« Sie schüttelte den Kopf in dem Versuch, wieder zu sich zu kommen.
»Dell Farmer?«

»Ja. Nein. Mein Gott.« Ihre Atmung beschleunigte sich, und um nicht zu hyperventilieren, zwang sie die Lippen zusammen und versuchte, durch die Nase zu atmen. »Eine Nachricht auf dem Anrufbeantworter. Winters' Stimme.«

Wie vom Donner gerührt stellte Noah die erste Frage, die ihm logisch erschien. »Bist du sicher?«

Sie presste die Zähne zusammen. »Verdammt noch mal, ja. Ich höre die Stimme fast jede Nacht in meinen Träumen.«

»Sch«, versuchte er sie zu beruhigen. Er nahm das Handy, dann verhärtete sich seine Miene. »Ich gebe Olivia Bescheid. Wir kriegen ihn schon.«

»Woher hat er das? Wie ist er daran gekommen?« Sie hörte die Hysterie in ihrer Stimme und versuchte, dagegen anzukämpfen.

»Ich weiß es nicht. Vielleicht aus einem alten Interview. Ich habe heute Morgen etwas im Netz gefunden. Versuch zu atmen, Liebes. Winters kann dir nichts mehr tun.« Er schlang die Arme um sie, hielt sie fest. »Er kann dir nie wieder etwas tun.«

Sie dachte an Harvey Farmer und Katie. Und Kurt Buckland und David. »Aber Dell schon. Und er wird nicht einfach aufgeben.«

»Atme.« Sein Hämmern an Brocks und Trinas Tür hätte gereicht, um Tote aufzuwecken, aber niemand kam. Wieder hämmerte er gegen die Tür. »Leute, macht endlich auf, verdammt noch mal.«

Die Tür öffnete sich einen winzigen Spalt, und Trinas Gesicht erschien. »Noah«, sagte sie fröhlich. »Und Eve. Was für eine Überraschung.« Ihr Gesicht wurde ernst, und ihre Lippen bildeten lautlos ein »Geht!«

»Verdammt, Tree. Es ist mir egal, ob ihr zwei nackt seid und vom Kronleuchter baumelnd Tantra-Sex habt. Lass uns rein!« Noah stieß die Tür mit der Schulter auf.

Trinas fröhliche Worte hatten nicht zum Ausdruck in ihren

Augen gepasst, dachte Eve dumpf. Und langsam, viel zu langsam, begriff sie. *Nichts wie weg!* Ihr Puls schoss wie eine Rakete in die Höhe, und sie wich zurück, aber es war zu spät. Trina wurde abrupt zurückgerissen, und Eve hörte ein lautes Rumsen, bevor ein Arm hervorschoss, sie packte und hineinzog.

»Nein!«, brüllte Noah und versuchte, sie zurückzuziehen. Eve schlug um sich wie eine Wildkatze, aber vergeblich. Als sich die Waffe gegen ihre Schläfe drückte, stellte sie ihre Gegenwehr ein.

Auch Noah verharrte. »Dell Farmer«, sagte er ruhig.

O Gott. Eves Gedanken rasten, obwohl sie vollkommen reglos blieb.

Ein Arm legte sich um ihre Kehle und drückte zu. »Der großartige Noah Webster«, spottete Dell. »Ich wusste ja, dass du im Dunkeln nicht mal deinen eigenen Hintern finden würdest.«

»Nun, Sie haben wir ja gefunden«, sagte Noah. Sein Blick fixierte Dells Gesicht.

Dell schnaubte. »Na klar. Aber nur, weil mein alter Herr mich verraten hat.«

Noahs Augen weiteten sich vor Überraschung, doch sein Blick flackerte nicht. »Hat er nicht.«

Eve sah Trina benommen an der Wand liegen. Sie war an Händen und Füßen gefesselt. *Wo ist Brock?* Dann wurde Eve auf die Zehenspitzen gezerrt, und der Lauf drückte sich fester in ihren Schädel.

»Lüg mich nicht an, Webster«, knurrte Dell.

Endlich fand auch Eve ihre Stimme wieder. »Das tut er nicht«, sagte sie. »Ich habe Sie gefunden. Das war nicht schwer.«

Dell erstarrte, und einen kurzen Moment lang ließ der Druck an ihrer Schläfe nach. Aber er fasste sich schnell, und Eve zuckte vor Schmerz zusammen, als die Waffe wieder mit aller Kraft gegen ihren Schädel gedrückt wurde. »Du lügst!«

»Nein. Ich habe im Netz einen Zeitungsartikel von Kurt Buckland entdeckt – inklusive Foto von Ihrem Vater, wie er am Grab Ihres Bruders stand. Sie ähneln Ihrem Vater.« Sie machte eine Pause, um ihren nächsten Worten mehr Nachdruck zu verleihen. »Das taten Sie jedenfalls, bevor Sie ihn ermordet haben. Das Loch in seiner Brust stört den Gesamteindruck ein bisschen.«

»Halt die Klappe!« Aber sie konnte spüren, dass sie ihn verunsichert hatte.

Noah ließ Dell nicht aus den Augen. Eve fühlte das Gewicht ihrer Waffe in der Tasche und hoffte, dass er es nicht bemerkte.

»Sie haben Ihren Vater umsonst getötet, Dell«, sagte sie ruhig. »Er hat Sie nicht verraten.«

Dell hatte zu zittern begonnen. »Halt endlich die Klappe!«

»Hat er Ihnen gesagt, dass er unschuldig war? Hat er um Gnade gebettelt? Und Sie haben ihn dennoch erschossen?«

Sein Arm packte fester zu, und der Druck auf ihre Kehle verstärkte sich. Sie ging noch weiter auf die Zehenspitzen, um atmen zu können.

»Lassen Sie sie los, Farmer«, sagte Noah mit ruhiger Stimme.

»Nein. *Nein!* Du hast auch getötet, Webster. Ihr habt mit allem angefangen.«

»Ich habe Ihren Bruder nicht umgebracht, Dell«, sagte Noah. »Er ist geflüchtet. Er hatte ein Verbrechen begangen, und wir haben ihn verfolgt. Das ist unser Job.«

»Er hat doch nichts getan!«

Eve konnte seine Verzweiflung riechen.

»Er hat den Ladenbesitzer erschossen«, sagte Noah emotionslos. »Kaltblütig.«

»Aber nur, weil sie ihn dazu getrieben hat.«

»Sie? Meinen Sie Katie?«, fragte Noah.

»Ja. Er war kein schlechter Mensch. V war kein schlechter Mensch.« Aber er klang nicht mehr so überzeugt wie zuvor.

Eve spürte seine Verwirrung und dachte an den Abend zuvor, als sie ihn daran erinnert hatte, dass er sich in einer Bar voller Polizisten befand. Auch da war aus der Wut Verwirrung geworden, und jetzt schien sich Dell erneut in diesem Zustand zu befinden. Eve betete, dass Noah nicht in seiner Wachsamkeit nachließ. Sie machte sich ganz schwer, zog die Füße an und rutschte aus seinem Griff.

»Waffen fallen lassen, Farmer«, befahl Noah, noch bevor sie zu Boden gesackt war und sich aus der Gefahrenzone rollte.

Im Liegen wandte Eve gerade weit genug den Kopf, um zu sehen, was geschah. Noah hatte die Pistole auf Dell gerichtet, aber Dell hielt den Lauf der Waffe auf sie gerichtet. Die Männer starrten einander an.

»Ich erschieße sie«, sagte Dell höhnisch, »und du darfst zusehen. Denn du wirst mich doch sowieso abknallen, genau wie du es mit V gemacht hast. Aber sie nehme ich mit.«

Eve schob langsam ihre Hand in die Manteltasche und zog ihre Pistole heraus. Und dann war sie mit einem Satz auf den Knien und richtete die Waffe mit beiden Händen auf Dell.

»Nein, tust du nicht«, sagte sie, und Dell fuhr herum.

Mehr brauchte Noah nicht. In einem Sekundenbruchteil war er bei Dell, packte sein Handgelenk und stieß ihn zu Boden. Dell wehrte sich heftig, als Noah versuchte, ihm die Waffe zu entwinden und ihn mit einem Knie im Rücken am Boden zu halten.

»Verschwinde«, knurrte Noah Eve zu. »Raus hier. Sofort.«

»Ich bring dich um«, kreischte Dell. »Dich oder die Schlampe – mir egal.«

Eve kroch auf Dell zu und hielt ihm die Waffe an den Kopf. »Schluss jetzt«, fauchte sie. »Oder ich schieß dir deinen verdammten Schädel weg. Du willst nicht sterben, Dell. Mir ist das schon einmal passiert, und glaub mir, das ist nicht lustig. Ich lüge nicht. Und ich habe keine Angst vor dir.«

Dell starrte voller Hass zu ihr auf, als Noah ihm auch schon die Pistole aus der Hand schlug, die Arme nach hinten riss und ihm Handschellen anlegte. Er warf Eve einen zornigen Blick zu. »Was genau kann man an ›Verschwinde‹ missverstehen?«

»Tut mir leid, ich konnte dich nicht hören«, sagte Eve ohne Gefühlsregung. »Er hat zu laut ›Ich bring dich um‹ geschrien.«

Noah verdrehte die Augen, dann funkte er Verstärkung an und sah nach Trina, die sich inzwischen mühsam aufgesetzt hatte. »Wo ist Brock?«, fragte er.

»Im Schlafzimmer«, sagte Trina. »Dieser Irre wollte uns töten, sobald ihr hier seid.«

Eve war schon auf den Beinen. »Ich gehe.« Ihr Herzschlag war erstaunlich gleichmäßig, als sie kurz in der Küche anhielt, um sich ein Messer zu holen. Brock lag gefesselt und geknebelt im Schlafzimmer auf dem Boden, doch seine Augen waren offen und sprühten vor Zorn. Sie zog ihm den Knebel aus dem Mund.

»Alle okay?«, fragte er sofort.

»Ja. Du auch?« Sie verzog das Gesicht. »Autsch. Die Beule an deinem Kopf sieht gar nicht gut aus.«

Er schnaubte frustriert. »Was wird es kosten, dieses Bild aus deiner Erinnerung zu löschen?«

Eve musste lachen, während sie an den Stricken herumsäbelte. »Wir können verhandeln, okay?«

21. Kapitel

Mittwoch, 24. Februar, 23.20 Uhr

Noah stieß erleichtert den Atem aus, als Eve mit Brock zurückkam, der unverletzt zu sein schien. »Du solltest verdammt froh sein, dass hier niemand etwas abgekriegt hat, du mieser Scheißkerl«, sagte Noah zu Dell.

»Ich hätte sie alle kaltgemacht«, zischte Farmer. »Alle nacheinander.«

Noah riss sich zusammen, aber es fiel ihm verdammt schwer. Er hatte Farmer seine Rechte erklärt, aber der Mann hatte die ganze Zeit nur gebrüllt. Als Brock nun an Noahs Seite eilte, um ihm zu helfen, den strampelnden Farmer an den Füßen zusammenzubinden, fing der Kerl wieder an zu brüllen.

Währenddessen löste Eve Trinas Fesseln und half ihr aufs Sofa.

»Braucht ihr einen Krankenwagen?«, fragte Noah.

Brock und Trina untersuchten einander auf Verletzungen. »Sieht nicht so aus«, sagte Brock schließlich. »Ich denke, ein paar Eisbeutel reichen. Eve hat mir mitgeteilt, dass ich eine fiese Beule am Schädel habe.« Er tat überrascht. »Wäre ich von allein nie draufgekommen.«

Nun, da alles vorbei war, warf Noah Eve einen Blick zu, und sein Herz stolperte. Mit einem großen Küchenmesser in der Hand stand sie da. Noah erhob sich. Er tippte ihr unters Kinn und sah, dass sich dort ein blauer Fleck bildete. »Er hat dich geschlagen«, presste er wütend hervor.

»Mir geht's gut, wirklich.«

Er hätte sie so gern in die Arme gezogen, aber da Brock und Trina sie neugierig beobachteten, trat er einen Schritt zurück. »Ich rufe Abbott an. Ihr drei seht zu, dass ihr euch Eis auf die Wunden legt.«

Brock half Trina auf die Füße. »Ich nehme einen Bourbon zum Eis.«
»Sorry«, sagte Eve grinsend. »Bin heute nicht im Dienst.« Gemeinsam verließen die drei den Raum in Richtung Küche.
Sie war eine erstaunliche Frau, dachte Noah. Oft hielt sie sich zurück und beobachtete nur, aber wenn man sie mitten ins Geschehen hineinstieß, dann ... glänzte sie.
Eine Ablenkung? Vielleicht. Aber eine willkommene. Er blickte auf Farmer herab. Da dieser Dreckskerl nun in Gewahrsam war, brauchte sie kein sicheres Haus mehr. Die Gefahr war vorüber.
Er konnte sie nach Hause bringen. *Zu mir nach Hause.* Er musste schlucken, als er daran dachte, dass er dort weitermachen konnte, wo sie vorhin hatten aufhören müssen. Aber noch hatten andere Dinge Priorität.
Noah nahm sein Handy aus der Tasche. Das Adrenalin in seinem Blut ebbte bereits ab. Abbott hatte ihm eben mitgeteilt, dass Donner weg war. Noah hätte sofort zu Donners Haus kommen sollen, wo die CSU ebenfalls eintreffen würde.
»Bruce, ich bin's«, sagte er, als Abbott den Anruf annahm.
»Wo bleiben Sie?«, fragte Abbott beißend. »Und was ist das für ein Geschrei im Hintergrund?«
»Ich bin bei meinem Cousin, und das Geschrei kommt von Farmer. Ich wollte Eve bei Brock unterbringen, doch Farmer war bereits hier und wartete auf uns. Um es kurz zu machen: Der Mann liegt gefesselt am Boden und brüllt.«
»Mein Gott.« Die Bissigkeit war aus Abbotts Stimme verschwunden. »Sind alle unverletzt?«
»Brock hat eine Beule am Schädel. Trina, Eve und ich haben ein paar blaue Flecken. Farmer lebt, wie man unschwer hört.« In diesem Moment traten zwei uniformierte Polizisten ein. »Die Verstärkung ist gerade eingetroffen.«
»Gut. Es wird mich freuen, den Kerl im Knast zu sehen. Ich sage Olivia Bescheid.«

»Und was ist mit Donner?«
»Noch immer keine Spur«, sagte Abbott, aber Noahs Aufmerksamkeit wurde von Farmer abgelenkt, der nun lachte.
»Moment mal«, sagte Noah ins Telefon, dann hockte er sich neben Farmer. »Was ist denn so lustig?«
»Du«, sagte Farmer. »Weil ihr nach Donner sucht. Dabei hätte der Kerl dich heute fast erwischt.«
»Wovon redest du?«
Farmer grinste höhnisch. »Das wirst du noch sehen. Oder vielleicht auch nicht, weil er dich vorher abknallt. Dann heißt es ›Gute Nacht, Noah‹, und für deine kleine Eve auch.«
Noah beugte sich zu ihm herab. »Sag mir, was du weißt«, sagte er leise.
Farmers Grinsen wurde noch höhnischer. »Oder was? Du kannst mich höchstens töten, aber das packst du nicht.« Er schnaubte verächtlich. »Also verpiss dich.«
Noah erhob sich und nickte den Polizisten zu.
»Nehmt ihn mit. Und erklärt ihm noch einmal seine Rechte. Er hat gebrüllt wie am Spieß, als ich es getan habe, und ich will nicht, dass irgendein schmieriger Anwalt behauptet, wir hätten einen Formfehler begangen. Macht ihn nicht los und passt auf seine verdammten Füße auf«, rief er ihnen hinterher.
»Was hat er damit gemeint?«, fragte Abbott. *»Gute Nacht, Noah?«*
»Keine Ahnung. Aber offenbar kannte er Donners Namen schon.« Dann fiel es ihm wieder ein. »Natürlich. Er war ja gestern an der Marshall-Uni. Er hat sich mit Jeremy Lyons unterhalten, der für Donner arbeitet. Was haben Sie in Donners Haus gefunden?«
»Eine zerbrochene Scheibe in der Hintertür, niemand zu Hause. Sieht aus, als seien er und seine Frau verreist.«
»Na toll. Wissen wir, wohin?«
»Ich habe bereits die Liste seiner Telefonate angefordert«, sag-

te Abbott. »Und die Fahndung läuft auch schon. Von den Nachbarn weiß keiner, wohin sie gefahren sein könnten.«

Noah seufzte. »Ich war wirklich überzeugt, dass Donner nicht unser Mann ist. Nun ist er abgetaucht und Dell Farmer behauptet, er will mich abknallen. Ich hätte den Mann von Anfang an überwachen lassen müssen.«

»Ich habe jeweils einen Wagen zu den beiden Frauen geschickt, die Sie mir genannt haben: Natalie Clooney und Kathy Kirk. Im Augenblick haben wir also die potenziellen Opfer im Blick und gewarnt. Das heißt, Sie sollten nach Hause fahren und sich ein wenig ausruhen. Sie hatten einen ziemlich anstrengenden Tag.«

Noah stellte fest, dass er sich nicht dagegen wehren wollte. »Wie wir alle, schätze ich. Wie geht's Jack?«

»Noch immer nicht übern Berg. Die Ärzte sagen, morgen wüssten sie mehr. Ich rufe Sie an, sobald ich Neues weiß.«

Donnerstag, 25. Februar, 0.25 Uhr

Noah hielt in der Zufahrt seines Hauses und schaltete den Motor aus. Stille legte sich über sie, als sie noch im Wagen sitzen blieben. Sie hatten heute unglaubliches Glück gehabt. Oder vielleicht war es Schicksal gewesen. Eve wusste nicht, was sie glauben sollte.

Sie wusste nur, dass das Schweigen zwischen ihnen mit jeder Meile lauter geworden war. Als er keine Anstalten gemacht hatte, zu ihrer Wohnung zu fahren, hatte sie gewusst, dass dieser Augenblick kommen würde. Ihre Gedanken waren immer wieder zu dem zurückgekehrt, was auf dem Rücksitz seines alten Dodge passiert war, und sie hatte jedes Mal die gleiche Erregung gespürt … und auch die gleiche Angst. Sehr viel Angst. Natürlich wusste ihr Verstand, dass diese Angst unbegründet war. Noah würde ihr nicht weh tun.

Nachdem sie eine volle Minute auf sein Garagentor gestarrt hatte, wagte sie, ihm aus dem Augenwinkel einen Blick zuzuwerfen. Er wirkte grimmig. »Ich weiß nicht, was ich als Nächstes tun soll«, gestand er, und sie beschloss, es ihnen beiden leichtzumachen.

»Noah, du bist müde. Fahr mich nach Hause und ruh dich aus, genau wie Abbott gesagt hat.«

»Willst du das?«, fragte er, und ihr hämmerndes Herz pochte noch heftiger.

»Was wird passieren, wenn wir reingehen?«

»Wir können uns ausruhen. Oder auch nicht. Du entscheidest.«

In ihr krampfte sich alles zusammen. »Können wir einfach nur mit einem Zeh eintauchen und sehen, wie es sich anfühlt?«

»Wir können alles tun, was du willst«, gab er zurück.

»Es ist nur so, dass …« Sie hob die Schultern. »Als ich das letzte Mal mit einem Kerl geschlafen habe, wollte er mich umbringen.«

Nun blinzelte er doch. »Du hast doch gesagt, es habe noch einen gegeben. Zwischen damals und heute.«

»Ehrlich gesagt, lief es gar nicht gut mit ihm.«

Seine dunklen Brauen schossen hoch, bis sie unter der Hutkrempe verschwanden. »Und wieso nicht?«

»Er konnte nicht. Er hat es wirklich versucht, aber … es ging nicht.«

»Hast du ihn geliebt?«

»Nein. Es war eher wie ein Gefallen zwischen Freunden.« Sie schürzte die Lippen. »Ernsthaft.«

Noah schob sich den Hut in den Nacken und starrte sie an. »Das verstehe ich nicht.«

»Na ja, erinnerst du dich an den Arzt, von dem ich dir erzählt habe? Der durch den Unfall blind wurde?«

»Mit *ihm* hast du geschlafen?«

»Na ja ... nein. Und das ist es ja gerade. Eines Tages unterhielten wir uns, und ich sagte, ich würde gern wissen, ob ich es überhaupt noch könnte. Du weißt schon, ob alles noch wirklich ... funktioniert und so. Er meinte, er würde sich bereit erklären, es auszuprobieren.«

»Was für ein Kerl«, sagte Noah trocken.

»Jetzt klingt es vielleicht lustig«, Eve kicherte verlegen, »aber damals war es das nicht – weder für ihn noch für mich. Ich glaube, letztendlich brauchte er mehr Trost als ich.«

»Das überrascht mich nicht«, murmelte er.

»Vor ungefähr einem Jahr rief er mich an. Er hatte jemanden kennengelernt und war sehr glücklich. Und es klappt.« Ihr Lächeln war teils verlegen, teils voller Zuneigung. »Es war ihm wichtig, dass ich es weiß.«

»Was für ein Kerl«, sagte er wieder. Er legte ihr einen Finger unters Kinn und stupste sie sanft, bis sie ihn wieder ansah. Dann neigte er den Kopf und küsste sie, bis ihr ganzer Körper in Flammen stand. Schließlich löste er sich von ihr, um sie anzusehen. »Möchtest du wirklich bloß einen Zeh eintauchen oder gleich ins kalte Wasser springen?«

Sie konnte die Herausforderung in seinem Blick nicht ignorieren, selbst wenn sie es gewollt hätte. »Kaltes Wasser«, murmelte sie, und seine Augen blitzten auf. Wahrscheinlich triumphierend, dachte sie, aber das war okay, denn sie triumphierte gerade selbst.

Noah nahm sich gerade genug Zeit, um den Riegel vor die Tür zu schieben und ihr Laptoptasche und Mantel abzunehmen. Dann griff er nach ihrer Hand und führte sie in sein Schlafzimmer.

Bei Brock und Trina hatte er erkannt, dass Eve eigentlich ein schüchterner Mensch war, so ruhig sie auch wirkte. Entsetzlich schüchtern sogar.

Aber er hatte ebenfalls beobachtet, dass sie regelrecht zum

Leben erwachte, wenn sie gezwungen war, sich mit den Menschen auseinanderzusetzen. Sie brauchte einfach nur einen kleinen Schubs. *Wie ich auch.* Alles, was geschehen war, um sie zusammenzubringen, war notwendig gewesen. Vielleicht war es Schicksal, vielleicht auch Glück, aber er dachte gar nicht daran, sie noch einen weiteren Tag nur über den Rand eines Tonic Waters hinweg zu beobachten, ohne etwas zu unternehmen.

Er blieb neben seinem Bett stehen und legte seine Pistole auf dem Nachttisch ab. Dann fuhr er ihr mit den Händen in das kurze Haar und küsste sie genau so, wie er es vom ersten Augenblick an gewollt hatte. Sie sollte spüren, was er ein volles Jahr zurückgehalten hatte. Mit einem tiefen, zufriedenen Seufzen schmiegte sie sich an ihn, dann glitten ihre Hände unter sein Jackett und strichen über seinen Rücken. Das Küssen schien ihr gut zu gefallen. Er betete, dass ihr auch gefiel, was als Nächstes kam.

»Das sind die Spielregeln«, flüsterte er an ihren Lippen. »Du sagst ›Stopp‹ oder ›Warte‹, wann immer du willst, und ich höre auf. Aber wenn du nichts sagst, mache ich weiter, okay?«

»Okay«, hauchte sie, während ihre Finger sich in seinen Rücken gruben. »Hauptsache, du machst schnell.«

Aber er wollte nicht schnell machen. Er hatte ihnen beiden den Anschub gegeben, den sie gebraucht hatten, aber nun wollte er nicht davonstürmen und das Beste verpassen. Er ließ sich Zeit, küsste sie so ausgiebig, bis sich ihre Hände um seinen Nacken legten. Er strich mit den Lippen über die Wange und über die Narbe, wo sie nichts spürte. Strich über ihren Hals und über das Lederband, ohne das er sie noch nie gesehen hatte, bis er am Kragen ihres Pullis angekommen war. Sie streifte ihm das Jackett von den Schultern und zupfte ihm das Hemd aus der Hose, und er hatte allergrößte Mühe, sie nicht sofort aufs Bett zu werfen und sich in ihr zu versenken.

Aber er wollte sich nicht beeilen. Und er musste es auch gar

nicht. Sie kämpfte mit den Knöpfen seines Hemds, und er wich ein Stück zurück, um ihr mehr Raum zu geben.
Sie blickte auf, die Augen fast schwarz. »Meine Hände sind ungeschickt.«
»Macht nichts.« Als sie es geschafft hatte, streifte er sich das Hemd ab.
Einen Moment lang sah sie ihn nur an, und er fühlte sich seltsam ... demütig. »Ich habe mich schon immer gefragt, wie du wohl unter deinem Anzug aussiehst«, sagte sie leise und mit samtener Stimme. »Ich hätte nie gedacht, dass ich es einmal herausfinden würde.«
»Es freut mich, dass du falsch gedacht hast.«
Sie lächelte ihn an, ein schüchternes Lächeln, und ihre Hände waren zu Fäusten geballt. Ein neuer Anflug von Nervosität. Aber sie hatte ihm nicht gesagt, dass er aufhören sollte, also küsste er sie, bis sie den Kuss erwiderte und ihre Hände sich entspannten und über seine Brust strichen. Er schauderte.
Das hatte ihm gefehlt. Das hatte er gebraucht. Er legte seine Stirn an ihre Schulter. »Hör nicht auf.«
»Das habe ich auch nicht vor.« Und wie versprochen machte sie weiter, ließ ihre Händen forschend über seinen Körper gleiten.
Er hob den Kopf und betrachtete ihr Gesicht, während sie ihn berührte. Sie brauchte es auch. »Ich mag den Sommer«, sagte er plötzlich, und sie blickte überrascht auf.
»Wie kommst du jetzt darauf?«
»Weil du dann ein besonderes T-Shirt in der Bar trägst.« Er strich mit dem Finger unter ihrem Pulli entlang, über den Bauch und spürte, wie ihre Muskeln zuckten. »Es ist ziemlich kurz. Wenn du dich auf eine bestimmte Art drehst, kann man ein Stück deiner Tätowierung sehen. Was ist es?«
Sie schluckte. »Warum findest du es nicht selbst heraus?«
»Ja, warum eigentlich nicht?« Er zog ihr den Pulli über den Kopf und enthüllte einen schlichten BH, der ihm den Mund

nicht hätte wässrig machen sollen, der es aber dennoch tat. Sanft drückte er sie aufs Bett und legte sich neben sie, während seine Finger die Haut, die er entblößt hatte, liebkosten.

Er presste seine Lippen zwischen ihre Brüste und zwang sich, den Kopf zu heben. »Das hat mich den ganzen Sommer wahnsinnig gemacht.« Zweige rankten sich aus dem Bund ihrer Jeans hier herum und dort entlang. An einigen waren winzige Blüten. An manchen Stellen waren die Ranken dicker als an anderen.

Sie hielt den Atem an. Er fuhr mit dem Finger über eine der dickeren Ranken und fühlte die wulstige Haut. Und verstand. Dies waren die Narben von den Messerstichen. Sie hatte etwas Entsetzliches in etwas Wunderschönes verwandelt.

Er brauchte einen Moment, bis er den Kummer und den Zorn wieder zurückgedrängt hatte. Er brauchte einen Moment, bis nur noch Stolz zu fühlen war. Stolz auf sie, und Lust auf sie.

»Das ist eine verdammt coole Tätowierung«, sagte er mit heiserer Stimme. Sie atmete aus, und die Anspannung ließ nach.

»Sie geht noch weiter, ähm … abwärts.«

Noah musste lächeln, obwohl es ihn in den Fingern juckte, ihre Jeans herunterzuzerren und herauszufinden, wie weit die Tätowierung tatsächlich noch ging. »Ja, das sehe ich.«

Sie biss die Zähne zusammen. »Noah. Mach schon.«

Aber er ließ sich noch immer nicht drängen. Er küsste sie oberhalb des BHs, dann darunter, bis sie sich ihm entgegenbog. Schließlich schob sie eine Hand in sein Haar und lenkte seinen Mund zu ihren Brüsten, und er gab nach, sog und liebkoste durch den Stoff und stöhnte tief auf, als sie den BH ungeduldig beiseiteschob.

Sie rutschte höher und stöhnte genießerisch, als er sich der anderen Brust widmete. »Mehr«, flüsterte sie. »Mehr, bitte. Lass mich nicht länger warten.«

Seine Hände zitterten, als er Jeans und Spitzenslip über ihre langen Beine streifte, so dass sie nackt und mit weit aufgerissenen Augen vor ihm lag.

Er hielt einen Moment lang inne, um sich zu vergewissern, dass seine Stimme nicht brüchig klang. »Ich habe mich schon immer gefragt, wie du wohl darunter aussiehst. Ich hätte nie gedacht, dass ich es einmal herausfinden würde.«

Sie schwieg, wartete immer noch.

»Eve, ich habe mir eine Menge vorgestellt, aber nicht das. Du bist wunderschön.«

Sie schloss die Augen, und ihre Kehle arbeitete. »Beeil dich«, war alles, was sie hervorbrachte, und er begriff, dass sie schreckliche Angst hatte.

Kein Druck, rief er sich in Erinnerung, als er seine Hose zu Boden fallen ließ und die Schlüssel in der Tasche klirrten. Sie zuckte zusammen, nur ein klein wenig, aber er hatte es gesehen. Also legte er sich neben sie und begann erneut, küsste, streichelte und liebkoste sie, bis sie sich wieder entspannte und sich ihm entgegenhob.

»Bitte«, flüsterte sie. »Ich bin so weit.« Aber ihre Augen waren noch immer geschlossen.

»Nein, bist du nicht«, sagte er leise. »Sieh mich an, Eve.«

Sie schlug die Augen auf, und er sah darin Erregung, aber noch immer zu viel Angst. Er nahm ihre Hand, presste sie sich an die Lippen, dann führte er sie abwärts und legte sie auf sein Geschlecht.

»Das fühlt sich so gut an«, sagte er heiser. »Ich will, dass du dich auch gut fühlst und keine Angst mehr hast.« Wieder legte er seine Lippen über ihre und schob gleichzeitig behutsam einen Finger in sie, dann zwei, bis ihre Hüften sich unruhig zu bewegen begannen und sich erregende Laute ihrer Kehle entrangen.

Jetzt, dachte er. Jetzt musste es sein. Langsam, ganz vorsichtig, schob er sich in sie und beobachtete sie dabei. Als ihre Blicke sich trafen, war die Erleichterung wie ein Aphrodisiakum. Die Erregung hatte gesiegt.

Und Eve auch. Er begann sich zu bewegen, ohne sie aus den

Augen zu lassen, und als ihr Blick sich vor Lust verschleierte, war ihm, als habe er eine ganze Welt erobert. Als sie kam und sich um ihn zusammenzog, ließ er den Kopf auf ihre Schulter sinken und gab sich ebenfalls hin.

In den Minuten danach war die Erleichterung alles beherrschend. Ja, er hatte wohl schon stärkere Orgasmen erlebt, aber selten einen befriedigenderen. Nun rollte er sich mit ihr auf die Seite und genoss den Nachhall.

Eve stieß lautstark den Atem aus. »Gut, dass das vorbei ist«, murmelte sie.

Verdattert hob er den Kopf. »Wie bitte?«

Sie verzog das Gesicht. »Nein, so habe ich das nicht gemeint. Ich meinte, ach, Mist. Wir sind ins kalte Wasser gesprungen, und ich hatte große Angst, aber du warst so geduldig. Für dich dürfte es nicht besonders toll gewesen sein.« Sie zog beide Brauen hoch. »Obwohl du außergewöhnlich gut funktionierst.«

Überrascht prustete er los. »Darf ich dich informieren, dass es mir durchaus großen Spaß gemacht hat? Wie dir.«

Sie lächelte schüchtern und bezaubernd. »Das hat es.«

»Und beim nächsten Mal genießen wir es noch mehr.«

»Das nächste Mal?« Sie sah ihn neugierig an. »Wann könnte das sein?«

Er lachte wieder. »Gib mir ein paar Minuten.«

»Danke«, murmelte sie plötzlich. »Du hast verstanden, dass ich einen Anschubs brauchte.«

»Danke, dass du mir vertraut hast.« Er zog eine Augenbraue hoch. »Und für … du weißt schon.«

»Ja, ich weiß schon«, erwiderte sie hoheitsvoll. »Und ich hätte nichts dagegen, es noch einmal zu tun. Falls es dir nichts ausmacht.«

»Och, ich denke, das Opfer könnte ich erbringen.«

Donnerstag, 25. Februar, 0.30 Uhr

Er fuhr an Adele Donners Haus vorbei und war entzückt, als er Donalds Wagen davorstehen sah. Das Haus war dunkel, die Bewohner lagen vermutlich in ihren Betten. Dass Donner und seine Frau in dieser Nacht bei der schon recht gebrechlichen alten Dame waren, war als Alibi herrlich untauglich.

Sollte die Hat Squad ruhig ein Weilchen mit Donner spielen. Ihn verhören. Immer wieder ausquetschen, ihm drohen. Donner würde zittern und alles leugnen. Vielleicht würden sie ihn auch sofort verhaften, obwohl Donner natürlich die Mittel hatte, um die Kaution zu stellen, die der Richter festsetzen würde. Und später würde *er* dann Donner holen und dorthin bringen, wo ihn niemand finden konnte.

Die Cops würden überall suchen, während die Presse ihr Gift versprühte und den Ruf der Hat Squad zerstörte. Wenn sie endlich am Boden war, würde man Donner finden. An einem Strick baumelnd. Sein Abschiedsbrief wäre ein volles Geständnis, und Webster, geschmäht und verhöhnt, würde den Fall schließen müssen. *Und ich kehre zu meinem ursprünglichen Dasein zurück.* Es gab noch viel Abschaum, der beseitigt werden musste.

Er ließ das Haus von Adele Donner hinter sich. Es war Zeit für seine Nummer sechs.

Donnerstag, 25. Februar, 0.30 Uhr

Virginia Fox sah in den Spiegel und seufzte verärgert. Sie war keine Schönheit, aber bei Männern musste man das sein. Sie hoffte, dass dieser hier anders dachte, aber sie wusste, dass sie sich etwas vormachte. Sein Benutzername war Dasich. Im wahren Leben hieß er John.

Er war neu in Shadowland gewesen und hatte lernen wollen,

und wie alle Männer hatte er die Fähigkeit gehabt, instinktiv die Frauen aufzuspüren, die Ahnung hatten. Sie hatte ihm geholfen, ihm beigebracht, was man wissen musste, und war hundertprozentig sicher gewesen, dass er sich verabschieden würde, sobald er genug hatte. Daher war sie nahezu schockiert gewesen, als er sie kennenlernen wollte.

Und noch schockierter, als sich herausstellte, dass er gar nicht weit weg lebte. In Wisconsin. Er wollte sie spät nachts treffen. Hätte angeblich merkwürdige Arbeitszeiten. Aber Virginia wusste, wie man das übersetzen musste. Er war verheiratet und wollte fremdgehen. Aber das spielte keine Rolle. Es würde ohnehin nicht zum Sex kommen. So weit kam es nie.

Die Männer sahen sie und nahmen Reißaus.

Dabei war sie nicht hässlich. »Ich bin vielleicht nicht so hübsch wie Natalie, aber ich kann mich durchaus sehen lassen«, knurrte sie ihrem Spiegelbild zu und trug wütend Lippenstift auf. *Süße Natalie, schlaue Natalie. Natalie, die alles kann, die gerade wieder eine tolle Gehaltserhöhung bekommen hatte. Natalie – die »Ich-bin-deine-neue-Chefin«-Natalie.*

»Ach, verpiss dich.« Sie warf den Lippenstift in ihre Handtasche.

Sie hatte Natalie in Shadowland eingeführt. *Damit sie mir auf meinem eigenen Terrain gegenübertreten muss.* Aber irgendein gemeiner Dämon hatte sie in Schutz genommen, und so war Natalie sogar gut im Pokern. *Verdammter Pakt mit dem Teufel. Sie hat mich benutzt. Hat mir alles genommen und lässt mich dann aus meinem eigenen Haus werfen.*

Sie hatte sie wegen Spielbetrugs angezeigt. Das war nicht fair. *Ich habe monatelang meine Skillpoints gesammelt. Monate!* Und nun war alles weg. »Gott, ich hasse diese Schlampe.«

John hatte von vornherein recht gehabt. Sie hat mich benutzt, um besser dazustehen.

Aber Virginia würde zuletzt lachen. Heute Abend zumindest würde *sie* sich mit einem Mann treffen, während Natalie allein

und in einer virtuellen Welt versunken pokerte, ohne etwas von der Realität mitzubekommen.
Virginia hoffte, dass Natalie süchtig werden würde. Vielleicht verlor sie ihren Job. Virginias Miene erhellte sich. *Hey, das ist durchaus möglich.* Und dann würde Natalie ihr schickes Haus und den schicken Wagen verlieren. Und bei wem würde sie wohl angekrochen kommen? »Bei mir«, fauchte Virginia und zog die Wohnungstür hinter sich zu. *Und dann kommt die Abrechnung.*
Sie schleuderte ihre Tasche mit solcher Wucht auf den Beifahrersitz, dass sie vom Polster abprallte. »Ich trete dir so fest in den Hintern, dass meine Sohlen Abdrücke hinterlassen. Mir zu erzählen, ich sollte mich heute Nacht mit keinem Mann treffen. Mir zu erzählen, das sei zu gefährlich.« Neidische Schlampe. Sie wollte bloß alles für sich – Männer, Geld, Macht – alles!
Tja, John würde Natalie aber nicht kriegen. Dafür würde Virginia schon sorgen.

Donnerstag, 25. Februar, 0.30 Uhr

Er fuhr auf den Parkplatz und sah zufrieden, dass Virginias Wagen schon dortstand. Sie war so unfassbar einfach anzulocken gewesen, so eifersüchtig und neidisch auf ihre Freundin Natalie. Er war überzeugt, dass Natalie gar keine Ahnung hatte, wie sehr ihre »Freundin« sie hasste. Natalie fiel alles in den Schoß: Sie hatte eine gute Stelle, Familie, hatte immer Männer zur Auswahl, während Virginia nur zusehen konnte und gezwungen war, Natalies Erzählungen über neue Eroberungen zu lauschen.
Virginia hatte Natalie an den Pokertisch in Shadowland eingeladen, um sich endlich einmal profilieren zu können, doch stattdessen machte Natalie auch dort eine ausgesprochen gute

Figur. Er musste zugeben, dass er in all den Jahren nur auf sehr wenige derart würdige Gegner gestoßen war. Natalie Clooney umzubringen war nie seine Absicht gewesen. Sie kam einer echten Konkurrenz näher als jeder andere Mensch, lebendig oder virtuell. Wenn er wieder zum stillen Töten zurückkehrte, dann würde er sich neu in Shadowland registrieren und einen anderen Avatar kaufen. Er hatte festgestellt, dass ihm Pokern wirklich Spaß machte, daher wollte er weitermachen.
Und wenn es so weit war, gab es auch keine Virginia mehr, die ihm den Spaß verdarb. Als er aufgetaucht war, war Virginia reif gewesen. Es war nicht schwer gewesen, sie dazu zu bringen, ihm beim Pokern gegen Natalie zu helfen. Und sie in Plaudereien zu verwickeln, in denen sie ihm ihr ganzes Leid geklagt hatte, von dem Chef, der sie nicht ausstehen konnte, über ihre Angst vor der Dunkelheit bis hin zu ihrer unfähigen Therapeutin. Aber ihm tat jeder leid, der dieser Frau mehr als nur zwei Minuten lang zuhören musste.
Er konnte jammernde Frauen nicht ausstehen. Seine Mutter hatte immer nur gejammert. Und schließlich hatte er sie sattgehabt. Er war überzeugt, dass die Welt auch Virginia Fox' Gejammer satthatte.
Bald würde die Welt zum Glück ein wenig ruhiger sein.

Donnerstag, 25. Februar, 1.45 Uhr

Eve lag mit dem Kopf an Noahs Schulter im Bett. Ihre Finger spielten mit dem rauhen Haar auf seiner Brust, die sich im Schlaf hob und senkte.
Aber sie war hellwach. Noah hatte recht gehabt: Das zweite Mal hatten beide weit mehr genossen. Sie schauderte vor Wonne, als sie sich erinnerte. Geistig wie körperlich.
Und wie sie es genosssen hatten. Das erste Mal war eigentlich weniger ein Sprung ins kalte Wasser gewesen als ein ausge-

dehnter Gleitflug. Das zweite Mal dagegen? Ja, das war definitiv ein Sprung gewesen, heftig, aufregend, befriedigend.
Sie streckte sich genüsslich und wurde sich des süßen Schmerzes bewusst. Beim zweiten Mal war es gewesen, als habe er beim ersten Mal alle Sanftheit, alle Langsamkeit aufgebraucht und nichts sei mehr davon übrig. Irgendwann hatte er die Beherrschung verloren, sie hart und leidenschaftlich genommen und sie rücksichtslos auf eine Achterbahn der intensiven Empfindungen mitgezerrt.
Als sie gekommen war, hatte sie sich so lebendig gefühlt, so unbesiegbar! Und als er gekommen war, hatte sie ihn beobachtet und sich zum ersten Mal seit vielen Jahren wieder attraktiv gefühlt. Erfüllt.
Und nun, hier in der Stille, fragte sie sich unwillkürlich, ob sie es mit jemand anderem auch bis hierhin geschafft hätte. Callie hatte die Theorie aufgestellt, dass sie ihm instinktiv vertraute, weil er »der Eine« war. Vielleicht war es so, vielleicht auch nicht. Fest stand, dass er definitiv der Richtige für den Augenblick war, und sie empfand plötzlich eine Dankbarkeit, die er mit aller Wahrscheinlichkeit nicht akzeptieren würde.
Erst jetzt sah sie ein kleines Foto auf dem Nachttisch, und sie streckte vorsichtig den Arm danach aus, ohne ihn zu wecken. Sie hatten das Licht ausgeschaltet, daher hielt sie das Foto ins Mondlicht, das durch die Vorhänge drang. Auf dem Foto waren eine Frau und ein kleines Kind zu sehen, und sie spürte die weiche Glätte des Holzrahmens, den man oft mit dem Daumen liebkost hatte. Unwillkürlich stellte sie sich vor, wie er hier auf dem Bett saß und die Familie betrachtete, die er verloren hatte. Ihr wurde die Kehle eng, und die Hoffnung, die sie empfand, fiel ein wenig in sich zusammen.
Eine solche Familie würde er nicht wieder haben. *Mit mir jedenfalls nicht.*
»Das ist Susan«, sagte er leise hinter ihr, und sie fuhr heftig zusammen. »Und Noah«, fügte er hinzu. »Mein Sohn.«

Sie zog die Decke hoch, um sich zu bedecken. Er nahm die Bewegung wahr, und seine Augen wurden ausdruckslos. Inzwischen wusste sie, dass er so seine Gefühle verbarg.

»Ich wollte dich nicht wecken«, sagte sie, als er sich aufsetzte und ein Kissen in den Rücken stopfte.

»Ich habe nicht geschlafen. Ich habe einfach nur genossen, dich im Arm zu halten. Ich habe lange darauf gewartet.«

»Wohl wahr.« Sie hielt ihm das Bild hin, und er nahm es, doch seine Augen waren noch immer ausdruckslos.

»Susan arbeitete in der Abteilung Ballistik«, sagte er. »Ich war gerade mit der Polizeiakademie fertig geworden und besaß keinen Cent. Trotzdem fand sie mich irgendwie interessant.«

Eve spürte den Kloß in ihrer Kehle. Sie hatte keine Probleme, sich vorzustellen, wieso sich eine Frau in Noah Webster verlieben könnte. *Mir ist es auf den ersten Blick passiert.* »Sie war wunderschön. Und Noah Jr. auch.«

Er lächelte sehnsüchtig. »Noah der Fünfte. Armer Junge.«

Sein Lächeln lockerte ein wenig das enge Band, das sich um ihre Brust gelegt hatte. »Also ging es deiner Mutter nicht um den akademischen oder religiösen Hintergrund.«

»Meine Mutter könnte ohne Wörterbuch ›religiös‹ nicht einmal buchstabieren«, sagte er, und in seiner Stimme lag echte Zuneigung. »Sie ist eine kluge Frau, aber gebildet ist sie nicht. Dass die Männer meiner Familie Noah heißen, hat keinen tieferen Sinn, außer dass irgendein Vorfahre den Namen vielleicht schön gefunden hat.«

»Das ist er auch«, sagte sie. »Und er passt zu dir.«

»Jedenfalls heiße ich so, ob ich nun will oder nicht. Und aus Tradition musste auch ich meinen Sohn Noah nennen.« Er betrachtete das Bild mit einem Seufzen. »Ich war überzeugt, dass mein Leben vorbei war, als ich die beiden verlor.«

Sie spürte, dass er reden wollte. »Du hast gesagt, es war ein Unfall gewesen.«

»Ja. Ein paar dumme Jugendliche, die von einem Footballspiel kamen. Sie waren aufgedreht, hatten Spaß, das Radio lief viel zu laut, und sie überfuhren eine rote Ampel. Ich riss das Steuer herum, um ihnen auszuweichen, der Wagen brach auf der vereisten Straße aus und rollte einen Hang hinunter.«

Er erzählte die Geschichte so emotionslos, als läse er einen Polizeibericht. »Und die dummen Jugendlichen?«, fragte sie.

»Sie begingen Fahrerflucht, aber ein Freund bei der Polizei bekam sie später zu fassen.«

Ihr war kalt unter der Decke, und so zog sie die Knie an die Brust. »Und dann?«

»Der Wagen landete auf dem Dach, und ich verlor das Bewusstsein. Als ich wieder zu mir kam, flehte Susan mich an, endlich aufzuwachen, um ihr und dem Baby zu helfen. Aber es war zu spät. Sie hatten schon zu viel Blut verloren.« Er schluckte und stellte vorsichtig das Bild zurück. »Ich habe ihre Stimme noch sehr, sehr lange in meinem Geist gehört.«

Eve wischte sich über die tränenfeuchten Wangen. »Es war nicht deine Schuld.«

»Nein. Aber das änderte nichts.«

Sie legte das Kinn auf ihre Knie. »Winters ist wie ein schlechter Ohrwurm, der mir nicht aus dem Kopf geht. Er ist im Gefängnis gestorben. Wurde unter der Dusche erstochen.«

»Ich weiß. Und ich bin froh darum, denn ich wäre versucht gewesen, es selbst zu tun.«

Er meinte es vollkommen ernst, und seltsamerweise gab ihr das ein Gefühl der Geborgenheit. »Am Tag, als ich erfuhr, dass er tot war, waren alle bei Caroline – du weißt schon, Toms Mutter. Sie wollte ein Picknick machen, aber ich konnte nicht hingehen, konnte niemandem ins Gesicht sehen. Dana blieb bei mir zu Hause.«

»Verständlich.«

»Vielleicht. Aber manchmal frage ich mich, was gewesen wäre, wenn mich jemand aus dem Haus gescheucht hätte. Ob ich mich dann auch so lange versteckt hätte.«

»Das wirst du nie herausfinden, Liebes. Glaub mir, ich habe viel zu oft darüber nachgedacht, was wohl gewesen wäre, wenn. Und jedes Mal endete ich im Vollrausch.«

»Du hast recht. Ich weiß das auch, und ich gebe auch niemandem die Schuld. Außer vielleicht mir selbst.«

»Tja, das muss aufhören, und zwar hier und jetzt.« Er rieb mit dem Daumen über ihre feuchten Wangen. »Du hast ihn besiegt, Eve. Du bist am Leben.«

»Und du auch.«

»Mit sehr viel Unterstützung meiner Familie, ja. Und nun sind wir beide hier.«

Und wohin gehen wir? Eve warf einen Blick auf das Foto der wunderschönen Familie, die er verloren hatte. »Ich kann dir keine Familie wie diese geben.«

Er presste die Kiefer zusammen. »Ich habe dir gesagt, dass mir das nichts ausmacht.«

»Und ich glaube dir noch immer nicht. Du bist ein so guter Mensch. Du müsstest Vater sein. Wenn du deine Meinung einmal änderst, dann ... würde ich es verstehen.«

Selbst im Dunkeln konnte sie wahrnehmen, dass seine Augen aufblitzten. »Eve, langsam gehst du mir gehörig auf die Nerven.« Er legte sich flach auf den Rücken und starrte an die Decke. Dann seufzte er. »Willst du den Rest der Nacht da ganz allein herumsitzen?«

»Wohl nicht«, meinte sie zögernd.

»Komm her.« Er wartete, bis sie gehorchte, und drückte sanft ihren Kopf an seine Schulter. »Vielleicht entscheidest *du*, dass du mich gar nicht willst«, sagte er pragmatisch, obwohl sie die Verwundbarkeit in seiner Stimme hörte. »Vielleicht kommt irgendein junger Kerl vorbei, den du viel attraktiver findest als mich. Wir wissen nicht, was passiert, Eve. Aber im Augenblick ist es das, was wir haben.«

Sie legte den Kopf zurück, um ihn anzusehen. »Im Augenblick ist es das, was ich will.«

»Gut«, sagte er. »Lass uns schlafen. Ich weiß aus vertraulicher Quelle, dass man immer nur einen Tag nach dem anderen angehen kann.«

Sie kuschelte sich an ihn, legte ihre Hand auf seine behaarte Brust und hätte fast gekichert. Sie war auf absurde Weise glücklich, weil sie nie gedacht hätte, dass sie jemals erleben würde, wie sein Brusthaar an ihrer Handfläche kitzelte, wie sich sein pochendes Herz anfühlte. Zufrieden rieb sie mit der Nase über seine Haut und atmete seinen Duft ein. Und stellte fest, dass sie schlicht und ergreifend glücklich war.

»Eve?«

»Hmm?«

»Wie war es zu sterben?«

Sie hob den Kopf und war nicht überrascht, seine grünen Augen ausdruckslos vorzufinden. »Das wird für jeden anders sein.«

»Aber wie war es für dich?«

Ihr Blick wanderte wieder zu dem Foto. Wie entsetzlich musste es gewesen sein, mitzuerleben, wie diejenigen, die man liebte, litten und starben, ohne dass man sie retten konnte.

»Es war ...«, sie suchte nach den richtigen Worten, »geradezu verlockend. *Komm. Ruh dich aus.* Ich hatte keine Angst, aber ich war wütend. Ich war erst achtzehn, und ich wollte nicht gehen. Zweimal war ich klinisch tot. In der Zeit dazwischen hörte ich, wie die Ärzte mich anschrien, ich sollte bei ihnen bleiben, und ich wollte zurückbrüllen, dass ich es ja versuchte. Und das war der Moment, als ich Angst bekam. Es war wie ... wie Treibsand. Mein Fuß fand einfach keinen Halt und rutschte immer wieder weg. Das zweite Mal war es noch schwerer. Ich wollte bloß Ruhe finden. Aber ich kämpfte trotzdem. Und schaffte es zurück. Ich hoffe, das war es, was du hören wolltest.«

»Ich habe immer gehofft, dass sie keine Angst haben musste«, sagte er heiser. »Aber ich wollte auch, dass sie kämpft.«

Eve strich mit dem Finger über seine Wange. »Hat sie dich geliebt?«

»Ja.«

Er sagte es mit einer solchen Zuversicht, dass ihr Tränen in die Augen stiegen. »Dann hat sie bestimmt gekämpft. Und als sie dann zu müde zum Kämpfen war, wird sie sich sicher gefühlt haben. Genau wie dein Sohn.«

Er schluckte. »Danke.«

Sie küsste ihn zärtlich. »Gern geschehen.« Sie wollte sich gerade wieder an seine Schulter schmiegen, als er sie an sich zog und küsste. Sie gab nach, und in Sekunden eskalierte der Kuss. Er packte sie an den Hüften und zog sie so auf sich, dass sie rittlings auf ihm zum Sitzen kam. Wie auf der Rückbank seines Dodge.

»Bitte.« Das Wort war wie ein Knurren, und er ließ nicht von ihrem Mund ab. Diesmal war er es also, der sie anflehte, und Eve fühlte sich plötzlich mächtig. Das erste Mal war er geduldig gewesen, das zweite Mal hatte er die Kontrolle verloren, und nun brauchte er sie.

Eve ließ sich behutsam auf ihn herab, um ihn in sich aufzunehmen, schnappte jedoch nach Luft, als seine Finger sich in ihre Hüften gruben und er sie hart auf sich herabzog, so dass es ihren ganzen Körper durchfuhr. Sie lehnte sich ein Stück zurück, so dass er noch tiefer eindringen konnte.

»Du fühlst dich gut an«, flüsterte sie und sog die Luft ein, als sich seine Hände über ihre Brüste legten und sie sich zu bewegen begann. Er passte sich ihrem Rhythmus an, murmelte ihren Namen und bat sie, nur nicht aufzuhören.

Sie konnte gar nicht aufhören. Sie befand sich auf einer Welle, die wuchs und wuchs und sie beide mitriss, bis er stöhnte und sich hochstemmte, um seine Lippen um ihre Brust zu schließen und daran zu saugen und zu lecken. Seine Hände lagen auf ihrem Rücken und drückten sie an sich, während er sich immer wieder unter ihr aufbäumte.

Und dann brach die Welle, und sie schrie auf. Sie schlang ihre Arme um seinen Kopf und hielt ihn umklammert, während sie sich weiter bewegte und kaum merkte, dass sein Körper erstarrte und auch er kam. Er ließ sich gegen sie sinken, vergrub sein Gesicht zwischen ihren Brüsten und schauderte, als sie beide langsam wieder auf die Erde zurückkehrten.

Ohne ein Wort ließ er sich zurück auf sein Kissen fallen und zog sie mit sich. Seine Brust hob und senkte sich heftig, als er nach Atem rang, und in ihr stieg ein Lachen auf, ein reiner, glücklicher Laut der Freude. »Sind Sie immer so ... funktionstüchtig, Detective Webster?«

»Nein.« Müde drückte er ihr einen Kuss auf den Scheitel. »Du tust mir gut, Eve.«

Und irgendwie war es genau so einfach. »Du tust mir auch gut.« Sie legte die Arme um ihn, und seine Hände wanderten abwärts, um besitzergreifend ihr Hinterteil zu packen und sanft zu kneten. Dann, endlich, wurden sie vom Schlaf übermannt.

Donnerstag, 25. Februar, 3.15 Uhr

Er stieß schaudernd den Atem aus und stöhnte tief auf. *Gott.* Nach dem Mord an Virginia Fox hatte er das gebraucht. Mit heftig hämmerndem Herzen ließ er die Kehle los, setzte sich zurück und starrte die Frau auf dem schmalen, schmierigen Bett in seinem Keller an. Er wusste nicht, wie sie hieß, aber es kümmerte ihn auch nicht.

Er stieg von ihr herab, obwohl sein Körper noch im Nachbeben zuckte. Fast hätte er bei Virginia die Beherrschung verloren, als er sie für alle Ewigkeit zum Verstummen gebracht hatte. Denn es war nicht Virginias Gesicht gewesen, das er vor sich gesehen hatte, sondern Eves. Er hatte sich Eves Kehle vorgestellt, Eves Entsetzen.

Während er Virginia umgezogen und den Selbstmord inszeniert hatte, hatten seine Hände gezittert wie die eines Schuljungen. Aber er hatte sich beherrscht, selbst als er letzte Hand an die Szene gelegt, ihr das i-Tüpfelchen hinzugefügt hatte.
Virginia war tot, seine Mission der sechs Morde erfüllt, doch in ihm hatte ein Feuer gewütet, das zu stark gewesen war, als dass er vernünftig hätte denken können. Also war er in die Stadt gefahren und hatte sich noch eine von diesen Schlampen gegriffen, die ohnehin niemand vermissen würde. Er betrachtete die Tote in seinem Bett. Bald musste er nicht mehr so tun, als habe er Eves Gesicht vor sich. Bald würde er sie tatsächlich hier haben, und ihre Angst würde seinen Orgasmus schüren.
Morgen würde er nur zu gern Websters Miene erleben, wenn er Virginia entdeckte. Der Anblick würde den Cops noch sehr lange nachhängen, und natürlich würden sie sich verantwortlich fühlen. Sie waren sich so sicher gewesen, dass sie wussten, wie er tickte – dass sie seine Taten voraussehen konnten, dass sie die möglichen Opfer gewarnt hatten.
Aber sie wussten nichts. Das würde an ihnen nagen. Und es würde ihr Selbstbewusstsein Stück für Stück demontieren.
Es war eine gute Nacht gewesen. Wenn er hier fertig war, konnte er nach Hause gehen und schlafen. Er war müde, aber auf eine angenehme Art. Er hatte die sechs getötet, und die Hat Squad würde als das entlarvt werden, was sie war: großmäulig und inkompetent. Und er konnte sich zurücklehnen und die Show genießen.
Er schob die Betonplatte zur Seite und sah stirnrunzelnd hinab. Er musste sich eine Pause gönnen. Offensichtlich verlangsamten zu viele Leichen den Zersetzungsprozess. Er verzog angewidert das Gesicht beim Anblick von Jeremy Lyons' Hand, die aus der Schicht Erde und Kalk herausragte.
Er durchtrennte die Stricke, mit denen er sein letztes Opfer gefesselt hatte, dann verharrte er plötzlich. Vor seinem inneren Auge sah er nicht die Hure von heute, sondern die von …

Sonntag. Wilde Hunde. Er hatte ihr erzählt, sie würde von wilden Hunden zerfetzt werden. Ihre Augen waren blau gewesen, der Haaransatz braun.
Sein Verstand klärte sich und knüpfte die Verbindung. Er hatte das Gesicht erneut gesehen. Heute. Aber wo?
Im Krankenhaus. Sie hatte müde und … ängstlich ausgesehen.
Er ließ die Leiche liegen, wo sie war, und ging zu der Schublade, in der er all die alten Handys aufbewahrte. In dieser Schublade befanden sich zahllose Brieftaschen, Portemonnaies und Papiere. Er fand die Fahrerlaubnis der Hure von Sonntag. Lindsay Barkley. Dann kramte er das Handy aus der nächsten Schublade hervor und klickte sich durch die Fotos, die darauf gespeichert waren. Da, das Mädchen, das er heute gesehen hatte.
Warum war sie im Krankenhaus gewesen? Er dachte angestrengt nach, dann fiel ihm der große junge Mann ein, bei dem sie gesessen hatte, und er sog scharf die Luft ein. Der junge Kerl kannte Eve Wilson!
Vielleicht wusste das Mädchen ja nichts. Aber er würde kein Risiko eingehen. Er sah in Lindsays Führerschein. Er wusste, wo sie wohnte. Er würde morgen früh auf dem Weg zur Arbeit dort vorbeischauen. Und ein bisschen mit ihr plaudern. Er würde leicht mit ihr fertig werden.
Er packte die Leiche an den Knöcheln und zerrte sie zur Grube. Sie war ziemlich voll, aber zwei weitere würden wohl noch hineinpassen. Lindsays Schwester und Eve waren zwar groß, ja, aber beide waren schlank. So viel Platz brauchten sie nicht.
Und dann musste eine ganze Weile lang Schluss sein, ermahnte er sich. Das war ja kein Problem. Sobald sein Plan ausgeführt war, dann würde der psychische Druck abnehmen, und wenn er in einigen Monaten wieder zu jagen begann, gab es auch wieder Platz in der Grube.

Donnerstag, 25. Februar, 3.30 Uhr

Olivias Handy klingelte und schreckte sie von der Liege im Pausenraum hoch. Dell Farmer war eine harte Nuss. Kane und Abbott wechselten sich mit dem Verhör ab, so dass sie sich ein Weilchen hatte aufs Ohr legen können. Blinzelnd klappte sie ihr Handy auf. »Sutherland«, sagte sie und unterdrückte das Gähnen.

»Tom hier. Tom Hunter.«

Olivia setzte sich kerzengerade auf und schaltete das Licht neben der Liege ein. »Geht es David gut?« Aber natürlich, es konnte nicht anders sein. Das Krankenhaus hätte längst angerufen, wenn es einen Vorfall gegeben hätte.

»Ja. Ich habe um zehn Uhr noch mit ihm gesprochen, und da wollte er einfach schlafen.« Sie hörte Tom seufzen. »Das hört sich jetzt bestimmt paranoid an, und außerdem wirst du stinksauer sein.«

»Ich habe ziemlich viele Leute auf deinen Onkel angesetzt«, sagte Olivia freundlich. »Ihm passiert nichts.«

»Nein. Olivia … ich war heute mit Liza weg.«

Olivia verengte die Augen. »Was heißt ›weg‹? Weg im Sinne von verabredet oder weg wie in ›böse Buben jagen‹?«

»Letzteres. Moment«, sagte er laut, bevor sie explodieren konnte. »Wir hatten Erfolg. Wir haben den Kerl gefunden, den die Prostituierte gestern erwähnt hat. Jonesy.«

»Und du hattest nicht vor, mir das vorher zu sagen?«

»Du hättest uns nur angeschnauzt, weil wir uns auf die Suche gemacht haben.«

»Und ob ich geschnauzt hätte«, schnauzte sie. »Deine Mutter hat mir gesagt, ich soll auf dich aufpassen, Tom. Deinetwegen kriege ich echten Ärger.«

»Ich bin zwanzig«, sagte er ruhig. Tom hatte bereits vor seinem siebten Geburtstag seine Mutter vor seinem gewalttätigen Vater zu beschützen versucht.

»Okay«, gab sie ebenfalls ruhig zurück. »Ihr habt also Jonesy gefunden. Hat er Lizas Schwester gesehen?«
»O ja. Er hat die Autos beobachtet, die die Huren auflesen, und sich die Kennzeichen notiert. Wenn sie reich sind …«
»Erpresst er sie. Ja, wundervoll. Er hat also gesehen, wie Lindsay in einen Wagen gestiegen ist?«
»Ja, aber er meinte, er habe die Liste verkauft. Er wüsste auch nichts mehr über den Wagen, könne sich aber wohl an Tag und Uhrzeit erinnern. Ich habe ihm nicht geglaubt, aber wenigstens rausgekriegt, an wen er die Liste verkauft hat.«
Olivia seufzte. Sie kannte Jonesy.
»Wie viel hast du bezahlt?«
»Hundert.«
»Tom!«
»Ich *weiß*«, fauchte er frustriert. »Er hat den Zettel an einen gewissen Damon verkauft. Für weitere Hundert habe ich seine ›Geschäftsadresse‹ bekommen.«
Ein kalter Schauder rann ihr über den Rücken. »Vorsicht, Junge. Damon ist ein ziemlich einflussreicher Dealer.«
»Ja, das habe ich dann auch festgestellt. Jedenfalls habe ich ihn aufgestöbert und gesagt, was ich wollte. Er hat auf die Liste gesehen. Und jetzt kommt das, was du paranoid finden wirst. Er sagte, sie sei in einen schwarzen SUV gestiegen. Lincoln Navigator.«
Olivia blinzelte. Mehrmals. Wie viele Lincoln Navigator gab es wohl in den Twin Citys?
»Du weißt doch«, sagte Tom, als sie schwieg. »So einer hat David von der Straße gedrängt.«
»Ja, ja, schon kapiert. Das ist zwar seltsam, aber nicht unmöglich.« Im Übrigen hatten sie Dell Farmer in Gewahrsam. Allerdings nicht seinen SUV. Er fuhr einen verbeulten Corolla und hatte schallend gelacht, als sie ihn gefragt hatten, wo der Lincoln geparkt war.
»Ja, weiß ich auch, und fast hätte ich dich gar nicht erst ange-

rufen. Aber ich dachte, dass ich es doch besser tue, bevor ich es nachher bereue.«

»Damon hatte nicht zufällig Lust, dir das Kennzeichen zu nennen?«

»Nein, und ich wollte ihn, ehrlich gesagt, auch nicht weiter danach fragen. Der hat mir verdammte Angst eingejagt.«

»Schau an. Selbst du kannst also vernünftig handeln. Verdammt, Tom, der Kerl hätte dich ebenso umbringen und verscharren können, ist dir das klar? Ich staune, dass er dir überhaupt etwas gesagt hat.«

»Er ist Basketball-Fan«, sagte Tom verlegen. »Ich hatte Tickets in der Tasche. Wenn du ihn dir nicht vorher schnappst, weiß ich, wo er am nächsten Sonntag sitzt.«

Olivia massierte ihre Schläfen. »Deine Mutter wird mich abmurksen.«

»Meine Mutter und Dana haben mir *beigebracht*, so zu handeln. Die vielen Jahre im Schutzhaus, die neuen Identitäten und gefälschten Pässe, die nächtlichen Fahrten mit Frauen und Kindern, die vor ihren Männern Angst hatten ... Nein, Mom darf dich nicht einmal anbrüllen!«

»Der Punkt geht an dich. Okay, hier ist der Deal. Ich sage deiner Mutter nichts, und du ziehst nicht mehr mit Liza los.«

»Sie wird aber nicht aufgeben, bevor sie ihre Schwester gefunden hat. Oder ihre Leiche.«

Geschwisterbande. Das konnte Olivia nur allzu gut verstehen. »Morgen gehe ich mit euch. Wo ist Liza jetzt?«

»Ich habe sie zu Hause abgesetzt. Und bis zur Tür gebracht, keine Sorge«, fügte er trotzig hinzu.

»Du bist ein guter Kerl. Vielleicht manchmal zu gut. Keine Schnüffelei mehr auf eigene Faust, versprochen?«

»Ja. Danke, Olivia.«

»Tom, Moment noch. Warum melden sich eigentlich Lizas Eltern noch nicht zu Wort?«

»Ihre Mom ist krank, und Liza will vermeiden, dass sie sich Sorgen macht. Einen Dad scheint es nicht zu geben.«

»Okay. Ich schau mal nach, was ich unternehmen kann. Und du gehst jetzt schlafen.« Besorgt legte Olivia auf und rief einen Bekannten bei der Drogenfahndung an. Vielleicht hatten sie genug gegen Damon, um ihn herzubringen und zu verhören.

22. *Kapitel*

Donnerstag, 25. Februar, 4.00 Uhr

Er war so müde. Er stellte den Wagen neben dem BMW seiner Frau ab und wäre am liebsten gleich in der Garage eingeschlafen, aber seine Frau würde sich fragen, wo er war, wenn sie allein im Bett erwachte. Er hasste seine Frau nicht. Sie hatten eine Beziehung, von der sie beide profitierten. Sie bekam ein großzügiges Entgelt für ihre Unterstützung, zeigte sich bei allen entsprechenden Anlässen an seiner Seite, verlangte keinen Sex und bewahrte gewissenhaft sein Geheimnis.

Oder das, was sie für sein Geheimnis hielt. Seit zwanzig Jahren – seit sie verheiratet waren – glaubte sie, er sei schwul. Es war keine optimale Lösung, erklärte aber, warum er sie nicht anfasste. Er schloss die Küchentür und zog die Stirn in Falten, als er das Licht anknipste. Etwas war anders. Er brauchte einen Moment, um darauf zu kommen.

Sie hatte den Futternapf der Katze weggestellt. Er mochte es nicht, wenn sie etwas veränderte, das wusste sie. Nur ein einziges Mal hatte er sie in ihrer Ehe schlagen müssen, und das war bei einer solchen Gelegenheit gewesen, aber sie hatte es schnell begriffen und die Dinge in Zukunft so gelassen, wie er sie haben wollte. Bis jetzt.

Er öffnete die Schranktüren so leise, dass er sie nicht weckte. Es war ihm völlig egal, ob sie ihren Schönheitsschlaf bekam, aber sie war sein Alibi. Und mehr war sie auch nie gewesen. Der Futternapf war nirgendwo zu sehen. Vielleicht hatte sie ihn zerbrochen und hoffte nun, dass er es nicht merken würde.

Doch er merkte es immer, merkte alles. Wütend stieg er die

Treppe hinauf, zwang sich aber zur Ruhe. Es war nur die Erschöpfung. Er würde sich morgen mit ihr auseinandersetzen, wenn sie aufgewacht war und ihn neben sich entdeckt hatte. Er hatte ihr heute Abend wie immer eine Tasse Tee gebracht. Versetzt mit genug Betäubungsmittel, um ihr einen störungsfreien Schlaf zu gewähren, so wie er es immer tat, wenn er ausging. Wie er es in der vergangenen Woche jeden Abend getan hatte. Er zog die Schlafzimmertür hinter sich zu.

Und blieb wie angewurzelt stehen. Sie lag nicht im Bett. Langsam drehte er sich um. Und erstarrte erneut.

Sie saß in einem der Sessel am Fenster, und in der Hand hielt sie eine Pistole. Sein Puls ging schneller. Er kannte die Pistole. Es war eine der vielen aus seinem Versteck. Sie war dort gewesen. »Was soll das?«, fragte er ruhig.

»Ich habe den Tee heute Abend nicht getrunken«, sagte sie. »Und gestern auch nicht. Oder vorgestern Abend.«

Sonntag. »Und warum nicht?«, fragte er und verlieh seiner Stimme einen gekränkten Unterton. Sie war klein, mit ihr würde er leicht fertig werden. Ihr die Waffe abzunehmen, würde ein Kinderspiel sein.

»Wegen deiner Katze. Ich habe ständig niesen müssen, also habe ich eine Tablette gegen die Allergie genommen.«

»Und was hat das mit dem Tee zu tun?« Er trat einen Schritt näher, und sie hob die Waffe ein Stückchen höher. Interessant. Sie waren zwanzig Jahre miteinander verheiratet, und er hatte nicht einmal gewusst, dass sie mit einer Pistole umgehen konnte. Rückblickend hätte er sie wohl einmal fragen sollen.

»Komm nicht näher«, sagte sie, und er hörte Furcht in ihrer Stimme. Panik. Ekel. »Und halte die Hände so, dass ich sie sehen kann. Die Tablette zeigte eine Reaktion auf das, was du mir in den Tee getan hast. Ich musste mich übergeben. Ich war wach, als du Sonntagnacht nach Hause kamst. Montagmorgen eher. Du warst die ganze Nacht fort gewesen.«

»Ja. Bei einem Patienten«, log er.

»Du hattest Sex. Ich weiß es. Ich dachte, du triffst dich mit einem Burschen, und das war vollkommen okay. Aber dann warst du auch die Nacht darauf weg, und als du zu mir ins Bett kamst, konnte ich Parfum riechen. *Frauenparfum.* Ich habe deine Neigung immer akzeptiert, und ich war gewillt, zu tun als ob. Aber du hast mich betrogen. Mit *Frauen.*«

Er legte den Kopf schief und tat, als sei er überrascht. »Du bist sauer, weil du glaubst, dass ich nicht schwul bin?«

»Hör auf«, sagte sie angewidert. »Versuch nicht einmal, mich einzuwickeln. Ich bin dir gefolgt.«

Er verengte die Augen. »Aha?«

»Ich habe dich gestern Nacht *gesehen.* Ich bin dir zu deinem anderen Haus gefolgt, habe gesehen, wie du die Wagen gewechselt hast und einer Frau hinterhergefahren bist.« Sie lehnte sich zurück und sah ihm in die Augen. »Ich dachte, du hättest ein anderes Zuhause. Ein anderes Leben. Vielleicht sogar eine andere Frau. Und ich dachte, deswegen wolltest du mich vielleicht nicht. Da ich unbedingt Gewissheit haben musste, bin ich heute noch einmal zu deinem Haus gefahren.«

Er ballte die Hände zu Fäusten. »Dazu hattest du kein Recht!«

Sie lachte hohl. »Gott, du stehst da und redest von Rechten? Ich war in deinem Keller. Habe die ... die Schuhe gesehen. Du bist ein Monster. Wie lange? Wie lange mordest du schon?«

»Seit dreißig Jahren«, sagte er, auf eine seltsame Art erfreut, sich endlich jemandem offenbaren zu können.

Sie schüttelte hilflos den Kopf. »Ich ... ich habe die Grube gefunden. Seither kann ich das Bild nicht mehr verdrängen. Jedes Mal, wenn ich die Augen schließe, sehe ich, wie diese Hand emporragt ... Wieso? Wieso hast du das getan?«

»Weil ich Lust dazu hatte«, sagte er schlicht, und sie schüttelte ungläubig den Kopf.

»Du bist ein Monster. Und niemand wird glauben, dass du zu so etwas fähig bist. Du hast alle getäuscht – nur mich nicht.

Ich weiß, was du bist, und du wirst dafür bezahlen.« Sie wollte den Abzug drücken, doch er war schneller. Mit einem Satz riss er ihr die Pistole aus der Hand. Sie schrie auf. Er warf die Waffe aufs Bett, zog sie fest an sich und schlang ihr den Arm um die Kehle. Ihre Pistole hatte keinen Schalldämpfer, und ein Schuss würde die gesamte Nachbarschaft aufwecken.

Während er seine eigene Pistole aus der Tasche zog, zerrte er sie ins Badezimmer und stieß sie in die Wanne. Sie wehrte sich heftig, doch er hielt sie nach unten gedrückt. »Nur eine Frage. Wo ist meine Katze?«

Trotzig blickte sie ihn an. »Tot«, spuckte sie aus.

Er biss die Zähne zusammen. »Du Miststück.« Dann schoss er ihr in den Kopf und trat einen Schritt zurück, als sie zusammensackte. »Wäre ich doch lieber Single geblieben«, murmelte er keuchend. »Verdammt.«

Nun musste er ihren Freunden und Bekannten erklären, warum sie so plötzlich verschwunden war.

Donnerstag, 25. Februar, 7.00 Uhr

Kaffee. Noah atmete genüsslich ein. Sex und Kaffee. Was brauchte man mehr? Er rollte sich aus dem Bett. Seine Knochen waren ein bisschen steif von der gestrigen Auseinandersetzung mit Dell, aber sein Geist war wach und klar. In der Nacht war kein einziger Anruf bei ihm eingegangen, Kathy Kirk und Natalie Clooney, die letzten beiden gefährdeten Probandinnen aus Eves Studie, waren also gesund und munter.

Er glaubte noch immer nicht, dass Donner die Frauen getötet hatte, aber er hatte das ungute Gefühl, dass hinter Dells höhnischem »Gute Nacht, Noah« mehr steckte als nur der Wunsch, sich wichtig zu machen. Irgendwie war Donner an der Sache beteiligt, sonst wäre er nicht untergetaucht.

Er zog sich eine Hose an und traf Eve mit der Tageszeitung in der Küche an. Sie trug nichts außer eines seiner Hemden, und er küsste sie auf den Nacken und spähte in ihren Ausschnitt.

»Mein Hemd steht dir«, murmelte er.

Sie sah auf, aber ihr Blick war besorgt. »Setz dich.«

Sie schob ihm die Titelseite über den Tisch, und er stieß einen Fluch aus. *Mord und Selbstmord in der Hat Squad.* »Mist. Aber das war wohl zu erwarten.« Er überflog den Artikel und zwang sich, nicht die Beherrschung zu verlieren. »Hört sich an, als wüssten wir bereits, dass Jack es getan hat.«

Sie stand auf, um ihm einen Kaffee zu holen, dann beugte sie sich über seine Schulter und legte ihre Wange an seine. Das war genau der Trost und die Unterstützung, die er brauchte.

»Farmers Verhaftung wird erwähnt«, murmelte sie, »wie auch der Tod seines Vaters ein paar Seiten weiter, doch das Motiv und die Verbindung zu Jack und Katie fehlen.«

»Wir hätten diese Verbindung gestern Nacht deutlicher machen müssen.«

»Und warum habt ihr das nicht?«

»Weil es sich jetzt um eine interne Untersuchung handelt. Jack muss erst von jedem Verdacht freigesprochen werden.«

»Ich habe eben das Krankenhaus angerufen, aber man hat mir gesagt, man dürfe keine Informationen weitergeben.«

»Abbott wird anrufen, sobald er etwas weiß. Ich wünschte, die MSP mit diesem verdammten Artikel wäre niemals erschienen. Als du dich gestern um Brock gekümmert hast, hat Dell geschrien, diese Zeitschrift hätte uns wie Götter erscheinen lassen.«

»Mein erster Gedanke war ›weiße Ritter‹.« Sie küsste seine Schläfe. »Willst du Eier zum Frühstück? Ich konnte kein Omelett machen, weil ich die Messer nicht gefunden habe.«

»Du hast im Schlaf plötzlich angefangen zu reden. Also bin ich aufgestanden und habe sie in meinen Waffenschrank eingeschlossen. Ich lasse dir einen Schlüssel machen, dann kommst du daran, sobald du wach bist.«

Sie seufzte erschöpft. »Tut mir leid.«
»Braucht es nicht. Wir beide schleppen Altlasten mit uns herum. Und wir haben beide Alpträume.« Er zögerte. »Meine sind besonders schlimm, wenn ich in der Bar gewesen bin.«
Nun sah sie zur Seite. »Wenn wir also ...« Sie brach ab und zupfte an dem Hemd, das sie trug. »Wenn das hier weitergeht, dann müsste ich kündigen.«
»Nein, das erwarte ich nicht, Eve. Ich weiß doch, was du für Sal und Josie empfindest – und sie für dich. Ich kann dich nur nicht besuchen kommen.« Nun war er es, der an dem Hemd herumzupfte. Er zog sie auf seinen Schoß. »Wenn das hier weitergeht, dann werden wir beide Kompromisse eingehen müssen. Meine Messer, dein Job – alles halb so wild, oder?«
Sie legte ihren Kopf an seine Schulter. »Ich habe in der Nacht von ihm geträumt.«
»Ja, ich weiß. Ich habe eine Gänsehaut gekriegt.« Tatsächlich war ihm das Blut in den Adern gefroren, und er hatte lange gebraucht, um wieder einzuschlafen.
»Ich wünschte, sie würden endlich aufhören, diese Träume.«
»Das werden sie auch, Eve – die Träume und die Stimmen. Bei mir hat es Jahre gedauert, bei dir wird es vielleicht Jahrzehnte dauern.« Er nahm ihre Hand. »Aber es wird wieder gut, glaub mir.«
Sie legte sich ihre ineinander verflochtenen Finger an die Lippen. »Ich glaube dir.« Dann drehte sie plötzlich seine Hand um, und ihre Miene war wieder angespannt. »Dell Farmer hat keinen Ring getragen.«
Noah starrte auf seine Hand und spürte, wie ihm die Brust eng wurde. »Nein, hat er nicht.«
»David sagte, der Kerl, der ihn von der Straße gedrängt hat, habe einen Ring getragen. Also hat sich David entweder geirrt, Farmer hat den Ring verloren oder abgenommen oder ...«
»Oder jemand anderes hat David von der Straße gedrängt.« Er schloss die Augen und rief sich die Szene in Harvey Seniors

Haus in Erinnerung. »Der Vater trug auch keinen Ring.« Er holte sein Handy aus seiner Tasche. »Ich rufe Olivia an.«
Während er wählte, klopfte es an seine Eingangstür. Er öffnete und sah sich Olivia gegenüber, die ihr klingelndes Handy in die Höhe hielt. »Das trifft sich gut, Web, denn wir müssen reden.« Sie schob sich an ihm vorbei hinein, bevor er noch etwas sagen konnte, blieb dann aber stehen und riss staunend die Augen auf. »Hey, wow. Hallo, meine Liebe.«
Eve, die gerade flüchten wollte, verharrte, lehnte sich an die Wand und verschränkte die Arme. Noah fand sie sehr appetitlich mit ihren langen, nackten Beinen und der tiefen Röte auf ihren Wangen. »Olivia«, sagte sie.
»Ich wollte dich gerade fragen, ob du eine angenehme Nacht hattest, Web, aber wie ich sehe, hattest du das.« Sie warf Eve einen Blick zu. »Wenn meine Schwester das nächste Mal fragt, ob du glücklich bist, kann ich dann ja sagen?«
Noah fuhr sich mit der Hand übers Gesicht. »Gib uns eine Minute zum Anziehen. In der Kanne ist Kaffee. Wir müssen über Dell Farmer reden.«
»Deswegen bin ich hier. Er hat deinen und Jacks Wagen verfolgt. Ich habe einen Sender unter deinem Motorblock gefunden. An Jacks Auto war auch einer.«
»Das erklärt einiges«, sagte Noah. »Er wusste stets, wo wir uns aufhielten. Er war an jedem Tatort und auch in der Nähe, wenn wir die Angehörigen befragt haben.«
»Ich habe Katies Handy überprüft. Sie hat häufig Dell angerufen, und das stimmte zeitlich mit den Telefonaten zwischen Jack und dir überein. Zumindest seit rund drei Wochen.«
»Seit die MSP erschienen ist«, sagte Eve, »und sich Katie Jack an den Hals geworfen hat.«
»Sie hat Dell also immer dann Bescheid gegeben, wenn Jack angerufen worden ist. Hast du schon etwas Neues gehört?«
»Das Krankenhaus gibt nichts raus«, antwortete Olivia. »Nur, dass er noch bewusstlos ist.«

»Farmer hat keinen Ring getragen«, sagte Noah abrupt.
»Jemand anderes muss David attackiert haben«, sagte Eve. »Jemand anderes muss hinter mir her sein.«
Olivia wirkte nicht überrascht. »Farmer hat gestern Abend auch keinen schwarzen SUV gefahren. Und er fand es anscheinend sehr lustig, als wir ihn nach diesem Wagen fragten.«
»Und mir hat er gesagt, dass Donner mich angeblich gestern fast erwischt hätte«, murmelte Noah, und plötzlich fiel ein Puzzleteil an die richtige Stelle. »Konntest du einen Anruf zu dem Reporter vom *Mirror* zurückverfolgen?«
Olivia presste die Lippen zusammen. »Der, der den Mist über Jack geschrieben hat? Ja. Seine Nummer taucht in Dells Handy auf, datiert keine fünfzehn Minuten, bevor er aufgetaucht ist.«
»Bei den Bolyards«, sagte Noah. »Er wusste, dass wir dort waren. Und die erste Frage des Reporters betraf nicht die Bolyards, sondern Jack.«
»Dell war also dort«, sagte Eve. »Und er hat etwas gesehen. Er hat jemanden gesehen, der dir an den Kragen wollte.«
»Uns«, korrigierte Noah. »Gestern hatte dieser Jemand es auf dich abgesehen.«
»Also war er dort, vor dem Haus der Bolyards«, sagte Olivia. »Beide waren dort. Dell und der Mörder. Der andere Mörder.« Sie kniff die Augen zusammen. »Tut mir leid. Es war eine lange Nacht.«
»Warum? Warum ich?«, fragte Eve. Doch der Ausdruck in ihren Augen verriet Noah, dass sie es wusste.
»Es geht um Shadowland«, sagte er. »Um deine Studie. Und deine Testpersonen.«
»Wir hätten ihn fast erwischt, als er von Rachels Haus wegfuhr«, fügte Olivia hinzu. »Denn du hast uns alarmiert.«
Eve lehnte sich wieder an die Wand. Sie war wie vom Donner gerührt. »Und jetzt will er mich aus dem Weg räumen. Verdammt noch mal – warum kriege ich es eigentlich immer mit solchen Leuten zu tun? Ziehe ich Ärger an?«

»Dell hat angefangen, mich zu verspotten, als er Donners Namen hörte, und die Reporterin meinte, die Bolyards hätten am Sonntag Donner nach Martha das Café verlassen sehen.«
Eve schüttelte den Kopf. »Ich kann nicht glauben, dass Donner diese fünf Frauen getötet haben soll, Noah. Wirklich nicht.«
»Ich habe selbst Schwierigkeiten damit. Aber das wissen wir erst, wenn wir ihn haben, und er ist abgetaucht.«
»Könnte Dell wissen, wo er ist?«, fragte Eve, aber Olivia schüttelte den Kopf.
»Der sagt keinen Ton. Und ich will ihm nicht schon jetzt irgendwelche Deals anbieten.«
»Reden wir mit dem Team«, sagte Noah. »Wir ziehen uns an und kommen nach.«

Donnerstag, 25. Februar, 7.30 Uhr

»Schnell«, murmelte Liza, während sie die Treppe hinunterrannte. »Sei zu spät. Sei zu spät.« Die Beschwörung galt dem Schulbus. Wenn sie ihn verpasste, würde sie drei Meilen zu Fuß gehen müssen und die Arbeit in der ersten Stunde verpassen. Sie schoss aus dem Haus und sah erleichtert, dass noch andere Schüler an der Haltestelle am Ende der Straße warteten.
»Warum die Eile?«, hörte Liza eine samtige Stimme, bevor sie etwas Scharfkantiges in ihrem Rücken spürte. »Schrei, und du bist tot«, drohte die Männerstimme leise.
Sie holte Luft, um trotzdem aus vollem Hals zu schreien, doch seine Hand hielt ihr den Mund zu und riss ihren Kopf nach hinten. Er war stark und zerrte sie in die Gasse neben ihrem Haus. Die Furcht verlieh ihr Kraft, und sie trat und schlug um sich, biss ihm in die Hand. Der Lauf der Waffe verschwand plötzlich aus ihrem Rücken, aber ein Hieb gegen ihre Schläfe

ließ sie taumeln. Benebelt versuchte sie, sich aus seinem Griff zu winden, aber etwas piekte sie in den Hals.
Sekunden später schleifte er sie durch den Schnee. Vor sich sah sie die Umrisse eines dunklen Autos. Sie wollte schreien, konnte aber die Lippen nicht bewegen. Konnte gar nichts mehr bewegen. Tom! Er würde frühestens in einigen Stunden feststellen, dass sie verschwunden war.
Er drückte ihr die Lider zu, und sie konnte sie nicht mehr öffnen. »Deine Schwester ist tot«, flüsterte er ihr ins Ohr. »Und das wirst auch du bald sein.« Dann landete sie im Fußraum der Rückbank und hörte, wie der Motor gestartet wurde.

Donnerstag, 25. Februar, 8.00 Uhr

Die Stimmung an Abbotts Tisch war angespannt, als alle schweigend darauf warteten, dass ihr Chef von seiner Besprechung mit dem Commander zurückkehrte. Noah hatte Eve zu seinem Schreibtisch gebracht und ihr befohlen, sich unter keinen Umständen wegzubewegen. Im Augenblick schien sie am meisten gefährdet zu sein.
Olivia und Kane waren müde und gereizt. Die vielen Stunden im Verhör mit Dell Farmer waren ergebnislos geblieben, und auch Micki, die gleich mehrere Tatorte zu koordinieren hatte, war erschöpft. Ian war tatsächlich im Sitzen eingeschlafen. Vier neue Opfer im Leichenschauhaus hatten ihn und sein Team die ganze Nacht über beschäftigt.
Carleton saß zusammengesunken am Tisch und blickte auf Jacks leeren Platz. Keine Nachrichten bedeuteten nicht länger gute Nachrichten.
Abbott kehrte zurück, und seine Miene verriet, dass die Besprechung nicht gerade gut verlaufen war. Aber der Polizeichef hatte Grund, verärgert zu sein. Sie hatten fünf Tote und keine vernünftige Spur.

Abbott warf einen Stapel Zeitungen auf den Tisch. Auf jedem Titel prangte Jacks vermeintlicher Mord und Selbstmord und darüber hinaus eine ebenso rufschädigende Abwandlung des *Mirror*-Artikels mit Details über Rachel Wards Tod. Darunter stand: »Zwei Zeugen ermordet« und »Polizei hat keine Spur«.
Ian fuhr hoch, als die Zeitungen über den Tisch rutschten. Micki tätschelte seine Hand.
»Jacks Zustand ist unverändert«, begann Abbott gepresst. Offenbar wollte er die Zeitungsartikel nicht kommentieren. Aber die Schlagzeilen sprachen ohnehin für sich. »Die Ärzte machen sich keine großen Hoffnungen. Sein Vater ist bei ihm.«
Noah schloss die Augen, bis sein Zorn wieder abschwoll. »Wissen wir schon, was er genommen hat?«
Abbott schürzte die Lippen. »Das ist eine heikle Sache. Die Dienstaufsichtsbehörde hat den Fall übernommen, aber wir alle wissen, dass Jack reingelegt wurde. Ich habe die Erlaubnis, Ihnen bestimmte Informationen weiterzugeben, da sie mit Dell Farmer zusammenhängen können, wodurch sich eventuell eine Verbindung zu Donner herstellen ließe …«
»Was wiederum zum Mörder von fünf Frauen führen kann«, sagte Noah verbittert. »Also helfen die Jungs von der Inneren uns?«
»Helfen ist wohl zu viel gesagt – widerstrebend kooperieren trifft es eher. In Jacks Whiskyflasche wurden Oxycodon und Valium gefunden. Die leeren Medikamentenpackungen befanden sich in Dells Wagen.«
»Als ich Jack mehrmals wegen Rachels Tod angerufen habe, hat er mir geschworen, nur ein einziges Glas getrunken zu haben«, sagte Noah tonlos. »Katie hat ihm wahrscheinlich schon öfter etwas in die Flasche getan. Und ich habe ihn angeschnauzt, weil er zu spät kam.«
Olivia drückte seinen Arm. »Du konntest es nicht wissen.«
»Und Jack war auch schon unzuverlässig, bevor Katie aufge-

taucht ist«, fügte Micki hinzu. »Das war wohl eine klassische Verkettung unglücklicher Umstände.«
Carleton nickte traurig. »Eine treffende Beschreibung«, murmelte er. »Schlimm genug.«
»Waren Dells Fingerabdrücke in Jacks Haus?«, fragte Noah.
»Ja«, sagte Abbott. »Er war definitiv da. In Donners Haus haben wir jedoch keine Abdrücke gefunden, eine Verbindung zwischen den beiden ist momentan nicht belegt. Zumindest wenn man von Dells Gezeter gestern Nacht absieht.«
»Und Donner?«, fragte Noah. »Haben wir seine Anruferlisten schon?«
»Nein, auf die warten wir noch«, antwortete Abbott. »Nach unserer Besprechung durchsuchen wir sein Büro in der Marshall und fahren zu seinen Angehörigen. Ich habe mir die richterliche Anordnung noch in der Nacht unterzeichnen lassen.«
»Wir? Wir durchsuchen sein Büro?«, fragte Noah.
»Wir«, bestätigte Abbott. »Bis Sie einen neuen Partner haben, fahren wir zusammen.«
Es würde ein sehr langer Tag werden. »Okay.«
»Freut mich, dass mein Vorschlag Sie so begeistert«, sagte Abbott trocken. »Kane, gibt es Neues zu Jeremy Lyons?«
»Das Sicherheitspersonal der Marshall hat gestern Abend seinen Wagen auf einem der Parkplätze gefunden«, berichtete Kane. »Er hat weder zu Hause angerufen noch Kreditkarten benutzt noch seine Kinder vom Kindergarten abgeholt.«
»Er ist also untergetaucht oder tot«, sagte Abbott. »Was uns allerdings keinen Schritt näher an die Lösung heranführt, wer für all das hier verantwortlich ist. Der einzige Lichtblick ist, dass die zwei potenziellen Opfer, die wir durch Eve warnen konnten, am Leben sind und auch noch nicht vom Mörder kontaktiert wurden.«
»Vielleicht will er ja nicht mehr«, überlegte Olivia. »Wir hätte ihn nach dem Mord an Rachel fast erwischt. Vielleicht hat ihn das überzeugt, dass er es besser lassen sollte.«

Carleton schüttelte den Kopf. »Ich glaube nicht, dass er aufhört, bis man ihn aufhält oder er erledigt hat, was er glaubt, tun zu müssen.«

»Aber was glaubt er denn, tun zu müssen?«, rief Abbott.

Carleton nickte ungerührt. »Das zum Beispiel. Sie aufzurütteln. Zu ärgern. Sie in Bedrängnis zu bringen.«

»Und das schafft er verdammt gut«, knurrte Abbott. »Aber ich habe schon verstanden, was Sie meinen. Sobald wir Donner haben, werden wir ein paar Antworten erhalten.«

»Gott, ich hoffe, dass er es ist«, murmelte Noah.

»Aber Sie glauben es immer noch nicht«, sagte Abbott. »Der Mörder hat uns Axel Girard auf dem Silbertablett serviert. Auch Donner könnte eine falsche Fährte sein. Wir müssen in Erfahrung bringen, was Dell weiß und woher er es weiß.«

»Mit Farmer sollten wir vorsichtig sein. Er leidet unter Realitätsverlust, ist nicht ganz dicht«, fügte Carleton trocken hinzu, als die anderen ihm fragende Blicke zuwarfen. »Das muss in die Wertung seiner Aussagen einbezogen werden.«

»Aber im Augenblick haben wir niemand anderen«, meinte Abbott, »ganz dicht oder nicht. Ian? Gibt's bei Ihnen etwas Neues?«

»Die Bolyards wurden beide mit derselben Waffe erschossen, einer Neunmillimeter, Harvey Farmer und Katie Dobbs mit einer anderen – ein höheres Kaliber. Katies Gesicht weist Abschürfungen und Prellungen auf, wahrscheinlich von Fausthieben.« Er zögerte. »Katie hatte eine Stunde vor ihrem Tod Geschlechtsverkehr. Unwahrscheinlich, dass es in gegenseitigem Einvernehmen geschehen ist.«

Noah presste die Zähne zusammen. »Jack hat sie nicht vergewaltigt. Wenn, dann Dell.« Plötzlich wurde ihm übel, als er daran denken musste, was Dell Eve hätte antun können.

»Das habe ich den Jungs von der Dienstaufsicht auch schon erklärt«, sagte Ian ruhig. »Auf Grundlage des vergossenen Bluts, Katies Körpertemperatur und der Konzentration chemischer Substanzen in Jacks Blut war er bereits bewusstlos, als sie erschossen wurde. Das wäre allerdings weit schwerer festzustellen gewesen, wenn wir nicht so schnell dort eingetroffen wären. Die Kälte, die durch das offene Fenster eingedrungen ist, hätte uns das Auswerten der Daten beträchtlich erschwert.«

»Also müssen wir die Frage wenigstens stellen«, sagte Abbott grimmig. »Offene Fenster in Harveys und Jacks Haus. Besteht die Möglichkeit, dass Dell die fünf Frauen getötet hat?«

Carleton schüttelte den Kopf. »Viel wahrscheinlicher ist, dass Dell sich dieses Detail vom Shadowland-Mörder abgeschaut hat. Wir sollten ihn also trotz allem nicht unterschätzen. Immerhin hat er als Laie Zeitungsartikel verfasst, die Bucklands Chefredakteur akzeptiert hat. Er ist kein Dummkopf.«

»Der bloß unter Realitätsverlust leidet«, fügte Abbott sarkastisch hinzu. »Olivia, Katie war die Verlobte von Dells Bruder, aber er hat sie benutzt, um Jack zu schaden. Nutzen Sie diese Info, um ihn anzustacheln. Er soll sich aufregen, damit er ins Reden kommt. Ich will wissen, was Dell gestern Nacht gesehen hat. Micki, gibt es noch etwas Interessantes aus dem Haus der Bolyards?«

»Keine Anzeichen gewaltsamen Eindringens, keine brauchbaren Spuren, Partikel oder sonst etwas. Sieht aus, als habe er sie beim Abendessen überrascht. Die Frau ist wohl von der Tür aus erschossen worden, sie ist mit dem Kopf auf ihren Teller gefallen. Ihr Mann lag über ihr. Er hat sie wahrscheinlich beschützen wollen.«

»Ein besserer Schutz wäre es wohl gewesen, Donner nicht noch einmal in dem Bistro anzusprechen«, grunzte Abbott. »Noch was?«

Micki holte ein kleines Tütchen hervor. »Ein Katzenhaar aus Rachels Wohnzimmer. Es passte zu dem, das wir aus Marthas Teppich geholt haben. Es gibt uns zwar keinerlei Hinweise auf die Identität des Mörders, aber es ist eine Verbindung der

Morde untereinander, die wir dem Staatsanwalt präsentieren können, wenn wir ihn endlich geschnappt haben. Das hier übrigens auch.« Sie legte ein Foto auf den Tisch. »Christy, wie sie das Diner verlässt. Schaut euch die Schuhe an.«

Alle gehorchten, ohne zu begreifen. »Ja, und?«, fragte Noah.

»Das sind Manolos. Kosten mindestens vierhundert das Paar«, erklärte sie.

»Wow«, sagte Olivia. »Aber ich verstehe nicht, worauf du hinaus willst.«

»Wir haben die Schuhe nirgendwo in ihrem Haus gefunden«, sagte Micki.

»Er hat sie als Andenken mitgenommen«, meldete sich Carleton zu Wort. »Serienmörder nehmen oft etwas vom Schauplatz ihrer Tat oder von den Opfern mit, und Schuhe sind ein ziemlich gewöhnliches Souvenir. Eine schöne Verbindung zur Tat, aber nichts, was mir beim Profil weiterhelfen könnte.«

Micki sah unglücklich aus. »Das war's von meiner Seite.«

»Und es war gute Arbeit«, tröstete Abbott sie.

Carleton verzog das Gesicht. »Entschuldigung. Ich wollte nicht herablassend klingen. Aber dass er etwas sammelt, hilft uns einfach nicht weiter.« Er warf einen Blick auf die Uhr. »Ich habe um neun einen Patienten. Rufen Sie mich an, wenn Sie Neues über Jack erfahren.«

»Machen wir«, sagte Abbott und wandte sich wieder seinem Team zu. »Heute werden wir uns darauf konzentrieren, Donner aufzutreiben und Dell Farmer zu knacken. Noah, Sie und ich fahren zu Donners Büro in der Universität. Olivia und Kane, Sie kümmern sich um Farmer.«

»Was ist mit dem Bistro?«, fragte Noah. »Die Fernsehreporterin sagte, Bolyard hätte Donner dort gesehen, und Eve meinte, er würde oft im Bistro zu Mittag essen. Die haben doch Überwachungsbänder. Warum fangen wir nicht damit an?«

Abbott schüttelte den Kopf. »Ich bin heute Morgen schon dort gewesen. Nur die Kasse wird überwacht, und der Barmann erinnert sich weder an die Bolyards noch an Martha oder an Donner. Okay, wir treffen uns um zwei wieder hier. Ich muss um drei eine Pressekonferenz geben, also verschaffen Sie mir etwas Brauchbares.« Er begegnete den Blicken seiner Leute. »Ein Täter wäre zum Beispiel ganz großartig. Web, kommen Sie.«

Noah ging zu seinem Tisch, um seinen Hut zu holen. Eve saß an ihrem Laptop. »Was machst du da?«, fragte er.

»Versuche, mich zu beschäftigen. Natalie hat gestern Abend im Casino richtig fett gewonnen, weil Dasich und eine andere Spielerin wegen Betrugs rausgeworfen worden sind und ...« Sie brach ab und schürzte die Lippen. »Entschuldige. Ich fange an zu schwafeln. Dr. Pierce ist gerade hier vorbeigekommen. Er meinte, er habe gestern Abend mit Dekan Jacoby zu Abend gegessen. Man wüsste, dass ich es war. Jacoby will mich wohl heute Morgen noch sprechen, aber ich habe gesagt, du hättest mir verboten, irgendwo hinzugehen.«

Er wusste nicht, was er erwidern sollte. »Eve, du hast das Richtige getan. Was immer geschieht.«

»Weiß ich ja.« Sie lächelte traurig. »Zum Glück bin ich verdammt gut hinter der Bar, ich kann also immer noch eine Zweitkarriere einschlagen. Ich rücke zur Seite, du musst schließlich arbeiten.«

»Schon okay, bleib nur. Ich muss weg.«

»Noah?« Sie erhob sich, als er seinen Mantel zuknöpfte. »Sie entlassen David heute Morgen, und ich muss ihn nach Hause bringen. Ich kann nicht ewig hier bleiben.«

Doch, das kannst du. Der Gedanke erhob sich über alle Sorgen, aber er schob ihn beiseite. Das musste er später überdenken. Er warf Abbott, der ungeduldig wartete, einen Blick zu. »Bruce?«

Abbott seufzte entnervt. »Ich veranlasse, dass jemand sie fährt. Los jetzt.«

»Captain, warten Sie.« Faye kam herbeigeeilt. Sie hielt ein

Blatt Papier in der Hand. »Donners Anruferliste. Sein letzter Anruf ging um 22 Uhr 40 an die Auskunft, aber vorher hat er seine Mutter angerufen, und zwar um achtzehn Uhr. Hier ist ihre Adresse. Soll ich die Polizei dort alarmieren?«
Abbott schnappte sich das Blatt. »Ja, rufen Sie sie an, aber sagen Sie denen, sie sollen sich zurückhalten, bis wir eintreffen. Danke, Faye. Noah, auf geht's.«

Donnerstag, 25. Februar, 8.30 Uhr

Olivia und Kane waren im Begriff, noch einmal Dell Farmer zu verhören, als Olivia einen Anruf vom Drogendezernat bekam. Als sie auflegte, lächelte sie grimmig.
»Was ist los?«, fragte Kane.
Sie erzählte ihm von Toms Anruf in der Nacht und dem Dealer Damon, der vielleicht eine interessante Information zu einem Kennzeichen hatte. »Zwei SUV könnten ein Zufall sein, aber wir können es uns nicht leisten, ein Risiko einzugehen. Das war mein alter Kumpel bei der Drogenfahndung. Sie haben Damon in Gewahrsam.«
»Wie viel hatte er bei sich?«
»Harmlos. Er verstößt damit aber gegen die Bewährungsauflagen, also sind wir im Geschäft. Ich will alles über das Kennzeichen des Lincoln Navigator wissen.«
»Er wird aber einen Deal wollen«, sagte Kane missmutig.
»Ich weiß. Komm, sprechen wir mit dem Staatsanwalt. Vielleicht kann er uns ein bisschen Ellbogenfreiheit verschaffen.«
Kane blieb am Eingang des Großraumbüros stehen. »Und was ist mit ihr?«
Olivia warf einen Blick zurück. Eve saß immer noch an Noahs Schreibtisch vor dem aufgeklappten Laptop. »Sie durchsucht Shadowland nach etwas, das uns vielleicht helfen könnte.«

»Ich wünschte, ich hätte nie von diesem verdammten Spiel gehört«, sagte Kane, als sie auf den Fahrstuhl zugingen.
Olivia drückte so fest auf den Knopf, dass ihr Finger umknickte. »Da geht's dir wie mir.«

Donnerstag, 25. Februar, 8.45 Uhr

Liza schrie. Sie versuchte zu entkommen, aber Lindsay war hinter ihr her, Lindsay, deren Gesicht grau, hohl und grässlich aussah. *Tot. Sie ist tot, tot.* Der Schrei kam nur als ersticktes Grunzen aus ihrer Kehle. Ihr Körper regte sich nicht. Sie war gefesselt. Hände und Füße waren zusammengebunden, und sie atmete durch die Nase.
Ihr Mund. Er war zugeklebt. Nun stürzte die Erinnerung auf sie ein. Der Mann, er hatte ihr den Mund zugehalten, die Nadel in ihrem Hals. *Was hat er mir gespritzt? Wo bin ich?*
Sie öffnete die Augen und war erleichtert, dass ihre Lider ihr gehorchten. Es war dunkel, und sie bewegten sich. *Ein Auto.* Er hatte sie ins Auto geschafft. *Ich bin im Kofferraum.*
Raste bloß nicht aus, befahl sie sich und konzentrierte sich auf ihre Atmung. Und während sich ihr Puls stabilisierte, erkannte sie, dass sie nicht allein war. Sie roch … Blut.
O mein Gott. Lindsay. Sie kniff die Augen zu, wollte nicht hinsehen. *Vielleicht hat er gelogen, um dir Angst zu machen, damit du gehorchst. Vielleicht lebt sie, vielleicht braucht sie dich. Mach die Augen auf und sieh hin. Verdammt, jetzt sieh hin.* Mit pochendem Herzen zwang sie sich, die Augen zu öffnen, und blinzelte, um in der Dunkelheit etwas zu erkennen. Dann sah sie, was sie gerochen hatte.
Sie erstarrte, und der Schrei blieb ihr in der Kehle stecken. Augen. Weit aufgerissen. *Sie starren mich an.*
Lindsay war tot. *Und ich bin es auch bald.*

Donnerstag, 25. Februar, 9.15 Uhr

Noah unterzog den Wagen auf Adele Donners Auffahrt einer genauen Prüfung. »Unversehrter Schnee. Der stand die ganze Nacht hier.« Er und Abbott gingen zur Eingangstür, während die Polizisten aus dem Ort hinter das Haus gingen.

Abbott klopfte an die Tür. »Polizei«, rief er. »Kommen Sie raus, Donner.«

Die Tür öffnete sich, und zwei Frauen erschienen, eine ungefähr neunzig, die andere um die fünfzig Jahre alt. »Wir sind beide Mrs. Donner«, sagte die alte Frau mit hoch erhobenem Kinn. »Was wollen Sie?«

Donners Mutter und seine Ehefrau. Die Augen der jüngeren waren verquollen, die der alten Frau dagegen klar und kalt wie Eis.

Abbott blickte über ihre Köpfe hinweg ins Haus. »Treten Sie bitte zur Seite.«

»Haben Sie einen Durchsuchungsbeschluss?«, fragte die alte Lady.

»Ja«, begann Abbott, aber Noah hielt eine Hand hoch.

»Mrs. Donner, Sie wissen, warum wir hier sind. Machen Sie es uns bitte nicht noch schwerer.«

Das Kinn von Donners Mutter bebte, doch das war das einzige Anzeichen von Schwäche. »Er ist nicht hier.«

Abbotts Kiefermuskeln traten hervor. »Was soll das heißen? Sein Auto ist hier, seine Frau ist hier. Wo ist Ihr Sohn, Mrs. Donner?«

Donners Frau wischte sich über die Augen. »Draußen. Am Teich.«

Noah begann mit gezogener Waffe zu laufen. Eine einzelne Fußspur, schon einige Stunden alt, wie man an der darüberliegenden Flockenschicht erkannte, führte durch den Schnee. Keine Spur führte zum Haus zurück. Donner war diesen Weg in der Nacht gegangen und nicht zurückgekehrt.

Noah bedeutete den Polizisten, auszuschwärmen. Doch als er

an den Teich gelangte, blieb er wie angewurzelt stehen. Sein Atem bildete kleine Wölkchen in der Luft, während er auf die Bank am zugefrorenen Rand des Teichs starrte. Er senkte die Waffe.

»Verdammt«, fluchte einer der Polizisten und blieb gerade noch rechtzeitig stehen, bevor er in etwas getreten wäre, das verdächtig nach Hirnmasse aussah. »Was ist passiert?«

Noah schluckte gegen die bittere Galle an, die in seiner Kehle aufstieg. Hungrige Tiere hatten gründliche Arbeit geleistet, aber es war noch genug von Donner übrig, um die Pistole zu erkennen, die die ringlosen Finger seiner rechten Hand umfasst hielten.

Noah wandte sich um und sah, dass Abbott hinter ihm stand. Zusammen kehrten sie zurück und klopften wieder an die Tür. Dieses Mal ließ Donners Mutter sie ein.

»Wir wollen, dass es endlich vorbei ist«, sagte sie würdevoll, nahm ihnen die Hüte ab und führte sie ins Wohnzimmer, wo Donners Frau schluchzend in einem Sessel saß. Adele Donner ließ sich vorsichtig auf dem Sofa nieder, und plötzlich war ihr jedes einzelne ihrer neunzig Jahre anzusehen.

»Er hatte einen Hirntumor«, begann Adele. »Die Ärzte haben ihm nur eine dreißigprozentige Chance gegeben. Mein Sohn wollte bloß noch eine einzige weitere Publikation.« Sie nahm einen zugeklebten Umschlag vom Tisch und gab ihn Noah. »Er hat Ihnen einen Brief geschrieben, Detective. Er hat mir gesagt, ich solle ihn Ihnen geben.«

»Er hätte niemals jemandem etwas angetan«, sagte Donners Frau. »Er konnte nicht mit dem Wissen leben, dass seine Studie … dass diese Frauen gestorben sind.«

»Wann hat er sich erschossen?«, fragte Noah leise.

»Gegen acht Uhr gestern Abend«, sagte Adele. »Er hat den Platz auf der Bank immer geliebt.«

Um acht Uhr, dachte Noah. *Das war, bevor der letzte Anruf von seinem Festnetz zu Hause rausging.*

»Haben Sie den Schuss gehört?«, fragte Abbott.
Beide Frauen nickten. »Und da wussten wir, dass es vorbei ist«, sagte Adele. »Er wollte es so. Er hat stark gelitten, da konnten wir es ihm nicht verweigern.«
»Warum haben Sie nicht die 911 gerufen?«, fragte Abbott.
Adele Donner warf ihrer Schwiegertochter einen raschen Blick zu. »Sie konnte es gestern Abend nicht. Wir hätten uns jetzt gleich auf den Weg gemacht, um mit dem Sheriff zu sprechen.«
Donners Frau schloss die Augen. »Meine Schwiegermutter wollte den Notruf wählen. Aber ich wollte einfach nicht hier sein, wenn man ihn abholt.«
Noah erhob sich und straffte die Schultern. »Wir schicken jemanden her, der sich um ihn kümmert.«
Im Auto blieb Abbott einen Moment lang schweigend sitzen. »Er kann die Morde trotzdem begangen haben.«
»Theoretisch ja. Aber glauben Sie dran?«
»Nein. Was steht in dem Brief?«
Noah überflog den Inhalt. »Was man erwarten konnte. Er lässt übrigens Eve grüßen.«
Abbott drehte den Zündschlüssel. »Ich bin sicher, Sie werden die Grüße nur allzu gern weitergeben.«
Noahs Kiefer verspannte sich. »Was soll das? Wir hätten gar keinen Fall, wenn sie nicht zu uns gekommen wäre.«
»Sie ist nicht zu uns gekommen, Noah. Wir mussten sie zerren.«
»Das ist nicht wahr. Sie sind normalerweise ein objektiver Mensch. Wo liegt das Problem?«
»Das Problem liegt darin, dass sie Sie noch immer ablenkt!«
»Sie ist in Gefahr.«
»Dann bringen Sie sie in ein sicheres Haus. Sie wissen genau, dass ich recht habe.«
Das entsprach der Wahrheit. Doch auch Eves Reaktion war verständlich.

»Wenn Sie es nicht tun, dann tue ich es«, fügte Abbott hinzu. »Und das meine ich ernst, Noah.«
Noah nickte. »Okay. Ich fahre sie nachher zu Brock. Sind Sie damit einverstanden?«
»*Ich* bringe sie hin«, gab Abbott gereizt zurück. »Ich will, dass Sie sich konzentrieren. Und ich schwöre, falls ich Ihnen das noch einmal sagen muss ... Nein, ich würde Sie dann einfach von diesem Fall abziehen.«
»Okay«, brachte Noah durch zusammengepresste Zähne hervor. »Ich hab's verstanden.«

Donnerstag, 25. Februar, 10.45 Uhr

»Ich gehe nicht zu Brock«, sagte Eve, während sie ihren Laptop in die Tasche schob. »Er kann seine Kinder nicht ewig woanders unterbringen, und ich werde die beiden nicht noch einmal zur Zielscheibe machen.« Sie sah resigniert zu Abbott auf. »Ich gehe in Ihr sicheres Haus.«
»Eve«, begann Noah, aber sie hielt abwehrend eine Hand hoch.
»Haben Ihre sicheren Häuser Kabel-TV?«, fragte sie Abbott, und zu Noahs Überraschung lächelte er.
»So viele Kanäle, wie Sie durchzappen können«, antwortete er, »und natürlich WLAN, in welchem Zimmer Sie sich auch aufhalten.«
Ihre Lippen verzogen sich. »Und ich darf alles zu essen bestellen, wonach mir gerade ist?«
»Übertreiben Sie's nicht«, erwiderte er trocken. »Kommen Sie.« Und damit setzte er sich in Bewegung.
»Bin sofort bei Ihnen«, sagte sie. »Noah, was ist mit David? Wer soll sich um ihn kümmern?«
»Sein Bruder Max«, sagte Noah. »Er bleibt bei ihm, bis David wieder fliegen kann.«

Ihre Augen weiteten sich erstaunt. »Du hast Max angerufen?«
Noah schüttelte den Kopf. »Nein, ich habe David angerufen. Der wiederum hat mir gesagt, dass Tom gestern seinen Stiefvater angerufen und ihm die ganze Geschichte erzählt hat. Max ist vor ein paar Stunden in Chicago gestartet.«
Sie blickte mit einem gezwungenen Lächeln zu ihm auf, und er begriff plötzlich, wie schwer ihr diese Pseudo-Haft fallen würde. »Kommst du mich besuchen?«
Er küsste sie auf die Stirn, und es war ihm egal, ob jemand zusah. »Aber sicher. Und jetzt geh.« Er half ihr in den Mantel und sah ihr nach, als sie mit erhobenem Kopf davonging.
Das Telefon klingelte, und er ging ran, ohne den Blick von ihr zu nehmen. »Webster.«
»Mein Name ist Natalie Clooney. D-die Polizisten sagten mir gestern Abend … ich … ich solle Sie anrufen.«
Noah legte eine Hand auf den Hörer. Furcht sammelte sich in seiner Magengrube, als er die hysterische Panik in der Stimme der Frau hörte. »Eve«, zischte er. »Sag Abbott, er soll zurückkommen.« Dann ließ er die Hand wieder sinken. »Was ist los, Miss Clooney?«
»Meine F-Freundin. Virginia. Sie ist tot.«
Noah sank auf seinen Stuhl, als Abbott mit grimmiger Miene zurückkehrte, Eve direkt hinter ihm. »Wie ist es passiert?«
»Sie hängt an einem … einem Strick.« Natalie schluchzte nun haltlos. »Und ihre Augen … sind weg.«

Donnerstag, 25. Februar, 11.10 Uhr

Noah hatte versucht, für die Szene im Haus von Virginia Fox gewappnet zu sein, aber er musste feststellen, dass es unmöglich war. Seit er in die leeren Augenhöhlen geblickt hatte, kämpfte er mit dem Drang, sich zu übergeben.

»Donner war es nicht«, sagte er heiser.

»Nein. Er kann es nicht gewesen sein«, stimmte Abbott matt zu.

»Warum nicht?« Die Frage kam von Carleton Pierce, der direkt nach Ian Gilles und seinen Rechtsmedizinern eingetroffen war. Carleton blieb wie angewurzelt stehen. »Himmel.«

Noah trat zurück, um nicht Micki im Weg zu stehen, die Aufnahmen vom Tatort machte. »Donald Donner hat gestern Abend Selbstmord begangen. Gegen acht.«

Carleton schüttelte ungläubig den Kopf. »Er hat *was* getan?«

»Sich umgebracht, okay?«, knurrte Noah, dann zwang er sich zur Ruhe. »Tut mir leid. Es war bisher kein guter Tag. Donner war todkrank. Er hat sich gestern Abend erschossen.«

»Ich weiß gar nicht, warum ich überhaupt Fotos mache«, schimpfte Micki. »Der Tatort sieht genauso aus wie alle anderen.«

»Nur das Opfer nicht«, sagte Noah. Sie war wie die anderen zurechtgemacht. Kleid, Schuhe, Make-up ... alles, bis auf die Augen. »Virginia stand nicht auf Eves Liste.«

»Was? Woher wissen Sie das?«, fragte Carleton.

»Eve hat mich gerade angerufen. Sie sitzt an meinem Schreibtisch und geht die verdammte Liste durch, aber die Frau steht nicht darauf. Und wenn wir den Kerl nicht bald fassen, dann ist sie vielleicht die nächste.«

»Ist sie nicht«, sagte Abbott. »Kane bringt sie gerade zum sicheren Haus.«

Noah wandte sich Carleton zu. »Virginia stand nicht auf der Liste, aber sie war eine enge Freundin von Natalie, die seit einigen Wochen zu Eves kritischen Probandinnen gehört. Warum verändert er sein Vorgehen jetzt? Warum sucht er sich jetzt ein Opfer aus, das nicht auf der Liste steht?«

»Keine Ahnung«, sagte Carleton knapp. »Vielleicht nur, um uns auf die falsche Fährte zu locken.«

»Tja, damit hat er wohl wieder Erfolg.« Noah ging ins Wohnzimmer, wo Natalie auf dem Sofa saß und sich wie in Trance vor und zurück wiegte. Ihr Gesicht war erschreckend blass.

»Miss Clooney. Ich muss Ihnen ein paar Fragen stellen.«

»Natürlich«, sagte sie mit blutleeren Lippen.

»Miss Fox, sagten Sie, sei Programmiererin gewesen.«

»Eher Büroassistentin. Sie und ich haben zusammen angefangen.«

»In der gleichen Abteilung Ihrer Firma?«

»Nein. Ich habe andere Qualifikationen und wurde vor einigen Jahren befördert. Ich bin Abteilungsleiterin. Virginia ist … war einem meiner Leute unterstellt.«

»Hat sie einen Freund erwähnt oder eine neue Beziehung?«

»Nein. Na ja, doch, aber nicht in der realen Welt.«

»Also in Shadowland.«

»Ja. Sie hat da einen Kerl am Pokertisch kennengelernt. Gott, ich habe ihr gesagt, dass Captain Abbott mich gewarnt hat. Aber sie hat mich angeschnauzt, ich würde ihr bloß nichts gönnen. Und jetzt ist sie tot!« Sie schlug die Hände vors Gesicht und fing wieder an, sich zu wiegen.

»Ich weiß, dass es schwer ist, aber bitte versuchen Sie, sich noch einen Moment zu konzentrieren. Sie beide haben in Shadowland zusammen gespielt?«

Natalie ließ die Hände sinken und holte tief Luft. »Früher hat sie in Vegas gespielt, aber als der Markt zusammenbrach, hat sie viel verloren. Virtuell zu spielen war billiger für sie.«

»Und wie sind Sie Teil der Studie geworden?«

»Virginia hat die Anzeige in der Zeitung gesehen. Sie meinte, ich hätte bestimmt Spaß daran. Sie selbst wollte nicht, sie sei schon in Therapie und habe genug von dem Psychogeschwafel, sagte sie. Aber es schien ihr wichtig, dass ich spielte, also meldete ich mich an.«

»Wie ich gehört habe, sind Sie ziemlich gut im Pokern.«

»Ja, dabei hatte ich es nie vorher versucht. Allerdings lerne ich ziemlich schnell. Eine ganze Weile haben wir jeden Abend zusammen gespielt. Gestern hatten wir Streit. Und zwar furchtbaren Streit.«

»Was war?«

»Ich spielte gut und gewann oft, und sie schien sich für mich zu freuen. Dann hat sie vor einigen Wochen diesen anderen Spieler kennengelernt, und alles änderte sich.«

Eve hatte es erwähnt. »Dasich. Er und Ihre Freundin wurden beschuldigt, betrogen zu haben.«

Sie sah ihn mit geweiteten Augen an. »Woher wissen Sie das?«

»Wir haben versucht, Sie wegen der möglichen Gefahr im Auge zu behalten – auch in der virtuellen Welt. Aber von Virginia wussten wir nichts. Miss Clooney – wissen Sie, wovor sie besondere Angst gehabt hat?«

»Vor der Dunkelheit«, sagte sie mit dünner Stimme. »Virginia hatte schreckliche Angst vor der Dunkelheit.«

»Und kennen Sie den Grund dafür?«

»Ja. Ihre Familie lebte 1995 in Japan, als in Kobe das schreckliche Erdbeben passierte. Sie war drei Tage lang mit lauter Toten im Dunkeln gefangen. Seitdem musste in jedem Zimmer immer das Licht anbleiben.«

Also hat das Schwein ihr die Augen genommen. »Danke. Einer unserer Leute wird Sie nach Hause bringen.«

23. Kapitel

Donnerstag, 25. Februar, 11.10 Uhr

Es ist diese verdammte Liste«, sagte Eve, die noch immer an Noahs Tisch saß. Olivia und Kane standen vor ihr, bereit zum Aufbruch. *Noch nicht. Ich muss nachdenken.*

»Aber Fox hat nicht auf der Liste gestanden«, wandte Kane ein.

»Eben. Er will uns ablenken«, sagte Eve. »Er weiß, dass wir die Liste haben.«

»Es gibt kein ›wir‹.« Olivia sah sie streng an. »Du bist nicht mehr daran beteiligt. Die Gefahr ist jetzt schon zu groß.«

»Und sie wird es bleiben, bis wir den Kerl haben. Wo ist Jeremy Lyons?«

»Wird immer noch vermisst«, sagte Kane. »Er hat weder mit jemandem Kontakt aufgenommen noch seine Kreditkarten benutzt.«

Er könnte tot sein. Oder andere töten. »Ihr habt die Alibis meiner Kommilitonen überprüft. Und Donner war schon tot, als das letzte Opfer umgebracht worden ist.«

Olivia und Kane sahen einander an. »Eve, du kommst jetzt mit uns«, sagte Olivia ruhig. Sie wollte Eve auf die Füße ziehen, aber diese riss sich los und setzte sich wieder auf den Stuhl.

»Lass mich nachdenken. Virginia war nicht auf meiner Liste, aber sie und Natalie waren Freundinnen. Setz dich, Olivia, bitte. Ich muss das tun.« Eve starrte auf die Namen auf ihrem Computerbildschirm. Aber dort ließ sich die Antwort nicht finden. Sie loggte sich wieder in Shadowland ein, und Olivia gab nach und zog sich seufzend einen Stuhl heran.

»Abbott wird mir gehörig in den Hintern treten«, grummelte sie.

Eve sagte nichts. Sie rief User-Accounts auf.
»Was machen Sie da?«, fragte Kane, der hinter ihr stand.
Eve rieb sich die Stirn. »Eigentlich wollen Sie das gar nicht wissen. Ich habe mich reingehackt, okay?«
»Cool«, murmelte Kane beeindruckt.
»Jetzt ermutige sie nicht noch«, zischte Olivia, doch dann seufzte sie wieder. »Wonach suchen wir?«
»Ich weiß es nicht genau. Hier ist der Account von Virginia Fox. Das hier ist ihr Poker-Avatar. Cicely.« Sie deutete auf den Schirm. »Cicely hat immer neben Natalies Avatar gesessen. Aber Virginia hatte noch andere Avatare. Den hier hat sie von Pandora gekauft. Von mir, meine ich.« Eve sah genauer hin, und ihr Herzschlag beschleunigte sich. »Das kann nicht sein.«
»Was kann nicht sein?«, fragte Kane und beugte sich über ihre Schulter.
Eve klickte den Avatar von Pandora an. »Sie hat das Gesicht verändert. Sie hat meinen Code verändert.«
»Wie der Täter es mit den Avataren der Opfer getan hat«, sagte Olivia.
»Ist das wie ein Fingerabdruck?«, fragte Kane. »Die Veränderung im Code?«
»Nein. Für mein Design habe ich eine bekannte Software verwendet, daher ist mein Code nicht einzigartig. Aber das Muster und die Plazierung der Veränderungen sind dieselben, wie wir sie bei Christys und Marthas Avataren gesehen haben. Entweder hat Virginia ihm gezeigt, wie man die Pandora-Gesichter veränderte – oder umgekehrt.«
»Und wie können wir herausfinden, welche der beiden Möglichkeiten stimmt?«
Eve wechselte zum Chat-Programm. »In Shadowland kann man spontan miteinander reden oder sich von Avatar zu Avatar private Nachrichten schicken. Niemand muss deinen echten Namen oder den des Benutzerkontos kennen.«

»Und Virginia hat jemandem Nachrichten geschickt?« Begierig beugte sich nun auch Olivia vor. »Bitte sag ja.«
»Ja, hat sie.« Eve klickte sich durch. »Und wir haben Glück, dass sie sie nicht gelöscht hat. Hier ist eine Nachricht, in der sie ihm die Funktion ›Ausschneiden/Einfügen‹ erklärt.« Sie warf Olivia einen Blick zu. »Vor drei Wochen abgeschickt.«
»Als alles begann«, stellte Olivia fest. »An wen ging sie?«
Eve klickte auf die Adresszeile und las den Namen, ohne überrascht zu sein. »An Dasich. Verdammt, ich wusste doch, dass mit dem Kerl etwas nicht stimmt. Cicely und Dasich sind gestern beide wegen Betrugs aus dem Casino geworfen worden.«
»Und wie finden wir jetzt den lebenden Körper dieses Dasich-Avatars?«, wollte Olivia wissen.
»Ich versuche, auf seinen Account zuzugreifen«, sagte Eve.
»Und wie geht das, wenn Sie nicht wissen, wer er ist?«
Eve zögerte, bevor sie Kane antwortete. »Man braucht bestimmte Befugnisse, um über einen Avatar auf ein Konto zugreifen zu können. Schließlich ist dies der Ort, an dem niemand deinen Namen kennt.«
»Hast du diese Befugnis, Eve?«, fragte Olivia leise.
»Ja, die habe ich mir verliehen, aber ich habe sie bisher nicht ausgenutzt, weil ich die Namen der Opfer von meiner Studie kannte, und Virginia hat sich unter ihrem echten Namen registriert. Aber wenn ich es andersherum versuche, also von Avatar zu Account, könnte ich bei ShadowCo schlafende Hunde wecken.« Sie wandte den Kopf, um Olivia anzusehen. »Ich kann nur hoffen, dass es nicht irgendwie auf Noah oder einen von euch zurückfällt und es Ärger gibt.«
»Und was ist mit dir?«, fragte Olivia.
Eve zuckte mit den Schultern. »Man könnte mich verklagen. Aber wenn uns das hier wirklich weiterhilft, wer weiß? Zumindest werde ich wohl für jede Menge Hacker auf dieser Welt eine Göttin sein. Wie auch immer – jetzt ist es zu spät.

Ich habe die Suche schon gestartet und ... wir haben einen Treffer. Der Dasich-Avatar gehört jemandem namens Irene Black.«

»Also ist Irene Black ein Mann?«, wollte Kane wissen.

»Irene Black könnte jeder sein. Wie ich schon Abbott gesagt habe, benutzt so gut wie niemand seinen echten Namen für die Registrierung. Dass Virginia es getan hat, war eine Überraschung. Ich habe es nicht gemacht.« Sie öffnete Irene Blacks Datei. »Das sind die Avatare, die der Gamer besitzt – fünf sind es. Sieht aus, als habe er sie alle außer einem bei Pandora gekauft. Seht ihr? Das ist Dasich, der Pokerspieler.« Eve klickte jeden einzelnen an, dann ließ sie sich auf ihren Stuhl zurücksinken. »Lieber Himmel.«

»Was ist denn?« Olivia beugte sich wieder vor. »Was?«

»Der Avatar dort. Der Kerl baggert jedes weibliche Wesen im Ninth Circle an. Greer trifft ihn jedes Mal, wenn sie dort ist. Nun wissen wir, wie er vorgegangen ist.«

»Okay.« Olivias Stimme klang drängend. »Wie können wir ihn aufspüren, wenn kaum ein User seinen echten Namen angibt?«

»Über das Geld«, murmelte Kane. »Wie Web es getan hat, als ich den Versand von Axel Girards Kreditkarte durch die Stadt verfolgt habe. Können Sie Irenes Kontodaten aufrufen?«

Eve versuchte es, dann zog sie die Stirn kraus und sah frustriert zu Kane auf. »Anscheinend braucht man für die Kreditkartendaten eine Extrabefugnis. Und wahrscheinlich habe ich gerade eine dicke Leuchtrakete zu ShadowCo geschickt.« Hastig loggte sie sich aus. »Wenn sie klug sind, wissen sie wahrscheinlich schon, wo ich sitze. Verdammt.«

»Mit den Nachwirkungen setzen wir uns später auseinander«, sagte Olivia. »Immerhin haben wir einen Namen. Irene Black.« Sie stieß ihren Stuhl zurück und zog Eve auf die Beine. »Kane, und schaff sie in das sichere Haus, bevor Abbott zurückkommt.«

Eve knöpfte ihren Mantel zu. »Kommst du nicht mit?«
»Nein. Ich werde Abbott berichten, was du herausgefunden hast, dann versuche ich es noch einmal bei Dell. Ich komme dich aber besuchen und bringe dir einen Kuchen mit eingebackener Feile mit.« Sie lächelte nicht. »Bald ist es vorbei.«
»Das hoffe ich. Sag Noah ...«, Eve errötete, »sag ihm, er soll vorsichtig sein.«
»Verlass dich drauf. Und jetzt raus hier. Bei Kane bist du in Sicherheit. Ich würde ihm mein Leben anvertrauen.«

Gegen die Müdigkeit anblinzelnd, sah Olivia ihnen hinterher. Sechs tote Frauen, zwei Lincoln Navigator, ein irrer Dell und ein Drogendealer namens Damon. Und nun gaben sie noch eine Irene Black in die Mischung. Sie holte ihr Handy hervor, um Abbott anzurufen, als es in ihrer Hand klingelte. Es war das Büro des Staatsanwalts. »Sutherland?«
»Brian Ramsey hier. Gute Nachrichten, ich habe die Erlaubnis, mit Ihrem Dealer zu verhandeln. Ich bin in zwanzig Minuten im Verhörraum. Hoffen wir, dass Sie bekommen, worauf Sie hoffen.«
»Allerdings.« Olivia rief noch im Losgehen Abbott an.

Donnerstag, 25. Februar, 11.30 Uhr

Eves Gedanken rasten noch immer, als sie und Kane im Fahrstuhl hinabfuhren. »Also gut, wir haben Irene Black, aber alles deutet immer wieder auf die Liste. Wer auch diese Taten begeht, hat Zugang zu dieser verdammten Namensliste.«
»Zum Beispiel Jeremy Lyons, und der ist nicht aufzutreiben.«
Eve seufzte. »Zum Beispiel Donner, und er ist tot. Aber jetzt kann ich seine Reaktionen besser verstehen. Ihm ist einfach die Zeit davongelaufen.«

»Er wollte eine Art Erbe hinterlassen«, murmelte Kane. »Das wünschen sich wohl die meisten Menschen.«

»Ja. Ich hätte nur gern gewusst, ob er wirklich der Meinung war, wir würden uns ausreichend um die Teilnehmer kümmern. Ich habe mehrmals versucht, ihm zu erklären, dass die Studie einen starken Einfluss auf das Leben unserer Probanden hat, aber ohne eine tragfähige Auswertung der Persönlichkeitstests hatte ich nichts in der Hand.«

»Vermutlich hätte es keinen großen Unterschied gemacht.«

Sie sah ihn an, als sich die Fahrstuhltüren zur Garage öffneten. »Was meinen Sie damit?«

Kane zuckte mit den Schultern. »Er war todkrank. Und verzweifelt. Verzweifelte Menschen tun unerwartete Dinge. Selbst wenn Sie ihm Resultate hätten vorlegen können, hätte er sie möglicherweise ignoriert.«

»Nein, das hätte er nicht gekonnt. Er hätte sie gar nicht erst zu Gesicht bekommen, so lauten die Regeln. Die Ergebnisse gehen normalerweise direkt von einem unabhängigen Therapeuten an das Komitee. Wenn sich in den Persönlichkeitstests starke Abweichungen zeigen, wie es bei meinen Ultra-Usern der Fall gewesen wäre, dann stoppt das Komitee die Studie sofort.«

»Mein Wagen steht da vorn rechts«, sagte Kane, während sie durch die Garage gingen. »Und wer ist dieser unabhängige Therapeut?«

Eve blieb stehen. »Das weiß ich nicht. Wie ich eigentlich auch nicht wissen dürfte, wer die Testpersonen wirklich sind.«

Auch Kane war stehen geblieben. »Hätte Donner wissen können, wer es ist?«

»Ja.« Sie stieß langsam den Atem aus. »Und was Donner wusste, wusste auch Jeremy. Das hat er mir gesagt.«

»Und diese Person – hätte auch Zugriff auf die Namensliste?«

Eve öffnete den Mund, um zu antworten, kam jedoch nicht

dazu. Fassungslos sah sie zu, wie Kane stocksteif auf den Betonboden stürzte. Geschockt hob sie den Kopf.

Zwischen zwei geparkten Wagen steckte ein Mann mit Hut einen Schlagstock in seinen Mantel zurück. In der anderen Hand hielt er eine Pistole mit Schalldämpfer. »Ich würde sagen, dass sie mit ziemlicher Sicherheit auf die Namensliste zugreifen kann.«

Einen Moment lang starrte sie ihn nur an. Das Gesicht, das sie kannte, aber dem sie nie hundertprozentig vertraut hatte. Und dann setzte der Instinkt ein. *Lauf weg.* Eve riss ihre Laptoptasche hoch und stieß ihm die Pistole aus der Hand. Er grunzte, als die Waffe zu Boden fiel und davonschlitterte.

Eve drehte sich um und stürmte los, ging jedoch mit einem Schrei in die Knie, als sich ein glühender Schmerz durch ihren Schenkel bohrte. *Verdammt. Er hat mich angeschossen.* Sie stemmte sich wieder hoch und schaffte ein, zwei Schritte, als er zwischen den Autos auftauchte. Schon lag sein Arm über ihrer Kehle und drückte ihr die Luft ab.

Eve umklammerte seinen Arm, versuchte zu atmen, versuchte genug Luft zum Schreien zu bekommen. Plötzlich spürte sie einen Stich. Innerhalb weniger Sekunden wurde ihr Körper schlaff, und alles verschwamm vor ihren Augen. Wie aus weiter Ferne hörte sie seine Stimme, langsam und verzerrt.

»Eve. Haben deine Eltern dir nicht beigebracht, dass man niemals zu fremden Männern ins Auto steigen darf?«

Donnerstag, 25. Februar, 12.10 Uhr

Noah stürzte ins Großraumbüro, gefolgt von Abbott und Micki. Sein Herz schlug so fest, dass es weh tat. Eve war verschwunden. »Was, zum Teufel, ist passiert?«

Kane saß an seinem Tisch und hielt sich einen Eisbeutel an den Kopf. Olivia stand neben ihm. Sie war blass.

»Status?«, bellte Abbott. Auf dem Weg von Virginia Fox' Haus zum Präsidium hatte er Befehle sowohl in sein Handy als auch ins Funkgerät geschnauzt, während Noah aufs Gas getreten und sämtliche Verkehrsregeln missachtet hatte.

»Die Garage ist abgeriegelt«, antwortete Olivia. »Die Fahndung läuft, alle Streifenwagen sind alarmiert. Die Interstate wird überwacht, an allen größeren Verkehrsadern der Stadt sind Straßensperren errichtet worden. Die State Patrol schickt uns Luftunterstützung.«

Abbott nickte knapp. »Gute Arbeit.« Er musterte Kane abschätzend. »Haben Sie ihn gesehen?«

Kane schüttelte betrübt den Kopf. »Nein.«

»Was ist passiert?«, brachte Noah hervor.

Kane sah mit gequältem Blick zu ihm auf. »Gerade hatten wir noch miteinander gesprochen, dann lag ich plötzlich am Boden.«

Olivia setzte sich neben ihn. »Er kam ungefähr sieben Minuten nach dem Angriff zu sich und machte sofort Meldung. Ich habe mir unverzüglich das Sicherheitsvideo angesehen. Jemand tauchte hinter Kane auf und versetzte ihm einen Hieb mit einem Schlagstock. Eve wehrte sich mit der Laptoptasche und lief weg. Sie hat ihm die Waffe aus der Hand geschlagen, aber er hat sie rasch wieder aufgehoben.« Sie brach ab und sah Noah unsicher an. Sein Herz setzte aus.

»Was? Was noch?«

»Er hat ihr ins Bein geschossen und sie dann weggezerrt.« Ihre Hände zitterten. »Eine andere Kamera hat aufgenommen, wie er sie in einen schwarzen BMW geschafft hat. Laut Kennzeichen ist der Wagen auf Donner registriert.«

Noah wollte nicht daran denken, was er eben gesehen hatte – was der Kerl in diesem Augenblick mit Eve tat.

Nur konnte er dummerweise an nichts anderes denken. *Tu ihr nichts. Bitte tu ihr nichts.* Aber er würde ihr etwas tun. Er würde sie töten. *Hör auf. Sei ein Cop, Herrgott noch mal.*

Noah presste sich die Finger gegen die Schläfen und sah auf. »Wie stark hat sie geblutet?«

»Es floss nicht in Strömen«, sagte Olivia, »unwahrscheinlich, dass er was Lebenswichtiges getroffen hat.«

Und ob er etwas Lebenswichtiges getroffen hat. Er hat Eve getroffen.

»Es tut mir so leid, Web«, krächzte Kane.

»Nicht deine Schuld.« Wie betäubt ließ sich Noah auf einen Stuhl sinken. »Wie hat er ausgesehen? Wir haben ihn doch aufgenommen, verdammt!«

Olivia schüttelte den Kopf. »Er kam zwischen zwei Wagen hervor, und man sieht nur Kane stürzen. Auch, nachdem er auf Eve geschossen hat, ist er im Schutz der Autos geblieben, und als er sie mitgeschleift hat, hat er sich über sie gebeugt. Er ist nicht besonders groß, ich schätze ihn auf knapp über eins siebzig. Und er hat einen beigefarbenen Mantel mit hochgeschlagenem Kragen und einen schwarzen Hut getragen, so dass man sein Gesicht nicht sehen konnte. Ich habe bereits veranlasst, dass das Video hergeschickt wird, damit wir es uns noch einmal ansehen können, aber es wird nicht viel bringen. Alles, was wir wissen, habe ich in die Fahndung gegeben.«

»Wie ist er aus der Garage gekommen? Und wie hat er bezahlt?«, fragte Noah verzweifelt.

»Er war keine halbe Stunde im Parkhaus. Er hat das Ticket eingeschoben, und die Schranke ging hoch. Keine Gebühr. Gott, Noah, es tut mir so leid.«

»Dann muss er schon einmal hier geparkt haben. Er muss ja gewusst haben, dass er innerhalb von dreißig Minuten ohne zu bezahlen wieder hinausfahren kann.«

»Ja, das habe ich mir auch gedacht. Die Security ist bereits dabei, andere Überwachungsvideos nach dem schwarzen BMW durchzusehen.«

»Und ich habe bereits Leute in die Garage geschickt«, fügte

Micki hinzu. »Nur für den Fall, dass Spuren zurückgeblieben sind, als er mit Eve gerungen hat.«

Er nickte benommen. »Dell. Er weiß etwas. Wir müssen ihn zum Reden bringen.«

»Das haben wir schon die ganze Nacht lang versucht«, erwiderte Olivia barsch. »Er sagt nichts.«

Lasst mich zu ihm, dachte Noah voller Hass. *Er wird schon reden.*

»Versuchen Sie es gar nicht erst«, warnte Abbott.

Noah sah zur Seite. *Denk nach.* »Was hatte Dell bei sich? Im Wagen, meine ich?«

»Das GPS-Gerät«, sagte Olivia. »Kurt Bucklands Handy und zwei Prepaid-Telefone. Eine Ausgabe der MSP. Zeitungsartikel über dich und Jack, zum Teil schon sehr alt. Über eure Fälle. Mitschriften von Aussagen, die ihr vor Gericht gemacht habt.«

»Und Fotos«, fügte Micki hinzu. »Teilweise Monate alt. Wir haben sowohl in seinem als auch in Harveys Wagen Kameras gefunden. Offenbar haben die beiden euch überwacht.«

»Zeig mir die Fotos«, sagte Noah emotionslos.

»Noah, fahren Sie nach Hause«, sagte Abbott. »Wir suchen in der ganzen Stadt nach dem Wagen. Jeder weiß, wie dringend es ist. Wir kriegen ihn.«

»Lassen Sie mich die verdammten Fotos sehen«, knurrte Noah, und schließlich zuckte Abbott mit den Schultern.

»Gut, meinetwegen. Sehen wir sie uns an. Faye«, rief er. »Holen Sie mir den Sicherheitschef mit den Kopien der Videos rauf. Ich will sie selbst durchsehen.«

Die Gruppe ging geschlossen in Abbotts Büro, und Micki ließ einen Stapel Fotografien auf den Tisch fallen. »Ich weiß allerdings nicht, wonach du suchst, Web.«

»Weiß ich selbst nicht. Wo sind die Kameras?«

»In der Asservatenkammer«, sagte Micki. »Ich hol sie.« Sie ging, als Olivias Handy klingelte.

Olivia verzog schuldbewusst das Gesicht, als sie die Nummer

auf dem Display erkannte. »Ramsey wartet mit Damon auf mich im Verhörraum.«
»Gehen Sie schon«, sagte Abbott. »Und viel Glück.«
Noah ging bereits die Fotos durch, als sie den Raum verließ. Es musste etwas zu finden sein. Es musste einfach.

Donnerstag, 25. Februar, 12.10 Uhr

Haben deine Eltern … Eve konnte nicht atmen. Sie konnte nur hilflos in Winters' Gesicht starren, als er den Draht packte und an den Enden zog. *Kann nicht atmen. Muss sterben. Schon wieder. Haben deine Eltern – Nein! Nicht noch einmal.*
Sie riss die Augen auf und blickte in das belustigte Gesicht von Dr. Carleton Pierce. Er lächelte und tätschelte ihr die Wange. Sie versuchte, ihn zu beißen, aber als sie den Kopf drehte, war die Bewegung viel zu langsam, viel zu zäh.
»Was haben Sie mir gegeben?«, fragte sie und hörte, dass sie lallte.
»Ketamin. Keine Angst. Das geht vorbei. Und es macht nicht süchtig, obwohl das natürlich keine Rolle spielt. Du lebst nicht mehr lange genug, als dass es dich kümmern müsste.«
»Noah … wird Sie finden.«
Pierce lachte herzlich. »Nein, meine Liebe, wird er nicht, aber du darfst es gern weiterhin glauben, wenn du dich dann besser fühlst. Was macht das Bein?«
»Tut weh«, presste sie hervor. Sie lag auf dem Rücksitz seines Wagens, und ihr Schenkel brannte höllisch.
»Nun, ich habe dich vorsichtshalber verbunden«, sagte er mit gespielter Milde. »Nicht, dass du mir versehentlich verblutest. Ich bin noch nicht fertig mit dir. Tatsächlich habe ich noch gar nicht angefangen.« Wieder lächelte er ihr zu, und Eve packte die nackte Angst. Ein solches Lächeln hatte sie auch bei Winters gesehen … *bevor er mich umgebracht hat.*

»Sehr schön«, sagte er. »Ich sehe, dass du Angst hast. Hat dir meine SMS gefallen? Und die Nachricht auf der Mailbox?«
Die Panik und die Angst drohten ihr den Atem zu rauben. »Ich dachte, sie wären von Dell.«
»Ja, und es passte mir gut, dass ihr das dachtet. Doch jetzt möchte ich die Anerkennung lieber für mich.« Er fasste in seine Tasche und holte eine weitere Spritze hervor, und sie wand sich, versuchte sich wegzudrehen und wusste doch, dass sie keine Chance hatte. Mit einem Knie hielt er ihre Beine nach unten gedrückt. »Es tut weniger weh, wenn du aufhörst, dich zu wehren.« Er stach ihr die Nadel in den Hals. »Das wird dich ruhigstellen, bis wir dort sind, wo ich hin will. Hör genau zu, Eve.« Er hielt ihr ein kleines Aufnahmegerät ans Ohr und drückte eine Taste.
Und wieder hörte Eve Winters' Stimme. *»Okay, also habe ich achtmal zugestochen. Sie wehrte sich immer noch und wollte mich kratzen. Kleines, freches Biest. Also schlitzte ich ihr Hand und Gesicht auf.«*
»Warum ihr Gesicht?«, fragte ein anderer Mann. *»Ich meine, Sie hatten Sie doch praktisch schon getötet.«*
»Nur so. Weil sie sich für hübsch hielt. Weil ich Lust dazu hatte.«
Dieses Mal verlor sie das Bewusstsein sogar noch schneller. Sie blinzelte heftig, und Pierce schaltete den Rekorder aus und beugte sich vor. »Ich töte dich«, flüsterte er, »weil mir danach ist. Weil ich Lust dazu habe. Weil es mir Vergnügen bereitet. Aber ich mache es dir nicht so leicht wie Winters damals, ich mache es nicht schnell. Du wirst dir wünschen, tot zu sein, keine Sorge, Eve, du wirst schon sehen.«

Er trat zurück und sog die duftende, kalte Luft durch die Nase. Wunderbar. Diese Sache würde großartig werden.
Seit er Eve in den Wagen seiner Frau geschafft hatte, befand er sich in einem Zustand konstanter Erregung. Sie auf dem Rück-

sitz zu haben und dazu das Wissen, dass seine Frau und Liza im Kofferraum steckten ... es würde so großartig werden.
Er würde sich nicht darauf beschränken, sie nur einmal zu töten. Eve war bereits zweimal gestorben. Visionen seiner Hand um ihre Kehle, die sie würgte, bis sie fast am Ende war, zogen durch sein Bewusstsein. Er würde sie erwürgen, aber immer nur fast, sie zurückkommen lassen und dann von neuem beginnen. Und er würde sich erlauben, sich gehenzulassen, wieder und immer wieder. Es würde eine erstaunliche Erfahrung werden.
Er richtete sich auf und sah sich um. Niemand zu sehen. Er war in eine Seitenstraße eingebogen, weit außerhalb der Stadtgrenzen, was eine kluge Entscheidung gewesen war, wenn man dem aufgeregten Geschnatter des Polizeifunks lauschte. Sie suchten die Stadt nach ihm ab und überwachten die Highways, aber hier draußen würde ihn niemand vermuten. Dennoch musste er sich beeilen. Er hatte noch zwanzig Minuten Fahrt vor sich.
Er bereitete eine weitere Spritze vor, die er Eve verabreichen würde, bevor er sie ins Haus schleppte. Sie war groß und kräftiger, als sie aussah. Sie wäre ihm in der Garage beinahe entwischt. *Miststück.* Vorsichtig rollte er die Schulter. Ihre Computertasche war hart wie ein Ziegelstein gewesen. Es hatte schon einen Grund, weswegen er sich am liebsten kleine Frauen aussuchte. Sie ließen sich sehr viel einfacher überwältigen, so dass ihm mehr Energie für das Hauptereignis übrig blieb. Er wollte mit Eve nicht noch einmal kämpfen, bevor er sie nicht an das schmale Bett in seinem Keller gefesselt hatte. Dann allerdings ... Es gefiel ihm, wenn sie nach seinen Bedingungen kämpften. Das machte alles noch viel schöner. Und Eve würde die Beute seines Lebens werden.
Er ging zum Kofferraum, um nach seinen anderen Fahrgästen zu sehen. Seine Frau hatte noch keinen Mucks getan, aber da sie tot war, konnte das nicht verwundern. Und Liza befand

sich immer noch im Dämmerzustand. Sie würde ihm nicht viel Ärger machen. Seit sie gemerkt hatte, dass sie mit einer Leiche im Kofferraum steckte, befand sie sich in einem Zustand, der sich fast als katatonisch bezeichnen ließ. Wahrscheinlich dachte sie immer noch, dass es sich um ihre Schwester handelte. Das entlockte ihm ein Lächeln.

»Du hättest nicht nach deiner Schwester suchen sollen«, murmelte er. »Und sie hätte keine Hure sein dürfen. Aber sie war's und du hast's getan, und daher gehörst du jetzt mir.«

Er schloss den Kofferraum und fuhr los. Er hatte fast den ganzen Morgen gebraucht, um alles so zu arrangieren, dass die längere Abwesenheit seiner Frau erklärt werden konnte. Es war reines Glück gewesen, dass er rechtzeitig am Auto gewesen war, um im Polizeifunk zu hören, dass schon wieder eine Frauenleiche gefunden worden war. Er hatte sich Websters entsetztes Gesicht beim Anblick von Virginia Fox nicht entgehen lassen wollen, und dass er es nicht getan hatte, hatte sich wahrlich ausgezahlt. Gut zu wissen, dass Donner sich selbst den Schädel weggepustet hatte, ihn konnte er nun nicht mehr als Ablenkungsmanöver einsetzen.

Das Wertvollste aber, was er während des spontanen Besuchs in Virginia Fox' Haus erfahren hatte, war die Information, dass Eve in ein sicheres Haus gehen sollte. Sobald sie dort angekommen wäre, hätte er keine Chance gehabt, an sie heranzukommen, ohne Verdacht zu erregen.

Sie in der Polizeigarage abzufangen, war ein notwendiges Risiko gewesen. Und, wie er zugeben musste, ein prickelnder Kick. Nun, es würde noch viel besser werden.

Donnerstag, 25. Februar, 12.45 Uhr

Noah legte den Kopf in die Hände. Die ganze Stadt hielt die Augen offen, aber niemand hatte sie gesehen. Vor über einer

Stunde war sie entführt worden. Sie konnte schon weit weg sein. »Wo ist Pierce? Wir brauchen ein besseres Profil.«

»Ich rufe ihn an«, sagte Abbott, und Noah ging erneut die Fotos auf dem Tisch durch, als Micki mit zwei Kameras zurückkehrte, die mit Zoomobjektiven ausgestattet waren.

»Hier sind sie«, sagte sie, »und ich glaube, ich weiß jetzt, was er gemeint hat, als er sagte, dass dich fast jemand erwischt hätte.«

Sie zeigte Noah den kleinen Bildschirm und deutete auf das dämmrige Innere eines schwarzen SUV. »Wer immer da drin sitzt, hält eine Pistole auf dich und Eve gerichtet.«

»Danke«, murmelte er.

»Farmer hat hier noch die Fotos drauf, die er gestern von dir vor Jacks Haus gemacht hat, aber von den meisten anderen Aufnahmen, die sich auf der Speicherkarte befinden, hat er schon Ausdrucke gemacht.«

»Wir suchen also weiter«, sagte er und nahm sich wieder einen Stapel Fotos, und jeder am Tisch tat es ihm nach, obwohl niemand wusste, worauf sie eigentlich achten sollten.

Abbott kehrte zurück. »Ich habe Carleton auf den Anrufbeantworter gesprochen. Geben Sie mir die Bilder, Noah, Sie haben sie bereits zweimal durchgesehen. Richten Sie Ihre Aufmerksamkeit auf andere.«

Noah nahm sich einen neuen Stapel. Dies waren die Bilder von Christy Lewis' Haus. Montagnacht. Er ordnete die Bilder nach ihrer zeitlichen Reihenfolge, während er sich daran zu erinnern versuchte, was genau vor drei Tagen geschehen war. Sie waren zuerst angekommen, er und Jack. Er sah ein Foto von sich, wie er Eve aus dem Streifenwagen half und ihr die Handschellen abnahm. Er hatte sie zu seinem eigenen Wagen gebracht, und dann war nacheinander das restliche Team eingetroffen – Ian, Micki und Carleton.

Jack hatte sich vor der Schlange gefürchtet. Noah fand ein Bild von Jack, der das Haus verlassen hatte und zu Eve in den Wagen stieg. Ian war wieder gefahren und nach ihm, wie er sich erinnerte, auch Carleton. Noah sah mit gerunzelter Stirn auf die Bilder, unsicher, in welche Reihenfolge sie gehörten. Blinzelnd hielt er sich ein Foto dichter vors Gesicht. Er war sich nicht einmal mehr sicher, was oder wen er dort sah.

»Hier ist Eves Wagen vor Christys Haus«, sagte er. »Aber wer ist das da?« Er hielt das Foto ins Licht. Es war ein Mann, der sich über die Motorhaube beugte.

»Carleton«, sagte Micki. »Die Bruno Maglis würde ich überall erkennen.«

»Dreht sich bei Ihnen eigentlich alles um Schuhe, Micki?« fragte Abbott verzweifelt.

»Christys Schuhe haben vielleicht eine Bedeutung«, sagte sie trotzig. »Egal, was Dr. Pierce meint. Noah, alles okay?«

Noch immer blinzelnd hielt Noah sich das Foto dicht vor die Augen. »Ist das hier noch auf der Memory-Card?«

»Ich glaube schon.« Sie ging die Aufnahmen durch. »Wieso?«

Noah spürte plötzlich jeden einzelnen Herzschlag. »Vergrößere es einfach. Ich will die Hand sehen.«

Noah nahm die Kamera und zwang sich zur Ruhe. »Er trägt einen Ring wie ich.«

»Und?«, meinte Abbott. »Den hat er uns gestern noch gezeigt.«

»Und er hält Eves Schlüssel in der Hand. Jemand hat an diesem Abend Eves Schlüssel gestohlen.«

Abbott zog die Brauen zusammen. »Das meinen Sie nicht ernst.«

»Eve hatte die Schlüssel verloren. Micki, du hast gesagt, die CSU hätte die ganze Gegend abgesucht und nichts gefunden.«

Abbott schüttelte noch immer den Kopf. »Selbst wenn wir annehmen, dass es sich tatsächlich um Eves Schlüssel handelt, heißt das noch gar nichts.«

»Es *sind* ihre«, sagte Noah. »Sie hat mir erzählt, dass sie eine Trillerpfeife am Schlüsselring hat, und da ist eine auf dem Foto erkennbar. In dieser Nacht ist jemand in Eves Wohnung eingebrochen, während sie hier bei uns war, und dass wir keine Anzeichen eines gewaltsamen Eindringens gefunden haben, liegt nur daran, dass er die Schlüssel hatte. Später am gleichen Abend habe ich das Schloss ausgetauscht, und die Person kehrte zurück. Wir nahmen an, dass es Buckland war.«

»Sie meinen Dell Farmer«, korrigierte Abbott ihn.

»Meinetwegen! Hören Sie, als ich gestern bei den Bolyards war, habe ich mich die ganze Zeit gefragt, wie jemand wissen konnte, dass sie eine Gefahr darstellten. Ob es nicht jemand von uns sein musste.«

»Das ist doch absurd. Bolyard hat Donner doch im Bistro angesprochen ...« Abbotts Stimme verklang. »Nein, hat er nicht. Jemand hatte in Bolyards Namen die Medien informiert.«

»Eben. Vielleicht hat Bolyard es jemandem erzählt, aber die einzige Person, die von dem Tod der beiden profitierte, war die, die von dem Paar im Bistro gesehen wurde. Donner war es nicht. Außerdem war Pierce Montagnacht am Tatort bei Christy, weil er mit mir zusammen hier gewesen war, als Eves Anruf einging. Und dann tauchte er heute Morgen bei Virginia Fox auf, obwohl er nicht bei uns war, als Natalie Clooney uns anrief. Wie hat er von Virginia Fox erfahren? Haben Sie ihn angerufen, Bruce?«

Abbott schüttelte den Kopf. »Ich dachte, das hätten Sie getan.«

Auch Micki und Kane schüttelten die Köpfe. »Liv war es auch nicht«, sagte Kane. »Wir waren die ganze Zeit zusammen, bis«, er schluckte, »bis ich mit Eve in die Garage gegangen bin.«

»Ich kann das nicht glauben«, sagte Abbott. »Das ist einfach zu skurril. Ich kenne Carleton Pierce seit Jahren. *Jahren!*«

Noah beugte sich vor. »Denken Sie nach, Bruce. Er war dabei, als Sie in Virginia Fox' Haus sagten, dass Eve an einen sicheren Ort gebracht wird. Dann war er weg. Zwanzig Minuten später war auch Eve weg.«

Abbott schürzte die Lippen. »Donners Selbstmord schien ihn weitaus mehr zu erschüttern als der Mord an Virginia Fox. Er hat uns Donner als Sündenbock dargestellt, aber nicht gewusst, dass Donner Selbstmord begangen hat.«

Kane verharrte reglos. »Kurz bevor ich niedergeschlagen wurde, habe ich mich mit Eve über die Doppelblindstudie unterhalten. Für den Fall, dass eine Testperson Selbstmordtendenzen oder ein auffälliges Verhalten aufweist, wird ein unabhängiger Therapeut hinzugezogen. Sie wusste aber nicht, um wen es sich handelt. Und ich hatte gerade gefragt, ob diese Person wohl Zugriff auf die Namens- und Adressenliste hätte.«

Abbott presste die Kiefer zusammen. »Donner muss es gewusst haben. Wer noch?«

»Jeremy Lyons« sagte Noah. »Der immer noch vermisst wird. Wo ist er? Haben wir seinen Einzelgesprächsnachweis?«

Abbott durchsuchte die Papiere auf seinem Schreibtisch. »Ja. Faye hat ihn mir gegeben, bevor ich ins Meeting musste, aber dann sind wir zu Donner gefahren.« Er reichte Noah die Liste.

»Das ist nur das Festnetz. Wir haben auch die Handyaufstellung angefordert.«

»Bei dem Begleitschreiben steht, dass es keine Handys von Lyons oder seiner Frau gibt.«

»Sie hatten Prepaid-Handys«, erklärte Kane. »Seine Frau hat mir gesagt, dass sie jeden Penny zweimal umdrehten.«

Noah überflog die Liste. Eine Nummer sprang ihm förmlich entgegen. »Das ist dieselbe Nummer, die Eves Handy angewählt hat – zweimal. Einmal handelte es sich um eine SMS, das andere Mal um eine Nachricht auf der Mailbox.«

Abbott sah über Noahs Schulter. »Diese Nummer erscheint mindestens einmal täglich auf der Festnetzaufstellung bis

Montag, exakt um fünf Uhr Nachmittag«, sagte er nachdenklich.
»Als Lyons sein Kind vom Kindergarten abgeholt hat. Das muss sein Handy sein.«
»Und was hat er Eve geschickt beziehungsweise gesagt?«, fragte Micki.
»Rob Winters' letzte Worte«, murmelte Noah. »Eves schlimmste Angst. Wir glaubten, dass die Nachrichten von Dell Farmer kamen, aber sie kamen von Jeremy.«
»Von Jeremy Lyons' Handy«, verbesserte Kane.
Noah warf Kane einen Blick zu. »Du glaubst, dass er tot ist.«
Kane nickte. »Er war Eve gegenüber vielleicht ein Mistkerl, aber alle, die ich befragt habe, schworen, dass er sein Kind geliebt hat. Er hat es aber am Dienstag nicht abgeholt und sich nicht mehr zu Hause gemeldet.«
»Ich fahre zu Pierce.« Noah stand auf.
»Und was dann?«, fragte Abbott gereizt. »Ein Schuh neben Eves Schlüssel reicht kaum für einen Durchsuchungsbeschluss.«
»Na und?« Noah griff nach seinem Hut, aber Abbott packte ihn am Arm.
»Noah, setzen Sie sich!« Seine Stimme war wie ein Peitschenhieb. »Wir werden nicht unvorbereitet losstürmen. Wir rufen Ramsey an und fragen, was wir genau brauchen. In der Zwischenzeit fahren Kane und Micki zur Marshall und durchsuchen Donners Büro – dafür haben wir die Erlaubnis ja. Sehen Sie nach, ob Sie etwas finden, das auf Pierce verweist. Eine eindeutige Verbindung verschafft uns in jedem Fall einen Durchsuchungsbeschluss für Pierce' Privatadresse und Büro. Finden Sie heraus, ob jemand Donner mit Pierce gesehen hat. Zeigen Sie sein Foto herum.«
»Ich werde nicht einfach hier herumsitzen und warten«, sagte Noah. Seine Stimme zitterte, aber es kümmerte ihn nicht.
»Doch, das werden Sie. Und wir rufen Donners Frau an. Fra-

gen nach, ob er einen Kalender oder einen Timer hatte. Wir können sie fragen, ob sie Pierce mit ihm zusammenbringen kann. Wir machen alles ganz nach Gesetz. Micki, Sie fahren. Kane sieht noch immer etwas benommen aus. Rufen Sie mich an, wenn Sie etwas finden, selbst wenn es nichts ist. Los jetzt!«

Donnerstag, 25. Februar, 13.05 Uhr

»Das war gute Arbeit«, sagte Brian Ramsey, als der Polizeibeamte einen mürrischen Damon in die Zelle zurückführte. »Ich musste nicht so viel Zugeständnisse machen, wie ich dachte, und Sie haben bekommen, was Sie brauchten.«

Olivia sah auf den Zettel, auf dem sie das Kennzeichen notiert hatte.

»Gutsituierte Herren, die für ein paar Stunden in niedere Gefilde absteigen, ergeben ganz wunderbare Erpressungsopfer. Niemand will, dass die Frau erfährt, was man so treibt.«

»Danke, Brian. Ich gebe die Information weiter und schaue nach, auf wen der Wagen registriert ist.«

Er stellte seine Aktentasche noch einmal ab. »Ich muss zugeben, dass ich neugierig bin.« Dann verdrehte er die Augen, als sein Handy klingelte. »Ich vermisse die Zeiten, als es noch schlechte Funkverbindungen gab.«

Olivia entfernte sich ein paar Schritte, um ihm mehr Privatsphäre zu gewähren, und zog ihr eigenes Handy hervor. »Hey, Faye, kannst du für mich eine Autonummer aus Wisconsin überprüfen?«

»Du solltest schleunigst herkommen, Herzchen«, sagte Faye. »Hier steppt der Bär.«

Olivia richtete sich auf. Das Brennen in ihrem Magen setzte wieder ein. »Wieso? Ist etwas mit Jack? Oder Eve?«

»Nein, von der Seite nichts Neues. Aber das Team hat sich die Bilder angesehen und glaubt, dass es Dr. Pierce war.«

Olivia sank auf die Kante des Metalltischs. »*Was?*«
»Du hast das ganz richtig verstanden. Carleton Pierce. Sag mir das Kennzeichen. Ich gebe es in die Datenbank ein.«
Wie vom Donner gerührt gehorchte Olivia und spürte einen leichten Stoß am Tisch, als Ramsey sich auf die andere Seite setzte. Sie drehte sich zu ihm um und begegnete seinem Blick. Er sah so schockiert aus, wie sie sich fühlte.
»Das war Abbott«, sagte Ramsey. »Wir sollen beide in sein Büro kommen.«
Mit dem Handy am Ohr setzte sich Olivia in Bewegung und war bereits im Flur, als Faye wieder an den Hörer kam. »Ich habe einen Namen für dich. Black, Irene, zweiundsechzig Jahre alt. Die Adresse ist ein Postfach, Eau Claire, Wisconsin. Kannst du damit was anfangen?«
»O ja.« *Irene Black kommt ziemlich rum.* »Gib bitte die Info an Abbott weiter. Wir kommen.«
Ramsey warf ihr einen Blick zu, als sie sich im Laufschritt auf den Ausgang zubewegten. »Wem gehört der SUV?«
»Unserem Shadowland-Mörder.«
»Das heißt, wir haben jetzt eine Adresse?«, fragte er, aber sie schüttelte den Kopf.
»Nur ein Postfach. Das hat er schon einmal gemacht. Eine Art Spiel. Wir treffen uns bei Abbott.«
Sie war drei Schritte von ihrem Wagen entfernt, als ihr Handy erneut klingelte.
»Ich bin's. Tom.«
Er wusste nichts von Eve. Auch David wusste noch nichts. Verdammt. »Kein guter Zeitpunkt, Tom.«
»Moment. Ich habe versucht, Liza anzurufen, aber sie geht nicht dran. Dann habe ich die Schule angerufen, aber sie ist heute noch nicht aufgetaucht.«
Olivia legte ihre pochende Stirn gegen das Wagendach. »Ich schicke einen Streifenwagen zu ihr.«
»Ich bin gerade da. Olivia, sie ist weg, und ihre Nachbarin

sagt, ihre Mom ist vergangenes Jahr gestorben. Sie wohnt allein mit ihrer Schwester zusammen.« Sie hörte, wie er angstvoll die Luft einsog. »Ich habe an jede Tür im Haus geklopft und ein Foto herumgezeigt, das ich in ihrer Wohnung gefunden habe. Eine alte Dame meinte, sie hat gesehen, wie sie vorhin mit einem Mann in einen Wagen gestiegen ist. Sie hätte krank ausgesehen, sagt die Frau.«

Olivia fühlte sich plötzlich krank. »Was für ein Wagen?«

»Ein schwarzer BMW.«

»Komm ins Büro. Sofort. Frag nicht, sondern steig in dein Auto und komm her, so schnell du kannst.«

»Du weißt etwas. Was? Was ist los?«

»Tom, du musst ruhig bleiben. Wenn du in Panik gerätst, nutzt das niemandem etwas. Eve ist weg.«

Wieder hörte sie ihn scharf die Luft einziehen. »Weiß David davon?«

»Noch nicht. Komm jetzt ins Büro. Los.«

Donnerstag, 25. Februar, 13.20 Uhr

Eve schauderte. Beim zweiten Mal war es härter gewesen, wieder zu erwachen. Die Bilder waren intensiver gewesen, Winters' Stimme realer. *Weil ich dazu Lust hatte.* Sie war hilflos gewesen, unfähig, sich zu regen, zu schreien.

Genau wie vor fünf Jahren, elf Monaten und elf Tagen, dachte sie und wurde sich mit plötzlicher Klarheit bewusst, dass sie damals nicht geschrien hatte. Nicht ein einziges Mal.

Ich habe nie um Hilfe geschrien. Ich lag nur da und ließ zu, dass er mir das antat. Heute im Parkhaus war sie davongelaufen, aber wieder hatte sie nicht um Hilfe geschrien. *Aber wenn ich es getan hätte …*

Ihr Bewusstsein klärte sich langsam.

Damals hatte es keine Rolle gespielt. Dana hatte in einem so

miesen Teil von Chicago gewohnt, dass ihr ohnehin keiner geholfen hätte. Aber heute ... *Verdammt. Ich war im Parkhaus der Polizei und habe keinen Laut von mir gegeben.*
Aber auch das zählte jetzt nicht mehr. Ihre Panik war ein wenig abgeebbt, und sie konnte wieder gleichmäßig Atem holen. Die Luft war kalt und trocken. Sie brannte in ihrer Nase. Ihr Mund war wie Watte. Sie roch Schweiß. Erbrochenes.
Mir ist kalt. Sie stieß die Luft aus, als die nächste Welle der Panik heranrollte. *Ich bin nackt.* Ihre Handgelenke waren über ihrem Kopf zusammengebunden, ihre Füße ebenfalls ans Bett gefesselt.
Sie hielt die Augen geschlossen, denn sie fürchtete sich vor dem, was sie sehen würde.
Neben sich hörte sie ein Geräusch. Metall scharrte auf Metall. Sie kannte das Geräusch. Die Panik bäumte sich in ihr auf, als sie sich erinnerte.
Er war da. Und schärfte ein Messer.
»Ich finde deine Tätowierungen wirklich schön«, sagte er kumpelhaft. »Wie ›Malen nach Zahlen‹.«
Noch immer wagte sie nicht, die Augen zu öffnen. *Warum?*, wollte sie schreien, aber er hatte ihr die Antwort schon gegeben. Weil er Lust dazu hatte. Weil es ihm Vergnügen bereitete. Er kannte ihre ärgste Angst und setzte sie gegen sie ein. Er wusste genau, wie er das tun musste. Er hatte den menschlichen Geist, sein Verhalten und seine Phobien studiert.
»Sie haben die Ängste der Frauen gegen sie verwendet«, sagte sie. Ihre Kehle war so trocken, dass ihre Stimme brüchig klang. »Martha, Christy und die anderen. Warum? War der Spaß so größer?«
»Genau. Und deine Angst zu kennen, ist noch viel besser.«
Sie zuckte zusammen, als er sich näherte. Sie spürte seine Wärme, dann roch sie das Metall des Messers direkt unter ihrer Nase. »Mach die Augen auf, Eve, oder ich tue es für dich.«
Sie dachte an Christy Lewis' festgeklebte Lider und zwang

sich, die Augen zu öffnen. Fast wäre sie zurückgefahren. Sein Gesicht war nur wenige Zentimeter von ihrem entfernt, und seine Augen leuchteten. Er hielt ihr das Messer vor die Augen, dann fuhr er mit der Spitze über die alte Narbe an ihrer Wange. Sie konnte nichts spüren, aber das würde sie ihm nicht sagen.

»Du siehst aus wie eine Straßenkarte«, sagte er vergnügt. »Ich muss einfach nur auf den Linien bleiben. Oder ich mache ein paar neue.«

Verzweifelt überlegte sie, was sie sagen sollte, das ihn aus der Bahn warf. Etwas, das ihr Zeit verschaffen würde. Noah und Olivia suchten sie. Sie musste ihnen nur genug Zeit geben.

»Ich weiß, wer Sie sind.«

»Das sollte man meinen. Ich habe dir ja mein Kärtchen gegeben.« Er lächelte.

»Nein. Ich weiß, wer Sie in Shadowland sind. Wie oft haben Sie schon Frauen angebettelt, ihnen einen ausgeben zu dürfen? Und wie oft hat man Ihnen einen Korb gegeben?«

Er schnaubte gelangweilt. »Avatare, Eve. Man kauft das Aussehen. Wen interessiert das?«

»Viele. Denn es geht nicht nur ums Aussehen. Auch um Inhalt. Um Stil. Sie hatten keinen Stil. *Dasich.*«

Sein Blick flackerte, und sie erkannte, dass sie ihn tatsächlich überrascht hatte, aber er erholte sich schnell. »Na und? Ich habe eben ein bisschen gepokert. *Greer.*«

Er trat einen Schritt zurück, und sie musste sich erneut zusammenreißen, um nicht zurückzufahren. Sie war nackt, und er war es auch. Aber er hatte seine Opfer nie sexuell missbraucht, das hatte Noah ihr gesagt. Dennoch war er hart. Erregt.

»Sie haben Ihre Opfer nie vergewaltigt«, sagte sie emotionslos, und er verharrte einen Moment, um sie zu betrachten.

»Nein. Diese Opfer nicht.« Wieder lächelte er. »Sie waren etwas Besonderes. Zumindest brauchte ich sie für ein Projekt, wenn du so willst.«

Eve schluckte. Sie musste sich zwingen, weder auf sein erigiertes Glied noch auf das Messer zu starren. Sie würde ihm durch ihre Angst nicht noch mehr Macht verleihen. Stattdessen konzentrierte sie sich auf seine Augen. »Sie haben diese Frauen bei ihnen zu Hause aufgehängt. Warum haben Sie mich hergebracht? Wo immer wir hier sind.«
»Wie ich schon sagte. Die sechs waren etwas Besonderes. Die anderen waren es nicht. Abschaum, der Bodensatz der Gesellschaft, um den sich niemand schert.« Er griff ihr ins Haar und zog ihren Kopf vom Bett hoch. »Da, sieh's dir an«, sagte er spöttisch. »Vielleicht schaffst du es ja, nicht noch mehr Angst zu kriegen.«
Ein erstickter Laut entrang sich ihrer Kehle.
Schuhe. Die Wand war mit Regalen vollgestellt, auf denen Schuhe standen, zahllose Paare. Wieder ging ihr Atem stoßweise, und alles, was sie hören konnte, war der Herzschlag in ihren Ohren. Er beugte sich zu ihr herab und zerrte ihren Kopf gleichzeitig höher. »Na, kommt dir etwas bekannt vor?«
Meine Stiefel. Er hatte sie ordentlich ans Ende des obersten Regalbretts gestellt. Sie rang nach Luft und musste husten. Er griff nach einer Wasserflasche und hielt ihr die Nase zu, bis der Atemreflex sie zwang, den Mund zu öffnen. Dann ließ er sie trinken. »Normalerweise biete ich meinen Gästen keine Erfrischung an, aber du bleibst ja noch ein Weilchen bei mir.« Er stellte die Flasche ab, legte das Messer weg und schwang sich rittlings auf sie. Dann beugte er sich vor und legte ihr die Hände um die Kehle. Erst jetzt bemerkte sie, dass er ihr das Lederband abgenommen hatte.
»Ich habe mich immer gefragt, wie es wohl war«, gurrte er leise. »Wie war es zu sterben, Eve?«
Seine Hände hatten sich nicht enger um ihren Hals geschlossen. *Er spielt nur mit mir.* Wie er mit Noah und der Hat Squad gespielt hatte. *Hat Squad.* Der Artikel aus der MSP hatte Dell

Farmer rasend gemacht. Pierce hatte ungefähr zur gleichen Zeit sein erstes Opfer präpariert. Das ergab Sinn.
»Wie war es für Sie, als man die Cops in der MSP so bejubelt hat?«, fragte sie. Verächtlich. Er musste ihre Verachtung hören. »Die Squad sammelt Männerhüte.« Sie zog eine Braue hoch. »Sie sammeln Frauenschuhe. Wow, ein harter Bursche sind Sie. Wo haben Sie denn eigentlich den Hut her, den Sie vorhin getragen haben? Von eBay? Verdient haben Sie ihn sich nicht.«
Sie grunzte, als seine Faust in ihrem Gesicht landete. Sie schmeckte Blut und empfand eine grimmige Befriedigung.
Über ihr hob und senkte sich seine Brust heftig, aber seine Wut ebbte rasch wieder ab. Ein verstohlener Blick verriet ihr, dass auch seine Erregung abgeebbt war.
»Du hältst dich für verdammt gerissen«, sagte er und legte ihr wieder die Hände um die Kehle.
»Ich bin nur eine Studentin. Sie sind der Profi. Der Seelenklempner.« Sie zwang sich zu einem mitleidigen Lächeln. »Dabei ist es nicht Ihre Seele, die jetzt gerade wieder aufgebaut werden müsste.«
Wieder schlug er zu, ihr Kopf flog zur Seite, und als er ihr jetzt die Hände um die Kehle legte, drückte er zu. Sie konnte nicht mehr atmen. Weiße Lichtpunkte tanzten vor ihren Augen. *Kann nicht atmen.*
Sein Gesicht hing über ihr, die Augen fast schwarz vor Zorn. »Du bist nichts. Ich bestimme, ob du lebst oder stirbst. Ich habe die Macht. Du bist nichts.«
Sie hielt still, bis die Panik sie übermannte und sie sich aufbäumte. Der Druck auf ihre Luftröhre verstärkte sich, und ihr Gesichtsfeld schrumpfte immer weiter zusammen, bis er plötzlich von ihr abließ.
Sie keuchte auf, rang nach Luft.
Er setzte sich zurück und musterte sie mit hartem Blick. »Du bist an ein Bett gefesselt, und hier wird dich niemand finden«,

sagte er kalt. »Du gehörst mir. Und ich fordere deinen Respekt ein.« Er beuge sich wieder über sie und legte die Daumen auf ihre Luftröhre. »Selbst wenn ich dich dafür umbringen muss.«

Froh, dass er ihr eben etwas zu trinken gegeben hatte, sammelte Eve Spucke in ihrem Mund und spie ihn an. Seine Augen blitzten auf, und er holte aus. Dann ließ er die Faust wieder sinken und zog die Brauen hoch.

»Unklug, Miss Wilson. Ich weiß, wie ich dich brechen kann. Und ich werde es genießen, dich zu brechen.« Er stieg von ihr ab und trat an die Holztreppe, über deren Geländer seine Hose hing. Aus einer Tasche zog er eine Spritze und sie erstarrte. Er lächelte. »Was soll ich dir diesmal ins Ohr flüstern?«

Es war ihr egal, denn wenn er sie betäubte, konnte er sie nicht würgen, und Noah hatte etwas mehr Zeit, um sie zu finden. Sie durfte nicht zu dankbar erscheinen.

»Bitte nicht.« Sie schrak zurück. »Nicht wieder die Spritze.«

Tu es. Los.

Er kam an ihre Seite und jagte ihr die Nadel in den Hals. »Wenn du erwachst, werde ich in deinem Gesicht schnitzen wie in einem Kürbis zu Halloween. Niemand wird dich je wieder ansehen wollen.«

Sie dachte an Martha und Christy, als der Raum zu verschwimmen begann. Und an Virginia. Er würde es tun, das wusste sie. Und er würde es genießen. *Beeil dich, Noah. Bitte.*

Angewidert nahm er das Messer vom Tisch und wandte sich der Treppe zu, als er aus dem Augenwinkel eine Bewegung wahrnahm. Er durchquerte den Raum, bis er vor der zusammengesunkenen Gestalt stand, und schlug ihr mit dem Handrücken ins Gesicht. Das Wimmern besänftigte ihn ein wenig. »Du bist die nächste.« Dann nahm er seine Hose, ging hinauf und warf oben die Tür zu. Wütend setzte er sich an seinen

Küchentisch und blickte auf die Bäume, die sein Haus umgaben. *Ich habe sie unterschätzt. Ich habe zugelassen, dass sie mich aus der Fassung bringt.*

Dafür würde sie büßen. Er holte seinen Laptop näher heran, suchte und fand ein Foto von ihr aus einem Chicagoer Boulevardblatt, das nach Winters' Tat veröffentlicht worden war. Er druckte es aus und legte es auf den Tisch. Er war ein Mann, der Wort hielt. Wenn er mit ihr fertig war, würde sie wieder so aussehen.

Schon weitaus besser gelaunt, machte er sich ein Sandwich und setzte sich vor den Fernseher, um Nachrichten zu sehen. Die Hauptmeldung war Virginia Fox und der Serienmörder. Es würde später eine Pressekonferenz geben. Die durfte er nicht verpassen.

Doch im Augenblick musste er sich wieder auf sich selbst besinnen, etwas klarer im Kopf werden. Aus Gewohntheit wollte er sich in Shadowland einloggen, hielt aber plötzlich inne. Eve wusste, dass er Dasich war. Dann würde es Webster wahrscheinlich auch wissen, und vielleicht warteten sie bereits auf ihn.

Egal. Er würde ein neues Konto eröffnen, ein neues Profil erstellen. Schließlich war das der Ort, an den man ging, wenn man unerkannt bleiben wollte. Er würde einen weiteren Avatar kaufen, ins Casino gehen und ganz neu anfangen. Er mochte den Pokertisch – immer schon. Er hatte früher in Hinterzimmern gespielt und verdammt viel gewonnen – genug, um sich früh zur Ruhe zu setzen. Nun, da seine Frau fort war, musste er auch nicht mehr teilen. Also – wie sollte sein neuer Avatar heißen?

Er dachte an die Frau in seinem Keller. *Iblis,* gab er ein. Er lächelte. Er war davon überzeugt, dass eine Frau, die ihren Avatar »Greer« nannte, die antike Bezeichnung Luzifers kennen würde. *Und so, wie Luzifer seine Eva vernichtet hat, werde ich meine Eve vernichten.* So, wie er jede Frau vernichtet hatte, die er in seine Grube geworfen oder an einem Seil aufgeknüpft hatte.

Er dachte an Irene, die vor so langer Zeit am Ast gebaumelt hatte. Er hätte es vorgezogen, wenn man sie erst nach Tagen oder Wochen entdeckt hätte oder wie lange Geier eben brauchten, um Knochen sauber abzupicken, doch leider war John unerwartet vorbeigekommen und hatte sie hängen sehen. Wie ein guter Sohn es eben tat, hatte er sofort den Sheriff geholt. Sein Bruder hatte gewusst, dass er sie getötet hatte, aber er hatte nichts gesagt. *Weil er sie genauso gehasst hat wie ich.*

Aber das war Vergangenheit. Wenigstens hatte Irene ihm eine Erkenntnis verschafft – nämlich, wie gut sich denken ließ, wenn man ein Leben beendet hatte. Und sie hatte ihm Poker beigebracht. Er würde also nach Shadowland gehen und ein bisschen spielen. Nur ein paar Minuten zum Entspannen. Um wieder klar im Kopf zu werden. Anschließend würde er wieder in den Keller gehen und ... *mir nehmen, was mir gehört.*

24. Kapitel

Donnerstag, 25. Februar, 13.20 Uhr

Also – was haben Sie?«, fragte Brian Ramsey und stellte seine Aktentasche auf Abbotts Tisch.

Abbott hatte auf sie gewartet. Ein sehr blasser Noah saß etwas abseits und sah sich die Videos der Überwachungskamera aus der Polizeigarage an. Seine Hand umklammerte die Fernbedienung.

Olivia schnitt ein Gesicht, als auf dem Bildschirm Kane zu Boden ging und Eve fassungslos auf ihn herabstarrte. Sie kannte die Sequenz bereits in- und auswendig, und dennoch drehte sich ihr jedes Mal der Magen um, wenn sie sah, wie Eve angeschossen und betäubt weggeschafft wurde. Sie hatte keine Ahnung, was Noah durchmachen musste, aber irgendwie schaffte er es, nicht zusammenzubrechen.

»Nicht viel«, knurrte Abbott. »Wir hoffen eigentlich auf Ihre Vorschläge. Wir haben das Foto eines Schuhs direkt neben Eves Schlüssel. Pierce' Schuh.« Er schob Ramsey das Bild über den Tisch zu. »Jemand ist in derselben Nacht bei Eve eingebrochen und einige Stunden später noch einmal zurückgekommen.«

Ramsey schüttelte den Kopf. »Das könnte jedermanns Schuh sein. Weiter.«

»Wir haben die Standbilder aus der Garage.«

»Darauf sieht man kein Gesicht«, bemerkte Ramsey. »Nicht einmal die Schuhe. Oder die Größe. Was noch?«

Abbott seufzte frustriert. Noah hatte kein einziges Wort gesagt. Er starrte unverwandt auf den kleinen Fernsehbildschirm. Olivia hätte ihn gern davon weggeholt und ihm die Fernbedienung aus der Hand genommen, aber ihr war klar, wie wichtig es für ihn war, etwas zu tun.

»Außerdem haben wir Donners Terminkalender«, fuhr Abbott fort. »Seine Frau hat das Buch gefunden, einige Seiten eingescannt und uns per E-Mail geschickt. Darauf sind sechs Termine mit einem gewissen C. P. angegeben. Einer wäre gestern Abend gewesen, aber da war Donner bereits tot. Mrs. Donner sagte, zur Krebstherapie ihres Mannes hätten auch Gespräche mit einem Therapeuten gehört. Sie habe gewusst, dass er Pierce kannte, dachte aber, sie wären bloß Kollegen gewesen.«

»Okay, nun kommen wir ein wenig weiter«, sagte Ramsey. »Wo befindet sich dieser Terminkalender jetzt?«

»Die örtliche Polizei hat ihn geholt und bringt ihn uns«, erwiderte Abbott. »Mrs. Donner trauert, ist aber kooperativ.«

»Das heißt, wir hätten eine gewisse Beweiskette. Weiter?«

»Der schwarze BMW«, fuhr Abbott fort. »Registriert auf Mrs. Pierce. Das Kennzeichen, das die Sicherheitskamera aufgenommen hat, gehört zu Donners Wagen, und der befindet sich mit selbigen Nummernschildern vor dem Haus seiner Mutter.«

»Also sind die BMW-Nummernschilder Duplikate«, sagte Ramsey. »Klingt gut. Weiter.«

»Es gibt nichts mehr«, sagte Abbott zähneknirschend. »Ist das nicht endlich genug?«

»Ich habe noch etwas«, meldete sich Olivia zu Wort. »Heute Morgen war ein schwarzer BMW im Spiel, als Liza Barkley entführt wurde.« Sie berichtete, was Tom ihr am Telefon gesagt hatte. »Als Lizas Schwester Lindsay zum letzten Mal gesehen wurde, ist sie in einen schwarzen SUV gestiegen, der auf eine Irene Black gemeldet ist.«

Ramsey sah sie abwartend an. »Das sagten Sie mir eben schon. Wer also ist Irene Black?«

Olivia warf Abbott einen Blick zu, und der hob die Schultern. »Sagen Sie es ihm.«

Mit einem Seitenblick auf Noah begann Olivia. »Eve hat das

Shadowland-Konto des Killers ausfindig gemacht, indem sie Virginia Fox' Nachrichten zurückverfolgt hat. Der Account lief auf den Namen Irene Black. Eve hat allerdings keine Adresse oder weitere Kontodaten herausfinden können, da ihr die notwendige Zugangsberechtigung fehlte.«

Ramsey schloss die Augen. »Sie hat den Account gehackt, stimmt's?«

Noahs Schultern versteiften sich, der einzige Hinweis darauf, dass er noch zuhörte. Er spulte das Video zurück und startete es neu. *Und zerfleischt sich innerlich,* dachte Olivia.

»Ja«, antwortete sie auf Ramseys Frage. »Wenn wir sie lebendig wiederfinden, können Sie sie festnehmen lassen.«

»Aber Sie haben eine Adresse«, sagte Abbott.

»Ein Postfach in Wisconsin.«

Ramsey sah gequält aus. »Das reicht trotzdem nicht. Im Grunde haben wir nur Donners Terminkalender und die Tatsache, dass der schwarze BMW auf Pierce' Frau zugelassen ist. Alles andere sind Früchte vom verbotenen Baum und nicht einsetzbar.«

»Das von Damon genannte Kennzeichen sehr wohl«, sagte Olivia.

»Aber die Verbindung zu Pierce können wir nur knüpfen, wenn wir nutzen, was Eve Wilson in Shadowland herausgefunden hat«, gab Ramsey zurück. Auch ihm war die Frustration anzumerken. »Ich will Ihnen ja helfen, aber ich kann nicht. Selbst wenn ich Ihnen auf der Grundlage dessen, was vorhanden ist, einen Durchsuchungsbeschluss in die Hand drücken würde, würde kein Richter ihn unterschreiben.« Er erhob sich. »Rufen Sie mich an, wenn Sie mehr haben.«

Olivia sah ihm nach und hätte am liebsten laut geschrien.

»Holt ihn zurück.« Das Knurren kam von Noah, dessen Nase sich einen Zentimeter vor dem Bildschirm befand. Sein Körper vibrierte wie eine zu straff gespannte Saite. »Sofort.«

Ramsey stand vor dem Aufzug. »Brian«, rief Olivia, und er wandte sich zu ihr um. »Kommen Sie.«

Gemeinsam rannten sie durch den Flur zurück in Abbotts Büro. Noah hatte das Video gestoppt, und auf dem Fernseher war zu sehen, wie Eve von einer vornüber gebeugten Gestalt in einem braunen Mantel mitgezerrt wurde. Der Mantelkragen war hochgeschlagen, der Hut tief ins Gesicht gezogen. Die Hand des Mannes lag auf dem Türgriff eines schwarzen BMW.

»Seht euch das Autofenster an«, sagte Noah eindringlich und vergrößerte das Bild.

»Stopp«, befahl Ramsey. Denn dort war in der Spiegelung Carleton Pierce' Gesicht zu sehen.

Noahs Blick war ausdruckslos. »Reicht das?«

»Und ob«, sagte Ramsey. »Legen Sie los. Ich melde mich, sobald der Wisch unterschrieben ist.«

Abbott zog bereits seinen Mantel an. »Liv, Sie kommen mit mir. Noah, Sie bleiben hier.«

Noah erhob sich. »Nein, ich komme mit. Ich höre auf Sie, wenn wir dort sind, aber ich werde nicht hier sitzen bleiben und warten.«

Abbott musterte ihn einen Moment lang, dann nickte er. »Also gut. Aber eine falsche Bewegung, und ich lasse Sie entfernen, ist das klar? Olivia, sagen Sie Kane, dass er sich um das Postfach dieser Irene Black kümmern soll, und kommen Sie anschließend mit Micki zu Pierce' Adresse. Danke, Brian.«

»Sekunde«, sagte Olivia. »Tom Hunter wird jede Minute hier eintreffen. Ich muss Liza Barkleys Beschreibung durchgeben.«

Donnerstag, 25. Februar, 13.50 Uhr

»Wir haben einen Durchsuchungsbeschluss«, sagte Abbott, als er und Noah in der exklusiven Wohngegend vor Carleton Pierce' Haus aus dem Wagen stiegen. Micki wartete bereits mit ihrem Team von der Spurensicherung.

»Er ist nicht da«, sagte Micki, und obwohl Noah das erwartet hatte, sank seine Hoffnung. »Ein Nachbar hat Dr. Pierce heute Morgen im Wagen seiner Frau wegfahren sehen, ein schwarzer BMW. Der ist auch nicht hier, nur Pierce' Mercedes.«
»Noah, Sie gehen in den ersten Stock. Ich nehme das Erdgeschoss, und Sie, Micki, den Keller. Auf geht's.«
In Pierce' Haus war es still wie in einem Grab. Abbott kündigte sie laut an, während Noah die Treppe hinauflief, obwohl er sicher war, dass Eve sich nicht hier befand. *Sie lebt noch.* Er musste fest daran glauben, sonst würde er den Verstand verlieren.
Er durchsuchte zwei Räume, bevor er das Schlafzimmer des Ehepaars Pierce fand. Das Bett war ordentlich gemacht, und alles wirkte vollkommen normal. Dennoch roch er Chlorbleiche. Er betrat das angrenzende Bad und hielt die Luft an. Hier war der Geruch so stark, dass seine Augen zu tränen begannen.
Nicht Eve. Bitte lass es nicht Eve sein. Nein, das würde er einfach nicht zulassen. Er verließ das Bad, ohne etwas zu berühren, und ging hinunter. Micki befand sich in der Küche, wo sie Schranktüren und Schubladen aufzog.
»Im Keller war alles okay. Nichts als Spinnweben. Die Schränke sind penibel aufgeräumt, der Inhalt alphabetisch sortiert. Unser Doktor ist das Klischee einer zwangsgestörten Persönlichkeit.« Sie hielt eine Dose Katzenfutter hoch. »Eine Katze habe ich noch nicht gesehen. Du?«
Vergiss die blöde Katze. Seine Stimme drohte zu versagen. »Nein, aber im Badezimmer hat jemand hochkonzentrierten Reiniger verwendet.«
Sie schnitt eine Grimasse. »O Mist. Ich komme sofort hoch.« Sie klappte den Mülleimer auf, wühlte darin herum und zog schließlich eine offene Dose Katzenfutter und etwas Glänzendes heraus. »Schau mal.«
Jetzt verlor Noah die Geduld. »Die verdammte Katze interessiert mich nicht«, fauchte er.

»Schau doch her«, sagte sie eindringlich. »Das Halsband. Da steht der Name von Martha Brisbanes Katze.«

Er nahm ihr das Halsband ab und hielt es ins Licht. »Ringo.«

»Ich hatte in den Mülltüten, die Olivia und Kane aus der leeren Wohnung neben Marthas geholt haben, alte Tierarztrechnungen gefunden. Pierce hat anscheinend ihre Katze mitgenommen.«

»Jetzt wissen wir also, dass er ein Tierfreund ist«, knurrte Noah. »Verdammt, Micki, damit finden wir Eve auch nicht schneller.«

»Du denkst wie ein Mann, Web. Denk wie ein Bulle oder verschwinde. Das hier ist wichtig. Genau wie das Katzenhaar, das Pierce heute Morgen als unwichtig bezeichnet hat.«

»Du hast recht.« Er versuchte, sich zu konzentrieren. »Er hat auch Christys fehlende Schuhe als unwichtig abgetan.«

»Und sie als Andenken bezeichnet«, fügte sie hinzu. »Schuhe seien aber nichts Besonderes. Tja, man sollte meinen, eine lebendige Katze ist durchaus ein besonderes Andenken, oder? Dieser Mistkerl hat sich über uns lustig gemacht. Ich behandele das Bad mit Luminol. Vielleicht finden wir ja heraus, was er vor uns zu verbergen versucht. Vielleicht können wir das Putzmittel auch mit dem in Verbindung bringen, das er bei Rachel benutzt hat.«

»Alles ist wichtig«, murmelte Noah. »Du hast recht. Verzeih.«

»Schon gut. Such Abbott. Er hilft dir, bei der Sache zu bleiben.«

Abbott saß in Pierce' Arbeitszimmer am Schreibtisch. Noah stählte sich, um die Worte hervorzubringen, die er sagen musste. »Ich glaube, dass er im Badezimmer jemanden umgebracht hat. Es riecht extrem nach Chlorbleiche.«

Abbott überlegte einen Moment lang, bevor er antwortete. »Ich glaube nicht, dass er Eve hergebracht hat, Web. Die Nachbarn sagen, dass er heute Morgen mit dem BMW losgefahren ist, und der Wagen ist nirgendwo zu sehen. Ich denke nicht, dass er noch einmal hergekommen ist.«

Noah stieß den Atem aus, den er unwillkürlich angehalten hatte. »Danke. Genau das musste ich hören.«

»Schon okay. Sie halten sich in Anbetracht der Umstände verdammt gut. Nun … im Schreibtisch finde ich nichts, was uns weiterbringen könnte. Nur alte Steuerunterlagen.«

Noah schob die Seiten auseinander. »Hier liegen Gehaltsabrechnungen seiner Frau, also wissen wir jetzt, wo sie arbeitet. Sie ist nicht hier, und er hat heute Morgen ihren Wagen genommen.«

»Und im Bad stinkt es nach Chlor«, schloss Abbott grimmig. »Ich rufe ihren Arbeitgeber an. Sie suchen weiter nach etwas, das uns nützlich sein kann.«

Noah ging im Arbeitszimmer umher, sah sich nach etwas Ungewöhnlichem um und fand es in Form einer Tür, die so geschickt tapeziert war, dass man sie kaum in der Wand ausmachen konnte. Einen Moment lang stieg Hoffnung in ihm auf. *Ein geheimer Raum. Eve.* Aber die Tür öffnete sich problemlos, und die Enttäuschung war bitter.

Hinter der Tür befand sich ein begehbarer Schrank. *Denk wie ein Bulle.* Er senkte den Blick auf den Teppich und entdeckte eine Kerbe, nur wenige Millimeter von einem Aktenschrank entfernt. Wie es aussah, hatte man ihn erst kürzlich bewegt.

Noah stemmte sich dagegen und war überrascht, wie wenig Kraftaufwand nötig war. Hinter dem Schrank befand sich ein Safe in der Wand. »Jetzt sind wir im Geschäft«, murmelte Noah und kehrte ins Büro zurück, als Abbott gerade auflegte.

»Pierce' Frau ist heute Morgen nicht zur Arbeit erschienen«, sagte er.

»Aber falls er sie umgebracht hat«, sagte Noah nachdenklich, »warum dann ausgerechnet jetzt? Laut Steuerunterlagen sind die beiden seit zwanzig Jahren verheiratet.«

»Keine Ahnung, aber ich habe etwas anderes Interessantes. Die Frau ist Biologin in einem Labor für Tierversuche. Und raten Sie mal, welche Tiere dort unter anderem gehalten werden – Waldklapperschlangen.«
Christy Lewis. »Entweder hat ihm seine Frau also die Schlange besorgt oder er hat sie sich mit ihrem Schlüssel geholt.«
»Ihr Chef sagt, er glaubt nicht, dass sie ein Tier mitgenommen hat. Sie sei sehr zuverlässig und ehrlich. Im Augenblick überprüfen sie ihren ›Schlangenbestand‹.« Abbott schauderte.
Noah dachte an Jack. Er hatte echte Angst gehabt. »Pierce muss sich gut amüsiert haben, als Jack in Panik geraten ist«, sagte er. »Ich habe einen Safe gefunden. Brechen wir ihn auf.«

Donnerstag, 25. Februar, 13.50 Uhr

»Olivia!«
Olivia blickte auf und sah drei Männer auf sich zukommen. Zwei waren groß und dunkel, einer ging am Stock, der andere hatte den Arm in der Schlinge. Der dritte war schlaksig, blond und erst zwanzig, wirkte aber um einiges älter. Die Hunters. David, sein älterer Bruder Max und Tom, der aussah, als habe er geweint.
»Wo ist sie? Verdammt, Olivia, wo ist Eve?«, brüllte David ihr entgegen, und schon waren zwei Detectives aufgesprungen und packten ihn an den Armen.
»Schon gut«, rief Olivia, »Lasst ihn los.« Sie senkte einen Moment den Blick, um Kraft zu sammeln. Einerseits musste sie ihren Job erledigen, andererseits ihnen aber auch die Freundin sein, die sie nun brauchten. Schließlich erhob sie sich, um den drei Männern nacheinander in die Augen zu sehen. »Wir wissen nicht, wo sie ist, aber wir wissen endlich, wer sie entführt hat. Kommt, ich erzähle euch so viel, wie ich darf.«
Sie brachte sie in denselben Raum, in dem sie erst gestern mit

Eve und Kurt Bucklands Chef gesprochen hatte. »Setzt euch. Ich habe nicht mehr die Energie, zu euch aufzuschauen.« Es war kein Versuch, die Situation aufzulockern, es war die Wahrheit, und die Männer gehorchten und ließen sich nieder.

»Wir wollen wissen, was vor sich geht«, sagte Max mit ruhiger Stimme. Davids älterer Bruder und Toms Stiefvater hatte eindeutig die Führung übernommen. »Und zwar sofort.«

»Das verstehe ich. David, was macht dein Arm? Und dein Schädel?«, fragte sie und holte den Ball in ihr Feld zurück.

»Gebrochen und pocht«, brachte er zähneknirschend hervor. »Du kennst meinen Bruder? Max Hunter?«

Sie begegnete Max' stahlgrauen Augen, die denen seines Bruders so ähnlich waren. »Wir haben uns auf Mias Hochzeit kennengelernt. Okay, hört zu. Erstens haben wir gestern Nacht Dell Farmer verhaftet, nachdem er versucht hat, Eve und zwei unserer Leute zu töten.«

»Farmer. Er hat doch David von der Straße gedrängt«, sagte Max, und Olivia schüttelte den Kopf.

»Er hat alle möglichen Straftaten begangen, aber diese nicht.«

David war unter seiner Winterbräune blass geworden. »Wenn Farmer im Gefängnis ist, dann muss es der Shadowland-Mörder gewesen sein ...«

Olivia nickte. »Ja. Wir wollten Eve gerade in ein sicheres Haus bringen, als sie entführt wurde.«

David sprang auf. »Wie konnte das passieren? Webster hat hoch und heilig versprochen, dass er auf sie aufpasst.«

»Setz dich hin, David«, befahl Olivia, und bebend vor Wut und Angst gehorchte er. »Noah war gerade am Tatort eines anderen Verbrechens.«

David wurde noch eine Spur blasser. »Sechs. Das war Nummer sechs.«

Olivia zögerte. »Ja.«

»Und er hat noch mehr getötet«, fügte Max hinzu.

Olivia nickte.
»Und hat er auch Liza?«, fragte Tom, ruhiger als die beiden älteren.
Olivia nickte wieder. »Ja. Ich habe keine Ahnung, wie diese Fälle zusammenhängen, also frag mich bitte nicht, aber sie tun es. Dein Tipp mit dem schwarzen SUV könnte sich als ungemein wichtig erweisen, Tom.«
David und Max wandten sich zu Tom um.
»Welcher schwarze SUV?«, fragte David.
»Wer ist Liza?«, fragte Max gleichzeitig. »Was ist hier los?«
Olivia begegnete Toms Blick. »Wenn du schon den weißen Ritter spielst, dann wirst du es ihnen auch allein erklären müssen. Aber nicht jetzt. Ich habe ein Haus zu durchsuchen.«
Max wandte sich wieder ihr zu. »Sie haben gesagt, Sie wüssten, wer Eve entführt hat.«
»Ja, aber ich werde es Ihnen zu diesem Zeitpunkt nicht sagen, also stellen Sie die Frage gar nicht erst.« Draußen vor der Tür waren plötzlich aufgeregte Stimmen zu hören, und einer der Detectives, die eben David aufhalten wollten, steckte den Kopf herein. »Da will Sie jemand sprechen, Detective Sutherland.«
Und schon platzte Sal herein. »Ich hab's schon gehört. In der Bar spricht man über nichts anderes.« Seine Augen waren rotgerändert. »Verdammt, Olivia, was ist passiert?«
»Sal.« Sie berichtete die Kurzversion der Ereignisse, dann erhob sie sich. »Ihr könnt nicht bleiben, Jungs.« Sie hob die Hand, um den vielstimmigen Protest abzuwürgen. »Sal, geh mit ihnen in deine Bar. Ich rufe an, sobald ich etwas weiß. Versprochen. Aber jetzt verschwindet. Ich muss arbeiten.«

Donnerstag, 25. Februar, 14.20 Uhr

»Das Luminol war positiv.« Micki ging zu Noah und Abbott in Carletons Arbeitszimmer. »Blut in der Wanne. Ein Techniker untersucht gerade den Abfluss.« Sie steckte den Kopf in den begehbaren Schrank. »Wie läuft's mit dem Safe, Sugar?«

»Es liefe besser, wenn ihr alle die Klappe halten würdet«, erwiderte Sugar Taub aus dem Schrank.

Noah war unaufhörlich im Zimmer auf und ab marschiert, blieb nun plötzlich vor einem Bücherregal stehen, als ein Titel seine Aufmerksamkeit weckte. »Ein deutsches Buch«, sagte er, und Abbott kam zu ihm.

»Da drüben stehen welche auf Französisch. Carleton ist – unglücklicherweise – ein sehr gebildeter und schlauer Mensch.«

Aber Noah hörte gar nicht zu, sondern starrte auf den Buchrücken. »Das ist von Freud. *Das Ich und das Es.*« Er hörte förmlich, wie ein weiteres Puzzleteil an den richtigen Platz fiel. »*Das Ich.* Dasich. Der Avatar, der mit Natalie Clooney und Virginia Fox gepokert hat.«

»Und was wollte Freud uns damit sagen?«

Noah googelte den Buchtitel mit seinem Handy. »Das Ich hat die ausgleichende Funktion zwischen den primitiven Urtrieben des Es und der Wirklichkeit.«

»Dass der Trieb zu töten primitiv ist, kann man wohl sagen«, sagte Abbott gallig. »Gerissener Mistkerl.«

»So ähnlich hat Eve Dasich auch genannt«, sagte Noah. *Seit drei Stunden ist sie fort.*

»Denken Sie jetzt nicht an sie«, sagte Abbott. »Wir kommen näher.«

Seine Worte wurden von einem zufriedenen »Ah« aus dem Schrank unterstrichen. Sugar und Micki kamen mit dicken Aktenmappen heraus. Noah nahmen ihnen begierig welche ab, und sie scharten sich um Pierce' Schreibtisch, um den

Inhalt durchzusehen. »Kontoauszüge. Das hier scheint das Familienkonto zu sein.«

»Sein Frau hat ein eigenes«, sagte Micki und sah einen anderen Stapel durch. »Regelmäßige Überweisungen vom Hauptkonto, allerdings kaum genug für Einkauf und Benzin. Er hat ihr ein knappes Haushaltsgeld gezahlt. Wie man schon an der Küche feststellen kann, liebt er es, die Kontrolle zu haben.«

»Kontrolle und Ordnung«, murmelte Noah. »Er hat uns gesagt, dass der Killer Ordnung liebt. In der Hinsicht hat er jedenfalls nicht gelogen.«

»Das Streben nach Kontrolle soll häufig Ängste verdecken«, sagte Micki. »Wisst ihr noch, wie Olivia sagte, er müsse Angst vor Frauen haben? Ich glaube, damit hat sie recht gehabt.«

Plötzlich stieß Abbott einen leisen Pfiff aus. »Wow. Er hat eine dreiviertel Million auf der hohen Kante. Frieren wir seine Konten ein. Damit er nicht so leicht außer Landes flüchten kann.«

Nachdem er erledigt hat, was er zu tun versucht. Noah verdrängte die Worte, die Carleton selbst gesagt hatte, wie auch die Bilder der Opfer, die erneut in seinem Bewusstsein aufstiegen. Resolut griff er sich einen weiteren Aktenordner. »Berichte einer Privatdetektei. Der Ermittler heißt Hugh Robard. Objekt der Überwachung ist eine Person namens John Black aus Fargo, North Dakota.

»Wir müssen John und Irene Black finden«, sagte Abbott.

»Und den Privatdetektiv«, setzte Noah hinzu.

»Ich weiß nicht, Web«, meinte Micki. »Der letzte Bericht ist schon zehn Jahre alt. Na ja, es ist sicher einen Versuch wert«, fügte sie etwas übertrieben fröhlich hinzu, und ihm wurde bewusst, dass man ihm seine Angst ansehen musste.

»Fahren wir ins Büro zurück und telefonieren von dort aus«, sagte Abbott. »Ich muss um drei auf einer Pressekonferenz sein. Wenigstens können wir den Medien jetzt sagen, dass wir einen Haftbefehl für Carleton Pierce haben.«

Donnerstag, 25. Februar, 14.20 Uhr

Der Schmerz ... der Schmerz war unerträglich. Sie hob die Hände ans Gesicht und griff an Knochen. Ihre Hände waren voller Blut. Mein Gesicht. Mein Gesicht ist weg.

Nein. Sie warf den Kopf zurück und rang nach Luft, bäumte sich auf. Sie bekam keine Luft. Etwas lag über ihrem Mund. Sie wand sich, wehrte sich, wollte weg.

»Hör auf. Nicht schreien.«

Es war ein Flüstern, und Eve ließ sich schaudernd zurückfallen. Über ihrem Mund war Haut. Ein Arm. Eve atmete durch die Nase und nickte. Der Arm verschwand und jemand brach über ihren Beinen zusammen. Ihr Schenkel schmerzte höllisch.

»Wenn Sie schreien, kommt er.«

Eve mühte sich, den Kopf zu heben, und sog scharf die Luft ein. »Liza?«

Liza war an Händen und Füßen gefesselt. Sie atmete stoßweise durch die Nase. »Wer ist er?«

»Ein Polizeipsychologe. Aber was machst du hier?«

»Ich habe nach meiner Schwester gesucht.« Liza hob den Kopf, und Eve sah das Entsetzen in ihren Augen. »Sie ist tot. Ihre Schuhe stehen da oben. Er hat sie mir gezeigt.«

Es dauerte einen Moment, bis die Erkenntnis durch Eves benebelten Verstand drang. Plötzlich wurde ihr übel.

Für Eve waren die Schuhe nur eine grausige Erinnerung an frühere Opfer von Dr. Pierce, aber für Liza ... Liza hatte eine geliebte Schwester verloren. Mein Gott. »Wir müssen hier raus!«

»Aber wie? Er hat das Messer mitgenommen.«

»Ich weiß es noch nicht.«

Liza sah sie an, und wieder entdeckte Eve nacktes Entsetzen in ihren Augen.

»Er hat mich im Kofferraum hergebracht. Es lag schon eine

Tote drin. Er hat mir gesagt, sie sei seine Frau. Und er hat sie in eine Grube geworfen.«

Eve wurde eiskalt, als sich eine neue Furcht in ihr festsetzte. »Was für eine Grube?«

»Dort drüben ist eine Tür im Boden. Er hat an einem Griff gezogen, die Tür ging auf, und er hat die Tote hineingeworfen. Meine Schwester sei auch darin, hat er gesagt. Und es sei Platz für zwei weitere.«

Ruhig. Nicht in Panik geraten. Nicht.

»Wir werden nicht sterben. Wie hast du es zu mir geschafft?«

»Ich bin gerollt. Ich wollte nicht, dass Sie schreien.«

»Gut gemacht.« Eve reckte den Hals, aber sie konnte nicht viel erkennen. »Kannst du etwas sehen, das wir als Waffe benutzen können? Etwas Spitzes oder Scharfes?«

»Hinter Ihnen sind Schubladen, aber zu hoch für mich, solange ich nicht aufstehen kann – und das kann ich nicht.« Ein Geräusch erklang über ihren Köpfen, und sie blickten auf.

»Er kommt. Schnell, zurück, wo du gewesen bist«, zischte Eve. »Stell dich tot, wenn es sein muss.«

»Das habe ich die ganze Zeit schon. Er sagte, ich sei *katatonisch,* was immer das sein soll. Was haben Sie vor?«

»Ich weiß es noch nicht, aber was immer passiert – lass dir nicht anmerken, dass du wach bist. Er darf deine Angst nicht sehen. Unsere Ängste machen ihn stark und mächtig. Los jetzt – zurück.« Liza gehorchte und mühte sich, wieder in ihre Ecke zu rollen, während Eves Gedanken rasten. Sie musste sich etwas einfallen lassen. Sie mussten hier weg.

Versuch ihn zu verstehen. Sie hatte vorhin einen direkten Treffer gelandet, indem sie den MSP-Artikel mit Zweifeln an seiner Männlichkeit verbunden hatte. Aber sie konnte nicht darauf hoffen, dass es ihr ein zweites Mal gelang. Sie hob den Kopf und betrachtete die Schuhreihen. Sie bestanden größtenteils aus Frauenschuhen, aber drei Paare von ihren Stiefeln

entfernt sah sie Männer-Nikes. Und aus dem Schaft des einen Schuhs ragte eine Brille mit Drahtfassung.
Wie Jeremy Lyons sie getragen hatte. *Kane hatte recht,* dachte sie. *Jeremy ist tot.* Sie schloss die Augen und kämpfte gegen die aufsteigende Verzweiflung an. *Noah, wo bleibst du?* Er suchte sie, das wusste sie genau. *Streng dich mehr an.* Sie hob erneut den Kopf und konzentrierte sich, um wirklich wahrzunehmen, was sich um sie herum befand. Mit der Ausnahme von Jeremys Nikes und ein paar Arbeiterstiefeln waren alle anderen Schuhe High Heels, und zwar der billigen Sorte: halsbrecherisch hoch, grell, glänzend.
Abschaum der Gesellschaft, hatte er sie genannt. Prostituierte. Er tötete Prostituierte. Sie musterte jedes Paar, bis sie zu dem ganz links im ersten Regalfach kam.
Die Schuhe waren alt und abgetragen und wirkten absolut nicht sexy, sondern eher matronenhaft. Die Schuhe seines ersten Opfers?
Irene Black. Der Name schoss ihr durch den Sinn, und sie fragte sich unwillkürlich, ob er vielleicht mehr war als nur ein Alias für ein Internet-Konto.
Die Tür ging auf, und Pierce kam die Treppe hinab, wieder war er nackt. Sie legte den Kopf zurück auf das Kissen und schloss die Augen. Sie musste bereit sein.
»Zu spät, Dr. Pierce«, spottete sie. »Ich bin schon wach, und Ihnen ist das Beste entgangen.«
»Nein!« Er sprang die restlichen Stufen hinab, schleuderte seine Hose über das Geländer und packte sie am Haar. »Du hast nicht geschrien. Sie schreien alle!«
Danke, Liza. »Vielleicht habe ich eine Toleranz entwickelt. Vielleicht haben Sie die Zusammensetzung falsch berechnet.«
»Vielleicht sollte ich dich einfach zerschneiden«, höhnte er. »Das macht dir Angst, das weiß ich genau. Dein Blick flackert, wenn du Angst hast.«
Er hatte sich erholt und Kraft getankt. Und er war wieder er-

regt. Wieder schwang er sich über sie, wieder legte er ihr die Hände um die Kehle. Sie bäumte sich unter ihm auf, um ihn abzuwerfen, aber er lachte nur.
»Mehr, Eve. Je stärker du dich wehrst, umso mehr Spaß macht es.«
»Es macht Ihnen Spaß?«, gab sie zurück. »Sie haben mit keinem der Opfer geschlafen. Können Sie so was überhaupt?«
MSP. Seine Erektion war vor ihren Augen in sich zusammengefallen. Das schaffst du noch einmal. »Oder schrumpft Ihr winziger Schwanz vor dem Akt immer zusammen?«
»Bettelst du darum, vergewaltigt zu werden, Eve Wilson?«, zischte er, aber sie hatte das unsichere Flackern in seinem Blick gesehen.
»Sie könnten es doch gar nicht, selbst wenn Sie wollten.«
Sein Gesicht verfinsterte sich. »Ich werde dir schon zeigen, was ich alles kann.« Seine Hände begannen, Druck auszuüben, ihr die Luft abzuschnüren. Sie kämpfte, um ihn loszuwerden, aber er stemmte ihr ein Knie in den Brustkorb wie ein Reiter, der ein wildes Pferd bändigte. Seine Hände drückten fester zu, sein Gesicht kam näher, und seine Hüften begannen sich zu bewegen. Sie spürte seine Erektion an ihrem Brustbein.
Sie wand sich unter ihm, bockte und hörte sein Lachen wie aus der Ferne. Und sie roch ihn, ihn und den moschusartigen Geruch von Sex. *So macht er es also. Und er ist gleich so weit.* Mit letzter Kraft presste sie eine einzelne Silbe hervor, aber es klang eher wie ein Stöhnen. »Wer?«
Er hielt inne. Sein heißer Atem traf stoßweise ihr Gesicht, und sie spürte, wie sich ihr vor Ekel der Magen umdrehte. Wieder wurde es am Rand ihres Gesichtsfelds dunkel.
Seine Lippen verzogen sich zu einem triumphierenden Grinsen, obwohl er kurz vor dem Höhepunkt war. »Was war das?«, fragte er samtig. »Habe ich da gerade ein Flehen gehört?«
Er lockerte seinen Griff ein wenig und stieß erneut die Hüften vor. »Bettele, Eve, schrei um Hilfe, und ich lass dich atmen.«

Sie sog so viel Luft ein, wie sie konnte. »Wer ... wer ist Irene Black?«
Wie vom Blitz getroffen hielt er inne. Schreck zeichnete sich auf seinem Gesicht ab. »Was?«, fragte er drohend, doch sie spürte bereits, wie seine Erektion schrumpfte.
Ja. »Irene Black.« Sie holte wieder Luft. »Ich sagte Irene Black. Wer ist das?«
Sein Gesicht zog sich ein paar Zentimeter zurück, und er rang um Fassung. »Niemand.«
Eves Lachen war kratzig. »Sie lügen, und zwar verdammt schlecht. Wer ist das?«
»Woher kennst du den Namen?«
»Ach, wollen wir das wissen, ja?«
Er schlug zu. »Rede.«
»Machen Sie mich los, und ich sag's Ihnen.«
Wieder schlug er zu, noch fester dieses Mal. »Sag's mir oder ich bringe dich um.«
Eve sah Sterne. »Das tun Sie doch sowieso, also können Sie sich mal gehörig verpissen.«
Er umfasste ihren Hals und schüttelte sie. »Red schon. Wer weiß sonst noch davon? Hat Webster dir den Namen gesagt?«
Die weißen Lichter tanzten wieder vor ihren Augen. Er ließ los, griff mit einer Hand in ihr Haar und schlug mit der anderen auf sie ein. Sie rang nach Luft, während der Raum um sie herum zu schwanken begann. Ihr Magen verkraftete den Schwindel nicht, und sie erbrach sich.
Auf ihn.
»Verdammt«, schrie er. Er sprang zurück und verpasste ihr einen weiteren Schlag. Dann wurde alles dunkel.

Donnerstag, 25. Februar, 14.45 Uhr

»Captain, zwei Dinge«, sagte Faye, als Noah und Abbott das Büro betraten. »Wir haben einen Treffer mit einer Flugreservierung für Ann Pierce. Sie sollte heute Morgen nach Los Angeles fliegen, ist aber nicht erschienen.«

»Finden Sie heraus, wie und wann sie das Ticket bezahlt hat«, sagte Abbott.

»In bar und gestern Abend«, gab Faye zurück. »Sie hat es direkt am Flughafenschalter gekauft – ich habe bereits nachgefragt. Zweitens möchte Lieutenant Tyndale von der Fargo PD Sie auf Leitung eins sprechen.«

Abbott hatte die Polizei von Fargo kontaktiert, sobald sie Pierce' Haus verlassen hatten. Kane hatte Irene Blacks Postfach in New Germany ausfindig gemacht, ein kleiner Ort in Wisconsin ungefähr eine Autostunde von den Zwillingsstädten entfernt. Da Pierce Girards Post gleich dreimal weitergeleitet hatte und einen Ordnungswahn besaß, wollte Kane prüfen, wohin die Post von dort aus weitergeschickt wurde.

Noah hatte herausgefunden, dass der Privatermittler vor zehn Jahren spurlos verschwunden war. Zu dieser Zeit endeten auch die regelmäßigen Berichte. *Und irgendwo hat Pierce Eve versteckt.*

Noah saß angespannt auf der Kante von Abbotts Tisch. Abbott warf ihm einen scharfen Blick zu. »Sie werden sich aus diesem Gespräch heraushalten«, sagte er. »Sie sind gar nicht hier, ist das klar?«

Abbott hatte ihn nach Hause schicken wollen, aber Noah hatte den Rest Stolz, den er noch aufbringen konnte, über Bord geworfen und seinen Chef angefleht, bleiben zu dürfen. Zuhause hätte er nichts tun können, als wie ein Tiger im Käfig auf und ab zu laufen und sich zu Tode zu sorgen. Und zu trinken. »Ja, verstanden«, sagte er. »Machen Sie einfach schnell.«

Abbott drückte auf die Lautsprechertaste. »Hier spricht Captain Abbott.«
»Lieutenant John Tyndale, Fargo PD. Bei mir ist John Black. Ich möchte Ihnen von vornherein sagen, dass ich ihn für einen aufrechten Bürger halte. Ich kenne ihn seit zwanzig Jahren.«
»Wir danken ihm für seine Hilfe. Können Sie uns etwas zu dem Mann sagen, dessen Foto wir Ihnen geschickt haben?«
»Sein Name ist nicht Carleton Pierce«, war eine andere Stimme zu hören. John Black. »Er heißt Edward Black. Er ist mein jüngerer Bruder. Wir haben uns seit siebenundzwanzig Jahren nicht mehr gesprochen. Seit unsere Mutter starb.«
»Ihre Mutter war Irene Black?«
»Ja. Ed ließ es wie einen Selbstmord aussehen, aber ich wusste schon damals, dass er es getan hatte. Er hat sie gehasst.« Black seufzte. »Und er hatte Grund genug dazu. Den hatten wir beide.«
»Was war dieser gute Grund? Und was hat Sie auf den Gedanken gebracht, dass es sich nicht um Selbstmord handelte?«
»Meine Mutter war Alkoholikerin«, sagte Black schlicht. »Und spielsüchtig. Sie war nur dann nüchtern, wenn sie Karten in der Hand hielt. Manchmal hat sie ihn mitgenommen. Er war klein und niedlich, und niemand ist je auf den Gedanken gekommen, dass er ihr beim Betrügen half.«
»Gab es Misshandlungen?«
»Sie hat uns nie verkauft, wenn es das ist, was Sie meinen, aber wir waren entsetzlich arm. Wir wohnten in einem schäbigen Wohnwagen, den wir uns mit Ratten teilten. Sie tauschte Essensmarken gegen Alkohol ein, also kann man wahrscheinlich sagen, dass wir misshandelt worden sind.«
»Hat Ihr Bruder alle Frauen gehasst oder nur Ihre Mutter?«
»Eher alle Frauen. Eddie hatte Probleme, sich mit Mädchen zu verabreden. Er gab immer seiner geringen Größe die Schuld, aber die meisten Mädchen in der Stadt hatten schlichtweg Angst vor ihm. Eddie hatte oft ein Messer dabei, und ein-

mal bedrohte er in der Schule einen anderen Jungen. Der Kerl war ein Schläger, aber Eddie musste dennoch ein Jahr lang in Jugendhaft.«

»Sie sagten, er hätte es so aussehen lassen, als habe Ihre Mutter Selbstmord begangen. Woher wussten Sie es?«

»Sie hing draußen an einem Baum, aber sie hätte sich nicht selbst erhängen können.«

»Lassen Sie mich raten«, sagte Abbott. »Das, worauf sie angeblich gestanden hat, war zu niedrig, als dass sie es damit geschafft hätte.«

»Woher wissen Sie das?«, fragte Black misstrauisch.

»Er hat dasselbe bei uns in der Stadt gemacht. Sechsmal. Es gab damals also keine polizeiliche Untersuchung?«

Black schwieg eine Weile. »Ich habe den Strick durchtrennt. Niemand hat je erfahren, dass etwas nicht stimmte.«

Abbott wartete ab, während Noahs Ungeduld wuchs. Das brachte sie doch nicht weiter.

»Warum?«, fragte Abbott schließlich.

»Weil sie es verdient hatte«, sagte er gepresst. »Sie hat uns zwar nicht direkt verkauft, aber jeden Mann mit nach Hause gebracht, der ihr eine Flasche spendierte. Manchmal stahlen sie sich nachts aus ihrem Bett. Ich war groß und konnte mich gegen sie wehren, aber Eddie schaffte es nicht. Je älter ich wurde, umso öfter blieb ich nachts lieber bei Freunden. Eddie hatte nicht viele Freunde. Er konnte nicht entkommen. Einige der Männer vergriffen sich an ihm. Einer ganz besonders.«

Es entstand eine kurze Pause. Dann sprach Black weiter. »Manchmal kam ich nach Hause und entdeckte Eddie, der wie ein Tier in einer Ecke kauerte. Nach einem Blick in seine Augen wusste ich Bescheid. Ich hätte etwas sagen müssen. Ich hätte jemandem etwas sagen müssen«, wiederholte er. »Aber der Freund unserer Mutter war stark und brutal, und ich war selbst erst vierzehn. Also haute ich ab und zog bei einem Kumpel ein, dessen Mutter nicht trank. Da gab es immer was zu essen und einen sauberen Platz zum Schlafen. Ich habe damals meine eigene Haut gerettet. Als ich Irene fand, holte ich sie vom Baum und sagte der Polizei, was sie hören wollte, damit sie den Fall schließen konnte. Ich dachte, ich würde das Richtige tun. Mir war nicht klar, was aus ihm geworden ist.«

»Warum dieser Tag?«, wollte Abbott wissen. »Denken Sie, dass er sich diesen Zeitpunkt bewusst ausgesucht hat?«

Wieder einen Moment lang Schweigen. »Eddie war fast achtzehn Jahre alt und gerade aus der Haft entlassen worden. An diesem Tag war er mit einem Mädchen aus gewesen – wahrscheinlich hat er sein Böse-Buben-Image voll ausgespielt, und das Mädchen wollte den Kick. Aber dann … hat's wohl nicht geklappt. Ich habe später gehört, das Mädchen hätte überall herumerzählt, dass es Eddie ausgelacht hat, weil er sich so abmühte und trotzdem nicht … nichts zustande gebracht hat. Als ich das hörte, war mein letzter Zweifel ausgeräumt, dass er Irene umgebracht hat. Er gab ihr die Schuld daran, und das hätte ich auch getan. Aber wenn ich die Wahrheit gesagt hätte, dann wäre er als Erwachsener ins Gefängnis gegangen, und ich weiß, was sie dort mit ihm gemacht hätten. Er hatte doch schon eine Strafe abgesessen, und, ja, wahrscheinlich hatte ich auch ein schlechtes Gewissen, weil ich ihm nicht geholfen hatte. Ich wünschte, ich hätte damals die Wahrheit gesagt.«

Ich auch, dachte Noah. *Das wünschte ich auch.*

»Und was wurde danach aus Ihrem Bruder?«, fragte Abbott.

»Keine Ahnung. Ich packte meine Sachen und landete schließlich hier in Fargo. Von Eddie hörte ich nie wieder.«

»Er hat Karriere gemacht«, sagte Abbott. »Als Psychologe.«

Wieder blieb Black eine Weile still. »Also hat er es doch gepackt. Wow. Wissen Sie, er sollte eigentlich in Jugendhaft bleiben, bis er achtzehn war, aber er wurde vorzeitig entlassen. Die Schule und die Polizei am Ort versuchten, das zu verhindern, aber er hatte einen Therapeuten, der behauptete, er sei rehabilitiert. Wahrscheinlich hat Eddie ihm ganz schön etwas vorgemacht. Ich ging zur Anhörung vor dem Familienrichter. Der Psychotherapeut war fein angezogen, drückte sich schwülstig aus, wickelte den Richter um den Finger und stellte die Polizei als Tölpel dar. Eddie war begeistert. Das sei die wahre Macht, sagte er damals, ein Bulle mit Waffe dagegen sei nichts anderes als ein minderbemittelter Schläger. Er würde aufs College gehen und einer von den Schlauen werden. Ich lachte ihn aus. Das würde niemals geschehen, prophezeite ich ihm.«

»Und wieso nicht?«

»Weil Leute wie er auf dem College nicht zugelassen werden. Er war arm und vorbestraft. Tja, offensichtlich hat er besser auf mich gehört, als ich es je für möglich gehalten hätte. Er hat sich eine neue Identität verschafft.«

Aber nichts davon bringt uns Eve auch nur einen Schritt näher. »Machen Sie schon«, formte Noah stumm mit den Lippen, und Abbott warf ihm einen finsteren Blick zu.

»Wir müssen ihn finden. Er hat mindestens zwei Frauen entführt«, sagte Abbott.

»Ich weiß, Lieutenant Tyndale hat es mir gesagt. Und ich würde Ihnen auch gern helfen, aber ich weiß nicht wie. Ich habe keine Ahnung, wo er stecken könnte. Wie ich schon sagte, ich habe seit fast dreißig Jahren keinen Kontakt mehr zu ihm.«

»Nun, vielen Dank, dass Sie mit uns gesprochen haben«, sagte Abbott müde. »Und passen Sie auf sich auf, Mr. Black. Ihr Bruder hat Sie, Ihre Frau und Ihre Kinder von einem Privatdetektiv überwachen lassen. Ich gehe davon aus, dass er glaubte, Sie könnten ihn immer noch identifizieren und verraten.«

Als Abbott aufgelegt hatte, starrte Noah auf das Telefon, ohne es wahrzunehmen. »Das hat uns nichts gebracht.«

»Faye sucht nach Grundstücken oder Häusern, die auf den Namen Irene Black zugelassen sind, und wir haben an jeder größeren Straße, die aus der Stadt hinausführt, Sperren errichtet.« Abbotts Blick war mitfühlend. »Besorgen Sie uns eine Kanne Kaffee, Noah.«

Dabei brauchte er keinen Kaffee, sondern einen Drink. Nur einen einzigen. *Um meine Nerven zu beruhigen.* Aber er wusste, dass er sich selbst etwas vormachte. Einer würde nicht reichen. Und wenn sie sie nicht rechtzeitig fanden ...

Noah nickte unsicher, stand auf und durchquerte das Großraumbüro. Eine Weile lang blieb er vor der Kaffeemaschine stehen und rang mit dem Wunsch, die Glaskanne zu zerschmettern, alles kleinzuhauen, was es in diesem verfluchten Büro gab, und sich nach etwas Stärkerem umzusehen. Um sich Mut zu machen. Oder einfach nur zu vergessen, wie viel Angst er hatte.

Im Geist sah er die Opfer an den Stricken baumeln. Pierce hatte jedes Mal seine Mutter aufgehängt. *Und nun hat er Eve. Meine Eve.* Er konnte nicht mehr wie ein Cop denken. *Ich kann nicht mehr.*

»Noah!«

Er sah auf. Brock kam in Uniform durch den Flur. »Ich habe es eben gehört. Gibt es Neuigkeiten?«

»Nein«, gab Noah zurück. »Nichts.«

Brock legte ihm einen Arm um die Schultern. »Gehen wir in die Cafeteria. Ich besorge dir einen frischen Kaffee.«

»Tut mir leid, dass ich euch noch nicht angerufen habe.«

»Noah.« Brocks Stimme klang ein wenig vorwurfsvoll. »Eve ist klug und tapfer. Sie schafft das.«

Er sah stur geradeaus, nahm aber nichts wahr. »Und ich? Wie soll ich es schaffen, wenn ich sie nicht wiederkriege?«

Brock seufzte. »So weit sind wir noch nicht. Konzentriere dich auf das Naheliegende.«

Als die Aufzugtüren aufglitten, vibrierte Noahs Handy in seiner Tasche. Sein Puls begann zu jagen, als er die Nummer auf dem Display erkannte. »Olivia! Was gibt's?«

»Ich habe gerade mit Abbott telefoniert.« Sie zögerte. »Ich

soll dir auf keinen Fall etwas sagen. Ich hoffe, ich tue das Richtige.«

Noah schürzte ungeduldig die Lippen. »Herrgott, Olivia, jetzt red schon.«

»Faye hat eben einen Anruf von Martha Brisbanes Tierarzt bekommen. Es ging um die Katze.«

Noah stieß wütend den Atem aus. »Wen interessiert die Katze?«

»Sei still und hör zu«, fauchte Olivia ihn an. »Der Arzt hat erzählt, dass Marthas Katze gestern vor dem Tor des Green Gables Zwinger in New Germany ausgesetzt worden ist. Die Überwachungskamera hat eine Frau und einen schwarzen BMW erfasst. Der Wagen ist auf Pierce' Frau angemeldet.«

Noah verharrte. »New Germany? Dorthin wird die Post für Irene umgeleitet.«

»Ich weiß. Kane hat's mir gesagt.«

»Warum sollte Pierce' Frau die Katze aussetzen? Und woher weiß man, dass es Martha Brisbanes Katze ist?«

»Warum Pierce' Frau das getan hat, weiß ich auch nicht, aber Martha hatte die Katze chippen lassen. Der Tierarzt hat den Chip gescannt und Marthas Namen gesehen. Er hat von dem Mord gehört und sofort der Polizei Bescheid gegeben. Ich bin jetzt dort.«

»Danke«, sagte er, legte auf und trat in den Fahrstuhl, den Brock aufgehalten hatte. »Ich fahre nach New Germany.«

»Irgendwie dachte ich mir das schon«, sagte Brock trocken. »Sagst du mir auch, warum?«

»Kommt drauf an. Verpetzt du mich?«

Brock musterte ihn. »Ich fahre mit.«

Noah nickte. »Danke.«

—

Donnerstag, 25. Februar, 15.00 Uhr

Er saß in der Küche und blickte aus dem Fenster in die Wälder. Er hatte sich umgezogen und Eves Erbrochenes abgeduscht. Die sich im Wind wiegenden Bäume konnten ihn stets beruhigen, doch heute nicht.

Irene Black. Woher kannte Eve den Namen? Wem hatte sie ihn weitergesagt? *Kann mir das schaden?*

Irene Black war kein ungewöhnlicher Name, und das Postfach auf diesen Namen befand sich in einem anderen Bundesstaat. Es war unwahrscheinlich, dass sie es finden würden. Schließlich ging es hier um die Hat Squad, nicht um eine Truppe Intellektueller.

Ohne Eve wären sie nie so weit gekommen. Er ballte die Hand zur Faust. Dafür würde sie büßen. Wenn er das nächste Mal hinunterging, würde er ihr das Maul stopfen und die Lider festkleben. Irgendwann würde er sie so weit haben, dass sie um ihr Leben bettelte, und dann würde er ihr das Klebeband vom Mund reißen und ihr Flehen genießen.

Doch im Augenblick durfte er nicht zulassen, dass sie seine Konzentration störte. Sie wusste zu viel. Im Augenblick wollte er nur ihre Angst erleben. Er würde ihr die Lider festkleben, damit er ihre Angst sehen konnte.

Erst jetzt wurde ihm klar, dass er es noch nicht getan hatte. Dabei war es stets das Erste, was er tat, damit er das Entsetzen sehen konnte, sobald die Wirkung des Ketamins nachließ. Denn wenn der Rausch erst einmal abfiel, schlugen sie meistens so heftig um sich, dass das Kleben unmöglich war.

Warum hatte er es bei Eve noch nicht getan? *Weil ich ihre Furcht unbeeinflusst will.* Er wollte erleben, wie sie ihn mit glasigem Blick anstarrte, weil sie nichts anderes tun *konnte.*

Sie war eine würdige Gegnerin, aber sie musste begreifen, dass er die Macht hatte. Letztlich würde sie ihm sagen, wie sie von Irene Black erfahren hatte, selbstverständlich würde sie das.

Und er war nicht in Gefahr. Nichts verband ihn mit Irene. Nichts verband Irene mit diesem Haus.
Der einzige unsichere Faktor war das Verschwinden seiner Frau, aber das hatte er geregelt. Er hatte ihrem Chef in einer SMS mitgeteilt, dass es einen Notfall in der Familie gab. Er hatte die SMS von ihrem Handy abgeschickt, während er an einer Raststätte an der Interstate, etwa eine Autostunde entfernt, gesessen hatte. In ein paar Tagen würde er einen Brief schicken, in dem er in ihrem Namen erklärte, dass man sie zu Hause brauchte. Er kannte ihren Chef, einen kalten, leistungsorientierten Mann. Er würde einen anderen Labortechniker einstellen und Ann bald vergessen. In der Zwischenzeit würde sich ihr Körper in der Grube zersetzen.
Eine Bewegung auf dem Fernsehschirm weckte seine Aufmerksamkeit. *Ah. Die Pressekonferenz.* Er griff nach der Fernbedienung und schaltete den Ton an. Darauf hatte er gewartet. Die Presse würde die Polizei kreuzigen. *Sechs tote Frauen, kein Verdächtiger. Der Serienmörder läuft noch immer frei herum. Die Polizei hat keinen Schimmer.* Er konnte es kaum erwarten.
Abbott stieg auf das Podium und sah sich mit grimmiger Miene um. Großes Kino!
»Wie Sie wissen«, sagte Abbott, »hat in den vergangenen drei Wochen ein sadistischer Mörder Jagd auf die Frauen unserer Stadt gemacht.«
Sadistischer Mörder. Nicht schlecht für den Anfang. Beim morgigen Treffen würde er Abbott ein paar psychologische Fachausdrücke an die Hand geben, mit denen er vielleicht bei der nächsten Konferenz punkten konnte.
»Heute Morgen haben wir ein sechstes Opfer gefunden«, fuhr Abbott fort. »Ihr Name war Virginia Fox. Gestern Abend baten wir Sie, Warnungen an alle Frauen zu veröffentlichen, die an der Shadowland-Studie der Marshall University teilgenommen haben. Heute wissen wir, dass der Mörder sich nicht allein auf die Teilnehmerinnen beschränkt.«

»Volltreffer.« Er lachte leise. »Jetzt ist wieder alles offen, und keine Frau darf sich mehr sicher fühlen.«
Einer der Reporter erhob sich. »Können Sie etwas zu dem Haftbefehl sagen, den Sie ausstellen ließen?«
Er beugte sich mit einem Stirnrunzeln vor. Donner war tot. Lyons war verschwunden und Girard reingewaschen. Wen wollte Abbott denn verhaften?«
»Ja«, sagte Abbott. Der Bildschirm teilte sich. Auf der einen Seite war noch immer Abbott zu sehen, auf der anderen ein Bild von …
Mir.
»Um 14.30 Uhr ist der Haftbefehl für Dr. Carleton Pierce rausgegangen.«
Wie vom Donner gerührt starrte er auf das Bild, während Abbotts Gesicht in ein Blitzgewitter getaucht wurde. Dann sprang er auf die Füße und stieß den Stuhl zurück. *Nein.* »Nein!«
»Wir haben das nicht leichtfertig getan«, sagte Abbott nun. »Dr. Pierce war für uns Kollege und Freund. Wir wissen nicht, warum er diese Taten begangen hat, aber wir haben Beweise, die ihn definitiv mit den Verbrechen in Verbindung bringen. Im Augenblick werden drei Frauen vermisst, und wir brauchen Ihre Hilfe.« Abbotts Gesicht verschwand und wurde durch Fotos von drei Frauen ersetzt. »Dr. Ann Pierce, die Ehefrau des Tatverdächtigen, Miss Eve Wilson von der Marshall University und Miss Liza Barkley.« Alle vier Bilder blieben eingeblendet, während Abbott die Namen aufzählte.
»Weg! Nimm es weg«, knurrte er. »Nimm mein Foto da weg!« Aber es blieb auf dem Bildschirm, so dass es jeder sehen konnte. Das war doch nicht möglich. *Wie konnte das sein?* Aber es war so.
»Der Verdächtige wurde zuletzt in einem schwarzen BMW, ein Modell aus dem vergangenen Jahr, gesehen, aber er fährt auch einen schwarzen Lincoln Navigator. Wir haben die

Kennzeichen auf unsere Webseite gestellt und sie außerdem in der Pressemeldung, die Sie bekommen haben, vermerkt.« Die Fotos verschwanden, und es war wieder Abbott, der in die Kamera blickte. »Der Mann ist bewaffnet und gefährlich. Sollten Sie ihn sehen, wählen Sie bitte augenblicklich den Notruf. Und sollten Sie etwas über seinen Aufenthaltsort wissen, rufen Sie bitte die eingeblendete Hotline an.«

»Unser Beileid gilt den Familien der Opfer, und wir beten für die Frauen, die vermisst werden. Bitte stellen Sie jetzt Ihre Fragen.«

Er setzte sich auf seinen Stuhl zurück und rieb sich mit zitternden Händen über das Gesicht. *Sie wissen Bescheid. Woher wissen sie Bescheid? Jetzt kommen sie. Und wollen mich holen.*

»Hör auf damit!« Er ließ seine Faust auf den Tisch krachen. »Denk nach!«

Sie wussten nichts von diesem Haus, seinem Zufluchtsort. Konnten nichts wissen. Im Grundbuch stand weder sein noch Irenes Namen. *Sie können mich nicht finden. Und es ist noch genug Zeit, zu verschwinden.* Aber seine Hände bebten, als er den Laptop zu sich heranzog.

»Hol all dein Geld«, murmelte er. »Und schaff es dorthin, wo du schnellen Zugriff hast.« Dann würde er in den alten braunen Civic steigen, den er gekauft hatte, um Axel Girard verdächtig zu machen. Nach diesem Wagen suchten sie nicht mehr. Er würde Eve und das Mädchen als Geisel nehmen und fahren.

Aber wohin? Wohin soll ich gehen? Jetzt kennt jeder meinen Namen. Mein Gesicht. Das würde Abbott ihm büßen.

Aber er wusste sehr gut, dass nicht Abbott den größten Teil der Schuld hatte, nicht einmal Webster. Es war diese Frau da unten im Keller. Eve Wilson.

Hör auf. Bleib ruhig und konzentriere dich. Hol dein Geld. Er loggte sich in sein Bankkonto ein, und sein Herz setzte aus. *Eingefroren. Keine Mittel verfügbar.*

»Nein! Verdammt noch mal, nein!« Seine Finger flogen über die Tastatur, als er die Seiten seiner Übersee-Konten aufrief. *Eingefroren. Keine Mittel verfügbar.*

Sie hatten alle seine Konten gesperrt. Sie waren bei ihm zu Hause gewesen. Hatten in seinen Sachen gewühlt. *In meinen Sachen.* Die Kontoauszüge hatten im Safe gelegen. Zusammen mit … mit den Informationen über John.

Selbst Webster war schlau genug, um eine Verbindung zwischen John und Irene Black herzustellen.

Er ließ seinen Kopf in die Hände sinken. Er musste verschwinden. Und zwar sofort. Er griff nach seinem Messer und rannte die Treppe herunter.

Eve hörte von oben seine Stimme. Er klang wütend. Er fluchte. Das war ein gutes Zeichen. Noah schien ihm näher zu kommen. Sie musste ihnen also nur noch ein bisschen mehr Zeit verschaffen.

Sie öffnete die Augen einen Spalt und sah, wie er angekleidet, die Haare noch nass, die Treppe hinunterkam. In einer Hand hielt er sein Messer, unter dem Arm trug er Decken. Sie schloss die Augen wieder und hoffte, dass er sie für bewusstlos hielt. Sie war nicht lange weggetreten gewesen, aber Liza hatte nicht auf ihr Flüstern reagiert, und sie wusste nicht, ob in der Zwischenzeit etwas geschehen war. *Bitte sei nicht tot.*

Pierce trat hinter sie, dann tauchte er mit einer reglosen Liza in einer der Decken wieder auf und hievte sie sich über die Schulter, ohne Eve eines Blickes zu würdigen.

Wenn er so in Eile war, konnte es nur bedeuten, dass Noah bereits auf dem Weg war. Sie musste tun, was in ihrer Macht stand, um Pierce hier unten festzuhalten, so dass Noah ihn stellen konnte.

Pierce musste sie losbinden, um sie hinauszuschaffen. Sie konnte nur beten, dass er sie nicht wieder sedierte, denn dann konnte sie sich nicht gegen ihn wehren. Wenn er ihr nichts spritzte, hatte sie einen Sekundenbruchteil Zeit zum Handeln, sobald er sie losgebunden hatte.

Oben knallte eine Tür zu, und er kam wieder herunter. Seine Bewegungen waren langsam und schleppend, und sie erkannte, dass er müde war. Wahrscheinlich hatte er noch nie eine Person hinaufgetragen. Eve schloss die Augen und konzentrierte sich darauf, alle Glieder erschlaffen zu lassen. *Nicht die Nadel. Nimm nicht die Spritze.*

Sie hörte, wie er neben ihr stehen blieb. »Wach auf«, sagte er und ohrfeigte sie. Er beugte sich vor und legte ihr die Klinge an den Hals. »Entweder bist du bewusstlos oder verdammt gut. Mal sehen, wie gut du wirklich bist.«

25. Kapitel

Donnerstag, 25. Februar, 15.15 Uhr

Hast du überhaupt eine Ahnung, wohin du fährst?«, fragte Brock.

Sie waren auf dem Weg nach New Germany, und Noah dachte an nichts anderes, als dass er Eve dort finden konnte. Vielleicht war sie verletzt, vielleicht war sie … *Nein. Lass das sein. Du kannst darüber nicht nachdenken.*

Er warf seinem Cousin einen Blick zu. »Der Zwinger heißt Green Gables.«

»Kenne ich. Da werden Jagdhunde trainiert. Das Gelände ist riesig, Noah. Die haben Unmengen Land.«

»Olivia sagte, eine Frau in Ann Pierce' BMW hätte die Katze dort ausgesetzt. Nehmen wir an, dass es Ann Pierce *war* – warum hat sie das getan? Einfach nur so? Irgendwie muss sie ja darauf gekommen sein.«

»Vielleicht ist sie leidenschaftliche Jägerin«, sagte Brock. »Aber greifen wir deinen Gedankengang auf: Die Straße führt noch meilenweit geradeaus. Häuser befinden sich normalerweise am Ende von langen Zufahrtswegen. Habt ihr in den Grundbüchern Land gefunden, dass diesem Pierce gehört?«

»Nein. Das einzige Haus, das ihm offiziell gehört, bewohnt er mit seiner Frau.«

»Da rechts, da ist der Zwinger«, sagte Brock.

Noah warf einen Blick auf die Einfahrt und fuhr zügig weiter, als er Olivias Wagen davor geparkt sah.

»Da war jemand schneller«, bemerkte Brock.

»Ja. Ich will nicht, dass Olivia Ärger bekommt.«

»Aber allein schaffen wir das nicht, Noah. Die Gegend ist zu schwach besiedelt. Du brauchst ein Luftbild, um alle Häuser und Hütten zu finden. Du brauchst Suchtrupps und Hunde.«

»Ich weiß«, begann Noah, dann erhellte sich jedoch seine Miene, als er vor sich einen Wagen sah, der soeben abbremste. »Oder einen Briefträger.«

Der Briefträger hatte mit seinem Truck am Straßenrand angehalten und stopfte gerade Post in einen Briefkasten. Er sah überrascht auf, als Noah ausstieg und seine Polizeimarke zeigte. »Ich versuche, einen Anwohner zu finden. Wir denken, dass er uns bei einer Ermittlung weiterhelfen kann.«

»Ihr Gesicht kenne ich. Hier draußen gibt es viele, die die *MSP* abonniert haben.«

»Ich bin Detective Webster«, sagte Noah. »Ich suche nach einem Mann namens Pierce.«

Der alte Briefzusteller schüttelte den Kopf. »Ich kenne niemanden, der so heißt, tut mir leid.« Er setzte sich wieder in Bewegung, aber Noah streckte die Hand aus, als die Verzweiflung ihm die Kehle abzuschnüren drohte.

»Bitte warten Sie. Wenn Sie wissen, wer ich bin, dann müssen Sie auch wissen, was in den letzten Tagen geschehen ist.«

Der Briefträger nickte. »Sicher, ich lese Zeitung. Aber diesen Pierce kenne ich nicht.«

»Okay.« Noahs Gedanken rasten. Wenn Pierce sich Post an Irene Black schicken ließ, dann musste er auch ab und zu herkommen. Seine Frau kannte den Zwinger, also war sie auch schon hier gewesen. »Sie sagen, viele hier haben die *MSP* abonniert. Andere Zeitschriften? Was liefern Sie noch aus?«

Der Briefträger machte ein ernstes Gesicht. »Das darf ich Ihnen nicht sagen.«

Noah schloss kurz die Augen und kämpfte um seine Selbstbeherrschung. »Dieser Mann hat sechs Frauen getötet, wahrscheinlich mehr. Er hat zwei Frauen entführt, die vielleicht noch leben. Falls Sie mir helfen, dann sage ich niemandem, woher ich die Informationen hatte. Ich verspreche es. *Bitte.* Bitte helfen Sie mir.«

Der Briefträger sah einen Augenblick lang zur Seite. »Was für Zeitschriften sollen es denn sein?«

»Psychologie, Computerblätter, PC-Spiele.« Noah dachte scharf nach. Die Frau war Biologin. »Tiermagazine. Hunde, Katzen. Schlangen.«

Der Briefträger schüttelte den Kopf. »Mir ist nichts dergleichen aufgefallen. Aber viele Leute lassen ihre Sendungen an Postfächer schicken.«

Was Pierce natürlich getan hatte. *Verdammt.* Noah wollte sich abwenden, hielt aber wieder inne. Er war schon so weit gekommen. Es musste doch etwas geben … »Welche Art von Sendungen müssen Sie an die Wohnadressen ausliefern?«

»Päckchen und Pakete zum Beispiel. Die passen meist nicht in ein Postfach.«

Pakete. Noah stieß den Atem aus, der als weiße Wolke in der Luft hängen blieb … wie Sonntagnacht, als er Martha Brisbane betrachtet hatte. Er stellte sie sich wieder vor, sah sie in ihrem tief ausgeschnittenen, roten Kleid vor sich, die roten, hohen Schuhe unter ihren Füßen am Boden.

Kleid, Schuhe … immer waren es die gleichen gewesen. Der gleiche Schnitt, das gleiche Design, nur andere Größen. Bei einem Online-Shop bestellt, wie Micki vor ein paar Tagen gesagt hatte.

»Und was ist mit Paketen aus dem *Fashion Club?* Es muss ein paar Wochen her sein. Wahrscheinlich waren Kleider und Schuhe drin.«

Der Briefträger blieb wie angewurzelt stehen. »Hoher Absatz? Rote Schuhe?«

Noah nickte und versuchte, ruhig zu bleiben. »Ja.«

»Ich ließ den Karton auf der Veranda stehen. Ein paar Tage später brachte ich wieder ein Paket an dieselbe Adresse. Der Karton stand noch immer da, am Verandaboden festgefroren, weil die Pappe vom Schnee durchweicht war. Als ich ihn anheben wollte, fiel er auseinander. Es waren Schuhkartons drin, und in allen waren rote Schuhe mit Bleistiftabsatz. Ich nahm an, dass sie für eine Tanzgruppe bestellt worden waren. Die haben doch immer alle das Gleiche an.«

Noah rauschte das Blut in den Ohren. »Wohin haben Sie die Kartons gebracht?«

»Ungefähr zwei Meilen die Straße dort entlang. Ich zeichne es Ihnen auf.«

Zwei Minuten später sprang Noah in den Wagen und warf die Tür zu, während er gleichzeitig aufs Gas drückte.

»Du weiß also, wohin wir müssen?«, fragte Brock.

»Das hoffe ich.« Er drückte die Wahlwiederholung, und Olivia nahm beim ersten Klingeln ab.

Und sie schäumte. »Du ... du hast mich angelogen. Du hast mir versprochen, dass du auf dem Präsidium bleibst.«

»Ich hab ihn gefunden«, unterbrach er ihre gerechtfertigte Schimpftirade. Er gab ihr die Adresse, die der Briefträger ihm aufgezeichnet hatte, als auch schon die Straße in Sicht kam. »Ich fahre jetzt hin. Hol Verstärkung.«

»No ...«

Noah klappte das Handy zu und reichte es Brock. »Wenn sie wieder anruft, gehst du ran.«

Brock warf ihm einen entnervten Blick zu. »Dafür schmeißen sie dich raus.«

»Nicht, wenn ich es schaffe.« Er dachte an Eve und Liza und jede Frau, die Pierce an ihrer Schlafzimmerdecke aufgeknüpft hatte. An Virginias leere Augenhöhlen. »Wenn ich es nicht schaffe, ist nichts mehr wichtig.«

Donnerstag, 25. Februar, 15.15 Uhr

Hab keine Angst. Zuck nicht zusammen. Selbst wenn es weh tut. Sie roch das Metall der Klinge, hörte, wie sie über ihre Haut schabte. Über die Narbe an ihrer Wange, wie sie plötzlich begriff. Die Wange, die sie seit sechs Jahren nicht mehr spürte. Sie roch ihr eigenes Blut. Und wusste, dass er sie geritzt hatte.

Panik stieg in ihr auf, aber sie unterdrückte sie. Wie tief hatte er geschnitten? *Egal, egal.* Noah hatte sie schon wahrgenommen, bevor der plastische Chirurg sein Werk geleistet hatte. Und wenn es ihm doch etwas ausmachte ... *Wenn ich dann noch am Leben bin und mir darüber Sorgen machen kann, dann habe ich keinen Grund zu jammern.*

Pierce grunzte, endlich überzeugt. »Also gut«, flüsterte er. »Du bist wirklich bewusstlos.«

Sie konzentrierte sich darauf, gleichmäßig zu atmen, als er das Seil durchschnitt, mit dem ihre Arme ans Bett gefesselt gewesen waren. Die Handgelenke waren noch immer zusammengebunden. *Verdammt. Meine Hände sind nicht frei.*

Er nahm ihre Hände, führte sie über den Kopf und legte sie ihr auf den Bauch. Und wartete. *Er beobachtete mich. Wartet.* Sie atmete ruhig weiter. Hielt die Augen geschlossen.

Noah ließ den Wagen lautlos ausrollen, bis er schräg vor der offenen Garage hielt. Darin standen der Lincoln Navigator, ein schwarzer BMW und ein brauner Civic, dessen Kofferraum offen stand.

Mit heftig hämmerndem Herzen zog er die Waffe, stieg aus und bewegte sich behutsam auf die Wagen zu. Brock folgte ihm. Im Kofferraum lag eine Gestalt in eine Decke eingewickelt. *Sei Eve. Und bitte sei am Leben.* Er zog die Decke zurück und stieß den Atem aus. Das Mädchen, das er am Vorabend in Tom Hunters Begleitung gesehen hatte. Es war

nackt, gefesselt und geknebelt und starrte verzweifelt zu ihm auf. Die Haut wurde vor Kälte bereits bläulich.
Er zog vorsichtig das Klebeband von ihrem Mund. »Schnell«, flüsterte sie mit klappernden Zähnen. »Eve ist im Keller. Er hat ein Messer.«
Noah zog ihr die Decke bis zum Kinn und streifte seinen Mantel ab, um sie darin einzuwickeln. Bei den Temperaturen konnte sie leicht erfrieren. »Wie viele Türen führen zum Keller?«
»Nur eine. In der Küche.«
»Bleib bei ihr«, sagte er zu Brock und rannte bereits los, ohne auf den eindringlichen Befehl seines Cousins zu hören, er solle auf Verstärkung warten. Das Haus wirkte menschenleer, aber der Fernseher lief. Es war ein Nachrichtensender eingestellt: Abbott hatte gerade seine Pressekonferenz beendet.
Er konnte also davon ausgehen, dass Pierce wusste, dass er ein gesuchter Mann war. Er konnte davon ausgehen, dass Pierce alles tun würde, um sich zu retten, denn er hatte nichts mehr zu verlieren. Noah hatte die Tür zum Keller erreicht, als er ein fürchterliches Krachen hörte. Es klang, als sei eine Wand eingestürzt. Er rannte los.

Eve setzte sich schwer atmend auf und blinzelte, um klarer sehen zu können. Ihr Bein schmerzte, aber was sie sah, war viel besser, als sie gehofft hatte. Wenn das nicht eine echte Ironie des Schicksals war! Die beiden Regale, auf denen die Schuhe gestanden hatten, waren umgekippt. Sie hatte gewartet, bis Pierce sich über sie gebeugt hatte, um ihr die Fußfesseln zu durchtrennen, war dann die Liege herabgerutscht, bis sie die Knie anziehen konnte, und hatte ihn mit voller Wucht gegen die Brust getreten. Derart überrumpelt war er rückwärts gegen die Wand geprallt und hatte die gesamte Konstruktion der miteinander verbundenen Regale heruntergerissen.
Eins der hölzernen Bretter hatte seinen Schädel getroffen, und er war augenscheinlich bewusstlos. Lediglich seine Füße rag-

ten unter den Regalteilen und Schuhen hervor. Eve musste absurderweise an die gestreiften Strümpfe der bösen Hexe aus dem *Zauberer von Oz* denken.

»Eve!«

Benommen blickte Eve die Treppe hoch. Der Raum um sie herum schwankte. Noah kam, immer vier Stufen auf einmal nehmend, die Treppe hinuntergestürmt. Und dann war er an ihrer Seite, leichenblass, und steckte die Waffe zurück ins Holster. *Weißer Ritter,* dachte sie, als er das Messer vom Boden aufhob und den Strick um ihre Füße durchtrennen wollte. Dann sah sie eine Bewegung hinter ihm und schrie heiser: »Noah!«

Pierce hatte sich aufgerappelt und rannte auf die Treppe zu. Mit zwei Schritten war Noah bei ihm. Eve hörte ein scheußliches Knirschen, als Metall auf Knochen traf. Noah ging in die Knie, während Pierce, der mit beiden Händen eine Schaufel gepackt hielt, auf ihn herabsah.

Pierce schwang die Schaufel erneut, doch Noah wich aus, und der Hieb traf nur seine Schulter. Er duckte sich, warf sich gegen Pierce' Beine und riss ihn zu Boden.

Noah stützte sich auf Hände und Knie auf und blinzelte mehrmals. Pierce kroch hastig rückwärts über den Boden. Noah holte aus, rammte Pierce die Faust ins Gesicht und spürte zufrieden, wie der Knorpel in der Nase nachgab. Doch Pierce rollte sich herum, kam wieder auf die Füße und hielt plötzlich eine Waffe in der Hand. Noah blickte in den schallgedämpften Lauf einer P22.

»Hände vor«, sagte Pierce. »Ich will sie sehen.«

Noah streckte die Hände aus. Seine eigene Waffe lag ungefähr einen Meter entfernt auf dem Boden. Sie war ihm aus der Hand geglitten, als die Schaufel ihn erwischt hatte. Ruhig sah er Pierce an und wartete auf den richtigen Moment.

»Genau so wollte ich es immer haben«, sagte Pierce mit einem höhnischen Lächeln. Das Blut floss rasch aus seiner Nase, aber

das schien ihn nicht zu stören. »Du liegst auf den Knien, bist mir ausgeliefert und musst zu mir aufblicken.«
Noah atmete angestrengt. In seinen Ohren dröhnte noch der Hieb des Schaufelblatts. »Das ganze Haus ist von Polizei umstellt. Wenn Sie mich töten, rettet Sie das auch nicht.«
»Aber ich habe dich trotzdem getötet«, sagte Pierce mit plötzlicher Ruhe. »Und ich habe eine Geisel.«
Noah glaubte nicht, dass ihm jemals eine zutreffende Beschreibung des Ausdrucks von Carleton Pierce' Gesicht, den dieses gerade annahm, gelingen würde. Es war eine Mischung aus Überraschung und … Verärgerung. Noah nutzte den Moment, warf sich gegen ihn und wand dem Mann die Waffe aus der Hand, aber er brauchte nicht mehr viel Kraft anzuwenden. Pierce sackte auf die Knie und fiel mit dem Gesicht nach vorn zu Boden, und Eve fiel mit ihm. Ihre Hände waren noch immer gefesselt und sie trug nichts als eine Miene immenser Befriedigung am Leib. Ihre linke Hand umklammerte das Messer, das aus Pierce' Rücken ragte. Eine dunkle Pfütze breitete sich auf seinem hellen Mantel aus.
»Nein. Du hast keine Geisel«, sagte sie und hob den Blick. »Ist alles in Ordnung mit dir?«
Noah kroch zu ihr und untersuchte sie hastig nach Verletzungen. »Ja, sicher. Was hat er dir angetan?«
»Ich weiß es nicht«, sagte sie tonlos. »Was hat er mir angetan?«
»Er hat dich geschlagen. Oh, Eve.« Sie sah aus wie Brock in der Nacht von Sonntag auf Montag.
Sie umklammerte ungeschickt seinen Arm. »Mein Gesicht. Ist es zerschnitten?«
Noah wischte ihr das Blut von der Wange. »Nur ein Kratzer. Der wird verheilen, ohne dass etwas zurückbleibt.« Und endlich nahm er den Berg aus Schuhen wahr. »O mein Gott. Micki hat recht gehabt. Die Schuhe.«
Eve blinzelte. »Er hat all die Frauen, denen die Schuhe gehört haben, umgebracht. Sie liegen … unter uns.«

Was meinte sie damit? Nun, damit musste er sich später auseinandersetzen, denn Eve wies alle Anzeichen eines Schocks auf. Er versuchte aufzustehen, gab aber wieder auf, als sich alles um ihn herum zu drehen begann. Stattdessen kroch er zum Bett, nahm eine Decke herunter, wickelte Eve darin ein, zog sie auf seinen Schoß und hielt sie fest. »Du bist eiskalt.«

Sie starrte auf das Messer, das aus Pierce' Rücken ragte. »Habe ich ihn umgebracht?«

»Ich hoffe es«, sagte er.

In diesem Moment kam Olivia die Treppe hinunter. Beim Anblick des Kellerraums blieb sie wie angewurzelt stehen. »Ach du Schande«, murmelte sie. Sie hockte sich neben Pierce und legte ihm zwei Finger an den Hals. »Er lebt noch, aber sein Puls ist schwach.« Sie nahm ihr Funkgerät vom Gürtel, gab Entwarnung und forderte drei weitere Tragen an, dann ging sie neben Noah in die Hocke und griff nach Eve. »Lass sie los, Web.«

Noah schüttelte den Kopf, und der Raum begann sich erneut zu drehen.

»Noah«, sagte sie sanft, »du hast ein Loch im Hinterkopf und blutest heftig. In drei Minuten liegst du hier flach auf dem Boden, ohne dass jemand dich ausknocken muss. Lass sie los, damit ich die Stricke abschneiden kann.«

Widerstrebend gehorchte Noah. Olivia löste sämtliche Fesseln von Eves Gelenken, als auch schon die Rettungssanitäter die Treppe hinunterpolterten. Eve sah Noah in die Augen, während die Ärzte sie auf die Trage hievten. »Er hat auch seine Frau umgebracht. Sie ist hier, in einer Grube. Und da sind noch mehr. Auch Jeremy Lyons.«

Ein zweiter Sanitäter hob Noah auf eine Trage. »Moment.« Trotz seiner verschwommenen Sicht hatte er den Griff im Beton entdeckt. »Olivia. Schieb die Platte beiseite.«

Olivia zerrte an dem Griff und würgte, als die Betonplatte zurückglitt. »O mein Gott.« Sie presste sich eine Hand auf den Mund und blickte hinab in das Loch. »Ich kann seine Frau sehen. Ann Pierce.«

Eine Männerhand ragte heraus. »Jeremy Lyons«, flüsterte Noah. »Kane hatte recht. Und Micki auch.«

Olivia zog die Platte wieder über die Grube. »Das kannst du ihnen selbst sagen, wenn man dir deinen Dickschädel zugetackert hat. Sie können ihn jetzt mitnehmen«, wies sie die Sanitäter an. »Und lassen Sie sich auf keine Diskussion ein.«

Noah ließ sich von einem der Männer auf die Seite rollen, damit man seinen Kopf notdürftig verarzten konnte. »Tun Sie mir einen Gefallen.«

»In der Ambulanz wird man Ihnen eine Betäubung geben, bevor die Wunde genäht wird.«

»Nein.« Noah deutete auf Pierce, der nur noch schwach atmete. »Fahren Sie mit ihm ruhig schön langsam.«

Donnerstag, 25. Februar, 18.15 Uhr

»Oh, Eve.«

Eve drehte sich in ihrem Krankenhausbett um und sah Callie im Türrahmen stehen. Ihr Gesicht verriet Entsetzen. »Du solltest mal den anderen Kerl sehen«, versuchte sie zu scherzen, aber ihre Stimme war immer noch heiser.

»Das wollten wir«, entgegnete Callie absolut ernst. »Aber man hat uns nicht ins Leichenschauhaus vorgelassen. Sal wollte sich vergewissern, dass er wirklich tot ist, aber der Leichenbeschauer hat gesagt, wir müssten ihm wohl oder übel glauben. Das hast du gut gemacht, Kleines.«

Carleton Pierce war bereits tot gewesen, als der Hubschrauber auf dem Dach des Krankenhauses gelandet war. »Ich habe keine Schuldgefühle«, murmelte Eve. »Das sollte ich wohl, habe ich aber nicht. Ich fühle mich sogar verdammt gut.«

Callie setzte sich behutsam auf die Bettkante. »Und dazu hast du jedes Recht dieser Welt. Wo ist Noah?«
»Am Telefon.« Sie lächelte zaghaft. Ihr Gesicht schmerzte noch immer von Pierce' Hieben. Und der Schnittwunde. Sie schauderte und zwang sich, an schöne Dinge zu denken. »Jack ist aufgewacht. Er hat sofort nach Noah gefragt. Sie reden gerade miteinander.«
Callie drückte ihre Hand. »Das ist gut. Vielleicht wird Jack sich ja jetzt etwas zusammenreißen. Hör zu, draußen wartet ein Haufen Leute auf dich. Meinst du, du kannst schon Besuch empfangen?«
Eve hob die Hand unwillkürlich zu ihrem Hals. Pierce hatte das Lederband abgeschnitten, das eine immer noch scheußliche Narbe verbarg. Aber dann zuckte sie mit den Schultern. »Was soll's. Lass sie rein.«
»Ich war bei dir zu Hause, habe dir ein paar saubere Sachen, einen Bademantel und das hier mitgebracht.« Callie griff in ihre Tasche und holte ein anderes Lederband hervor.
Eves Augen brannten. »Danke. Dass du gewusst hast, wie wichtig mir das ist.«
»Jetzt heul bloß nicht, sonst fange ich auch wieder an.« Eifrig half sie Eve in den Bademantel und legte ihr das Lederband um den Hals. »Sal läuft draußen wahrscheinlich schon die Wände hoch. Er hat extra die Bar zugemacht, um als Erster hier sein zu können. Ich durfte bloß zuerst zu dir, damit ich dich ein bisschen herrichten kann. Die Bar war fast wie eine Zentrale, und er hat allen Mut gemacht und sich rührend um deine Freunde aus Chicago gekümmert.« Sie senkte die Stimme. »Aber als dann endlich die Nachricht kam, dass du am Leben bist, ist er zusammengeklappt und hat geheult wie ein Baby. Und Jeff Betz auch.«
Eve schniefte. »Wie lieb.«
»Deine Freunde aus Chicago wollten unbedingt hier sein, wenn du wieder zu dir kommst, also hat Jeff sie im Strei-

fenwagen mit Blaulicht und Sirene ins Krankenhaus gefahren.«

»Ich habe zuerst in Davids Gesicht geblickt, als ich aus dem OP kam.« Eve zog eine Grimasse. »David ist offenbar immer der Erste, den ich sehe, wenn ich von einem Irren angegriffen wurde.« Aber sie war so unglaublich erleichtert gewesen. Max und Tom hatten auf der anderen Seite des Bettes gestanden. Ihre Familie war gekommen.

»Ich würde sagen, es hätte schlimmer kommen können«, bemerkte Callie trocken. »Davids Gesicht wäre durchaus eines, das ich mir aussuchen würde, wenn ich die Wahl hätte. Okay – bist du so weit?«

Eve holte tief Luft. »Ja. Lass sie rein.« Sie hatte die Worte kaum ausgesprochen, als Sal auch schon hereinplatzte und seine Arme um sie schlang. Sie spürte, wie er bebte, und erkannte plötzlich, dass er weinte. Und die Tränen, die sie bisher mühsam zurückgehalten hatte, brachen sich endlich Bahn. »Mir geht's gut«, schluchzte sie und tätschelte seinen Rücken. »Wirklich gut.«

Er nickte, ohne seine Umarmung zu lösen. »Tu mir das bloß nie wieder an«, knurrte er. Dann ließ er sie los und wischte sich die Tränen ab, ohne sich darum zu kümmern, ob es jemand sah oder nicht.

Callie verteilte Taschentücher. »Sonst wirft er dich raus. Das hat er während der Fahrt hierher mindestens sechsmal gesagt.«

Sal warf ihr einen bösen Blick zu. »Ich war aufgewühlt.«

Eve tätschelte seine Wange. »Du bist wirklich sehr lieb«, sagte sie, »aber absolut nicht geschäftstüchtig. Du kannst doch die Bar nicht einfach zumachen. Heute Abend findet ein Spiel statt.«

»Es wäre sowieso keiner gekommen«, sagte Noah. Er stand an der Tür, und wie immer verschlug es ihr bei seinem Anblick den Atem. Es spielte keine Rolle, in welcher Art Türrahmen er stand, der Effekt schien immer derselbe zu sein. »Ich habe den Eindruck, dass sich alle Stammgäste unten versammelt haben.«

Sal wandte sich um, betrachtete Noah einen Moment, dann wandte er sich wieder Eve zu und lächelte zufrieden. »Du nimmst die Flasche am Sonntag also doch mit zu Trina?«

Sie begegnete Noahs Blick und las darin alles, was sie sich je gewünscht hatte. »Ich schätze ja.« Mühsam stemmte sie sich hoch. »Und was ist jetzt mit den anderen Gästen? Hoffentlich hat mir jemand Blumen mitgebracht. Seit meiner letzten Entführung hat mir niemand mehr Blumen geschenkt!«

Donnerstag, 25. Februar, 20.30 Uhr

Olivia legte dankbar die Hände um den Kaffeebecher, den Kane ihr aus dem Automaten im Warteraum des Krankenhauses gezogen hatte. »Danke. Den habe ich nötig.«

»Du solltest nach Hause gehen«, sagte er.

»Tue ich auch. Ich will nur vorher nach Liza und Eve sehen.«

»Ist Micki noch am Tatort?«

Pierce' Keller mit der Grube war eine höllische Entdeckung gewesen, die sich für ewig in ihre Erinnerung gegraben hatte. »Ja. Sie wird dort wahrscheinlich noch ein paar Tage zu tun haben. Aber wenn es dir nichts ausmacht, würde ich jetzt lieber nicht darüber reden.«

»Okay.« Und typisch für Kane verstummte er und wartete, bis sie wieder zu sprechen bereit war.

»Ich habe das Sozialamt angerufen«, sagte sie schließlich. »Sie haben einen guten Platz für Liza gefunden.«

»Sehr gut.«

Sie sah zur Seite, den Tränen gefährlich nah. »Kane. Die Leichen in der Grube … das war entsetzlich!«

Er strich ihr mit seiner großen Hand unbeholfen übers Haar.

»Gehen wir die beiden besuchen, dann fahre ich dich nach Hause.«
»Du bist ein Schatz und ein großartiger Chauffeur, aber auch dich hat man heute niedergeschlagen, schon vergessen? Ich komme allein klar, aber danke.« Sie sog die Luft ein. »Okay, gehen wir.«
Sie betraten Liza Barkleys Krankenzimmer. Das Mädchen war wach und starrte vor sich hin. Es konnte sich an alles erinnern, das wusste Olivia, und die Bilder würden es sein Leben lang verfolgen. Liza hatte überlebt, aber ihre Schwester nicht, und vor ihr lag ein langer, einsamer Weg.
Tom saß an ihrer Seite. Er schwieg und berührte sie nicht, war einfach da. Als Kane und Olivia eintraten, erhob er sich. »Ich war eben bei Eve. Ihr Krankenzimmer ist überfüllt.«
Und Liza war ganz allein. Olivia trat an ihr Bett und berührte sie an der Schulter. »Du wirst morgen entlassen. Ich habe einen Platz in einer Pflegefamilie für dich gefunden. Das Haus wird von einer Freundin von mir geführt, und sie wird sich gut um dich kümmern.«
Liza blickte auf. Ihre Augen waren wie tot. »Danke«, murmelte sie, »für alles.«
Olivia begegnete Toms Blick, sah seine Hilflosigkeit und wusste, wie er sich fühlte. »Ihr beiden habt meine Nummer. Ruft mich an, wann immer es nötig ist. Schlaf jetzt ein bisschen. Ich komme morgen wieder, wenn du entlassen wirst.«
Olivia war schon an der Tür, als Liza sie zurückhielt. »Detective. Lebt er noch?«
Das war vielleicht der einzige Lichtblick für sie. »Nein.«
Lizas Augen schienen zu glühen, aber ihre Stimme blieb ruhig. »Haben Sie meine Schwester gefunden?«
»Ja.« Sie konnte sie noch vor ihrem inneren Auge sehen. Wahrscheinlich für immer und ewig.
Liza nickte. »Ich verstehe.«

»Ihr zwei habt gute Arbeit geleistet. Ohne das Kennzeichen hätten wir ihn vielleicht nicht rechtzeitig gefunden. Versuch ein wenig zu schlafen. Tom, wir sehen uns später.«
Draußen sank sie gegen die Wand und schauderte.
»Von ihrer Schwester war nicht mehr viel übrig, stimmt's?«, fragte Kane leise.
»Nein«, erwiderte Olivia. »Nur noch Knochen.«
»Jennie wartet unten auf mich.« Jennie war Kanes Frau. »Du kommst mit zu uns nach Hause.« Als sie protestieren wollte, hielt er abwehrend eine Hand hoch. »Ich will nicht, dass du heute Nacht allein bist, Liv. Ich trage dich hier raus, wenn es sein muss.«
Schließlich nickte Olivia. Sie war müde, und tatsächlich war der Gedanke, heute Nacht allein zu sein, nicht verlockend. »Lass uns noch schnell bei Eve vorbeigehen. Ich beeile mich, versprochen.«

Donnerstag, 25. Februar, 20.45 Uhr

Sie waren alle gekommen, dachte Eve, noch immer ein wenig benommen. Eben noch waren Noah und sie allein im Krankenzimmer gewesen. Er trug einen dicken Verband um den Kopf, sie lag im Bett, das Bein mit der genähten Schusswunde hochgelagert auf einem dicken Polster.
Und dann waren die Horden eingefallen. *Meine Familie.* Dana und Ethan, Caroline und Max, Mia und ihr Mann Reed. David hatte sie angerufen, und sie hatten sich augenblicklich auf den Weg gemacht. Sie waren laut und voller Freude, dass alles gut ausgegangen war, und sie waren da.
Meine Familie. Die Tränen kamen erneut, aber das war nicht schlimm, weil eigentlich jeder geweint hatte. Dana hatte sich hochschwanger neben sie aufs Bett plumpsen lassen und sie umarmt, als wolle sie sie nie wieder loslassen, während alle

anderen Noah beäugt hatten, als stamme er von einem fremden Planeten ab.
Und dann ging ein weiterer Begrüßungssturm durch die Menge, als Olivia eintrat. Mit aufgesetzter Fröhlichkeit verkündete sie, dass sie nur nach der Patientin sehen wollte, blieb dann aber wie angewurzelt stehen, als sie Mia am Fenster sah. »Ich wusste nicht, dass du auch hier bist«, murmelte Olivia, und dann war es mit ihrer Beherrschung vorbei. Sie brach in Tränen aus und wollte fliehen, prallte aber gegen eine Mauer namens Kane.
Mia trat auf sie zu und schlang die Arme um sie. »Ich wollte dich nicht noch zusätzlich ablenken«, murmelte sie. Da Mia selbst Detective war, wusste sie, unter welchem Druck ihre Schwester gestanden hatte. Sie musste erst Eve und Liza finden, bevor es zu spät war, und dann aufräumen, was Pierce hinterlassen hatte.
»Komm«, sagte Mia zu ihrer Schwester. »Reed wird uns zum Hotel fahren – da gibt's heiße Schokolade. Alles wird wieder gut.« Mia und Kane sahen sich an und nickten einander zu. »Danke, Kane. Wir übernehmen jetzt.« Sie warf Eve einen Blick zu. »Und du siehst zu, dass du in Zukunft weniger Ärger machst, okay?«
Eve sah ihnen mit einem Seufzen hinterher. Sie wusste, dass Mia nicht nur ihretwegen, sondern auch wegen Olivia hergekommen war, und genau so sollte es sein.
»Mia wird die richtigen Worte finden. Ich kann mir gar nicht vorstellen …« *Ich* will *mir gar nicht vorstellen, wie es in der Grube ausgesehen hat.*
Dana, die immer noch neben ihr war, drückte sie erneut. »Du bist hier und am Leben.«
»Und du hast ShadowCo gehackt.« Ethan tat, als wischte er sich eine Träne aus dem Augenwinkel. »Ich bin so stolz auf dich. Ich rufe am Montag an und erkläre ihnen, dass sie eine ernsthafte Sicherheitslücke haben.«

»Dann will ich aber die Hälfte des Geldes, das sie dir für das Beheben zahlen.«
»Ein Drittel«, sagte Ethan. »Okay, die Hälfte«, verbesserte er sich, als Dana ihm den Ellbogen in die Seite rammte.
»Du hast sie doch dazu verführt, diese kriminelle Karriere einzuschlagen«, warf Caroline ihm vor, aber es gelang ihr nicht, empört zu klingen.
Max schnaubte. »Daran seid ihr doch *alle* schuld, ihr mit euren heimlichen Aktivitäten. Ihr bewegt euch permanent in einer Grauzone und drängt allen eure Hilfe auf, ob sie sie nun wollen oder nicht. Und wo wir gerade bei heimlichen Aktivitäten sind – wo steckt Tom eigentlich?«
»Er ist bei Liza«, sagte Eve, und alle wurden wieder ernst. »Das arme Ding. Ich wünschte bloß ...«
Dana legte ihren Kopf an Eves Schulter. »Wir werden alle für sie da sein.«
Wie Dana damals für sie. »Ich weiß.«
Caroline stand auf. »Wir verschwinden jetzt, aber wir kommen morgen wieder. Wir haben mehrere Zimmer im Hotel gebucht, das in der Nähe deiner Wohnung liegt. Wenn du entlassen wirst, feiern wir Danas Babyparty, aber dann müssen wir zurück.« Sie warf Max einen Blick zu. »Deine Mutter wird mit all den Kindern wahrscheinlich wahnsinnig.«
Mit Carolines und Danas Kleinen, Danas Pflegekindern und Mias adoptiertem Sohn hatte die Mutter von Max und David zehn Kinder in ihrer Obhut. Eine wahre Plage! Eve musste grinsen.
»Ach was, Mom macht es gern«, sagte Max. »Lass dir von ihr nichts einreden.« Er beugte sich herab und küsste Eve auf die Stirn. »Es wäre wahrscheinlich böse zu sagen, ›Aller guten Dinge sind drei‹, aber ich finde, du hast jetzt genug Unfug gemacht. Lass dich nicht noch einmal entführen, okay?«
Eve lachte leise. »Ich gebe mir Mühe, glaub mir.«

Freitag, 26. Februar, 15.00 Uhr

»Der wahre Carleton Pierce war ein armer Bursche aus einer Kleinstadt in Colorado«, sagte Abbott, als sie sich alle um seinen Tisch versammelt hatten. Olivia und Kane waren da, Micki und Ian. Und Eve. Sie saß neben Noah und hörte zu, wie jeder seinen Teil zu der Geschichte beitrug und sich das Bild vervollständigte.

Der Einzige, der fehlte, war Jack. Niemand konnte mit Sicherheit sagen, wann er wieder zur Arbeit kommen würde. Aber er lebte, und das war im Augenblick alles, was zählte.

Dell Farmer war des Mordes an Katie Dobbs, Harvey Farmer Sr. und Kurt Buckland angeklagt, außerdem des versuchten Mordes an Jack Phelps. Die *MSP* hatte angekündigt, einen zweiten Artikel zu schreiben, um sicherzustellen, dass jeder die Wahrheit erfuhr.

Noah hatte nicht vor, ein Exemplar davon zu kaufen.

Im vergangenen Monat hatte Pierce für seine »Mission« sechs Frauen und vier weitere Personen getötet, um seine Spuren zu verwischen: Ann Pierce, Jeremy Lyons und die Bolyards. Und dann waren da noch all die anderen Frauen in der Grube, aber Noah verdrängte den Gedanken an sie. Im Moment wollte er nur hören, was sich in den vergangenen vierundzwanzig Stunden ereignet hatte.

»Der echte Carleton Pierce machte seinen Abschluss an der Highschool im Frühjahr, nachdem Eddie Black seine Mutter getötet hatte«, fuhr Abbott fort. »Seine ursprüngliche Adresse findet sich auf der Kopie eines Briefs, mit dem die Universität ihm die Aufnahme bestätigt hatte. Die Eltern des echten Carleton waren bei einem Autounfall gestorben. Eine Familie aus seinem Ort nahm ihn auf, und die Stadt zahlte den Unterhalt. Er gab sich besondere Mühe in der Schule, machte seinen Abschluss als Jahrgangsbester und bekam ein Vollstipendium. Die Stadt kaufte ihm einen Gebrauchtwagen, feierte seinen Abschied und ließ ihn ziehen, um ihn nie wiederzusehen.«

»Er schickte einen Dankesbrief«, übernahm Kane, »und Weihnachtskarten. Aber er kam nie zu Besuch. Seine alte Highschool hat uns die Fotos aus dem Jahrbuch gefaxt. Er sieht ganz und gar nicht aus wie der, den wir kennen.«

»Und was ist mit ihm geschehen?«, fragte Ian.

»Wer weiß?«, sagte Noah. »Aber wie wir Eddie Black kennengelernt haben, lebt er nicht mehr.«

»Wir haben eine Kugel im Schädel seiner Frau gefunden«, sagte Ian. »Dieselbe Waffe wie die, mit der Lyons und die Bolyards getötet worden sind.«

Er sah zu Eve. »Die Kugel aus deinem Bein stammt auch daraus.«

Noah musste auch dieses Bild verdrängen. Eve ging es gut, aber es war verdammt knapp gewesen.

»Wir konnten uns ganz gut zusammenreimen, was mit Ann Pierce geschehen ist«, sagte Noah. Er hatte am Morgen mit ihrem Arbeitgeber gesprochen. »Sie hatte sich Geld von einer Arbeitskollegin geborgt, mit der sie befreundet war, um den Flug nach L. A. zu buchen, den sie dann nicht mehr angetreten ist. Anscheinend hatte sie dort Freunde, von denen Carleton nichts wusste. Wir gehen davon aus, dass sie die Katze ausgesetzt hat, damit sie nicht allein im Haus blieb. Wahrscheinlich hat sie vorgehabt, Pierce selbst zu töten.«

»Wir haben nämlich in ihrem Schlafzimmerschrank eine andere Pistole gefunden, auf der ihre Fingerabdrücke waren«, fügte Micki hinzu. »Wir glauben, dass sie herausgefunden hat, was Carleton tat, und ihn erschießen wollte.«

»Aber eins verstehe ich nicht«, sagte Ian. »Warum hat er ausgerechnet die Katze behalten?«

»Pierce hat sich Andenken mitgenommen«, sagte Micki. Sie war blass und wirkte vollkommen erschöpft. Sie waren mit dem Keller noch nicht einmal annähernd fertig. »Schuhe, Führerscheine, Brieftaschen, Handys. Die Katze sollte wohl ein besonderes Souvenir dieser Mordserie sein.«

Abbott seufzte. »Wir haben drei Dutzend Schuhpaare im Keller gefunden. Aus den Führerscheinen lässt sich ersehen, dass er von Chicago bis Omaha Jagd auf Frauen gemacht hat. Bei einigen Prostituiertenmorden, für die er selbst verantwortlich war, wurde er von der Polizei als psychologischer Berater eingesetzt. Brian Ramsey rauft sich die Haare. Unschuldige Männer im Gefängnis. Jeder Fall, an dem Pierce beteiligt war, wird in Berufung gehen. Damit haben wir alle noch sehr, sehr lange zu tun.«

»Aber wir werden dadurch ein paar alte Fälle abschließen können«, murmelte Noah. »Zum Beispiel das Verschwinden von Roger Eames vor zwanzig Jahren. Er war ein ungelernter Arbeiter, der Gelegenheitsjobs übernahm. Wir haben seinen Führerschein ziemlich weit unten in Pierce' Schublade gefunden.«

»Und seine Arbeiterstiefel in dem Schuhhaufen, der sich auf dem Kellerboden auftürmte«, fügte Olivia matt hinzu. »An den Schnürsenkeln waren Zementreste nachzuweisen. Wahrscheinlich hat Roger Eames das Loch im Boden ausgehoben.«

»Das Haus war auf Eames' Namen eingetragen«, sagte Abbott. »Wir hätten es niemals über den Grundbucheintrag finden können.«

»Wie hat Pierce nun von Ihrer Studie erfahren, Eve?«, fragte Ian.

»Als bei Donner Krebs diagnostiziert wurde, empfahl sein Arzt ihm einige Therapeuten«, erzählte Eve. Sie hatte am Morgen mit Donners Frau und seiner Mutter gesprochen, um zu erfahren, wie ihre Arbeit an der Universität so aus dem Ruder hatte laufen können. »Auf der Liste stand auch Pierce. Im Lauf der Sitzungen erzählte Donner von der Studie und erwähnte, dass er einen unabhängigen Berater brauchte. Pierce war fasziniert und bot an, diese Funktion zu übernehmen.«

»Sobald Pierce begriffen hatte, dass uns die Teilnehmerliste zur Verfügung stand«, fügte Noah hinzu, »war ihm klar, dass Jeremy Lyons verschwinden musste. Je schlimmer es mit Donners Krankheit wurde, umso mehr Verantwortung gab er an Lyons weiter.«

»Wir haben Lyons' Laptop in Pierce' Haus in New Germany gefunden«, sagte Micki. »Er hat Pierce eine E-Mail mit der Liste als Anhang geschickt. Die Computer der Opfer sind übrigens auch dort.«

»Martha nutzte ihren Barhocker im Ninth Circle, um Kunden für Siren Song zu ködern.« Nun war wieder Abbott an der Reihe. »Wir sind allerdings nicht sicher, ob sie so tief in diese Welt eintauchte, um ihr Telefonsex-Geschäft zu fördern, oder ob sie damit anfing, damit sie den PC praktisch nicht mehr verlassen musste. Ihre Hauptarbeitszeit lag in den Stunden, in denen die anderen Opfer ermordet wurden, was wahrscheinlich der Grund dafür war, warum sie sich so viel früher mit Pierce verabredete als die anderen.«

»Was sich als wichtig erwiesen hat«, sagte Micki und zog die Brauen hoch.

»Wie die Katze und die Schuhe«, gab Noah zu. »Du hattest recht. Und Kane, du hattest auch recht, was Jeremy anging. Pierce hat sein Telefon benutzt, um die SMS und die zweite Nachricht an Eve zu schicken. Und das praktisch direkt vor Abbotts Nase. Damit hat er uns den Mittelfinger gezeigt.«

»Genau wie mit Dasich«, fügte Eve hinzu. *»Das Ich.* Ich kann nicht fassen, dass ich das nicht begriffen habe. Alle Namen meiner Avatare haben eine besondere Bedeutung. Auf die anderen habe ich nie geachtet.«

»Im Nachhinein ist man immer schlauer«, sagte Abbott. »Das gilt wohl für uns alle. Wir haben uns auch Pierce' Computer angesehen. Er hatte zwei und ist auch von beiden aus in Shadowland aktiv gewesen, so dass er gleichzeitig zwei Avatare bewegen konnte.«

»Und warum Axel Girard?«, fragte Ian. »Warum hat er sich ausgerechnet ihn ausgesucht?«

Noah seufzte. »Axel war sein Optiker. Eve hat ganz richtig erkannt, dass Pierce uns für die Aufmerksamkeit hasste, die wir durch den *MSP*-Artikel erhalten haben – er wurde nicht lobend erwähnt, obwohl er Teil unseres Teams war. Andererseits konnte er durch die Anonymität davon ausgehen, dass Axel keinen Grund haben würde, ihn mit diesem Fall in Verbindung zu bringen.«

»Auslöser war der Artikel in der *MSP«,* sagte Eve. »Sowohl für Pierce als auch für Dell Farmer.«

»Tja, beim nächsten Mal werden wir es uns wohl zweimal überlegen, ob wir der Presse Interviews geben«, sagte Abbott.

»Und anschließend dankend ablehnen«, fügte Noah hinzu.

»Wann geben Sie die Leichen von Pierce' Opfern frei?«, fragte Eve, an Ian gewandt.

»Heute. Wieso?«

»Weil ich gern zur Beerdigung gehen möchte«, sagte sie.

»Eve«, begann Abbott. »Sie glauben doch nicht, dass Sie die Todesfälle zu verantworten haben, nicht wahr?«

»Nein.« Sie lächelte traurig. »Aber diese Frauen waren so empfänglich für Pierce, weil sie nur noch ihr virtuelles Leben hatten. Sie haben in einer imaginären Welt ihr Glück gesucht, weil sie in der echten keins finden konnten ...«

Abbott nickte. Er schien es zu verstehen. »Wenn Sie Begleitung möchten, dann würde ich mitgehen.«

Eve sah überrascht und gerührt auf. »Das ... das wäre nett. Gern, Captain.«

»Und du, Eve?«, fragte Olivia. »Hast du eigentlich schon etwas von der Universität gehört?«

»Ja. Pierce hatte mich angelogen, um mich dazu zu bringen,

mit ihm zu kommen. Der Dekan hatte gar nicht mit ihm gesprochen. Dekan Jacoby hat mich heute Morgen angerufen. Unter diesen Umständen wird es keine Sanktionen geben. Wir werden neue Leute einstellen, die Studie mit besseren Prüfungsmethoden ausstatten und von vorn beginnen.«

Abbott stieß den Atem aus. »Ich denke, jetzt haben wir alles. Gehen wir nach Hause.«

Eve stand auf und stützte sich auf die Gehhilfe, die das Krankenhaus ihr gegeben hatte, bis das Bein ausgeheilt war. »Eigentlich sind wir auf dem Weg ins Sal's. Dort findet eine Babyparty für meine Freundin statt. Sal sagt, die Drinks gehen heute auf ihn, und Sie sind alle herzlich eingeladen.«

Außer mir, dachte Noah. Er hatte beschlossen, nicht mitzukommen, und nachdem er erklärt hatte, warum, hatte Eves Familie sofort angeboten, die Party an einen anderen Ort zu verlegen. Aber es bedeutete Sal eine Menge, daher hatte man es schließlich doch dabei belassen. Sie würden ein vorgezogenes Abendessen veranstalten, bevor alle zurück nach Chicago reisten, und Noah freute sich darauf.

Nun würde er Eve im Sal's absetzen und zu Jack fahren. Sie hatten viel zu besprechen.

Freitag, 26. Februar, 20.30 Uhr

»Das war nett«, sagte Noah und half Eve in den Wagen, nachdem jedes Familienmitglied sie beide fest umarmt hatte. »Mir haben besonders die Geschichten über deine Jugendsünden gefallen.«

»Ach, so schlimm war ich gar nicht. Bestimmt kennt Brock mindestens genauso gute Geschichten über dich.«

»Das stimmt wohl.« Er küsste sie auf die Lippen. »Obwohl ich mich frage, ob Caroline und Dana wissen, dass sie als Avatare unsterblich gemacht worden sind.«

Eve verzog das Gesicht. »Das hast du also begriffen, hm?«
»Was – dass Pandora aussieht wie Caroline und Greers Gesicht Danas ist? Ich habe es sofort erkannt, als die beiden in dein Krankenzimmer gekommen sind. Aber keine Sorge, ich verrate dich nicht. Hauptsache, ich gerate nicht auch in deine Avatar-Sammlung.« Er hatte das als Scherz gemeint, aber sie schwieg. »Eve?«
»Na ja, weißt du noch, als du mich gefragt hast, ob man einen virtuellen Durchsuchungsbeschluss bräuchte, um die Wohnungen zu betreten, und ich antwortete, ich hätte Verbindungen und könnte notfalls einen bekommen? Na ja ...«
Er warf ihr einen spöttischen Blick zu. »Sag mir wenigstens, dass ich angemessene Kleidung trage.«
Sie kicherte. »Du trägst auf jeden Fall einen Hut. Der Rest ... nun, sagen wir, ich habe mir recht gut vorstellen können, was unter deinem Anzug so alles zu finden ist. Wirklich – richtig gut. Ich zeig's dir später.«
Er lachte laut, und es tat enorm gut. »Wohin?«
»Zu mir.«
»Bei mir leckt das Dach nicht.«
»Aber ich muss eine Tasche packen.« Sie sah ihn prüfend an. »Außerdem munkelt man, wir hätten noch eine Rechnung mit einem gewissen Sessel offen.«
Er musterte ihr Bein, obwohl ihm bereits warm wurde. »Kannst du denn?«
»Ich bin jung. Meine Wunden heilen schnell. Sehr schnell sogar.« Sie zog die Brauen hoch. »Kannst *du*?«
Er lachte schnaubend. »Ich funktioniere hervorragend. Äußerst hervorragend sogar.«
»Na, dann halt die Klappe und fahr los.«
Er gehorchte, brauste in Rekordzeit zu ihrem Haus und trug sie die drei Stockwerke bis in ihre Wohnung hinauf. Zuerst hielt er sie ganz romantisch, indem er ihr einen Arm um die Schultern legte, den anderen unter die Kniekehlen schob, doch

nach der ersten Etage warf er sie sich über die Schulter, während sie laut auflachte.

»Das machen wir aber nicht noch mal«, sagte er, während er nach Atem rang, aber ihr glückliches Lachen war es wert gewesen. »Schließ die Tür auf, damit ich zusammenbrechen kann.«

Sie gehorchte, doch dann starrten beide entgeistert auf David Hunter. Er saß, den Arm in Gips, in ihrem Sessel und blickte ihnen entgegen, als sei er hier zu Hause. »Ich dachte, du bist nach Hause gefahren«, sagte Eve.

Davids Miene blieb reglos. »Bin ich.«

Noahs Augen verengten sich. »Sie wollen hier wohnen? Bei Eve?«

David grinste. »Nein, keine Sorge. Unten.«

»Du hast von diesem Schwein und Ausbeuter Myron Daulton eine Wohnung gemietet?«, fragte sie ungläubig.

»Nein, du hast von mir eine gemietet. Und in sechs Monaten läuft der Vertrag aus. Wenn du einen neuen Vertrag willst, muss ich allerdings die Miete erhöhen.« Wieder grinste er. »Ich habe das Haus gekauft.«

Eve blieb der Mund offen stehen. »Du hast es … gekauft? Diese Bruchbude?«

»Ach was, es ist gar nicht in einem so schlechten Zustand. Mittwochmorgen war ich doch auf dem Dach, um die Löcher zu flicken, die übrigens alle absichtlich in die Ziegel geschlagen worden sind.«

»Wusste ich's doch. Und Callie hat mich paranoid genannt.«

»Nein, du warst nicht paranoid. Jedenfalls stehe ich am Mittwoch da oben auf dem Dach, und da fährt unten ein Kerl mit seiner schicken Karre vor und brüllt, ich solle sofort herunterkommen, das wäre sein Haus und ich hätte dort oben nichts zu suchen.«

»Der Vermieter hat Ihnen nicht erlaubt, das Dach zu reparieren?«, fragte Noah.

»Nein, weil er ein Schwein und ein Ausbeuter ist«, sagte David fröhlich. »Du hattest gesagt, er wollte das Haus verkaufen, also habe ich's gekauft.«

»Einfach so?«, fragte Eve. »Du hast einfach so ein altes Haus gekauft?«

Sein Lächeln wurde weicher. »Ja. Als Investition.«

Ihr Lächeln wurde ebenfalls weicher. »Du bist lieb. Allerdings passt nicht dazu, dass du die Miete erhöhen willst.«

David grinste. »Na ja. Es geht nur um ein paar Dollar, versprochen. Falls du dann überhaupt noch hier wohnst.«

Eve ließ sich schwer aufs Sofa sinken. »Moment mal. Woher hast du eigentlich das Geld?«

»Ich habe einen guten Preis ausgehandelt. Myron wollte nicht, dass ich jemandem von den Löchern im Dach erzähle, daher hat er den ursprünglichen Preis kräftig gesenkt.«

»Aber auch das Geld musst du erst haben«, sagte sie. »Du bist nicht gerade reich.«

David lehnte sich zurück und sah sie unverwandt an. »Ich habe meine Werkstatt verkauft.«

Eves Kinnlade klappte erneut herunter. »Was? Deinen Laden in Chicago? Aber den hast du doch schon seit Jahren.«

»Ja, sicher. Aber seit ich zur Feuerwehr gegangen bin, führt jemand die Werkstatt für mich, und er hat schon öfter gefragt, ob er sie nicht ganz übernehmen könnte. Also habe ich sie ihm verkauft.«

Eves Gedanken rasten in ihrem Kopf umher. »Einfach so?«

»Und ich habe meinem Captain die Kündigung geschickt«, fügte David hinzu.

Nun ließ sich auch Noah neben Eve sinken. »Aber wieso? So stark verletzt sind Sie nicht und …«

»Nein, darum geht es nicht. Ich habe mich bereits bei der Feuerwehr hier und in St. Paul beworben.«

Eve konnte es kaum fassen. »David, jetzt komme ich nicht mehr mit.«

Er lächelte breit. »Dabei bist eigentlich du schuld. Du hast mir endlich den Tritt gegeben, den ich schon lange brauchte. Du hattest recht. Ich habe mich in Chicago versteckt – genau wie du. Und nun fand ich, dass es Zeit war, neu zu beginnen – genau wie du.« Er zwinkerte ihr zu. »Vielleicht werde ich mal so wie du, wenn ich groß bin.«

»Und wenn du hier keinen Job bekommst?«, fragte Eve.

»Dann renoviere ich dieses Haus, stoße es wieder ab, kaufe das Ding nebenan und mache dasselbe damit. Du hast dich selbst neu erfunden, Eve. Es ist Zeit, dass ich es genauso mache.«

»Ich verstehe gar nichts mehr«, murmelte Noah. »Muss ich das?«

Sie verzog die Lippen. »Nein. Alles ist gut. Okay, ich packe jetzt meine Tasche und fahre mit zu Noah. Der Sessel ist das einzige Möbelstück, das ich haben will. Der Rest kann in der Wohnung bleiben.«

David schnaubte verächtlich. »Der Rest kann ins Feuer.«

»Falls mir die neue Verwaltung nicht zusagt«, sagte Eve hochnäsig, »lasse ich den Sessel eben zu Noahs Haus bringen.« Sie warf Noah einen vielsagenden Blick zu. »Wenn der Berg nicht zum Propheten kommt und so weiter.«

Noahs Lippen zuckten. »Ich verstehe.«

Sie lächelte ihn an. »Das dachte ich mir.«

»Und ich will das nicht verstehen«, murmelte David.

»Das sehe ich auch so.« Eve erhob sich. »Es gibt eben gewisse Dinge, die gerade die Familie nichts angehen.«

David sah ihr nach, als sie ins Schlafzimmer ging. »Machen Sie sie bitte glücklich, Noah.«

»Das hatte ich vor.« Noah betrachtete den anderen nachdenklich. »Sie kennen sich mit Autos aus?«

Auch David maß sein Gegenüber mit Blicken. »Ja, ein bisschen. Wieso?«

»Ich habe einen 69er Dodge Charger in Einzelteilen in der Garage stehen.«

Hunter nickte. »Dabei kann ich bestimmt behilflich sein. Und wenn die Feuerwehr mich hier nicht nimmt, kann ich erst einmal eine neue Werkstatt gründen. Es ist gar nicht so schlecht, ganz neu anzufangen.«

»Jeder braucht mal einen kleinen Stups.« Noah erhob sich, als Eve mit einer Tasche über der Schulter erschien. »Das Leben ist zu kurz, um nur vom Rand aus zuzusehen.«

Sie blieb stehen, als sie den letzten Satz hörte, legte den Kopf schief und lächelte jenes halbe Lächeln, das er von Anfang an so anziehend gefunden hatte. »Ab jetzt werden keine Zehen mehr eingetaucht. Vor uns liegt der große kalte Pool, und wir springen mit einem Riesenplatsch hinein ... *Babe.*«

Noah lachte, während David das Gesicht verzog. »Das klingt nicht besonders erstrebenswert.«

Eve drückte Noah einen Kuss auf die Lippen. »In Wirklichkeit ist das Wasser wunderbar warm. Bist du so weit?«

O ja, fand Noah, und ob er das war.

Danksagungen

Danny Agan für die Hat Squad. Und wie immer für die Geduld, mit der du meine zahllosen Fragen beantwortest, obwohl ich jedes Mal verspreche, dass es die letzte war.

Marc Conterato, der mir meine Fragen zu medizinischen Themen immer so beantwortet, dass ich sie verstehen kann.

Sonie Lasker, die mich in das Konzept der virtuellen Welten eingeführt hat. Ich habe ernsthaft geglaubt, du hättest dir das alles nur ausgedacht.

Pamela Bolton-Holifield für die Fakten zur Einbalsamierung. Eines Tages machen wir unser Bahrenrennen – ganz bestimmt.

Lynn Gutierrez, Colleen Tripp und Janet Ware für all das Barkeeper-Wissen und die vielen schönen Anekdoten.

TinMan für seinen Hacker-Jargon.

Terri Bolyard und Kay Conterato, die mir immer zuhören.

Karen Kosztolnyik, Robin Rue und Vicki Mellor für alles.

Martin Hafer für seine Hilfe in Sachen psychologische Forschungsprotokolle. Und dafür, dass er mir in der heißen Phase mein Essen bringt.

Wie immer habe ich alle Fehler selbst zu verantworten.

Ein Interview mit Karen Rose

Wann haben Sie gemerkt, dass Sie ein Talent für das Schreiben haben?

Ich habe in der siebten Klasse einen Schreibwettbewerb gewonnen, aber eigentlich habe ich erst als Erwachsene – im Alter von knapp dreißig – richtig mit dem Schreiben begonnen. Und erst nach vielen Jahren, in denen ich im Verborgenen geschrieben hatte, dachte ich, ich erfülle genau die Kriterien, die es braucht, damit meine Manuskripte veröffentlicht werden.

Was hat Sie daran gereizt, Ihr aktuelles Buch zu schreiben?

Eine wahre Begebenheit hat mich dazu inspiriert, nämlich dass ein fünfzehnjähriges Mädchen nach seinem Abschlussball von einer Gruppe junger Männer attackiert wurde. Während das Mädchen vergewaltigt und verprügelt wurde, hat sich eine Menschenansammlung gebildet, alle haben nur gegafft, und keiner ist eingeschritten, um das Unfassbare zu stoppen oder wenigstens Hilfe zu holen. Ich habe mich gefragt, was für eine Art Mensch einfach dabeistehen und zuschauen würde und was Jahre nach dem Vorfall in diesem Menschen vorgeht.

Schreiben Sie mit der Hand, der Schreibmaschine, dem Computer? Wie darf man sich Ihren Arbeitsplatz vorstellen?

Ich arbeite zu Hause an meinem Computer. Dort stehen einige Bücherregale und ein großer Schreibtisch, der mit allerlei Sachen vom Flohmarkt übersät ist, und dort stehen außerdem hässliche, aber von mir heißgeliebte Figürchen.

Wie sieht Ihr Alltag als Autorin aus?

Ich verfalle in einen Schreibwahn, manchmal schreibe ich zwanzig Stunden am Tag, bis das Buch fertig ist. Danach kümmere ich mich um all die Dinge, die ich während dieser Hochphase vernachlässigt habe. Und dann fange ich wieder von vorne an ☺.

Welchen Ratschlag würden Sie noch unentdeckten Autoren mit auf den Weg geben?

Ich würde sagen, sie sollten schreiben, weil sie ihre Figuren lieben, weil die Geschichte aus ihrem Innersten herausmöchte. Sie sollten nicht schreiben, weil sie unbedingt veröffentlicht werden möchten.

Beschreiben Sie sich mit drei Worten.

Warmherzig, logisch denkend, loyal.

Was ist das Geräusch/der Geruch Ihrer Kindheit?

Der Pfefferminzgeruch aus der Tasche meiner Mutter – sie trug immer Doublemint-Kaugummis mit sich herum.

Was war das erste Buch, das Sie gelesen haben – und warum können Sie sich heute noch daran erinnern?

Ich erinnere mich daran, dass ich die Biographie von Eleanor Roosevelt gelesen habe, denn ich musste die Büchereiangestellte um eine Klappleiter bitten, um dranzukommen. Ich war ungefähr sieben Jahre alt, und das Regal war sehr hoch.

Welchen Kindheitstraum haben Sie sich noch nicht erfüllt?

Ich würde gerne den Fuji in Japan besteigen und in den Wolken stehen können.

Was war das Ungewöhnlichste, das Sie je gemacht haben, um einem Mann zu imponieren?

Oh. Wow. Na gut … Ich habe mich in das Thema Kriegsflugzeuge eingelesen, um meinem Ehemann zu imponieren, bevor wir mit dem Daten begonnen haben. Er baute damals Modellflugzeuge, und ich habe mich ein wenig mit echten Flugzeugen beschäftigt. Er dachte, ich hätte mehr Ahnung davon, als es eigentlich der Fall war, deshalb musste ich ein bisschen mehr in die Tiefe gehen, um ihn bei unserer nächsten Verabredung zu beeindrucken.

Was bereitet Ihnen schlechte Laune?

Langsame Autofahrer auf der Überholspur.

Was bereitet Ihnen gute Laune?

Wenn man mich anlächelt.

Tee oder Kaffee?

Kaffee. Jede Menge Kaffee.

Klassische Musik oder Pop/Rock?

Pop und Country.

Kino oder DVD?

DVD. Ich höre schlecht und brauche Untertitel.

Für welches Produkt würden Sie Werbung machen?

Für Bisquick. Ich kann drei Gerichte zubereiten (ich koche normalerweise nicht), und die Rezepte dafür sind alle auf der Bisquickschachtel (das ist eine Art Pfannkuchenteig, falls ihr diese Marke in Deutschland nicht kennt).

Und weiter mit Werbung: Welches Buch sollte man unbedingt gelesen haben?

Ich weiß nicht. Ich habe kein Buch, von dem ich denke, dass es für alle passt. Das hängt von der jeweiligen Person ab.

Haben Sie einen Lieblingsautor – und wenn ja: Wer ist es, und warum?

Meine Lieblingsautoren hängen von meiner Laune ab. Im Moment habe ich so eine Nalini-Singh-Phase. Ich liebe die Welten, die sie erschafft! Außerdem mag ich C. L. Wilson, eine Fantasy-Autorin. Ich liebe Autoren, die in mir den Wunsch auslösen, in ihrer kreierten Welt leben zu wollen.

Welche Figur aus einem Roman oder einem Film würden Sie gerne treffen – und was würden Sie ihm/ihr sagen?

Nancy Drew – ich würde ihr dafür danken, dass sie mich wünschen lässt, ebenfalls ein Detektiv zu sein.

Welche Figur aus Ihrem neuen Roman/aus einem Ihrer Romane würden Sie gerne einmal treffen?

Sophie Johannsen aus *Todesschrei* – ich wäre schon immer gerne Archäologin gewesen und würde gerne fließend zehn Fremdsprachen sprechen. Außerdem kann Sophie sehr gut mit Schwertern umgehen. Wie cool ist das denn?

Und welcher Figur aus Ihrem neuen Roman/aus einem Ihrer Romane möchten Sie niemals begegnen?

Sue Conway aus *Der Rache süßer Klang*. Sie war so abgrundtief böse und hat mir echt Angst eingejagt, als ich das Buch geschrieben habe.

Wer soll die Hauptrolle in der Verfilmung Ihres Lebens spielen?

Ich ☺.

Wenn Sie in der Verfilmung Ihres Buches eine Rolle besetzen dürften – wer wäre es?

Ich würde Noomi Noren (aus *Verblendung*) mit der Rolle von Eve Wilson in *Todesstoß* besetzen.

Bei welchem historischen Ereignis wären Sie gerne dabei gewesen?

Bei der Unterzeichnung der Unabhängigkeitserklärung. Da muss in diesem Zimmer eine unglaubliche Energie vorgeherrscht haben – Furcht, Wut und Hoffnung.

Wenn Sie die berühmten drei Wünsche frei hätten – welche wären das?

Dass böse Menschen in der Nacht leuchten, dann könnte man sie leichter einfangen, dass Schokolade nicht dick macht und gelegentlich drei weitere Wünsche.

Ihr Lebensmotto?

Vergesse niemals den Menschen, die du liebst, zu sagen, dass du sie liebst.

Sie können Frühstück, Mittag- und Abendessen an drei unterschiedlichen Orten auf der Welt einnehmen – wohin führt Sie diese Reise?

Frühstücken würde ich auf dem Gipfel eines Berges in Japan, zu Mittag essen würde ich in London in einer eleganten Teestube, und das Abendessen würde ich in der Küche meiner Mutter einnehmen.

Wie essen Sie einen Schokoriegel – schnell, genüsslich, gar nicht … und warum?

Das hängt vom Schokoladenriegel ab. Aber im Normalfall schnell.

Wie gefällt Ihnen das Cover Ihres Buches?

Es gefällt mir sehr gut! Die Rose ist einfach fantastisch.

Wie kommen Sie auf die Ideen für Ihre Romane?

Auf verschiedene Arten: Manchmal fällt mir zuerst die Handlung ein, und ein anderes Mal entwickle ich zuerst die Charaktere. Einmal ist mir eine neue Idee gekommen, weil meine Tochter und ihre Freunde ein bestimmtes Videospiel gespielt haben.

Haben Sie schon Pläne für Ihr nächstes Buch?

Ich arbeite an einer Serie rund um Polizisten, Kommissare und Leichenbeschauer aus Baltimore, meiner Geburtsstadt.

Was ist für Sie der schwierigere Moment – den ersten Satz zu schreiben oder den letzten?

Absolut eindeutig: der erste Satz! Ich meditiere über den ersten Sätzen.

Eine Liste aller Karen-Rose-Romane in chronologischer Reihenfolge:

1. ***Eiskalt ist die Zärtlichkeit* (Don't tell)**
   Chicago/North Carolina
   Dr. Max Hunter/Caroline Stewart
   Dana Dupinsky/David Hunter/Eve Wilson/
   Special Agent Steven Thatcher/Nicky Thatcher/
   Aunt Helen

   Die Rolle der glücklichen Ehefrau spielt Grace Winters perfekt – doch in Wahrheit ist ihr Leben die Hölle. Ihr Ehemann Robb ist ein unberechenbarer Psychopath. Schließlich setzt die junge Frau alles auf eine Karte: Sie täuscht ihren eigenen Tod vor, um endlich frei zu sein. Und der Plan geht zunächst auch auf. Doch während Grace sich in ihrem neuen Leben einrichtet und sich schließlich sogar einer neuen Liebe zu öffnen wagt, hat Robb ihre Spur aufgenommen. Er will sich zurückholen, was ihm gehört!

2. ***Das Lächeln deines Mörders* (Have you seen her?)**
   Raleigh/North Carolina
   Fortsetzung der Ereignisse aus *Eiskalt ist die Zärtlichkeit* um Familie Thatcher
   Steven Thatcher/Dr. Jenna Marshall
   Detective Neil Davies/Brad Thatcher/Nicky Thatcher/
   Aunt Helen

Sie alle verschwinden in der Nacht, sie alle sind hübsch, haben lange dunkle Haare, und sie alle werden wenig später tot aufgefunden. Special Agent Steven Thatcher hat sich geschworen, den Serienmörder zu stellen, der die jungen Frauen auf dem Gewissen hat. Die Zeit drängt ... Und wie soll Steven in dieser Situation die Zeit finden, sich um seinen schwierigen Sohn zu kümmern? Bei dessen höchst attraktiven Lehrerin Jenna Marshall findet er Verständnis – und mehr. Was die beiden nicht ahnen: Der Mörder hat sein nächstes Opfer gewählt. Er hat seine Fallen ausgelegt. Er wartet bereits – auf Jenna.

3. ***Des Todes liebste Beute* (I'm watching you):**
Chicago
Detective Abe Reagan/Kristen Mayhew
Detective Mia Mitchell/Aidan Reagan

Staatsanwältin Kristen Mayhew hat einen Verehrer. Er bezeichnet sich selbst als ihren ergebenen Diener – und schickt ihr Fotos seiner grausam zugerichteten Opfer: alles Verbrecher, gegen die Kristen vor Gericht keine Verurteilung durchsetzen konnte. Als der selbst ernannte Rächer den Sohn eines Mafia-Paten auf seine Todesliste setzt, ist Kristen in Gefahr. Denn nun hetzt die Mafia ihre Killer auf sie. Detective Abe Reagan, der in der Mordserie ermittelt, setzt alles daran, die schöne Staatsanwältin zu schützen.

4. ***Der Rache süßer Klang* (Nothing to fear)**
Chicago
Detective Ethan Buchanan/Dana Dupinsky
Caroline Stewart/David Hunter/Eve Wilson

Als Sue und ihr Sohn Zuflucht im Frauenhaus suchen, hat dessen Leiterin Dana Dupinsky keinen Grund, an ihrer Geschichte vom gewalttätigen Ehemann zu zweifeln. Wie sollte sie auch ahnen, dass sie damit dem Tod die Tür öffnet? Denn Sue ist eine psychopathische Killerin, die vor nichts zurückschreckt, um ihre Rachegelüste zu befriedigen: nicht vor der Entführung eines taubstummen Jungen, nicht vor mehrfachem Mord. Danas Name steht schon bald ganz oben auf ihrer Abschussliste – und nur der Privatdetektiv Ethan Buchanan, der Sues Spur verfolgt hat, könnte Dana retten.

5. *Nie wirst du entkommen* **(You can't hide)**
Chicago
Detective Aidan Reagan/Dr. Tess Ciccotelli

»Komm zu mir!«, lockt die Stimme, die Cynthia seit Wochen verfolgt. Gequält von entsetzlichen Erinnerungen, stürzt sich die junge Frau schließlich vom Balkon ihrer Wohnung. Sie ist nur die Erste in einer ganzen Serie von Toten. Allen ist eines gemeinsam: Es sind Patientinnen von Tess Ciccotelli. Detective Reagan, der die Ermittlungen leitet, hält die bildschöne Psychiaterin zunächst für eine äußerst gefährliche Frau. Bis er endlich erkennt, dass Tess Opfer einer bösen Intrige zu werden droht, ist es beinahe zu spät.

6. *Heiß glüht mein Hass* **(Count to Ten)**
Chicago
Lieutenant Reed Solliday/Detective Mia Mitchell
Aidan und Abe Reagan/Ethan Buchanan/Todd Murphy

Zu spät erkennt die Studentin Caitlin, dass ihr Leben in Gefahr ist – wenig später verschlingen Flammen ihren toten Körper ... Sie ist nicht das erste Opfer eines Mörders, der in Chicago wütet und seine Taten dann durch Brandanschläge zu vertuschen sucht. Um ihn zu fassen, muss Detective Mia Mitchell mit dem eigenwilligen Brandexperten Reed Solliday zusammenarbeiten. Als der Killer Mia auf seine Todesliste setzt, ist Reed ihre einzige Hoffnung.

Die Todestrilogie

7. ***Todesschrei*** **(Die for me)**
   Philadelphia
   Detective Vito Ciccotelli/Dr. Sophie Johannsen

   Als die Polizei von Philadelphia auf einem verwilderten Grundstück eine Leiche findet, bittet sie Sophie Johannsen, Archäologin und Spezialistin für mittelalterliche Kunst, um Hilfe. Mit einem Ausgrabungsdetektor sucht sie nach weiteren Toten – und wird fündig. Und noch während sich Detective Vito Ciccotelli fragt, warum der Mörder die Leichen wie mittelalterliche Grabfiguren drapiert hat, nähert sich der Täter schon seinem nächsten Opfer.

8. ***Todesbräute*** **(Scream for me)**
   Dutton/Georgia
   Special Agent Daniel Vartanian/Alexandra Fallon
   Luke Papadopoulos/Meredith Fallon/
   Deputy Randy Mansfield

   In Dutton geschieht ein kaltblütiger Mord an einer jungen Frau, der dreizehn Jahre zuvor schon einmal genau so passiert ist. Als Special Agent Daniel Vartanian die grausam zugerichtete Frauenleiche sieht, setzt er alles daran, den Mörder zu finden. Eine erste heiße Spur führt zu seinem toten Bruder Simon.
   Zur gleichen Zeit macht sich in Washington D. C. Alexandra Fallon auf die Suche nach ihrer verschwundenen Stief-

schwester Bailey und muss dazu nach Dutton, an den Ort, an den sie niemals zurückkehren wollte. Dort angekommen, gerät sie ins Visier des gnadenlosen Killers.

9. *Todesspiele* **(Kill for me)**
Dutton/Georgia
Luke Papadopoulos/Susannah Vartanian
Daniel Vartanian/Meredith Fallon/Dr. Felicity Berg

Ein Bunker voller Mädchenleichen, die von ihren Mördern versklavt, vergewaltigt und gebrandmarkt wurden, bevor sie qualvoll sterben mussten. Susannah Vartanian und Special Agent Luke Papadopoulos stehen vor einem Alptraum. Die Suche nach dem Kopf des Mädchenhändlerrings ist schwierig und lebensgefährlich. Susannah fühlt sich am Scheideweg ihres Lebens, ihrer Karriere und ihrer Träume. Auch sie hat ein Brandzeichen auf der Haut. Um diesen Fall zu lösen, muss sie sich ihren Ängsten und ihrer traumatischen Vergangenheit stellen. Und dieses Mal würde sie das Richtige tun.

Verzeichnis der auftretenden Figuren in den Romanen von Karen Rose

Die Nummerierung in Klammern entspricht den jeweiligen Titeln.

1. Eiskalt ist die Zärtlichkeit
2. Das Lächeln deines Mörders
3. Des Todes liebste Beute
4. Der Rache süßer Klang
5. Nie wirst du entkommen
6. Heiß glüht mein Hass
7. Todesschrei
8. Todesbräute
9. Todesspiele

Dr. Felicity Berg (8, 9)
Dana Buchanan (1, 4, 6)
Ethan Buchanan (4, 6)
Joanna Carmichael (5, 6)
Michael Ciccotelli (5, 7)
Tess Ciccotelli (5, 7)
Vito Ciccotelli (5, 7)
Bailey Crighton (8, 9)
Hope Crighton (8, 9)
Dana Dupinsky (1, 4)
Alex Fallon (8)
Meredith Fallon (8, 9)
Caroline Hunter (1)
David Hunter (1, 4, 6)
Dr. Max Hunter (1)
Phoebe Hunter (1, 4)
Tom Hunter (1, 4)
Randy Mansfield (8, 9)
Dr. Jenna Marshall (2)
Kristen Mayhew (3)
Mia Mitchell (1, 3, 4, 5)
Detective Todd Murphy (3, 5, 6)
Luke Papadopoulos (8, 9)
Abe Reagan (3, 4, 5)
Aidan Reagan (3, 5, 6)
Kristen Reagan (3, 5, 6)
Reed Solliday (6)
Lieutenant Marc Spinelli (3, 4, 5, 6)
Caroline Stewart (1, 4)
Detective Olivia Sutherland (6)
Steven Thatcher (1, 2)
Brad Thatcher (2)
Nicky Thatcher (1, 2)
Aunt Helen (1, 2)
Sg. Jack Unger (3, 5, 6)
Daniel Vartanian (8, 9)
Susannah Vartanian (9)
Chase Wharton (8, 9)
Eve Wilson (1, 4)